R. A. SALVATORE

Der letzte Kampf

R. A. Salvatore wurde 1959 in Massachusetts geboren, wo er mit seiner Frau und seinen drei Kindern lebt. Bereits sein erster Roman »Der gesprungene Kristall« machte ihn bekannt und legte den Grundstein zu seiner weltweit beliebten Reihe von Romanen um den Dunkelelf »Drizzt Do'Urden«.

Von R. A. Salvatore bereits erschienen:

Aus den Vergessenen Welten:

DIE VERGESSENEN WELTEN 1–6: 1. **Der gesprungene Kristall** (24549), 2. **Die verschlungenen Pfade** (24550), 3. **Die silbernen Ströme** (24551), 4. **Das Tal der Dunkelheit** (24552), 5. **Der magische Stein** (24553), 6. **Der ewige Traum** (24554) DIE SAGA VOM DUNKELELF: 1. **Der dritte Sohn** (24562), 2. **Im Reich der Spinne** (24564), 3. **Der Wächter im Dunkel** (24565), 4. **Im Zeichen des Panthers** (24566), 5. **In Acht und Bann** (24567), 6. **Der Hüter des Waldes** (24568) DAS LIED VON DENEIR: 1. **Das Elixier der Wünsche** (24703), 2. **Die Schatten von Shilmista** (24704), 3. **Die Masken der Nacht** (24705), 4. **Die Festung des Zwielichts** (24735), 5. **Der Fluch des Alchimisten** (24736)

DIE VERGESSENEN WELTEN, weitere Bände: 1. **Das Vermächtnis** (24663) [= 7. Band], 2. **Nacht ohne Sterne** (24664) [= 8. Band], 3. **Brüder des Dunkels** (24706) [= 9. Band], 4. **Die Küste der Schwerter** (24741) [= 10. Band], 5. **Kristall der Finsternis** (24931) [= 11. Band], 6. **Schattenzeit** (24973) [= 12. Band], 7. **Der schwarze Zauber** (24168) [= 13. Band], 8. **Die Rückkehr der Hoffnung** (24227) [= 14. Band]

Aus der Drachenwelt:

DRACHENWELT: 1. **Der Speer des Kriegers** (24652), 2. **Der Dolch des Drachen** (24653), 3. **Die Rückkehr des Drachenjägers** (24654)

Von den Dämonenkriegen:

DÄMONENDÄMMERUNG: 1. **Nachtvogel** (24892), 2. **Juwelen des Himmels** (24893), 3. **Das verwunschene Tal** (24905), 4. **Straße der Schatten** (24906), 5. **Der steinerne Arm** (24936), 6. **Abtei im Zwielicht** (24937), 7. **Der ewige Fluch** (24988), 8. **Das brennende Herz** (24989) SCHATTENELF: 1. **Der dunkle Sohn** (24990), 2. **Das Turnier** (24994), 3. **Der Herr der Flammen** (24995), 4. **Feuerzauber** (24996), 5. **Die Unterwerfung** (24136), 6. **Der letzte Kampf** (24137)

Außerdem von R. A. Salvatore erschienen:

STAR WARS: **Episode II. Angriff der Klonkrieger** (35761), **Das Erbe der Jedi-Ritter** 1. **Die Abtrünnigen** (35414)

Demnächst erscheint:

DIE RÜCKKEHR DES DUNKELELF: 1. **Die Invasion der Orks** (24284)

Weitere Bände sind in Vorbereitung.

R. A. Salvatore

Der letzte Kampf

Schattenelf 6

Ins Deutsche übertragen
von Caspar Holz

BLANVALET

Die amerikanische Originalausgabe erschien unter dem Titel
»Immortalis. Book III of the Second Demonwars Saga« (Parts 3 + 4)
bei Del Rey/Ballantine Books, New York.

Umwelthinweis:
Alle bedruckten Materialien dieses Taschenbuches
sind chlorfrei und umweltschonend.

Blanvalet Taschenbücher erscheinen
im Goldmann Verlag, einem Unternehmen
der Verlagsgruppe Random House GmbH.

1. Auflage
Deutsche Erstveröffentlichung 4/2004

This translation was published by arrangement with
The Ballantine Publishing Group,
a division of Random House, Inc.
Umschlaggestaltung: Design Team München
Umschlagillustration: Aanna Luserke/Harman
Satz: deutsch-türkischer fotosatz, Berlin
Druck: GGP Media, Pößneck
Titelnummer: 24137
Redaktion: Alexander Groß
V. B. · Herstellung: Peter Papenbrok
Printed in Germany
ISBN 3-442-24137-5
www.blanvalet-verlag.de

Barbakan
Berg Aida
ALPINADOR
2
1
Waldlande
3
Moorlande
Andur'Blough
Inninness (Nebeltal)
4
5
Wilderlande
6
Masur Delaval
7
19
8
9
KÖNIGREICH DES BÄREN
10
Großer Gürtel
11
13
12
Mantis Arm
BEHREN
Katzenbucht

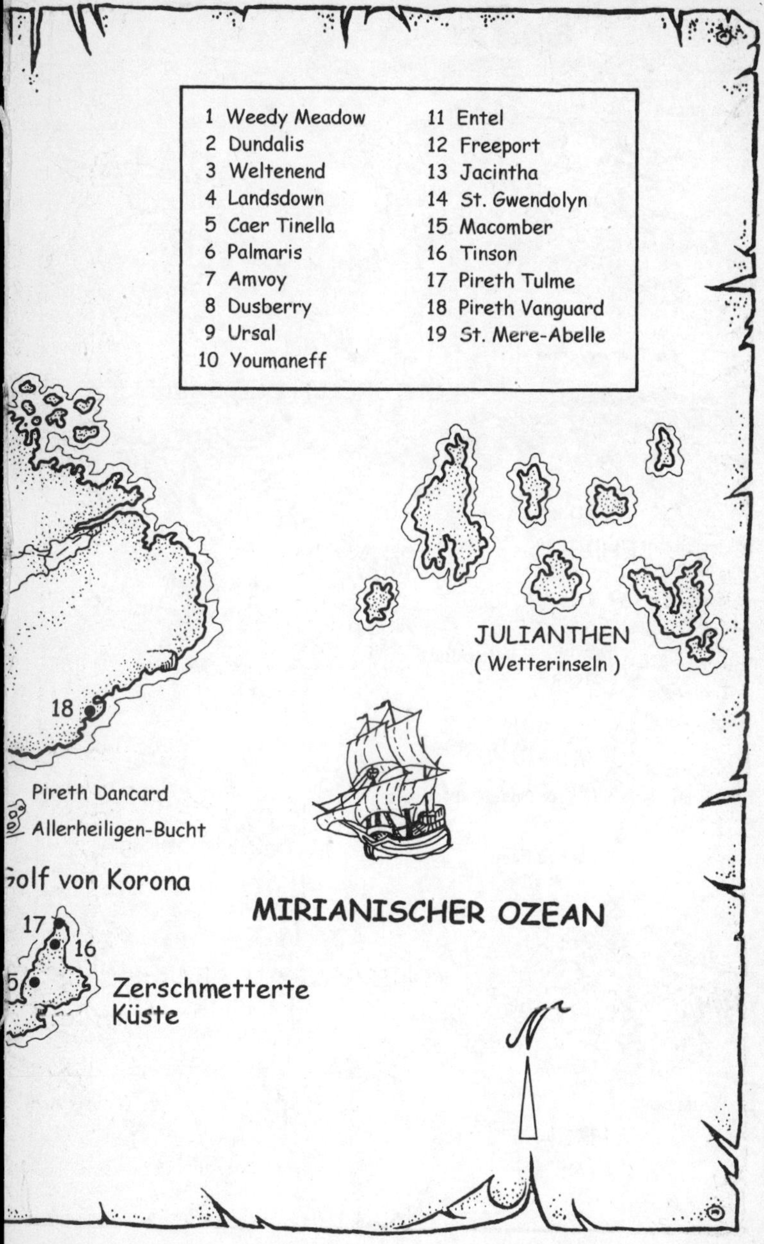
1 Weedy Meadow
2 Dundalis
3 Weltenend
4 Landsdown
5 Caer Tinella
6 Palmaris
7 Amvoy
8 Dusberry
9 Ursal
10 Youmaneff
11 Entel
12 Freeport
13 Jacintha
14 St. Gwendolyn
15 Macomber
16 Tinson
17 Pireth Tulme
18 Pireth Vanguard
19 St. Mere-Abelle
JULIANTHEN
(Wetterinseln)
18
Pireth Dancard
Allerheiligen-Bucht
Golf von Korona
MIRIANISCHER OZEAN
17
16
Zerschmetterte
Küste
N

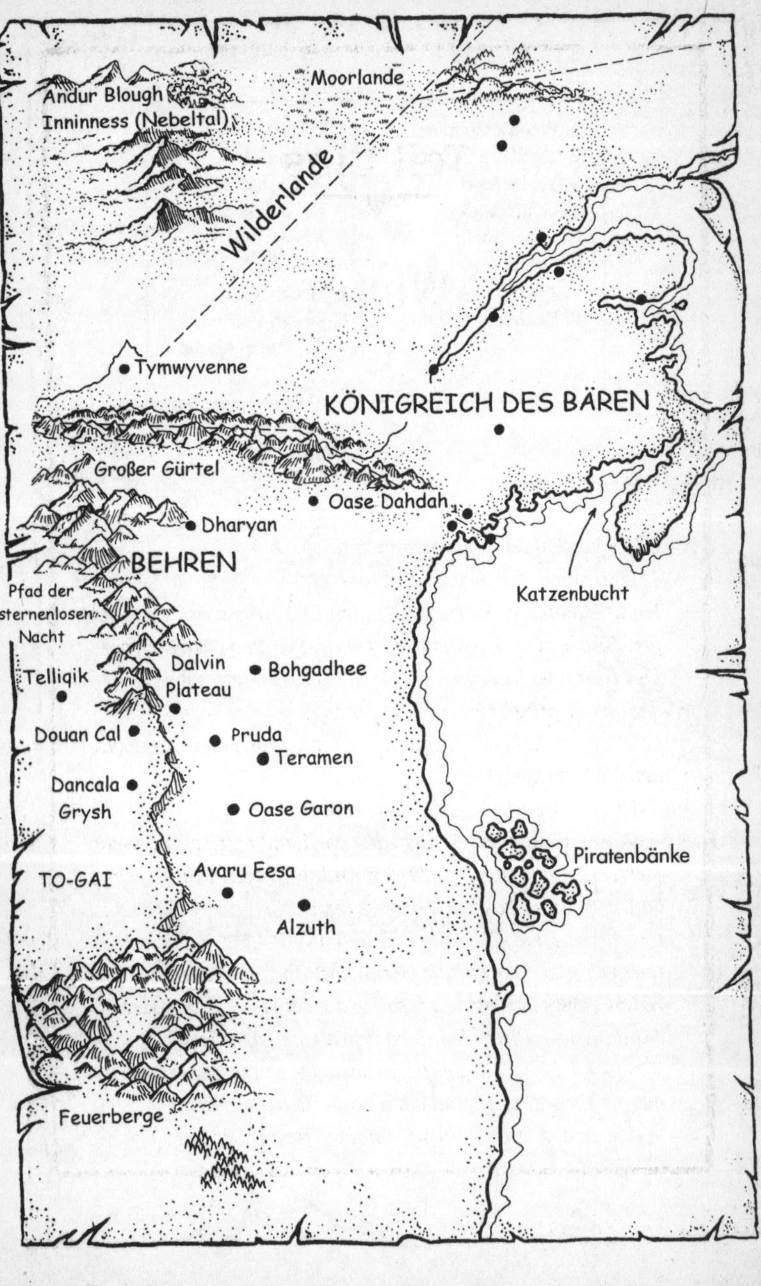
Moorlande
Andur Blough
Inninness (Nebeltal)
Wilderlande
Tymwyvenne
KÖNIGREICH DES BÄREN
Großer Gürtel
Oase Dahdah
Dharyan
BEHREN
Pfad der sternenlosen Nacht
Katzenbucht
Dalvin Plateau
Bohgadhee
Telliqik
Douan Cal
Pruda
Teramen
Dancala
Grysh
Oase Garon
Piratenbänke
TO-GAI
Avaru Eesa
Alzuth
Feuerberge

Teil Eins

Winter

Die Stadt Palmaris gehört mir.

Und auch der mächtige Fluss befindet sich in meiner Hand – dank der Flotte des Grafen DePaunch, des von mir persönlich ausgesuchten Ersatzes für Herzog Bretherford. Der Mann ist jung und voller Ehrgeiz und viel zu sehr mit der Erreichung eigener Ziele beschäftigt, um sich über irgendwelche höheren Ideale wie Moral und Allgemeinwohl den Kopf zu zerbrechen.

Er ist der perfekte Unterkommandant.

Während sich der Winter über das Land legt, wird unsere Herrschaft über den mächtigen und wichtigen Fluss ausgebaut und unumkehrbar gemacht werden. Ist dies vollbracht, ist alles bereit für die beiden nächsten Vorstöße: nach Südosten auf Entel, was mir die Herrschaft über das Kernland des Bärenreiches sichern wird, sowie die Fahrt der Flotte in den Norden, nach Pireth Dancard und anschließend nach Pireth Vanguard. Mitte des Sommers wird das ganze Königreich in meiner Gewalt sein, und dazu große Teile Behrens.

Die ersten aus Jacintha eingetroffenen Berichte waren

überaus vielversprechend und haben die Kritiker unter meinen Beratern, die befürchtet hatten, wir seien zu schnell vorgerückt, verstummen lassen. Abt Olin hat die behrenesische Hauptstadt mittlerweile fest in seiner Gewalt, und in Kürze wird das gesamte Königreich im Süden folgen. Erstaunlicherweise war es niemand anders als Brynn Dharielle, die ihm zu diesem Anfangserfolg verholfen hat. Ich kann es kaum erwarten, sie wiederzusehen! Ich habe Brynn stets gemocht und werde nur dann wirklich mit mir selbst zufrieden sein, wenn ich in ihren Augen bestehe. Brynn wird meine Entwicklung nachvollziehen können und wissen, dass Lady Dasslerond sich in mir getäuscht hat. Sie wird verstehen, dass ich der Inbegriff des Hüters bin – dass ich mehr bin als die Verheißung meiner Eltern, mehr als diese jämmerlichen Touel'alfar jemals hoffen konnten hervorzubringen. Brynn wird stolz auf mich sein. Vielleicht werden wir eines Tages gemeinsam die gesamte bekannte Welt beherrschen.

Nun, vielleicht auch nicht. Auf jeden Fall aber werde ich dafür sorgen, dass sie im Mahlstrom des Aydrian Boudabras nicht in Vergessenheit gerät.

Früher einmal glaubte ich, Brynn würde letztendlich meine Braut und Königin werden – zwei Hüter, die gemeinsam auf eine den Menschen bis dahin unbekannte Weise über die Länder dieser Welt herrschen. Jetzt aber sehe ich eine andere, die an meiner Seite zu Ruhm und Ehren gelangen wird. Mit jedem Tag entgleitet Sadye immer mehr Marcalo De'Unneros Armen und nähert sich den meinen. Mittlerweile, glaube ich, hat selbst De'Unnero das begriffen. Ich meine es aus der Anspannung in seiner Stimme herauszuhören, sobald er mit mir spricht. Ich sehe es in den Blicken, die er Sadye zuwirft, an seinen oft hilflos geballten Fäusten. Er wird, da bin ich sicher, mir den Vortritt lassen, denn was ich ihm bieten kann – die gesamte abellikanische Kirche so-

wie die vollkommene Beherrschung des in seinem Innern schlummernden Wertigers –, war Marcalo De'Unnero seit eh und je wichtiger als irgendeine Frau.

Er wird sich für uns freuen. Und wenn nicht, so wird er sich hüten, je ein Wort darüber zu verlieren.

Wie auch immer, es ist mir gleich.

Ebenso bin ich mir bewusst, dass De'Unnero mit seiner Kritik an meiner bevorstehenden Entscheidung nicht alleine stehen wird. Er argwöhnt, irgendwo westlich von hier gebe es etwas, auf das ich es abgesehen hätte – mehrmals schon hat er mich auszufragen versucht, warum ich Herzog Kalas und seine Truppen in weitem Bogen nach Westen, in das Gebiet rings um Palmaris, geschickt habe. Lege ich diesen Leuten dann meine Pläne dar, werden unweigerlich Zweifel laut, mehr noch als damals bei Abt Olin, den ich losschickte, um Jacintha zu erobern. Diesmal ist das Ziel weniger offensichtlich, denn viele wissen nicht einmal, dass die Enklave der Touel'alfar überhaupt existiert. Aber auch unabhängig davon würden sie meinen Entschluss, gegen einen für dieses und jedes andere Königreich der Menschen bedeutungslosen Feind zu Felde zu ziehen, anzweifeln.

Dabei liegt mir in Wahrheit kaum etwas mehr am Herzen als die Vernichtung von Andur'Blough Inninness und Lady Dasslerond!

Und nichts auf der Welt wäre mir eine größere Genugtuung als ein Sieg über die Elfen!

Wie sehne ich mich danach, Lady Dasslerونds Kapitulation entgegenzunehmen. Ich will hören, wie sie ihren Irrtum eingesteht. Aus ihrem Munde will ich hören, wie sie mich des Titels »Hüter« für würdig befindet – für würdiger als alle meine Vorgänger, meinen berühmten Vater eingeschlossen.

Anschließend werde ich Andur'Blough Inninness dem Erdboden gleichmachen.

Erst vor kurzem ist mir so recht bewusst geworden, wie tief mein Hass auf Dasslerond und ihr unerquickliches kleines Elfenvölkchen reicht. Gewiss, ich habe Andur'Blough Inninness voller Bitterkeit verlassen – und nach einem Kampf, der mich im Falle meiner Niederlage das Leben gekostet hätte. Trotz alledem, viele Monate lang waren meine Gefühle für die Touel'alfar eher von dem Wunsch beherrscht gewesen, sie zu widerlegen und ihrer aufgeblasenen Herrscherin das ehrliche Eingeständnis abzuringen, dass man dort nichts von mir hielt. All das entbehrt natürlich nicht der köstlichen Ironie, dass ich erst durch das Orakel, ein Geschenk der Elfen, gelernt habe, mich selbst und meine Fähigkeiten zu begreifen – eine Disziplin, auf deren Beherrschung ausgerechnet Lady Dasslerond stets größten Wert legte. Erst im Umgang mit dem Orakel habe ich die Eigensucht der Elfen begreifen gelernt. Erst dort habe ich ihre Gleichgültigkeit gegenüber mir und allen Menschen begriffen. Dort habe ich gelernt, ihre ungeheure Arroganz und ihre ewigen Lügen zu erkennen. Ich lernte, wie finster die Herzen der Touel'alfar sind, wie grausam ihre Großmut ist. Denn sie denken mitnichten daran, irgendetwas zum Wohle der Menschen zu tun. Für die Elfen ist ihre angebliche Freundschaft nichts weiter als ein Mittel, die absolute Herrschaft über sie zu erlangen und ihre Hüter dahingehend zu beeinflussen, dass ihr Tun ausschließlich dem Interesse der Touel'alfar dient.

Beim Orakel dagegen habe ich gelernt, ihr falsches Spiel gegen sie zu kehren. Während der kleinere Schatten im Spiegel mir noch damit in den Ohren lag, welch wundervolle Dinge mir die Elfen beibringen würden, drängte mich der große bereits, nicht aufzugeben. Also benutzte ich sie, so wie sie versucht haben, mich zu benutzen. Ich ließ mir von ihnen den Schwerttanz beibringen, ließ mich im Gebrauch der Edelsteine unterweisen und in den Sitten der Hüter.

Wie köstlich wird diese Ironie erst sein, wenn ich sie vernichte!

Ich frage mich, ob Brynn endlich das wahre Wesen dieser niederträchtigen Sklaventreiber erkannt hat. Ich frage mich, ob sie, als sie zur Herrscherin über To-gai aufstieg, noch fähig war zu erkennen, dass sie nichts weiter war als ein Werkzeug Dassleronds. Ich frage mich, ob sie im Dunkel ihres Spiegels beim Orakel ebenfalls einen Schatten sieht, ganz ähnlich dem meines heimlichen Mentors.

Wenn nicht, dann werde ich ihr Schatten werden.

Ich hoffe, sie im Sommer wiederzusehen und ihr dann in allen Einzelheiten vom Niedergang Dassleronds und der niederträchtigen Touel'alfar berichten zu können. Ich hoffe sehr, ihr damit endlich die Augen zu öffnen.

Denn es wäre mir wirklich eine große Freude, wenn Brynn Dharielle, der Drache von To-gai, mich auf meinem Weg begleiten würde – freiwillig und aus tiefer Überzeugung.

Und wenn nicht, soll es mir auch egal sein. Ich werde meinen Weg zur Unsterblichkeit mit den Leichen geringerer Männer und Frauen pflastern. Ich werde die Menschheit zum Gipfel ihres Ruhmes und ihrer Hoffnung führen: ein Ziel, das nur durch Krieg zu erreichen ist.

Das Orakel hat mir diesen Weg unmissverständlich aufgezeigt. Es ist ein Weg, den ich bereit bin zu beschreiten. Des Weiteren hat das Orakel mir deutlich zu verstehen gegeben, dass mein geplanter Abstecher nach Andur'Blough Inninness für meine Eroberung der Königreiche der Menschen nicht unbedingt vonnöten ist, dass es gleichwohl aber ein notwendiger Weg ist für den jungen König Aydrian.

Und sei es aus keinem besseren Grund als dem der süßen Genugtuung über Lady Dassleronds Untergang.

König Aydrian Boudabras

1. Der Griff nach der Macht

Entlang den Docks von Palmaris herrschte eine hektische, geradezu aggressive Betriebsamkeit. Die Kolonne der Wagen erstreckte sich über die gesamte Länge des schier endlosen Kais der Stadt, während sich ein Kriegsschiff nach dem anderen in seine Ladeposition schob. Im gesamten Hafengelände übten die Kingsmen in hartem, militärischem Drill Techniken für eine rasche, reibungslose Landung und die Errichtung von Verteidigungsstellungen. Mehrere Schiffe hatte man zu Reparaturarbeiten ins Trockendock gezogen, um ihren Rumpf frisch zu kalfatern und die eine oder andere durchgefaulte Planke zu ersetzen. Die größeren Schiffe wurden mit einem zweiten oder dritten Anker ausgerüstet, damit sie sich in den drohenden Winterstürmen nicht losreißen konnten.

Und damit waren keineswegs die für Palmaris üblichen Stürme gemeint. Wer die Vorbereitungen genau verfolgte, Kenntnisse der Region besaß und über seemännische Erfahrung verfügte, musste recht schnell zu der Schlussfolgerung gelangen, dass viele dieser Kriegsschiffe schon in Kürze auslaufen würden, und zwar mit Kurs nach Norden, in den Golf von Korona.

Und auf dieser Reise würden sie ihre Besatzungen erheblich aufstocken – mit Soldaten.

In einem kleinen Steinhaus unweit des Kais – eigentlich das Gebäude, das der Abtei St. Precious als Verbindungsstelle für diese Region diente und das Marlboro Viscenti bei seiner heimlichen Flucht aus der Stadt unmittelbar vor Aydrians Ankunft benutzt hatte – hatten sich sieben Mönche eingefunden, um einer außergewöhnlichen Vorführung eines außergewöhnlichen Mannes beizuwohnen.

König Aydrian hatte mitten unter den Ordensbrüdern Platz genommen, einen Hämatit in der einen und einen Grafit in der anderen Hand.

»Dieser Stein«, erläuterte er soeben und hielt den Hämatit in die Höhe, »kann Euch als Verbindung zu dem anderen Stein dienen. Sobald Ihr Euch des meditativen Zustandes bedient, den Euch der Seelenstein ermöglicht, werdet Ihr leichteren Zugang zu den Kräften des zweiten Steins erhalten.« Um seinen Ausführungen zusätzliches Gewicht zu verleihen, hielt der junge König beide Steine vor sein Gesicht, schloss die Augen und sandte einen elektrischen Stromstoß aus. Die Ordensbrüder waren vor Überraschung wie gelähmt, und einige warfen sich sogar erschrocken auf den Boden.

Verhaltener Protest wurde laut, den Aydrians Gelächter rasch wieder zum Verstummen brachte.

Eigentlich hatte Aydrian zu einer Erklärung ansetzen wollen, zog es dann aber vor, ihnen einen weiteren elektrischen Schlag zu versetzen, und gleich darauf noch einen dritten. Dabei bog er sich vor Lachen – wie mittlerweile auch die meisten Ordensbrüder. De'Unnero hatte ihm geholfen, eine Gruppe der treuesten und ehrgeizigsten abellikanischen Konvertiten auszuwählen, und die Verheißung künftiger Macht erstickte sämtliche Proteste im Keim, ehe sie sich recht Gehör verschaffen konnten.

»Es ist geradezu lächerlich einfach«, fuhr der junge König schließlich fort. Das stimmte nicht wirklich, denn die Handhabung würde den Ordensbrüdern nicht so leicht fallen wie ihm, der die tiefsten Geheimnisse der Edelsteine von seinem Schattenmentor beim Orakel gelernt hatte. Hätte er einen Augenblick daran geglaubt, dass diese Ordensbrüder auch nur annähernd seine Macht und Leichtigkeit im Umgang mit den Edelsteinen erreichen würden, hätte er das Geheimnis gewiss für sich behalten.

Aydrian geleitete die sieben durch die Hintertür des Gebäudes hinaus auf eine schmale Gasse, die er seine Soldaten hatte abriegeln lassen. Dort ließ er sie, einen nach dem anderen, mit den Edelsteinen arbeiten und Lichtblitze durch die Gasse schleudern.

Die meisten Versuche, musste Aydrian erkennen, endeten wahrhaft kläglich. Trotzdem ermunterte er sie, es immer wieder aufs Neue zu versuchen, denn ein Umstand machte ihm Mut: Alle sieben zeigten selbst nach ausgiebiger Anwendung von Magie kaum Zeichen der Ermüdung, was zumindest bewies, dass seine Technik im Umgang mit dem Seelenstein es ihnen erleichterte, sich mit dem Grafit vertraut zu machen.

Während der Übungsstunde versenkte sich Aydrian mehrfach in seinen Seelenstein, verließ die sterbliche Hülle seines Körpers und begab sich zu dem jeweils übenden Mönch. Nicht etwa, um in den Betreffenden einzudringen und Besitz von ihm zu ergreifen, sondern um eine Art spiritueller Verbundenheit vorzutäuschen und den Mönch auf seiner Reise vom Seelenstein zum Grafit gleichsam an die Hand zu nehmen.

Kurze Zeit später lenkte der Lärm zweier ganz in der Nähe streitender Personen den jungen König von seiner Arbeit ab. Aydrian erkannte die Stimmen augenblicklich und war keineswegs überrascht.

Er ließ die jungen Mönche allein weiterüben, verließ die Gasse und kehrte in das Steinhaus zurück, wo Marcalo De'Unnero und Graf DePaunch in eine hitzige Debatte verstrickt waren.

»Das ist doch Wahnsinn!«, empörte sich De'Unnero. »Der Golf darf unter keinen Umständen so spät im Jahr befahren werden, erst recht nicht, wenn wir dadurch so viel verlieren und nur so wenig gewinnen können.«

»Vielleicht solltet Ihr dieses Problem erst Eurem König darlegen, ehe Ihr Euch zu einer solchen Behauptung hinreißen lasst«, erwiderte Graf DePaunch kühl, ein dünner, ernst wirkender Mann, dessen buschige Brauen den stechenden Blick seiner dunklen, übereifrigen Augen noch betonten. DePaunch, ein Ritter der Allhearts, war auf Herzog Kalas' Vorschlag von Aydrian als Ersatz für Herzog Bretherford zum allein verantwortlichen Herzog des Mirianischen Ozeans ernannt worden. Als er ihn jetzt so reden hörte – jedes seiner Worte troff von einer an Besessenheit grenzenden Heftigkeit –, fiel es Aydrian nicht schwer, die Gründe für diese Empfehlung nachzuvollziehen.

Als er geendet hatte, lenkte DePaunch De'Unneros Blick zur Hintertür des Hauses, wo ein recht amüsiert dreinschauender König Aydrian stand.

»Alles läuft bestens, mein Freund«, wandte sich Aydrian an De'Unnero. »Weshalb also diese Besorgnis?«

»Einen Gegner wie den Golf von Korona können wir zurzeit nicht gebrauchen«, erwiderte De'Unnero und sah auf eine Weise von Aydrian zu DePaunch, die der unmissverständlichen Aufforderung gleichkam, den jungen Parvenü wieder aus seinen Diensten zu entlassen. »Sobald die Schiffe den Masur Delaval verlassen, wird ihnen dort eine steife Brise von den Waldlanden entgegenschlagen. Es ist also durchaus vorstellbar, dass wir tausend Mann an einen völlig bedeutungslosen Gegner verlieren.«

»Ich vertraue darauf, dass unser Freund DePaunch die Schiffe ohne Zwischenfall nach Pireth Dancard segeln und die Insel dort schnellstmöglich in seine Gewalt bringen wird«, erklärte Aydrian.

»Wir werden ihnen eine beschämende Niederlage beibringen, mein König.« DePaunch schlug die Hacken zusammen und nahm stramm Haltung an. »Zwei Wochen, dann habe ich Pireth Dancard in meiner Gewalt und werde König Aydrians Flagge auf dem dortigen Wachturm hissen – wo sie den ganzen Winter über wehen wird.«

»Da hört Ihr es selbst«, sagte Aydrian mit geradezu aufreizender Gelassenheit, was ihm einen verdrießlichen Blick des gefährlichen Mönchs eintrug.

»Ihr schickt gerade mal ein Drittel der uns zur Verfügung stehenden Schiffe auf diese Mission«, warf De'Unnero ein, als genügte das allein bereits als Beweis, dass Aydrian nicht so unbekümmert war, wie er sich gab. »Wieso nicht die gesamte Flotte entsenden, um die Festung rasch zu überwältigen?«

»Die Übrigen werden für die Fortsetzung der Patrouillen auf dem Fluss gebraucht – und um unsere Truppen zum Ostufer überzusetzen.«

»Auch Prinz Midalis verfügt über eine Flotte«, erinnerte ihn De'Unnero.

»Aus eben diesem Grund möchte ich, dass Pireth Dancard eingenommen wird, bevor wir mit den anschließenden Manövern zur Sicherung der Südlande beginnen«, erklärte Aydrian. »Werden die Inseln erst von uns kontrolliert, gibt es für Midalis' Flotte oder etwaige Spionageschiffe, die er zur Erkundung unserer Küsten einsetzt, keinen Hafen mehr, wo sie Vorräte an Bord nehmen können. Mit der Eroberung Pireth Dancards werden wir ihm die Beobachtung unserer Truppenbewegungen zusätzlich erschweren.« Aydrian hielt inne und setzte ein verschmitztes Lächeln auf, ehe er dem besorgten Mönch einen Köder zuwarf. »Und ihm die Überfahrt von St. Mere-Abelle unmöglich machen, denn die dortigen Ordensbrüder besitzen keine Schiffe, die den Golf von Korona ohne Zwischenstopp überqueren können. Schließlich wollen wir doch nicht, dass Fio Bou-raiy und seine Freunde Prinz Midalis zu Hilfe kommen, oder?«

»Midalis befindet sich womöglich schon auf dem Weg in den Süden«, gab De'Unnero zu bedenken. »Erreicht er Pireth Dancard vor Graf DePaunch, dürfte die von Euch entsandte Streitmacht kaum ausreichen, um ihn von dort wieder zu vertreiben.«

»Wird er aber nicht«, erwiderte Aydrian im Brustton der

Überzeugung und ließ De'Unnero kurz seinen Seelenstein sehen. Er wusste, dass der Mönch über die Geistwanderung und Aydrians Macht im Umgang mit den Steinen bestens im Bilde war. »Wie Ihr seht, war ich ebenfalls nicht untätig«, sagte Aydrian. »Ich würde wohl kaum ein Drittel meiner Flotte gefährden, ohne vorher Erkundigungen eingeholt zu haben. Prinz Midalis' Flotte liegt im Hafen von Vanguard vor Anker, wie man es zu dieser Jahreszeit auch erwarten würde.«

»Prinz Midalis verfügt an Bord seiner Schiffe über viele erfahrene Seeleute, die sich in den kalten Gewässern des Golfes bestens auskennen«, entgegnete der Mönch. »Schiffe fest zu verankern scheint mir zu dieser Jahreszeit durchaus vernünftig.«

Der unverminderte Sarkasmus entlockte Aydrian ein Schmunzeln. Er wurde es nie leid, dass Marcalo De'Unnero jeden seiner Züge in Zweifel zog. Gewiss, er war sich der zahllosen Enttäuschungen bewusst, angefangen bei Sadye bis hin zu St. Mere-Abelle, die De'Unneros Befinden zusetzten, trotzdem fand er es begrüßenswert, wenn man ihn hinterfragte. Mit seinen ewigen Zweifeln verhinderte De'Unnero, dass er allzu unbekümmert wurde. Er zwang ihn, auf jedes nur erdenkliche Problem eine Antwort zu finden, ehe er einen so großen Teil des ihm zur Verfügung stehenden Kriegsmaterials einer Gefahr aussetzte. Und das war gut so.

»So weit ist die Überfahrt auch wieder nicht«, warf Graf DePaunch ein, das Gesicht Aydrian zugewandt, obwohl seine Antwort eigentlich an De'Unnero gerichtet war. »Ich werde dort eintreffen, die Insel erobern und im Falle eines drohenden Sturms die Flotte in den geschützten Buchten fest vertäuen. Ihr werdet nicht ein einziges Schiff verlieren, mein König, schlimmstenfalls ein paar Matrosen – ein Verlust, der noch geringer ausfallen dürfte, wenn es den von Euch so hervorragend ausgebildeten Ordensbrüdern gelingt, die ihnen gezeigten Methoden noch zu verbessern!«

Aydrian bedankte sich mit einem Nicken für die zur Schau

gestellte Zuversicht, hatte dabei aber eigentlich eher De'Unnero als DePaunch im Blick und reagierte ziemlich amüsiert auf den spöttischen Gesichtsaudruck des Mönchs, als dieser sich über den Eifer des jungen Emporkömmlings lustig machte. DePaunch hatte den Gesichtsausdruck natürlich ebenfalls bemerkt und warf sich mit dem unter den Rittern der Allhearts so verbreiteten Stolz in die Brust.

»Bruder De'Unnero fürchtet alles, was ihn von seinem Ziel abbringen könnte«, erklärte Aydrian dem jungen Grafen. »Denn in seiner Vorstellung gibt es eine Aufgabe, die alle anderen überragt. Ist es nicht so, Bruder?«

De'Unnero blickte dem jungen König fest in die Augen, sagte aber nichts.

»St. Mere-Abelle, das wäre für unseren Freund hier die Krönung«, fuhr Aydrian fort. »Und tatsächlich, mit Marcalo De'Unneros Machtübernahme in der abellikanischen Kirche dürfte unser Wunsch, dem Königreich wieder zu früherem Ruhm zu verhelfen und ihn womöglich noch zu mehren, seiner Verwirklichung ein gutes Stück näher gekommen sein ... Habt Geduld, mein Freund«, fuhr Aydrian in leicht herablassendem Ton an De'Unnero gewandt fort. »Lasst uns erst den Golf unter unsere Kontrolle bringen und Midalis isolieren. Anschließend richten wir dann unser Augenmerk auf St. Mere-Abelle. Von außerhalb haben die törichten Ordensbrüder keinerlei Unterstützung zu erwarten, und in ihren eigenen Reihen dürften sie mit starken Meinungsverschiedenheiten zu kämpfen haben. Ihr werdet Euren wohlverdienten Lohn bekommen. Ihr werdet der abellikanischen Kirche des Bärenreiches als ehrwürdiger Vater vorsitzen, und Euer Freund Abt Olin wird ehrwürdiger Vater der abellikanischen Kirche Behrens werden. Seid versichert, ich bin mir Eurer beider Bedeutung für meine Herrschaft durchaus bewusst.«

Das war natürlich leicht dahergesagt – in der Vergangenheit hatte Aydrian De'Unnero schon des Öfteren mit solchen Versprechungen vertröstet. Die prompte Erinnerung jedoch in Anwesenheit Graf DePaunchs auszusprechen, der in Aydrians militärischer Hierarchie im Aufstieg begriffen war, hatte auf Marcalo De'Unnero eine beruhigende Wirkung. Der Mönch maß Aydrian mit einem langen, durchdringenden Blick, ehe er sich mit einem einfachen Nicken geschlagen gab, eine leichte Verbeugung andeutete und ging.

Graf DePaunch warf Aydrian einen Blick zu, der den hinausgehenden Mönch zu verhöhnen schien. Sein Grinsen verriet seine Amüsiertheit darüber, mit welcher Leichtigkeit Aydrian ihm den Wind aus den Segeln genommen hatte.

Doch davon wollte Aydrian nichts wissen. De'Unneros Ruf bei den Allhearts und an Aydrians Hof hatte in letzter Zeit ohnehin gelitten. »Dieser Mann ist der beste Krieger, den man sich denken kann«, erklärte Aydrian. DePaunchs Grinsen erlosch schlagartig. »Außer meiner Wenigkeit, natürlich. Er könnte Euch oder jeden Eurer Allhearts im Kampf Mann gegen Mann besiegen, und zwar einen nach dem anderen, bis Eure gesamte Truppe ausgelöscht wäre.«

DePaunch erstarrte. Dann straffte er die Schultern, und sein Gesicht nahm einen düsteren Ausdruck an.

»Fasst das bitte nicht als Beleidigung auf, mein guter Graf«, fuhr Aydrian fort. »Selbst Euer Herzog Kalas weiß, wie Recht ich damit habe. Ein in den Kampfkünsten derart bewanderter Mann wie Marcalo De'Unnero ist ein wirklich seltener Glücksfall, der Inbegriff einer ganzen Generation von Kriegern. Er ist ein Mann von Ehre und großer moralischer Standfestigkeit, was er in Situationen, die Ihr vermutlich nicht einmal zu begreifen oder einzuschätzen vermögt, längst bewiesen hat. Ich möchte Euch bitten, ihn als exzellenten Verbündeten zu betrachten. Seid gewiss, sobald er die Vormachtstellung innerhalb der abellikanischen Kirche errungen hat, wird sie wieder zu einer Institution werden, die dem Thron verbunden ist – und zwar so, dass es der Größe des Bärenreiches zugute kommt.«

»Sehr wohl, mein König«, erwiderte DePaunch beflissen.

»Und vergesst niemals, mein guter Graf, solltet Ihr Marcalo De'Unnero mit Eurem Spott je zu nahe treten, wird er Euch ohne Zögern töten.«

Damit hatte sich DePaunchs stolzes Gehabe endgültig erledigt.

»Doch genug davon«, beeilte sich Aydrian hinzuzufügen, um den Befehlshaber seiner Kriegsflotte nicht allzu sehr zu demütigen. »Richtet Euer Augenmerk nicht zu sehr auf die, die diese wichtige Mission in Frage stellen. Um diese Angelegenheit muss ich mich persönlich kümmern. Ich denke, Eure Pflicht ist klar. Bereitet die Flotte zum Auslaufen vor, und sorgt dafür, dass die Männer ihre Aufgabe zu vollster Zufriedenheit erfüllen. Ihr habt mein volles Vertrauen – ich bin nicht gewillt, irgendwelchen Leuten Gehör zu schenken, die an der Klugheit dieses Feldzugs gegen Pireth Dancard zweifeln. Ich verlasse mich darauf, dass Ihr die Festung in meinem Namen einnehmen werdet. Mit der Eroberung der Insel halten wir den Schlüssel zum Golf von Korona in der Hand. Unseren Feinden aus dem Norden werden, was ihre Angriffsmöglichkeiten betrifft, dann weit weniger Optionen offen stehen. Aber gebt Acht und bleibt wachsam, guter Graf. Denn es ist durchaus möglich, dass Prinz Midalis Euch angreift, ehe wir Euch Verstärkung schicken können. Sollten die Kriegsschiffe Vanguards Pireth Dancard attackieren, müsst Ihr ihnen mit allen verfügbaren Mitteln Widerstand leisten. Und seht zu, dass Midalis einen hohen Preis dafür bezahlt.«

»Mein König«, erwiderte Graf DePaunch mit leiser Stimme, so als brächte er die Worte kaum an dem Kloß vorbei, den ihm der Stolz in Brust und Kehle hatte wachsen lassen. »Ich werde Euch nicht enttäuschen. Wenn Ihr nach Ende des Winters in den Norden segelt, werdet Ihr die Bären- und Tigerflagge König Aydrians über Pireth Dancard wehen sehen. Und eben jene Männer, die Ihr mit dieser höchst wichtigen Mission betraut, werden bereitstehen, um an Eurer Seite Pireth Vanguard zu erobern!«

Aydrian konnte sich ein Schmunzeln nicht verkneifen. Insgeheim beglückwünschte er sich wieder einmal selbst zu seinem klugen Entschluss, dem alternden und viel zu bedächtig agierenden Herzog Bretherford die Verantwortung für seine Hauptflotte zu entziehen.

»Er hat Angst, das ist alles«, sagte Sadye später am selben Tag zu Aydrian, als sie in den luxuriösen Gemächern von Chasewind Manor unter sich waren. »Natürlich ist er fest davon überzeugt, dass nichts und niemand uns aufhalten kann. Trotzdem sähe er es wohl gerne, wenn wir bei unserem Triumphmarsch durch die Welt etwas vorsichtiger vorgehen würden.«

Aydrian warf ihr einen amüsierten Blick zu. »Wann hast du es je für angebracht gehalten, bei irgendetwas vorsichtiger vorzugehen?«

Die zierliche Frau stutzte.

»Oder reden wir nicht mehr von derselben Sadye, die einst mit einer Horde brutaler Banditen durch die Wilderlande zog?«, fragte Aydrian. »Derselben Sadye, die sich mit Marcalo De'Unnero angefreundet und sich ihm wegen des prickelnden Gefühls der Gefahr, für das er stand, an den Hals geworfen hat?«

Sadyes ganze Körperhaltung strahlte Ablehnung aus. »Es war mehr als das.«

»Ach ja?«, sagte Aydrian. »Ja, richtig, da war noch das Versprechen der Macht, das vielleicht mächtigste Aphrodisiakum, das die Bardin Sadye jemals kennen gelernt hat.«

Sie versuchte, seinem Blick standzuhalten, aber Aydrian spürte deutlich, dass er ihr mit seinen unverblümten Worten zuzusetzen begann. Er trat ganz nah an sie heran – zu nah –, und sie schien ein Stück zurückzuweichen, allerdings nur ein kleines Stück.

»Ich verstehe dich ja«, sagte Aydrian, seine Stimme kaum mehr als ein Flüstern. »Du und ich, wir wissen beide, wie verlockend Macht und Gefahr sein können. Wir wissen beide, dass man sich nur am Rande der Katastrophe wirklich lebendig fühlt.«

Sadye blinzelte mehrmals, und ihr Atem ging schneller. Aydrian spürte den heißen, von der aufwallenden Hitze in ihrem Innern durchdrungenen Hauch auf seinem Gesicht. Er sah das Blitzen in ihren dunklen Augen, ein intensiver Blick, geboren aus dem glühenden Verlangen, das jeden Moment in ungezügelte Leidenschaft umzuschlagen drohte.

Er wollte, dass sie seinen Duft und Atem aufsog, dass sie die Anziehungskraft seines Körpers spürte, und beugte sich ein wenig näher zu ihr.

Ihre Brust hob sich immer schneller. Allen Warnungen ihres gesunden Menschenverstandes zum Trotz fühlte sie sich zu ihm hingezogen.

»Ich werde im Rat erwartet«, sagte Aydrian unvermittelt, trat einen Schritt zurück und zerstörte damit den Zauber des Augenblicks. Er wollte Sadye, er wollte sie unbedingt. Obwohl er die Liebe einer Frau bislang noch nicht kennen gelernt hatte, verstand er deren Verlockungen. Er sah sie in den durchdringenden Blicken dieser Frau und spürte sie in der Hitze, die ihr Körper verströmte.

Aber jetzt noch nicht. Nicht, solange das Ziel, dem sich De'Unnero am meisten verpflichtet fühlte, noch in so weiter Ferne lag. Er würde De'Unnero die abellikanische Kirche als Gegenleistung für Sadye anbieten, und der würde sich darauf gewiss einlassen. Außerdem wusste Aydrian, dass er Sadye geradezu verrückt vor Verlangen machte, und dieses Gefühl wollte er noch etwas auskosten. Er wollte abwarten, bis ihre Lust sich derart steigerte, dass sie ihn anflehte, sie endlich zu nehmen.

Mit einem Blick, leidenschaftlicher als alles, was Sadye jemals gesehen hatte, machte Aydrian kehrt und verließ den Raum – nicht ohne sich noch einmal umzusehen, allerdings nur ein einziges Mal.

Sadye zitterte am ganzen Körper.

Der Gedanke an sie verfolgte Aydrian auf seinem Weg von Chasewind Manor quer durch Palmaris – bis zu dem Haus unweit des Nordtores der Stadt, wo das Treffen stattfinden sollte. Dort fand er De'Unnero, Kalas sowie sämtliche nicht mit den Vorbereitungen an den Kais beschäftigten Kommandanten um einen Tisch versammelt vor, auf dem eine Karte des Bärenreiches ausgebreitet lag.

Aydrian trat an den Tisch, schob sich zwischen De'Unnero und Kalas und studierte die Karte aufmerksam. Dabei galt sein Interesse besonders den Stellen, die man zum Zeichen, dass man sie als sicher unter seiner Kontrolle betrachtete, rot schraffiert hatte: das gesamte Königreich südlich Caer Tinellas am Westufer des Masur Delaval sowie die gesamten Südlande, quer durch Yorkey bis hin nach Entel. Vor allem die erst vor kurzem platzierten Pfeile erregten seine Aufmerksamkeit, Pfeile, die benutzt wurden, um die geplante Richtung eines künftigen Vormarschs anzuzeigen. Einer von ihnen zeigte aus der Mündung des Masur Delaval auf Pireth Dancard und gab damit DePaunchs Kurs an, während ein zweiter, von Palmaris ausgehend, quer über den Fluss nach Südosten wies, in die ungefähre Richtung Entels.

»Macht bitte weiter«, forderte Aydrian die Anwesenden auf. Er wusste, dass die Kommandanten ihr Gespräch nur unterbrochen hatten, um ihm Gelegenheit zu geben, sich einen Überblick über die Karte zu verschaffen.

Kalas sah zu De'Unnero und bedeutete ihm, in seinen Überlegungen fortzufahren. Prompt beugte sich der Mönch über den Kartentisch und verschob den nach Südosten weisenden Pfeil auf eine direkter nach Osten zeigende Position, sodass seine Spitze von Entel auf einer geraden Linie nach St. Gwendolyn wies, die größte Abtei in der Mantis-Arm-Region des Königreiches.

Nach kurzem Zögern erklärte Kalas: »Ihr lauft Gefahr, Widerstandsnester hinter unseren Linien zurückzulassen. Zurzeit haben wir noch nicht alle Städte südlich dieser bis zum Mirianischen Ozean führenden Linie in unserer Gewalt. Prinz Midalis verfügt dort über treue Anhänger.«

»Je länger wir warten, desto größer die Wahrscheinlichkeit, dass in diesen Widerstandsnestern eine offene Revolte ausbricht«, konterte De'Unnero. »Wenn wir sie im Norden umgehen, sind diese ungesicherten Städte isoliert, und die Menschen dort werden einsehen, wie unsinnig ihr Widerstand wäre.«

»Warten?«, warf einer der Fürsten auf der anderen Seite des Tisches ein. »Habt Ihr nicht selbst zu Geduld gemahnt und Euch gegen eine Entsendung von Graf DePaunch nach Pireth Dancard ausgesprochen?«

»Bruder De'Unnero wollte lediglich sichergehen, dass sämtliche Vorsichtsmaßnahmen eingehend geprüft werden«, erklärte Aydrian, ehe der leicht aufbrausende Mönch sich zu einer heftigen Entgegnung hinreißen lassen konnte. »Und das war klug. Zwischen einem schnellen Vormarsch und einem Angriff von See besteht zu dieser späten Jahreszeit ein entscheidender Unterschied. Die To-gai-Ponys wird das Wetter nicht aufhalten, ein Sturm im Golf von Korona dagegen könnte uns einen hohen Preis abverlangen.«

Seine Bemerkung trug ihm rings um den Tisch eine Reihe verwirrter Blicke ein – insbesondere von denen, die seine zielstrebige Entscheidung, DePaunch nach Norden zu schicken, mitgetragen hatten.

»Bruder De'Unnero wollte nur sichergehen, dass sämtliche Risiken in Betracht gezogen werden – da Herzog Kalas jetzt offenbar mit dem Gedanken spielt, unseren Vormarsch auf Entel etwas behutsamer anzugehen.« Aydrian hielt einen Moment inne und sah zu Kalas und gleich darauf mit einem beifälligen Lächeln zu De'Unnero. Dann legte er seine Hand auf den Markierungspfeil und bekräftigte die Stoßrichtung auf St. Gwendolyn. »Sollten sich irgendwelche Aufständischen hinter unserem Rücken erheben, werden wir rasch nach Süden vorstoßen und sie vernichten. Denn vermutlich wird unsere Streitmacht, die bei St. Gwendolyn das Meer erreicht, zahlenmäßig sehr viel kleiner sein als die ursprünglich in Palmaris aufgebrochene Armee. Unsere Marschkolonnen werden sich durch das ganze Königreich ziehen, vom Masur Delaval bis zum Mirianischen Ozean, und anschließend werden wir gleichzeitig die Küste hinaufmarschieren und vom Fluss aus landeinwärts schwenken.« Beim Sprechen hatte er seine Hände auf die beiden strategisch so wichtigen Punkte gelegt und begann jetzt, sie langsam aufeinander zuzubewegen, sodass sie sich genau bei dem begehrtesten Objekt von allen, der Abtei St. Mere-Abelle, trafen.

Der Ausdruck von Zufriedenheit, der sich plötzlich auf De'Unneros Zügen breit machte, überraschte Aydrian keineswegs. Er wandte sich zu Kalas um und sah ihn zustimmend nicken.

»Es wird der seit Jahrhunderten triumphalste Vorstoß von Allhearts und Kingsmen werden!«, begeisterte sich der Kommandant, der De'Unnero soeben noch heftig kritisiert hatte.

»Zehntausend Soldaten, die unter dem Bären- und Tigerbanner König Aydrians marschieren«, pflichtete ein anderer bei. »Der Boden wird unter unseren Füßen erzittern!«

»Die Armee wird beizeiten auf diese Aufgabe vorbereitet sein«, versicherte Herzog Kalas dem König – eine Einschätzung, der sich mehrere andere anschlossen.

»Herzog Kalas kann bei der erstbesten sich bietenden Gelegenheit aus Palmaris abrücken«, erklärte Aydrian. »Das Klima im Kernland des Reiches wird ohnehin milder sein als in Palmaris selbst. Was diejenigen Allhearts betrifft, die Herzog Kalas nicht begleiten, sondern dem Kommando von Palmaris unterstellt bleiben, so möchte ich Euch bitten, daraus Erkundungstrupps zusammenzustellen, um den Nachrichtenfluss in unserem gesamten Umfeld zu verbessern – von Caer Tinella im Norden bis nach Ursal im Süden sowie in sämtlichen Gebieten des Königreiches westlich des

Flusses. Haltet außerdem eine schnelle Eingreiftruppe bereit, um auf jede offen ausbrechende Revolte südlich der von Herzog Kalas vorgeschlagenen Marschroute reagieren zu können. Sollte irgendein Provinzfürst einen Aufstand vom Zaun brechen, so habt Ihr meinen ausdrücklichen Befehl, ihn zu vernichten und durch einen mir ergebenen Mann zu ersetzen.«

Letzteres trug ihm das begeisterte Nicken der Krieger ein, allerdings auch eine nicht unbeträchtliche Zahl verwirrter Blicke.

»Dann werdet Ihr also nach Ursal zurückgehen, mein König?«, erkundigte sich Herzog Kalas. »Eure Bemerkungen über meinen Vormarsch lassen vermuten, dass Ihr gar nicht daran beteiligt sein werdet.«

»Ja und nein«, erwiderte Aydrian. Als die Antwort ihre Wirkung getan hatte, trugen noch ein paar mehr Kommandanten einen verwirrten Gesichtsaudruck zur Schau.

»Ihr zieht doch nicht etwa in Erwägung, mit Graf De-Paunch nach Pireth Dancard zu segeln!«, rief einer von ihnen erschrocken und brachte damit die Skepsis zum Ausdruck, die jedem am Tisch deutlich ins Gesicht geschrieben stand – außer Aydrian selbst natürlich sowie einer weiteren bemerkenswerten Ausnahme: De'Unnero.

Aydrian blickte zu dem Mönch hinüber und sah an De'Unneros Mienenspiel, dass dieser seine Absichten voll und ganz verstanden hatte.

»Herzog Kalas hat die Gebiete westlich von Palmaris in unsere Gewalt gebracht«, bemerkte De'Unnero. Es war für Aydrian die perfekte Überleitung.

»Die Pläne, die Ihr Fürsten umgesetzt habt, um die Euch bekannten Feinde der Krone zu beseitigen, sind zwar löblich«, erklärte Aydrian, »aber im Westen hält sich noch eine weitere Gegnerin verborgen. Und diese Gegnerin wird sich nur dann als schlagkräftig erweisen, wenn wir ihr gestatten, ihre Taktik aus Irreführung und hinterhältigen Attacken fortzusetzen. Gelingt es uns dagegen, sie auf dem Feld der Ehre zu stellen, dürfte diese Bedrohung bald ein Ende haben.«

Er hielt inne, um die Einstellung der Männer rund um den Tisch einschätzen zu können, ihre verwirrten, manchmal auch skeptischen Blicke. Aydrian hatte durchaus Verständnis für ihre Mienen. Seine Thronbesteigung hatte das Königreich in einen Bürgerkrieg gestürzt, hatte diese Grafen, Herzöge und Ritter der Allhearts genötigt, sich gegen eben jenen Mann zu erheben, den sie stets als ihren künftigen König angesehen hatten. Und nun konfrontierte Aydrian sie mit einer völlig neuen Situation, mit einer neuen Bedrohung und einem weiteren Krieg.

»Dieser Aufgabe werde ich mich den Winter über widmen«, erklärte Aydrian und erhob sich geschmeidig von seinem Stuhl, sodass er die sitzenden Männer um einiges überragte. »Während Graf DePaunch den Golf sichert, Herzog Kalas in Zusammenarbeit mit Euch vortrefflichen Fürsten unsere Herrschaft über die Südlande festigt und Bruder De'Unnero auch weiterhin die Unterwanderung der derzeitigen abellikanischen Kirche betreibt und so die innere Erneuerung dieser abtrünnigen Einrichtung beschleunigt, werde ich an der Spitze einer Armee von vierhundert Kriegern nach Westen marschieren.«

»Die Allhearts stehen zum Abmarsch bereit, mein König«, erklärte Herzog Kalas. »Ich werde persönlich die fähigsten Kingsmen auswählen, um Eure Reihen zu füllen.«

»Habt Ihr nicht mitbekommen, dass ich soeben sagte, Ihr werdet der Krone in den Südlanden dienen?«, fragte Aydrian.

»Aber mein König …«

Aydrian beugte sich über den Tisch, baute sich bedrohlich vor Kalas auf, worauf dieser – sehr zum Erstaunen der anderen Fürsten und Allhearts, die Herzog Kalas stets für den mutigsten Mann ihres Standes gehalten hatten – in sich zusammenzusinken und vor seinem mächtigen König geradezu zu schrumpfen schien.

»Hütet Euch davor, mich jemals wie schmückendes, leicht zerbrechliches Beiwerk zu behandeln«, warnte sie Aydrian mit ruhiger Stimme. »Ich bin immer noch derselbe, der den Aufstand an der Nordmauer niedergeschlagen hat, derselbe, der unsere Eroberung dieser mächtigen Stadt ermöglicht und das Turnier zur Feier des fünfzigsten Geburtstags von König Danube gewonnen hat.«

Kaum waren die Worte über seine Lippen gedrungen, hätte Aydrian sie am liebsten wieder zurückgenommen, denn Herzog Kalas zuckte merklich zusammen – ihn hatte Aydrian damals besiegt –, und alle übrigen Fürsten am Tisch nahmen eine widerspenstige Haltung an. Hinter seinem Rücken hörte der junge König, wie Marcalo De'Unnero scharf den Atem einzog.

»Wenn ich Manns genug bin, an der Seite von Herzog Kalas den Turnierplatz zu betreten«, improvisierte Aydrian, »dann bin ich gewiss auch Manns genug, diesen Feind im Westen zu besiegen.«

Kalas' Miene wurde etwas versöhnlicher, zumindest so weit, dass Aydrian annehmen konnte, die Beleidigung wieder gutgemacht zu haben.

»Oder seid Ihr etwa nicht der Meinung?«, fragte der junge König, nahm eine betont aufrechte Haltung an und gab die Frage mit einer ausladenden Handbewegung an die versammelte Runde weiter.

Während die Fürsten noch nach angemessenen Worten suchten, fiel Aydrians Blick auf De'Unnero. Er sah, wie der verkniffen dreinschauende Mönch sich auf seinem Stuhl zurücklehnte, die kräftigen Arme vor der Brust verschränkt.

»Bitte, klärt uns darüber auf, um wen genau es sich bei diesem Gegner handelt«, forderte Herzog Kalas ihn auf. »Fürchtet Ihr die Jäger der Wilderlande?«

»Ich fürchte überhaupt niemanden«, erwiderte Aydrian. »Weder Prinz Midalis noch St. Mere-Abelle und schon gar nicht die Touel'alfar.«

Das trug ihm abermals erstaunte Blicke ein – schließlich hielten viele dieser Männer die Touel'alfar für Fabelwesen, die sie nur aus ihrer Kindheit, von Erzählungen am Lagerfeuer, kannten. Sie wussten bestenfalls aus irgendwelchen wilden Gerüchten, die in den Straßen Ursals umgingen, dass Aydrian angeblich von diesen geheimnisumwitterten Elfen aufgezogen und ausgebildet worden war.

»Oh, ganz recht, meine Herren. Diese schwer greifbaren Wesen der Wilderlande gibt es wirklich«, versicherte Aydrian ihnen. »Ihr alle kennt die Gerüchte über meine Herkunft jenseits meiner elterlichen Abstammung, und diese Gerüchte treffen zu. Ich kenne diese Feinde. Ich weiß, wo ihre Herrin lebt. Und ich weiß, wie man sie schnell und wirkungsvoll vernichten kann. Ich werde mit vierhundert Mann aufbrechen – wählt sie meinetwegen aus, Herzog Kalas, aber es müssen nicht Eure besten Krieger sein. Gebt mir einfach Männer mit, die fähig sind, den Unbilden des Winters zu trotzen – Männer, die über die nötigen Kentnisse verfügen, um den selbst in den unteren Bergregionen harten Winter der Wilderlande zu überstehen. Jäger und Männer aus dem Grenzgebiet im äußersten Nordwesten des Bärenreiches vielleicht.«

Noch während Herzog Kalas bestätigend nickte, wurde auf der anderen Seite des Tisches überraschend Widerspruch laut. »Das ist doch Wahnsinn.« Aydrians Augen und die aller anderen fuhren herum, um den Sprecher, Herzog Treschent von Falidean, der südlichsten Provinz auf der Halbinsel Mantis Arm, verwundert anzusehen.

»Ihr wagt es, Eurem König zu widersprechen?«, fuhr Kalas ihn an. Doch Aydrian forderte Treschent mit einer Handbewegung zum Weitersprechen auf.

»Ich … ich … wollte nur …« Treschent blickte sich nervös um.

Aydrian ging gemächlich um den Tisch herum, ohne den Mann, der unter seinem harten Blick dahinzuwelken schien, auch nur einen Moment aus den Augen zu lassen.

»Ihr bezweifelt doch nicht etwa meine Fähigkeit, unsere Feinde zu vernichten«, bedrängte ihn Aydrian.

»Nein, mein König, selbstverständlich nicht!«, erwiderte der Herzog.

»Nein, Ihr fürchtet um unsere Herrschaft über die Königreiche während meiner Abwesenheit«, schloss Aydrian, worauf der Mann trocken schluckte. »Ihr zweifelt an meiner Anerkennung im Volk und fürchtet, während meiner Abwesenheit könnte es zu einer offenen Revolte kommen.«

Als Aydrian bei ihm anlangte und sich unmittelbar neben ihn stellte, musste der Herzog erneut schlucken, während einige andere am Tisch sich erkühnten, heimlich untereinander zu tuscheln.

»Habe ich nicht für eben diesen Zweck Männer wie Bruder De'Unnero und Herzog Kalas, die mich unterstützen?«, fragte Aydrian. Er blieb einen Moment neben dem Herzog stehen, was diesen sichtlich nervös machte, dann trat er zur Seite und wandte sich an die Versammlung als Ganzes.

»Ihr habt alle Angst«, sagte er unverblümt. »Und wieso auch nicht? Wir sind beherzt in Ursal aufgebrochen, und bislang sind wir auf unserem Weg auf keinen nennenswerten Widerstand gestoßen. Einzig Palmaris hat sich bisher ernsthaft zu widersetzen gewagt, und selbst dort ...« Er hielt inne und lachte in sich hinein. »Und nun steht uns eine gefährliche Reise unserer Flotte nach Norden bevor und möglicherweise eine Schlacht im Süden«, fuhr er fort. »Derweil lauert Midalis im Hintergrund und wartet.« Er sah zu De'Unnero. »Aber da ist auch noch St. Mere-Abelle, das ebenfalls wartet. Die mächtigste Festung der Welt, bemannt mit mehr als siebenhundert im Kampf ausgebildeten und in Edelsteinmagie unterwiesenen Ordensbrüdern. Das macht Euch alle vorsichtig, und das sollte es auch. Und nun erzähle ich Euch von einem neuen Feind, einem Feind, von dessen Existenz die meisten von Euch nicht einmal etwas wussten. Eure Skepsis ist gerechtfertigt, nur ...«

Er hielt inne und blickte in die Runde, um sich zu vergewissern, dass alle Augen auf ihn gerichtet waren, dass alle Ohren gespannt auf jedes seiner Worte lauschten.

»Nur vergesst nicht, dass ich Euer König bin«, fuhr Aydrian fort. »Und ich kenne diesen Feind, und zwar persönlich. Deshalb weiß ich, wie man diesen Feind vernichten kann. Und genau das werde ich auch tun.«

Niemand tuschelte, niemand wagte eine Erwiderung, nicht einmal Herzog Kalas oder Marcalo De'Unnero.

»Ihr könnt jetzt gehen«, erklärte Aydrian. »Macht Euch an Eure Arbeit. Der Winter naht mit schnellen Schritten, und vor Frühlingsbeginn und den großen Schlachten, die diese Jahreszeit bringen wird, gibt es noch viel zu tun.«

Die Adeligen wechselten verstörte Blicke, ehe sie nervös und angespannt einer nach dem anderen den Raum verließen.

Alle bis auf einen.

Marcalo De'Unnero war gelassen sitzen geblieben, die Arme noch immer vor seiner muskulösen Brust verschränkt. Bedächtig, ohne auch nur ein einziges Mal zu blinzeln oder Aydrian aus den Augen zu lassen, löste er seine Arme und begann, langsam in die Hände zu klatschen.

»Ihr habt sie abgefertigt, als ob sie kleine Kinder wären«, sagte er anerkennend. »Und das, obwohl die meisten bereits länger eine Machtstellung innehaben, als Ihr lebt. Verratet mir eins, mein einstiger Schüler, wo habt Ihr diese Art von Politik gelernt?«

Aydrian zuckte kaum merklich mit den Schultern. »Es hat viel mit Selbstvertrauen zu tun, mein Freund.«

»Seid Ihr so sicher, dass Ihr ihnen überlegen seid?«

»Mehr, als sie sich in ihren kühnsten Träumen vorzustellen vermögen«, erwiderte Aydrian. »Wie Ihr sehr wohl wisst. Wenn ich sie wie Kinder behandle, dann deswegen, weil sie es verglichen mit mir sind.«

De'Unneros Gesicht bekam einen leicht ungläubigen Zug. »Ihr seid wirklich bemerkenswert.«

»Mehr, als Ihr ahnt.«

De'Unnero hielt inne und sah einen Moment weg, dann lachte er amüsiert und wandte sich wieder um. »Ihr wollt allen Ernstes gegen Lady Dasslerond und ihre Elfenbande in den Krieg ziehen?«

»Dieses Ziel erscheint mir ebenso erstrebenswert wie Euch St. Mere-Abelle. Außerdem ist es erheblich leichter zu erreichen.«

De'Unneros Gesicht wurde ernst. »Unterschätzt das kleine Völkchen nicht«, warnte er. »Schließlich waren sie es, die Eurem Vater zum Aufstieg verholfen haben. Sie waren es, die den Niedergang Markwarts und der ehemaligen abellikanischen Kirche ermöglicht haben. Das ist keine geringe Leistung.«

»Wenn sie aus dem Dunkeln heraus operieren kann, verfügt Lady Dasslerond fraglos über große Macht«, gab Aydrian ihm Recht. »Aber ich habe die Absicht, dieses Dunkel mit Feuer zu erhellen. Sie wird gegen mich nicht bestehen können – es ist nicht unsere erste Begegnung, und schon damals, als ich noch viel jünger und unerfahrener war, hat nicht Dasslerond den Sieg davongetragen.«

»Ich sollte Euch begleiten«, sagte De'Unnero, doch die absehbaren Worte waren noch nicht ganz über seine Lippen gedrungen, da schüttelte Aydrian bereits den Kopf.

»So groß ist unsere Macht über St. Precious nicht. Zudem dürfte es sich als erheblich wertvoller für uns erweisen, die Ordensbrüder zu bekehren, als sie einfach umzubringen.«

»Dann wartet doch bis zum Frühjahr oder bis zum nächsten Sommer, wenn das ganze Königreich in Eurer Hand ist.«

»Ihr glaubt, Lady Dasslerond wird sich nicht in unseren Eroberungsfeldzug einmischen? Ihr ahnt ja nicht, wie groß ihr Hass auf mich ist – und ihre Angst vor mir. Sie weiß, dass ich sie angreifen werde. Ebenso wie die Mönche von St. Mere-Abelle wissen, dass die an Euch verübten Verbrechen Euch zu ihnen führen werden – und zwar an der Spitze einer Armee, die groß genug ist, sie zu vernichten. Wenn wir auf

Dasslerond warten, wird sie nur um ein Vielfaches gefährlicher werden.«

»Für eine Streitmacht dieser Größe ist das Überwintern in den Wilderlanden keine Kleinigkeit.«

»Aus diesem Grund nehme ich auch keine zwanzigtausend Mann mit«, sagte Aydrian. »Ich vermag Andur'Blough Inninness und Lady Dasslerond bestens einzuschätzen. Vierhundert werden genügen. Drei Monate später werde ich zu Euch zurückkehren«, erklärte Aydrian, als er den Eindruck hatte, De'Unnero seien die Einwände ausgegangen. »Die Gefahr im Westen wird dann nicht mehr existieren. Wenn Herzog Kalas' Vormarsch quer durch die Südlande erfolgreich ist, liegen wir hervorragend im Plan. Anschließend können wir uns dann eingehender mit Midalis befassen. Ist diese Unannehmlichkeit erst ausgeräumt, werden wir unser Augenmerk auf das wichtigste Ziel von allen richten.«

»Während Abt Olin mit der Eroberung Behrens fortfährt«, sagte De'Unnero. »Und unsere Kommandanten in Vanguard – vielleicht sogar der eifrige DePaunch – die Schlachtpläne für die Einnahme Alpinadors entwerfen. Und was dann, mein ehemaliger Schüler? Sollen wir dann etwa zu den Wetterinseln segeln und auch noch die Pauris unterwerfen?«

Der Vorschlag war sarkastisch gemeint, doch Aydrian bedachte ihn mit einem Blick, der zeigen sollte, dass die Möglichkeit ihn durchaus faszinierte.

»Jedenfalls sollten wir Brynn Dharielle nicht außer Acht lassen, diesen *Drachen von To-gai*, der Behren erst in dieses Chaos gestürzt hat«, fuhr De'Unnero fort.

»Worauf wollt Ihr hinaus?«, fragte Aydrian. Seine eben noch so deutlich spürbare Amüsiertheit war verflogen.

»Gebt Acht, dass wir uns nicht übernehmen, sonst könnte es sein, dass Eurer weit ausgestreckten Hand mehr entgleitet, als Ihr für möglich haltet«, warnte De'Unnero. »Ihr habt Euch dort draußen Feinde gemacht, die weit mächtiger sind, als Ihr zu glauben scheint.«

»Vielleicht unterschätzt Ihr ja auch einfach nur Aydrian Boudabras«, erwiderte der junge König.

»Darauf läuft es wohl stets hinaus.«

Aydrian lächelte.

»Und was ist, wenn Ihr in den Wilderlanden getötet werdet?«, fragte der Mönch. »Was soll dann aus uns allen werden?«

»Für den Adel und die Allhearts gibt es keinen Weg zurück«, beeilte sich Aydrian zu erwidern. »Sie haben sich in aller Öffentlichkeit gegen Midalis ausgesprochen. Wenn sie also ihre angestrebte Macht behalten wollen, darf der Prinz nicht König werden. Der Krieg ist unausweichlich. Ich werde nicht getötet werden, aber sollte es dennoch geschehen, wäre das für Euch sogar von noch größerem Nutzen. Ihr werdet den Krieg selbstverständlich auch ohne mich gewinnen, aber wie viel stärker würde Eure Kirche sein, wenn das Königreich tatsächlich führungslos wäre? Herzog Kalas wird zweifellos zum Hofmeister des Reiches ernannt werden, aber ein Hofmeister ist kein König.«

Mittlerweile war De'Unnero dazu übergegangen, die Fingerspitzen vor seinem Gesicht gegeneinander zu tippen. Jede seiner Bewegungen verriet, dass er nicht beabsichtigte, dem zu widersprechen.

»Nur Mut, mein Freund, und vertraut ganz auf« – er hielt kurz inne, um De'Unnero ein Lächeln zuzuwerfen – »Euren ehemaligen Schüler.«

2. Kampfesmut

Die Nacht war so stockfinster, dass sie nicht mit Sicherheit zu sagen wusste, ob sie die Augen bereits geöffnet hatte oder nicht. Oder, wenn sie tatsächlich offen waren, ob sie von der ihr einst vertrauten Welt nicht an einen Ort der Finsternis hinübergewechselt war, in ein Schattenreich, wo Leben spendendes Licht unbekannt war.

Sie schloss ihre Augen wieder und konzentrierte sich ganz bewusst auf die Eindrücke ihrer Umgebung: den kalten, nassen Lehm unter ihrem Gesicht und ihren nackten Armen, das taube Gefühl in ihren Beinen, den dumpfen, ihre eine Körperhälfte durchziehenden Schmerz, das glühend heiße Stechen, das in ihrem Unterleib brannte. Schlagartig wurde ihr bewusst, dass sie dem Tod nahe war, denn durch ihre Beine kroch eine durchdringende Kälte herauf, unter deren todesähnlicher Berührung sie jedes Gefühl für ihren Körper zu verlieren schien.

Sie versuchte, den Kopf anzuheben, doch es gelang ihr nicht. Sie wollte sich auf die Seite wälzen, um das Gefühl des kalten, sandigen Lehms an ihrem Mund loszuwerden, aber auch das war unmöglich.

Sie fragte sich, warum sie sich überhaupt bewegt hatte. Warum hatte der Tod sie nicht einfach ereilt, während sie bewusstlos war?

Dann spürte sie, wie sie angestoßen wurde und gleich darauf noch einmal – irgendetwas Hartes presste sich gegen ihre Schulter.

Unter ungeheuren Mühen gelang es Pony, den Kopf so weit über den Sand zu schieben, dass sich ihr ein anderer Blickwinkel bot. Zuerst vermochte sie außer Dunkelheit nichts zu erkennen, doch dann gewahrte sie nach und nach die Umrisse eines dunkleren Schattens.

Wieder wurde sie angestoßen.

Vom Huf eines Pferdes.

»Symphony?«, formte sie mit den Lippen, denn sie hatte nicht die Kraft, tief genug Luft zu holen, um sich verständlich zu artikulieren. Sie sah die Silhouette sich aufbäumen und mit den Vorderläufen in die Luft treten und spürte plötzlich, dank der Kräfte des von Bruder Avelyn in Symphonys Brust eingesetzten Türkises, die vertraute Verbindung.

»Symphony«, wiederholte sie. Diesmal hauchte sie das Wort leise in den Sand.

Das Pferd gab ein leises Wiehern von sich und scharrte ängstlich mit dem Huf, so als wollte es sie auffordern, sich endlich zu bewegen.

Doch Pony hatte nicht die Kraft dazu.

Wieder stieß Symphony sie an, nachdrücklicher diesmal, und drehte sie auf die Seite. Wogen von Schmerz schossen durch ihre eine Körperhälfte, aber wenigstens gingen sie mit der Wahrnehmung anderer Empfindungen einher, die sie vorerst davor bewahrten zu sterben. Dabei war sie nicht einmal sicher, ob sie diesen Aufschub überhaupt wollte. Wäre es nicht viel angenehmer, einfach die Augen zu schließen und sich dem Jenseits zu überlassen? Wo Elbryan bereits wartete? Den Schmerz der Goblin-Speere hinter sich zu lassen und das noch tiefere Leid, das Aydrian bedeutete?

Denn unmittelbar vor ihr erhob sich drohend, gleich einer schwarzen Wand, an der ihre ganze Willenskraft und jeder Überlebensinstinkt zerschellte, Aydrians Geist – das Symbol zutiefst empfundener Verzweiflung. Sie hatte seine Macht zu spüren bekommen, hatte die Niedertracht in seinem Herzen erkannt. Ein Blick in seine blauen Augen – die ihren so ähnlich waren – hatte ihr gezeigt, was hätte sein können, hatte ihr den Albtraum offenbart, zu dem er sich entwickelt hatte. Sie konnte ihn weder besiegen, noch ertrug sie es, seinen Aufstieg mit ansehen zu müssen.

Und am Ende würde ihr nichts anderes bleiben als der Tod.

Symphony wieherte und stampfte mit den Hufen. Der Hengst umtänzelte Pony, schnaubte bei jedem Schritt, trat immer wieder bockend aus. Die pure Energie des betagten Pferdes riss Pony aus ihren düsteren Gedanken und lenkte ihre ganze Aufmerksamkeit auf die Kraft und Entschlossenheit, die Symphony in diesem Augenblick verkörperte.

Ein Anblick, der die gebrochene Frau zutiefst beschämte.

Ein Anblick, bei dem sich Pony plötzlich lächerlich vorkam, wie sie hier im Morast lag und auf den Tod wartete, wo doch der Seelenstein irgendwo ganz in der Nähe liegen musste.

Sie zog die Hände seitlich neben ihren Oberkörper und versuchte, sich hochzustemmen. Aber es war zu spät, sie war bereits zu geschwächt und sank zurück in den Morast.

»Symphony«, hauchte sie erneut.

Das Pferd kam ganz dicht zu ihr, senkte den Kopf und berührte ihr Ohr und ihre Haare mit den Lippen.

»Edelstein«, versuchte Pony hervorzustoßen, aber wichtiger als das Wort selbst, das ihr kaum über die Lippen kommen wollte, war der Gedanke, den sie dem Hengst übermittelte und der ihm begreiflich machen sollte, dass sie nach dem Hämatit verlangte.

Aber ohne den Seelenstein war diese Art der Verständigung unmöglich.

Sie riss sich zusammen und beschloss, sich des Orakels zu bedienen, jener Gabe, die Andacanavar ihr zum Geschenk gemacht hatte, um Verbindung mit Elbryans Geist aufnehmen zu können. Sie hatte diese Meditationsübung in den letzten Jahren viel zu selten genutzt. Hatte sie aber doch einmal vor dem abgedunkelten Spiegel gesessen, hatte sie nicht etwa eine Verbindung zu Elbryan hergestellt, sondern war nur mit der Verzweiflung über den bohrenden Schmerz ihres Verlustes konfrontiert worden. Jetzt aber versenkte sie sich ebenso sicher in jenen meditativen Zustand, als sitze sie in einem schwach beleuchteten Raum und blicke in den Spiegel. Kurz darauf spürte sie eine Erscheinung, den Schatten im Spiegel.

Symphony spürte sie ebenfalls. Das sah sie an der Art, wie das Pferd, sichtlich aufgeregt, wieder zu schnauben und mit dem Huf zu scharren begann.

Pony ließ ihre Gedanken wieder zu dem Schatten hinüberwandern. Sie war sicher, dass es Elbryan war. In Gedanken ging sie noch einmal den Kampf mit den Goblins durch, angefangen bei dem Augenblick, als sie sich einen Weg durch den kleinen See gebahnt hatte. Doch diesmal sah sie ihn aus einer anderen Perspektive, so als beobachte sie ihre eigenen Bewegungen von der Seite her. Bei der kleinen Atempause in der Mitte des Sees hatte sie den Seelenstein offenbar noch in der Hand gehalten, denn im Anschluss war sie zum gegenüberliegenden Ufer hinübergeeilt, hatte dort von den Goblins Besitz ergriffen und sie gegeneinander ausgespielt. Anschließend war sie am anderen Ufer an Land gegangen, um den Angriff von der Südseite abzuwehren, hatte ihre Decke über einen der Goblins geschmissen und sich dann vor den Füßen des attackierenden Goblin in den Sand geworfen ...

Einen Augenblick darauf begann Symphony wild herumzuspringen und jagte davon. Während sein Schatten rasch mit der Dunkelheit verschmolz, ließ sich Pony erschöpft in den Morast sinken und schloss die Augen. Sie hörte ein Platschen, das sich kurz darauf wiederholte, und folgte Symphonys Schnauben am Ufer entlang Richtung Süden.

Aber die kalte, leere Dunkelheit war zu verlockend ...

Augenblicke später riss ein heftiger Stoß gegen ihre Schulter Pony aus ihrem Dämmerzustand. Sie sperrte sich gegen die Aufforderung, wurde erneut angestoßen und gleich darauf ein drittes Mal. Der beharrliche Hengst ließ sich einfach nicht abweisen. Schließlich schlug sie die Augen auf und erblickte auf dem Boden unmittelbar vor ihrem Gesicht eine kleine dunklere Stelle. Ein unerwarteter Energieschub ermöglichte es Pony, ihre Hand unter leisem Ächzen über den dunklen Punkt zu schieben. Es war der Seelenstein.

Sie flüchtete sich vor der einladenden Kälte in den warmen, grauen Strudel des Hämatits und befreite ihren Geist von aller Mattigkeit und Qual. Dann spürte sie, wie sich etwas kraftvoll gegen ihre Hand schob, das sie erst nach einer Weile als Symphonys Bein erkannte. Instinktiv erwiderte sie den Druck, den Seelenstein fest zwischen ihrer eiskalten und nahezu gefühllosen Hand und dem Huf des prächtigen Hengstes eingeklemmt.

Ihr Geist drang in das dämmrige Zwischenreich zwischen beiden physischen Körpern ein und nahm Verbindung zu Symphony auf. In diesem Augenblick begriff sie, was der Hengst ihr mitzuteilen versuchte, doch ihr Geist schreckte instinktiv davor zurück.

Symphony bedrängte sie noch hartnäckiger und stieß einen kraftvollen, eindringlichen Ruf aus.

Pony verschmolz mit dem Geist des Tieres, zog Kraft aus dessen Geist und ließ sich von der Energie des Pferdes durchdringen. Sie tat es instinktiv nur zögernd – sie wusste, dass es eine der niedersten Arten der Inbesitznahme war, eine Vorstellung, die sie an sich bereits schauderhaft fand. Doch Symphony weigerte sich, sie wieder freizugeben. Sie spürte, dass das Pferd verstand, was sie hier tat, und dass es ihr aus freien Stücken einen Teil seiner Lebensenergie überließ.

Mit neuen Kräften versehen, langte sie zu ihrer Wunde hinunter und setzte den Heilungsprozess des Edelsteins in Gang.

Wie ein warmer Wasserstrom durchfluteten die Wogen der Heilmagie die am Boden liegende Frau und erfüllten sie mit einem Gefühl der Wärme und der Erlösung von ihren Schmerzen. Kurz darauf erwachten die Teile ihres Körpers, die aufgrund ihrer Verletzungen gefühllos geworden waren, kribbelnd zu neuem Leben.

Während all dies seinen Lauf nahm, drang eine ganz andere Art der Heilung unerwartet in einen Teil von Pony vor, in jenen Teil von ihr, der am meisten in Mitleidenschaft gezogen worden war: ihre Seele. Während sie hier im Morast lag, ihre Energien durch den Edelstein strömen ließ und sie in magische Heilkräfte umwandelte, kreisten ihre Gedanken um die Ereignisse, die sie an diesen Punkt geführt hatten. Sie erinnerte sich wieder an den Kampf mit dem vom Dämon besessenen Markwart auf dem Feld vor den Toren von Palmaris.

Damals war sie besiegt worden und wäre, hätten Dasslerонds Elfen sie nicht gerettet, gewiss ums Leben gekommen.

Es war der Moment gewesen, in dem sie Aydrian an die Touel'alfar verloren hatte.

Endlich schaffte sie es, sich zu drehen und ihr Gesicht aus dem Morast zu heben. Sie lag auf dem Rücken und starrte hinauf in den Sternenhimmel; da sah sie plötzlich etwas …

Den Lichthof.

Beim Anblick der bunten Lichtringe tat Ponys Herz einen Freudensprung, so als wollte ihre Seele nach ihnen greifen. Sie erinnerte sich an einen Tag vor langer Zeit, als sie und Elbryan, damals noch Kinder, die Stadt Dundalis verlassen hatten und den Nordhang hinaufgelaufen waren. Dort hatten sie sich umgeschaut und dasselbe magische Phänomen gesehen. Es war der Ursprung der Edelsteine und war ihr damals wie das vollkommene Geschenk Gottes erschienen. Auf einmal spürte sie auch hier dasselbe Gefühl tiefer Verbundenheit zwischen ihrer Erinnerung und ihren gegenwärtigen Gedanken, zwischen ihrer Seele und den Seelen all derer, die vor ihr aus dem Leben geschieden waren. Dieser Hof sagte ihr, dass Elbryan noch immer bei ihr war, dass das Lied des Nachtvogels nicht nur in ihrer Erinnerung weiterlebte. Die Bäume, die Vögel und überhaupt alles, was Elbryan jemals berührt hatte, waren davon durchdrungen. Die abendliche Brise trug es ebenso selbstverständlich heran wie Bradwardens berückendes Flötenspiel.

Trotz all ihrer Sorgen überkam sie in diesem Augenblick ein überwältigendes Gefühl inneren Friedens, das auf ihre Seele ebenso erleichternd wirkte wie die Wogen der Heilmagie zuvor auf ihren Körper. Sie versuchte gar nicht erst, die Tränen zurückzuhalten, die aus ihren Augen strömten, während sie dort lag, den Lichthof betrachtete und spürte, wie ihre Seele und die Elbryans sich berührten.

Er war hier, bei ihr – sie spürte es ganz deutlich. Er stand neben ihr, er hatte Symphony zu ihr geführt.

Und er versuchte ihr irgendetwas mitzuteilen.

Pony rief sich noch einmal König Danubes Todestag in Erinnerung. Sie versuchte, nicht an den Schrecken dieses Augenblicks zu denken, nicht an das Grauen, als sie Constance Pemblebury's Geist vor sich erblickt hatte, nicht an das Entsetzen, mit ansehen zu müssen, wie ihren Gemahl der Tod ereilte, nicht an den unvermittelten, brutalen Schock, als sie von ihrem längst verloren geglaubten Sohn erfahren hatte. In diesem Augenblick im Morast, über sich den Lichthof, erfüllt von ihrer Liebe für Elbryan, bemühte sich Pony um eine andere Sichtweise. Sie zwang sich, ihren Zorn auf Lady Dasslerond zu vergessen. Stattdessen dankte sie ihr und den Elfen im Stillen, dass sie ihr das Leben gerettet hatten, dass sie Aydrian gerettet hatten. Entschieden schob sie allen Schmerz und Groll beiseite, ließ ihre Angst vor dem Monstrum, das Dasslerond geschaffen hatte, hinter sich und versuchte Aydrian in einem neuen Licht zu sehen. Er war ihr Sohn. Und er litt fürchterliche Qualen.

Diese fürchterlichen Qualen hatten ihn dazu getrieben, die Katastrophe auf die Spitze zu treiben. Diese fürchterlichen Qualen hatten den Groll auf seine Mutter gespeist. Diese fürchterlichen Qualen – und Marcalo De'Unnero.

Kaum war der Name ihr in den Sinn gekommen, verdrängte Pony ihn wieder. Für Zorn hatte sie im Augenblick keinen Platz.

Vielleicht gab es ja auch noch einen anderen Grund als diesen De'Unnero, grübelte sie, und sofort lief es ihr eiskalt über den Rücken. In Gedanken ging sie noch einmal die Umstände durch, unter denen sie Aydrian verloren hatte – mitten in einem spirituellen Kampf mit dem ehrwürdigen Vater Markwart sowie einer Kreatur, die das Begriffsvermögen dieses gebrechlichen alten Mönches weit überfordert hatte.

Zum ersten Mal seit langer Zeit fühlte sie wieder den alten Kampfgeist in sich aufkeimen, jene Leidenschaft, die sie zum Berg Aida geführt hatte, um dort gegen den geflügelten Dämon zu kämpfen, eben jene innere Glut, die sie die schwere Prüfung durch Markwart und den Verlust so vieler geliebter Menschen hatte aushalten lassen, eben jene Energie, die ihr während der Rotfleckenpest Mut gemacht, ihr das wahre Wesen der Ordensgemeinschaft gezeigt und den Weg zum Schrein Avelyns gewiesen hatte.

Sie dachte noch einmal über Aydrian nach, über dieses exzentrische Monstrum, zu dem er geworden war, und stellte fest, dass sie es nicht übers Herz brachte, gegen ihren eigenen Sohn zu kämpfen.

Aber Pony ließ auch diesen Gedanken hinter sich und machte sich noch einmal von ganzem Herzen klar, dass sie sehr wohl den erforderlichen Mut besaß, gegen Marcalo De'Unnero zu kämpfen.

So als hätte der Gedanke an den falschen und in Misskredit geratenen Mönch ihrem Körper neue Entschlossenheit verliehen, stemmte sie sich vom Erdboden hoch und ging zu dem geduldig wartenden Symphony hinüber. Liebevoll strich sie dem Pferd übers Gesicht, um ihre Dankbarkeit zu zeigen, dann brachte sie ihr Gesicht ganz nah an den Hals des prächtigen Hengstes, bis sie seine Wärme spürte. Pony schwang sich auf Symphonys Rücken, flüsterte ihm ins Ohr, dass sie nach Hause wollte, und krallte sich in seine dichte schwarze Mähne.

Der Hengst sprang mit einem mächtigen Satz los und preschte davon, wie kein anderes Lebewesen auf der Welt zu rennen vermochte.

Unermüdlich trug er sie quer durch die Moorlande bis in die Wälder, wo das Laub bereits in einer dicken Schicht die Pfade bedeckte. Er stürmte jeden Hang hinauf, stieg mit eleganten und vorsichtigen Bewegungen an der Rückseite wieder hinunter, immer weiter nach Osten.

Wenige Tage später galoppierte Symphony über Felder voller Rentiermoos, das er mit seinen Hufen zu weißem Staub aufwirbelte. Als Pony die sanft geschwungenen, moosbewachsenen Felder rundum erblickte, wusste sie, dass sie fast zu Hause war.

Sie beugte sich über den Hals des Pferdes und flüsterte ihm neue Anweisungen ins Ohr. Symphony verstand sofort, was sie wollte, und den Weg kannte er ohnehin. Eines Abends, kurz vor Anbruch der Dämmerung, machte das Pferd in der Nähe eines rautenförmigen Gehölzes Halt.

Pony ließ sich von seinem Rücken gleiten. Erst jetzt bemerkte sie, dass die Luft von Bradwardens Lied erfüllt war, das sich wie stets mit den Geräuschen der Natur vermischte. Ermutigt von der Musik und von der besonderen Atmosphäre dieses Ortes, betrat sie das kleine Wäldchen und begab sich zu einer Lichtung mit zwei Hügelgräbern.

»Ich werde Euch Euer Schwert zurückbringen, Mather Wyndon«, versprach sie. »Und dir werde ich Falkenschwinge zurückbringen, mein Liebster. Was wir unter großen Mühen erreicht haben, soll durch die eigensinnigen Machenschaften unseres Sohnes nicht verloren gehen.«

»Worte, die mir süßer in den Ohren klingen als alles, was je aus meinen Pfeifen drang«, erklang hinter ihr Bradwardens Stimme.

Pony drehte sich lächelnd um.

»Bist du der Elfendame schon begegnet?«, erkundigte sich der Zentaur.

»Dasslerond und ich sind nicht als Freunde auseinander gegangen«, erklärte Pony. »Trotzdem sind wir, wenn schon nicht aus freien Stücken, so doch aufgrund der Umstände, Verbündete in dieser Angelegenheit.«

»Du bist bereit, die Fehler der Touel'alfar wieder gutzumachen?«

Pony zuckte leicht resigniert mit den Schultern. »Irgendjemand muss es ja tun.«

Da brach der Zentaur in schallendes Gelächter aus. »Und wieder einmal fällt die Wahl auf dich. Was hast du nur für ein Leben gehabt, Pony aus Dundalis! Erst bekämpfst du den Dämon in seinem Loch und dann gleich noch einmal im Körper dieses Markwart.«

»Wer soll denn überhaupt noch gegen Bestesbulzibar kämpfen?«, erwiderte sie ernst. Bradwarden stellte sein Gelächter ein und musterte sie fragend. »Prinz Midalis wird mich bestimmt brauchen«, fuhr sie fort. »Und jetzt, da Symphony zu mir zurückgekehrt ist, werde ich ihn auch finden.«

»Kannst dich bei mir und Roger bedanken, dass wir ihn aus den Ställen deines habgierigen Sohnes befreit haben«, bemerkte der Zentaur.

»Es gibt keinen Stall, der für Symphony geeignet wäre. Er braucht die zaunlosen Weiden draußen in der freien Natur.«

»Wohl wahr.« Bradwarden unterbrach für einen Moment das Gespräch, denn Pony hatte sich umgedreht und starrte lange auf das Hügelgrab ihres geliebten Elbryan. Ein Gefühl tief empfundener Erleichterung zeichnete sich auf ihren schönen Zügen ab, so als hätte die jüngste schwere Prüfung ihr den wahren Zweck ihres Lebens vor Augen geführt – und ihre Pflicht.

Und der Zentaur hatte den untrüglichen Eindruck, dass sie bereit war, diese Pflicht auch zu erfüllen.

Pony drehte sich wieder um und schüttelte den Kopf. »Wir dürfen nicht länger warten. Ich werde noch heute Nacht nach Dundalis reiten. Dann kann ich morgen Vormittag schon auf dem Weg zu Prinz Midalis sein.«

»Du wirst dir einen Wettlauf mit dem Winter liefern«, warnte der Zentaur.

»Das muss Symphony jedes Jahr.«

»Wohl wahr«, räumte der Zentaur ein. »Und es ist ja nicht so, als bräuchte ich ein warmes Bett. Würd sowieso keins finden, das groß genug für mich wäre.«

Plötzlich dämmerte Pony, dass Bradwarden offenbar beabsichtigte, sie zu begleiten, und ihr fragender Gesichtsausdruck zeigte mit einem Mal tiefe Dankbarkeit. Was immer sie auch dagegen einzuwenden vermochte, nichts würde ihren treuen Freund davon abhalten, ihr auf diesem Weg in den Krieg zur Seite zu stehen.

»Bloß wirst du nicht schon morgen früh aufbrechen«, sagte Bradwarden zu ihr. »Sondern den Tag mit deiner Freundin Dainsey verbringen. Sie macht sich schreckliche Sorgen um Roger, und ich schätze, sie braucht dich jetzt.«

»Roger?«, fragte Pony, plötzlich beunruhigt.

»Er hat mich begleitet, als wir uns Symphony von deinem Sohn zurückgeholt haben«, erklärte der Zentaur, ohne allerdings einen übermäßig besorgten Eindruck zu machen. »Er hatte die Stadt bereits wieder verlassen, ist dann aber noch einmal umgekehrt. Wie's scheint, hat unser Freund Braumin sich von Aydrian und De'Unnero gefangen nehmen lassen, und Roger hat es sich in den Kopf gesetzt, ihn wieder zu befreien.«

Pony brauchte einen Moment, um das zu verdauen. Sofort kehrte ihr Angstgefühl in zehnfacher Stärke zurück. Sie hatte größtes Vertrauen in Roger. Er war nicht auf den Kopf gefallen und wusste sich zu helfen. Aber diesem Marcalo De'Unnero war er nicht gewachsen. Ebenso wenig wie Braumin Herde.

Um ein Haar wäre sie in diesem Augenblick schwach geworden, hätte ihre Pläne umgeworfen und erklärt, sie wolle stattdessen nach Palmaris reiten. Aber sie wusste, ihre Pflicht galt jetzt wichtigeren Dingen als ihren persönlichen Freundschaften. Wie schon damals auf dem Ritt zum Barbakan, wo sie den Inbegriff des Bösen hatte bekämpfen müssen, galt ihre Pflicht jetzt dem gesamten Bärenreich. Ihr Weg stand damit fest – er würde sie nach Nordosten und zu Prinz Midalis führen, daher würde sie ihre persönlichen Bedürfnisse hintanstellen und ihren Freunden vertrauen.

Sie fand Dainsey in der Geselligen Runde, wo sie bei Belster geblieben war – dem es jetzt, nach Ponys Heilungsversuch, erheblich besser zu gehen schien. Die Wangen des schwergewichtigen Mannes hatten wieder eine gesunde Farbe angenommen, und die Kraft war in seine Beine zurückgekehrt. Sie traf ihn hinter dem Tresen stehend an, wo er die zahlreichen Gäste bediente. Er konnte sich kaum retten vor Tränen, als sie plötzlich vor ihm stand, und eilte um den Tresen herum, um sie mit einer stürmischen Umarmung beinahe zu erdrücken.

Seine Freude bekam jedoch einen gehörigen Dämpfer, als sie sich nach Dainsey erkundigte.

»Sie ist im Hinterzimmer und sorgt sich um ihren Roger.«

Pony löste sich von Belster, der sie nickend gewähren ließ, dann verschwand sie hinter dem Tresen, lief den kurzen Flur entlang zu Dainseys Zimmertür und klopfte leise an. Als niemand antwortete, öffnete sie behutsam die Tür. Dainsey saß in einem Sessel am Fenster und starrte hinaus in die tiefschwarze Nacht.

Pony hockte sich neben sie, aber erst, als sie ihr eine Hand auf die Schultern legte, schien Dainsey von ihr Notiz zu nehmen. Sie drehte sich um und ließ sich in Ponys Arme sinken.

»Der Kampf wird niemals enden, nicht wahr?«, sagte Dainsey. »Er holt einen immer und überall ein, auch wenn man es gar nicht darauf anlegt.«

»Zumindest Roger scheint es darauf anzulegen«, pflichtete Pony ihr bei. Sie klang erheblich unbekümmerter als Dainsey. »Aber ohne triftigen Grund wird er in nichts verwickelt.«

Ihre Bemerkung schien Dainsey ein wenig aufzuheitern.

»Jedenfalls brauchen Rogers Freunde ihn nicht lange um Hilfe zu bitten«, fuhr Pony fort. »Erinnerst du dich noch an die Zeit, als ihr beide mich oft auf Schloss Ursal besucht habt? Die hochnäsigen Adligen dort brauchten mich nur anzusehen, und schon hatten sie sich einen streitlustigen Blick von Roger Flinkfinger eingehandelt.«

»Genau, und obwohl sie alle im Kampf ausgebildete Ritter waren und allein schon ihre Rüstung schwerer war als mein Roger, wären sie im Falle einer handfesten Prügelei …«

»… viele Stunden lang nicht mehr vom Boden aufgestanden«, beendete Pony den Satz für sie, was Dainsey schließlich doch ein Lächeln entlockte.

»Er versucht gerade, Braumin zu finden.«

»Das hat Bradwarden mir bereits erzählt«, erwiderte Pony.

»Wenn er an den Bischof herankommen will, wird er sich wohl erst mit diesem Schurken De'Unnero befassen müssen.«

»De'Unnero kann einem wirklich Leid tun«, lautete Ponys Kommentar.

Sie verbrachte noch mehrere Stunden in Dainseys Gesellschaft, ehe sie sich schließlich auf ihr Zimmer begab. Sie schlief erst spät ein – später als beabsichtigt –, doch als sie aufwachte, warteten Belster und Dainsey, vor sich auf dem Tisch die mit Vorräten gefüllten Satteltaschen, bereits auf sie.

»Ich habe gestern Abend noch mit Bradwarden gesprochen«, erklärte Belster. »Wir wissen, was du vorhast.«

»Wir alle brauchen dich jetzt«, pflichtete Dainsey ihm bei.

Eine Stunde später trug Symphony Pony aus der Stadt Dundalis, begleitet von Bradwarden.

Bis Vanguard war es ein weiter Ritt, und die Luft war erfüllt von beißender Winterkälte.

Doch das war nichts verglichen mit dem Feind, mit dem sie es schon bald zu tun bekommen würden, das war ihnen bewusst, daher konnten ihnen die Beschwerlichkeiten der Straße keine Angst machen.

Für Pony zählten allein der Sieg über De'Unnero, die Wiederherstellung der Macht der Krone und die Rettung ihres Sohnes.

3. Loyalität hat ihren Preis

»Letzter Fang der Saison!«, rief der alte Fischhändler mit lauter Stimme. »Dorsch und Flussbarsch! Letzter Fang!«

Die Gestalt war tief über ihren Karren gebeugt, den sie offenbar unter großen Mühen unweit der Abtei St. Precious im Nordostteil der Stadt Palmaris über die gepflasterte Straße schob.

»Letzter Fang!«, rief er erneut. Dabei fuhr er sich mit der Hand übers Gesicht und strich über seinen langen grauen Bart, um ihn verstohlen wieder an seinen Platz zu rücken.

Zwei Ordensbrüder im braunen Gewand der Abellikaner näherten sich dem Karren.

»Letzter Fang, sagst du, Fischhändler?«, erkundigte sich einer der beiden.

»Ganz recht.«

Die beiden Mönche traten unmittelbar neben den Karren. »Meister Flinkfinger?«, fragte Bruder Hoyet, sein Gesicht ein einziger Ausdruck des Erstaunens.

Roger hob den Kopf und pries noch einmal lautstark seine Fische an, ehe er den Mönchen zuzwinkerte.

»Ausgezeichnete Verkleidung«, beglückwünschte ihn der andere Ordensbruder, Tarin Destou. »Da habe ich Bischof Braumin schon so oft beim Gottesdienst auf Chasewind Manor als Messdiener geholfen, und jetzt stehe ich vor Euch und habe größte Schwierigkeiten, zu erkennen, ob Ihr es wirklich seid.«

»Das ist schließlich auch Sinn der Sache«, erwiderte Roger mit völlig ausdrucksloser Miene. »Sonst wär's ja wohl kaum eine gelungene Verkleidung.«

Die beiden Mönche wechselten grinsend einen Blick, ehe sie sich wieder Roger zuwandten.

»Hm, Flussbarsch wollt Ihr also«, sagte Roger laut, als zwei andere Bürger von Palmaris vorüberschlenderten. Er griff in seinen Karren und förderte ein erbärmlich aussehendes Exemplar zutage. »Eine vorzügliche Wahl, die Herren! Ganz vorzüglich!«

Bruder Hoyet nahm den stinkenden Fisch entgegen.

»Was ist mit Bruder Braumin?«, erkundigte sich Roger. »Ich hatte schon befürchtet, wenn nicht Aydrian, dann würde De'Unnero ihn unmittelbar nach dem Fall der Stadt Palmaris umbringen lassen. Aber soweit ich weiß, ist er seit der Eroberung bereits mehrfach öffentlich aufgetreten.«

»Er hat seitdem mehrmals öffentlich in König Aydrians Namen gesprochen«, bestätigte Hoyet.

»Bestimmt um die Einwohnerschaft der Stadt zu beruhigen und ein Gemetzel größten Ausmaßes zu verhindern«, sagte Roger.

»Er hat sich auch positiv über Marcalo De'Unnero geäußert«, fügte Bruder Destou hinzu, und Roger konnte nicht umhin zusammenzuzucken. Niemals, womit man ihm auch drohte, nicht einmal zum Wohl seiner eigenen Gemeinde, würde Braumin sich freiwillig in Marcalo De'Unneros Gesellschaft blicken lassen – es sei denn, sie stünden oben auf dem Galgengerüst, und die Schlinge läge bereits fest um De'Unneros Hals.

»Er hat die Bewohner der Stadt aufgefordert, König Aydrian zum Ruhm und Wohl des Bärenreiches mit offenen Armen willkommen zu heißen, ihre irrige Meinung über Bruder ... *Abt* De'Unnero abzulegen und ihn als das derzeit rechtmäßige Oberhaupt von St. Precious und den vermutlich künftigen und legitimen ehrwürdigen Vater der abellikanischen Kirche anzuerkennen.«

»So etwas würde Bischof Braumin niemals über die Lippen kommen«, fügte Hoyet hinzu.

»Nicht einmal, wenn man ihm einen vergifteten Dolch in den Rücken presst«, pflichtete Roger ihm bei. »Habt Ihr in seiner Nähe gestanden, als er diese Äußerungen von sich gab?«

»Drei Plätze weiter in derselben Reihe«, antwortete Hoyet. »Es war kein Betrüger, sondern Bischof Braumin selbst.«

»Oder aber ein Betrüger in Bischof Braumins Körper«, sagte Roger. Er kannte sich gut genug mit der Inbesitznahme durch Edelsteine aus, um den Zusammenhang sofort zu erkennen.

Die Mönche, die offenbar beide den gleichen Gedanken hatten, nickten.

»De'Unnero?«, fragte Roger.

»Es geht das Gerücht, Jilseponies Sohn sei überaus bewandert im Umgang mit den magischen Steinen – sogar noch bewanderter als seine Mutter«, erklärte Bruder Destou.

»Wer immer seine leiblichen Eltern sein mögen, die Bereitschaft, eine solche Untat zu begehen, zeichnet ihn nicht gerade als Jilseponies Sohn aus«, beeilte sich Roger zu erwidern. »Wisst Ihr, wo man Bischof Braumin gefangen hält? Ist er wohlauf?«

»Möglicherweise in den Gewölben unter der Abtei«, antwortete Hoyet. »Seit der Ankunft des neuen Königs sind zahllose Gefangene in die Verliese geworfen worden. Uns lässt man natürlich nicht einmal in die Nähe des Eingangsbereiches. Nur die Ordensbrüder, die zusammen mit unserem neuen Abt gekommen sind, werden in die Nähe der Treppe zum Verlies gelassen.«

»Man hat ihn in Ketten gelegt – es geht ihm nicht besonders gut«, fügte Bruder Destou hinzu. »Jedes Mal, wenn sie ihn für ihre Zwecke brauchen, schleifen sie ihn ins Freie und waschen ihn.«

»Dann wisst Ihr also, wo man ihn gefangen hält?«, wandte sich Roger an Destou.

Der Mönch zuckte mit den Schultern. »Ich habe Handschellenspuren an seinen Handgelenken bemerkt, außerdem ist er stark abgemagert. Aber ich habe nicht gesehen, dass man ihn aus den Verliesen von St. Precious fortgebracht hätte.«

Rogers Hand umklammerte den Rand des Fischkarrens – er musste sich aufstützen, sonst wäre er womöglich zusammengebrochen. Natürlich hatte er etwas Ähnliches schon die ganze Zeit vermutet. Nachdem er erfahren hatte, dass Braumin nicht aus der Stadt geflohen war, man ihn aber auch nicht getötet hatte, sondern als Marionette König Aydrians und De'Unneros missbrauchte, hatte sich ihm sofort der Verdacht aufgedrängt, dass es um die Gesundheit seines Freundes nicht zum Besten stand und er vermutlich in den Verliesen von St. Precious oder Chasewind Manor gefangen gehalten wurde.

»Wo hat er öffentlich gesprochen?«, wollte Roger wissen.

»Auf dem großen Platz, wie es sich für einen Abt von St. Precious geziemt«, antwortete Destou.

Roger hakte augenblicklich nach. »Hat er sich in Begleitung der Ordensbrüder von St. Precious dorthin begeben? Hat er gesprochen, nachdem oder während es regnete? Und wenn ja, waren seine Schuhe bereits nass, als er das Gebäude der Abtei verließ?«

Eine plötzliche Erkenntnis hellte Bruder Hoyets Miene auf. »Ja, richtig, das waren sie«, antwortete er. Er sah zu Destou, der wieder bloß mit den Schultern zuckte. Offenbar war ihm nichts dergleichen aufgefallen.

»Und De'Unnero wohnt in St. Precious?«, fragte Roger.

Hoyet nickte.

»Und Aydrian auf Chasewind Manor?«

Wieder ein Nicken. »Obwohl er, nach allem, was man so hört, jetzt vermutlich bald aufbrechen und nach Westen marschieren wird«, erklärte Bruder Hoyet.

Roger bewegte seinen Kopf langsam auf und ab, während er über das Gehörte nachdachte. Die Verliese von Chasewind Manor kannte er zur Genüge. Als Markwart in die Stadt kam, um gegen die Anhänger Avelyns, darunter auch Braumin und Jilseponie, zu kämpfen, waren viele seiner Freunde dort festgehalten worden. Und natürlich hatte er in den letzten Jahren, als er dort gelebt hatte, reichlich Gelegenheit gehabt, die Örtlichkeit vom Keller bis zum Dachfirst auszukundschaften – einschließlich sämtlicher Katakomben, Verliese und der zahlreichen Geheimgänge.

»Werdet Ihr ihn suchen?«, fragte Bruder Destou.

»Würde ich es nicht tun, dürfte ich mich wohl kaum als seinen Freund bezeichnen«, erwiderte Roger, worauf die beiden Mönche verlegen den Kopf senkten.

Roger bemerkte, wie die beiden einen Blick wechselten. Auf einmal wurde ihm klar, dass diese zwei Braumin an De'Unnero verraten hatten, da man sie sonst ebenfalls in Ketten gelegt hätte. Sie hatten gewiss keine geringe Schuld auf ihre Schultern geladen. Wäre er jünger gewesen, hätte er ihnen vermutlich Feigheit vorgeworfen, jetzt aber, nachdem er so viel von Elbryan und Jilseponie gelernt hatte, wusste er, wie sehr ihr Gewissen sie plagte.

»Ihr habt keinen Verrat an Bischof Braumin begangen«, erwiderte Roger in einem Anflug von Großmut. »Vielmehr seid Ihr ein kolossales Risiko eingegangen, indem Ihr Euch heute mit mir getroffen habt.« Er schloss mit einem Augenzwinkern und machte Anstalten, den Fischkarren an den beiden vorbeizuschieben. »Den Barsch könnt Ihr getrost behalten«, rief er ihnen noch zu.

Die beiden jungen Ordensbrüder nickten verlegen. Hoyet deutete mit dem Fisch in der Hand einen flüchtigen Gruß an, dann entfernten sie sich in Richtung St. Precious.

Wären sie etwas aufmerksamer gewesen, hätten sie die schattenhafte Gestalt bemerkt, die sie interessiert aus einem kleinen Fenster im zweiten Stock des weitläufigen Gebäudes beobachtete.

Marcalo De'Unnero stand inmitten einer großen Menschenansammlung am Nordtor der Stadt, als Aydrian die vierhundert Kingsmen aus Palmaris hinaus- und anschließend nach Westen führte. Der junge König schien auch nach dem Verlust seines entlaufenen Hengstes kaum etwas von seiner imposanten Erscheinung eingebüßt zu haben. Er ritt ein kräftiges To-gai-Pony, eines der zahlreichen Exemplare aus den Ställen von Palmaris, die übrig geblieben waren, nachdem ein Kontingent der Allhearts mit Graf DePaunch in den Golf von Korona ausgelaufen war.

Hinter Aydrian ratterten Wagen durch das Stadttor, und die gut ausgebildeten Soldaten marschierten in perfektem Gleichschritt. Die halbe Stadt, so schien es, war zusammengelaufen, um sich ihren Abmarsch anzusehen.

De'Unnero richtete sein Augenmerk nun auf die in kleinen Gruppen zusammenstehenden Bürger, von denen viele, das wusste er, voller Angst zu ihm herüberspähten. Trotz der gut zwölf Jahre, die seither verstrichen waren, erinnerten sich viele noch sehr gut an die – wenn auch kurze – Herrschaft von Bischof De'Unnero.

Diesmal würde alles anders werden, schwor sich der Mönch. Gemeinsam mit Aydrian hatte er in Palmaris einen klaren Kurs für sich abgesteckt, einen Kurs, der die Einwohnerschaft der Stadt zumindest ruhig stellen, wenn nicht gar für ihren jungen König und seinen obersten Berater begeistern würde. Es würde weder öffentliche Hinrichtungen noch Massenverhaftungen geben – nicht einmal irgendwelche Verordnungen, die, wie so oft während der letzten zehn Jahre, die Rechte der Bevölkerung, ihrem gewohnten Alltagsleben nachzugehen, drastisch beschnitten.

Und es würde keine förmliche Ernennung De'Unneros zum Bischof oder auch nur zum Abt von St. Precious geben. Soweit es die Bevölkerung von Palmaris betraf, war er nichts weiter als der Abt einer auswärtigen Abtei, der, als Aydrians Stellvertreter, Bischof Braumin Herde in beratender Funktion diente.

Natürlich gingen Marcalo De'Unneros Befugnisse weit darüber hinaus. Jetzt, da Aydrian nicht in der Stadt weilte und Kalas mit der Überwachung und völligen Unterwerfung der Südlande beschäftigt war, besaß er praktisch die absolute Macht in Palmaris. Bischof Braumin war nicht mehr als ein Name – De'Unnero hatte nicht die Absicht, ihn während Aydrians Abwesenheit überhaupt aus seiner Kerkerzelle herauszulassen. De'Unnero würde einen der bekehrten Meister von St. Precious mit der Bekanntgabe der Erlasse betrauen –

Dekrete, angeblich verfügt von Bischof Braumin, verfasst jedoch von niemand anderem als ihm selbst.

Seine derzeitige Aufgabe war einfach. Er brauchte nichts weiter zu tun, als den Winter auszusitzen – friedlich und ohne die Fäden aus der Hand zu geben – und seine Kräfte zu sammeln, um für die wichtigeren Auseinandersetzungen, die ihm zweifellos im Frühjahr bevorstanden, bereit zu sein.

Er hatte Aydrian ein Zugeständnis abgerungen, etwas, das er und Markwart schon einmal versucht hatten – wenn auch, wie sich damals herausstellte, mit katastrophalen Folgen für ihn selbst. Mit seiner Politik, sämtliche magischen Edelsteine zurückzufordern, hatte er sich den Zorn der Bevölkerung von Palmaris zugezogen – auch wenn Markwart und schließlich auch Bischof Francis seinen Ansehensverlust in der Öffentlichkeit dazu benutzt hatten, nun ihrerseits die Steine einzusammeln und Francis' Popularität zu mehren. Damals waren viele Steine wieder aufgefunden worden und lagerten derzeit noch immer in den Schatzkammern des Ordens. Jetzt auch noch die Übrigen in seine Hände zu bekommen hielt Marcalo De'Unnero für die wichtigste Aufgabe, der er sich jemals widmen würde.

Denn nach Marcalo De'Unneros fester Überzeugung fielen die Edelsteine in den Aufgabenbereich der abellikanischen Kirche. Die Vorstellung, dass viele von ihnen in aller Welt verstreut waren, verkauft von den ehemaligen Äbten von St. Mere-Abelle und oftmals von ketzerischen Handwerkern und Alchemisten zu gedankenlos benutzten magischen Gegenständen umfunktioniert, ließ ihn innerlich vor Zorn beben.

Diesmal allerdings hatte Marcalo De'Unnero sich vorgenommen, bei der Einsammlung der Steine diplomatischer vorzugehen – ganz so wie Francis nach De'Unneros Amtsenthebung in Palmaris. Anstelle von Drohungen würde der Mönch zur Wiederbeschaffung heiliger und magischer Gegenstände Geld einsetzen. Für diesen Zweck hatte er säckeweise unverzauberte, nichtsdestotrotz wertvolle Edelsteine mitgebracht.

Ja, Marcalo De'Unnero hatte sich vorgenommen, sich bei den Menschen in Palmaris und all den anderen Orten entlang des Masur Delaval beliebt zu machen – oder doch wenigstens bei ihren wichtigen und mächtigen Vertretern. Sein Reichtum würde es ihm ermöglichen, viele der Edelsteine zurückzukaufen oder doch wenigstens Informationen darüber zu beschaffen, welche Kaufleute oder Adligen womöglich noch im Besitz eines Steins oder magischen Gegenstands waren. Hatte er ein solches kriminelles Element erst ausgemacht, würde er persönlich an den Betreffenden herantreten und ihm Geld anbieten.

Sollte dies ausgeschlagen werden, würde De'Unnero noch in derselben Nacht heimlich zurückkehren und sich das rechtmäßige Eigentum der Kirche anderweitig beschaffen.

Der Mönch musste sich bewusst ermahnen zu lächeln, als er dort unter freiem Himmel am Nordtor stand. Er wusste, viele Augenpaare waren auf ihn gerichtet, daher unterdrückte er seinen fast instinktiven Drang, eine finstere Miene aufzusetzen, und gab sich größte Mühe, seine Züge sanfter wirken zu lassen.

Und das fiel Marcalo De'Unnero wahrlich nicht leicht.

Roger konnte sich eines leichten Anflugs von Schuldgefühlen nicht erwehren, als er dem hinter ihm stehenden Bruder Hoyet zunickte. Er war der Erste in einer Gruppe von fast einem Dutzend junger Mönche, die man quer über die Stadt verteilt hatte, um Bischof Braumin auf verschwiegenen Pfaden durch die Stadt und anschließend über den Fluss zu einer dort wartenden Kutsche zu begleiten, die ihn auf schnellstem Wege nach St. Mere-Abelle bringen sollte. Was ihn hoffnungsvoll stimmte, war, dass sich so viele Ordensbrüder von St. Precious bereit gefunden hatten, Bischof Braumin zu helfen, obwohl sie ganz genau wussten, dass sie damit ihr Leben in größte Gefahr brachten. Marcalo De'Unnero war gewiss nicht der Mann, der so etwas verzieh.

Doch Roger hatte sie gedrängt, hatte Druck ausgeübt, hatte sich bei zahllosen Gelegenheiten mit Hoyet und Destou getroffen und sie immer wieder angestachelt. Er hatte ihnen von Braumins eigenen bescheidenen Anfängen als Revolutionär an der Seite von Viscenti, Bruder Castinagis und anderen erzählt, die sich vor vielen Jahren heimlich mit Meister Jojonah im Herzen der Abtei St. Mere-Abelle versammelt hatten – damals eine Hochburg des ehrwürdigen Vaters Markwart –, um die Flamme der Hoffnung, die Avelyn Desbris verkörperte, am Brennen zu halten. Den damaligen Ordensbrüdern hatten ganz ähnliche Strafen gedroht, trotzdem waren sie der Stimme ihres Gewissens gefolgt und den Geboten ihres Ordens treu geblieben. Manche, wie Jojonah, der auf dem Scheiterhaufen verbrannt worden war, hatten einen hohen Preis dafür bezahlt. Aber sie alle hatten diesen Preis ihrem reinen Gewissen zuliebe akzeptiert.

Ebenso verhielt er sich jetzt mit Hoyet und Destou und den neun anderen, die bei der Organisation dieses Fluchtversuchs geholfen hatten. Sie taten es aus Liebe zu Braumin und im Vertrauen auf Roger.

»Ich werde sie nicht im Stich lassen«, murmelte er leise, als er sich an der Mauer entlangbewegte, die Chasewind Manor umgab. Es war ein Leichtes für ihn, die Mauer zu übersteigen und sich im Dunkel des hinter dem Wohnhaus liegenden Innenhofs auf den Boden gleiten zu lassen.

Wie erwartet und von Bruder Hoyet arrangiert, erblickte er nicht weit entfernt die Umrisse eines Mannes.

Elbryan wäre nicht so vorgegangen, konnte Roger nicht umhin, sich vorzuwerfen. *Elbryan wäre allein gekommen, um Braumin Herde zu befreien, und hätte, wenn es sein musste, eine Schneise aus erschlagenen Feinden hinter sich zurückgelassen.* Roger wusste, dass er mit seiner Bitte um Hilfe ein Dutzend Männer in höchste Bedrängnis gebracht hatte.

Er sah jedoch nicht, wie sich das hätte vermeiden lassen. Er war ein ganz brauchbarer Kämpfer, aber gewiss kein ernst zu nehmender Gegner für einen gut trainierten, zwanzig Jahre jüngeren Soldaten. Und erst recht nicht für einen Ritter der Allhearts.

Und von beiden wimmelte es hier nur so. Selbst von seinem Platz im Schatten hinter dem Haus konnte Roger die Männer drinnen hören – es waren größtenteils Soldaten. Außerdem hatte er die Wachen am Tor gesehen sowie zusätzliche Posten, die trotz der späten Stunde in mehreren Gruppen um die Umgrenzungsmauer marschierten.

»He, Moment mal, nach Sonnenuntergang kommt hier keiner mehr rein«, erklang eine ältliche Stimme, als sich die dünne Gestalt Roger näherte. »Und schon gar nicht über die Mauer, sondern wenn schon durchs Tor, und zwar nachdem man sich ordnungsgemäß angemeldet hat.«

Die Stimme passte, ebenso wie der ruhige Ton und seine Art zu sprechen. »Illthin?«, rief Roger leise und ging augenblicklich in die Hocke, als ganz in der Nähe das Geräusch vorbeimarschierender Soldaten ertönte.

»Komm her, Nichtsnutz«, wandte sich die Silhouette, die tatsächlich dem alten Illthin gehörte, an Roger und schmiss ihm eine Schaufel vor die Füße. »Ich hab Allheart Desenz gesagt, bis zum Morgengrauen müsste ich den Baum hier gefällt haben – und hab keine Lust, mir eine Standpauke anzuhören, bloß weil ein Kerl, halb so alt wie ich, nicht lang genug die Augen offen halten kann, um ein paar Wurzeln auszugraben.«

»Gibt es hier irgendein Problem?«, rief plötzlich jemand. Der Anführer der Patrouille kam zu Roger und Illthin herüber und musterte die beiden argwöhnisch.

»Höchstens, weil der Bursche, den ich eingestellt habe, das Geld nicht wert ist, das ich ihm zahle!«, knurrte Illthin. »Was meint Ihr, könnt Ihr ihm vielleicht ein paar Hiebe überziehen, Soldat?«

Der Patrouillenführer betrachtete Roger angewidert und machte Anstalten, nach einem an seinem Gürtel befestigten Schlagstock zu greifen.

»Moment! So wartet doch!«, flehte Roger und hob abwehrend die Hände. »Ich war überhaupt nicht eingenickt. Nein, ich … ich musste …« Er sah sich um, schaute zum Mauersockel und zupfte kurz an seinem Hosenbund, wie um ihn zurechtzurücken.

»Die ganze Aufregung, nur weil der Mann pissen war?«, schnauzte der Soldat Illthin an.

Illthin spielte seine Rolle perfekt. Er musterte Roger mit einer Schärfe, aus der blankes Misstrauen sprach. »Hat jedenfalls ziemlich lang gedauert«, murmelte er, ehe er den Soldaten fortwinkte. »Also, schnapp dir deine Schaufel, fauler Hund, aber wenn's dich noch mal drängt, machst du in die Hose.«

Roger hob die Schaufel vom Boden auf und lief hinter dem mürrisch vor sich hin murmelnden Illthin her. »Wir werden es nie im Leben schaffen, ihn bis zum Morgengrauen auszubuddeln«, grummelte der alte Mann.

Der Soldat kehrte zu seiner Patrouille zurück, worauf diese ihren Rundgang fortsetzte und sich von den beiden entfernte, während Illthin Roger zu einem alten Baum unmittelbarer neben der breiten Veranda an der Rückseite des Gutshauses führte.

»Fast hätte man mich wegen dir verprügelt«, beschwerte sich Roger.

»Besser als aufgehängt, Narr«, gab der Alte keckernd zurück. Illthin besah sich das Erdreich rings um den alten Baum und bedeutete Roger mit dem Kinn, er solle sich an die Arbeit machen.

»Sollen wir ihn etwa tatsächlich ausgraben?«

»Jedenfalls bis zum Wachwechsel«, erklärte Illthin. »Das dürfte ungefähr in einer Stunde sein.« Er wiederholte seine Bewegung, diesmal mit mehr Nachdruck.

Es amüsierte ihn, dass der alte Mann – obwohl Roger genau wusste, dass er dies zu seinem eigenen Vorteil und Bischof Braumin zuliebe tat – nie ganz auf seiner Seite zu stehen schien. Er stieß die Schaufel in das Erdreich und ächzte, als sie eine mächtige Wurzel durchtrennte.

Schon nach wenigen Minuten ging Rogers Atem schwer, und seine rhythmischen Schaufelbewegungen wurden von Mal zu Mal langsamer.

Der alte Illthin lachte ihn aus. »Na, Ihr werdet doch nicht etwa zusammenbrechen, Meister Flinkfinger?«, fragte er. »Das süße Leben hat Euch wohl den letzten Mumm geraubt, was?«

Roger stieß die Schaufel in den Boden, stützte sich darauf und musterte den alten Gärtner durchdringend. »Das ist kein Spiel«, sagte er. »Auch wenn es mich freut, dass es dir gelungen ist, dich ein wenig auf meine Kosten zu amüsieren.«

Illthins keckerndes Lachen verstummte augenblicklich, und sein Grinsen verschwand hinter einer plötzlich ernsten Miene. »Amüsieren?«, erwiderte er. »Endlich seid Ihr verschwitzt und voller Lehm. Jetzt seht Ihr wenigstens wie ein Arbeiter aus und könnt Euch in den Waschräumen neben der Küche blicken lassen.«

Roger starrte ihn einen Moment lang an und ließ sich die Worte des Gärtners durch den Kopf gehen, ehe er ihm mit einem Nicken Recht gab. Die Waschräume und die Küche befanden sich in der Nähe des Treppenschachts, der zu den Verliesen hinunterführte.

»Pah, wir werden wohl warten müssen, bis es wieder hell wird, ehe wir den verdammten Baum fällen können«, sagte Illthin plötzlich mit lauter Stimme. Roger brauchte einen Moment, um zu begreifen, dass die Bemerkung nicht ihm galt, sondern der Patrouille, die soeben um die Ecke des Gebäudes marschierte. »Geh einfach, wasch dich, und dann sieh zu, dass du ein bisschen Schlaf kriegst«, fuhr Illthin fort. »Beim Morgengrauen sehen wir uns genau an dieser Stelle wieder.«

Roger nickte, drückte Illthin die Schaufel in seine ausgestreckte Hand und begab sich zum Haus – nicht ohne noch einen flüchtigen Blick zu den Soldaten hinüberzuwerfen, von denen sich aber keiner sonderlich für ihn oder Illthin zu interessieren schien.

Er gelangte ohne Zwischenfall hinein und machte sich sofort daran, sich seinen Weg durch die endlosen Flure und allzu vertrauten Räumlichkeiten zu bahnen. Um diese Stunde war es im Haus fast überall vollkommen still, trotzdem hörte er eine Gruppe von Soldaten beim Würfelspiel und eine andere, die sich über die derzeitige Politik im Königreich stritt, ohne dabei allerdings jemals ein schlechtes Wort über König Aydrian zu verlieren.

Ohne ein Geräusch zu machen, begab sich Roger unter Aufbietung seines ganzen Könnens, das er als kleiner Junge in Caer Tinella erworben und später, während der Besetzung durch die Pauris zu Zeiten des geflügelten Dämons, vervollkommnet hatte, auf einen unauffälligen Umweg, der ihn unweigerlich in die Nähe der Dienstbotenquartiere und schließlich zu dem in die unteren Verliesgeschosse führenden Treppenschacht führte.

Vor einer Tür blieb er stehen. Sie war nur angelehnt, und aus dem Innern des Zimmers drang Kerzenlicht. Er legte sein Ohr erst an die Tür, ehe er es wagte, sie ein Stück weiter aufzustoßen und einen Blick nach drinnen zu riskieren.

Roger erstarrte auf der Stelle – das Zimmer war keineswegs leer. Zwei hünenhafte Kerle, Kingsmen, hielten Wache – wenn man es denn so nennen konnte. Der eine hatte es sich auf einem Stuhl bequem gemacht und schien zu schlafen, während der andere an einem kleinen Schrank in der rechten Zimmerecke lehnte.

Ihm gegenüber, auf der linken Zimmerseite, befand sich die Tür, durch die man zu der nach unten führenden Treppe gelangte.

Roger war einigermaßen sicher, dass er sie erreichen konnte, ohne von den beiden angetrunkenen Wachen bemerkt zu werden, aber wie sollte er wieder hinausgelangen, noch dazu mit Braumin im Schlepptau?

Er ließ den Blick umherwandern und suchte nach einer Lösung. Seine Hand fuhr zum Gürtel, wo, in einer Scheide, ein kleiner Dolch steckte, ließ den Gedanken, die Posten anzugreifen, aber rasch wieder fallen. Früher einmal war er ein ganz brauchbarer Kämpfer gewesen. Früher …

Schließlich entschied er sich für eine andere Taktik und besah sich die Türöffnung und das primitive Schloss etwas genauer. Roger bückte sich grinsend, zog die Tür in ihre ursprüngliche, fast geschlossene Stellung zurück, holte einen kleinen Dietrich hervor und machte sich an dem Mechanismus zu schaffen.

Nach einem weiteren Blick ins Innere des Zimmers schlüpfte er geräuschlos hinein und bewegte sich in gebückter Haltung so nah über dem Fußboden, dass das Kerzenlicht nicht auf ihn fiel. Eine seitliche Bewegung ließ ihn auf der Stelle erstarren, aber als er schließlich den Mut aufbrachte, sich umzudrehen, sah er, dass ihr Verursacher, der am Schränkchen lehnende Posten, nur seine Stellung verändert hatte, um es sich ein wenig bequemer zu machen. Erst jetzt bemerkte Roger, dass auch dieser Mann schlief. Es war ihm allerdings ein Rätsel, wie er sich noch immer auf den Beinen hielt.

An der Kellertür sah sich Roger kurz um, um sich zu vergewissern, dass die Wachen ihn nicht bemerkt hatten, dann langte er nach oben und probierte vorsichtig die Klinke.

Die Tür war abgeschlossen.

Wieder kam, lautlos und gekonnt, Rogers Dietrich zum Einsatz, und Augenblicke später schlüpfte er durch die Tür auf den Treppenabsatz, wo er kurz innehielt, um die Tür fest hinter sich zu verschließen.

Die ausgetretene Treppe, die vor ihm nach unten führte, war kaum zu erkennen, tief unten jedoch brannten einige Fackeln. Sich mit der Hand an der Wand zu seiner Rechten entlangtastend, begann er langsam hinabzusteigen – und verzog jedes Mal das Gesicht, wenn die ausbesserungsbedürftige Treppe unter seinem Gewicht ein Knarren von sich gab. Kurz darauf bewegte er sich durch einen teils erdigen, teils steinernen, mit Pfützen übersäten Gang, der vom Geräusch rasselnder Ketten und auf Metall einschlagender Hämmer widerhallte.

Offenbar waren König Aydrian und seine Truppen zu der seit alters her gebräuchlichen Praxis zurückgekehrt, Gefangene zu schwerer Zwangsarbeit heranzuziehen.

Roger vernahm das Schwirren und den scharfen Knall einer Peitsche, gefolgt von einem jämmerlichen Stöhnen – offenbar hatte man auch noch andere Praktiken wieder eingeführt.

Die Vorstellung, dass sich Braumin, sein lieber Freund, unter den Gefolterten befand, beschleunigte Rogers Schritte, und ein paar Biegungen und Seitenwege weiter sah er den Folterknecht und die Gefangenen schließlich vor sich. Sie befanden sich in einer länglichen, ins Erdreich gegrabenen Höhle, mehrere von ihnen in einer langen Reihe an einer gemauerten Erhebung festgekettet, jeder vor seinem eigenen Amboss. Vor ihnen loderte ein riesiger Schmiedeherd. Zwei weitere Gefangene mit dicken Handschuhen schoben Metallstäbe in eine Schmelzkammer und wuchteten sie, sobald sie genügend erhitzt waren, von dort auf den nächstbesten freien Amboss.

Der Wärter, ein muskelbepackter Hüne, lief hinter der gemauerten Erhebung auf und ab, in der einen Hand die Peitsche, in der anderen ein massives Kurzschwert. Er stieß eine Verwünschung aus und ließ seine Peitsche auf einen der Männer niedersausen, woarauf der gepeinigte Mann einen Schrei ausstieß und nach vorne auf ein Knie sackte.

Der Wärter brüllte ihn sofort an: »Auf die Beine mit dir, du verräterischer Lump!«, ehe die Peitsche erneut knallte und der Mann noch mehr in sich zusammensackte – was wiederum den Wärter in noch größere Wut versetzte.

»Auf, hab ich gesagt!«, schrie der Wärter erneut und hob die Peitsche, als wollte er zuschlagen, als er eine Bewegung hinter seinem Rücken spürte und sich, einem Reflex gehorchend, umdrehte.

Beinahe hätte der stämmige Wärter die Hand noch rechtzeitig hochbekommen, um den auf ihn niedersausenden Hieb eines der Ersatzhämmer abzuwehren. Aber eben nur beinahe. Stattdessen traf ihn der Hammer mitten auf der Brust. Er taumelte nach hinten, stolperte über die gemauerte Bodenerhebung und fiel auf den Rücken.

Im Nu war Roger über ihm, den Hammer hoch über dem Kopf erhoben, um ihn in Schach zu halten. »Wo ist der Schlüssel?«, verlangte der kleine, aber gefährliche Mann zu wissen.

Der Gefangenenwärter hielt sich eine Hand vors Gesicht, um sich vor weiteren Hieben zu schützen, und schüttelte verängstigt den Kopf. Sein Atem kam in kurzen, rasselnden Stößen.

»Der Schlüssel!«, fuhr Roger ihn an.

»Es gibt keinen Schlüssel!«, rief einer der Gefangenen.

»Das ist unser Todesurteil!«, klagte ein anderer. Sein Ruf wurde sofort von anderen in der Reihe aufgegriffen – bis sich eine Stimme über alle anderen erhob, die Roger kannte.

»Meister Flinkfinger?«, rief Bischof Braumin Herde. »Roger?«

Roger hob den Kopf und sah zu seinem Freund, musste sich aber sofort wieder dem Wärter zuwenden, der plötzlich sein Bein zu packen versuchte. Der Hammer senkte sich herab, der Wärter schaffte es jedoch, den Schlag abzuwehren und das schwere Werkzeug ein gutes Stück zur Seite zu drücken, sodass Roger entweder loslassen musste oder selbst zu Boden stürzen würde.

Roger sprang zurück und riss sich von dem Mann los. Der war sofort wieder auf den Beinen und warf sich auf den Eindringling.

Oder versuchte es zumindest, denn der herbeistürzende Bischof Braumin warf sich ihm zwischen die Beine, sodass er Kopf voran zu Boden ging und unmittelbar vor Roger hart aufschlug. Er wollte sich sofort wieder aufrappeln, doch Roger ballte die Hände zu einer Doppelfaust und schmetterte sie dem Wärter unter Ausnutzung seines vollen Körpergewichts in den Nacken.

Der Mann landete mit dem Gesicht nach unten auf dem Boden und rührte sich nicht mehr.

Roger drängte sich hastig an ihm vorbei und lief zu den verwirrten und verängstigten Gefangenen hinüber, wo er in Bischofs Braumins wartende Arme stolperte.

»Was in aller Welt habt Ihr hier zu schaffen?«, fragte Braumin. »Wir können hier nicht fort, Roger!«

Der hörte kaum zu, ließ sich vor dem Bischof auf die Knie fallen und machte sich an der schweren Fußfessel zu schaffen, die man um Braumins Knöchel gelegt hatte. Ihr Mechanismus war erheblich ausgefeilter als der oben an der Tür, doch im ganzen Bärenreich gab es niemanden, der sich so geschickt darauf verstand, Schlösser zu öffnen, wie Roger Flinkfinger.

Wenige Augenblicke später hatte er Braumin befreit.

»Und was wird aus uns?«, wollte einer der anderen Gefangenen wissen.

Braumin warf Roger einen bittenden Blick zu, doch der schüttelte den Kopf. »Oben wimmelt es nur so von Wachen«, erklärte er dem Bischof. »Es wird schwierig genug werden, Euch hier rauszuschaffen, ich kann euch unmöglich alle zusammen nach draußen bringen.«

»Das sind keine Kriminellen, sondern Männer, die treu zu mir und unseren Zielen stehen«, konterte Braumin. »Ihr könnt unmöglich von mir verlangen, sie hier zurückzulassen.«

Seine Worte trugen ihm das dankbare Gemurmel der anderen ein.

»Ich muss leider darauf bestehen«, erwiderte Roger. »Es geht nicht anders.«

Wieder wurde Gemurmel laut, doch diesmal klang es eher wie ein Murren.

»Wenn sie wirklich so loyal sind, werden sie selbst darauf bestehen, dass ich sie hier zurücklasse«, fuhr Roger fort. »Außerdem geht es hier nicht um Loyalität, Bischof, weder um Eure noch um die dieser Männer. Hier geht es nur um eins: Euch hier rauszuholen und aus der Stadt zu bringen.«

Braumin, das Gesicht dreckverschmiert, sah ihm durchdringend in die Augen.

»Solange Ihr hier in Palmaris bleibt, geltet Ihr, nach allem, was ich gehört habe, als Stimme wider das Volk. Aber ich weiß ganz genau, dass diese Stimme nicht wirklich die Meinung Bischof Braumin Herdes wiedergibt.«

Die Äußerung schien Braumin in seinem Innersten zu treffen. Er sackte nach vorn, während seine Schultern plötzlich unter heftigem Schluchzen zu beben begannen. Roger nahm ihn fest in die Arme und klopfte ihm eine Weile beschwichtigend auf den Rücken, bis er sich wieder so weit gesammelt hatte, dass er Roger ins Gesicht sehen konnte.

»Er hat von mir Besitz ergriffen«, sagte der Bischof leise. »Aydrian, unser König. Ich bin einfach nicht stark genug, mich dagegen zu wehren. Ich habe überhaupt keine Widerstandskraft mehr. Er ist stark, Roger, beängstigend stark!«

»Aus eben diesem Grund müsst Ihr auf der Stelle mit mir fliehen«, erwiderte Roger, hob den Kopf und erfasste die gesamte Gruppe der Gefangenen mit einem entschlossenen Blick. »Ich muss diesen Mann aus dem Verlies herausbringen. Er muss seine Stimme gegen König Aydrian erheben, und ich will verhindern, dass diese Stimme noch länger in seinem Namen missbraucht wird. Zum Wohl des wahren Königreiches möchte ich Euch alle jetzt um das denkbar größte Opfer bitten – dass Ihr als Gefangene hier zurückbleibt.«

Nicht wenige nahmen eine zornige Haltung an, es gab auch einige hitzige Diskussionen, doch Roger hatte ohnehin nicht vor, eine Antwort abzuwarten. Er sah zu Braumin, der einverstanden schien, dann verdrängte er jegliche Schuldgefühle aus seinen Gedanken und zog ihn unvermittelt fort, ohne weiter auf die wütenden Proteste zu achten.

Es machte Roger Flinkfinger durchaus zu schaffen, diese Männer in ihrer grässlichen Lage zurückzulassen, andererseits wusste er ganz genau, dass es einfach keine Möglichkeit gab, sie aus Chasewind Manor hinauszubringen. Einen winzigen Augenblick lang überlegte er, ihre Fesseln zu lösen, doch dann verwarf er auch diesen Gedanken. Was würde er damit schon erreichen? Für die Männer selbst gewiss nichts Gutes, auch wenn ihr vergeblicher Fluchtversuch vermutlich für eine willkommene Ablenkung gesorgt hätte.

Nein. Er würde diese Männer nicht opfern.

Er geleitete Braumin zur Treppe und anschließend hinauf zur Tür. Dort angekommen, hieß er ihn kurz warten und schlüpfte ins Zimmer.

Kurz darauf kehrte er zurück, zog die Tür weit auf und bat Braumin, ihm zu folgen.

Der Bischof erstarrte auf der Stelle, als er den sich am Boden windenden Mann sah, der sich in einer sinnlosen Geste an seine durchtrennte Kehle fasste.

»Was habt Ihr getan, Roger?«, fragte Braumin – oder versuchte es zumindest, ehe Roger ihn mit einer Geste auf den zweiten Soldaten zum Schweigen brachte, der tief schlummernd am Tisch saß.

»Zwingt mich nicht, noch einen Mann zu töten«, flüsterte Roger mit unüberhörbarem Bedauern in seiner gebrochenen Stimme. »Ich flehe Euch an.«

Die beiden durchquerten den Raum und bewegten sich durch die düsteren Flure von Chasewind Manor. Bischof Braumin folgte jeder Bewegung Rogers und musste sich des Öfteren hinter einen Vorhang oder Mauervorsprung ducken, um von den gelegentlich vorbeimarschierenden Soldaten nicht gesehen zu werden.

Sie hatten das Gebäude fast schon verlassen, als hinter ihnen ein Tumult losbrach. Erst hörte man das Fluchen des Gefangenenwärters, dann folgten Rufe, jemand sei ermordet worden.

»Lauft weiter«, bat Roger den Bischof, schob ihn vor sich her und drängte ihn zum Hinterausgang und schließlich hinaus in die Nacht, während immer mehr Soldaten ihre Verfolgung aufnahmen.

Sie rannten zur rückwärtigen Mauer. »Los! So macht schon!«, spornte Roger den Bischof an. Kaum hatte der den oberen Mauerrand mit beiden Händen gepackt, hievte Roger ihn auch schon hinauf. »Bruder Hoyet wartet drüben im Schatten auf Euch«, erklärte er. »Lauft zu ihm!« Mit einem letzten, kraftvollen Schubs stieß Roger den Bischof auf die Mauerkrone.

Braumin zögerte kurz, sah sich nach ihm um und reichte ihm die Hand.

Doch Roger, bereits im Begriff zurückzulaufen, schüttelte den Kopf. »Geht schon!«, forderte er ihn noch einmal auf. »So macht schon, beeilt Euch!«

Roger machte kehrt und lief in die entgegengesetzte Richtung. Er hatte den Innenhof noch nicht halb überquert, als er schon die Rufe der Wachen hörte und wusste, dass man ihn entdeckt hatte.

Also rannte er weiter, um so viel Abstand wie möglich zwischen sich und den Bischof zu bringen. Hastig bog er um die Ecke zur Vorderseite des Gebäudes – und machte sofort wieder kehrt und entfernte sich schleunigst in die entgegengesetzte Richtung. Um ein Haar wäre er einem Trupp Wachsoldaten in die Arme gelaufen.

Er hielt auf die nächstgelegene Mauer zu, musste aber erneut die Richtung wechseln, als ein weiterer Trupp wie aus dem Nichts auftauchte und ihm offenbar den Weg abschneiden wollte. Er wandte sich zur anderen Seite, doch mittlerweile waren die hinter ihm laufenden Soldaten ausgeschwärmt und hatten ihm sämtliche Fluchtwege abgeschnitten.

»Wartet!«, rief Roger ihnen zu, drehte sich um, blieb rasch stehen und hob die Hände in einer abwehrenden Bewegung über den Kopf. »Wartet! Ich kann alles erklären!«

Schon war der erste Soldat bei ihm und hob, völlig unbeeindruckt von Rogers Worten, noch im Näherkommen sein Schwert. Roger spürte einen explosionsartigen Schmerz, der seinen ganzen Schädel erfasste.

Dann wurde es schwarz um ihn.

Die Nachricht von der Flucht hatte ihn in St. Precious kaum erreicht, da wusste Marcalo De'Unnero auch schon, wohin er sich zu wenden hatte. Er wusste schon seit längerem, dass sich etwas zusammenbraute, denn seine Spione hatten ein wachsames Auge auf Destou und Hoyet gehalten und die übrigen Ordensbrüder, die mit den beiden möglichen Verrätern unter einer Decke steckten, rasch ausfindig gemacht. Die Dreistigkeit ihres Vorgehens aber – Bischof Braumin aus dem sichersten Gefängnis der Stadt zu befreien – überraschte ihn dann doch. Er war davon ausgegangen, dass die beiden Mönche ihre eigene Flucht aus Palmaris vorbereiteten.

Wenige Augenblicke später hatte De'Unnero die Abtei verlassen und besaß – aufgrund der Bewegungen der unter Beobachtung stehenden Mönche in den letzten Tagen – auch eine recht klare Vorstellung, wo er suchen musste.

Mittlerweile schien die gesamte Stadt zum Leben zu erwachen. Soldaten liefen durch die Straßen, andere preschten unter lautem Rufen auf ihren Pferden auf und ab.

De'Unnero ließ sich von dem allgemeinen Lärm nicht weiter stören und tauchte in den Schatten einer engen Gasse ein. Er spürte die Bestie bereits, die im Begriff war, sich seines Wesens zu bemächtigen, und versuchte nicht, dagegen anzukämpfen.

Kurz darauf sah man aus besagter Gasse eine große Raubkatze hervorschießen und mit weiten Sprüngen in die Gegend nahe dem Flussufer hinunterhasten, wo Hoyet und Destou zwei Nächte zuvor gesehen worden waren. De'Unnero wusste, sie würden versuchen, Braumin so schnell wie möglich aus der Stadt, über den Fluss und in die Abtei St. Mere-Abelle zu schaffen.

Unten am Ufer angekommen, blieb der Tiger im Schatten und sah, wie sich ein kleines Boot näherte. Jener Teil von ihm, der immer noch ein vernunftbegabtes Wesen war, widerstand dem Drang, sich in die Fluten zu stürzen, das kleine Boot zum Kentern zu bringen und die Bootsführer in Stücke zu reißen. Augenblicke später wurde seine Zurückhaltung belohnt: Zwei Gestalten kletterten die Uferböschung hinunter zum Fluss, im Schlepptau eine dritte.

Sie wateten rasch ins Wasser und hielten auf das Boot zu. Doch dann schrien sie entsetzt auf, als die große Katze auf sie zugerannt kam und sich auf die wohlbeleibte Gestalt in ihrer Mitte stürzte.

Die beiden anderen reagierten augenblicklich. Ohne das geringste Zögern warfen Hoyet und Destou sich dazwischen und stießen Bischof Braumin zur Seite. Die beiden jüngeren Mönche rissen ihre Waffen hoch, um sich zu verteidigen, doch der Wertiger warf sich mit seinem erdrückenden Gewicht auf sie und stieß sie ins Wasser.

»Lauft weiter!«, schrie Hoyet.

Bischof Braumin warf einen Blick in Richtung Boot, zögerte dann aber und sah sich nach den beiden um, die mittlerweile größte Mühe hatten, den Tiger abzuwehren.

»Sorgt dafür, dass mein Tod nicht sinnlos ist!«, rief Destou. Sein letztes Wort ging in einem unverständlichen Gurgeln unter, denn die große Katze hatte sich vor ihm aufgerichtet und versetzte ihm mit ihren tödlichen Krallen einen Hieb quer über die Brust.

Braumin schrie entsetzt auf, stolperte nach vorn und

schlug hart gegen das Boot, das begonnen hatte, sich wieder zu entfernen. Schließlich gelang es ihm, sich über den Bootsrand zu ziehen. Ein Mann packte ihn mit beiden Händen und drückte ihn gegen den Rumpf, während der andere sich hektisch in die Riemen legte, um das Boot in die stärkere Strömung in der Flussmitte zu lenken.

Bischof Braumin blickte zurück und sah einen Mann, Hoyet, vor der Raubkatze stehen, in der Hand ein kleines, blinkendes Schwert, mit dem er sich wie von Sinnen wehrte.

Plötzlich kam er zu Fall. Sofort war der Tiger über ihm und zerrte ihn unter die dunkle Wasseroberfläche. Einen Augenblick lang herrschte ringsum völlige Stille, dann hörte man ein leises Plätschern, als Bruder Hoyets lebloser Körper plötzlich wieder an die Oberfläche kam und von der Strömung davongetrieben wurde.

Der Tiger warf sich mit einem gewaltigen Satz in den Fluss und schwamm mit kräftigen Zügen auf das kleine Boot zu. Doch dieses hatte mittlerweile die Strömung erreicht und wurde von ihr so rasch mitgerissen, dass die Raubkatze keine Chance hatte, es noch einzuholen.

Braumin war frei.

Trotzdem fühlte er sich in der Falle, als er zum Westufer des Flusses zurückblickte und sich vorstellte, wie sich das Wasser von Hoyets und Destous Blut rot verfärbte. Er sah die zerfetzten Leichen der beiden treuen Männer vor seinem inneren Auge auf dem Fluss dahintreiben.

In dieser Nacht waren einige Männer für ihn gestorben.

Bischof Braumin hätte sich am liebsten aus dem Boot ins Wasser gestürzt und sich dem Fluss überlassen.

Ein Teil von ihm aber weigerte sich strikt, das heldenmütige Opfer, das diese beiden tapferen Männer gebracht hatten, zu entwerten. Sie hatten ihn befreit, weil sie wussten, dass er als König Aydrians Gefangener, ohne es zu wollen, der gerechten Sache zuwiderhandelte. Als Gefangener war Braumin das Sprachrohr eines unrechtmäßigen Königs, als freier

Mann dagegen konnte er sich öffentlich gegen diesen betrügerischen König aussprechen und dazu beitragen, Männer für die Ziele von Prinz Midalis zu gewinnen.

Verstandesmäßig war Braumin das alles vollkommen klar. Er hoffte nur, falls er jemals selbst mit einer ähnlichen Situation konfrontiert werden sollte, denselben Mut aufzubringen und sich ebenso tapfer zu verhalten wie Roger, Hoyet und Destou und all die anderen in dieser Nacht.

Aber das machte es nicht weniger schmerzlich. Über dem Rand des Bootes hängend, ohne auch nur den Versuch zu unternehmen, sich ins Innere zu ziehen, obwohl längst ein taubes Gefühl seinen Körper hinaufkroch, senkte der einstige Bischof von Palmaris den Kopf und ließ seinen Tränen freien Lauf.

4. Späte Vorwürfe

»Yatol Wadon! Dank der weisen Fügung des großen Chezru dürfen wir uns glücklich schätzen, die Herrschaft über die Stadt Jacintha in dieser schweren Stunde in Euren Händen zu wissen!«, verkündete Yatol De Hamman überschwänglich, als er applaudierend den großen Audienzsaal von Chom Deiru durchquerte, offenbar kaum fähig, seine Begeisterung zu zügeln.

Auf der gegenüberliegenden Seite des Saales, auf dem normalerweise dem Chezru-Häuptling Behrens vorbehaltenen Thron, saß Yatol Mado Wadon und machte ein überaus verdrießliches Gesicht. Der alte heilige Mann saß vornübergebeugt da, den faltigen Kopf in die Hand gestützt und den starren Blick eher nach unten gerichtet als auf den überschwänglich gestikulierenden Mann, der auf ihn zugelaufen kam.

Die Nachricht von Yatol Peridans Kapitulation und der vernichtenden Niederlage seiner Truppen hatte Yatol De

Hamman in einen solchen Zustand der Erregung versetzt, dass er Mado Wadons Gesichtsausdruck nicht einmal bemerkte. »Ich kenne einen höchst vielversprechenden jungen Mann, der bereit wäre, in Peridans Fußstapfen zu treten – natürlich erst, wenn wir den Schurken hingerichtet haben«, fügte er hinzu und verlangsamte seine Schritte, als er sich dem erhöhten Podium näherte, das den Thron der Kirche Chezrus trug und damit auch den Thron Behrens. Erst jetzt bemerkte er eine weitere, etwas abseits stehende Person, Abt Olin aus Entel. Flankiert von Soldaten des Bärenreiches, wirkte dieser über De Hammans Verhalten fast ein wenig amüsiert. Sein befremdlicher Gesichtsausdruck ließ in Verbindung mit der Miene, die De Hamman im selben Moment bei dem Yatol von Jacintha gewahrte, bei dem aufgeregten Mann sämtliche Alarmglocken erklingen.

»Es ist nicht erforderlich, dass Ihr Euch um einen Ersatz für Yatol Peridan bemüht«, erklärte Abt Olin in tadellosem Behrenesisch – und mit einem Akzent, der sich für einen Mann ziemte, der sein Leben größtenteils in Jacintha und nicht in Entel verbracht hatte. Die Hände in den weiten Ärmeln seines braunen Gewandes unsichtbar vor dem Körper gefaltet, trat Abt Olin vor und stellte sich neben De Hamman.

»Wir werden gewiss nicht zulassen, dass er weiter die Regierungsgeschäfte führt«, erwiderte De Hamman mit einem Blick auf Yatol Wadon. »Man kann dem Mann nicht trauen.«

»Seid unbesorgt. Yatol Peridan wird einer angemessenen Bestrafung zugeführt werden«, erklärte Abt Olin. »Und nein, man wird ihm nicht erlauben, seine Regierungsgeschäfte in irgendeiner Weise fortzuführen. Sollte er mit dem Leben davonkommen, wird er den Rest seiner Tage hier in Chom Deiru verbringen – unter den wachsamen Augen Yatol Wadons und der Palastwache.«

Was Yatol De Hamman verwirrte, war weniger die Argumentation selbst als vielmehr der Mann, der sie vorbrachte. Wie kam ein Priester der abellikanischen Kirche dazu, zu erklären, wie man mit einem verräterischen Yatol zu verfahren gedachte, insbesondere, da das amtierende Oberhaupt Behrens unmittelbar vor ihnen saß?

»Wir haben bereits einen Ersatz für Yatol Peridan ausgemacht«, fuhr Abt Olin fort. »Einen Mann von geeignetem Charakter und der erforderlichen Loyalität.«

»Wir?«, entfuhr es De Hamman. Sein erstaunter Blick wanderte von Wadon zu Olin und wieder zurück. »Wie kommt ein Abt der Abellikaner dazu, solche Entscheidungen zu treffen?«

»Ihr habt vielleicht nicht bemerkt, dass die Soldaten, die die Truppen Yatol Peridans und Yatol Bardohs zurückgeschlagen haben, die Uniform des Bärenreiches trugen«, antwortete Abt Olin kühl. »Vielleicht ist es Eurem aufmerksamen Blick entgangen, dass die Soldaten, die nach Süden marschiert sind, um Peridan von Euren Ländereien zu vertreiben, die gleichen Uniformen trugen und dass sie von Kriegsschiffen unter der Flagge nicht etwa Behrens, sondern Eures Nachbarn im Norden begleitet wurden.«

»Womit Ihr Euch zweifellos unsere Freundschaft verdient habt«, entgegnete De Hamman. »Nur gibt Euch das noch lange nicht das Recht, darüber zu befinden –«

»Alles, was ich Euch hier mitteile, geschieht mit dem Segen Yatol Wadons«, fiel Abt Olin ihm ins Wort, worauf die beiden Männer sich lange gegenseitig mit Blicken maßen – und De Hamman sich ein genaues Bild von diesem Fremden zu machen versuchte.

»Wir können weder die Freundschaft, die Abt Olin uns erwiesen hat, noch die Hilfe, die er uns in einer Zeit größter Not angeboten hat, einfach ignorieren«, warf Yatol Wadon ein und löste die Anspannung ein wenig – zumindest so weit, dass De Hamman sein Augenmerk wieder auf ihn richtete. »Und Stärke wird auch künftig dringend vonnöten sein, wenn wir uns Hoffnungen machen wollen, Behren wieder zu einer selbstständigen und starken Nation zu machen.«

»Zu einer Nation?«, wagte De Hamman einzuwerfen. »Oder zu einer Provinz unseres nördlichen Nachbarn?«

Abt Olin brach in schallendes Gelächter aus. »Wir sind Eure Freunde, Yatol De Hamman«, sagte er. »Könnt Ihr das nicht begreifen? König Aydrian ist mit der Entsendung so vieler Soldaten, um Euch in diesen unruhigen Zeiten, da das Königreich noch nicht fest in seiner Hand ist, zu helfen, ein gewaltiges Risiko eingegangen. Er war jedoch der Meinung, ein sicheres Behren sei nicht nur für Eure Sicherheit und die Eurer Yatol-Kollegen erforderlich, sondern auch für Entel und alle anderen Städte des Bärenreiches, die regelmäßig mit Jacintha Handel treiben.«

»Eure Hilfe wurde bereits entsprechend gewürdigt«, erwiderte De Hamman und wandte sich wieder Yatol Wadon zu.

»Und sie hatte ihren Preis«, stellte Abt Olin klar, worauf De Hamman erstaunt die Augen aufriss und sich langsam wieder zu dem Mann umdrehte.

»Einen Preis?«

»Würde ich heute mit allen meinen Soldaten und meiner Flotte abziehen, glaubt Ihr im Ernst, Ihr und Yatol Wadon könntet Behren zusammenhalten?«, fragte Abt Olin.

»Peridan ist besiegt und Bardoh ebenso.«

»Und ist Avaru Eesa etwa unter Kontrolle? Was ist mit Pruda? Befindet sich das Gebiet Yatol Peridans etwa in der Hand eines Mannes, der treu zu Jacintha steht?«

Jede einzelne dieser peinigenden Fragen ließ Yatol De Hamman innerlich zusammenzucken.

»Der Preis für eine längerfristige Stationierung der Soldaten des Bärenreiches besteht darin, auf den Rat eines alten abellikanischen Priesters zu hören«, erklärte Abt Olin. »Yatol Wadon versteht unsere neue Übereinkunft und ist bereit, meinen Rat zu beherzigen. Und Ihr tätet gut daran, seinem Beispiel zu folgen.«

De Hamman warf Abt Olin einen zornigen Blick zu, enthielt sich aber einer deutlichen Erwiderung.

»Wer ist als neuer Yatol für die Provinz südlich von mir vorgesehen?«, fragte De Hamman.

»Mein vertrauter Berater Paroud«, antwortete Yatol Wadon. »Seine Loyalität ist unbestritten. Wenn ein Mann wie er, der sich gegenüber Jacintha zu verantworten hat, südlich von Euch regiert, dürfte Eure Provinz sicherer sein als je zuvor.«

»Vor allem, wenn Ihr bedenkt, dass die Kriegsschiffe des Bärenreiches auch weiterhin vor Euren Küsten patrouillieren«, fügte Abt Olin hinzu. »Wie auch die Piratenflotte, die einst treu zu Peridan stand, jetzt aber offenbar überzeugt ist, es sei für sie besser, wenn sie dem Yatol von Jacintha unterstellt wäre.«

Yatol De Hamman war gewiss kein unerfahrener Führer und erkannte ein Machtspiel, wenn er damit konfrontiert wurde. Ihm war jenseits allen Zweifels klar, dass Abt Olins Preis für die Hilfe des Bärenreiches weit mehr umfasste als einen Beraterposten bei Yatol Wadon. Gleichwohl wusste er, dass er dem machtlos gegenüberstand. Wadon hätte das Königreich um ein Haar an Yatol Bardoh verloren – was sicher zu De Hammans sofortiger Enthauptung geführt hätte. Allein den Bemühungen Abt Olins war es zu verdanken, dass das gegenwärtige Machtgefüge in diesen so unruhigen Zeiten wenigstens teilweise hatte gefestigt werden können. Yatol Wadon hatte den von Abt Olin verlangten Preis akzeptiert, weil es für ihn keine vernünftige Alternative gegeben hatte.

Wie konnte Yatol De Hamman dem widersprechen?

»Wie Ihr seht, seid Ihr umzingelt«, sagte Abt Olin zu dem Mann, dessen Überschwang sich angesichts der unerwarteten Entwicklungen merklich gelegt hatte. De Hamman überlegte gerade, ob er die in diesen Worten enthaltene Herausforderung annehmen sollte, als Abt Olin hinzufügte: »Von Freunden.«

De Hamman wusste nicht, wie er reagieren sollte. Seine Lage war unbestreitbar günstiger, als sie es ohne Olin und seine Truppen gewesen wäre – schließlich hatten sie den Fortbestand der Priesterherrschaft in Jacintha gesichert. Trotzdem widerstrebte ihm diese Situation zutiefst. Er begriff, welchen Schaden Chezru-Häuptling Douan dem Orden mit der heimlichen Benutzung des magischen Steins zugefügt hatte, eine Ungeheuerlichkeit, die unter den Yatol-Priestern Chezrus längst als schlimmste Ketzerei aller Zeiten galt. Aber schlimmer noch waren dabei Douans Verhalten und Vorgehensweise gewesen. Er hatte die Körper ungeborener Säuglinge gestohlen, um diese als seine eigenen auszugeben und so während der letzten Jahrhunderte mehrfach seine Wiedergeburt als Stimme Gottes vorzutäuschen. Douans Dreistigkeit hatte nicht nur den Orden, sondern auch den Glauben zahlloser Menschen erschüttert. Das unmittelbare Problem war nun, den Zusammenhalt des Königreichs zu sichern, und dazu hatte Olin fraglos beigetragen.

Aber Yatol De Hamman wusste auch – selbst wenn dies für Yatol Mado Wadon offenbar nicht galt –, dass auf die Sicherung des äußeren Zusammenhalts des Königreiches die Rettung seiner Seele folgen musste. Und wenn diese Rückkehr zum Glauben irgendeine Ähnlichkeit mit den ursprünglichen Lehren Chezrus haben sollte, dann könnte sich die Abwesenheit eines Priesters der Abellikaner womöglich als nicht eben förderlich erweisen.

De Hamman ermahnte sich, dass er die Herrschaft über seine Provinz zurückgewonnen hatte und dass die Bedrohung durch Peridan und Bardoh nicht mehr bestand.

Jetzt konnten sie einen Schritt nach vorne wagen, wohin dieser Weg sie auch führen mochte.

Angesichts der dringenden Pflichten, die seiner harrten – nicht zuletzt die Neuordnung seiner Truppen –, entbot er Yatol Mado Wadon eine elegante Verbeugung, nickte Abt Olin kurz zu und ging.

Pechter Dan Turk hatte das Geschehen von der Seite des riesigen Audienzsaales aus mit wachsender Besorgnis beobachtet. Auf den ersten Blick überraschte es ihn, dass der oftmals so streitsüchtige Yatol De Hamman die Anwesenheit des abellikanischen Abtes scheinbar bereitwillig hingenommen hatte, bei näherer Betrachtung jedoch dämmerte ihm allmählich – wie De Hamman auch –, dass es derzeit praktisch kaum Möglichkeiten gab, die Situation wieder zu bereinigen. Ohne Olin und die Soldaten des Bärenreiches hatten die Verordnungen Mado Wadons nur geringe Überzeugungskraft.

Er trat ein wenig näher an die erhöhte Plattform heran und spitzte die Ohren, als Yatol De Hamman den großen Saal verließ. Als Berater galt er, ebenso wie die Soldaten im Saal, als praktisch nicht anwesend, weshalb Yatol Wadon und Abt Olin sich in seiner Gegenwart ganz offen über die Konsequenzen des Gesprächs mit De Hamman unterhalten konnten.

»Ihr wart ihm gegenüber ein wenig schroff«, bemerkte Yatol Wadon.

»Er geht mir auf die Nerven«, gestand Abt Olin. »Sein Leben wäre verwirkt gewesen, wäre ich nicht gekommen. Da erscheint mir ein wenig Dankbarkeit durchaus angebracht.«

»Und ein wenig mehr Respekt Eurerseits würde uns im Augenblick schon sehr weit bringen«, entgegnete Yatol Wadon. »Wir sind zurzeit auf Yatol De Hamman angewiesen. Er ist ungeheuer wichtig für uns.«

Abt Olin schnaubte abfällig.

»Eure Krieger und Schiffe kontrollieren das Gebiet entlang der Küste«, überlegte Yatol Wadon. »Das war in früheren Kriegen mit dem Bärenreich stets der Fall.«

»Wir befinden uns nicht im Krieg.«

»Und aus diesem Grund haben Eure Hoffnungen auf höhere, sich auf das ganze Königreich erstreckende Ziele auch eine gewisse Aussicht, in Erfüllung zu gehen«, erklärte Yatol Wadon.

Pechter Dan Turk riss überrascht die Augen auf. Er hatte Mühe, nicht laut aufzustöhnen und sein Interesse allzu offen zu zeigen.

»Wie wird es Euren Kriegern in ihren Rüstungen ergehen, sobald sie die Küstenregion verlassen, wo stets eine kühle Brise weht, und die Sonne ihre Panzerung dermaßen aufheizt, dass der Zustand für sie unerträglich wird?«, fuhr Yatol Wadon fort. Pechter Dan Turk begriff, dass er beinahe so etwas wie eine Bitte vortrug, so als wollte er Abt Olin begreiflich machen, dass die Behreneser für die Herrschaft über Behren nach wie vor gebraucht wurden.

»Die Küstenregion kontrolliert den Handel«, konterte Abt Olin. »Und der Handel bestimmt über das Wohl der Theokratie. Wenn Ihr keinen Handel mit dem Bärenreich treibt, wenn es nicht einmal Handelsrouten für Eure Schiffe gibt, die Eure wichtigsten Städte miteinander verbinden, keine von Jacintha ausgehenden Straßen, auf denen Eure Karawanen ziehen können, was bleibt Euch dann noch?«

»Yatol De Hamman weiß, wie man Krieg führt. Er allein könnte die nötigen Truppen zusammenstellen, um im Westen bis nach Avaru Eesa vorzustoßen«, erwiderte Yatol Wadon.

»Bardohs Stadt ist praktisch ohne Schutz«, gab ihm der Abt Recht. »Wir brauchen nur zuzugreifen.«

»Und zwar mit behrenesischen Truppen«, beharrte der alte Yatol. In diesem Moment wirkte er auf Pechter Dan Turk tatsächlich sehr alt und abgehärmt. Es war unübersehbar, dass Abt Olin hier das letzte Wort hatte, eine Beobachtung, die Pechter Dan Turk einen eiskalten Schauer über den Rücken laufen ließ. Olins Anspielung war ihm keinesfalls entgangen. Der hatte mitnichten davon gesprochen, Wadon brauchte in Avaru Eesa nur zuzugreifen, sondern hatte vor allem für sich einen Anteil an diesem Sieg gefordert.

Die beiden Führer setzten ihre Diskussion noch eine Weile fort, in deren Verlauf die unterschiedlichsten Themen gestreift wurden – vom Handel bis zur Frage der möglicherweise zweifelhaften Loyalität des Piraten Maisha Darou, von einer zukünftigen Handelspolitik zwischen Entel und Jacintha bis zur angemessenen Festsetzung von Truppenkontingenten aus Behren und dem Bärenreich im Palast Chom Deiru und der Stadt selbst.

Alldem entnahm Pechter Dan Turk, dass eindeutig Abt Olin und nicht Yatol Wadon hier das Sagen hatte. Was immer besprochen wurde, es war Olin, der die Linie vorgab, während es Wadon vorbehalten blieb, mit Fragen und Einwänden zu kontern. Manchmal ging der abellikanische Abt darauf ein, dann wiederum tat er sie einfach mit einer wegwerfenden Handbewegung und einem spöttischen Schnauben ab. Es schmerzte Pechter Dan Turk, mit ansehen zu müssen, wie sein geliebter Herr von einem abellikanischen Ketzer derart gedemütigt wurde.

Zum ersten Mal fragte sich Pechter Dan Turk, ob es richtig gewesen war, Brynn Dharielle bei der Niederwerfung Yatol Bardohs um Hilfe zu bitten. Zum ersten Mal fragte er sich, ob vielleicht die Falschen gesiegt hatten. Er war nie ein Anhänger von Yatol Bardoh gewesen – auch wenn er Yatol Peridan verglichen mit dem unablässig jammernden Yatol De Hamman für den besseren Chezru hielt –, aber wenigstens war Bardoh ein Chezru.

Plötzlich schreckte Pechter Dan Turk aus seinen Überlegungen hoch und merkte, dass sowohl Abt Olin als auch Yatol Wadon ihn anstarrten. Einen Moment lang überkam ihn Panik, denn er fragte sich, ob die beiden wohl seine verräterischen Gedanken erraten hatten.

»Wissen wir, wie viele Krieger von Yatol De Hamman die Kämpfe in den südlichen Stadtbezirken überlebt haben?«, fragte Yatol Wadon. Sein Ton ließ keinen Zweifel daran, dass er die bislang unbeantwortete Frage zum zweiten Mal stellte.

Pechter Dan Turk atmete erleichtert auf, straffte sich und schüttelte den Kopf. »Aber ich könnte die Zahlen rasch in Erfahrung bringen.«

»Tut das«, befahl ihm Abt Olin. »Und zwar auf der Stelle!« Er bedeutete Pechter Dan Turk mit einem Wink, sich zu entfernen, und wandte sich wieder Yatol Wadon zu. Im Hinausgehen hörte Pechter Dan Turk ihn sagen: »Wir müssen De Hamman augenblicklich Richtung Westen in Marsch setzen und sämtliche Provinzen unter unsere Herrschaft zwingen.« Seine letzten Worte, ehe Pechter Dan Turk außer Hörweite war, trafen den Berater besonders hart: »Vielleicht können wir den Drachen von To-gai dazu bringen, gegen jeden Krieg zu führen, der dumm genug ist, sich den Veränderungen zu widersetzen, zu denen es in Behren, wie wir wissen, zwangsläufig kommen wird.«

Im Gästetrakt des Palastes Chom Deiru war es an diesem Abend still – ganz im Gegensatz zu der ausgelassenen Feier einer Gruppe siegreicher Yatols und Kriegsherren der Chezhou-Lei, die in den weiter unten gelegenen Festsälen stattfand. Eigentlich hätte Pechter Dan dort mitten unter den Zechern sein sollen, jedenfalls gewiss nicht hier.

Unbeirrt setzte er seinen Weg fort. Er hatte seine Sandalen ausgezogen und trug sie in der Hand, um so wenig Lärm wie möglich zu erzeugen. Zum Glück waren nur wenige Wachen in der Nähe, und zu seinem noch größeren Glück bewahrte Yatol Wadon in einem der Arbeitszimmer einen Bund mit Ersatzschlüsseln für jeden Raum auf – einem Arbeitszimmer, zu dem Pechter Dan Turk jederzeit Zutritt hatte.

Nervös blieb er vor Abt Olins Gastgemach stehen und blickte nach beiden Seiten in den stillen, dunklen Flur. Er holte einmal tief Luft, betete, dass der abellikanische Magier den Eingang nicht mit irgendeinem rätselhaften Edelsteinzauber belegt hatte, drehte dann den Schlüssel langsam herum und schlüpfte in das abgedunkelte Zimmer. Er kramte in seiner Tasche, holte eine Kerze mitsamt Feuerstein hervor, dann begab er sich, das Licht mit seiner freien Hand schützend, zu dem großen Schreibtisch gegenüber der Tür.

Es dauerte nur wenige Augenblicke, dann hatte er einen unversiegelten, an König Aydrian adressierten Brief gefunden. Mit zitternden Händen strich Pechter Dan Turk das Schriftstück auf dem Schreibtisch glatt. Obwohl er in allen bekannten Sprachen einigermaßen bewandert war, ließ sich Olins Gekritzel zunächst nur schwer entziffern.

Je deutlicher sich die Einzelheiten und der Sinn des Briefes herausschälten, desto stärker wurde Pechter Dan Turks Zittern. Er sah seine ärgsten Befürchtungen bestätigt. Kein Wort davon, Abt Olin wolle Yatol Wadon und den Chezru helfen – vielmehr deutete dieser an, die Chezru seien jetzt bereit, die Wahrheit der abellikanischen Kirche zu empfangen, und ließ durchblicken, es sei an der Zeit, sie in ihrem Glauben zu erschüttern und den Geboten ebendieser Kirche zu unterwerfen.

Pechter Dan Turk fuhr sich mit der Hand an die Wange, zitterte aber mittlerweile so heftig, dass er sich dabei fast selbst ins Gesicht geschlagen hätte. Er las den Brief, soweit er ihn entziffern konnte, noch einmal von Anfang bis Ende durch, aber offenbar war ihm beim ersten Überfliegen der fremden Worte kein Missverständnis unterlaufen, das sein Unbehagen hätte lindern können.

Abt Olin war nicht als Freund gekommen, sondern um die gegenwärtige Lage zu seinem Vorteil auszunutzen.

Noch immer am ganzen Leib zitternd, überlegte er sich seinen nächsten Schritt. Er könnte diesen Brief Yatol Wadon aushändigen und den Verrat auffliegen lassen …

Er verwarf den Gedanken aber rasch wieder, denn im Grunde seines Herzens kannte Pechter Dan Turk die Wahrheit.

Yatol Wadon würde keineswegs überrascht sein, denn er war selbst Teil des Komplotts.

Er verließ das Zimmer in einem derart überreizten Zustand, dass er die Kerze auf dem Schreibtisch zurückließ und sogar vergaß, die Tür wieder zu verschließen. Er verzichtete darauf, in den Festsaal zurückzukehren, wo man ihn vermutlich längst erwartete, sondern verließ den Palast, um ein wenig durch die Straßen zu schlendern, wo die Feierlichkeiten nach dem Sieg über Yatol Bardoh in einen allgemeinen Taumel übergegangen waren.

Sieg? Pechter Dan Turk hatte seine Zweifel. Konnte man den Einmarsch der Abellikaner an der Spitze einer Armee des Bärenreiches wirklich als Sieg bezeichnen?

Nachdem er sich einen Wagen, ein Pferd und Vorräte für die Reise besorgt hatte, verließ er die Stadt Jacintha. Er hielt sich auf der Nordstraße in westlicher Richtung; sein Ziel war die Oase Dahdah und im Anschluss daran die Stadt Dharyan-Dharielle. Was er dort zu erreichen hoffte, wusste er nicht.

Er wusste nur, dass er diesen Ort, der nicht mehr sein Zuhause war, weit hinter sich lassen musste.

5. Auf der Jagd nach Ruhm

Bruder Stimson von der Kapelle Aubeard war aufgrund seiner absoluten Loyalität gegenüber den Zielen De'Unneros und wegen seiner ausgeprägten Fertigkeiten mit den Edelsteinen von diesem persönlich als Anführer jener Gruppe von Mönchen ausgewählt worden, die die Flotte Ursals begleitete. Der gut vierzig Jahre alte Ordensbruder war einer der wenigen seiner Generation, die die Lehren Bruder Avelyns rundweg ablehnten. Schließlich hatten Stimson und seinesgleichen ihre volle Machtfülle als Abellikaner zu Zeiten der Rotfleckenpest und des Wunders von Avelyn erlangt. Auch Bruder Stimson hatte an diesem Wunder teilgehabt und konnte nicht bestreiten, dass sich Gott der Welt durch Avelyn offenbart hatte, um die Rotfleckenpest zu besiegen. Gleichwohl waren die magischen Steine in Stimsons Augen ein Geschenk Gottes an seine Auserwählten – die abellikanischen Ordensbrüder. Die Vorstellung, diese Steine könnten auch in der einfachen Bevölkerung ausgiebig Verwendung finden, wie Avelyns Anhänger es forderten, erfüllte den Mann mit tiefster Abscheu.

Daher stand Stimson der gegenwärtigen Umwälzung innerhalb der abellikanischen Kirche, in deren Verlauf Bruder De'Unnero und Abt Olin die Kapellen und Abteien nach den Ideen des Ordens vor der Zeit Avelyns umgestalteten, überaus wohlwollend gegenüber. In diesem Zusammenhang war Stimson auch zu einem treuen Gefolgsmann Aydrian Wyndons geworden. Ohne Aydrian sei eine Revolution innerhalb der Kirche unvorstellbar, so die generelle Meinung, daher würde Stimson, obgleich er König Danube stets treu ergeben gewesen war und Prinz Midalis als dessen rechtmäßigen Nachfolger auf dem Thron betrachtet hatte, dem Wunsch nach dieser logischen Erbfolge entsagen.

Die abellikanische Kirche hatte schließlich absoluten Vorrang.

Für Marcalo De'Unnero gehörten Ordensbrüder wie Stimson – bei seinem gemeinsamen Bemühen mit Aydrian, das Königreich in den Schoß der wahren Kirche zu überführen – zu den wertvollsten Hilfsmitteln, weshalb er ihn mit der Leitung dieser überaus wichtigen Mission belohnt hatte. Sieben Ordensbrüder hatten die fünfzehn Schiffe von Graf DePaunch aus dem Masur Delaval in den Golf von Korona begleitet. Mehrere Tage lang waren sie im Schutz der Küste gesegelt, bis sie schließlich direkten Kurs nach Norden genommen hatten, auf geradem Weg zu ihrem Ziel, der Inselfestung Pireth Dancard. Das Wetter hatte mitgespielt – unbehelligt von den frühwinterlichen Stürmen, die gewöhnlich in diesen Gewässern tobten, hatten die großen Schiffe, angetrieben von einem kalten Westwind, in flotter Fahrt das Meer durchpflügt. Und so kam an jenem kalten, sonnigen Morgen genau nach Plan der düstere Turm von Pireth Dancard in Sicht.

Bruder Stimson war einer der Ersten an Deck, die ihn nach dem Ruf aus dem Ausguck erspähten. Der Anblick ließ ihn die Burgreling der *Assant Tigre* – behrenesisch für *Angreifender Tiger* –, des von Aydrian zu Ehren Marcalo De'Unneros so benannten Flaggschiffes von DePaunch, fest umklammern. Er hörte die Aufregung hinter sich, das Scharren zahlreicher nach vorn drängender Schritte.

»Die Edelsteine sind bereit«, sagte Bruder Meepause aufgeregt zu Stimson und hob die Hand mit dem Grafit und dem Hämatit, die De'Unnero ihm gegeben hatte. Einige andere Ordensbrüder hinter Meepause folgten seinem Beispiel, obwohl Stimson in diesem Moment nicht den Eindruck machte, als würde er sich dafür interessieren. Es würde schließlich noch Stunden dauern, ehe es zu den ersten Auseinandersetzungen käme.

Zumal Stimson insgeheim hoffte, dass sich der Einsatz der Edelsteine als unnötig erweisen würde – schließlich hatten Pireth Dancard und die dortige Besatzung der Küstenwache sich offiziell weder für Aydrian noch für Prinz Midalis ausgesprochen. Durchaus möglich, dass Graf DePaunch und seine abellikanische Eskorte von den Soldaten freundlich empfangen würden – was sicherlich das Beste wäre. Jede Schlacht, die Aydrian zur Festigung des Königreiches nicht führen musste, setzte zusätzliche Kräfte für die Konsolidierung der streitsüchtigen abellikanischen Kirche frei.

»Die Bärenflagge!«, erklang ein Ruf aus dem Mastkorb. Stimson biss die Zähne aufeinander, als der Mann hinzufügte: »Ohne Tiger!«

Demnach hatte Pireth Dancard die Fahne der Ursals aufgezogen, nicht die neue Flagge des Bärenreiches, die das Immergrün der abellikanischen Kirche und Bär und Tiger zeigte, die sich auf den Hinterbeinen gegenüberstanden. Eigentlich hätte die Inselfestung zu diesem Zeitpunkt bereits über den Flaggenwechsel unterrichtet sein müssen, auch wenn Stimson einsah, dass den hier stationierten Männern der Küstenwache noch keine geeignete Fahne für König Aydrian zur Verfügung stehen konnte.

»Es wird zum Kampf kommen«, begeisterte sich einer der jüngeren Ordensbrüder hinter Stimson. »Sie stehen auf Seiten von Prinz Midalis.«

Dies schien die Haltung aller an Bord zu sein, wie Stimson sich überzeugen konnte, als er sich kurz umdrehte und die erwartungsvollen Mienen und leuchtenden Augen sah. Er ersparte sich den Einwand, dass die Soldaten auf diesem Außenposten vielleicht einfach die einzige Flagge gesetzt hatten, die sie besaßen.

Matrosen sandten über die Fluten hinweg Signale aus, und die Schiffe gaben ihre verhältnismäßig strenge Formation in Dreierreihen auf. Die Schiffe backbord und steuerbord der *Assant Tigre* scherten in weitem Bogen aus und halsten, um ihre Fahrt zu drosseln, während die nachfolgenden sich langsam in die dadurch frei gewordenen Positionen schoben. Bereits Minuten später – der schwarze Punkt der Insel Dancard am Horizont war kaum größer als beim ersten Sichten – hatten sich die Kriegsschiffe in zwei Reihen zu einer Angriffsformation gruppiert: sieben vorneweg und acht unmittelbar dahinter. Die *Assant Tigre* bildete das Kernstück dieser Formation, die aus den so genannten Zerstörern bestand: schwer gepanzerte und mit Bogenschützen sowie den sieben edelsteinbewehrten Ordensbrüdern bemannte Schiffe. Die acht kleineren Kriegsschiffe dahinter, schneller und manövrierfähiger, waren jeweils mit zwei Katapulten von großer Reichweite bestückt und mit im Zweikampf Schiff gegen Schiff ausgebildeten Soldaten bemannt.

»Jeder von Euch wurde über seine Aufgabe unterrichtet«, wandte sich Bruder Stimson an seine sechs abellikanischen Glaubensbrüder. »Graf DePaunchs Entschluss, uns alle auf einem Kriegsschiff zu konzentrieren, zwingt uns, unsere Angriffe noch wirkungsvoller aufeinander abzustimmen. Sobald an Land der erste Widerstand ausgemacht wird, sei es in Gestalt eines Katapults oder einer Gruppe von Bogenschützen, muss dieser Widerstand unverzüglich gebrochen werden, ehe dieses Schiff ernsthaften Schaden erleidet. Ist das jedem klar?«

Begeisterter Jubel schlug ihm entgegen. Ein wenig zu begeistert, fand der ältere Ordensbruder, der zu Zeiten der Pest einen gewaltigen Aufruhr miterlebt hatte, eine wilde Schlacht auf dem Marktplatz seiner kleinen Heimatstadt nordöstlich von Ursal. Damals hatte Stimson Männer in Scharen sterben hören, und obwohl er fest an De'Unnero und Abt Olin glaubte und sich längst damit abgefunden hatte, dass eine Eroberung von Kirche und Königreich nicht kampflos zu bewältigen war, verspürte er nicht das geringste Bedürfnis, diese furchtbaren Schreie jemals wieder zu hören.

»Geht und esst noch eine Kleinigkeit, sofern Ihr das noch nicht getan habt, und macht Euren Frieden mit Gott, ehe Ihr Eure Positionen einnehmt«, wies Stimson die Ordensbrüder an . »Entspannt Euch, Brüder, und macht Euch klar, dass uns noch Stunden bleiben, bis es zu den ersten Kampfhandlungen kommt.«

Mit diesen Worten entfernte sich der befehlshabende Mönch und begab sich mittschiffs zur Kommandokajüte, um sich der Besprechung mit Graf DePaunch und den anderen Anführern anzuschließen.

Er fand DePaunch in einem ähnlich aufgeregten Zustand vor wie zuvor die jungen Ordensbrüder – was er keineswegs als gutes Zeichen deutete.

»Ich werde mich bis auf dreihundert Meter nähern und dann nach steuerbord abdrehen und die Insel umsegeln«, erklärte DePaunch soeben.

»Dreihundert Meter, damit geraten wir in den Bereich ihrer größeren Katapulte, die oben auf den Felsen installiert sind, Mylord«, gab einer der anderen Kommandanten, Giulio Jannet, zu bedenken – ein Allheart, der etliche Jahre unter Herzog Bretherford gedient hatte.

DePaunch nickte. »Die sich allerdings auf eine solche Entfernung kaum als treffsicher erweisen dürften«, erklärte er. »Die hintere Achterformation wird sich aufteilen. Vier Schiffe werden sich uns anschließen, die vier übrigen werden die Insel backbords umschiffen. Kein feindliches Schiff wird sich aus unserer Reichweite davonstehlen können.«

»Ich denke, Ihr solltet vier Schiffe auf Parallelkurs an Dancard vorbeisegeln lassen«, sagte Giulio. »Für den Fall, dass einige bereits die Flucht ergriffen haben – beziehungsweise dies in Kürze tun werden, da man uns mittlerweile zweifellos entdeckt hat.«

Graf DePaunch ließ sich das einen Moment lang durch den Kopf gehen, dann gab er nickend sein Einverständnis.

»Verzeiht, bester Graf, aber stützen wir uns dabei nicht zu sehr auf Vermutungen?«, warf Bruder Stimson ein. »Bislang wissen wir nicht einmal, ob die Bevölkerung Dancards uns freundlich oder feindlich gesinnt ist.«

»Sie zeigen die Flagge des Hauses Ursals, nicht die von Aydrian«, bemerkte einer der anderen Kommandanten.

»Die Frage ist, ob sie überhaupt im Besitz der Bären-und-Tiger-Flagge sind«, gab der Mönch zu bedenken. »Und ob sie sich der Bedeutung König Aydrians und der Truppen, die er befehligt, bewusst sind. Schließlich handelt es sich um Männer der Küstenwache. Werden sie, wenn sie Ritter der Allhearts in unseren Reihen sehen, nicht überzeugt sein, dass wir die Vertreter der gerechten Sache sind?«

»Sollen wir etwa in den Bereich ihrer tödlichen Katapulte hineinsegeln?«, entgegnete Graf DePaunch.

»Ich meinte lediglich –«

»Die Flagge, die sie zeigen, ist ihre erste Reaktion«, fügte Giulio hinzu. »Wenn wir von einem Tiger und einem Bären auf Pireth Dancard begrüßt worden wären, wären wir sicher als Verbündete eingelaufen.«

Bruder Stimson spürte, was gespielt wurde, und im Grunde hatte er auch nichts anderes erwartet. Graf DePaunch war ein überaus ehrgeiziger junger Soldat, wie auch Giulio Jannet. Dancard als Verbündeten der Krone zu gewinnen wäre für König Aydrian ein großer Gewinn. Ein feindlich gesinntes Dancard zu besiegen und gewaltsam unter Aydrians Banner zu zwingen könnte dagegen die Karrieren von DePaunch und Giulio beflügeln.

Der ehrgeizige Graf war geradezu versessen auf eine Schlacht.

Als Stimson sich wieder an Deck begab, stellte er fest, dass das neben der *Assant Tigre* segelnde Schiff seine Flagge eingeholt und jetzt die traditionellere Fahne des Bärenreiches gehisst hatte, den aufgerichteten Bären, der Ursal über einhundert Jahre lang als Banner gedient hatte. Der Mönch begab sich zum Fockmast an die Seite seiner Ordensbrüder, die den sich neben ihnen abspielenden Fahnenwechsel aufmerksam verfolgten.

»Was hat das zu bedeuten, Bruder?«, wandte sich einer von ihnen an Stimson.

Der Mönch hätte gerne geantwortet, es bedeutete, das Schiff solle als Vorwand benutzt werden, um in die Nähe der Hafenanlagen zu gelangen. Gerne hätte er geantwortet, es bedeutete, sie würden ihre Schlacht bekommen, unabhängig davon, was Pireth Dancard wollte.

Doch stattdessen zuckte er nur nichts sagend mit den Schultern. Marcalo De'Unnero hatte ihn nicht ohne Grund ausgesucht, ermahnte er sich. Graf DePaunchs Methoden behagten ihm vielleicht nicht, aber ganz gewiss was er mit den Folgen der Herrschaft Aydrians einverstanden, vor allem soweit es die abellikanische Kirche betraf.

Der kräftige Wind hielt an und blähte die Segel, und die fünfzehn Schiffe hielten weiter auf die Insel zu. Stimson und die anderen beobachteten, wie sie immer größer wurden, bis der auf hohen Felsen errichtete Turm deutlich zu sehen war und man die Fahne sogar ohne Fernglas erkennen konnte. Die südlichen Hafenanlagen der Insel befanden sich direkt unterhalb, am Ende eines steinigen Abhangs, auf dem ein paar vereinzelte Gebäude standen, darunter auch die lang gestreckten Lagerhallen unmittelbar auf Meereshöhe. Der Abhang wies mit ein paar grasigen Flecken und wenigen kleinen Bäumen nur spärlichen Bewuchs auf, war dafür aber dank eines Geflechts aus einander überschneidenden Wällen aus aufgeschichteten Steinen, die sich vom Hafen bis hinauf zum Turm erstreckten, gut befestigt. Etwas abseits auf der rechten Inselseite, am Osthang, befand sich eine kleine Siedlung aus Steinhäusern. Dort, wie auch an den Anlegestellen, breitete sich jetzt, da immer mehr Inselbewohner zu der rasch näher kommenden Flotte hinüberstarrten, eine wachsende Unruhe aus.

Kaum tausend Meter weit draußen auf dem Meer holten zehn der elf Kriegsschiffe die Hälfte ihrer Segel ein, und plötzlich tauchten zehn Kiele wie auf Kommando tiefer in die Fluten. Das einzige noch unter vollen Segeln fahrende Schiff – jenes rechts der *Assant Tigre,* das die Fahne Ursals gehisst hatte – hielt weiter bei voller Fahrt auf die lang gestreckte Anlegestelle zu.

»Haltet Euch bereit, Meister Stimson«, ertönte von hinten Graf DePaunchs Stimme. »Sobald die *Assant Tigre* ins Geschehen eingreift, erwarte ich, dass Ihr und Eure Ordensbrüder in unsere ruhmvollen Fußstapfen tretet.«

Stimson sah zu dem Mann und zu dem neben ihm stehenden Giulio Jannet hinüber. Die beiden nickten einander grinsend zu. Offensichtlich konnten sie es kaum erwarten.

Mit seinen mittlerweile gut fünfzig Jahren gehörte Wachmann Constantine Presso zu den ältesten und erfahrensten Offizieren der Küstenwache – und mit seinem säuberlich gestutzten Schnauzer und Spitzbart, dem traditionellen rotblauen Überzieher und dem schwarzen ledernen, von der rechten Schulter zur linken Hüfte verlaufenden Waffengurt auch zu den korrektesten. Er war ein groß gewachsener Mann von makellos aufrechter Körperhaltung und hatte in sämtlichen größeren Vorposten dieser Truppe Dienst getan, von Pireth Tulme über Dancard bis hin zu Pireth Vanguard im Norden. Er war bestens über die Politik des Bärenreiches informiert und auch mit den Schlichen vertraut, deren sich ehrgeizige junge Kommandanten auf der Suche nach dem schnellen Weg zur Beförderung gelegentlich bedienten.

Presso war sofort unterrichtet worden, als man die Flotte gesichtet hatte, und war rechtzeitig oben auf dem Turm eingetroffen, um die Präzision der Schiffe zu bewundern, als sie aus einer offenen in die Schlachtformation hinüberwechselten.

Im Augenblick beobachtete er ihre jüngste Kriegslist, oder was immer der Zweck des Manövers war.

»Sie haben den Bären Ursals gehisst!«, rief irgendwo unten ein Matrose.

Womit er durchaus Recht hatte, wie Constantine Presso selbst erkennen konnte. Das einsam nahende Schiff hatte nicht etwa jene merkwürdige Flagge aufgezogen, die die Gerüchte über einen Machtwechsel in Ursal zu bestätigen schien, sondern die weitaus gebräuchlichere Flagge König Danubes und seiner Vorgänger. Doch der Wachmann sah auch, dass sie in diesem Moment noch eine weitere Fahne an ihrem Hauptmast hissten, die weiße Unterhändlerflagge.

Presso schlenderte über sein Turmdach und begutachtete die Katapultstellungen rechts und links zwischen den Steinwällen und die große, schwenkbare Wurfmaschine auf dem Turmdach selbst. Kurz darauf begab er sich wieder zurück zu dem die Anlegestelle überblickenden Vorbau und rief seinen Leuten zu, sich »bereitzuhalten«.

Dann richtete er seinen Blick erneut seewärts auf das rasch näher kommende Schiff und die zehn anderen, die gemächlich dahinter folgten – ehe sein Blick auf die vier weiteren fiel, die sich aus der hinteren Reihe gelöst hatten und sich anschickten, Pireth Dancard in schneller Fahrt zu umsegeln. Presso warf auch einen kurzen Blick nach Norden, wo die beiden Spähschiffe Dancards vor langer Zeit hinter dem Horizont verschwunden waren. Für den Fall, dass ein gegnerisches Schiff sich der Festung näherte, hatten sie den Befehl, umgehend in See zu stechen. Denn Dancard war nicht dafür geschaffen, einem mächtigen Gegner zu trotzen, sondern diente lediglich als Beobachtungsposten für das im Süden gelegene Festland sowie Vanguard im Norden.

»Welchem König dienen sie denn nun?«, hörte man einen der Posten in seiner Stellung auf dem Schutzwall unterhalb des Turms in merklicher Verwirrung rufen.

Wachmann Presso sah zu dem ersten Schiff hinüber und stellte fest, dass man auf dem schnell näher kommenden Kriegsschiff sowohl die Flagge Ursals als auch die weiße Fahne eingeholt hatte. Stattdessen zeigte das Schiff nun die gleiche Flagge, die auch die anderen gesetzt hatten – zusammen mit einer zweiten, die rasch die Führungsleine hinaufgezogen wurde: eine weiße, schwarz umrandete Flagge mit einem roten X.

In der Seemannssprache des Bärenreiches war dies die Flagge, mit der man die Kapitulation verlangte.

Presso bemerkte, dass das Katapult des Schiffes, in dessen Korb bereits das Pech schwelte, gespannt und feuerbereit war. Fassungslos beobachtete er, wie ein Regiment Bogenschützen sich an Deck zusammendrängte, alle in der Uniform der Kingsmen. Sie tauchten ihre Pfeile in hinter der Reling verborgene Behälter, ehe sie sie mit brennender Spitze in den Himmel richteten und ihre mächtigen Bögen zu spannen begannen.

Hinter Presso kam plötzlich Bewegung in die Katapultbesatzung.

»Wartet noch!«, befahl ihnen der Wachmann.

Zu Pressos Leidwesen waren nur wenige auf der Insel wirklich kampferprobt. Presso erkannte die Bewegungen des Schiffes als Provokation und Täuschungsmanöver – das verrieten das volle Segel und sein steter Kurs. Einigen der jüngeren und ängstlicheren Angehörigen der Küstenwache war dies jedoch offenbar entgangen.

Ein paar vereinzelte Pfeile senkten sich im Bogen Richtung Schiff, eines der Katapulte Dancards feuerte, und schließlich auch noch ein zweites.

Eine Pechkugel versank mit lautem Zischen neben dem Schiff im kalten Meer, die zweite jedoch fand ihr Ziel, verteilte sich spritzend über die aufgespannten Segel und steckte sie in Brand. Von diesem feuerüberfluteten Deck erfolgte dann auch die Reaktion: Fünfzig brennende Pfeile bestrichen die Hafenanlagen Dancards, gefolgt von einer offenbar als Vergeltung gedachten Pechkugel, die sich spritzend über die unteren Mauerbereiche verteilte.

Das getroffene Schiff änderte schlagartig seinen Kurs, legte sich hart auf die Seite und hielt genau auf die Anlegestelle der Insel zu.

Oben auf dem Turm schloss Wachmann Presso die Augen und schüttelte den Kopf, als er die Taktik in ihrem ganzen Ausmaß zu begreifen begann. Aufgrund seines Schwungs würde das angeschlagene Schiff in die Hafenanlagen krachen, wo seine Elitebesatzung im Handumdrehen an Land gehen würde.

Er richtete den Blick an diesem Schiff vorbei auf die übrigen zehn und schließlich auf die zehn feurigen Kugeln, die soeben in hohem Bogen in den Himmel stiegen.

Auch Meister Stimson verfolgte die Reaktion der Katapulte und registrierte mit Interesse, dass von den zehn Schüssen nur sechs auf den unmittelbaren Bereich der Hafenanlagen abgegeben worden waren. Die vier weiter gezielten Schüsse stiegen weiter östlich in den Himmel, gingen inmitten der Steingebäude nieder und setzten im Bereich ihrer Aufschlagzone alles Brennbare in Flammen.

Menschen eingeschlossen.

Stimson schloss die Augen, als er nun doch die altbekannten Schreie hörte, genau wie damals, während der Aufstände in seiner Jugend. Kein lustvolles Kriegsgebrüll von Soldaten, sondern schrille Schreie der Bestürzung und heillosen Entsetzens, das aus der Verwirrung Unbeteiligter erwuchs, die sich plötzlich in eine Schlacht verwickelt sahen, die sie nicht begreifen konnten. Sogar die Tonlage war eine andere, denn unter das aus der kleinen Siedlung herüberschallende Schreien mischte sich das Kreischen von Frauen und Kindern.

Der Abellikaner-Mönch wandte sich wieder zu Graf DePaunch um und sah, dass dieser sich von den offenkundig fehlgeleiteten Schüssen nicht im Mindesten aus der Ruhe bringen ließ. Stimson begriff. DePaunch versuchte Pireth Dancard in eine größere Schlacht hineinzuziehen. Damit blieb wenig Raum für gesunden Menschenverstand und einen möglichen Kompromiss, wenig Raum für diplomatisches Geschick. Denn plötzlich kämpfte Pireth Dancard um seine nackte Existenz. Die Soldaten kämpften nicht, weil sie die Hafenanlagen halten wollten, sie kämpften um das Überleben ihrer Familien. Auf dieser Insel lebten vielleicht vierhundert Personen, davon nicht mehr als ein Viertel Soldaten. Die Übrigen arbeiteten als Hafenarbeiter, Farmer oder Fischer. Und unter diesen drei Vierteln der Bevölkerung waren auch die Familienangehörigen, die Frauen und Kinder.

Stimson richtete sein Augenmerk gerade rechtzeitig wieder auf die Hafenanlagen, um zu sehen, wie sich das angeschlagene Schiff in die hölzerne Landungsbrücke bohrte. Mächtige Balken, sowohl am Pier als auch an Bord, protestierten ächzend, und ein Teil der Landungsbrücke stürzte in die Fluten. Schließlich kam das Schiff längsseits der zerstörten Holzkonstruktion brennend und mit Schlagseite zum Stillstand. Trotzdem stürmte die Mannschaft nicht sofort an Land; stattdessen säumte sie das Deck hinter der hohen Reling und setzte ihr Sperrfeuer aus Pfeilen fort, die in mächtigen Salven über den Hafenanlagen niedergingen.

Als Antwort wurden sie von den Steinwällen aus beschossen – von einer Gruppe Bogenschützen, die den fünfzig

Schützen auf dem angeschlagenen Schiff zumindest zahlenmäßig ebenbürtig war. Die Männer der Küstenwache waren offenkundig bestens ausgebildet. Ihre Salven kamen in unablässiger Folge: Erst schoss das erste Drittel, dann folgte das zweite und schließlich auch die letzte Gruppe, ehe sich die Prozedur in perfekt aufeinander abgestimmtem Rhythmus wiederholte. Viele der abgeschossenen Pfeile hatten brennende Spitzen, was an Bord des angeschlagenen Schiffes für zusätzliche Verwirrung und Zerstörung sorgte.

Ein dumpfes Schnurren von weiter oben bewog Stimson, den Blick zum Turmdach zu heben. Er sah ein dunkles, spitzes Etwas davonschnellen, einen mächtigen Wurfgeschützbolzen, der sich jedoch nicht auf das angeschlagene Schiff hinabsenkte, sondern auf eines der anderen herannahenden sechs. Der Bolzen streifte das Vorderteil des ganz links außen von der *Assant Tigre* fahrenden Schiffes, prallte jedoch vom stark angeschrägten Bug ab, um mit einem Klatschen wirkungslos ins Wasser einzutauchen.

Dann folgte eine zweite Salve der leichten Schiffskatapulte. Diesmal zerplatzten alle zehn brennenden Pechkugeln im Bereich unmittelbar jenseits der Hafenanlagen und der niedrigen Steinwälle. Die Verteidigungsanlagen dort waren massiv, sodass der Beschuss nur wenige Opfer forderte. Die überall umherspritzenden Feuertropfen erwiesen sich für die Invasoren dennoch als überaus nützlich, denn die Verteidiger – damit beschäftigt, glimmende Brocken umherspritzenden Pechs auszuschlagen oder sich hektisch neue Stellungen fern des ihnen jede Sicht nehmenden Rauchs zu suchen – waren notgedrungen abgelenkt.

Einige Matrosen an Bord des angeschlagenen Kriegsschiffes nutzen die Gelegenheit, ihren Beschuss fortzusetzen, andere dagegen kappten die Takelage und machten sich daran, das Schiff im beschädigten Bereich der Landungsbrücke fest zu vertäuen.

Mittlerweile hatten auch die anderen sechs vorausfahrenden Kriegsschiffe das Hafenbecken erreicht. Die Inselkatapulte feuerten erneut – eines erzielte einen Treffer hoch oben am Großsegel des Schiffes unmittelbar backbords der *Assant Tigre.* Die Brände vermochten das Boot jedoch kaum aufzuhalten, und die Mannschaft, eifrig darauf bedacht, an Land zu gehen, schenkte den Flammen hoch über ihren Köpfen ohnehin kaum Beachtung. Rings um die Schiffe wurden zahlreiche Beiboote zu Wasser gelassen. Soldaten kletterten mit geübtem Geschick hinein und verfielen augenblicklich in gleichmäßiges Pullen, um zum Land überzusetzen.

Nur die *Assant Tigre* behielt ihren Kurs bei, fuhr geradewegs auf die Hafenanlagen zu und begab sich in eine Position genau gegenüber ihres angeschlagenen Schwesterschiffs.

»Meister Stimson!«, rief Graf DePaunch.

»Konzentriert Eure Kräfte, Brüder«, wies Stimson seine sechs abellikanischen Glaubensbrüder an. »Auf das Katapult links neben dem Turm.«

Wachmann Presso rieb sich nervös das Gesicht, während er das Nahen der Schiffe und das sich unterhalb seiner Stellung abspielende Kampfgeschehen beobachtete. Ihm war von Anfang an klar gewesen, dass es unmöglich sein würde, die Insel gegen eine Flotte mit einer solchen Übermacht an Kriegern zu halten. Insgeheim hoffte er jedoch, die gegnerischen Reihen gleich zu Beginn so weit zu lichten, dass ihr Vormarsch ins Stocken geriet, bis man Verhandlungen aufnehmen konnte. Er vertraute voll und ganz darauf, dass seine bestens ausgebildeten Männer dazu in der Lage wären.

Vielleicht gelang es ja einem der Katapulte, noch ein, zwei weitere Schiffe außer Gefecht zu setzen, vielleicht konnten die Bogenschützen die Hafenanlagen für den Rest des Tages halten – tatsächlich gab es nur einen wirklich sicheren Zugang auf die Insel, und der lang gestreckte Pier bot jeweils nur zwei Schiffen gleichzeitig Platz. Wenn es ihm gelänge, diese ersten Augenblicke der Schlacht für sich zu entscheiden, würde sein Gegner gezwungen sein, sein Landungsmanöver ausschließlich per Beiboot durchzuführen – ein sehr viel schwierigeres und zeitraubenderes Unterfangen.

Allen Truppenbewegungen und der überaus bescheidenen Wirkung der zweiten Katapultsalve zum Trotz war Wachmann Presso fest davon überzeugt, dass er und seine Männer im Begriff waren, eben dies zu tun. Wegen seiner Schräglage am zertrümmerten Dock würde sich das Anlandgehen von dem angeschlagenen Segler als schwierig erweisen, und dem zweiten Schiff blieb nur ein schmaler Durchlass, durch den es zu dem zertrümmerten Pier gelangen konnte. Ein wohl gezielter Schuss des Katapults würde den Pier, so glaubte er, endgültig unbetretbar machen.

Wachmann Presso hielt den Atem an. Er wusste, genau dies würden seine Artillerieschützen jetzt versuchen, indem sie das zweite im Anlegen begriffene Schiff als Kugelfang für ihre Geschosse benutzten.

Aber dann entwich Pressos Atem in einem einzigen Stoß, und er riss entsetzt die Augen auf. Sieben scharf umrissene Lichtblitze zuckten von eben jenem Schiff herüber und schlugen allesamt im Bereich rings um das Katapult unterhalb des Turmes zu seiner Rechten ein. Der Wachmann lehnte sich über die Mauerbrüstung und sah zwei Artillerieschützen mit wild rudernden Armen davonstürzen, mehrere andere dagegen – einige bewegten sich noch, andere nicht mehr – lagen ringsumher verstreut am Boden. Über der Wurfmaschine selbst stiegen an mehreren Stellen feine Rauchfahnen auf, bis eine der Stützvorrichtungen des Katapults schließlich nachgab und die Wurfmaschine zur Seite wegkippte.

»Abellikaner-Mönche!«, schrie der Kommandant, der neben dem völlig am Boden zerstörten Wachmann stand.

»Allhearts!«, rief ein anderer Mann und lenkte damit Pressos Augenmerk wieder auf das schwer beschädigte Schiff, wo er Krieger in der Panzerrüstung der berühmten Allhearts auf den Planken des Hafenkais ausschwärmen sah.

Eine zweite Salve von Blitzen zuckte vom selben Schiff herüber und richtete beim letzten noch verbliebenen Katapult ähnliche Verwüstungen an.

Die Einzigen, die wirklich imstande waren, Magie wirkungsvoll einzusetzen, waren, soweit Wachmann Presso wusste, eben jene Abellikaner in Diensten des Königs des Bärenreiches. Ein kleiner Vorposten wie Pireth Dancard verfügte nur über bescheidene Mittel, sich gegen einen derartigen Angriff magischer Kräfte zur Wehr zu setzen.

Presso hörte das Wurfgeschütz hinter sich herumschwenken und drehte sich mit grimmiger Entschlossenheit um. »Feuer einstellen!«, brüllte er. »Und legt die Bögen nieder!«, schrie er über die Mauerbrüstung des Turms hinunter zu den rings um den Schutzturm verteilten Bogenschützen. Er wandte sich zu seinem verdutzten Kommandanten um und gab diesem Order, sofort die weiße Flagge zu hissen. »Wir müssen den Allhearts und Abellikanern vertrauen«, wandte er sich an die kleine Gruppe von Männern auf dem Turmdach. »Sie sind das Herz und die Seele des Bärenreiches. Wir müssen sie um Gnade bitten.«

»Sie dienen diesem Usurpator auf dem Thron!«, empörte sich der Kommandant, denn die *Saudi Jacintha* hatte auf ihrem Weg nach Vanguard bereits Wochen zuvor mit einer entsprechenden Meldung in Pireth Dancard Halt gemacht. »Was ist mit Prinz Midalis?«

»Das werden wir sehen«, erwiderte Wachmann Presso, bereits auf dem Weg zum Treppenschacht, der ihn zum Schauplatz des Geschehens bringen würde. »Ohne Artillerie können wir sie nicht aufhalten. Meiner Schätzung nach sind wir ihnen fünffach unterlegen.«

»Aber wir verfügen über Verteidigungsanlagen«, wandte der Kommandant ein. Tatsächlich war Pireth Dancard mit einem weit verzweigten Netz verschlungener unterirdischer Gänge voller Engpässe und Fallen durchzogen.

»Uns gegen unsere eigenen Landsleute verteidigen?«, erwiderte Presso. »Gegen Abellikaner-Mönche mit ihren Edelsteinen? Die unterirdischen Gänge wurden als letztes verzweifeltes Mittel gegen Pauris angelegt, Kommandant, oder gegen jeden anderen Gegner, der sich weigert, Pardon zu gewähren. Haben wir von unseren Brüdern aus dem Bärenreich etwa eine solche Behandlung zu erwarten?«

Der Kommandant presste die Lippen zusammen, offenbar, um eine scharfe Erwiderung zu unterdrücken.

Eine einzelne Stimme vom Dach des Turms genügte offenbar nicht, um die Kapitulation in die Tat umzusetzen, und so waren auf den Kais und im unteren Bereich der Festungswälle noch zahlreiche weitere Tote und Verwundete zu beklagen – unter Angreifern und Verteidigern gleichermaßen. Von den Kriegsschiffen segelten weitere Salven brennenden Pechs heran, die sich langsam immer weiter den felsigen Hang hinaufarbeiteten, bis sie schließlich unmittelbar vor den Toren des robusten Turms einschlugen. Dann erfolgte, im Schutz des Katapultfeuers und weiterer vernichtender Salven der Priester mit den Edelsteinen, die Attacke der Allheart-Ritter. Als Wachmann Presso es endlich bis zu den Toren geschafft und sie weit aufgerissen hatte und rings um das Gelände bei den Kais immer mehr Eroberer aus den Beibooten an Land gingen, hatte das Schlachtgetümmel die Festung fast erreicht. Auch von Osten her konnte Presso laute Schreie hören, und er erkannte, dass die vier zurückgebliebenen Kriegsschiffe die Insel umsegelt hatten und ihre Katapultgeschosse auf die Insel schleuderten.

Wachmann Presso riss dem Mann neben ihm die weiße Fahne aus der Hand und stapfte hinaus, mitten in das Kampfgetümmel – oder unternahm zumindest den Versuch, denn plötzlich wurde er vom Aufprall eines Blitzes, dem sogleich ein zweiter und ein dritter folgten, nach hinten geschleudert und blieb mit zuckenden Gliedmaßen am Boden liegen.

Ein Gefühl der Erleichterung überkam ihn, als er einen seiner Krieger die Fahne aufheben und wild entschlossen an ihm vorbeistürmen sah; dann wurde ihm schwarz vor Augen.

»Was für ein ruhmvoller Tag!«, sagte Graf DePaunch zu Meister Stimson und Giulio Jannet. Die drei schlenderten über den unteren Teil der weitläufigen südlichen Befestigungsanlagen Dancards, wo der Gestank verbrannten Pechs noch schwer in der Luft hing. Ringsumher war man immer noch mit der Beseitigung der Leichen beschäftigt – vierzig Männer der Küstenwache waren getötet worden sowie über sechzig von DePaunchs Leuten, ein Großteil davon eben jene tapferen Seelen an Bord des geopferten Kriegsschiffes, das immer noch eingekeilt längsseits des zertrümmerten Piers lag. Im Bereich des Dorfes waren mehrere Zivilisten getötet worden, offizielle Zahlen lagen aber noch nicht vor.

»Wachmann Presso wird überleben«, unterrichtete Meister Stimson den Grafen. Stimson hatte sich persönlich mit seinem Hämatit des Mannes angenommen, und die übrigen Abellikaner hatten sich unter die Inselbewohner gemischt und kümmerten sich um die Verletzten.

»Vermutlich nur, um aufgehängt zu werden«, erwiderte Graf DePaunch und ließ ein derbes Lachen hören, in das Giulio Jannet augenblicklich einstimmte.

»Ihr solltet von einer solchen Vorgehensweise Abstand nehmen«, warnte Meister Stimson. »Presso hat lange Jahre treu auf Dancard gedient und ist sowohl bei den Leuten im Dorf als auch bei seinen Männern überaus beliebt.«

»Ihr verlangt, ich soll seinen Verrat einfach ignorieren?«, fragte Graf DePaunch in gespieltem Unglauben. Schließlich wussten sie alle, dass das Verhalten von Wachmann Presso kaum als Verrat bezeichnet werden konnte und er tatsächlich eher aus Selbstschutz denn aus irgendwelchen anderen Gründen gehandelt hatte. »Mein lieber Bruder, wir dürfen nicht zulassen, dass abtrünnige Kommandanten sich der Herrschaft König Aydrians widersetzen.«

»Kennt der Mann überhaupt den Namen unseres Königs?«

»Man wird ihn ihm noch mitteilen«, versicherte DePaunch Stimson, »und zwar unmittelbar bevor sich die Schlinge um seinen Hals zusammenzieht.«

Erneutes Gelächter. Giulio Jannet und DePaunch fanden das scheinbar ungemein komisch.

Meister Stimson wandte den Blick ab und dachte über die Aufgaben nach, denen er sich nun zu widmen hatte. Hier draußen auf Dancard gab es einen abellikanischen Priester, einen gewissen Meister Coiyusade. Er war ein überaus beliebter Kirchenmann, den man sogar beim letzten Abtkollegium, auf dem Fio Bou-raiy zum ehrwürdigen Abt gewählt worden war, angehört hatte. Wie sein Name bereits andeutete, war Coiyusade behrenesischer Abstammung, obwohl seine Familie bereits seit über einem Jahrhundert in Entel lebte und in der Vergangenheit so viele eheliche Bande mit Leuten aus dem Bärenreich geknüpft hatte, dass die Haut des Meisters eher den hellen Ton der Bewohner des Bärenreiches aufwies. Trotz seiner südländischen Herkunft hatte Coiyusade auf dem Abtkollegium für Fio Bou-raiy und nicht für Abt Olin gestimmt. Der Mann hatte den größten Teil seines Lebens in St. Rontlemore Dienst getan, der Schwesterabtei und Konkurrentin von Abt Olins Abtei St. Bondabruce in Entel.

Allerdings war er zunächst unsicher gewesen, wem er seine Stimme geben sollte, erinnerte sich Stimson, und hätte sich beinahe auf Abt Olins Seite ziehen lassen. Vielleicht konnte er jetzt von der neuen Wirklichkeit der abellikanischen Kirche überzeugt werden.

Ein Schrei lenkte die Aufmerksamkeit der drei Männer auf eine rennende Frau, die lauthals nach ihrem Ehemann rief. Sie erreichte fast den flachen Felsen neben dem Steinwall, vor dem die Toten aufgeschichtet wurden, ehe sich ihr zwei Kingsmen in den Weg stellten und einer von ihnen sie unsanft zu Boden stieß und ihr befahl zu verschwinden.

Stimson dämmerte, dass sich seine Aufgabe in Bezug auf

Coiyusade erheblich schwieriger gestalten würde, wenn sich solche Vorfälle häuften. Er sah zu Graf DePaunch, in der Erwartung, dieser werde dem Soldaten, der mit seiner groben Behandlung der Frau längst noch nicht fertig war und sie sogar mehrfach mit den Stiefeln trat, einen Tadel erteilen.

Doch Graf DePaunch lachte bloß erneut, und Giulio Jannet schloss sich ihm an.

6. Ein Junge wird zum Mann

Es war ein kalter und schneereicher Wintertag, den die Menschen in dieser abgelegenen Gegend im Westen der Wilderlande normalerweise mit ihren Familien und Freunden eng zusammengekauert vor dem Kamin verbrachten, um sich gegenseitig zu wärmen. Und doch war die gesamte Einwohnerschaft von Festertool draußen unter freiem Himmel und säumte die Hauptstraße dieses entlegenen Weilers, eine schmale Karrenspur. Mit Freudensprüngen und rote Taschentücher schwenkend bejubelten sie ihren jungen König – eben jenen Mann mit Namen Aydrian, der einst in diesem Ort gelebt und dieser Region unter dem Namen Tai'Maqwilloq, der Hüter von Festertool, gedient hatte.

Sadye, eingerahmt von den berittenen Gardisten der wenigen Allheart-Ritter, die sie aus Palmaris begleitet hatten, ritt an Aydrians Seite und schenkte den herumspringenden und jubelnden Dorfbewohnern kaum Beachtung. Ein Trupp Kingsmen war vor diesem triumphalen Aufzug ins Dorf vorausgeritten und hatte Vorkehrungen für Aydrians Sicherheit getroffen. Die übrigen Truppen, mehr als dreihundert an der Zahl, marschierten hinter der kleinen Gruppe um Aydrian – zu Trommelklängen, die die schneeige, jedes Geräusch dämpfende Winterluft zerschnitten.

Aydrian selbst sonnte sich in dem Geschehen – mit einer so

strahlenden und stolzen Miene, wie Sadye sie bei ihm noch nie gesehen hatte. Natürlich waren sie auch schon zuvor durch Orte wie diesen gekommen, doch hier war alles anders, das spürte Sadye. Hier hatte Aydrian nach seiner Flucht vor den Touel'alfar zum ersten Mal die Erfahrung menschlicher Gesellschaft gemacht. In dieser Ortschaft hatte er die Sprache des Bärenreiches gelernt, hier hatte er auch die anderen mehr oder weniger feinen Sitten und Gebräuche zwischenmenschlichen Umgangs erlernt. In diesem Ort war Aydrian in kürzester Zeit von einem etwas aus der Art geschlagenen jungen Burschen zum Helden geworden, und nun kehrte er als Eroberer zurück.

Mit seinem vor Kälte und Stolz geröteten Gesicht, den rosigen Wangen und den leuchtend roten Lippen, die das prächtige Blau seiner Augen noch betonten, erschien er Sadye in diesem Moment geradezu wie eine Lichtgestalt. Er trug keinen Helm und hatte die Kapuze seines schweren Umhangs zurückgeschlagen, sodass sein goldblondes Haar, ganz zerzaust und ungekämmt, seinen Kopf mit einem fast übernatürlichen Glanz umgab. Alles an ihm erschien Sadye in diesem Augenblick überlebensgroß. Hier war er in jedem Sinn des Wortes ein wahrer König, und allein schon neben ihm zu reiten jagte ihr einen wohligen Schauer über den Rücken.

Ihre Augen ruhten nach wie vor auf ihm, als sie das Ende der Straße erreichten und Aydrian abstieg, um die Dorfältesten zu begrüßen. Er ließ den Blick schweifen und musterte die kleine Gruppe forschend. Seine Bewegungen und der Glanz in seinen Augen verrieten Sadye sofort, dass er die meisten von ihnen wiedererkannte.

»He, Junge, bist du noch immer scharf auf das Schwert vom alten Rumpar?«, wagte einer der Alten einen Scherz, und die Männer neben ihm fingen an zu lachen und zu kichern.

Bis Aydrian sie mit einem warnenden Blick fixierte.

Langsam, sehr langsam, zog Aydrian Sturmwind aus der

Scheide an seiner Hüfte, ließ die Klinge vor seinem Körper durch die Luft gleiten und hob sie hoch über den Kopf. Bereits damit erntete er ehrfürchtiges Raunen, das einen Augenblick darauf noch anschwoll, als die blinkende Klinge in züngelnde Flammen ausbrach.

Man musste es Aydrian hoch anrechnen, dass er seine Reaktion auf diese Demonstration beschränkte. Fast augenblicklich ließ er das magische Feuer wieder erlöschen und schob das Schwert in die Scheide zurück.

»Liebe Bürger von Festertool«, begann er und drehte beim Sprechen seinen Oberkörper, um sie alle mit seinem Blick zu erfassen, »Ihr kennt mich noch als Euren Hüter, der Eure Grenzen gegen Straßenräuber und Ungeheuer verteidigte. Jetzt bin ich zurückgekehrt – als Euer König.«

Irgendwo seitlich brach lauter Jubel aus, der dann durch die Reihen der Dorfbewohner brandete und von Sekunde zu Sekunde stürmischer wurde. Zweifellos stachelten die mitten unter den Dörflern stehenden Kingsmen sie dazu an, wie Sadye wusste, aber im Grunde hatte sie den Eindruck, als bedurften die meisten keiner Aufforderung. Ihre Begeisterung wirkte echt, in ihr drückte sich die Hoffnung einer normalerweise nicht beachteten kleinen Ortschaft aus, die miterleben durfte, dass einer aus ihren Reihen den großen Schritt gewagt hatte und zu höchstem Ruhm gelangt war. Sadye fragte sich, ob Jilseponie von den Bewohnern von Dundalis ebenso empfangen worden war, nachdem Danube sie zur Königin gemacht hatte.

Dann zog Aydrian ihre Aufmerksamkeit auf sich, indem er zu ihr herüberschaute. In seinen Augen funkelte Stolz, aber auch noch etwas anderes, eine innere Glut, die Sadye in diesem Moment völlig unerwartet traf.

Instinktiv verschränkte sie die Arme vor dem Körper. Fast war es ein – wenn auch vergeblicher – Versuch, die wohlige Wärme zu leugnen, die sie in diesem Augenblick von Kopf bis Fuß durchströmte.

Ihr Mahl wurde von einer ganzen Schar von Dienern aufgetragen. Jeden Wunsch las man ihnen von den Augen ab, und obwohl die Speisen selbst eher einfach waren, wusste Sadye die ungeheuren Mühen zu schätzen, die Aydrian auf sich genommen hatte, um diesen gemeinsamen Abend zu einem ganz besonderen Erlebnis zu machen.

Sie bemerkte auch, wie er sie während des ganzen Mahles ansah, und wusste, dass der Hunger in seinen blauen Augen sich noch auf etwas anderes bezog als auf die Mahlzeit.

Diesmal ließ sich die junge Frau jedoch nicht überrumpeln, wie bereits schon einmal an diesem Tag. Ohne Aydrians Blick auszuweichen, ohne die Arme schützend vor dem Körper zu verschränken, hob sie ihr Glas Wein – eine der wenigen Köstlichkeiten, die die Armee aus Palmaris mitgebracht hatte – und trank Aydrian mit einem selbstsicheren, neckischen Lächeln auf den Lippen zu.

Aydrian entließ die Diener, lange bevor er und Sadye ihr Mahl beendet hatten. Und kaum hatte sie zu Ende gegessen, hielt es ihn nicht länger auf seinem Platz. Er ging um den Tisch herum zu ihr.

»Der Held kehrt nach Hause zurück«, sagte sie, als Aydrian erhobenen Hauptes neben sie trat. Ihre Worte bremsten seinen Annäherungsversuch ein wenig. Immerhin, er stand jetzt unmittelbar neben ihr und schaute sie an – und nicht, wie sie, aus dem Fenster. Sie spürte seinen durchdringenden Blick auf ihrem Körper und hatte das Gefühl, dass er ihre zarten Züge mit den Augen aufsog.

Es schien einen Moment zu dauern, bis ihre Worte wirklich zu ihm durchdrangen. »Nach Hause?«, fragte er. »In dieses Kaff?«

Sadye wandte sich mit einem Lächeln zu ihm um. »Dann ist dies also nicht dein Zuhause?«, fragte sie. »Wo ist es dann?«

Aydrian wich einen Schritt zurück, und er blinzelte überrascht, so als erwache er aus einem durch Sadyes Charme hervorgerufenen Rausch.

»Ist es etwa jener Ort, den du Andur'Blough Inninness nennst?«, hakte sie sofort nach. Aydrian schüttelte den Kopf, noch ehe sie zu Ende gesprochen hatte.

»Ich möchte nicht darüber reden.«

»Die Fragen sind dir doch nicht zu intim, oder?«

»Nein, ich möchte nur einfach nicht darüber reden!«, erwiderte Aydrian nachdrücklicher und wandte sich ab. »Nicht hier und nicht jetzt.« Fast augenblicklich fuhr er wieder zu ihr herum und trat dicht neben sie. »Es ist einfach nicht der richtige Augenblick«, fügte er sanfter, aber kaum weniger nachdrücklich hinzu.

Aydrian schob seinen Körper ganz nah an sie heran und legte seinen Arm um sie, sodass sie keine Chance hatte, sich zurückzulehnen. »Nicht jetzt«, sagte er leise und beugte sich vor, um sie zu küssen.

Sadye befreite sich mit einer geschickten Körperdrehung und einem Abtauchen des Oberkörpers aus seiner Umklammerung und wich bis zur Zimmermitte zurück.

Überrascht riss Aydrian die Augen auf und wirbelte herum, um sie anzusehen, sein Gesichtsausdruck gefangen zwischen Erstaunen und Verärgerung. »Du weist mich zurück?«

Sadye erkannte die aufrichtige Verwirrung in seiner Stimme und erwartungsgemäß das Fehlen echten Selbstbewusstseins hinter seinem herrschsüchtigen Gebaren. Um seine Verwirrung und seine Selbstzweifel nicht zu zerstreuen, verzichtete sie auf eine eindeutige Antwort, sondern setzte nur ein scheues Lächeln auf.

Aydrian ging auf sie zu, doch sie wich mit einer eleganten, tänzelnden Bewegung zurück.

Ernüchtert fragte der König: »Was ist das für ein Spiel, das du da spielst?«

»Spiel?«

Plötzlich stürzte sich Aydrian mit einer Bewegung auf sie, die einem Schwertkämpfer gut zu Gesicht gestanden hätte, und überbrückte die Entfernung zwischen ihnen viel zu schnell, als dass Sadye hätte ausweichen können.

Stattdessen stoppte sie ihn schlicht mit einer Veränderung ihres Gesichtsausdrucks, einem plötzlich frostigen Starren.

Aydrian zögerte und schüttelte hilflos den Kopf.

»Du nimmst dir also einfach, was du haben willst?«, bemerkte Sadye. Fast hätte sie angefangen, laut zu lachen, als Aydrian bejahen wollte, ihr verwirrendes Mienenspiel ihn aber innehalten ließ, ehe er diesen Fehler beging.

»Ich bin König«, sagte er stattdessen.

»Und deshalb gehört dir dein Königreich.«

»Und deshalb gehört mir, was immer ich begehre.«

»Nein«, entgegnete sie schlicht.

»Ich könnte mir jede Frau im ganzen Königreich nehmen!«

»Alle – bis auf eine vielleicht.«

Aydrian ballte die Fäuste. Sadye erwartete fast, dass er vor Enttäuschung mit dem Fuß aufstampfte. Sie widerstand dem Drang zu lachen. »Mein Wort ist Gesetz«, behauptete er, »und ich nehme mir, was immer ich begehre.«

Er machte eine Bewegung auf sie zu, doch Sadyes ausgestreckte Hand, unterstützt von einem Blick, dessen Heftigkeit alles übertraf, was Aydrian bislang bei ihr gesehen hatte, stoppte ihn wie ein unüberwindbares Hindernis.

»Nein, das wirst du nicht. Denn was du begehrst, kann man sich nicht einfach nehmen«, erwiderte Sadye.

Diese Worte schienen Aydrian ein wenig zu beruhigen. Er sah sie fragend an.

»Du könntest mich natürlich einfach mit Gewalt nehmen«, fuhr Sadye achselzuckend fort. »Ich könnte dich nicht daran hindern, noch würde jemand ein böses Wort über diese Tat verlieren. Schließlich bist du der König.«

Seinem Gesichtsausdruck sah sie an, dass er diese Möglichkeit genau in diesem Augenblick in Betracht gezogen hatte. Sadye erkannte, dass ihr noch eine Menge Arbeit mit diesem aufbrausenden jungen Mann bevorstand.

»Aber dadurch würdest du nichts gewinnen«, erklärte sie. »Außer einer gewissen körperlichen Erleichterung hättest du nichts davon, und wenn das deine Absicht ist, solltest du dir besser jemanden suchen, an dem dir nichts liegt, oder dir selbst helfen ...«

»Das reicht!«

»Aber du würdest mich nicht wirklich besitzen, Aydrian«, fuhr Sadye unbeirrbar fort, und ihre Augen verengten sich zu schmalen Schlitzen. »Denn ich würde meine Person völlig von dieser Erfahrung loslösen. Du würdest mich weder verletzen noch unterwerfen, denn ich wäre nur rein körperlich anwesend.«

»Vielleicht reicht mir das ja schon!«

Sie lachte ihm ins Gesicht. »Wenn du das glaubst, bist du ein Narr«, sagte sie, machte kehrt und ging um den Tisch herum. Sie musste Zeit gewinnen und brauchte Abstand, denn noch hatte er seine Lektion nicht gelernt. Kaum hatte sie genügend Abstand gewonnen, fing Sadye laut an zu lachen, nicht spöttisch, sondern um ihm in aller Deutlichkeit zu zeigen, dass sie etwas wusste, von dem er keinen Schimmer hatte. »Du hast also Symphony deinem Willen unterworfen, ja?«, fragte sie.

Aydrian machte ein verblüfftes Gesicht und starrte sie eine Weile an, ehe er kaum merklich nickte.

»Und doch hast du das Pferd nie wirklich gezähmt«, fügte sie hinzu.

»Behauptest du«, entgegnete Aydrian.

»Hat Symphony dich während des Turniers etwa nicht bei der erstbesten Gelegenheit abgeworfen? Ist dir Symphony etwa nicht bei der erstbesten Gelegenheit in Palmaris weggelaufen?«

»Das Pferd sehnte sich zurück in die Freiheit ...«

»Und doch beweisen alle Geschichten, die ich darüber gehört habe, dass Symphony aus freien Stücken auf Elbryan und Jilseponie zugegangen ist. Ist dir jemals der Gedanke gekommen, dass diese Begegnungen bedeutsamer waren als alles, was du je mit Symphony erlebt hast?«

Aydrian runzelte die Stirn. »Du redest von einem Pferd!«, stieß er kopfschüttelnd hervor. »Was hat das –«

»Nimm dir, was immer du begehrst, König Aydrian Boudabras«, sagte Sadye. »Aber einige Dinge kann man sich nicht nehmen, die kann man nur geschenkt bekommen.«

»Dahinter steckt De'Unnero, hab ich Recht?«, schrie Aydrian sie an.

Sadye fand das keiner Antwort würdig. Sie wandte sich von ihm ab und verließ das Zimmer, ohne sich noch einmal umzusehen. Sie hörte seine Schritte, als er Anstalten machte, ihr zu folgen, schmunzelte dann aber nur, als diese Schritte plötzlich innehielten. Sie wusste, seine Gefühle hatten sich wie eine massive Wand vor ihm aufgetürmt, eine Wand, die zu überwinden es ihm an Erfahrung und Mitteln fehlte. Sie hatte ihm Einhalt geboten.

Und sie hatte ihm die erste Lektion erteilt.

Sie ging in das Haus zurück, das man für sie reserviert hatte, und verbrachte mehrere Stunden damit, sich selbst und ihr Zimmer zurechtzumachen, ehe sie einen Diener rief, den sie zur anderen Straßenseite hinüberschickte, um den jungen Aydrian zu holen. Am liebsten hätte sie noch ein oder zwei Tage gewartet, bevor sie zur nächsten, alles entscheidenden Lektion überging, doch die Armee würde schon am nächsten Morgen weitermarschieren, und diese Lektion lernte man nicht in einem Zelt irgendwo in der Wildnis.

Als Aydrian später am selben Abend die schmale Straße zu dem Haus überquerte, das Sadye bewohnte, machte er ein finsteres Gesicht. Der junge König konnte kaum glauben, dass er der Aufforderung Folge leistete, die ihm Sadye übermittelt hatte. Einem ersten Instinkt folgend, hätte er dieser Frau, die ihn nach allen Regeln der Kunst hatte abblitzen lassen, am liebsten eine scharfe Erwiderung zurückgeschickt.

Aber aus irgendeinem ihm unerfindlichen Grund war der junge König des Bärenreiches jetzt unterwegs und stapfte über die Straße, seinen Umhang gegen den kalten Nachtwind fest um den Körper gerafft.

Er klopfte an die Tür, doch dann stieß er sie mit einem missmutigen Brummen auf, ohne eine Antwort abzuwarten.

Sofort wurden Aydrians Sinne auf allen Ebenen angesprochen. Im Kamin gleich links neben der Tür loderte ein Feuer, und über den gesamten Raum verteilt standen zahlreiche Kerzen, deren Schein manchmal vollkommen klar, dann wieder nur ein mattes Schimmern hinter den Dampf- und Räucherstäbchenwolken war, die durch das Zimmer zogen. Aydrian nahm einen tiefen und berauschenden Atemzug, und schon überkam ihn eine eigentümliche Wärme.

Er schloss die Tür und ging weiter ins Zimmer hinein, bis zur Mitte, wo sich, zwischen von der Decke herabhängenden Schleiern aus zartestem Stoff, ein Lager aus Kissen und Decken befand. Erst als er sich den Kissen näherte, gewahrte Aydrian die Musik: Sadyes Laute, das hörte er sofort, deren gezupfte Klänge einen Moment in der Luft zu schweben schienen, ehe sie nahtlos mit den nächsten verschmolzen. Es war ein langsames, bedächtiges Lied, aber voller klarer, eindringlicher Töne.

Dann hörte er ein lautes Zischen. Aydrian drehte sich um und sah Sadye durch den Dampf gleiten und einen Krug Wasser über die erhitzten Steine gießen, ehe sie gleich darauf ihr Spiel wieder aufnahm.

Sie trug mehrere hauchfeine, ihren geschmeidigen Körper kaum verhüllende Lagen eines gazeähnlichen Stoffes. Beim Spielen bewegte sie sich tänzelnd hin und her, sodass sie immer wieder für kurze Zeit im undurchdringlichen Dampf und hinter den herabhängenden Schleiern verschwand. Wassertropfen glänzten auf ihrem Haar und auf den zarten Schultern, und für paar Augenblicke hing ein einzelner Tropfen an ihrer Lippe, wie um ihn zu necken.

»Was soll das?«, fragte Aydrian. Seine Worte gingen im anhaltenden Lautespiel unter. »Was führst du im Schilde?« Mit diesen Worten riss er sich den schweren Umhang von den Schultern und schleuderte ihn zur Seite. Sadye warf ihm ein schalkhaftes Grinsen zu und tat es ihm nach, löste einen Schleier von ihrer Taille und ließ ihn hinter sich zu Boden gleiten.

Wie gebannt starrte Aydrian auf diesen wunderschönen entblößten Bauch, der zart und dabei gleichzeitig so fest aussah. Dann endlich begriff er. Aydrian setzte ein breites Grinsen auf, riss sich das Hemd vom Leib und war bis zur Hüfte nackt.

Mit einer verführerischen Drehung tat Sadye es ihm gleich, schob sich dann aber seitwärts neben ihn und versperrte ihm mit ihren Armen die Sicht.

»Sadye, was führst du im Schilde?«, fragte Aydrian noch einmal.

Ihre einzige Antwort bestand aus einem so durchdringenden Blick, wie er ihn noch nie gesehen hatte. Keuchend und kaum noch des Atmens fähig, entledigte sich Aydrian seiner restlichen Kleidungsstücke und ging auf sie zu.

Doch Sadye wich ihm mit einem eleganten Tänzeln aus, und als er vorstürzte, um sie einzuholen, drehte sie sich abrupt um und ließ ihn mit einem neuerlichen Blick erstarren, einem Blick, der plötzlich abweisend und voller Kälte war.

»Sadye?«, fragte er fast flehentlich.

Sie hob einen Finger an ihre geschürzten Lippen und befahl ihm, still zu sein. Erst jetzt bemerkte er, dass sie sich inzwischen geschickt ihrer restlichen Schleier entledigt hatte.

»Was ist das für ein Spiel?«, fragte Aydrian. Seine Stimme klang jetzt tiefer und hatte einen fordernderen Unterton. In diesem Moment bewegte sich Sadye auf der anderen Seite um den kreisrunden Kissenberg herum und schlüpfte hinter einen der herabhängenden Schleier. Aydrian machte unvermittelt einen Satz nach vorn und schnitt ihr mit einer Entschlossenheit, wie er sie sonst nur beim Schwertkampf zeigte, den Weg ab, sodass sich bloß noch die hauchdünne Stoffbahn zwischen ihnen befand. Er streckte die Hand aus und packte sie an der Schulter.

Die Musik verstummte, und ein missbilligender Ausdruck erschien auf Sadyes schönem Gesicht, als sie sich augenblicklich wieder von ihm losriss. »Ich habe es dir schon einmal gesagt«, warnte sie. »Du wirst mich nur zu meinen Bedingungen bekommen. Jetzt geh zurück bis zu den Kissen.«

Aydrian ließ tatsächlich von ihr ab, verharrte aber noch eine ganze Weile auf der Stelle und starrte sie kopfschüttelnd an. »Ich bin der König.«

Sadye trat neben ihn, sodass ihr Körper den seinen gerade eben berührte, und ließ ihre Lippen zärtlich über seine streichen. Er gab ein leises Stöhnen von sich und beugte sich vor, aber Sadye war bereits wieder auf dem Rückzug. Geschickt wich sie jedem seiner Annäherungsversuche aus, sodass sein Körper auf dem gesamten Weg zurück den ihren kaum berührte.

Schließlich blieb er schwer atmend stehen. Sofort näherte Sadye sich ihm erneut; erst wedelte sie mit einem brennenden, mit Lavendel parfürmierten Zweig vor ihrem Körper, dann warf sie ihn aufs Feuer und trat, umwölkt von dessen betörendem Duft, zu Aydrian, diesmal, um sich noch fordernder an seinen Körper zu schmiegen und ihn dabei heftig und voller Leidenschaft zu küssen.

Aydrian zog sie in einer stürmischen Umarmung an sich und presste, einzig getrieben von dem Wunsch, sich mit ihr zu vereinen, seinen Körper gegen sie. Wogen der Leidenschaft durchfluteten ihn. Er bekam fast keine Luft mehr, so sehr verzehrte er sich nach Erleichterung.

Doch Sadye wand sich lachend aus seinen Armen, griff erneut zu ihrer Laute und verschwand hinter einem der herabhängenden Schleier.

Aydrian machte Anstalten, ihr nachzusetzen, blieb dann

aber jählings stehen und sah sie an. Sein Mund klappte lautlos auf und zu, so als wollte er etwas sagen und würde die Worte nicht finden; seine Hände hingen zu Fäusten geballt herunter, und sein ganzer Körper stand so unter Druck, dass man meinte, er würde jeden Moment explodieren.

»Ist etwas nicht in Ordnung, König Aydrian?«, stichelte Sadye.

»Warum tust du mir das an?«, fragte er. »Was ist das für eine behexende –«

»Ich unterweise dich«, fiel sie ihm ins Wort. »Du solltest ein wenig Dankbarkeit für meinen Unterricht zeigen, denn sonst breche ich ihn sofort ab.«

»Dann werde ich dich eben nehmen!«, stieß Aydrian zwischen zusammengebissenen Zähnen hervor.

»Dann wirst du sehr viel weniger bekommen, als ich in Wirklichkeit zu geben habe«, erwiderte sie unter aufreizendem Gekicher. »Armer Aydrian. Immer muss er alles unter Kontrolle haben.«

Er schüttelte den Kopf und machte einen Schritt auf sie zu, doch sie lachte nur und entfernte sich von ihm.

»Aber begreifst du denn nicht?«, fragte Sadye. »Alles, was du tust, tust du mit voller Verfügungsgewalt über das Geschehen. Jeder in deiner Nähe, selbst Marcalo De'Unnero, ist zu deiner Marionette geworden. Du, mein junger König, hältst alle Fäden in der Hand.«

»Nicht alle, wie es scheint.«

»Dafür solltest du mir dankbar sein«, gurrte sie. »Nein, mich beherrschst du nicht, das kannst du auch nicht. Du könntest mich dank deiner ungeheuren Körperkräfte vergewaltigen, aber dadurch würde dir ein großer Teil der Reize entgehen, dic ich zu bieten habe. Du könntest mich mit deinem mächtigen Schwert hinrichten, ohne dass jemand Fragen stellte, doch selbst im Sterben würde ich dich noch verlachen, und das weißt du.«

»Es gab schon einmal eine Frau, die glaubte, mich in ihrer

Gewalt zu haben«, warnte Aydrian. Sein Tonfall wurde plötzlich drohend. »Im Augenblick bin ich auf dem Weg zu ihr, um sie dafür zu töten.«

»Ach, Dasslerond hat dich aus Eigensinn und zu ihrem eigenen Vorteil beherrscht«, erwiderte Sadye, offenkundig nicht im Mindesten beeindruckt. »Ich dagegen beherrsche dich … zu deinem Vergnügen.« Wieder deutete sie auf die Kissen, und diesmal ließ sich Aydrian darauf nieder.

Sadye tänzelte noch eine Weile um ihn herum und lockte ihn mit immer neuen und fast unverhüllten Ansichten ihres betörenden Körpers, mit den Klängen ihres Gesangs und den durch die Luft wehenden Düften, mit dem Dampf, der Hitze und der Feuchtigkeit, die ihre Haut mit einem feinen Schimmer überzog.

Dann ging sie, ganz langsam, zu ihm hin, und selbst dann noch, als sie bereits neben ihm lag oder über ihm kniete, ließ sie sich Zeit, neckte ihn mehr, als dass sie ihn berührte, und trieb den jungen Mann vor Verlangen schier in den Wahnsinn.

Schließlich, als er auf dem Rücken lag, setzte sie sich rittlings auf ihn und beugte sich vor, um ihm ins Ohr zu flüstern, nicht ohne vorher noch an seinen Ohrläppchen zu knabbern. »Du hast dir mich verdient«, hauchte sie. Sie wich ein kleines Stück zurück und betrachtete ihn mit einer Mischung aus Ernst und spöttischer Amüsiertheit.

Dann ließ sie sich schwer auf ihn sinken.

Der Raum schien sich um Aydrian zu drehen. Er kam sich vor, als würde er in die Lüfte gehoben. Er war unfähig zu atmen und verspürte nicht das geringste Bedürfnis danach. Seine Beine gerieten so sehr unter Spannung, dass er irgendwo in einem Winkel seines Verstandes glaubte, die Muskeln würden zerreißen.

Später lag Aydrian vollkommen verausgabt auf dem Rücken, die Gedanken durchdrungen von einem Strudel süßester Erinnerungen. Neben ihm saß Sadye aufrecht an mehrere übereinander gelegte Kissen gelehnt, im Schoß ihre Laute, deren Saiten sie gedankenverloren zupfte.

»So hatte ich mir das niemals vorgestellt«, sagte der junge Mann mit einer Stimme, die kaum über seine Lippen drang.

»Weil du jeden einzelnen deiner Tage damit verbringst, alles zu kontrollieren – sogar den Wertiger, der sich in Marcalos Körper verbirgt«, erklärte Sadye.

»Ich bin der König. Eines Tages werde ich die ganze Welt beherrschen.«

»Nun, fast die ganze«, erwiderte Sadye mit einem anzüglichen Lächeln. »Mich wirst du niemals beherrschen. Mich wirst du niemals kontrollieren. Sei dir dessen bewusst.«

Aydrians Gesicht wurde starr vor Zorn.

»Und aus eben diesem Grund wirst du mich ewig schätzen und lieben«, schloss Sadye. »Solange du deine gesamte Umgebung stets beherrschen willst, wirst du immer ein kleiner Junge bleiben, Aydrian. Ich werde dir beibringen, ein Mann zu sein.«

»Was für ein Unsinn …«

»Denn erst wenn du aufhörst, alles mit eiserner Faust kontrollieren zu wollen, erst wenn du bei aller Willenstärke auch Gefühle zeigst, wirst du voll und ganz verstehen, was es heißt, ein Mensch zu sein«, erklärte Sadye in vollem Ernst. »Nur wenn du deine andere Seite – deine Leidenschaft, die Befreiung von zwanghafter Herrschsucht und die Gefahr des Unbekannten – bereitwillig annimmst, wirst du zu einem Ganzen werden, und erst als vollständiges menschliches Wesen kannst du wirklich zum Mann werden.«

Aydrian blinzelte überrascht, ohne aber zu widersprechen.

»Früher war Marcalo dir sehr ähnlich«, fuhr Sadye in ihrer Erklärung fort. Aydrian zuckte sofort zusammen, als ihn bei der Erwähnung seines Nebenbuhlers ein eifersüchtiger Stich durchfuhr. »Wie übrigens viele andere mächtige Männer … nein, mächtige kleine Jungen.«

»Und was ist mit dir?«, wollte Aydrian wissen.

Sie sah ihn an, als verstünde sie nicht.

»Wenn du zu ihm zurückkehrst, werde ich –«, begann Aydrian ruhig, ohne Hast.

»Mich töten?«, fiel sie ihm ins Wort. »Oder ihn? Oder gleich alle?«

»Treib nicht dieses Spiel mit mir.«

»Du gefällst mir sehr, Aydrian, auf mannigfaltige Weise«, erwiderte sie kokett. »Mach weiter so, und du hast nichts zu befürchten.«

Aydrian lehnte sich zurück und schloss die Augen. In diesem Augenblick, da er noch den Verlust seiner Jungfräulichkeit genoss, war das für ihn alles zu verwirrend.

Sadye begann erneut zu spielen und stimmte ein leises Lied an. Der Klang ihrer Stimme war der vollendete Abschluss einer perfekten Nacht.

Gemächlich sank Aydrian in den Schlaf.

Sadye blieb noch lange neben ihm sitzen und betrachtete den wunderschönen jungen König, diesen schönen jungen Mann, der der mächtigste Mann auf Erden war.

Außer er war bei ihr.

7. Missionare

Brynn stand auf der Ostmauer der Stadt Dharyan-Dharielle und ließ die Ereignisse der vergangenen Wochen immer und immer wieder Revue passieren. Das Bild von Abt Olin im Palast Chom Deiru, dieses Gesicht mit dem Ausdruck selbstgefälliger Zufriedenheit darin, konnte sie einfach nicht abschütteln.

Der Mann war gefährlich.

Alle Berichte, die Brynn bis in ihre Heimat verfolgt hatten, hatten lediglich dazu beigetragen, dieses beklemmende Gefühl noch zu verstärken. Versehen mit frischem Schwung nach ihrem triumphalen Sieg über ihren größten Gegner, hatten die behrenesischen Armeen Jacintha verlassen. Mehrere Provinzen und Städte standen bereits wieder unter dem Einfluss von Yatol Mado Wadon, genau wie Brynn und ihre Begleiter es von Beginn an gehofft hatten. Aber diese Armeen wurden von einer beachtlichen Anzahl Priester – nicht nur der Chezru, sondern auch der Abellikaner – begleitet. Zudem füllten zahlreiche Soldaten des Bärenreiches die Reihen dieser »Jacintha«-Streitmacht, und in wenigstens einem Bericht aus der Oase Dahdah hieß es, es seien die Männer aus dem Norden und nicht die Behreneser, die das eigentliche Sagen hätten.

»Du siehst aus, als würdest du jeden Moment einen Angriff aus Jacintha erwarten«, riss eine vertraute Stimme Brynn aus ihren Gedanken. Sie wandte den Kopf und sah Pagonel neben ihr auf die Brustwehr treten.

»Abt Olin scheint ein ehrgeiziger Mann zu sein«, erwiderte sie.

Pagonel nickte, den Blick starr nach Osten, in die Dunkelheit gerichtet.

»Ich befürchte, wir haben gar nicht für Jacintha und Mado Wadon, sondern für Olin aus dem Bärenreich gekämpft«, erklärte Brynn.

»Mir sind Äußerungen zu Ohren gekommen, die das vermuten lassen«, pflichtete der Mystiker ihr bei.

Brynn drehte sich zu ihm um. »Was haben wir getan?«

»Wir haben Tohen Bardoh Einhalt geboten, und das ist gut für To-gai«, überlegte Pagonel. »Hätte dein alter Widersacher Jacintha erobert, würden jetzt sehr viel mehr Leute auf den Mauern stehen und gespannt nach Osten blicken, und wir würden mit an Sicherheit grenzender Wahrscheinlichkeit von einem Überfall ausgehen. Das ist meine feste Überzeugung – und deine auch.«

»Bardoh hätte den To-gai-ru niemals erlaubt, Dharyan-Dharielle zu behalten«, gab Brynn ihm Recht.

»Dann hast du doch richtig gehandelt, oder?«

Dass Pagonel die Feststellung in eine Frage kleidete, machte Brynn auf den Umstand aufmerksam, dass er sie aufforderte, in dieser Sache tief in sich hineinzuhorchen, sich ehrlich und vorbehaltlos ihrer Gefühle bewusst zu werden. Aus eben diesem Grund war Pagonel weit mehr für sie als nur ein Freund. Seine äußerliche Ruhe setzte sich bis in den Kern seines durch und durch rationalen Wesens fort. Seine bereitwillige Unterwerfung unter die Regeln der Jhesta Tu ermöglichte ihm eine vollkommen nüchterne Sicht der Dinge und verlieh ihm die Fähigkeit, in jeder Situation, unter welchen Umständen auch immer, in großen wie in kleinen Dingen, einen vollkommen klaren Kopf zu behalten. Als die Chezhou-Lei-Krieger damals bis in die Feuerberge vorgedrungen waren, um die Jhesta Tu zum Kampf herauszufordern, hatten sich die Anführer der Jhesta Tu, unter ihnen auch Pagonel, in ihrem Tun nicht von irrationalen Empfindungen, sondern ausschließlich vom Abwägen des Für und Wider leiten lassen.

Die Jhesta Tu hatten es zweifellos zur Vollkommenheit gebracht, überlegte Brynn, als sie den stets von heiterer Gelassenheit erfüllten Mystiker betrachtete. Pagonel war für sie ein Musterbeispiel echter Zufriedenheit und Harmonie, ein Zustand, um den sie ihn beneidete und den auch sie selbst anstrebte.

»Ich fürchte, Abt Olin hat die Oberhand über Yatol Mado Wadon gewonnen«, sagte Brynn nach einem Augenblick des Nachdenkens. »Nach allem, was ich aus den Städten höre, die sich der durchs Land marschierenden Armee bereits ergeben haben, ist die Oberschicht in Jacintha auf dem besten Weg, sich einen entschieden abellikanischen Standpunkt zu Eigen zu machen. Behren wird schon bald wieder von Norden nach Süden und von Osten nach Westen vereint sein, aber es wird nicht mehr das gleiche Land sein wie vor dem Sturz von Chezru-Häuptling Yakim Douan.«

»Wie sollte es auch?«, fragte Pagonel. »Douans Sturz hat einen furchtbaren Verrat ans Licht gebracht, einen Verrat, der die Chezru-Religion und die gesamte Führung Behrens ins Mark getroffen hat. Der Glaube der Yatols und ihrer Gemeinden ist bis in die Grundfesten erschüttert worden. Wie immer die Chezru-Religion auch aussehen wird, wenn sie aus den Trümmern von Yakim Douans Untergang wieder aufersteht, sie wird sich zwangsläufig sehr von der Kirche unterscheiden, die sie einst war.«

»Aber wird sie am Ende der abellikanischen Kirche des Bärenreiches ähneln?«, fragte Brynn. »Denn offenbar ist das Abt Olins Ziel, ein Ziel, gegen das Yatol Wadon allem Anschein nach nichts einzuwenden hat.«

»Wäre das so schrecklich? Die Abellikaner haben in den vergangenen Jahren selbst schwere Zeiten durchgemacht – vielleicht werde ich dir eines Tages vom Untergang des ehrwürdigen Vaters Markwart und vom Aufstieg der Anhänger von Avelyn Desbris erzählen.«

Brynn sah ihn fragend an. Sie hatte bereits von dieser Geschichte gehört, sowohl von den Touel'alfar, aber auch während ihrer Zeit als Führerin der To-gai-ru, als sie erfuhr, dass Aydrian, ihr einstiger Ausbildungsgefährte, den Thron des Königreichs im Norden erklommen hatte.

»Aydrians Thronbesteigung scheint darauf hinzudeuten, schließlich gehörten seine Eltern zu denen, die damals an Avelyns Seite ritten.«

»Und nun ist das Bärenreich Behren zu Hilfe geeilt, um ihm in seiner Krise beizustehen«, sagte Pagonel. »Vielleicht verfügt Abt Olin über besondere Erfahrungen mit dieser Art von Schwierigkeiten und möchte der am Boden zerstörten Obrigkeit der Chezru seinen Sachverstand zur Verfügung stellen.«

Brynn musterte ihn lange, denn sie wusste ganz genau, dass er sie mit seiner Stellungnahme eher dazu bringen wollte, alle Möglichkeiten abzuwägen, als sie von irgendetwas zu überzeugen. »Oder aber, Abt Olin sieht in dem am Boden zerstörten und verwirrten Volk Behrens eine Chance«, erwiderte sie.

Pagonels Miene verriet ihr, dass er dem nicht widersprechen mochte.

»Hat Abt Olin womöglich die Absicht, den Herrschaftsbereich deines Freundes Aydrian auszuweiten?«, fragte er.

Brynn richtete den Blick wieder nach Osten und zuckte mit den Schultern.

»Angenommen, es wäre so, wäre das für dich und dein Volk nicht eine gute Sache?«, fuhr Pagonel fort. »Angenommen, Aydrian oder seine Vertreter erlangten die Vorherrschaft über Behren, würde das die Bedrohung To-gais durch die Behreneser nicht verringern? Schließlich bist du doch mit ihm befreundet – oder nicht?«

»Mag sein, dass es sie verringern würde.«

»Warum zerbrichst du dir dann den Kopf darüber, dass wir Yatol Wadon und dadurch vielleicht auch Abt Olin in der Schlacht um Jacintha unterstützt haben?«, fragte der Mystiker. »Was du getan hast, hat den Krieg, so scheint es, von deinen Grenzen weiter nach außen verlagert, und ist nicht genau das die Pflicht eines jeden Führers?«

Das war natürlich nicht völlig von der Hand zu weisen, dennoch stieß seine Argumentation bei Brynn auf wenig Zustimmung, denn es gab noch etwas anderes zu bedenken. »Und was ist mit den Behrenesern?«, fragte sie.

»Wäre es vorstellbar, dass dein Freund Aydrian ein Führer von zweifelhaftem Charakter ist? Ein Tyrann?«

»Jedenfalls ist er kein Behreneser«, erwiderte Brynn. »Und die Abellikaner sind nun mal keine Chezru, und sie sind auch nicht wirklich mit dem Glauben und den Vorstellungen der Chezru vertraut.«

»Ein Glaube, der erst vor kurzem tief erschüttert wurde.«

»Trotzdem, wie kann eine Eroberung die Antwort darauf sein, dass ihre Gebete auf einmal nicht mehr erhört werden?«, konterte Brynn mit Nachdruck, und plötzlich sah sie an Pagonels Gesichtsausdruck, dass er sie ganz bewusst an diesen Punkt manövriert hatte. »Habe ich womöglich dazu beigetragen, die Behreneser der Herrschaft einer fremden Armee und einer fremden Kirche zu unterwerfen, so wie mein Volk damals von den Behrenesern unterjocht wurde?«

»Wird es den Behrenesern jetzt nicht besser gehen?«, fragte der Mystiker.

»Nein«, antwortete Brynn ohne das geringste Zögern. »Das Gleiche wurde damals über die To-gai-ru gesagt – angeblich, so hieß es, zeigten uns die Behreneser den Weg zu einem besseren Leben. Wir sollten das Land unseren Bedürfnissen entsprechend kultivieren, statt im Einklang mit der Steppe zu leben.«

»Und daran hast du nicht geglaubt?«

»Nein, denn sie waren auf dem besten Wege, uns damit unsere Identität zu rauben«, erwiderte Brynn. »Die althergebrachten Sitten und Gebräuche der To-gai-ru waren mehr als bloße Traditionen, auf ihnen fußte unser ganzes Selbstverständnis. Dieses Selbstverständnis ohne jede Möglichkeit der Einflussnahme zu verlieren …«

Pagonels sanfter Gesichtsausdruck verriet ihr, dass er genau auf diese Antwort gehofft hatte.

»Nein, mir ist unbehaglich zumute bei der Vorstellung, das Bärenreich könnte sich als herrschende Kraft in Behren festsetzen«, erklärte Brynn entschieden. »Ich würde die Rolle, die ich dabei gespielt habe, stets bereuen. Behren gehört den Behrenesern und To-gai den To-gai-ru. Wenn das Volk des Bärenreiches – oder von mir aus auch der abellikanische Klerus – Behren in Zeiten der Not helfen möchte, so könnte man das hinnehmen. Aber nicht, wenn sie die Notlage des Landes ausnutzen, um es zu erobern.«

»Vielleicht wäre es allmählich an der Zeit, dich mit deinem alten Freund Aydrian zu treffen?«

»Noch habe ich Pherol nicht heimgeschickt«, erwiderte Brynn.

»Das solltest du vorerst auch nicht tun. Wir werden den Drachen noch brauchen, um beweglich zu sein – vielleicht sogar für einen Krieg.«

»Wir?« In Brynns Stimme klang leise Hoffnung an. Sie hatte angenommen, Pagonel würde schon bald wieder in seine Heimat im Süden zurückkehren.

»Die Wolkenfeste existiert bereits seit ewigen Zeiten«, erwiderte der Mystiker. »Sie wird auch noch in ein oder zwei Jahren da sein.«

»Dein Platz ist an meiner Seite.«

Der Mystiker legte einen Arm um Brynns schmale, aber kräftige Schultern, so als wollte er sie trösten, während die beiden gemeinsam nach Osten blickten.

»Sie haben keine Zeit vergeudet«, sagte Brynn zu ihrem Kundschafter, als dieser zurückkehrte, um sie davon zu unterrichten, dass die von Yatol de Hamman angeführte und unter der Fahne Jacinthas marschierende Armee in diesem Augenblick Avaru Eesa im Südosten überfiel. Avaru Eesa war einst die Heimat Yatol Tohen Bardohs gewesen und galt als eine der bedeutendsten behrenesischen Städte. Jetzt, da sich Dharyan-Dharielle unter to-gai-ruscher Herrschaft befand, war es die größte und mächtigste aller Städte im Westen des Königreichs.

Sie sah zu dem neben ihr sitzenden Pagonel. »Ich muss sofort dorthin«, erklärte sie. Zu ihrer Überraschung widersprach ihr Berater nicht sofort, machte nicht einmal den Eindruck, als habe er die Absicht, es zu tun. Er saß da, den Blick nachdenklich nach vorn gerichtet, und rieb sich sachte übers Kinn.

»Ich könnte rasch dorthin reisen und sofort wieder zurückkehren«, erwiderte er. »Ich könnte mit Pherol über die Stadt hinwegfliegen und dabei eine Menge in Erfahrung bringen.«

»Ich würde mir das gern mit eigenen Augen ansehen«, sagte Brynn. »Wie Jacintha mit den Bürgern der Heimatstadt Tohen Bardohs umspringt, könnte uns eine Menge darüber verraten, was wir von dieser merkwürdigen Allianz zu erwarten haben, die sich im Osten gebildet hat.«

Pagonels einzige Antwort war ein knappes, zustimmendes Nicken.

Kaum eine Stunde später verließen Brynn und Pagonel die Stadt Dharyan-Dharielle in Begleitung von zweihundert To-gai-ru-Reitern. Über ihnen kreiste der Drache Pherol, jetzt wieder in seiner riesenhaften Echsengestalt. Bereit, jederzeit auf Brynns Kommando zu reagieren, diente er ihnen mit seinem scharfen Sehvermögen als Späher.

Während der nächsten ein, zwei Tage, als sie sich entlang des Sockels der mächtigen Hochebene, die To-gai und Behren voneinander trennte, Richtung Süden bewegten, machte sie sich mehrere Male die große Schnelligkeit und Körperkraft des Drachen zunutze, um sich zum Oberrand des Plateaus tragen zu lassen und zusätzliche Krieger heranzuschaffen, die sich bereits in großer Zahl entlang des Landbruchs eingefunden hatten. So kam es, dass die Truppe, als sie sich weniger als eine Woche nach ihrem Aufbruch Avaru Eesa näherte, an die fünfhundert Krieger zählte.

Nachdem die Aufklärung aus Pherols Vogelperspektive ergeben hatte, dass De Hamman die Stadt bereits erobert hatte, führte Brynn ihre Krieger bis auf Sichtweite an die westliche Stadtmauer heran. Dort löste sie sich mit Pagonel und einigen Kriegern aus dem Haupttross und ritt mit einer Unterhändlerflagge auf die Mauer zu.

Brynn, der Drache von To-gai, der eben diese Stadt erst wenige Monate zuvor im Krieg erobert hatte, wusste, dass sie, falls noch immer einige der ursprünglichen Wachen Avaru Eesas auf ihren Posten standen, kaum auf einen freundlichen Empfang hoffen konnte. Doch das war nicht der Fall. De Hamman hatte gründliche Säuberungen in der Stadt durchgeführt, und die Wachen, die die To-gai-ru von den Wachtürmen am Westtor aus begrüßten, waren Soldaten aus Jacintha.

Unterstützt, wie Brynn und Pagonel sofort auffiel, von mehreren hellhäutigen Kriegern in den schwereren Rüstungen des Bärenreiches.

Das Trüppchen der To-gai-ru wurde ohne Umschweife in die eroberte Stadt hineingelassen und von einigen Soldaten sogar mit Jubel begrüßt. Warum auch nicht?, überlegte Brynn. Schließlich waren sie und ihre Gefährten es gewesen, die in der Schlacht um ihre Heimatstadt für die entscheidende Wende gesorgt hatten. Hätte Bardoh sich durchgesetzt, wie viele dieser Soldaten wären dann jetzt noch am Leben?

»Ich möchte mit Yatol De Hamman sprechen«, richtete Brynn das Wort an den Kommandanten der Wachmannschaft, worauf dieser zwei Soldaten den Befehl gab, sie unverzüglich zum Chezru-Tempel zu begleiten, in dem Yatol De Hamman vorübergehend Quartier bezogen hatte.

Noch ehe sie das von den Kämpfen beschädigte, aber noch immer eindrucksvolle Gebäude betrat, erhielt Brynn Antwort auf viele ihrer Fragen.

Denn über den gesamten Tempelvorplatz verteilt lagen Dutzende verwundeter Soldaten, die ausnahmslos die rot bestickten Turbane trugen, die man einst mit Yatol Bardoh in Verbindung gebracht hatte. Offenkundig während oder nach der Schlacht verwundet, hatten diese armen Kerle so gut wie keine Hilfe zu erwarten. Zwar säumten zahlreiche Schaulustige diese Szenerie des Elends, aber niemand wagte es, sich dem Ring der Soldaten aus Jacintha auch nur zu nähern. Ehefrauen bettelten um ihre Männer, Kinder weinten, doch die Posten zeigten sich von all dem völlig ungerührt, marschierten in lässiger Gleichgültigkeit an der äußeren Umgrenzung des Platzes entlang und prügelten jeden ins Glied zurück, der versuchte, sich den Verwundeten zu nähern.

Noch bemerkenswerter waren die Abellikaner-Mönche und Chezru-Schüler, die zwischen den Verwundeten umherliefen und sich gelegentlich zu ihnen hinunterbeugten, um mit ihnen zu sprechen.

Brynn lenkte Nesty, ihr braun-weiß geschecktes Pinto-Pony, ein Stück zur Seite, stieg ab und machte Anstalten, sich in eines dieser Gespräche einzumischen.

»Die Schmerzen werden bestimmt bald nachlassen«, versprach ein Chezru-Schüler soeben einem ausgezehrten und schwer verwundeten Soldaten. »Wir werden deine Frau und deine Kinder zu uns hinter die Mauern holen. Sie werden dir die Hand halten, während Meister Mackaront dir die Wahrheit Chezrus und St. Abelles nahe bringt. Du wirst die Anmut unserer im Gebet vereinten Hände erfahren, mein Freund.«

Der Verwundete wandte in unmissverständlicher Verachtung den Blick ab, worauf der Chezru-Schüler sich aufrichtete, ihn anspuckte und zum Nächsten in der Reihe weiterging.

Oder zumindest Anstalten machte, dies zu tun, denn Brynn stellte sich ihm in den Weg. »Wie lange liegen die Männer hier schon unter freiem Himmel?«

Die Geistlichen sahen sie erstaunt an. Mackaront zeigte ihr ein breites Grinsen. »Wie schön, Euch wiederzusehen«, hob er an, doch Brynn schnitt ihm mit einem ernsten Blick und mit erhobener Hand sofort das Wort ab.

»Wie lange liegen die Männer schon hier draußen«?, wiederholte sie ihre Frage.

»Drei Tage«, antwortete der Chezru-Schüler. »Ursprünglich waren es natürlich noch viel mehr, aber mittlerweile sind einige ihren Verletzungen erlegen.« Seine Miene hellte sich auf. »Die meisten haben aber schließlich doch die Wahrheit erkannt und fühlen sich schon sehr viel besser!«

Brynn musterte den abellikanischen Meister mit strengem Blick. »Ihr droht ihnen mit dem Verlust ihrer Familien oder sogar ihres Lebens?«, fragte sie fassungslos. »Ist das die Art der Abellikaner, das Wort ihres Gottes zu verbreiten?«

»Sie müssen lernen, sich mit der Vorstellung anzufreunden, dass sie all die Jahre von einem finsteren Tyrannen getäuscht worden sind«, erwiderte Mackaront, und Brynn kam es so vor, als hätte er diese Worte auswendig gelernt. »Sie müssen ein Mindestmaß an Reue zeigen, um all die Jahre ihrer Verblendung wettzumachen. Wir Mönche von St. Abelle sind gewöhnlich sehr großzügige und freundliche Menschen, nichtsdestotrotz darf unsere gottgegebene Magie weder bei unseren Feinden noch bei Ketzern angewandt werden.«

Brynns Gesichtszüge verhärteten sich, aber sie widerstand der Versuchung, den Mann anzuschreien. Sie wusste, sie würde nicht weit damit kommen, also kehrte sie ihm den Rücken zu, drehte sich aber noch einmal um, um sich den beklagenswerten Anblick des am Boden liegenden Mannes einzuprägen. Sie beeilte sich, ihre Gefährten einzuholen, und steuerte mit entschlossenen Schritten auf den Palast zu.

Brynn trat als Erste vor Yatol De Hamman. »Wie könnt Ihr das nur zulassen?«, fragte sie sofort.

Ihr Gegenüber setzte eine verwirrte Miene auf, die Brynn ihm nicht einen Augenblick abnahm.

»Ihr zwingt Behreneser, zur abellikanischen Kirche überzutreten«, erklärte Brynn. »Ihr tragt das Gewand eines Yatol-Priesters Chezrus, und doch straft Ihr das Gewand und die Lehren dort draußen vor diesem heiligen Ort Lügen.«

Brynn hörte ein Geräusch und drehte sich um. Sie sah eine Gruppe von Trägern eben jenen Mann auf einer Bahre hereinbringen, den sie eben noch draußen vor dem Palast zu Meister Mackaronts Füßen hatte liegen sehen. Eine Frau und ein junges Mädchen, offensichtlich Ehefrau und Tochter des Soldaten, begleiteten ihn und hielten ihm mit tränenverschmierten Gesichtern die Hände. Mackaront, eine Hand an die Brust gepresst, während die andere auf der zerfetzten Schulter des Mannes ruhte, hatte sich der kleinen Prozession ebenfalls angeschlossen.

»Kennt Eure Entweihung denn überhaupt keine Grenzen?«, fuhr Brynn De Hamman an.

»Entweihung?«, erwiderte der Yatol verständnislos. »Nur,

weil wir Douans Verrat endlich erkannt haben? Weil wir unsere Freunde aus dem Norden bei uns aufgenommen haben?«

»Freunde, die immerhin Abellikaner sind«, erinnerte ihn Brynn. »Männer, die an einen anderen Gott glauben, Männer, die noch nie echte Freunde Behrens waren.« Das flüchtige Zusammenzucken, das sie plötzlich bei ihm bemerkte, ließ sie vermuten, dass De Hammans Gefühle vielleicht doch nicht ganz so tief empfunden waren, wie seine Worte nahe legen sollten.

»Ihr solltet Eure Seele vom Hass befreien, Brynn Dharielle«, erklärte De Hamman. »Wir leben in Zeiten der Erleuchtung. In besseren Zeiten.«

»Ihr werft alles fort, was Behren einst so etwas wie eine Seele verliehen hat«, ereiferte sich Brynn, ehe eine Hand auf ihrer Schulter sie ermahnte, ruhig zu bleiben. Sie wandte sich halb um und sah Pagonel neben sich stehen.

»So wie Ihr Euch aus freien Stücken auf die ketzerischen Mystiker der Jhesta Tu eingelassen habt?«, entgegnete Yatol De Hamman.

Brynn zwang sich, ruhig zu bleiben. Natürlich war ihr bewusst, dass der Vergleich hinkte – schließlich erhoben die Jhesta Tu keinerlei Ansprüche innerhalb To-gais –, eine Erkenntnis, die es ihr erlaubte, die Bemerkung als erledigt zu betrachten.

»Wer regiert Behren, Yatol De Hamman?«, fragte sie. »Ist es tatsächlich Yatol Mado Wadon? Oder hat sich womöglich Abt Olin unter dem Deckmantel dieser so genannten ›Erleuchtung‹ in den Vordergrund geschoben?«

Das schien De Hamman erneut einen leichten Stich zu versetzen, doch nach einem kurzen Moment gewann er seine alte Sicherheit zurück. »Ich wäre längst tot«, erwiderte er. »Ohne die Hilfe, die Abt Olin der Stadt Jacintha in der Stunde ihrer Not gewährte, läge ich jetzt tot zwischen den Leichen unzähliger treuer Chezru.«

Brynn schwieg und sah den Mann eindringlich an.

»Aber welcher Himmel würde mich nach meinem Tod erwarten?«, fuhr De Hamman fort. »Der, den Chezru Douan uns versprochen hat? Eben jener Himmel, dem er all die zahllosen Jahrhunderte, in denen er die Seelen neugeborener Kinder raubte, um sein eigenes kümmerliches Dasein für alle Ewigkeit zu erhalten, selbst nicht entgegenzutreten wagte?«

Brynn ließ sich einen Augenblick Zeit, um diese bedrückende Bemerkung auf sich einwirken zu lassen und darüber nachzudenken, wie ernst sie tatsächlich gemeint war. Yakim Douans Verrat war so entsetzlich gewesen, dass Behren darüber innerlich zerrissen und die Chezru-Religion in ihren Grundfesten erschüttert worden war. De Hamman stand in der Geistlichkeit der Chezru mit seiner Meinung offensichtlich nicht allein, und die Belastungen des Krieges mit all seinem Leid mochten ein Übriges getan haben, die in ihren alten Traditionen weniger Bewanderten zu einem Wechsel ihrer Religion zu veranlassen. Diesen Gedanken im Hinterkopf, sah sich Brynn nach dem Vorhang um, hinter dem Mackaront und die anderen verschwunden waren. Ihr fiel auf, dass keine gequälten Schreie mehr dahinter hervordrangen.

»Ist das nun Freundschaft?«, fragte sie De Hamman. »Oder doch eher eine Eroberung?«

Seine Antwort traf sie wie ein Stich ins Herz. Es war eine deutliche Warnung, dass dem Königreich im Osten schlimme Zeiten bevorstehen könnten. »Spielt das eine Rolle?«

8. Gefangen

»Endlich haben wir einen König, der begreift, dass die magischen Steine, dieses Geschenk Gottes, allein die Sache jener Priester sind, die diesen Gott repräsentieren«, verkündete Marcalo De'Unnero eines Morgens in St. Precious vor einer aufmerksamen Zuhörerschaft. »Nun können wir uns, mit

König Aydrians Segen, endlich an die Aufgabe machen, die Edelsteine in den Schoß der abellikanischen Kirche zurückzuführen.«

Die Ankündigung wurde mit zustimmendem Nicken und sogar einigen Beifallsbekundungen aufgenommen – obwohl die anwesenden Ordensbrüder natürlich ganz genau wussten, dass Marcalo De'Unnero und die Mönche, die er von St. Honce in Ursal mitgebracht hatte, auf ihrem Marsch entlang des Masur Delaval längst damit begonnen hatten.

Ein älterer Ordensbruder, ein Meister aus St. Precious, der bereits seit vielen Jahren in Palmaris weilte, schien ihre Begeisterung nicht recht zu teilen. Weder den Männern in seiner unmittelbaren Umgebung noch De'Unnero selbst war sein Gesichtsausdruck entgangen, als er den Blick über seine Ordensbrüder schweifen ließ.

»Meister DeNauer?«, forderte De'Unnero ihn auf, sich zu erklären.

Der ältere Mann – älter als De'Unnero und offenbar auch erheblich älter als der unnatürlich schnell alternde Wertiger – blickte aus schläfrigen grauen Augen auf. »Habt Ihr das Gleiche nicht schon einmal versucht, Meister De'Unnero?«, fragte DeNauer. »Lautete nicht so der Auftrag eines gewissen Bischofs De'Unnero, als dieser in Palmaris Stellvertreter des ehrwürdigen Vaters Markwart war?«

Marcalo De'Unnero betrachtete ihn mit starrem Blick und versuchte sein Gesicht einzuordnen, versuchte, sich irgendwie an ihn zu erinnern. Hatte er damals etwa zu den abtrünnigen Ordensbrüdern um Braumin Herde gehört? War er womöglich ein Anhänger Jojonahs und Avelyns? De'Unneros forschender Blick ging in ein Stirnrunzeln über, als er plötzlich spürte, wie allein schon der Gedanke daran eine Regung der Bestie in seinem Innern auslöste. Er verdrängte diesen wilden, schwer zu zügelnden Drang fürs Erste, indem er sich daran erinnerte, dass er und Aydrian die Ordensbrüder der eroberten Abtei einer eingehenden Prüfung unterzogen hatten und nur denen nach der Eroberung wieder eine Perspektive eingeräumt worden war, die sich gegenüber Aydrian und der Erneuerung der abellikanischen Kirche aufgeschlossen gezeigt hatten. Und Aydrians Vorgehensweise bei solchen Verhören, das wusste De'Unnero, ging weit über die Einblicke hinaus, die die menschliche Wahrnehmung bot. Aydrian hatte die Ordensbrüder mit Hilfe der Steine »untersucht«, um zu erfahren, wer von ihnen von Braumin Herdes Lügen bereits zu vereinnahmt war, um für De'Unneros Kirche noch von Nutzen zu sein.

»Was glaubt Ihr, irrte der ehrwürdige Vater Markwart damals in allem, was er vorschlug?«, fragte De'Unnero, seine dunklen Augen zu schmalen Schlitzen verengt.

Meister DeNauer lehnte sich auf seinem Stuhl zurück und hielt dem drohenden Blick stand, ohne mit der Wimper zu zucken.

»Denn seht Ihr, Bruder«, fuhr De'Unnero fort, als offenkundig wurde, dass er keine Antwort erhalten würde, »nach meiner Auffassung und der unseres neuen Königs haben die Anhänger von Avelyn Desbris in ihrer etwas hochmütigen Freude über das Ende der Rotfleckenpest und ihrer Zuversicht nach dem Sturz Markwarts die Gelegenheit ergriffen, die Großzügigkeit der abellikanischen Kirche ein wenig überzustrapazieren. Vielleicht sollten wir einfach die Schatzkammern sämtlicher Abteien öffnen und die Edelsteine an alle Bauern verteilen, die einen wünschen – und sie womöglich gar in deren Benutzung unterweisen.« Beim Sprechen lief er auf und ab und schwenkte in theatralischer Geste die Arme. »Vielleicht ist Bruder Avelyns feste Überzeugung, wir seien nicht anders als die Bauern, denen wir dienen, ja der richtige Denkansatz.«

»Mir ist nie zu Ohren gekommen, dass jemand St. Avelyn eine derartige Äußerung zugeschrieben hätte«, hielt Meister DeNauer tapfer dagegen. Dass er Avelyn dabei als Heiligen titulierte, versetzte De'Unnero einen schmerzlichen Stich.

»St. Avelyn?«, wiederholte De'Unnero betont ungläubig.

»Es gibt hierzu eine offizielle Erklärung aus St. Mere-Abelle«, erwiderte Meister DeNauer. »Der Vorgang der Heiligsprechung wurde doch erfolgreich abgeschlossen, oder irre ich mich?«

»Irgendwelche Erklärungen aus St. Mere-Abelle sind derzeit ohne jede Bedeutung, verehrter Bruder«, beeilte sich De'Unnero, ihn zu korrigieren. »Und zwar so lange, bis der dortige Klerus Aydrian als König anerkennt.«

»Und folglich auch Marcalo De'Unnero als ehrwürdigen Vater?«

Die Frage ließ eine Woge des Zorns durch De'Unneros Körper schießen, eine Woge, die in jeder Faser seines Seins die animalischen Triebe weckte. In diesem Moment wurde ihm klar, dass er Aydrian brauchte. Oder Sadye. Jemanden, der in der Lage war, den Wertiger zu bezähmen, der im Begriff war, sich seiner zu bemächtigen. Mühsam zwang er sich zur Vernunft. Wenn die Bestie in diesem Augenblick hervorbrach und diesen lästigen DeNauer in Stücke riss, wie konnte er dann hoffen, den übrigen Klerus jemals wirklich zu beherrschen? Mit dem ersten Aufblitzen seiner todbringenden Tigerkralle wäre seine Glaubwürdigkeit dahin.

Er riss sich unter Aufbietung all seiner Kräfte zusammen und unterwarf sich jener Selbstdisziplin, die Aydrian ihm beigebracht hatte. Er schloss die Augen, fand einen Punkt, auf den er seine Gedanken konzentrieren konnte, und nach und nach gelang es ihm, den Trieb zu unterdrücken. Außerdem hatte er seinen rechten Arm vorsorglich im weiten Ärmel seines Gewandes verborgen, denn er wusste, unter dem dunkelbraunen Stoff befand sich keine menschliche Hand, sondern die reißende Tatze einer großen Raubkatze.

De'Unnero schlug die Augen auf und maß den eigensinnigen Meister mit durchdringendem Blick. »Als König Aydrian Anspruch auf Palmaris erhob, wurde jeder Ordensbruder aufgefordert, ehrlich seine Loyalität zu bekunden.«

»Aydrian ist König«, erwiderte DeNauer.

»Und?«

»Und die abellikanische Kirche ist vom Kurs abgekommen«, räumte der Meister ein. »Abt Olin hätte damals, vor all den Jahren, als man Meister Fio Bou-raiy die Herrschaft übertrug, zum ehrwürdigen Vater gewählt werden sollen.«

»Abt Olin liefert uns derzeit den Beweis, wie wertvoll er als großer Führer ist«, warf De'Unnero, die Gelegenheit nutzend, ein. »Unter ihm erlebt die Kirche gegenwärtig einen Aufschwung wie schon seit dem sechsten Jahrhundert nicht mehr. Sein Tatendrang übertrifft die Anstrengungen sämtlicher Missionare in Alpinador.« Beim Sprechen lief er auf und ab und sonnte sich im Glanz der bewundernden Blicke. »Aber«, fuhr De'Unnero fort und blieb unvermittelt stehen, um seinen Worten durch das Heben seines Zeigefingers größeren Nachdruck zu verleihen, »seine Pflichten werden ihn noch viele Monate, vielleicht sogar Jahre davon abhalten herzukommen. Während seiner Abwesenheit verfolgt König Aydrian für die abellikanische Kirche im Bärenreich andere Ziele. Es wäre gefährlich für uns, die Wünsche unseres weisen jungen Königs zu missachten.«

»Es lebe der ehrwürdige Vater De'Unnero!«, stieß ein junger Ordensbruder begeistert hervor, und viele andere stimmten in sein Bekenntnis ein.

De'Unnero ließ DeNauer nicht aus den Augen, während der Jubel immer mehr anschwoll. Ihm fiel auf, dass er, trotz seiner spürbar geringeren Begeisterung, nicht offen widersprach. Nicht einmal seine Körperhaltung verriet Anspannung oder Ablehnung.

»Meister DeNauer«, fragte De'Unnero, als der Beifall abzuflauen begann, »seid Ihr mit dem soeben Gesagten etwa nicht einverstanden?«

»Wäre es so, dann würde ich jetzt nicht hier sein, Bruder«, erwiderte der ältere Mönch. De'Unnero entging der Doppelsinn seiner Worte keineswegs. »Ich bin kein fanatischer Anhänger von Avelyn Desbris«, fuhr DeNauer fort, »obschon ich ihn für einen gottesfürchtigen Mann halte, der es möglicherweise sogar verdient hat, zum Heiligen erklärt zu werden. Ich stelle Eure Entscheidung hinsichtlich der Edelsteine nicht etwa aus Respektlosigkeit in Frage, sondern aufgrund leidvoller Erfahrungen. Wie wird Palmaris diesmal reagieren, wenn plötzlich Ordensbrüder vor den Türen der Händler stehen und die Herausgabe der kostbaren Steine fordern? Steine, die sie der abellikanischen Kirche überdies für ein hübsches Sümmchen abgekauft haben.«

De'Unnero hörte nickend zu, während DeNauer seine Argumente vortrug. »Zunächst müssen wir jeden einzelnen Edelstein identifizieren«, erklärte er dann. »Anschließend werden wir mit den Besitzern dieser Steine persönlich in Verbindung treten. Wir werden ihnen die Steine nicht einfach wegnehmen, wie Markwart dies einst plante. König Aydrian ist sich des möglichen Unmuts bewusst, den ein solches Vorgehen hervorrufen könnte, deshalb hat er uns mit den erforderlichen Geldmitteln ausgestattet, um die heiligen Steine, die die Kirche gar nicht erst hätte veräußern sollen, zurückzukaufen. Wir sind im Begriff, ein neues Kapitel unseres Glaubens aufzuschlagen, Brüder«, erklärte De'Unnero mit erregter, fast atemloser Stimme. »Die abellikanische Kirche wird nicht länger außerhalb der weltlichen Gesellschaft des Bärenreiches agieren. Was wir derzeit erleben, ist eine Vereinigung von Kirche und Staat. König Aydrian ist unser Verbündeter.« In Erwartung eines Widerspruchs bedachte er DeNauer unvermittelt mit einem scharfen Blick. »Im Gegensatz zu Jilseponie, die während ihrer Zeit als Königin nur vorgab, unsere Verbündete zu sein«, stieß er hervor, che der Mann Gelegenheit hatte, einen Einwand vorzubringen. »Denn König Aydrian weiß um die Aufrichtigkeit unseres Glaubens. Sein Lehrmeister war nicht Avelyn Desbris – der in mancher Hinsicht gewiss ein gottesfürchtiger Mann war, in manch anderer jedoch irrte. Nein, König Aydrian kennt die

Wahrheit über Bruder Avelyn und den ehrwürdigen Vater Markwart. Er weiß, wo beide richtig lagen und wo beide letztendlich versagten. Wir verfügten über den nötigen Reichtum, Brüder, und wir wissen die Macht des Throns hinter uns. Lasst uns aufbrechen und die abellikanische Kirche nach unseren Erkenntnissen reformieren.«

Das trug ihm abermals den Beifall der begeisterten Versammlung ein, Beifall, der Marcalo De'Unnero ein verstohlenes Grinsen entlockte. Natürlich war ihm jedes Lob für Bruder Avelyn höchst zuwider, gleichwohl war er sich der Notwendigkeit bewusst, seine Anforderungen durch eine gewisse Großmut zu mildern. Die jüngeren Ordensbrüder kannten Avelyn Desbris ausschließlich aus den Erzählungen seiner Bewunderer, von Männern wie Braumin Herde und all den anderen, die glaubten, sie hätten es seinem »Wunder« zu verdanken, dass sie die Rotfleckenpest überlebt hatten. De'Unnero war klug genug, diesen Überzeugungen nicht offen zu widersprechen. Nein, stattdessen würde er auf ihnen aufbauen und die Brüder ganz behutsam auf die von ihm gewünschte Linie bringen.

Noch am selben Tag begannen die Ordensbrüder von St. Precious ihren Marsch durch Palmaris – bewaffnet mit Edelsteinen zum Aufspüren magischer Kräfte sowie mit den während der Amtszeit von Bischof Francis und Bischof De'Unnero zusammengestellten Listen jener Kaufleute, von denen man wusste, dass sie mit Zauberkräften versehene Steine besaßen. Während er sie hinausmarschieren sah, dachte Marcalo De'Unnero noch einmal an die glücklichen Umstände, die ihn mit Aydrian zusammengeführt hatten. Hätte das Treffen einige Jahre früher stattgefunden, wäre Meister DeNauer jetzt ein toter Mann, in Stücke gerissen vom Wertiger. Und alles wäre umsonst gewesen, denn die Ordensbrüder von St. Precious hätten sich mit Grauen von De'Unnero abgewandt.

Aber jetzt …

Jetzt bestand Hoffnung. Aydrian hatte De'Unnero jene

Selbstbeherrschung gelehrt, die er benötigte, um seinen Aufstieg innerhalb der Kirche zu vollenden.

Der von Ehrgeiz besessene Meister ließ den Blick über den mächtigen, träge dahinströmenden Fluss im Osten schweifen und rief sich noch einmal die massiven Mauern von St. Mere-Abelle vor sein inneres Auge, der ältesten und prächtigsten Abtei der Welt. Eines Tages, das wusste er, würde er von diesen Mauern aus regieren.

Oder er würde sie, mit Aydrians Hilfe, niederreißen.

»Ein Drache!« Der Ruf des Wachpostens bewog Brynn, ihren Blick nach Süden zu richten. Es war später Nachmittag, und ihr Besuch in Avaru Eesa lag bereits mehrere Tage zurück. Kurz nach ihrer Ankunft in Dharyan-Dharielle hatte die Kriegerführerin Pherol mit ihren Kommandanten losgeschickt, um die Krieger der To-gai-ru in ihren Dörfern aufzustöbern. Die momentane Entwicklung in Behren machte ihr Angst, und das beklemmende Gefühl, das sie in Avaru Eesa beschlichen hatte, hatte keineswegs nachgelassen. Offenkundig war das Bärenreich auf dem Marsch hierher, und ihr Freund Aydrian schien sich als ein ziemlich eroberungswütiger Heerführer zu entpuppen.

Brynn wusste, dass ihre Beklommenheit teilweise auf ihre Erinnerungen an Aydrian aus ihrer gemeinsamen Zeit bei den Touel'alfar zurückzuführen war. Damals hatte sie den jungen Hüter, mehrere Jahre lang ihre einzige menschliche Gesellschaft, sehr gemocht, aber die fast greifbare Gefahr, die von Aydrian ausging, hatte sie auch damals schon gesehen. Nach allem, was man hörte, hatte noch nie ein Hüter Dasslerond so viel Ärger gemacht. Der Grund dafür war ein inneres Feuer, das offenbar sogar stärker war als ihr dringendes Bedürfnis, To-gai von der behrenesischen Herrschaft befreit zu sehen. Aydrian besaß ein gefährliches Übermaß an Ehrgeiz und Eifer.

Aus Gründen der Vorsicht hatte Brynn die Krieger entlang

des gesamten Landbruchs zusammengerufen und viele von ihnen nach Dharyan-Dharielle gebracht, um die dortigen Wachmannschaften zu verdreifachen und Erkundungstrupps auszusenden. Und natürlich besaß sie noch einen weiteren unschätzbaren Vorteil: den Drachen Pherol. Dank seines hervorragenden Sehvermögens und seiner großen Schnelligkeit konnte Brynn die Bewegungen jeder Armee in der Sandwüste verfolgen.

Zumindest bislang war Da Hamman noch nicht entscheidend über Avaru Eesa hinaus vorgerückt.

Als der mächtige Drache näher kam, sah Brynn, dass er einen Reiter trug, und bei der Vorstellung machte ihr Herz einen Sprung. Es gab nicht viele, die Pherol auf diesen Platz mit bester Aussicht lassen würde, und wegen der Flugrichtung des Drachen, der von Südosten her nahte, hatte Brynn eine ziemliche klare Vorstellung, wer dieser Reiter sein musste.

Der Drache landete im Gleitflug auf seinem angestammten Platz in Dharyan-Dharielle, dem flachen Dach des Hauptwachturms, und zu ihrem Entzücken sah Brynn ihre Vermutung bestätigt. Es war tatsächlich Pagonel, der auf dem Rücken des Drachen zu ihr zurückgekehrt war. Sie beeilte sich, dem Mystiker entgegenzulaufen, und traf ihn wenige Augenblicke später, als er aus dem Wachturm ins Freie trat.

»Ich freue mich von ganzem Herzen, dass du wieder zurück bist«, sagte sie, ehe sie Pagonel in einer überschwänglichen, herzlichen Geste umarmte. Der Mystiker war nach Brynns überhasteter Abreise in Avaru Eesa zurückgeblieben, um diese merkwürdige Verbrüderung, zu der es offenbar zwischen den Religionen der Abellikaner und der Chezru gekommen war, eingehender zu untersuchen. Sie hätte es zwar gern gesehen, wenn ihr Erster Berater ihr bei der Vorbereitung Togais auf einen möglichen Truppenvorstoß von Osten her zur Seite gestanden hätte, dennoch hatte sie Pagonels Einschätzung zugestimmt, dass die Situation einer genaueren Betrachtung bedurfte.

»Ich hatte Angst um dich«, gestand Brynn. »Die Jhesta Tu waren bei den Abellikanern und den Chezru noch nie sonderlich beliebt.«

»Immerhin habe ich ihnen geholfen, den Verrat von Chezru-Häuptling Yakim Douan ans Licht zu bringen«, erwiderte Pagonel.

»Eben deswegen hatte ich ja Angst, De Hamman und die anderen könnten einen Groll gegen dich hegen. Schließlich hast du ihr gesamtes Weltbild ins Wanken gebracht.«

»Man hat mich mit Respekt, wenn auch zurückhaltend behandelt«, erwiderte der Mystiker. »Ich glaube allerdings, ihre Höflichkeit hatte eher mit meiner Verbindung zu dir als mit irgendwelchen Aktionen meinerseits gegen Chezru Douan zu tun.«

»Zurückhaltend?«, wiederholte Brynn. »Dann hat man dir also kaum Einblick gewährt?«

»Nun, zumindest waren Yatol De Hammans offizielle Verlautbarungen recht viel sagend. Er nannte Yakim Douans Verrat einen der Hauptgründe für das ebenso schädliche wie unnötige Zerwürfnis zwischen den beiden Kirchen, den Abellikanern und den Chezru. Es war nicht zu übersehen, dass die derzeitige Führung der Chezru die Abellikaner in allen Belangen als Freunde und Verbündete akzeptiert.«

Die Nachricht ließ Brynn innerlich zusammenzucken. Sie schüttelte den Kopf.

»Yatol De Hamman ging sogar so weit zu behaupten, die beiden Kirchen dienten ein und demselben Gott, wenn auch mit unterschiedlichem Namen, und hegten die gleiche Hoffnung auf ein ewiges Leben im gemeinsamen Himmelreich.«

»Dann sind sie nicht einfach nur Verbündete, sondern haben sich im Kern vereinigt«, schloss Brynn.

»Ich vermute eigentlich eher, dass diese Beschreibung irgendwie auf alle Religionen passt«, fuhr Pagonel fort.

Die Bemerkung entlockte Brynn ein Lächeln, und sie sah ihn verschmitzt an. »Auch auf die Jhesta Tu?«

»Mag sein«, antwortete der Mystiker. »Allerdings macht uns unser Wissen um diese Möglichkeit toleranter gegenüber denjenigen, die sich nicht unseren Regeln unterwerfen.«

»Was meinst du, wird die Ausbreitung der abellikanischen Kirche eine aufklärende Wirkung auf die Bevölkerung Behrens haben?«, fragte Brynn. »Oder wird sie sich eher wie ein dunkler Schatten über das Wüstenkönigreich legen?«

»Das ist die Frage«, erwiderte der Mystiker.

»Sie machen mir Angst. Aydrian macht mir Angst.«

Pagonel gab ihr Recht. »Es ist offensichtlich, dass der Vormarsch der Soldaten und Priester des Bärenreiches nach Süden nicht nur sehr schnell, sondern auch in einer ganz bestimmten Absicht erfolgt ist. Mit ihrem Auftauchen hier verfolgen sie ein Ziel, das weit über Jacintha hinausreicht.«

»Und sie eventuell bis vor unsere Tore führen wird.«

»Und was soll dann geschehen?«

»Ich weiß es nicht«, gestand Brynn. »Alle Vorbereitungen gegen einen Angriff, sollte es tatsächlich dazu kommen, sind getroffen, trotzdem habe ich nicht die Absicht, im Namen Behrens einen Krieg gegen die Männer aus dem Norden vom Zaun zu brechen – erst recht nicht, wenn alles dafür spricht, dass viele Behreneser die Abellikaner nicht nur dulden, sondern sogar mit offenen Armen willkommen heißen.«

»Es gibt noch einen weiteren beunruhigenden Gedanken«, erklärte Pagonel. »Falls es tatsächlich erneut zum Krieg kommt, werden unsere Feinde diesmal besser gerüstet sein – vor allem gegen unsere mächtigste Waffe.«

»Der Drache fürchtet die Magie der Edelsteine, das stimmt«, pflichtete Brynn ihm bei. Beim Sprechen schaute sie hoch zum Turm, wo sie Pherols mächtigen Echsenschwanz über den Rand der Brüstung baumeln sah.

Sie blickte zurück zu Pagonel und sah ihn zustimmend nicken. Irgendwie schien seine Miene ihr sagen zu wollen, dass er nicht nur der Meinung sei, der Drache fürchte die Magie der Steine, sondern dass er dazu auch allen Grund hatte.

Als der Posten die Stricke an seinen Handgelenken lockerte, verzog Roger schmerzhaft das Gesicht – ohne jedoch den Mann, der ihn zu sich bestellt hatte, auch nur einen Moment aus den Augen zu lassen.

Er befand sich in einem der Privatgemächer der Abtei St. Precious. Das Licht war schummrig, denn das einzige Fenster wurde teilweise von einer der zahlreichen an den Wänden hängenden Tapisserien verdeckt. Das Empfangszimmer war ihm bestens vertraut, schließlich hatte er während der Amtszeit Abt Braumins und Meister Viscentis hier viele Stunden mit den beiden verbracht. Mit seiner geschmackvollen Dekoration aus schönen Wandteppichen und seinem gemütlichen, einladenden Kamin und dem dicken Wollteppich davor sowie dreien der bequemsten Sessel, in denen Roger je gesessen hatte, war es einer seiner Lieblingsräume gewesen.

Jetzt dagegen machte der Raum einen verwohnten und abweisenden Eindruck, aber ob das an seiner derzeitigen Gesellschaft lag oder am trotz des eisigen Winterwinds fehlenden Feuer im Kamin, vermochte Roger nicht zu sagen.

»Verschwindet«, wies De'Unnero die Wachen an. Sie gehorchten augenblicklich und ließen Roger an der Tür stehen. Er rieb sich die wund gescheuerten Handgelenke.

Natürlich waren seine zerschundenen Handgelenke längst nicht seine schwersten Verletzungen. Gleich der erste Hieb, den De'Unnero ihm am Tag von Abt Braumins Flucht versetzt hatte, hatte auf Rogers Brust und Bauch eine Reihe klaffender Wunden hinterlassen, und da er weder verbunden worden war noch sauberes Wasser bekommen hatte, um die Verletzung zu säubern, waren die tieferen Wunden nicht richtig verheilt.

»Ich bin das alles mehr als leid, Meister Flinkfinger«, brach De'Unnero das Schweigen.

Roger schlug die Augen nieder; dabei fiel sein Blick auf den kleinen Schreibtisch des Zimmers – mit dem Korkenzieher darauf, den Abt Braumin für seine Zusammenkünfte mit

Roger und Viscenti dort aufbewahrte. Roger schaute wieder zu De'Unnero und sah ihn ans Fenster treten, durch das er nach draußen starrte, scheinbar ohne Roger die geringste Beachtung zu schenken.

Ein kurzer Schritt brachte den übel zugerichteten Gefangenen in die Nähe des Korkenziehers.

»Wie lange sollen wir unseren Kampf noch fortsetzen?«, fragte De'Unnero mit einem Seitenblick auf Roger, der auf der Stelle erstarrte. »Etwa noch mehrere Jahrzehnte?«

»Ich dachte, unser Kampf wäre schon vor Jahren beendet gewesen«, erwiderte Roger. »Mit dem Sturz Markwarts.«

De'Unnero ließ ein verhaltenes Lachen hören und blickte wieder aus dem Fenster.

Roger ließ sich davon nicht beirren. »Und später noch ein zweites Mal, als Ihr mit der Bruderschaft der Büßer in diese Stadt gekommen seid und Euch in Ungnade gebracht und rettungsloser Verdammnis anheim gegeben habt.« Er machte noch einen kleinen Schritt zur Seite und ließ den Korkenzieher in seine hohle Hand gleiten. »Ihr erinnert Euch doch, oder? Als Jilseponie Euch in Schimpf und Schande aus der Stadt jagte.«

De'Unnero drehte sich langsam zu ihm um und sah ihm in die Augen. Alle Heiterkeit war aus seinem Gesicht gewichen.

»Wir hielten Euch für tot, De'Unnero«, fuhr Roger trotzig fort. »Wir hofften, Ihr wärt tot. All das Elend, das Ihr über die Menschen gebracht –«

»Elend?«, fiel De'Unnero ihm ins Wort. »Ihr und Eure erbärmlichen Freunde habt den Niedergang der mächtigsten Institution in der Geschichte der Menschheit zu verantworten. Und bis zum heutigen Tag begreift Ihr nicht einmal den Schaden, den Ihr damit angerichtet habt, oder irre ich mich etwa? Ihr begreift nicht, dass Ihr den Menschen des Bärenreiches jedes Gespür für alles Geistige, für höhere Gerechtigkeit genommen habt.«

»Ihr redet dummes Zeug!«

»Ich spreche die Wahrheit!«, beharrte De'Unnero. »Ihr und Eure erbärmlichen Freunde, angefangen mit diesem Narren Avelyn Desbris, habt den tiefen Fall der abellikanischen Kirche zu verantworten. Früher hielten uns die Leute dort draußen« – er deutete mit einer Handbewegung durchs Fenster auf die Straßen von Palmaris – »für Abgesandte Gottes. Der ehrwürdige Vater, der über die Seelen der Menschen wachte, war sogar mächtiger als der König. All das habt Ihr ihnen genommen – aus purem Egoismus. Erst Avelyn, um einen Mord zu vertuschen, später dann seine Lakaien Jojonah, Elbryan und Jilseponie. Und in geringerem Maße all die Narren, die dem Zauber dieser Lakaien erlegen sind.«

»Ich habe nur wenig Lust, die Fakten des Großen Krieges mit Euch zu diskutieren, De'Unnero. Auch nicht das Ende der Rotfleckenpest – ich bin sicher, dieses unbedeutende Ereignis ist Euch noch nicht entfallen, oder? Wenn die Bevölkerung des Bärenreiches durch Markwarts Sturz in ihrem Glauben erschüttert worden ist – was nicht verwundert –, dann haben diejenigen, die die Pilgerreise zum Berg Aida unternahmen, wo eben jener Mann, den Ihr als Narren bezeichnet, ihnen das Leben rettete, ihn zehnfach wiederhergestellt.«

Er hatte geglaubt, seine Worte würden De'Unnero noch wütender machen, und erwartet, dieser würde sich auf ihn werfen. Er hielt den Korkenzieher weiter verborgen in seiner Hand und hoffte auf eine Gelegenheit, ihn Marcalo De'Unnero in die Brust zu rammen.

»Ganz wie Ihr wollt, Ihr unverbesserlicher Narr«, erwiderte De'Unnero mit einem verächtlichen Schnauben. »Mittlerweile sind sie alle tot. Avelyn, Jojonah – o ja, ich hatte das große Vergnügen, das Holz des Scheiterhaufens, auf dem der Ketzer verbrannte, eigenhändig aufzuschichten. Elbryan starb sogar durch meine Hand.« Er warf Roger einen bösartigen Blick zu. »Und Braumin Herde habe ich ebenfalls eigenhändig umgebracht.«

»Ihr lügt«, erwiderte Roger mit einer Stimme, der es sowohl an Festigkeit als auch an Überzeugungskraft mangelte.

»Mittlerweile hat ihn der Fluss natürlich längst in den Golf hinausgespült«, fuhr De'Unnero, sichtlich zufrieden mit sich selbst, fort. »Die Fische haben zweifellos längst das Fleisch von seinen Knochen genagt.«

»Ihr lügt!« Diesmal kam der Widerspruch mit mehr Nachdruck, und Roger spürte, wie der Zorn in ihm hochkochte. Er unterdrückte ihn, denn er wusste genau, dass De'Unnero ihn genau dazu verleiten wollte – ganz so, wie er selbst soeben versucht hatte, den leicht aufbrausenden Mönch zu reizen.

»Sie sind alle tot«, fuhr De'Unnero fort. »Erinnert Ihr Euch noch an Bruder Castinagis? Der arme Kerl ist bei einem Feuer umgekommen – in Caer Tinella. Ich war damals dort, um den jungen Aydrian zu begleiten, als er das Schwert und den Bogen holte, die rechtmäßig ihm gehören. O ja, ich habe das Feuer mit eigenen Augen gesehen.«

Roger spürte, wie ihm die Luft wegblieb und seine Knie nachzugeben drohten. Er bewahrte jedoch hartnäckig Haltung, denn diese Genugtuung wollte er De'Unnero um keinen Preis gönnen.

»Bleiben also nur noch drei«, überlegte De'Unnero laut. »Und Ihr seid hier – Ihr lebt und seid mir hilflos ausgeliefert. Dieser lästige kleine Viscenti ist natürlich nach St. Mere-Abelle geflohen, wo ihn schon bald sein verdientes Ende ereilen wird. Im Grunde ist er mir ebenso gleichgültig wie Ihr. Ich könnte ihn ohne Kopfzerbrechen ziehen lassen, genau wie ich Euch als freien Mann gehen lassen könnte.«

Roger spuckte verächtlich auf den Boden.

»Denn von den dreien, die noch übrig sind, interessiert mich nur eine, Roger Flinkfinger. Und Ihr wisst, wo sie sich zurzeit befindet.«

»Ihr seid ein Narr.«

»Wie Ratten von einem sinkenden Schiff seid Ihr zusammen mit Ihr und Eurem Weib geflohen, bevor König Aydrian in Palmaris Einzug hielt«, sagte De'Unnero. »Glaubt Ihr etwa, alle in der Stadt seien Euch und dieser Hexe Jilseponie so treu ergeben, dass sie mir solche Dinge nicht berichten? Glaubt Ihr vielleicht, die gesamte Bruderschaft hier in St. Precious habe sich so sehr von Bischof Braumins Lügen blenden lassen, dass sie die lächerlichen Veränderungen gutheißt, die über die abellikanische Kirche hereingebrochen sind?«

»Bittet doch Euren geflügelten Dämon um die Informationen, die Ihr so unbedingt haben wollt!«, brüllte Roger ihn an, worauf De'Unnero einen großen Schritt auf ihn zumachte.

»Wo ist sie?«, fragte der Mönch gefährlich ruhig.

»Ich weiß es nicht!«

»Doch, das tut Ihr!«, schrie De'Unnero und kam auf ihn zu – und Roger stieß seine Hand nach vorn und zielte mit dem Korkenzieher genau auf De'Unneros Herz.

Das erhebende Gefühl, seinem meistgehassten Widersacher das Werkzeug in die Brust zu stoßen, schlug plötzlich um in einen glühend heißen Schmerz, als De'Unnero den nach vorne stoßenden Arm dank seiner perfekten Reflexe am Handgelenk zu fassen bekam, ihn zur Seite wegdrückte und gleichzeitig Rogers Ellbogen nach innen riss, sodass er ihn auf ein Knie hinunterzwang.

»Wo ist sie?«, verlangte De'Unnero abermals zu wissen, ehe er seinen kräftigen Arm unter Rogers Ellbogen schob und sein Handgelenk nach unten drückte.

Roger vernahm noch das Knacken seines Ellbogengelenks, dann übermannte ihn eine Woge grauenhaften Schmerzes. Hätte De'Unnero ihn nicht bei den Haaren gepackt und wieder hochgerissen, er wäre glatt zu Boden gegangen. Roger versuchte noch, nach seinem Ellbogen zu greifen, doch De'Unnero schlug ihm den Handrücken ins Gesicht, sodass er nach hinten geschleudert wurde, gegen den kleinen Schreibtisch krachte und am Fuß der Wand in sich zusammensackte.

Als sein Blick sich wieder klärte, sah er De'Unnero drohend über sich stehen. Er versuchte nach ihm zu treten, doch der Mönch stieg auf seinen Fuß und presste ihn brutal auf den Boden.

»Ihr seid mit Eurem Weib nach Norden gegangen«, erklärte De'Unnero. »Und zwar weiter als bis nach Caer Tinella, demzufolge nach Dundalis. Wenn ich Eure geschätzte Gemahlin finde, kann ich sie vielleicht überreden, mir Jilseponies Aufenthaltsort zu verraten.«

Als De'Unnero dies sagte, ging ein Energieschub durch Rogers Körper, und er versuchte zuzutreten, indem er mit seinem freien Fuß auf das Knie des ihn am Boden haltenden Beines zielte.

Doch De'Unnero sprang senkrecht in die Höhe, landete außer Reichweite leichtfüßig auf einem Bein, und ehe Roger seinen Fuß für einen zweiten Tritt zurückziehen konnte, traf ihn der Fuß des Mönches krachend im Gesicht.

Das ganze Zimmer drehte sich.

»Macht es Euch und Eurer Gemahlin nicht zu schwer, Roger Flinkfinger«, hörte er De'Unnero sagen, auch wenn dessen Stimme von weit her zu kommen schien. Roger fühlte, wie er hochgehoben und wieder auf die Füße gestellt wurde. Er zwang sich, die Augen zu öffnen.

Gerade rechtzeitig, um De'Unneros Faust auf sein Kinn zufliegen zu sehen.

Er spürte erst den Schlag, dann ein Knirschen, als sein Hinterkopf gegen die Wand knallte, während De'Unnero noch immer auf ihn einschrie und ihn weiter mit Schlägen überhäufte.

Eine ganze Weile später erwachte Roger im Staub seiner Zelle, der sich mit seinem Blut zu einem dünnflüssigen Schlamm vermengt hatte. Er spürte jemanden hinter sich und drehte den Kopf.

De'Unnero stand in der Tür zu seinem Verlies und verdeckte den flackernden Feuerschein hinter seinem Rücken – als dunkle Silhouette wirkte er noch größer und bedrohlicher.

»Wir werden uns noch einmal unterhalten, sobald Ihr wieder so weit bei Kräften seid, dass Ihr die Schmerzen spürt«, versprach ihm der Mönch. »Und gut genug bei Kräften, um zu begreifen, welche Schmerzen Eure geliebte Dainsey zu erwarten hat, solltet Ihr weiterhin schweigen.« Mit diesen Worten entfernte sich der Mönch.

Roger ließ sich zurücksinken. Bestimmt waren mehrere Stunden vergangen, seit er zusammengeschlagen worden war, und doch hatte De'Unnero dort an der Tür ausgeharrt und die ganze Zeit darauf gewartet, dass er wieder zu sich kam, um diese Bemerkung loszuwerden.

Trotz seiner Benommenheit und der Schmerzen war es eben dieses letzte Bild, die Silhouette eines zu allem entschlossenen De'Unnero, das ihm im Gedächtnis haften blieb und ihm ein Gefühl von unbekannter Hoffnungslosigkeit gab.

9. Aydrians Heimkehr

Das Wetter hatte hervorragend mitgespielt, und zudem konnte Aydrian mit Hilfe seiner magischen Edelsteine selbst auf feuchtestem Holz ein Feuer entzünden. Überdies hatten eben diese Edelsteine auch die Wege erheblich passierbarer gemacht, denn wann immer sie an der Straße auf ein Hindernis stießen, brauchte Aydrian nur seinen Malachit hervorzuholen, und schon konnte er, dank dessen die Schwerkraft aufhebenden Kräften, selbst die größten Wagen mühelos darüber hinwegbefördern.

Und so war die Armee aus Palmaris auf ihrem Vormarsch in die Wilderlande außerordentlich rasch vorangekommen, hatte die gefrorenen Moorlande ohne Zwischenfall durchquert und befand sich jetzt auf dem Weg in die Berge. Alle rechneten mittlerweile damit, dass sie jeden Augenblick auf ihre seltsamen Feinde, die Touel'alfar, stoßen würden – ein Umstand, der sich jeden Abend aufs Neue bestätigte, wenn sich überall im Feldlager ein leises Getuschel von melodischen Stimmen erhob, die sie zur Umkehr aufforderten und ihnen dringend rieten, »zu verschwinden« und »wieder heimzugehen«.

Nicht wenige Kingsmen reagierten zunehmend verstört auf das gespenstische Geflüster, Aydrian dagegen schlenderte geradezu begeistert durch das gesamte Feldlager und erklärte seinen Kriegern, das Vorhandensein der Elfenstimmen sei lediglich die Bestätigung dafür, dass sie sich ihrem Ziel näherten.

»Sie versuchen, uns Angst zu machen und uns auf diese Weise zu vertreiben«, erklärte er, »weil sie wissen, dass sie uns auf dem Schlachtfeld nicht besiegen können. Haben wir Andur'Blough Inninness erst gefunden, was bald der Fall sein wird, bleibt den Touel'alfar nur noch die Entscheidung zwischen Flucht oder Tod!«

Seine Erklärungen und seine durch nichts zu erschütternde Zuversicht gaben den Soldaten neuen Mut, die nun ihrerseits dazu übergingen, auf das vom Wind herangetragene Geflüster mit Drohgebärden und Verwünschungen zu reagieren.

Überzeugt, seine Männer wieder auf Linie gebracht zu haben, kehrte Aydrian in sein Zelt zurück, stellte zwei Wachen vor dem Eingang auf und ließ drei weitere an den übrigen Seiten Posten beziehen. Der junge König vermied es, drinnen eine Kerze anzuzünden, ließ sich stattdessen in völliger Dunkelheit auf dem Boden nieder und umschloss seinen Seelenstein fest mit der Hand. Die Elfen waren nah – endlich.

Einen Moment darauf schlüpfte sein Geist aus seinem Körper, schwebte durch das Feldlager und versuchte das vom Wind herangetragene Geflüster zu orten. Kurze Zeit später entdeckte er ein paar hundert Meter weiter nördlich in einem kleinen, in einer engen Senke gelegenen Dickicht eine Gruppe von Touel'alfar. Die meisten saßen in den Zweigen der Bäume, manche allein, andere zu zweit, alle angeregt tuschelnd.

Aydrian war mit ihren Tricks bestens vertraut. Die Elfen konnten ihren Stimmen auf magische Weise eine andere Richtung geben und allein durch die Klangfarbe ihres Gesangs ein verwirrendes Geflecht unterschiedlichster Klänge erzeugen.

Er wusste, schon ein Bruchteil seiner Armee würde genügen, um sie alle in die Flucht zu schlagen, und genau das hatte er auch vor. Doch dann, sein Geist machte bereits Anstalten zurückzukehren, bemerkte Aydrian unter den Elfen ein vertrautes Gesicht. Es gehörte dem Einzigen, der sich vor all den Jahren, als er noch ein Hüter in der Ausbildung war, wirklich mit ihm angefreundet hatte.

Belli'mar Juraviel.

Bei ihrer letzten Begegnung war der Elf gerade im Begriff gewesen, zusammen mit Brynn Dharielle in den Süden aufzubrechen. Er hatte Brynn zum Thron von To-gai verholfen, und nun war er offenbar zurückgekehrt.

Das versetzte Aydrian einen Stich des Bedauerns. Von allen Touel'alfar empfand er nur für Juraviel so etwas wie Freundschaft, und die Vorstellung, ihn zusammen mit den Übrigen zu vernichten, behagte ihm ganz und gar nicht.

Aber das war nicht zu ändern.

Sein Geist schwebte ins Feldlager zurück und schlüpfte in seine Körperhülle, und einen Moment später trat er schwungvoll aus dem Zelt. »Ich benötige unsere hundert besten Männer. Sie sollen sich für den sofortigen Abmarsch bereitmachen«, wies er die Wachen vor der Zeltöffnung an. »Lauft sofort zu den Kommandanten der Allhearts und kümmert euch darum.«

Die beiden Soldaten entfernten sich mit eiligen Schritten.

Ein Lächeln huschte über sein hübsches, energisches Gesicht, als Aydrian seinen Blick in das Dunkel nördlich des Lagers richtete. »Der erste Kontakt«, sagte er leise. »Und schon der erste Sieg.«

»Die Krieger sind gut ausgebildet und diszipliniert«, sagte Juraviel zu Cazzira. Die beiden hockten Seite an Seite auf den tief hängenden Zweigen eines Baumes. »Etwas anderes hätte ich von einer von Aydrian angeführten Streitmacht auch nicht erwartet.«

»Aber warum kommt er her?«, fragte Cazzira – und das nicht zum ersten Mal. »Wenn diese Menschen so verdienstvoll sind, wie du meinem Volk von Anfang an weiszumachen versucht hast, warum hat Aydrian dann das Vertrauen der Tylwyn Tou so bitter enttäuscht?«

Belli'mar Juraviel setzte eine düstere Miene auf und wandte den Blick ab. Dasslerond hatte ihm von ihrer letzten Begegnung mit dem jungen Hüter berichtet, von Aydrians magischer Attacke, die sie beinahe das Leben gekostet hätte. Sie hatte gewusst, dass er zurückkommen würde – weshalb sie Jilseponie ganz offen angefleht hatte, ihr beim Kampf gegen den jungen König beizustehen –, daher kam der Aufmarsch dieser Armee nicht völlig unerwartet.

Und so war eine kleine Streitmacht der Touel'alfar unter Juraviels Führung von Andur'Blough Inninness aufgebrochen, um die anrückenden Truppen im Auge zu behalten und wenigstens einige Soldaten mit Hilfe des Elfengesangs von ihrem Vorhaben abzubringen.

Der Plan war kläglich gescheitert.

»Blynnie Sennanil hat sie gesichtet«, erschallte der Ruf eines anderen Elfen vom Fuß des Baumes. Die beiden schauten hinunter. »Ein Wort von Euch, und sie und ihre Bogenschützen werden unserer Warnung mit Pfeilen Nachdruck verleihen.«

Noch nie in seinem ganzen Leben war es Juraviel so schwer gefallen, einen Befehl zu erteilen, aber in diesem Punkt war Lady Dasslerond zu keinen Kompromissen bereit gewesen. Wenn es nicht gelang, die Menschenwesen mit Hilfe magisch verstärkten Geflüsters zum Rückzug zu bewegen, dann sollte Juraviel Angst und Schrecken unter ihnen verbreiten, ihnen im Schutz der Dunkelheit den einen oder anderen Nadelstich versetzen und sie im Schlaf töten.

Er zögerte gerade lange genug, um sich noch einmal Dassleronds Gesichtsausdruck ins Gedächtnis zu rufen, als sie ihn auf diese Mission geschickt hatte, ein Gesichtsausdruck, der in seinem Herzen keinen Zweifel daran ließ, dass Aydrians Weg ihn nach Andur'Blough Inninness führen würde – und zwar in der festen Absicht, es zu zerstören.

»Ich überlasse die Entscheidung ihr«, antwortete Juraviel, und der Elf unter ihnen tauchte wieder in den Schatten ein.

»Vielleicht wirst du ja eines Tages den Mut aufbringen, mir meine Frage zu beantworten«, sagte Cazzira, als Juraviel sich wieder zu ihr umwandte.

Ihr Tonfall und ihr Blick versetzten Juraviel einen Stich ins Herz. »Vielleicht werde ich eines Tages besser verstehen, warum Aydrian so völlig anders ist als seine Eltern«, erwiderte er und legte sanft eine Hand auf Cazziras feingliedrige Finger. »Nachtvogel war der großartigste Mensch, den ich je kennen gelernt habe, und Jilseponie hat sich als eine würdige Gefährtin entpuppt.«

»Ich weiß. Über beide hast du nie anders als mit höchster Bewunderung gesprochen«, musste Cazzira ihm Recht geben. »Aber was ist mit diesem Aydrian? Wie kommt es, dass er, obwohl er in Eurem Tal aufgezogen wurde, so aus der Art geschlagen ist?«

»Vielleicht ist genau das der Grund«, antwortete Juraviel. »Ich glaube, es war nicht sehr klug von uns, den kleinen Aydrian in jener finsteren Nacht auf dem Feld vor den Toren der Menschenstadt Palmaris in unsere Obhut zu nehmen. Schließlich gehört ein Kind zu seiner Mutter.«

»Damit hat alles Übel seinen Anfang genommen«, gab Cazzira ihm Recht. »Jilseponie hasst dich, und Aydrian hasst dich ebenfalls. Das sind mächtige Feinde.«

»Jilseponie mag vielleicht gekränkt und enttäuscht sein, aber eine Feindin ist sie gewiss nicht«, erwiderte Juraviel.

»Und Aydrian?«

»Er ist erfüllt von Zorn und obendrein fehlgeleitet – in einem Ausmaß, das ich nie für möglich gehalten hätte.«

»Sie werden sich nicht wieder zurückziehen«, sagte Cazzira. »Wir werden wohl gezwungen sein, gegen sie zu kämpfen.«

Für Belli'mar Juraviel war dies eine alles andere als willkommene Aussicht.

In diesem Augenblick überlief Cazzira ein Frösteln, und als sie sich umschaute, weiteten sich ihre dunklen Augen.

»Was ist denn?«, fragte Juraviel nervös.

»Da war ein kalter Lufthauch«, erwiderte seine Begleiterin vom Volk der Doc'alfar. »Ich weiß nicht. Irgendetwas ist soeben an uns vorbeigestrichen, ganz so wie die Seelen, die dem menschlichen Körper entweichen, nachdem wir ihn dem Torfmoor übergeben haben.«

Jetzt sah sich auch Juraviel nach allen Seiten um. Er hatte keinen Grund, Cazziras Sinneswahrnehmung zu misstrauen, auch wenn er nicht recht wusste, was sie meinte. Einen Augenblick später sahen sich die beiden eindringlich an.

»Ich weiß nicht«, sagte Cazzira erneut.

Sie marschierten mit energischen Schritten auf das kleine Dickicht zu: vorneweg Aydrian, der die Führung übernommen hatte, und gleich daneben Sadye, die eine mitreißende Melodie auf ihrer Laute spielte, eine Musik, die die Stimmung der Männer rings um ihren König spürbar hob.

»Touel'alfar!«, rief Aydrian. »Ich wünsche Lady Dasslerond zu sprechen!«

Als keine Antwort kam, hob der junge König die Hand, zielte auf die linke Gruppe aus ziemlich dicht beieinander stehenden Bäumen und schleuderte einen gleißend hellen Lichtblitz. Unmittelbar darauf wechselte er die Richtung und feuerte erneut, versengte die Bäume und setzte ein paar kleinere Zweige in Brand.

Mit seiner freien Hand deutete er hinter seinem Rücken nach links und rechts, worauf seine gut ausgebildeten Soldaten in die vorgegebenen Richtungen ausschwärmten und die Baumgruppe auf beiden Seiten umzingelten.

Aydrian trat energisch einen Schritt vor. »Jetzt sofort, verlange ich!«, rief er. »Oder ich werde Euer heiß geliebtes Tal dem Erdboden gleichmachen!«

Eine Wolke winziger Pfeile sirrte aus den Bäumen hervor, und alle hatten dasselbe Ziel: den jungen König. Außer dass er Sadye schützend hinter seinen Rücken zog, zeigte Aydrian keinerlei Reaktion. Er kannte die Touel'alfar und wusste, dass diese Pfeile alle mit Spitzen aus Silverel bestückt waren. Er fuhr mit der Hand zwischen die magischen, in die Brustplatte seiner Rüstung eingelassenen Steine und erzeugte eine Woge magnetischer Energie, die die Pfeile ebenso sicher abprallen ließ wie ein Schild.

Dann streckte er seinen Grafit abermals vor und setzte eine ganze Serie vernichtender Lichtblitze frei, die große Lücken in das Gehölz schnitten. Unmittelbar darauf gab er den Befehl zum Angriff, worauf seine Soldaten das Dickicht mit erhobenen Schwertern stürmten.

Sofort wurden sie von Pfeilen in Empfang genommen, mehrere von ihnen stürzten und griffen noch im Fallen mit den Händen an ihre grässlichen Verletzungen.

Aydrian verfolgte das Geschehen von außerhalb der Bäume, merkte sich genau, aus welcher Richtung ein bestimmter Pfeil gekommen war, und beantwortete ihn mit einer Lichtexplosion, die die bedauernswerte Elfe aus dem Gehölz katapultierte, wo ihr verkohlter Körper regungslos am Boden liegen blieb.

»Mein Gott«, flüsterte Sadye entgeistert. »Aydrian ... das ist ...«

Er hörte nicht einmal hin. Unmittelbar nach dem letzten

knisternden Energiestoß stürmte er in das Dickicht hinein, errichtete einen magnetischen Ladesteinschild sowie einen zweiten, der sich in Form eines bläulich weiß schimmernden Energiemantels um seinen Körper legte.

Er hörte einen Schrei und erkannte die Stimme Juraviels, der seine Artgenossen zum Rückzug drängte.

Kaum hatte Aydrian die ersten Bäume erreicht, versenkte er sich in einen dritten Stein, einen in den Knauf Sturmwinds eingelassenen Rubin. Dessen Feuerball hüllte das Zentrum des kleinen Dickichts ein und schlug die meisten Elfen in die Flucht, während andere lichterloh brennend von den Ästen fielen.

Aydrian schlug sich bis zur rechten Seite durch, wo er einen Elf einem Soldaten Auge in Auge gegenüberstehen sah. Der schwerfällige Kingsman machte soeben einen Schritt nach vorn und holte zu einem wüsten Rundumschlag aus, der sein Ziel um einiges verfehlte. Blitzschnell zog der Elf sich aus seiner Reichweite zurück, um gleich darauf abrupt und mit vernichtender Wirkung vorzupreschen, indem er sein schlankes Schwert durch einen winzigen Spalt in der Rüstung des Mannes bohrte.

Noch während der Mann die hässliche Wunde mit beiden Händen umklammerte, nahm Aydrian lächelnd seinen Platz ein.

»So sehen wir uns also wieder, Verräter«, rief der Elf, den Aydrian als Tes'ten Duvii wiedererkannte. »Jahrelang habe ich mich nach einer Gelegenheit gesehnt, den abtrünnigen Sohn Elbryans niederzustrecken.« Mit diesen Worten machte der Elf einen Schritt nach vorn, sein Vorstoß mit dem Schwert eher dazu angetan, Aydrians Reaktion zu testen, als ein ernst gemeinter Versuch, einen Treffer zu erzielen.

Aydrian hatte keine Zeit für derartige Spielereien. Er richtete Sturmwind auf seinen Gegner und jagte einen Energieschub durch den im Knauf eingelassenen Grafit, worauf ein Lichtblitz mit voller Wucht gegen Tes'ten knallte, ihn vom Boden hob und nach hinten schleuderte, bis er krachend gegen einen Baum prallte. Aydrians Lichtblitz hielt den Elf dort noch eine Weile fest, bis der Baum hinter seinem Rücken zu schmoren begann.

»Da hast du deine Gelegenheit«, höhnte der junge König, obwohl der Elf ihn längst nicht mehr hören konnte. »Bist du jetzt zufrieden?«

Mit einem Grinsen, das eher einer Grimasse glich, wandte sich Aydrian zur Seite und rief: »Juraviel! Ich weiß, dass du hier bist! Komm her und stell dich zum Kampf! Sofort!«

Doch Juraviel hütete sich, sich zu zeigen, und soweit Aydrian es erkennen konnte, war der Kampf vorbei – ebenso schnell, wie er begonnen hatte.

»Sie fliehen in westlicher Richtung!«, rief einer der Kingsmen.

»Sollen wir sie verfolgen, Mylord?«, fragte ein Krieger, der näher bei Aydrian stand.

Aydrian schüttelte lächelnd den Kopf. »Sollen sie ruhig davonlaufen – von mir aus bis nach Andur'Blough Inninness. Es gibt keinen Ort mehr, wo sie sich jetzt noch verkriechen könnten.«

Kurz darauf stieß Aydrians Expeditionstrupp wieder zur Hauptstreitmacht, im Schlepp sechs Tote und nahezu zwanzig Verwundete, mehrere davon schwer. Die sieben gefallenen Touel'alfar jedoch, die bis auf eine Ausnahme alle durch Aydrians magische Explosionen umgekommen waren, hatten sie zurückgelassen.

Unmittelbar nach seiner Rückkehr erfuhr Aydrian, dass es im Lager während seiner Abwesenheit keineswegs ruhig zugegangen war, denn fast unmittelbar nach seinem Aufbruch waren die Elfen dazu übergegangen, in kleinen Gruppen über die Soldaten herzufallen. Die Soldaten hatten bei der Abwehr der Angriffe gute Arbeit geleistet. Sie hatten die Bogenschützen vernichtende Salven in die ungefähre Richtung feuern lassen, sobald ein winziger Elfenpfeil aus dem Dunkel hervorgeschossen kam, doch bislang hatten sie noch keinen feindlichen Gefallenen zu Gesicht bekommen.

»Tötet sie, sowie sie in Sichtweite kommen«, wies Aydrian seine Kommandanten an, ehe er sich, begleitet von Sadye, die von dem Gefecht im Dickicht noch immer sichtlich mitgenommen war, in sein Zelt zurückzog.

»Sie glauben, sie könnten mir Widerstand leisten«, sagte Aydrian. »Sie wollen immer noch nicht begreifen, wer Aydrian Boudabras in Wahrheit ist.«

»Du musst voller Hass auf diese Wesen sein«, erwiderte Sadye. »Vorhin, bei dem kleinen Wäldchen –«

»Ich habe es diesen Sklaventreibern bloß mit gleicher Münze heimgezahlt«, fiel Aydrian Sadye ins Wort und bedeutete ihr, sich neben ihn zu setzen. Dann hielt er den Seelenstein in die Höhe, zwinkerte ihr zu, schloss die Augen und versenkte sich in den Hämatit, um abermals auf Geistwanderung zu gehen.

Kaum war er zwischen die ersten Bäume gelangt, da entdeckte er auch schon zwei Bogenschützen der Elfen.

Aydrian zögerte keine Sekunde. Sofort schlüpfte er in den Körper einer Elfe, überrumpelte sie und verdrängte ihren Geist aus ihrem Körper. Er war sich darüber im Klaren, dass er sich vermutlich nicht lange würde dort halten können – die Touel'alfar galten als überaus willensstark, willensstärker als jeder Mensch –, doch er würde ohnehin nicht lange brauchen. Für einen winzigen Augenblick übernahm er die vollkommene Kontrolle über ihren Körper und stürzte unter lautem Gebrüll zwischen den Bäumen hervor.

Sein Geist ließ sich gerade rechtzeitig wieder aus dem winzigen Körper verdrängen, dass die in ihre Hülle zurückkehrende Elfe den Schwarm tödlicher Pfeile auf sich zurasen sah. Jeder einzelne der zehn Treffer hätte ihren Tod bedeutet.

Weiter hinten in dem kleinen Wäldchen rief die andere Elfe noch immer verzweifelt den Namen ihrer tollkühnen Gefährtin, bis Aydrian sie ebenfalls attackierte.

Aber sie hatte den Sturz ihrer Gefährtin beobachtet und war besser vorbereitet. Immer wieder schrie sie »Dämon!«, um ihre Gefährten zu warnen, und setzte sich weit energischer zur Wehr – einmal gelang es ihr sogar, das Wort »Besitzergreifung!« hervorzustoßen.

Die menschlichen Bogenschützen orientierten sich trotzdem an ihrem Gebrüll und jagten ihre Pfeile in hohem Bogen in die Bäume. Neunundneunzig der hundert heranzischenden Geschosse verfehlten ihr unsichtbares Ziel.

Aber mehr als einer war auch gar nicht nötig.

Die gewaltige Anstrengung hatte Aydrian erschöpft, trotzdem versuchte er seine Geistwanderung fortzusetzen und ließ seinen Geist am Rand des Feldlagers entlangtreiben.

Doch wie stets hatten die Touel'alfar schnell reagiert, sodass der junge König in diesem Gebiet keinen von ihnen mehr entdeckte.

Wieder zurück in seiner Körperhülle, gab Aydrian seinen Soldaten Anweisungen, in welche Richtung sie ausschwärmen sollten.

Kurz darauf kehrten sie mit einer schwer verletzten Elfe zurück, die, einen Pfeil in der Seite, offensichtlich bereits im Sterben lag.

Aydrian besaß gerade noch genug Kraft, um seinen Hämatit ein weiteres Mal einzusetzen und den Tod der Elfe zu verhindern.

»Fesselt sie, und haltet sie unter strengster Bewachung«, befahl der erschöpfte König seinen Männern. »Sie wird uns unmittelbar nach Tagesanbruch direkt nach Andur'Blough Inninness führen!«

Belli'mar Juraviel und Lady Dasslerond standen auf einem hohen Kamm, der sich entlang des Gebirges rings um das nebelverhangene Tal zog, in dem Andur'Blough Inninness lag. Jetzt, um die Mittagszeit, war die Luft noch frisch und kühl, und am Himmel strahlte die Sonne. Alles schien durchdrungen von einer solchen Friedlichkeit und Ruhe, als wäre die Zeit stehen geblieben.

Doch der Schein trog, denn die beiden Elfen wussten, dass Aydrians Armee rasch näher rückte.

»Er kommt unaufhaltsam auf uns zu«, sagte Dasslerond.

Wie er sie so betrachtete, die Augen vor Konzentration geschlossen, ihren grünen Edelstein fest in der Hand, wusste Juraviel, dass sie die Wahrheit sagte. Aber er wusste es ohnehin, denn den ganzen Vormittag über waren Kundschafter zurückgekehrt, aus deren Berichten sich nach und nach immer eindeutiger herauskristallisiert hatte, dass der Abstand zwischen Aydrians Armee und Andur'Blough Inninness rasch zusammenschmolz.

»Ich habe den Schützen Befehl gegeben, sich vor den Menschen zurückzuziehen«, unterrichtete Juraviel seine Herrin.

Dasslerond musterte ihn aus den Winkeln ihrer verblüffend goldenen Augen. »Es war stets die Verteidigungsstrategie der Touel'alfar, einen anrückenden Feind aus dem Verborgenen heraus zu attackieren«, erwiderte sie. »Um unsere Feinde an Leib und Seele zu verletzen, in der Hoffnung, sie von ihrem törichten Vorhaben abzubringen.«

»Wir können Aydrian nicht an den Flanken angreifen«, erklärte Juraviel. »Seit dem offenen Gefecht in dem Wäldchen haben wir sie fast ununterbrochen attackiert, aber er hat unsere Schützen stets aufgespürt und diese Information an seine Soldaten weitergegeben – oder er greift sie gleich mit Hilfe seiner magischen Kräfte an. Wir vermissen bereits zwanzig unserer Leute, Mylady, und ich fürchte, die meisten sind entweder tot oder in Gefangenschaft geraten.«

Angesichts dieser niederschmetternden Nachricht schloss Dasslerond die Augen. In der von Menschen beherrschten Welt waren die Touel'alfar ein nicht eben vielköpfiges Volk, und ein so hoher Verlust in ihren Reihen war nicht einfach zu verkraften.

»Ihr schlagt also vor, wir sollten uns in unser Tal zurückziehen und es im Nebel des Smaragds verbergen«, sagte Dasslerond.

»Und zwar unverzüglich, Mylady.«

»Aydrian hat eine Gefangene gemacht«, klärte Dasslerond ihn auf. »Das hat mir der Smaragd unseres Volkes gezeigt. Im Augenblick durchkämmt er ihre Gedanken mit Hilfe seines Seelensteins, sodass sie gar nicht anders kann, als ihn gegen ihren Willen zu uns zu führen.«

»Wenn es sich tatsächlich so verhält, könntet Ihr Andur'Blough Inninness sogar vor ihr verbergen«, überlegte Juraviel. »Wir werden sie wohl aufgeben müssen.«

Wieder traf ihn der kalte, unnachgiebige Blick aus Lady Dassleronds Augenwinkeln. Einen Moment lang erschien sie Juraviel größer und furchterregender als je zuvor, doch der Augenblick ging vorüber, und zurück blieb eine erschöpft wirkende Lady Dasslerond, die Juraviels Glauben an sie erschütterte, noch ehe sie gestand: »Das kann ich nicht.«

Juraviels hoffnungsvoller Blick schlug um in Verwirrung.

»Unsere gefangene Stammesgenossin würde nichts anderes von Euch verlangen!«, widersprach er.

»Ich könnte sie natürlich ihrem Schicksal überlassen, auch wenn mir das sehr schwer fallen würde«, wurde Dasslerond deutlicher. »Aber selbst dann könnte ich unser Tal nicht vor Aydrian verbergen.«

Kaum eine Bemerkung hätte Juraviel in diesem Moment härter treffen können.

»Aydrian wird mich bis ins Reich der Magie verfolgen«, erklärte Lady Dasslerond. »Er verfügt über stärkere Kräfte als ich. Womit ich ihn auch einzufangen versuche, er würde sich sofort daraus befreien. Es wäre unsinnig, darauf zu hoffen, dass wir uns gegen ihn wehren können.«

»Dann sind wir verloren«, sagte Juraviel. »Oder zumindest Andur'Blough Inninness. Wir haben gegen ihn nicht den Hauch einer Chance.«

»Gebt mir Eure Hand«, forderte Lady Dasslerond ihn auf,

und nach einem kurzen Moment der Verwirrung kam Juraviel ihrer Bitte nach.

Lady Dasslerond griff mit der Rechten an ihre Hüfte und zog einen kleinen Dolch aus ihrem Gürtel. Sie streckte die Hand vor und brachte ihm einen Schnitt quer über die Handfläche bei. Juraviel zuckte leicht zusammen, zog seine Hand aber nicht zurück.

Dann schob Lady Dasslerond ihre Linke vor, öffnete sie mit der Handfläche nach oben und ließ den kostbaren Smaragd auf ihre Finger rollen. Ohne mit der Wimper zu zucken, schnitt sie sich in den Handteller, dann ließ sie den Smaragd über die Wunde hinweg in ihre Handfläche zurückrollen, drehte ihre Hand herum und legte sie über Juraviels.

»Pestiil pe'infor testu«, stimmte die Herrin von Andur'Blough Inninness an.

Als er die Worte vernahm, die »Hiermit gebe ich mein Wissen an dich weiter« bedeuteten, riss Juraviel erstaunt die Augen auf. Sie bildeten den Auftakt zur Übergabe der Macht bei den Touel'alfar, die, einmal begonnen, nicht wieder rückgängig gemacht werden konnte.

Lady Dasslerond setzte ihren Sprechgesang fort. Ihr verschlungener Text entzog sich mehr und mehr Juraviels bewusstem Aufnahmevermögen, und an dessen Stelle trat, als die Geheimnisse des Smaragds in seinen Gedanken immer mehr von ihrer Rätselhaftigkeit verloren, plötzlich eine klare Erkenntnis.

Juraviel schloss die Augen und konzentrierte sich auf sein Zentrum. Die Zeit schien stillzustehen oder doch zumindest viel langsamer zu verstreichen. Orte erschienen vor seinem inneren Auge, die er von seinen Reisen her kannte. Er sah den Berg Aida und Avelyns Arm – nicht etwa als Erinnerung, sondern so, als stünde er in diesem Moment davor. Er erblickte Dundalis und Tymwyvenne, die Heimat von Cazziras Volk tief unten im Süden. Und plötzlich wurde ihm klar, dass er dank der Kräfte des Smaragds diese Orte aufsuchen konnte, dass er mit Hilfe seiner ungeheuren Kräfte Raum und Zeit verbiegen konnte.

Dann setzten sämtliche Sinneseindrücke schlagartig aus, und rings um Juraviel wurde es dunkel. Er brauchte eine ganze Weile, um die Augen wieder zu öffnen, und als er es schließlich tat, sah er, dass er nicht mehr allein mit Dasslerond auf dem hohen Felsenkamm stand.

Eine ungeheure Müdigkeit überkam ihn.

»Was werdet Ihr nun tun, Lady Dasslerond?«, brachte er mit matter Stimme hervor, als Dasslerond ihre Hand zurückzog und ihm damit den Smaragd überließ. Juraviel war froh, als Cazzira zu ihm kam, ihm den Arm um die Hüfte legte und ihm den Halt gab, den er jetzt dringend brauchte.

Über Lady Dassleronds Lippen ging ein Lächeln von aufrichtiger Herzlichkeit. Sie erschien Juraviel plötzlich wie verwandelt, so als wäre sie von einer Last befreit.

»Aydrian ist auf dem Weg hierher, weil er kämpfen will«, erklärte sie mit einer derart gelassenen Stimme, wie Juraviel es noch nie bei ihr erlebt hatte. »Ich werde ihm jetzt den letzten Ausweg zeigen. Führe unser gesamtes Volk aus Andur'Blough Inninness fort, Belli'mar Juraviel. Bringe es, mitsamt deiner geliebten Frau und unserem Besucher, dem König der Doc'alfar, aus dem Tal, und lasse diesen Ort so schnell wie möglich hinter dir zurück. Du bist jetzt im Besitz des Steins – du weißt, wie du vorgehen musst.«

»Das könnt Ihr unmöglich tun, Lady Dasslerond!«

»Ziehe meinen Entschluss nicht in Zweifel, Belli'mar Juraviel. Ich weiß, welche Gefahr uns durch Aydrian droht, schließlich habe ich sie uns durch meine eigene Dummheit eingebrockt. Jetzt muss ich für meinen Irrtum bezahlen. Beeil dich, ich bestehe darauf, solange die Kräfte des Smaragds in meinem Körper und meiner Seele noch nicht abgeklungen sind.«

Juraviel wischte sich die Tränen weg, die ihm plötzlich in Strömen übers Gesicht liefen. »Meine Herrin«, sagte er leise.

Ein Lächeln vollster Zufriedenheit auf den Lippen, wandte sich Lady Dasslerond an Cazzira. »Mir war ein langes und erfülltes Leben vergönnt. Das Einzige, was ich bedaure, ist, dass ich die Vereinigung unserer beiden Völker nicht mehr miterleben werde. Tapfere Cazzira, bringt Belli'mars Kinder gesund zur Welt – er wird von diesem Tag an über die Touel'alfar herrschen. Und bittet Euren König Eltiraaz, gegenüber seinen Vettern, die an diesem schwarzen Tag auf seine Güte angewiesen sind, Gnade walten zu lassen.«

»Selbstverständlich, Lady Dasslerond«, erwiderte Cazzira.

Lady Dasslerond hob ihre blutverschmierte Hand über den Kopf, ballte sie zur Faust und warf Juraviel und Cazzira einen letzten Blick aus den Winkeln ihrer goldenen Augen zu. Dann legte sie den Kopf in den Nacken und war verschwunden.

Cazzira musterte Juraviel verwundert, der wie versteinert auf den pulsierenden Smaragd blickte, während er spürte, wie dessen Kräfte von der Herrin, die viele Jahrhunderte lang eins mit ihm gewesen war, auf ihn übergingen. Wie ungehindert diese Energien auf einmal flossen! Deutlich spürte er jeden einzelnen Pulsschlag in seiner verletzten Hand, so als ob sich seine und Dassleronds Lebensenergie in jenem Mittelpunkt vereinten, den der pulsierende Smaragd bildete.

Juraviel holte einmal tief Luft und wappnete sich gegen die Woge aus tiefem Bedauern und Traurigkeit. »Wir müssen diesen Ort so schnell wie möglich verlassen, und zwar alle, ohne Ausnahme.«

»Und was soll aus Andur'Blough Inninness werden?«

Juraviel sah hinauf zu den Bergen und schüttelte langsam den Kopf.

In den vordersten Reihen der marschierenden Armee entstand ein gewaltiger Tumult, als die Herrscherin von Caer'alfar buchstäblich aus dem Nichts vor ihnen auftauchte. Einige Soldaten wichen erschrocken zurück, andere zogen es vor anzugreifen.

Doch Dasslerond hob ihre blutverschmierte Hand und nahm über viele Meilen hinweg Verbindung zu den Kräften des Smaragds auf. Plötzlich hob sich der Erdboden vor ihren Füßen und erzeugte Wellen, schlug die heranstürmenden Narren in die Flucht und warf einen Großteil der Übrigen nach hinten, mitten hinein in die nachrückenden Reihen der Menschensoldaten.

Einige Krieger rissen ihre Bögen hoch und ließen Pfeile von der Sehne schnellen, doch ihre kraftlosen Geschosse gelangten nicht einmal bis in die Nähe der edelsteingeschützten Herrscherin Caer'alfars.

Bis sich schließlich ein Mann, ein durchtriebenes Lächeln auf den Lippen, mit energischen Schritten aus ihren Reihen löste und auf sie zuging. Dasslerond machte sich nicht einmal die Mühe, ihm ihre Edelsteinmagie entgegenzuschleudern.

»Auf diesen Augenblick habe ich viel zu lange warten müssen«, bemerkte Aydrian beiläufig. »Euer größter Fehler bei meiner Ausbildung war, dass Ihr mich zu stark gemacht habt.«

»Mein größter Fehler war es, dich auf dem Feld vor den Toren von Palmaris nicht krepieren zu lassen«, entgegnete Lady Dasslerond. »Denn mir ist bei meiner Einschätzung deiner Herkunft ein Fehler unterlaufen. Ich dachte, Elbryan wäre dein Vater, doch in Wahrheit war es Bestesbulzibar!«

Aydrian lachte ihr offen ins Gesicht. »Weil ich Euch und Eure jämmerlichen Artgenossen ablehne? Weil ich zu mächtig geworden bin, um mich von den Touel'alfar gängeln zu lassen? Ihr fürchtet und verspottet mich doch nur, weil Ihr ganz genau wisst, dass Ihr mich nicht besiegen könnt!«

»Das habe ich längst getan«, erwiderte Dasslerond mit ruhiger Stimme. Dann reckte sie die Hand in die Höhe und machte eine peitschende Bewegung, stimmte dabei einen Sprechgesang an und erfüllte die Luft um sie herum mit dem dunkelroten Nebel ihres ausströmenden Herzblutes.

Aydrian antwortete mit einem wütenden Knurren und einer Entladung seiner eigenen magischen Kräfte. Er riss Sturmwind hoch, ließ seine Energie durch das Metall hindurchströmen und feuerte einen gewaltigen Lichtblitz auf die zierliche Herrscherin der Elfen ab.

Doch der Lichtblitz verdampfte, noch ehe er die Wand aus tiefrotem Nebel erreichte, und Dasslerond blieb völlig unversehrt. Dann begann sie, die Hand noch immer über den Kopf erhoben, sich langsam im Kreis zu drehen.

»Wo mein Blut fließt, da fließt auch meine Seele«, intonierte sie. »So wie mein Blut im Kreis sich dreht, so kreist auch meine Heimat.«

»Was ist das für ein Unsinn ...?«, setzte Aydrian an.

»Von meinem Geist und rotem Dunst umfangen, bleibt das Tal in meinem Herz gefangen.«

Allmählich dämmerte es Aydrian. Seine Augen weiteten sich, sein Mund verzog sich zu einer wütenden Grimasse. »Nein!«, schrie er und feuerte einen weiteren Lichtblitz ab, die stärkste Explosion bislang, ehe er seinen Männern den Befehl gab, sich auf die Elfe zu werfen.

Doch Dasslerond drehte sich unablässig weiter vor ihm im Kreis, während ihre erhobene Hand eine Hülle von tiefroter Farbe erzeugte, die ihren Körper vollkommen umschloss.

Schließlich griffen Aydrians Soldaten, den Namen ihres Königs herausbrüllend, an, doch die ersten in der vordersten Reihe wurden brutal gestoppt, als ihre Schwerter mit Dasslerонds Nebel in Berührung kamen und ihre Waffen und schließlich auch sie selbst von einem Meer roter Flammen verschlungen wurden. Kreischend taumelten sie zurück, sodass auch die Nachdrängenden jählings stehen bleiben mussten.

Schnaubend vor Wut schob sich Aydrian zwischen ihnen hindurch, um seiner Nemesis Auge in Auge gegenüberzutreten. »Was ist das für eine Hexerei, Dasslerond?«, verlangte er zu wissen.

»Kein Mensch wird den geheimen Ort je finden«, fuhr sie ungerührt fort, nachdem sie ihre Drehbewegung kurz unterbrochen hatte, um Aydrian direkt ins Gesicht zu sehen. »Kein Weg, kein Pfad wird hin sich winden, kein Vogelruf wird je nach außen dringen, kein Laut wird je aus seinem Wald erklingen. Kein Freund, kein Feind wird mein Zuhause kennen, bis mein und meiner Feinde Blut nicht mehr zu trennen.«

Damit brach sie ab und wirkte sehr zufrieden mit sich selbst, als sie den völlig verdutzten Aydrian betrachtete.

»Ich bin besiegt, Aydrian«, gestand sie mit einer Stimme, die in diesem Augenblick sehr schwach klang. Und dann schien ihr Körper zu schrumpfen, als die rote Hülle rings um sie her immer dichter und größer wurde. »Aber Andur'Blough Inninness wird dir auf ewig verwehrt bleiben.«

»Ich werde es finden«, knurrte Aydrian.

Doch Dasslerond lächelte nur, dann trat sie aus dem pulsierenden, tiefroten Nebel heraus und schien mit dem Hintergrund zu verschmelzen. Sofort nahm der Dunst seine kreisende Bewegung wieder auf und erzeugte dabei einen Wind, der sämtliche Menschen bis auf Aydrian verängstigt zurückweichen ließ. Schneller und immer schneller drehte sich Dassleronds Windwirbel, bis er schließlich abhob, gen Himmel aufstieg und sich in westlicher Richtung entfernte.

»Nein«, knurrte Aydrian und befreite seinen Geist mit einem bloßen Gedanken an den in die Brustplatte seiner Rüstung eingelassenen Seelenstein aus seinem physischen Körper.

Er holte den rötlichen Nebel ein und folgte ihm, ließ ihn sogar, als er sich Andur'Blough Inninness näherte, ein Stück weit hinter sich. Und für einen winzigen Augenblick befand Aydrians Geist sich noch einmal innerhalb der magischen Grenzen des Elfentals, an jenem Ort, wo man ihn von klein auf großgezogen hatte.

Aber dann – um ein Haar wäre er dort drinnen in eine Falle getappt und vernichtet worden – musste er die Flucht ergreifen, denn Dasslerонds Dunst ging über dem Tal nieder und breitete sich aus, um alles unter sich zu begraben.

Aus geringer Entfernung verfolgte Aydrians Geist, wie das Tal Andur'Blough Inninness in den Bann des Windwirbels geriet, wie der verzauberte Nebel, der diesen Ort vor allen Blicken verbarg, sich mit der tiefroten Wolke vermengte, sodass sogar die Bäume und der Erdboden in diesem Wirbel ihre feste Gestalt verloren.

Und dann war das Tal ebenso verschwunden wie Dasslerond selbst, und Aydrians Geist wurde in seinen Körper zurückgezogen.

Die Rückkehr erfolgte mit solcher Heftigkeit, dass es den jungen König beinahe von den Füßen riss. Das wäre wohl auch geschehen, wäre Sadye ihm nicht zu Hilfe geeilt, um ihn zu stützen. Als ihm langsam klar wurde, was sich tatsächlich soeben vor seinen Augen zugetragen, was Dasslerond in Wahrheit mit ihrem Zauber bewirkt hatte, hätte er fast noch einmal das Gleichgewicht verloren.

»Verdammtes Weib!«, brüllte Aydrian seine Wut in den mittlerweile leeren Wind. »Verflucht sollst du sein, Dasslerond!«

Sie hatte sich ihrem Zauber hingegeben und war endgültig aus der Welt geschieden. Doch Aydrian wusste, dass sein Sieg im Grunde wertlos war, denn mit ihrem Verschwinden hatte sie ihn aller Hoffnungen beraubt, Andur'Blough Inninness jemals zu erobern.

Und dieser Ort, das wusste er, bedeutete Lady Dasslerond mehr als ihr eigenes Leben.

Teil Zwei

Helden von einst, Helden von heute

Die Krieger des Bärenreiches haben keinen Augenblick gezögert, das durch die Enthüllungen über Chezru-Häuptling Yakim Douan und seinen darauf folgenden Sturz entstandene Vakuum zu füllen. Während Behren im Chaos versinkt, ist Abt Olin an der Spitze eines vieltausendköpfigen Heeres aus Soldaten in Diensten des neuen Königs Aydrian vom Bärenreich aus einmarschiert. Auch ein nicht unbeträchtlicher Teil der mächtigen Flotte des Königreichs im Norden war daran beteiligt.

Ich sammle meine Informationen über dieses Königreich im Norden, wo immer ich sie bekommen kann, und das mit großem Interesse, denn dieser neue König, dieser junge, von den Touel'alfar ausgebildete Bursche namens Aydrian, macht mir Angst. Irgendwie ist es ihm gelungen, die Herrschaft über das mächtigste Königreich der Welt an sich zu reißen, und das mit einer Schnelligkeit, die es ihm erlaubt, bereits jetzt den Blick über seine Grenzen hinaus zu richten – mit dem Ziel, seinen Herrschaftsbereich noch zu erweitern. Gelingt es ihm, Behren in seine Gewalt zu bringen – augenscheinlich seine feste Absicht und womöglich längst geschehen –, wird keine Macht der Welt ihn mehr aufhalten können.

Ich habe mich in Avaru Eesa mit verschiedenen Abellikaner-Mönchen unterhalten und dabei erfahren, dass ihre Kirche sich in Aufruhr befindet. Der herrschende Klerus hat sich in der mächtigen Abtei St. Mere-Abelle verschanzt und hofft, von dort aus nicht nur gegen die Herrschaft Aydrians, sondern auch gegen die neue, den Vorstellungen Abt Olins entsprechende Ordnung Widerstand leisten zu können. Doch trotz der anhaltenden Auseinandersetzungen innerhalb ihrer eigenen Grenzen hielten es der junge König und der Abt von Entel für angebracht, sich klammheimlich in die Unruhen ihres Nachbarlandes einzumischen. Aydrian handelt ganz im Stil eines Eroberers und wird dadurch, fürchte ich, eine Gefahr für die gesamte Welt.

Aydrian verfügt über ein wahrhaft verblüffendes Selbstvertrauen, erst recht, wenn man sein Alter bedenkt. Er ist sogar noch einige Jahre jünger als Brynn, die wiederum selbst viel zu jung erscheint, als dass man sie auf dem Thron einer großen Nation vermuten würde. Was mich zu dem Schluss bringt, dass Aydrian die ersten Merkmale eines wirklich großen Mannes zu zeigen beginnt, denn ein großer Mann kann nur sein, wer wirklich begriffen hat, dass niemand besser ist als er.

Aus diesem Selbstbewusstsein erwächst ein ungezügelter Ehrgeiz, der allein einen Menschen befähigt, derartige Höhen zu erklimmen. Aber ein endgültiges Urteil lässt sich über ihn erst fällen, wenn er diese Höhen erreicht hat, denn dort sieht sich ein Führer mit der Herausforderung des Mitgefühls konfrontiert. Überwältigender Erfolg geht oft mit dem Gefühl einher, ein Recht auf diesen Erfolg zu besitzen. Der reiche Kaufmann, der Großgrundbesitzer, der Lehnsherr, der König, der Abt, sie alle laufen Gefahr, den Anteil des Glücks an ihrem Aufstieg als unbedeutend abzutun und stattdessen ihre Macht als etwas zu begreifen, das sie vom gewöhnlichen Volk unterscheidet. Selbst wer seine Stellung ererbt und nicht aus eigener Kraft erlangt hat, gerät oftmals und wider jede Vernunft in dieses Dilemma.

Hatte Vererbung etwas damit zu tun, dass der junge Aydrian auf den Thron gelangt ist?

Ob er nun aus eigener Kraft, durch Vererbung oder eine Kombination von beidem auf den Thron gelangte, Aydrians Wesen könnte in den nächsten Jahren für das Leben Hunderttausender zum bestimmenden Faktor werden. Falls er sich innerlich längst über den Pöbel erhoben hat, wird die Welt den Krieg in einem gewaltigen Ausmaß kennen lernen, und das aus keinem gewichtigeren Grund als dem, den Ehrgeiz einiger weniger zu befriedigen.

Brynn hatte ihren Aufstieg ihrer eigenen Stärke, ihrer Entschlossenheit und einer nicht unbeträchtlichen Portion Glück zu verdanken. Wäre sie auf ihrer Wanderung über den Pfad der sternenlosen Nacht nicht Pherol begegnet, sie wäre nie imstande gewesen, die Behreneser zu besiegen. Doch bei ihrem Aufstieg zur Macht hat Brynn niemals vergessen, was einen großen Menschen wirklich ausmacht. Während des Aufstands in To-gai beklagte sie jeden Verlust eines Lebens, auf Seiten der To-gai-ru wie bei den Behrenesern. Sie sieht die Opferbereitschaft und die Tapferkeit ihrer Soldaten und weiß sie zu schätzen, sie kennt die Opfer jener To-gai-ru, die man zur Versorgung der Dörfer zurückließ, und das Leid, das unschuldige Behreneser erlitten haben. Sie versteht sogar, dass auch die behrenesischen Soldaten nur in eine Situation hineingeraten waren, die sich ihrer Kontrolle entzog.

Sie könnte keinen von ihnen jemals als unbedeutend abtun, weshalb sie ihre Positon mehr als Belastung denn als Vergnügen begreift, mehr als notwendige Verantwortung gegenüber ihrem Volk denn als Mittel zur persönlichen Bereicherung. Sie wünscht sich nichts sehnlicher als Frieden und Wohlstand, sowohl für ihr eigenes Volk als auch für ihre Nachbarn. Sie wäre sicher froh, wenn ihre Herrschaft über To-gai sich durch Ereignislosigkeit auszeichnen würde, wenn sie von Jahren der Ruhe statt vom trügerischen Ruhm blutiger Eroberungen bestimmt wäre. Würden sämtliche Königreiche der Welt von Menschen mit der Geisteshaltung Brynn Dharielles regiert, die menschliche Gemeinschaft erlebte ihre größte Blütezeit.

Aus diesem Grund muss ich diesen Aydrian und seine Gründe, sich in die Belange des Südens einzumischen, endlich verstehen lernen. Ich muss die Motive derer begreifen, die ihm zum Aufstieg verholfen haben und die ihm jetzt als Berater dienen. Sind sie alle vom gleichen Schlag wie Abt Olin, der so unverblümt die Herrschaft über Behren fordert und der nun, zu seinem eigenen Vorteil, die Schwächen des Königreichs im Süden auszunutzen versucht?

Diese Gefahr kann gar nicht genug betont werden, denn der junge Aydrian ist geradezu besessen von der Idee, endlich zu erfahren, was es heißt, ein großer Mann zu sein. Diese Erfahrung, wenn sie nicht einhergeht mit dem zweiten Lehrsatz, ist eine wahrhaft gefährliche Angelegenheit.

Ein großer Mann weiß, dass niemand besser ist als er.

Aber ein wahrhaft großer Mensch weiß auch, dass er nicht besser ist als jeder andere.

Pagonel

10. Aydrian begehrt Einlass

»Tüchtig sind sie ja, das muss man ihnen lassen«, sagte Brynn sarkastisch. Sie stand neben Pagonel auf der Festungsmauer von Dharyan-Dharielle, den Blick auf die südlich der Stadt gelegene Sandwüste gerichtet, wo die gewaltige Armee aus Jacintha unter dem Doppelbanner der Chezru und der abellikanischen Kirche Aufstellung genommen hatte.

»Yatol De Hamman muss auf kürzestem Weg von Avaru Eesa hierher marschiert sein«, pflichtete Pagonel ihr bei. »Eigentlich hatte ich erwartet, dass er sich erst einmal auf den Süden konzentriert, um Yatol Wadons Herrschaft über ganz Behren zu festigen.« Immerhin, dachte der Mystiker erleichtert, sie waren nicht überrascht worden. Zusätzlich zu den Truppen, die sich auf Brynns Befehl entlang des Landbruchs hatten einfinden sollen, hatte sie noch einige ihrer Garnisonskommandanten sowie den Drachen Pherol losgeschickt, um die Front zu organisieren.

»Du glaubst also, dass er einen Fehler macht?« Brynns hoffnungsvoller Blick, mit dem sie sich sofort auf jede mögliche Schwäche stürzte, erinnerte Pagonel wieder einmal daran, wie jung und unerfahren sie noch war.

»Entweder das, oder wir haben Jacinthas Schlagkraft unterschätzt, nachdem die Stadt Zuwachs durch Abt Olins Truppen erhalten hat«, erwiderte der Mystiker, dessen Tonfall keinen Zweifel daran ließ, dass er Letzteres für wahrscheinlicher hielt. »Nur wenige Städte im Westen Behrens haben Yatol Bardoh Treue geschworen, daher konnte Yatol De Hamman, nachdem Avaru Eesa sich auf die Seite Jacinthas geschlagen hat, womöglich gar zu Recht glauben, ganz Behren befinde sich wieder unter den weiten Fittichen Jacinthas. Aber selbst wenn das zutreffen sollte, hätte ich angenommen, dass Yatol De Hamman vorsichtiger zu Werke gehen würde, ehe er in derart großer Zahl vor den Toren Dharyan-Dharielles aufmarschiert.«

»Alles deutet darauf hin, dass Abt Olin das gesamte traditionell zu Behren gehörende Gebiet zurückwill«, sagte Brynn, und plötzlich sah Pagonel wieder jenen Anflug von Leidenschaft in ihren tiefbraunen Augen aufleuchten, dieselbe Leidenschaft, die sie einst zum Sieg über die Behreneser geführt hatte.

»Es ist eigentlich weniger Abt Olin, der mir Sorgen macht«, erklärte der Mystiker, »als vielmehr dein junger Freund, der derzeitige König.«

»Eigentlich kennen wir Aydrians Standpunkt in dieser Angelegenheit doch gar nicht«, erwiderte sie ausweichend. »Womöglich weiß er nichts von Olins Vormarsch gegen Jacintha.«

»Abt Olin ist mit zehntausend Soldaten des Bärenreiches angerückt«, erinnerte Pagonel sie.

»Größtenteils Söldner.«

»Die aber allesamt unter der neuen Fahne von Aydrians Königreich marschieren. Zudem hatte Abt Olin die Unterstützung der Flotte des Bärenreiches. Wenn dieser Mann, der nicht einmal ehrwürdiger Vater der abellikanischen Kirche ist, eine solche Streitmacht auf die Beine zu stellen vermag, dann möchte ich vermuten, dass das Königreich deines Freundes wirklich in Aufruhr ist.«

Brynns Miene verriet dem Mystiker, dass dieser Punkt an ihn ging.

»Dort kommen Reiter«, sagte Brynn plötzlich und deutete zur Seite, wo eine Gruppe von Soldaten aus Yatol De Hammans Truppenformation ausgeschert war und ihre Tiere in gestrecktem Galopp auf das Südtor von Dharyan-Dharielle zupreschen ließ. Brynn begab sich zum Stadttor hinüber, dicht gefolgt von Pagonel. Sie trafen genau in dem Moment dort ein, als die Reiter draußen vor dem Tor Halt machten. Sie führten drei Fahnen mit, die Jacinthas, das Immergrün-Symbol der abellikanischen Kirche sowie die Unterhändlerfahne, und lenkten ihre Pferde bis unmittelbar vor das geschlossene und verriegelte Tor.

»Ich bringe wichtige Neuigkeiten!«, rief der in der Mitte der Gruppe reitende Mann, ein stämmiger behrenesischer Krieger, allerdings kein Chezhou-Lei. Er trug einen auffälligen Schnauzer, der sich zu beiden Seiten seines Mundes nach unten zog und in dicht geflochtenen Zöpfen über sein Kinn herabhing. Sein schwarzes, buschiges Haar schien unter dem Stoffband seines Turbans hervorzuwuchern und stand wirr nach allen Seiten ab.

»Dann lasst hören!«, rief Brynn zurück, ehe der Torwächter etwas erwidern konnte.

Der behrenesische Soldat blickte zu ihr hoch, und seine dunklen Züge hellten sich kurz auf, als er sie wiedererkannte. »Drache von To-gai!«, rief er. »Mein Meister, Yatol De Hamman, hat mich beauftragt, Euch die frohe Kunde zu überbringen, dass Behren wieder vereint ist!«

Brynn warf Pagonel einen nervösen Seitenblick zu.

»Wir möchten Euch noch einmal unseren Dank aussprechen, Drache von To-gai, dass Ihr uns geholfen habt, jene Kräfte zu besiegen, die Yatol Mado Wadon die Krone vorenthalten wollten«, fuhr der Kurier fort. »Mein Herr und dessen Herren lassen ausrichten, dass sie in Eurer Schuld stehen.« Als er geendet hatte, senkte er den Oberkörper neben den Hals seines braun gescheckten Pferdes und deutete eine höfliche Verbeugung an.

»Herren«, wiederholte Brynn leise, sodass nur Pagonel sie hören konnte. »Offenbar sind es mehrere.«

»Abt Olin verhält sich sehr geschickt«, erklärte der Mystiker.

»Ich spreche im Namen To-gais, und To-gai wünscht Yatol Mado Wadon viel Erfolg bei seinem Bemühen, Behren aus den Unruhen der Nachkriegszeit herauszuführen«, rief Brynn zu dem Mann hinunter. »Mich verwirrt jedoch, warum Yatol De Hamman es für geraten hält, mit seiner Armee gegen Dharyan-Dharielle zu marschieren.«

»Gegen?«, wiederholte der Mann verwundert. »Keineswegs, beste Herrscherin von To-gai. Yatol De Hamman wollte Euch die Nachricht von unserem großen Sieg und Behrens Wiedervereinigung persönlich überbringen. Deswegen haben wir einen Abstecher nach Norden gemacht, bevor wir nach Osten in unsere Heimat zurückkehren.«

»Dann richtet Yatol De Hamman meinen Glückwunsch aus«, erwiderte Brynn. »Und Euch allen wünsche ich auf Eurem langen Marsch nach Osten viel Glück und gutes Vorankommen.«

Der Krieger nahm eine nachdenkliche Haltung ein, so als hätte sie ihn überrumpelt.

»Gute Frau«, rief er nach kurzem Zögern hinauf, »stehen die Tore von Dharyan-Dharielle nicht allen Behrenesern und To-gai-ru gleichermaßen offen? Ist Eure Stadt, gemäß Übereinkunft und Eurer persönlichen Zusage, etwa keine offene Stadt?«

»Das ist sie.«

Unter seinem riesigen Schnauzer erschien ein breites Grinsen. »Dann bitten wir Euch, die Tore umgehend zu öffnen und uns Einlass zu gewähren. Wir möchten uns ausruhen und frische Vorräte fassen; außerdem würden wir unseren großen Sieg mit unseren Verbündeten, den To-gai-ru, gern bei einem ausgiebigen Gelage feiern!«

Brynn wandte sich an Pagonel. »Tja«, sagte sie. »Die Sache hat einen Haken. Der Aggressor möchte, dass die Tore geöffnet werden.«

»Für Yatol De Hamman wäre es sicher erheblich einfacher, Jacintha die Wiederherstellung der alten Grenzen Behrens zu melden, wenn er sich seinen Weg nicht über deine befestigten Mauern freikämpfen müsste«, erwiderte Pagonel.

»Dann glaubst du also, De Hamman beehrt uns nicht aus reiner Höflichkeit mit seinem Besuch?«

Pagonel ließ den Blick zu der Sandwüste im Süden der Stadt und zu den dort versammelten Truppen hinüberwandern. »Wenn Behren wirklich wieder geeint ist und seine Absichten so sind, wie sein Kurier behauptet, warum sollte er dann mit zehntausend Kriegern hier aufmarschieren? Dharyan-Dharielle könnte sie ohnehin nicht alle mit frischen Vorräten versorgen, wie Yatol De Hamman sehr wohl weiß. Davon abgesehen hat er keine Mühen gescheut, ein endloses Stück menschenleerer Wüste zu durchqueren, nur um dich mit seinem Besuch zu beehren, meine Liebe.«

»Dabei hätte sein Rückmarsch von Avaru Eesa nach Jacintha über eine bestens markierte und von Oasen gesäumte Straße geführt«, fügte Brynn hinzu.

»Wirst du also deine Tore öffnen?«

»Ebenso gut könnte ich die Pferdekoppel aufsperren, um ein Rudel Wölfe hineinzulassen«, erwiderte Brynn entschlossen. »Wir verfügen nicht über die entsprechenden Einrichtungen, um eine so große Streitmacht aufzunehmen«, rief sie. »Schon unsere Stallungen allein wären völlig überfordert. Außerdem haben wir nicht genügend Vorräte, um eine Streitmacht dieser Größe auf dem weiten Weg bis nach Jacintha zu verpflegen. Ihr könnt jeweils in zwei Zwanzigertrupps in die Stadt kommen und Vorräte fassen.«

Der Mann zögerte. »Ich fürchte, mein Herr, Yatol De Hamman, möchte die Angelegenheit hier schneller erledigt wissen«, rief er dann. »Er bittet, dass Ihr die Tore öffnet, wie in Eurer Vereinbarung mit Yatol Mado Wadon im Vertrag zwischen unseren beiden Ländern ausgehandelt, der Euch Dharyan als Provinz überlässt. Wir werden uns nicht lange in Eurer schönen Stadt aufhalten, Drache von To-gai. Unsere Pferde müssen neu beschlagen und unsere Wasserschläuche frisch gefüllt werden.«

»So wird es auch geschehen«, erwiderte Brynn. »Man wird Eure Wünsche erfüllen – jeweils zu zwei Zwanzigergruppen auf einmal.«

»Aber mein Herr –«

»So lauten die Bedingungen, Kurier.«

»Es gibt immerhin einen Vertrag, den es einzuhalten gilt.«

»Genau das werde ich auch tun«, entgegnete Brynn mit fester, entschlossener Stimme. »Jeweils zwei Zwanzigergruppen auf einmal.«

Der Kurier machte Anstalten, etwas zu erwidern, besann sich dann aber eines Besseren. Er gab seinen Begleitern ein Zeichen, woraufhin sie die Pferde wendeten und zu den behrenesischen Linien zurückgaloppierten.

Brynn sah zu Pagonel, der zustimmend nickte. Dann schaute sie an ihm vorbei zu einem der Kommandanten ihrer Wachmannschaften und sagte mit ruhiger Stimme: »Ruft sämtliche Krieger zusammen, aber sorgt dafür, dass sie hinter der Mauerbrüstung nicht gesehen werden. Und schickt die Signalgeber auf die Türme.«

»Welche Meldung sollen sie durchgeben?«

»Vorerst noch gar keine«, erklärte Brynn. »Tanalk Grenk und seine Krieger sind nicht weit entfernt, ebenso Pherol. Wenn wir sie brauchen, werden sie uns rasch zu Hilfe eilen.«

Der Kommandant nickte und entfernte sich mit eiligen Schritten.

»Yatol De Hamman wird nicht lange auf sich warten lassen«, gab Pagonel einen Moment später zu bedenken, als die Kuriere die behrenesischen Reihen fast schon wieder erreicht hatten.

»Du glaubst, er wird es wagen, uns anzugreifen?«

»Oder aber er belagert uns«, erwiderte der Mystiker. »Yatol De Hamman würde niemals selbst die Initiative ergreifen – erst recht nicht, solange Soldaten des Bärenreiches in seinen Reihen stehen. Er ist ausschließlich auf Befehl Yatol Wadons hier.«

»Und Abt Olins.«

»Vermutlich«, pflichtete der Mystiker ihr bei.

»Aber zu welchem Zweck? Würde Abt Olin die Dreistigkeit besitzen, einen Krieg mit To-gai vom Zaun zu brechen, ehe Behren angemessen gesichert ist? Hat man uns nicht erst vor wenigen Wochen in Yatol Mado Wadons Palast zu Verbündeten erklärt?«

»Wir wissen nicht, ob unsere Befürchtungen zutreffen«, erwiderte Pagonel. »Vielleicht handelt es sich ja tatsächlich um einen aufrichtig gemeinten Besuch, wie der Kurier behauptet.«

Aber er hatte noch nicht zu Ende gesprochen, da setzten sich die Truppen weit draußen vor der Stadt in Bewegung und schwenkten in geübter Präzision zu beiden Seiten ab, wodurch ihre Front, wie in Vorbereitung auf einen Angriff, erheblich breiter wurde.

»Vielleicht wollen die Führer Jacinthas dich jetzt persönlich auf die Probe stellen. Ich zweifle nicht im Mindesten daran, dass Abt Olins Ziele machtorientiert sind, und wenn das der Fall ist, dann will er ganz bestimmt, dass diese Stadt wieder an Behren fällt.«

»Wir haben die Behreneser schon einmal zurückgeschlagen«, lautete Brynns entschiedene Antwort. Doch als sie sich wieder zu Pagonel umwandte, wirkte sie beinahe ein wenig unsicher.

»Für den behrenesischen Rückzug war der Sturz des Chezru-Häuptlings Yakim Douan ausschlaggebender als jeder hier erzielte Sieg«, erwiderte Pagonel ruhig. »Wie lange hättest du Yatol Tohen Bardoh wohl Widerstand leisten können, wenn Jacintha seine Streitkräfte nicht zurückbeordert hätte?«

»Wohl wahr«, musste Brynn zugeben. »Und jetzt haben sie auch noch edelsteinbewehrte Abellikaner und gepanzerte Krieger aus den Nordlanden in ihren Reihen.« Sie hielt einen Augenblick inne, um nachzudenken. »Ich habe Yatol Wadon vertraut. War das ein Fehler?«

»Du konntest unmöglich vorhersehen, mit welcher Heimtücke Abt Olin bei seinen Plänen vorgehen würde«, erwiderte Pagonel.

In diesem Augenblick löste sich eine weitere Reitergruppe aus dem Zentrum der behrenesischen Front, in deren Mitte diesmal die vertraute Gestalt Yatol De Hammans ritt.

»Brynn Dharielle!«, rief er, als er sich dem Stadttor näherte. »Was ist das für ein Unsinn? Haben wir nicht für ein und dieselbe Sache gekämpft, als Ihr nach Jacintha kamt, um beim Kampf gegen Tohen Bardoh und diesen Schurken Peridan zu helfen?«

»Ganz recht, Yatol, das haben wir, und wir waren auch Verbündete«, antwortete Brynn. »Umso mehr verwundert es mich, dass eine Armee aus Jacintha hier vor den Toren meiner Stadt aufmarschiert.«

Sie machte Anstalten, noch etwas hinzuzufügen, doch Pagonel stieß sie heimlich an. »Nicht in aller Öffentlichkeit«, raunte er ihr zu.

Brynn richtete ihren Blick wieder auf De Hamman und bedeutete ihm zu warten, dann stiegen sie und Pagonel durch den Treppenschacht des Turms nach unten und traten aus der kleinen, neben dem großen Stadttor eingelassenen Tür.

Dem Mystiker fiel auf, dass De Hamman im Sattel sitzen blieb, als er und Brynn auf ihn zugingen.

»Ich hoffe doch, Ihr wisst, dass wir Freunde sind, oder nicht?«, fragte De Hamman von seiner erhöhten Position aus. »Trotz unserer Meinungsverschiedenheiten in Avaru Eesa hat der Name Brynn Dharielle in dem von Yatol Wadon regierten Behren noch immer einen guten Klang.«

»Und welchen Klang hat er im Behren Abt Olins?«, entgegnete Brynn, worauf Pagonel sie erneut anstieß.

»Euer gegenwärtiges Königreich bietet für uns ein verwirrendes Bild, Yatol«, beeilte sich Pagonel hinzuzufügen, um jeden aufkommenden Streit bereits im Keim zu ersticken. »Ihr habt so rasch und entschieden zugeschlagen, dass wir noch immer rätseln, woher Ihr diesen Schwung nehmt.«

»Wir möchten, dass Behren wieder so wird, wie es einst war – überrascht Euch das etwa, Jhesta Tu?«, erwiderte der

Yatol und wandte sich mit ziemlich erboster Miene an Brynn. »Abt Olin hat uns in dieser Sache als Verbündeter zur Seite gestanden – etwas, das wir eigentlich auch von Euch und To-gai erwartet hätten.«

»Aber so war es doch auch – und ist es noch immer, vorausgesetzt, Ihr habt die Absicht, Euer Königreich wieder zu einem friedfertigen Land unter der Herrschaft Chezrus zu machen«, sagte Brynn.

»Das habe ich in der Tat.«

»Dann hat der Frieden zwischen unseren Völkern nach wie vor Bestand.«

»Also werde ich meinen Kommandanten jetzt Anweisung geben, ihre erschöpften Krieger in die Stadt marschieren zu lassen«, erwiderte der Yatol mit einem gezwungenen Lächeln.

»Nicht mehr als jeweils vierzig Mann auf einmal.«

De Hammans Miene nahm augenblicklich einen säuerlichen Ausdruck an. »Davon war in der Übereinkunft, die Euch Dharyan zusicherte, mit keinem Wort die Rede«, erinnerte er Brynn.

»Diese Übereinkunft betraf den freien Handel sowie die Aufnahme von Gelehrten, die Einblick in die Bücher der Bibliothek begehren. Ich weigere mich, sie dahingehend zu erweitern, dass ich einer kompletten Armee erlaube, bis hinter die Mauern meiner Stadt vorzudringen.«

»Nicht einmal einer befreundeten Armee?«

»Keine Armee, die nicht unter dem Kommando To-gais steht, wird jemals diese Stadt betreten.«

»Wenn Ihr den Vertrag löst, so geschieht das auf eigene Gefahr, Drache von To-gai«, warnte sie der Yatol. »Wir sind als Freunde gekommen –«

»Dann lasst den Großteil Eurer Truppen abrücken«, fiel Brynn ihm ins Wort. »Schickt sie über die Straße zurück nach Jacintha, wo sie zu Hause sind, dann seid Ihr und Eure Kommandanten herzlich eingeladen, die Stadt als Freunde zu betreten. Ich löse keineswegs den Vertrag, ich bin allerdings auch nicht bereit, einer fremden Armee Zutritt zu gewähren. Ebenso wenig würde Yatol Mado Wadon mir gestatten, mit einer Armee von zehntausend To-gai-ru-Reitern nach Jacintha einzumarschieren, ganz gleich unter welchem Vorwand.«

»Einer fremden Armee?«, echote Yatol De Hamman ungläubig. »Viele Bürger Dharyans würden eine behrenesische Armee keineswegs als fremd bezeichnen.«

»Das wäre gewiss auch jetzt nicht der Fall«, räumte die Kriegerin ein, um ihm wenigstens ein kleines Zugeständnis zu machen. »Aber Dharyan-Dharielle ist weder Dharyan, noch ist es behrenesisch. Gemäß der persönlichen Übereinkunft mit Yatol Mado Wadon ist die Stadt ein Teil To-gais.«

»Einer Übereinkunft, die möglicherweise unter Zwang zustande kam.«

»Einer Übereinkunft, die er keine andere Wahl hat, als zu respektieren, ganz gleich, unter welchen Umständen sie zustande kam.«

»Das kleine Wörtchen Wahl«, sagte De Hamman, drehte sich halb um und ließ den Blick an der schier endlosen Front seiner Krieger entlangwandern, »ist ein seltsamer Begriff.« Er wandte sich wieder Brynn zu und sah sie durchdringend an. »Dabei stehen unsere Königreiche vor einer überaus kritischen Situation, einer Situation, deren Ausgang einzig von den Entscheidungen ihrer Führer abhängt. Einer kritischen Situation, die ebenso steil in den Abgrund führen kann wie jener Landbruch, der To-gai von Behren trennt – und nehmt gefälligst zur Kenntnis, auf welcher Seite dieses Landbruchs Dharyan liegt.«

Er richtete sich zu voller Größe auf und stützte die Hände auf den Knauf seines Sattels, was ihm eine Haltung absoluter Selbstsicherheit verlieh, als er mit den Worten schloss: »Trefft also eine kluge Wahl.«

»Das habe ich bereits getan.«

Im Stillen beglückwünschte Pagonel sie zu ihrem Entschluss – und zu der Art, wie sie den halsstarrigen De Hamman abgefertigt hatte. Der Mann, noch vor wenigen Wochen, als Yatol Peridan ihn bis nach Jacintha gehetzt hatte, ein jämmerliches, greinendes Opfer, hatte sich zu einem die Sandwüste durchstreifenden Kriegsherrn mit enormem Selbstbewusstsein gemausert.

Der Mystiker begriff, dass er zu einer Gefahr geworden war, denn De Hamman war sich gewiss darüber im Klaren, dass die ihm drohende Schlacht, sollte er sich tatsächlich für ein gewaltsames Vorgehen entscheiden, sich als die bei weitem schwierigste seit dem Sturz Peridans und Tohen Bardohs erweisen würde. War sein Größenwahn schon so ausgeprägt, dass er es einfach darauf ankommen lassen würde?

Oder suchte er nach einer einfacheren Möglichkeit, den Sieg für sich zu reklamieren?

Noch während er darüber nachdachte, wanderten die Augen des Mystikers nervös umher und musterten forschend sämtliche Begleiter De Hammans. Daher war er nicht überrascht, als einer von ihnen, kaum dass De Hamman ihnen das Zeichen gegeben hatte, sich zu ihren Reihen zurückzuziehen, den Saum einer quer über seinem Sattel liegenden Decke ein kleines Stück anhob.

Instinktiv ließ Pagonel seine rechte Hand gegen Brynns Schulter schnellen und stieß die völlig verdutzte Frau seitwärts in den Sand. Neben ihrem protestierenden Ächzen vernahm der Mystiker noch das leise Klicken einer Armbrust – eindeutig eine Waffe des Bärenreiches und der Abellikaner –, ehe er einen brennenden Schmerz in seinem Unterarm verspürte.

Ohne seine Wunde weiter zu beachten, stürzte sich Pagonel nach vorn. Sein Bein schnellte vor und streifte das Pferd, das sich protestierend aufbäumte, als der Angreifer an den Zügeln riss. Der Fuß des Mystikers traf den Mann in den Unterleib und stieß ihn rücklings aus dem Sattel.

Sofort drückte Yatol De Hamman seinem Pferd die Sporen in die Flanken, trieb es zu einem raschen Rückzug an und brüllte dabei mehrfach aus vollem Hals, er werde angegriffen. Sofort machten mehrere Krieger aus seinem Gefolge kehrt und ergriffen mit ihm zusammen die Flucht, drei andere jedoch stürzten sich auf Pagonel und Brynn.

Mittlerweile hatte sich Brynn wieder vom Boden erhoben. In einer einzigen fließenden Bewegung zog sie ihr Schwert blank und ließ die Klinge unmittelbar vor dem heranpreschenden Pferd in Flammen aufgehen. Das Tier bäumte sich auf, und Brynn schob sich mit einer schnellen Körperdrehung neben dessen Flanke, um es als Schild gegen einen zweiten Angreifer zu benutzen.

Der erste Krieger, der mit beiden Händen fest an den Zügeln seines verängstigten Pferdes riss, machte zunächst keinerlei Anstalten, sich gegen die plötzlich neben ihm auftauchende Brynn zur Wehr zu setzen. Einen Augenblick später aber zog er sein Schwert und hob es über den Kopf. Brynn schlug es zur Seite weg und stieß ihm die Klinge in die Leistengegend. Er schrie auf und verlor das Gleichgewicht, während sein Pferd mit großen Sprüngen das Weite suchte und so den Raum zwischen Brynn und dem zweiten Reiter freigab, der soeben mit seinem Speer ausholte, um ihn auf sie zu schleudern.

Nach seinem Fußstoß landete Pagonel leichtfüßig und schwang sich augenblicklich in den Sattel des herrenlosen Pferdes. Gekonnt riss er das Tier herum, um dem Angriff eines Reiters zu begegnen, der mit gesenktem Speer auf ihn zuhielt. Eine kaum merkliche Drehung und ein leichtes Anheben seines Körpers ließen den Speer unter Pagonels Arm hindurchgleiten, als der Reiter herandonnerte. Der Mystiker brachte seinen Arm über die Waffe, klemmte sie unter der Achsel ein und hielt sie dort mit einer Entschlossenheit fest, wie nur ein Jhesta Tu sie aufzubringen vermochte.

Der Reiter versuchte zu improvisieren. Er holte mit dem zweiten Arm aus und zielte mit einem schweren Morgenstern auf Pagonels Kopf. Doch der Jhesta Tu tauchte mühelos unter der unbeholfenen Attacke hinweg und konterte mit drei kurzen, wuchtigen Hieben. Dann riss er sein Pferd in die entgegengesetzte Richtung herum und zog kraftvoll an dem eingeklemmten Speer, bis der behrenesische Reiter langsam aus dem Sattel rutschte. Einen Moment lang hielt er sich noch fest und schien seitlich neben Pagonels Pferd in der Luft zu hängen, dann gab der Mystiker den Speer frei, sodass der Mann in den Sand fiel.

Zu seiner Ehre sei gesagt, dass der behrenesische Reiter sich nach seinem Sturz gekonnt abrollte und sofort wieder auf die Beine kam. Zu seinem Unglück aber erwies sich Pagonel als schneller. Er ließ sich aus dem Sattel gleiten und versetzte dem Krieger mit einer blitzschnellen Körperdrehung einen vernichtenden Tritt. Pagonels Fuß traf ihn seitlich am Kopf, sodass der Mann sich einmal fast vollständig überschlug. Nach einer harten Landung verzichtete er auf einen weiteren Versuch, sich zu erheben.

Pagonel richtete sein Augenmerk auf den ersten Angreifer, doch der Armbrustschütze hatte sich längst wieder aufgerappelt und Reißaus genommen. Offenbar wollte er mit dem Jhesta Tu nichts zu schaffen haben.

Der Mystiker wirbelte wieder herum zu Brynn, die inzwischen in Verteidigungshaltung einen Speerträger erwartete, der sie jeden Moment zu durchbohren drohte.

Plötzlich jedoch zuckten sowohl Brynn als Pagonel zusammen, denn völlig unerwartet traf den Reiter eine tödliche Pfeilsalve, die von der Stadtmauer Dharyan-Dharielles herangeflogen kam. Das gute Dutzend Treffer riss ihn glatt aus dem Sattel seines ebenfalls verletzten und völlig panischen Pferdes.

»Greif dir die Pferde!«, kam Brynns Anweisung, ehe sie auf das verletzte Tier zustürzte, es am Zaumzeug zu fassen bekam und ihm beschwichtigende Worte ins Ohr flüsterte, damit es sich wieder beruhigte. Inzwischen hatte hinter ihr Yatol De Hammans Angriff begonnen.

Vor ihr erklangen die Hörner Dharyan-Dharielles, und die Verteidiger hoben ihre Bögen.

»War ein ziemlich kurzlebiger Frieden«, stieß Brynn hervor, als sie an Pagonels Seite durch das Stadttor hastete.

Die Attacke der Behreneser nahm ihren Lauf, und die Front rückte rasch näher. Wieder oben auf der Mauer, hielt Brynn den Großteil ihrer Truppen noch zurück und ließ die Männer erst nach und nach zum Oberrand der Mauer hinaufklettern, wo sie sich hinter die schützenden Zinnen kauerten.

Dann sah sie hinauf zum Turm und gab dem Signalgeber ein Zeichen, worauf dieser mehrere große Spiegel aufrichtete, darin das Sonnenlicht einfing und dessen Strahlen nach Westen, zum Landbruch, hinüberlenkte.

»Lasst sie erst näher kommen«, befahl sie ihren Soldaten, während sie die Stadtmauer abschritt, um die sichtlich nervösen Bogenschützen mit ihrem energischen Auftreten zu beruhigen. »Gleich unsere erste Salve muss eine verheerende Wirkung haben.«

De Hammans Reiter und Infanterietruppen ließen jede Vorsicht außer Acht. Sie stürmten heran, schleuderten Speere und ließen Pfeile von der Sehne schnellen, bis sie fast den Fuß der Mauer erreicht hatten.

In diesem Augenblick sprangen die To-gai-ru-Krieger plötzlich auf, eine undurchdringliche Front, die sich über die gesamte Breite der Mauer erstreckte. Ihr Pfeilhagel riss tiefe Lücken in die behrenesischen Reihen und brachte den Ansturm jäh zum Erliegen.

»Offenbar hat er nicht gewusst, dass sich so viele unserer Krieger in der Stadt aufhalten«, sagte Pagonel.

Doch kaum war die Bemerkung über seine Lippen gedrungen, da schoss ein Schwall von Lichtblitzen aus De

Hammans Reihen hervor und prallte mit ungeheurer Wucht gegen die Verteidiger, zersplitterte das Mauerwerk und warf die Soldaten in Scharen von der Brüstung.

Die Antwort erfolgte in Gestalt der großen Katapulte und Wurfmaschinen Dharyan-Dharielles, die Kugeln aus brennendem Pech sowie gewaltige Riesenspeere mitten unter die heranstürmenden Massen schleuderten. Nicht wenige von ihnen zielten in die ungefähre Richtung der mit Edelsteinen bewaffneten Abellikaner-Mönche.

Das Gemetzel unmittelbar am Fuß der Mauer währte mehrere Minuten, bis Brynn schließlich eine Gruppe kräftiger Krieger zu sich rief und sich Pagonel anschloss, der umherlief und überall dort bei der Verteidigung half, wo sie in sich zusammenzubrechen drohte.

Eine zweite Salve aus Lichtblitzen schoss auf die Stadt zu. Diesmal konzentrierte sie sich ganz auf das Südtor Dharyan-Dharielles. Holz splitterte, Bolzen barsten, und die Tore wurden ein Stück weit nach innen gedrückt. Unmittelbar nach den gewaltigen Explosionen folgte eine Angriffswelle von schwer gepanzerten Soldaten des Bärenreiches, die ihre gleichermaßen gepanzerten Pferde gegen das bereits in Mitleidenschaft gezogene Hindernis anrennen ließen.

»Das Tor muss um jeden Preis gehalten werden!«, rief Brynn ihren Männern zu. Sie sah Hilfe suchend zu Pagonel, doch der war bereits in ein erbittertes Gefecht mit zwei Kriegern verwickelt, denen es gelungen war, die Stadtmauer zu erklimmen.

»Lauf weiter!«, rief ihr der Mystiker zu. Dann tauchte er unter dem waagrechten Schwerthieb des einen Kriegers hinweg und brachte ihn mit einem weiten Beinschwung zu Fall. Sogleich stürzte er sich katzenhaft auf den zweiten Krieger, bevor dieser sein Schwert gegen ihn erheben konnte. Seine gestreckten Finger bohrten sich kraftvoll in seine Luftröhre und nahmen ihm nicht nur die Luft zum Atmen, sondern auch das Gleichgewicht.

Der Mystiker fing ihn auf, bevor er tot zusammenbrechen konnte, umklammerte ihn mit beiden Armen und hielt ihn wie einen menschlichen Schild vor seinen Körper – als Schutz gegen den zweiten Angreifer, der sich soeben erneut auf ihn zu stürzen versuchte.

Doch dann zögerte er plötzlich. Pagonel schleuderte ihm den erschlafften Körper vor die Füße, und während der aufrecht stehende Krieger seinem zu Boden stürzenden Kameraden instinktiv mit dem Blick folgte, sprang der Mystiker vor, ließ seinen Fuß mit einer Körperdrehung vorschnellen und beförderte den Angreifer mit einem Tritt über die Mauerbrüstung.

Brynn sprang, unmittelbar gefolgt von ihren Begleitern, hinunter in den Mauerinnenhof. »Aufsitzen!«, befahl sie, denn Fußsoldaten würden von den gegen das Tor anstürmenden berittenen Kriegern vermutlich sehr schnell überwältigt werden.

Ringsumher schrien Soldaten wild durcheinander, es ertönten grauenhafte Schlachtgeräusche, die Brynn Dharielle inständig gehofft hatte, nie wieder ertragen zu müssen. Sie konnte kaum glauben, welch plötzliche Wendung die Ereignisse genommen hatten, und die Vorstellung, dass Aydrian, so viele Jahre lang ihr treuer Gefährte, die Ursache für dieses Chaos war, erzürnte sie zutiefst.

Mit grimmiger Entschlossenheit schwang sich die Führerin der To-gai-ru in Nestys Sattel und führte ihre Truppe unmittelbar vor das belagerte Stadttor.

»Kämpft tapfer!«, rief sie.

»Und geht mutig in den Tod!«, kam die Antwort der To-gai-ru.

Irgendwo weit draußen vor der Stadt waren Hornsignale zu hören, und plötzlich wurde überall auf den Mauern Tanalk Grenks Name gerufen.

Brynn nickte grimmig. Sie wusste, dass ihr treuer und fähiger Kommandant De Hamman hart an den Flanken attackieren und dem Angriff auf die Stadt dadurch etwas von seiner Wucht nehmen würde.

Als auf den Mauern erneut aufgeregte, ja hoffnungsvolle Rufe laut wurden, folgte Brynn ihnen mit dem Blick, bis sie schließlich immer mehr Krieger kurz innehalten und mit dem Finger in den südwestlichen Himmel zeigen sah.

»Jetzt wirst du meinen Drachen kennen lernen, Yatol De Hamman«, stieß sie zwischen zusammengebissenen Zähnen hervor. Am liebsten wäre sie hinaufgeklettert, um das Schauspiel mit eigenen Augen zu verfolgen, doch mittlerweile hatte das Tor unter lautem Knirschen immer weiter nachgegeben, bis ein Spalt zwischen den beiden Flügeln klaffte und eines der riesigen Tore schließlich unter großem Getöse in den Mauerinnenhof fiel. Es lag kaum am Boden, als bereits der Sturmangriff der Kavallerie des Bärenreiches darüber hinwegfegte.

»Kämpft tapfer!«, rief Brynn erneut.

»Und geht mutig in den Tod!«, erschallte der von Leidenschaft erfüllte Schlachtruf.

Brynn stürmte voran. Ihr kräftiges Pony scheute nicht im Mindesten zurück, als sie es unmittelbar gegen die Flanke eines weit größeren Pferdes drängte und zwischen dieses und ein zweites schob. Eine blitzschnelle Schwertbewegung nach links und gleich darauf nach rechts, und schon hatte sie den ersten Angriff abgewehrt und einen zweiten eingeleitet, den der Reiter aus dem Bärenreich nur mit knapper Not abblocken konnte. Aber als er zum Konter ansetzte, verriss Brynn gekonnt ihr Pony und brachte es aus seiner Reichweite, ehe das Tier in perfektem Einklang mit ihrem zweiten Stoß erneut nach vorne preschte.

Diesmal durchbrach ihr Schwert die Verteidigung des Kriegers und prallte scheppernd gegen seine prachtvolle Rüstung, wo die Elfenklinge eine Delle hinterließ, die ihn leicht ins Wanken brachte. Ohne auch nur eine Sekunde zu zögern, riss Brynn Nesty herum, um auch dem zweiten Krieger die Stirn zu bieten. Das Pony warf seine Hinterläufe in die Luft, trat wuchtig gegen die Rüstung des verdutzten Kriegers und warf ihn aus dem Sattel.

Im Kampf gegen den ersten Krieger vollführte Brynn mit ihrem Schwert eine kunstvolle Abfolge von Hieben, Stößen und Paraden. Dabei traf sie zweimal klirrend den Hinterkopf des behelmten Bärenkriegers und streifte dreimal seinen massiven Brustharnisch. Immer wieder versuchte er, einen Konter anzubringen, doch die unbeholfenen Hiebe seiner weitaus schwereren Waffe wurden entweder glatt abgewehrt oder gingen, dank der geschickten Ausweichmanöver Brynns, ins Leere.

Im gesamten Innenhof lieferten die zu Pferd unübertroffenen To-gai-ru den Kriegern des Bärenreiches einen ebenbürtigen Schlagabtausch. Immer wieder machten sie sich ihre größere Schnelligkeit und Beweglichkeit zunutze, um den Vorteil der schwereren Waffen und Rüstungen auszugleichen. Sie wichen nicht zurück, konnten aber auch keinen Boden gutmachen, sodass der gewaltige Druck der von hinten nachdrängenden Krieger des Bärenreiches schließlich den Ausschlag gab und die Bresche am Tor langsam, aber unaufhaltsam immer größer wurde.

»Bogenschützen!«, rief Brynn in dem verzweifelten Versuch, den gefährdeten Bereich unter verstärkten Beschuss zu nehmen, doch ihre Krieger waren überall entlang der Mauer bereits in viel zu heftige Kämpfe verwickelt, als dass sie ihr hätten beistehen können. Dann erblickte sie Pagonel unmittelbar oberhalb des Tores, wo er die Salven der Bogenschützen dirigierte und die Mauer in ihrer unmittelbaren Umgebung von Angreifern freihielt, sodass sie sich ganz auf das drohende Desaster unten auf dem Torplatz konzentrieren konnten. Sie fürchtete jedoch, dass es nicht reichen würde.

Unterdessen leuchteten jenseits der Stadtmauer immer mehr Blitze auf. Einige stiegen hoch in den Himmel, worauf das Gebrüll um ein Zehnfaches anschwoll, begleitet von einem gequälten Aufschrei, einem Schrei so enthemmt und gewaltig, dass die Männer im Kampf innehielten und sich die Hände auf die Ohren pressten, während andere sich einfach abwandten und die Flucht ergriffen.

Dem Aufschrei folgte ein ohrenbetäubender Knall, als der Drache vom Himmel herabstürzte und mit voller Wucht unmittelbar neben dem zerborstenen Stadttor in die Mauer krachte. Der Aufprall ließ das Mauerwerk bersten und schleuderte Angreifer und Verteidiger gleichermaßen von der Brüstung. Selbst einige der Bogenschützen über dem Tor wurden in die Tiefe gerissen.

Nicht so Pagonel.

Hartnäckig behauptete der Mystiker seine Stellung, deutete auf das gesprengte Stadttor und rief zum Drachen hinüber: »Hierher, Pherol!«

Augenblicklich füllte sich der Bereich vor dem Tor mit Drachenfeuer und machte die Angreifer zu einem Opfer der Flammen.

Pagonel erklomm die Mauer und ließ sich ein Dutzend Fuß hinunter auf den Boden fallen – mitten hinein in die Hölle aus Blut und Feuer. Überall ringsum waren entsetzte Behreneser auf der Flucht. »Hierher«, rief Pagonel dem Drachen zu.

Eine weitere Salve von Blitzen, schwächer als die ersten, aber immer noch von erheblicher Wirkung, schoss heran und bohrte sich in die Flanke des bereits angeschlagenen Drachen.

»Wie ich diese Mönche und ihre grässlichen Spielzeuge hasse!«, brüllte Pherol und schwenkte seinen Echsenhals herum, um den fernen Mönchen mit den Edelsteinen die Stirn zu bieten. Ein Flüchtender kam dem wütenden Drachen versehentlich zu nahe und geriet ins Straucheln. Pherol verschwendete keine Zeit, packte ihn mit seinen mächtigen

Kiefern und hob den wild um sich schlagenden Mann in die Höhe, sodass möglichst viele das grausige Schauspiel verfolgen konnten, ehe er sein gewaltiges Maul vollends schloss. Ringsumher ging ein Schauer aus blutigen Fleischbrocken nieder. Unter Aufbietung seiner letzten Kräfte stemmte sich Pherol knurrend und grollend hoch, um die Mauerquader abzuschütteln, die auf ihn herabgeregnet waren.

Der schaurige Anblick ließ die Soldaten überall zurückweichen, denn der Drache wirkte noch immer übermächtig und verströmte nach wie vor eine Aura der Unbesiegbarkeit.

Doch Pagonel sah sofort, dass die Blitze Pherol schwer getroffen hatten. Als sich der Drache einen Schritt von der Mauer entfernte, so als wollte er sich auf die Mönche stürzen, rief Pagonel ihm zu: »Nicht! Genau das wollen sie doch!«

Der Drache, dem züngelnde Flammen zu beiden Seiten aus dem Maul schossen, wandte sich zu ihm um, die Reptilienaugen glutrot vor blankem Hass.

»Sie sind auf dich vorbereitet«, erklärte der Mystiker. »Sie haben eigens gebaute Waffen, um dich zu vernichten. Außerdem besitzen sie die Edelsteine.«

Wieder ließ der Drache ein lang gezogenes, tiefes Knurren ertönen, ehe er abermals aufbrüllte, als sich ein zuckender Blitz in seine mächtige Schuppenflanke bohrte.

Unterdessen versuchte Pagonel noch immer unermüdlich, ihn zu warnen und ihn durch gutes Zureden in die Stadt hineinzulocken.

Kaum hatten der Mystiker und der Drache das zerstörte Stadttor passiert, da streckten die noch verbliebenen Krieger des Bärenreiches auch schon die Waffen, und sowohl die Mauer als auch der Innenhof am Tor waren gesichert.

Augenblicke später wurde das Westtor der Stadt geöffnet, und Tanalk Grenk preschte an der Spitze seiner Truppen in die Stadt hinein, während die Bogenschützen auf den Mauern ringsum zu dieser Stelle hinübereilten, um die ihn verfolgenden Behreneser mit Pfeilsalven in Empfang zu nehmen.

Eigentlich jedoch war die Schlacht vorbei! Jetzt, da der Furcht einflößende Drache die Stadttore sicherte, hatten sich die Behreneser zurückgezogen.

Tanalk Grenk lenkte sein Pferd zu Brynn hinüber, die ihm voller Dankbarkeit und Hochachtung zunickte. Er hatte die ihm zugedachte Rolle perfekt ausgefüllt, war mit seinen erfahrenen Reitern südwestlich von Dharyan-Dharielle von seiner Position im Schatten des Landbruchs in die Ebene vorgerückt und hatte mit dem für die To-gai-ru charakteristischen Ungestüm der behrenesischen Westflanke einen schweren Schlag versetzt, seine Truppen gleich darauf auf das Westtor der Stadt zupreschen lassen und dadurch große Teile des behrenesischen Heeres gebunden, was den Druck auf die Südmauer spürbar verringert hatte.

»Einen Sieg konnten wir heute leider nicht erringen«, wandte sich Brynn an Grenk und die übrigen Umstehenden. »Aber immerhin haben wir den Feind in Schach gehalten und ihm schwere Verluste zufügen können.« Sie blickte in die Runde, und in einem Moment von kristallener Klarheit ließ die Entschlossenheit in ihren strahlenden braunen Augen allen Zweifel und alle Unsicherheit verstummen. »Vielleicht sogar so schwere, um sie zur Rückkehr in ihre Heimat zu bewegen.«

»Und wenn nicht, ist morgen auch noch ein Tag«, fügte Grenk entschlossen hinzu.

Seine kämpferischen Worte rührten Brynn in diesem verzweifelten Augenblick, denn natürlich ahnte sie, dass sich in ihrem Volk derzeit bereits die ersten leisen Zweifel an ihrer Führerschaft regten. Schließlich waren diese Angreifer von eben jenem Mann geschickt worden, dem Brynn gerade erst geholfen hatte, auf den Thron von Behren zu gelangen.

Aber sie ließ nicht zu, dass ihre Selbstzweifel einen Schatten auf ihre entschlossene Miene warfen.

»Befestigt das Tor behelfsmäßig«, wies sie ihre Krieger an, ehe sie absaß und sich zusammen mit Nesty entfernte. Sie sagte sich immer wieder, dass es richtig gewesen war, diesen verfluchten Tohen Bardoh zu bekämpfen – ganz gleich, mit welcher Niedertracht Yatol Wadon und Abt Olin jetzt aufwarteten.

Ihr blieb gar nichts anderes übrig, als sich an diesen Glauben zu klammern.

11. Eine fatale Fehleinschätzung

Abt Glendenhook von St. Gwendolyn zerknüllte das Schreiben zwischen seinen großen, kräftigen Händen. Er runzelte die Stirn und ballte die Faust. Toussan Glendenhook hatte sich mehr als jeder andere Meister des Abellikaner-Ordens mit Fio Bou-raiys Hilfe in seine derzeitige Machtposition zu bringen gewusst; unzählige Jahre hatte er – aus freien Stücken – in dessen Schatten gestanden. Auch aus eigener Kraft hatte Glendenhook einiges erreicht, vor allem in den Kampfkünsten, und war zu einem der besten Krieger aufgestiegen, die St. Mere-Abelle je hervorgebracht hatte – gewiss nicht zu vergleichen mit dem legendären Marcalo De'Unnero, aber immerhin war Glendenhook der Beste seiner Klasse gewesen.

Gleichwohl war Glendenhook stets vollkommen klar gewesen, dass er nicht die geringste Chance hatte, in der Hierarchie des Ordens jemals über den Rang eines Meisters hinauszukommen – jedenfalls nicht, bis sein Freund Bou-raiy das Podium als ehrwürdiger Vater der abellikanischen Kirche erklommen hatte. Glendenhook hatte Fio Bou-raiys Aufstieg auf Schritt und Tritt begleitet und seinen Freund nach Kräften unterstützt. Als Bou-raiy sich um das Amt des Kirchenoberhauptes bemüht hatte, war es Glendenhook gewesen, der ihm durch unermüdliche Einflussnahme die nötigen Stimmen verschafft hatte. Nach Erlangung des obersten Amtes in St. Mere-Abelle hatte Fio Bou-raiy seinen treuen Freund mit der Ernennung zum Abt von St. Gwendolyn belohnt, einem Kloster, das traditionell von Frauen geleitet wurde.

Es hatte nur wenig Widerstand gegen seine Ernennung gegeben. Glendenhook, damals noch Meister, war St. Gwendolyn zu Hilfe geeilt, nachdem der Schurke De'Unnero die Herrschaft über diese Einrichtung an sich gerissen und aus den Reihen der von der Pest heimgesuchten Abtei seine berüchtigte Bruderschaft der Büßer aufgebaut hatte. Nach seiner Ernennung hatte Abt Glendenhook sich in den letzten Jahren in der Abtei bei den Bewohnern der umliegenden Dörfer einen guten Ruf erworben. Seine Abtei gehörte, was den Gottesdienstbesuch und die Spenden pro Kopf betraf, zu den führenden, und obwohl selbst kein wirklich entschiedener Befürworter von Avelyn Desbris und der Reform, die die abellikanische Kirche stark verändert hatte, hatte er seine Ordensschwestern, Ordensbrüder und Meister auch nicht zurückgehalten, als sie den Wunsch äußerten, sich mit den heilenden Seelensteinen unters Volk zu begeben. Wie sein Mentor Fio Bou-raiy hatte sich Abt Glendenhook mit den Veränderungen wenn nicht angefreundet, so doch arrangiert und St. Gwendolyn aus den Trümmern wieder auferstehen lassen.

Und jetzt das.

Der stämmige Mann starrte auf das zerknüllte Schriftstück und versuchte jeden nur erdenklichen Gesichtspunkt zwischen den Zeilen herauszulesen. Natürlich war er keineswegs überrascht, dass Herzog Kalas sich mit seiner gewaltigen Armee rasch St. Gwendolyn näherte. Glendenhook, wie überhaupt alle Bewohner des zentralen und südlichen Bärenreiches, hatte Kalas' Marsch von Palmaris aus, auf dem sich jede Ortschaft artig unterworfen hatte, den ganzen Winter über verfolgt. Kalas hatte auf kürzestem Weg die Küste südlich von St. Gwendolyn angesteuert. Nicht zuletzt aus diesem Grund bestand seit nahezu zwei Wochen kein Zweifel mehr daran, dass er dort nicht etwa Halt machen, sondern nach

Norden abschwenken würde, um seinen Marsch quer durch das ganze Land dort zu beenden.

Diese Verfügung jedoch, die von Herzog Kalas persönlich stammte, war keineswegs so vorhersehbar gewesen. Der Adlige kündigte darin offiziell sein Kommen an und gab seine Forderungen bekannt: Man solle ihm und König Aydrian Boudabras die Tore von St. Gwendolyn öffnen, und die Ordensbrüder und -schwestern der Abtei sollten Abt Olin und Meister De'Unnero in einer offiziellen Erklärung als rechtmäßige Oberhäupter des Abellikaner-Ordens anerkennen.

»Er muss doch wissen, dass wir – dass ich – niemals auf die Forderungen Marcalo De'Unneros eingehen werden«, sagte Glendenhook zu Meister Belasarus, einem weiteren Übersiedler aus St. Mere-Abelle.

»Auf gar keinen Fall!«, erklärte der Meister. »Dieser Mann ist ein gefährlicher Verbrecher, dem mit Vernunft kaum beizukommen ist. In der abellikanischen Kirche ist kein Platz für Marcalo De'Unnero, verflucht sei sein Name!«

Abt Glendenhook bewegte seine großen Hände beschwichtigend auf und ab, um den erschrockenen und aufgebrachten Meister zu beruhigen. »Natürlich ist für ihn kein Platz. Fio Bou-raiy hat Marcalo De'Unnero offiziell verbannt – und zwar nahezu augenblicklich, nachdem er durch Schwester Jilseponies Tun in Palmaris in Ungnade gefallen war.«

»Und nun hat Abt Olin sich seiner angenommen?« Meister Belasarus spie die Worte förmlich aus. »Hat der Mann den Verstand verloren?«

»Mehr als das, möchte man meinen«, erwiderte Glendenhook. »Es ist ein offenes Geheimnis, dass Abt Olin seine Niederlage gegen Fio Bou-raiy übel aufgestoßen ist. Aber das hier hätten wir uns niemals träumen lassen.«

»Sie werden bis vor die Tore von St. Mere-Abelle marschieren«, überlegte Meister Belasarus. »Bou-raiy wird ihnen die Tore der Abtei nicht öffnen. Beabsichtigt König Aydrian etwa, die mächtigen Pforten einzureißen?«

Abt Glendenhook blickte erneut auf das Schriftstück und zuckte nur mit den Schultern. Alles deutete darauf hin, dass diese Frage erst später im Jahr entschieden werden würde, vermutlich vor dem Johannistag. Jetzt allerdings stellte sich Glendenhook eine andere Frage: Warum hatte Kalas ihm diesen Brief geschickt?

Glendenhook und Kalas waren sich bislang nur ein paar Mal kurz begegnet. In vielerlei Hinsicht waren sie aus demselben Holz geschnitzt. Sie hielten sich beide im Hintergrund der wirklich Mächtigen – Fio Bou-raiy und der ehrwürdige Vater Agronguerre im Falle Glendenhooks und König Danube beziehungsweise jetzt König Aydrian in Kalas' Fall. Sie waren die Generäle ihrer jeweiligen Armeen, Glendenhook in Diensten der Kirche, Kalas in Diensten der Krone. Nie hatte es Missstimmungen zwischen ihnen gegeben, zumindest hatte Glendenhook nichts dergleichen bemerkt. Hatte Kalas diesen Brief der Armee vorausgeschickt, um Glendenhook Gelegenheit zu geben, seinen Bischofsstab zu nehmen und nach St. Mere-Abelle zu fliehen? Nach allem, was man hörte, waren die Straßen zur Mutterabtei derzeit frei von Soldaten.

»Was wollt Ihr nur von mir, Herzog Kalas?«, sagte der Abt leise, wie zu sich selbst.

»Er muss wissen, dass wir die Tore der Abtei unmöglich einem König öffnen können, der derartige Veränderungen in der abellikanischen Kirche fordert«, erklärte Meister Belasarus.

Glendenhook hob den Blick und sah ihn an.

»Herzog Kalas muss sich darüber im Klaren sein, dass wir die Herrschaft eines Marcalo De'Unnero niemals dulden werden – und zwar keiner von uns«, wurde der Meister deutlicher. »Und auch nicht die eines Abtes Olin, es sei denn, er erlangt die von ihm so begehrte Stellung entsprechend unseren Regeln während eines Abtkollegiums.«

»Wo steckt Olin überhaupt?«, fragte Glendenhook. »Hält er sich noch immer in Behren auf?«

»Nach allem, was man hört.«

An der Tür zu Glendenhooks Arbeitszimmer klopfte es leise. Der Abt gab Belasarus einen Wink, dieser ging an die Tür und öffnete sie weit, um Oberin Treisa hereinzulassen, die Frau mit dem höchsten Rang in der Abtei und eine mögliche Nachfolgerin Glendenhooks. Vor dem Sturm namens Aydrian, der den Himmel über dem Bärenreich verdunkelte, waren Gerüchte im Umlauf gewesen, der ehrwürdige Vater Fio Bou-raiy wolle Glendenhook auf einen anderen Posten versetzen, vielleicht sogar auf den des Abtes von St. Honce in Ursal, um Oberin Treisa auf diesem Wege zu befördern und die Leitung von St. Gwendolyn wieder in die Hände einer Frau zu legen. Mit ihren knapp vierzig Jahren schien die anmutige Treisa durchaus geeignet, dieses ehrenvolle Amt zu übernehmen. Während ihrer Jahre in St. Gwendolyn hatte sie so manche Prüfung unbeschadet überstanden, unter anderem die Verheerungen durch die Rotfleckenpest und die Verirrungen Marcalo De'Unneros. Aus allem war sie mit Anstand und Würde hervorgegangen, zudem war sie von ihrer Pilgerreise zum Berg Aida, wo sie am Wunder Avelyns teilgehabt hatte, mit einer so tief empfundenen heiteren Gelassenheit zurückgekehrt, dass sie einen Raum nur zu betreten brauchte, um sofort ein Gefühl von Ruhe zu verströmen. In den letzten Jahren war sie Glendenhook eine große Hilfe gewesen, wodurch die beiden sich angeblich näher gekommen waren, als dies für einen Bruder und eine Schwester des Abellikaner-Ordens angemessen war.

Doch im Grunde interessierte sich niemand für derartige Gerüchte, und viele hofften sogar, sie seien wahr. Denn nach Meinung aller, Glendenhook eingeschlossen, war er durch Oberin Treisa – aus welchem Grund auch immer – zu einem besseren und großherzigeren Abt geworden.

Abt Glendenhook erhob sich, als sie hereinkam, und begrüßte sie, trotz seiner denkbar schlechten Laune, mit einem herzlichen Lächeln.

Ein Lächeln, das die Oberin nicht erwiderte. »Herzog Kalas wird in zwei Tagen hier eintreffen«, erklärte sie. »Seine Armee wurde bereits südlich von hier gesichtet. Sie marschiert schnell und stößt nirgendwo auf Widerstand.«

»Sie werden noch zwei Dörfer durchqueren müssen, und die zu sichern könnte sie aufhalten«, sagte Meister Belasarus.

»Darauf würde ich mich nicht verlassen«, erwiderte Treisa. »Seine Armee ist unterwegs stark angewachsen. Allen Berichten zufolge hatte er Palmaris mit gerade mal ein paar tausend Mann verlassen.«

»Und wie groß ist seine Streitmacht nach den jüngsten Schätzungen?«, erkundigte sich Glendenhook.

»Etwa zwanzigtausend Mann, womöglich mehr.«

Die Schwindel erregende Zahl ließ Glendenhook zusammenzucken.

»Sämtliche Ortschaften scharen sich um König Aydrian«, erläuterte Treisa. »Die männliche Bevölkerung kann es offenbar gar nicht erwarten, sich Herzog Kalas' Triumphmarsch anzuschließen.«

»Ein Marsch, der ihn zweifellos bis vor die Tore von St. Mere-Abelle führen wird«, fügte Belasarus düster hinzu.

»Zwanzigtausend«, echote Glendenhook leise.

»Womöglich mehr«, wiederholte Treisa. »Es gibt Gerüchte über eine zweite Streitmacht, die nordwestlich von hier aufmarschiert.«

»Um uns zu umzingeln«, überlegte Belasarus.

»So viele haben sich ihm angeschlossen«, sagte Glendenhook und schüttelte den Kopf.

»Wie hätten sie sich dem entziehen können?«, fragte Treisa. »Herzog Kalas und seine Allhearts sind in ihren funkelnden Rüstungen in jedes Dorf hineingestürmt und haben ein Loblied auf König Aydrian gesungen. Ihnen Widerstand zu leisten wäre glatter Selbstmord gewesen.«

»Sich ihnen anzuschließen heißt, die rechtmäßige königliche Erbfolge zu leugnen!«, protestierte Belasarus.

»Die einfachen Leute schert es wenig, wer ihr König ist, Meister Belasarus«, erwiderte Treisa. »Sie interessiert nur, dass ihre Familien genug zu essen haben und dass ihren Kindern einst ein besseres Leben vergönnt sein möge als ihnen. All dieses Geschwätz über Politik ist für die Leute nichts als eine Tratschkulisse, zumindest, solange dieses Gerede nicht in das Elend eines Krieges mündet.«

»Was es gewiss tun wird, wenn Prinz Midalis eintrifft«, betonte Belasarus.

»Wenn er nur nicht zu spät kommt«, sagte Glendenhook, und für einen Augenblick schien es, als würde sein Pessimismus Belasarus endgültig die Fassung verlieren lassen.

»Sie schließen sich Herzog Kalas an, weil sie keinen anderen Führer haben«, überlegte Treisa. »Vielleicht spaltet sich König Aydrians Armee ja, wenn Prinz Midalis kommt. Vielleicht auch nicht.«

»Und welche Rolle spielt bei alldem nun die abellikanische Kirche?«, fragte Belasarus. »Sollen wir etwa die Forderungen dieses unrechtmäßigen Königs erfüllen, auch wenn dies bedeutet, die Absetzung des ehrwürdigen Vaters Fio Bou-raiy zugunsten von Leuten wie Abt Olin und Marcalo De'Unnero zu betreiben?«

»Natürlich nicht!«, widersprach Abt Glendenhook ohne das geringste Zögern. Er bedachte Belasarus mit einem finsteren Blick, doch dann wurde seine Miene sanfter, und er wandte sich wieder Treisa zu. »Was schlagt Ihr also vor?«

Sie zögerte einen Moment, die Stirn unter ihrem schwarzen Haar nachdenklich gerunzelt. Sie biss sich auf die Unterlippe, das übliche Zeichen ihrer Nervosität, das Glendenhook schon oft ein Schmunzeln entlockt hatte, dann schlug sie ihre haselnussbraunen Augen nieder und starrte auf den Boden. Schließlich blickte sie wieder auf.

»Hätte König Aydrian sich auf das Weltliche beschränkt und die Kirche nicht in seinen Thronraub mit hineingezogen, würde ich einfach raten stillzuhalten«, erklärte sie. »Auch wenn seine Thronbesteigung nachteilige Folgen für eine andere Oberin hatte und Jilseponie gezwungen war, Ursal zu verlassen. Aber da es Abt Olin und, schlimmer noch, Marcalo De'Unnero sind, die Aydrian zur Seite stehen, können wir uns nicht so einfach aus der Affäre ziehen. Jede Trennung, die wir zwischen Kirche und Staat vornehmen, wird nicht von Dauer sein. Jetzt zeichnet sich deutlich ab, dass Aydrian beabsichtigt, einen seiner Gefolgsleute an allerhöchster Stelle in die Hierarchie der abellikanischen Kirche einzuschleusen. Zwölf bedeutende Kapellen sind auf Herzog Kalas' derzeitigem Marsch bereits überrannt worden, und nur jene Ordensbrüder, die König Aydrian und sowohl Abt Olin als auch De'Unnero ihre Ergebenheit geschworen haben, sind im Amt geblieben. Alle Übrigen wurden gewaltsam vertrieben oder erlitten ein noch schlimmeres Schicksal.«

»Wir haben dementsprechende Gerüchte von den Ordensbrüdern gehört, die hier Zuflucht gesucht haben«, pflichtete Glendenhook ihr bei.

»Deshalb wird uns nichts anderes übrig bleiben, als Stellung zu beziehen, so oder so«, fuhr Treisa fort. Sie sah zu Belasarus, dann zu Glendenhook, um sich ihrer ungeteilten Aufmerksamkeit zu versichern. »Wir können uns unmöglich auf die Seite Abt Olins und dieses Verräters De'Unnero stellen. Wir müssen unseren Prinzipien treu bleiben.«

»Was sollen wir also tun, kämpfen oder fliehen?«, wandte sich Belasarus an Glendenhook.

Der Abt sah Treisa Hilfe suchend an.

»Weder noch«, erklärte die Oberin und straffte die Schultern. »Verschließt Eure Tore nicht vor Herzog Kalas, denn er würde sie einfach niederreißen. Leisten wir passiven Widerstand. Lasst uns weder vor ihnen weglaufen noch uns ihnen anschließen, sondern einfach dort verharren, wo wir sind.«

»Würden wir damit nicht unser Einverständnis mit Abt Olin und Marcalo De'Unnero bekunden?«, wollte ein sichtlich verwirrter Belasarus wissen.

Treisa schüttelte den Kopf. »Wir werden nicht zulassen, dass dieser Eindruck entsteht, weder bei Herzog Kalas noch in der Bevölkerung draußen auf dem Land. Wir werden uns kampflos ergeben, weil wir nicht siegen können, aber wir werden weder König Aydrian noch seinem Königreich dienen, solange er diesen Verrat innerhalb der abellikanischen Kirche duldet. Unser Beispiel soll den ersten Riss erzeugen, der sich quer durch Kalas' Armee ziehen wird, einen feinen, schmalen Riss, der sofort breiter werden wird, sobald der wahre König des Bärenreiches von Vanguard aus nach Süden marschiert.«

»Das müssen wir vorab klarstellen, wenn unsere Stellungnahme irgendeine Wirkung haben soll«, überlegte Belasarus.

»Außerdem müssen wir dafür sorgen, dass Herzog Kalas durch unsere Kapitulation nicht zusätzlich gestärkt wird«, fügte Glendenhook hinzu. »Stellt sicher, dass einige der jüngeren und kräftigeren Ordensbrüder die Abtei unbemerkt verlassen können. Sie sollen unsere Schätze, insbesondere die Edelsteine, an der Küste entlang nach St. Mere-Abelle schaffen.«

»Das wird Herzog Kalas sicher nicht gefallen«, erwiderte Treisa.

»Und Marcalo De'Unnero wird deswegen vollkommen außer sich sein, was das Ganze noch interessanter macht«, erklärte Glendenhook.

»Aber wir brauchen eine noch eindrucksvollere Geste«, überlegte Meister Belasarus. »Irgendetwas, das den Menschen im ganzen Land, insbesondere den Bürgern, die sich Herzog Kalas bereits angeschlossen haben, unmissverständlich zeigt, dass wir König Aydrian die Unterstützung verweigern.«

Glendenhook war noch damit beschäftigt, über mögliche Alternativen nachzudenken, als er sah, wie sich die Miene von Oberin Treisa plötzlich aufhellte. Er forderte sie mit einem Blick auf, sich zu erklären.

»Meine Ordensschwestern und ich sind mit dem Altartuch für die unwiderrufliche Heiligsprechung von Avelyn Desbris nahezu fertig«, erläuterte sie. »Es handelt sich um ein Bild des in den Himmel gereckten Arms von Avelyn vor einem einfarbig roten Hintergrund – das gleiche Motiv übrigens, das der ehrwürdige Vater Fio Bou-raiy für das neue Fenster im Hauptgebäude von St. Mere-Abelle in Auftrag gegeben hat.«

»Was gedenkt Ihr damit zu tun?«, fragte Glendenhook neugierig.

»Hissen wir das Tuch über St. Gwendolyn, und zwar deutlich sichtbar und voller Stolz!«, schlug Treisa vor. »Und gleich daneben den aufgerichteten Bären des Hauses Ursal. Nach allem, was man hört, reitet Herzog Kalas unter einer anderen Fahne, der des Bären und des Tigers, der Flagge von Aydrian Boudabras.«

Abt Glendenhook erklärte sich mit einem Nicken einverstanden – ein so eindeutiges Bekenntnis würde sich im gesamten Osten des Bärenreiches herumsprechen.

Nachdenklich sagte Belasarus: »Aber das würde doch mit Sicherheit bedeuten, dass Abt Olin und Marcalo De'Unnero das Altartuch für die bevorstehende Heiligsprechung in die Hände fällt.«

»Diesen Preis ist es wert«, entschied Treisa, ehe Glendenhook darauf antworten konnte. »Mit diesem Bekenntnis, dass wir uns für die längst überfällige Aufnahme Bruder Avelyns in den Stand der Heiligkeit aussprechen, übermitteln wir auch St. Mere-Abelle eine Botschaft, die überdies dem gesamten Königreich noch einmal das Wunder ins Gedächtnis rufen wird, das zu seinem Aufstieg führte.«

Abt Glendenhook hatte Treisas Begeisterung für Avelyn Desbris nie geteilt, ebenso wenig wie der ehrwürdige Vater Bou-raiy. Aber Bou-raiy und Glendenhook hatten die Angelegenheit bereits vor langer Zeit diskutiert und waren darin übereingekommen, dass Avelyns Aufstieg einer Lawine gleichkam, die jeden unter sich begraben würde, der sich ihr in den Weg zu stellen wagte. Seit dem Wunder am Berg Aida, wohin die Mehrheit der Bevölkerung des Bärenreiches unter großen Anstrengungen gepilgert war, um von der Rotfleckenpest geheilt zu werden oder vor deren tödlichen Folgen gefeit zu sein, galt der Aufstieg St. Avelyns schlicht als unaufhaltsam. Der Vorgang hätte eigentlich schon vor mehreren Jahren abgeschlossen werden sollen, doch wegen der ihr eigenen Schwerfälligkeit war die abellikanische Kirche bislang einfach noch nicht dazu gekommen – hauptsächlich deswegen, wusste Glendenhook, weil sein persönlicher Freund, der ehrwürdige Vater Bou-raiy, ihn als Mittel im Falle einer möglichen Krise in der Kirche in der Hinterhand behalten wollte. Allein der ehrwürdige Vater vermochte diesen Vorgang abzuschließen, was Fio Bou-raiy ein Druckmittel an die Hand gab, mit dem er jedem Emporkömmling unter den jüngeren Ordensbrüdern drohen konnte – insbesondere Braumin Herde und seinesgleichen in St. Precious und Vanguard.

»Wer bleibt, tut dies aus eigenem Entschluss«, entschied der Abt. »Und wer nach St. Mere-Abelle fliehen möchte, sollte die Abtei noch heute Nachmittag verlassen. Außerdem möchte ich allen Ordensschwestern dringend raten, sich der Flucht anzuschließen, Oberin Treisa. Es gibt schon jetzt nur sehr wenige Frauen in den Reihen der Abellikaner.« Glendenhooks Miene wurde sehr ernst. »Auch Euch selbst möchte ich diese Pilgerreise dringend ans Herz legen.«

»Offenbar wisst Ihr nur sehr wenig über die Festigkeit meines Glaubens, Abt Glendenhook«, lautete die unbeugsame Antwort. »An meinen Gott, an St. Abelle, an meine Kirche und an meinen Abt.«

Obschon er sie einerseits am liebsten angeschrien hätte, konnte Abt Glendenhook sich über die Entschlossenheit dieser starken Frau ein Lächeln nicht verkneifen.

Ohne auch nur einen Moment den Blick von Oberin Treisa abzuwenden, entschied er: »Meister Belasarus, hiermit erteile ich Euch den Befehl, unsere Abordnung nach St. Mere-Abelle zu führen. Unterrichtet den ehrwürdigen Vater Bouraiy über unser Vorhaben und die Fahnen, die wir voller Stolz zu hissen gedenken.«

»Aber …«, machte Belasarus Anstalten zu widersprechen, ehe er seufzend innehielt. »Jawohl, mein Abt, alles wird so geschehen, wie Ihr es verlangt.«

Ihre Speerspitzen erstreckten sich über den gesamten Horizont – die Arme war gewaltiger als alles, was die drei Dutzend in St. Gwendolyn verbliebenen Ordensbrüder und die zweihundert Bewohner der Dörfer in der Nachbarschaft, die in der Abtei Schutz gesucht hatten, jemals gesehen hatten. Die Soldaten mochten nicht so kampferprobt sein wie die Kingsmen oder die Truppen der Küstenwache, und sie waren gewiss nicht so spektakulär anzusehen wie die Allhearts, aber diesen Umstand machten die Bauernsoldaten, die sich Herzog Kalas' Triumphmarsch angeschlossen hatten, durch ihre schiere Masse mehr als wett.

Die Mienen wild entschlossen, die Gesichter dreckverschmiert, standen sie, fünf Reihen tief, Schulter an Schulter zu einer Front aufgereiht, die alle drei dem offenen Meer nicht zugewandten Seiten der Abtei umschloss. Überall waren Allheart-Ritter auf ihren Pferden unterwegs, um die Männer mit lautem Gebrüll an ihre Pflichten zum Ruhme von König und Vaterland zu erinnern.

Das Zentrum der Formation bildete Kalas' wichtigste Truppe, eben jene Kingsmen, die mit ihm in Palmaris aufgebrochen waren und die vermutlich bereits allein wenig Mühe haben würden, St. Gwendolyn zu überrennen, erkannte Abt Glendenhook.

Vom nach Westen hin gelegenen Haupttor der Abtei sah der Abt hinauf zu den beiden Fahnen, die laut in der steifen Meeresbrise knatterten.

Rufe klangen herüber, als Kalas' Streitmacht vorrückte

und den Ring immer enger zog. Auf den Hügeln erschienen mächtige Katapulte und neben ihnen mit schweren Steinen beladene Wagen. Mittlerweile konnte Glendenhook die Gesichter der Soldaten deutlich erkennen, konnte das Weiße in ihren Augen sehen. Sie hatten keine Angst, selbst die Bauern nicht, denn sie wussten, dass es, falls es an diesem Tag zur Schlacht kommen sollte, unter ihnen nur wenige Opfer geben würde.

Falls Herzog Kalas den Befehl zum Angriff gab, würde es nur eine Frage von wenigen Minuten sein, bis St. Gwendolyn überrannt war.

Hörner erklangen entlang der Frontlinie, und der Vormarsch geriet, jetzt, da die vordersten Reihen kaum zweihundert Fuß von den hohen Mauern der Abtei entfernt waren, ins Stocken. Aus der Mitte des Heeres löste sich, begleitet von einem Reiter, der die Flagge des neuen Bärenreiches trug, eine Abteilung Allheart-Ritter und hielt unter den Blicken des Abtes und seiner Ordensbrüder genau auf die Tore von St. Gwendolyn zu, in ihrer Mitte Herzog Kalas selbst.

»Wer steht dieser Abtei vor?«, rief Herzog Kalas hinauf.

»Ein Mann, der Euch bekannt sein dürfte, guter Herzog Kalas«, erwiderte Glendenhook und trat vor bis an den Rand der Mauer, sodass der Anführer der Allhearts ihn deutlich sehen konnte. »Abt Glendenhook.«

Der Herzog entbot eine höfliche Verbeugung. »Ich bringe wichtige Nachrichten aus Ursal, Abt Glendenhook«, rief er. »Traurige, aber auch erfreuliche Nachrichten.«

»Dass König Danube tot ist und der junge Aydrian den Thron bestiegen hat«, rief der Abt zurück.

»Ich war davon ausgegangen, dass die Kunde meinem Eintreffen vorauseilen würde.«

»Das ist geschehen.«

»Und doch zeigt Ihr die Fahne aus vergangenen Zeiten«, bemerkte der Herzog. »Wir haben Euch eine neue mitgebracht.«

»Wir wollen diese Fahne nicht.«

Herzog Kalas zögerte, und Glendenhook bemerkte ein hämisches Grinsen, das unter dem Gesichtsschutz seines riesigen, mit einem Federschmuck versehenen Helmes immer breiter wurde.

»Wir zeigen die Fahne des Bärenreiches, die Fahne von Prinz Midalis«, fuhr der Abt unbeirrt fort. »Denn er ist der Nächste in der königlichen Erbfolge.«

»Die Angelegenheiten des Staates brauchen Euch nicht zu kümmern, guter Abt«, entgegnete Herzog Kalas ohne einen Anflug von Verärgerung in der Stimme. »Es obliegt allein dem Thron Ursals und nicht der abellikanischen Kirche, über die korrekte Fahne des Königreiches zu befinden.«

»Das mag sein«, beeilte sich Abt Glendenhook zu erwidern. »Und doch kann die abellikanische Kirche in dieser Angelegenheit nicht länger schweigen, denn der Aufstieg König Aydrians ist kein Ereignis, das allein den Staat betrifft. Wir wissen, wer seine Verbündeten sind, Herzog Kalas. Aber genug von diesem Geschrei.« Glendenhook trat von der Mauerbrüstung zurück und rief etwas nach unten, worauf das Tor von St. Gwendolyn sich knarrend öffnete.

»Unter den Bedingungen einer Waffenruhe«, rief Glendenhook über die Schulter von der Mauer herab.

Nach einem Seitenblick auf seine Allhearts ritt der Herzog an der Spitze seiner Gefolgschaft in den engen Innenhof der Abtei.

»Es war klug von Euch, die Tore zu öffnen«, begrüßte er Glendenhook und Oberin Treisa, als er und die übrigen Allhearts wenige Minuten später in Glendenhooks Privatgemächern mit den beiden zusammentrafen. »Einige Kapellen waren in ihrer Missachtung für König Aydrian hartnäckiger. Sie werden derzeit neu errichtet.«

»Eine Aufgabe, die Euer Herz zweifellos in Wallung bringt«, erwiderte Glendenhook mit leisem Spott.

Kalas warf ihm einen drohenden Blick zu.

»Was soll das freundliche Geplänkel?«, fragte der Abt. »Wir wissen, weshalb Ihr hergekommen seid, und Ihr wisst, warum wir uns entschieden haben, die Fahne zu hissen, die Ihr über unserer Abtei seht. Euer Hass auf die abellikanische Kirche ist uns nicht unbekannt, Herzog. Ebenso wenig sein Ursprung, denn Königin Vivians Tod hat jeden Abellikaner viele lange Jahre stark belastet.«

Glendenhook war sich bewusst, dass er mit dieser unverblümten Eröffnung einen Nerv getroffen hatte. Nur wenige Ereignisse waren ausschlaggebender für das Leben von Herzog Targon Bree Kalas gewesen als der Tod von König Danubes erster Gemahlin, Königin Vivian. An ihr Bett gerufen, hatte Je'howith, der damalige Abt von St. Honce, sich fieberhaft um ihre Rettung bemüht, doch leider war er zu spät an ihrem Krankenlager eingetroffen. Der Schicksalsschlag hatte König Danube schwer getroffen, Herzog Kalas aber hatte er noch viel tiefer verletzt. Er hatte in seinem Herzen eine Narbe hinterlassen, die sich immer wieder in Hasstiraden auf die abellikanische Kirche äußerte. In den mehr als zwei Jahrzehnten seit Vivians Tod war Herzog Kalas einer der größten Kritiker der Kirche gewesen, ein Kritiker, der sich unzählige Male über die Führung in Palmaris und über jedes andere Thema, ja sogar über die Pilgerreise zum Berg Aida ereifert hatte. Der schwierige Herzog war zu der Zeit, als Glendenhook in St. Mere-Abelle unter den ehrwürdigen Vätern Markwart, Agronguerre und Bou-raiy als Meister gedient hatte, Gegenstand zahlreicher hitziger Debatten gewesen.

»Königin Vivian ist nicht Gegenstand unseres Gespräches«, presste Herzog Kalas zwischen zusammengebissenen Zähnen hervor.

»Ach nein?«, erwiderte Abt Glendenhook und versuchte, jedes noch so unbedeutende Zucken im Gesicht des Herzogs einzuschätzen. Er wollte vernünftig mit Kalas reden, ihn nicht zu einem Zornesausbruch provozieren.

»Mein Marsch dient der Verbreitung der Worte König

Aydrians«, erwiderte Kalas. »Wer sich ihm widersetzt, wird selbstverständlich ausgeschaltet werden, ob dieser Widerstand nun von Dorfoberen, vom Adel oder von der abellikanischen Kirche kommt. Eure Abtei existiert allein aufgrund der Großmut des Throns des Bärenreiches. Vergesst das niemals.«

»Auf dem Thron weiß man längst, welch stabilisierenden Einfluss die Kirche als Partner beim Erhalt der Macht des Königreiches hat«, warf die Oberin ein. »Es handelt sich um eine Partnerschaft zum gegenseitigen Nutzen.«

»Wenn Ihr also die Fahne König Aydrians hisst und ihn als Euren Herrscher anerkennt –«

»Gott allein ist unser Herrscher«, fiel Treisa ihm ins Wort.

Herzog Kalas betrachtete sie mit durchdringendem Blick, ehe er eine sanftere Miene aufsetzte und sich mit einem freundlichen Lächeln geschlagen gab. »Wenn dies Euer Glaube ist«, erwiderte er mit einem höflichen Lächeln. »Erlaubt, dass ich meinen Standpunkt anders formuliere. Wenn Ihr die Fahne Aydrians hisst, so zeigt das nur, dass Ihr ihn als rechtmäßigen Herrscher des Bärenreiches anerkennt.«

»Es ist die Person Eures Königs, der uns eine solche Betrachtungsweise erschwert«, erwiderte Abt Glendenhook. »Denn offenbar überschreiten seine Verfügungen die anerkannten Grenzen seines Königreichs.«

»Männer Eurer Kirche haben ihn aufgesucht, nicht umgekehrt«, entgegnete Herzog Kalas. »Abt Olin hat diesen König als Tatsache anerkannt und ihn akzeptiert.«

»Und auch Marcalo De'Unnero«, sagte Treisa.

»Den man wohl kaum als Mann unserer Kirche bezeichnen kann«, beeilte sich Glendenhook hinzuzufügen.

Herzog Kalas lachte amüsiert. »Und der mich gewiss nichts angeht«, erklärte er. »Gleichwohl möchte ich Euch versichern, dass Marcalo De'Unnero Euch töten würde, sähe er die Fahnen, die Ihr gehisst habt.«

»Dann möchte ich Euch bitten, ihn davon zu unterrichten«, erwiderte Treisa trotzig.

Herzog Kalas und Abt Glendenhook sahen sie erstaunt an, und den anderen Allhearts im Raum entfuhr ein lautes Keuchen.

Treisa ließ sich jedoch nicht beirren. »Wie kann ein Adliger wie Herzog Targon Bree Kalas, ein Freund König Danubes, mit diesem Verrückten namens De'Unnero gemeinsame Sache machen? Habt Ihr Eurem langjährigen Freund so gründlich abgeschworen? Ist die Treue der Allhearts ein so zerbrechliches Gut?«

»Sagt Eurer Ordensschwester, sie möge auf ihre Worte achten«, sagte Kalas warnend an Glendenhook gewandt.

»Sie spricht mir aus der Seele«, lautete die trockene Erwiderung des Abtes.

Einen Moment lang erweckte Kalas den Eindruck, als wollte er handgreiflich werden, doch Glendenhook griff das Stichwort seiner mutigen Oberin auf und fuhr fort. »Abt Olin hat sich eigenhändig aus der abellikanischen Kirche ausgestoßen. Ich gehe davon aus, dass man bereits in Kürze in St. Bondabruce einen Nachfolger für ihn ernennen wird.«

»Er ist bei seinen Mönchen überaus beliebt, die ihm hingebungsvoll dienen und im Übrigen überzeugt sind, dass er und nicht Fio Bou-raiy derzeit das Oberhaupt der abellikanischen Kirche sein sollte.«

»Dann wird der Nachfolger eben aus St. Mere-Abelle oder der benachbarten Abtei St. Rontlemore in Entel kommen«, erwiderte Glendenhook.

»Der Nachfolger«, sagte Herzog Kalas nachdenklich, »dürfte zweifellos ein recht kurzlebiges Amt antreten.«

»Weil die Krone ihren Platz im Königreich offenbar nicht akzeptiert«, erwiderte Glendenhook. »Die Angelegenheiten der Kirche müssen allein der Kirche überlassen bleiben! Wollt Ihr mit einer Armee nach St. Mere-Abelle marschieren, um Abt Olins allseits anerkanntes Unrecht wettzumachen?«

»Ich werde dorthin marschieren, wohin König Aydrian beschließt, mich hinzuschicken«, konterte Kalas. »Nach St.

Mere-Abelle – oder mitten hindurch! Das spielt wohl kaum eine Rolle!«

»Das fällt nicht in die Befugnisse des Königs!«

Herzog Kalas schnaubte spöttisch und schüttelte den Kopf. »Ihr scheint nicht zu begreifen«, sagte er, nachdem er sich wieder beruhigt hatte. »Mit Aydrian hat sich alles verändert. Einst bin ich durch Aydrians Schwert in die Hände des Todes gefallen. Kein Abt, nicht einmal Euer Freund Bou-raiy, hätte …« Er hielt inne und ließ ein leises Lachen hören. »Und doch lebe ich«, erklärte er und sah Glendenhook dabei direkt in die Augen. »Ich lebe, weil das Bärenreich einen König hervorgebracht hat, der sogar den Tod bezwingen kann!«

Abt Glendenhook schüttelte verwirrt den Kopf und sah zu Treisa, die ebenso bestürzt zu sein schien. »Was ist das für ein Gerede?«, fragte die Schwester Oberin. »Das vermag niemand.«

»Jedenfalls kein Abellikaner«, stieß Kalas hervor. »Als Königin Vivian im Sterben lag, hat dieser Narr Je'howith ihr da vielleicht helfen können? Ihr Priester versprecht das ewige Leben. Nun, auf mein Wort, Aydrian hat bewiesen, dass er der Herrscher über den Tod ist. Ihr verurteilt ihn und mich, weil Ihr unfähig seid zu begreifen, weil Ihr so gefangen seid im Netz Eurer Rituale und falschen Versprechungen, dass ein König wie Aydrian Euer Begriffsvermögen sprengt.«

»Wie damals das Wunder Avelyns?«, konterte Treisa. »War es nicht St. Avelyn, der das Königreich – das Königreich Eures Freundes – aus den Trümmern der Pest rettete?«

»St. Avelyn?«, höhnte Kalas.

»Richtig, schon sehr bald.«

»Dieses Gerede höre ich schon seit Jahren«, bemerkte der Herzog, ehe er verächtlich abwinkte. »Es spielt ohnehin keine Rolle. Für das Volk des Bärenreiches ist Avelyn ein Held – ein Titel, den sogar Jilseponie einst trug. Mittlerweile interessiert sich kein Mensch mehr für sie. Aydrian ist König, und wehe dem, der es wagt, sich ihm zu widersetzen.«

»Ihr könnt Euren einstigen Freund Prinz Midalis einfach so verleugnen?«

Bei der Bemerkung versteifte sich Herzog Kalas, und sein Blick wurde stählern. »Prinz Midalis würde es verstehen und akzeptieren, wenn er Aydrian so verstünde, wie ich es tue.«

Glendenhook klappte verblüfft der Unterkiefer herunter. »Was hat dieser junge Aydrian nur mit Euch angestellt? Was für eine Hexerei ist das?«

»Es ist die erste ehrliche ›Hexerei‹, die ich gesehen habe«, stieß Kalas hervor. »Ganz anders als die Lügen der abellikanischen Kirche.«

Die beiden Männer maßen einander lange mit durchdringenden Blicken.

»Ihr werdet den Soldaten König Aydrians Eure Tore öffnen«, verlangte der Herzog. »Und Ihr werdet die rechtmäßige Fahne hissen.«

»Und wenn nicht?«

»Dann werde ich Eure Tore eigenhändig öffnen, und zwar so schnell es irgend geht«, erwiderte Kalas ruhig, machte kehrt und verließ mit den anderen Allhearts den Raum.

»Was sollen wir nur tun?«, wandte sich Abt Glendenhook an Treisa, als sie wieder alleine waren.

Sie sah ihn lächelnd an, durchdrungen von jener aufrichtigen Gelassenheit, mit der sie ihr Schicksal willig akzeptierte.

Einen Augenblick später erwiderte Abt Glendenhook das Lächeln, dann trat er zu ihr und gab dieser wundervollen Ordensschwester einen Kuss auf die Wange. Mit energischen Schritten verließ er das Zimmer und begab sich zur Stirnmauer der Abtei. Hier hatten sie mit den Fahnen ihre Meinung kundgetan, und dies beabsichtigte er nun zu wiederholen.

»Herzog Kalas!«, rief er von der Mauer zu der Gruppe von Kriegern hinunter, die soeben ihre To-gai-Pferde wendeten, um zu ihren Linien zurückzukehren. Wie auf ein Kommando wandten sich die Allhearts noch einmal um. »Zieht mit Euren Truppen ab. Dies ist ein Haus Gottes.«

»Öffnet Eure Tore, Abt Glendenhook«, rief der Herzog warnend.

»Wir werden unsere Tore öffnen, hier in St. Gwendolyn und selbst in St. Mere-Abelle, wenn Euer König Aydrian den ihm gebührenden Platz einnimmt«, brüllte der Abt aus vollem Hals, damit so viele von Kalas' Männern wie möglich ihn hören konnten. »Sobald dieser Verbrecher Marcalo De'Unnero hinter Gittern sitzt und Abt Olin den Kirchenoberen zur Beurteilung übergeben wird. Bis dahin bleiben Euch die Tore von St. Gwendolyn verschlossen.«

Wieder schien Herzog Kalas darüber eher erfreut als besorgt.

»Herzog Kalas!«, rief Abt Glendenhook erneut hinunter, als dieser sich ein weiteres Mal abwandte. Noch im Rufen griff Glendenhook in seine Gürteltasche und schloss die Hand um einen besonders schweren Edelstein.

Der Herzog drehte sich um.

»Was gedenkt Ihr jetzt zu tun?«, wollte Glendenhook wissen.

Herzog Kalas ließ sein Pferd wenden, sodass er dem Abt direkt ins Gesicht sehen konnte. »Ich werde die Kunde von König Aydrian landauf, landab im ganzen Bärenreich verbreiten«, erwiderte er. »Wer diese Kunde akzeptiert, dem wird seitens der Krone Verbundenheit und Freundschaft widerfahren. Wer sich dagegen verweigert, für den bleibt nur das Schwert.«

»St. Gwendolyn wird die Tore nicht öffnen.«

»Dann erkläre ich Euch hiermit zum Feind«, rief Herzog Kalas.

Abt Glendenhook streckte seine Hand in Kalas' Richtung und schärfte mit Hilfe der ihm vom Stein übermittelten Bilder seinen Blick, sofort sah er die prunkvolle Panzerung, die der Mann trug, sehr viel deutlicher, so als hätte die gesamte übrige Welt in seiner Wahrnehmung an Helligkeit eingebüßt. Er konzentrierte sich auf eine Stelle von Kalas' Rüstung, die

Brustplatte genau über dem Herzen, und wartete, bis die Energie des Steins in seinem Herzen und in seiner Seele an Kraft gewonnen hatte.

Kalas rief ihm gerade etwas zu, doch er hörte nichts. Hinter ihm entfuhr der Oberin Treisa ein Schrei, doch nichts davon drang an sein Ohr. Was zählte, waren allein der Edelstein und das Anwachsen seiner Energie, alles, was zählte, war die Wunde, die er dem jungen Aydrian beizubringen gedachte.

Glendenhook ließ all seine ihm zur Verfügung stehende Kraft in den Ladestein einfließen und konzentrierte dessen gebündelte magnetische Anziehung auf diesen einen Punkt an Herzog Kalas' Rüstung – und dann ließ er das Geschoss mit einem lauten Schrei davonschnellen.

Es flog so ungeheuer schnell, dass sogar die Luft ringsum zu knistern begann, und das Scheppern beim Aufprall auf Herzog Kalas' Brust dröhnte laut wie eine Glocke der Abtei.

Herzog Kalas wurde von seinem Pferd gerissen und stürzte in den Staub.

»Was habt Ihr getan?«, rief Treisa und eilte an seine Seite.

»Ich habe König Aydrian die unmissverständliche Botschaft geschickt, dass die abellikanische Kirche nicht gewillt ist, den unsinnigen Forderungen des Staates nachzugeben.«

Unter ihnen auf dem Feld waren einige Allhearts damit beschäftigt, einen Schutzring um den vom Pferd gestürzten Herzog zu bilden, während andere von ihren Rössern sprangen, um ihn hochzuheben. Inzwischen hatten sich noch weitere Reiter aus den Reihen der Streitmacht gelöst und halfen dabei, Kalas wieder in den Schutz seiner Truppen zurückzuschaffen.

Sofort setzte der Beschuss der Katapulte ein, und die ersten riesigen Steine prallten gegen die Mauern der Abtei und hinterließen im betagten Mauerwerk die ersten Risse. Augenblicke später erfolgte der Angriff der mehr als zwanzigtausend Mann starken Streitmacht, der den Boden unter der

Abtei erzittern ließ, sodass man befürchten musste, das Gemäuer werde allein schon unter diesem tosenden Donnern in sich zusammenfallen.

Abt Glendenhook lief hektisch auf und ab, trieb seine Ordensbrüder zusammen und wies sie an, ihre Stellungen zu verlassen. »Leistet keinerlei Widerstand«, befahl er ihnen, als er sie alle im Schiff der großen Abteikirche versammelt hatte. »Wir haben unsere Meinung kundgetan – mehr können wir nicht tun.«

Ein Ordensbruder, der an der Rückseite der Kirche zur Tür hinausspähte, rief: »Sie sind durch das Tor gebrochen!«

»Schließ die Tür, Bruder«, wies Abt Glendenhook ihn an. »Komm her, setz dich zu uns und bete.«

Wenige Augenblicke später flogen die Türen der Kapelle auf, und eine Gruppe von Soldaten stürmte in das Kirchenschiff.

»Lasst uns gemeinsam beten, meine Freunde«, begrüßte sie Abt Glendenhook.

Er war der Erste, der fiel. Von der Wucht der heranstürmenden Wand aus Schilden zu Boden gedrückt, prügelte man so lange auf ihn ein, bis er sich schließlich fügte. Dann wurde er zusammen mit seinen Ordensbrüdern und Oberin Treisa fortgeschleift.

Als man ihn später am selben Nachmittag halb tot in eben jenes Gemach schleppte, wo er noch am Morgen mit Herzog Kalas zusammengetroffen war, erwarteten ihn zwei Überraschungen.

»So sehen wir uns also wieder«, begrüßte ihn die erste Überraschung, Herzog Kalas in Person. Er hatte auf Glendenhooks Sessel Platz genommen und trug noch immer seine mittlerweile verbeulte, ansonsten aber unbeschädigte Rüstung.

Glendenhook wurde grob auf den Schreibtischstuhl gegenüber dem Herzog gestoßen.

»Ihr solltet die Waffenmeister der Allhearts niemals unterschätzen, bester Abt«, erklärte Kalas. »Als sie unsere vortrefflichen Rüstungen entwarfen, hatten sie dabei niemand anderen im Sinn als Euch unerquickliche Abellikaner.«

»Hätte ich doch nur mehr Kraft besessen«, erwiderte Glendenhook mit kaum hörbarer Stimme. »Hätte Jilseponie hinter der Wucht des Steines gestanden –«

»Nun, wäre es König Aydrian gewesen, dann wäre meine Rüstung zersprungen wie Glas, so viel kann ich Euch versichern«, fiel Kalas ihm ins Wort. »Doch das ist jetzt nicht weiter von Belang. Eure Feigheit war für jeden offensichtlich.«

»Ihr habt uns zu Feinden erklärt, nicht ich.«

»Und ich war es, der unter der Unterhändlerflagge ritt«, konterte Herzog Kalas. »Euer Angriff war der eines heimtückischen Meuchelmörders – damit macht man sich nicht eben beliebt, oder? Aber das ist nicht weiter von Belang«, sagte er erneut. »Über St. Gwendolyn weht die Fahne König Aydrians, wodurch die Abtei wieder als in das Königreich des Bären eingegliedert gilt. Alle Bewohner des Klosters, Ordensbrüder und -schwestern gleichermaßen, werden sich einem angemessenen Verhör zu unterziehen haben.«

»Alle Ordensbrüder und die eine Ordensschwester, meint Ihr wohl«, erwiderte Glendenhook. Er wollte mit seiner Anspielung auf die Flucht des Großteils der Ordensmitglieder von St. Gwendolyn wenigstens einen Punkt für sich verbuchen.

Herzog Kalas indes lächelte bloß und gab einem an der Seitenwand des Raumes stehenden Soldaten ein Zeichen, worauf dieser kehrtmachte und eine Seitentür aufriss. Sofort traten zwei Soldaten ein, in ihrer Mitte der arg mitgenommene Meister Belasarus.

Der Mönch war in Tränen aufgelöst und schüttelte den Kopf. »Wir haben es versucht«, sagte er zu Glendenhook. »Aber sie hatten uns schon erwartet, kaum fünf Meilen die Küste hinauf.«

Sosehr er auch bemüht war, sich vor Herzog Kalas keine Blöße zu geben, Glendenhook klappte der Unterkiefer herunter.

Herzog Kalas gab den Soldaten einen Wink, worauf diese Belasarus wieder aus dem Zimmer schafften.

»Nun, wie ich eben schon sagte«, fuhr der Herzog mit aufreizender Beiläufigkeit fort, »wird man sie einem Verhör unterziehen, und diejenigen unter ihnen, die Aydrian anerkennen, werden feststellen, dass er ein gnädiger Herrscher ist.«

»Und wer dies nicht tut?«

»Wird sich vor dem Tribunal von Abt Olin verantworten müssen«, antwortete Kalas. »Offen gesagt, es kümmert mich wenig.«

»Und welches Schicksal habt Ihr mir zugedacht?«

Herzog Kalas wandte den Blick ab. »Ich empfinde Mitgefühl für Euch. Das ist die Wahrheit.«

Zu seiner Überraschung stellte Glendenhook fest, dass er ihm sogar glaubte. »Dann habe ich also nicht nur Abt Olins Zorn, sondern auch den von Marcalo De'Unnero zu gewärtigen.«

»Euer durch nichts provozierter Angriff galt einem offiziellen Vertreter des Staates, nicht der Kirche«, erwiderte der Herzog und richtete den Blick wieder auf den zum Untergang verdammten Abt. »Natürlich wird man Euch vor Gericht stellen, aber Ihr wisst ebenso gut wie ich, dass eine solche Gerichtsverhandlung nichts weiter als eine Formalität ist. Euer Verbrechen ist nicht zu leugnen.«

Glendenhook senkte den Blick.

»Unter gewissen Umständen wäre ich jedoch bereit, auf einer Feststellung mildernder Umstände zu bestehen, was Euer Strafmaß verringern könnte«, bot Herzog Kalas an, worauf Glendenhook den Blick wieder hob.

»Als Gegenleistung müsste ich Aydrian als rechtmäßigen König des Bärenreiches anerkennen«, folgerte der Abt.

»Das wäre der erste Teil meiner Bedingungen, richtig.«

»Ihr verlangt von mir, ich soll Abt Olin und Marcalo De'Unnero unterstützen?«

»Ich versichere Euch, dadurch würdet Ihr das Leid, das Euren Ordensbrüdern schon bald widerfahren wird, erheblich mildern«, antwortete der Herzog. »Und eine uneingeschränkte Kooperation Eures albernen Ordens hätte zwangsläufig eine Entschärfung von Krieg und Chaos im gesamten Königreich zur Folge.«

Abt Glendenhook dachte eine Weile darüber nach. »Vielleicht gibt es ja tatsächlich einige Dinge, für die es sich zu sterben lohnt«, erklärte er ruhig.

»Ich fordere Euch dringend auf, das noch einmal zu überdenken«, erwiderte Herzog Kalas. »Um Eurer selbst willen und um derentwillen, die Eurem Beispiel irrigerweise bis in den Tod folgen werden.«

Glendenhook lehnte sich abermals zurück, schloss die Augen und blickte tief in sich hinein, in seine Seele. Er war unter den abellikanischen Ordensbrüdern nie der Frömmste gewesen, sondern, genau wie sein Mentor, der ehrwürdige Vater Bou-raiy, eher ein Pragmatiker. Bei oberflächlicher Betrachtung schien seine überaus missliche Lage geradezu der Inbegriff des Dilemmas zwischen Prinzipientreue und pragmatischer Vernunft zu sein, und zum ersten Mal in seinem Leben fühlte Abt Toussan Glendenhook sich wirklich in jeder Hinsicht auf die Probe gestellt. Es war offenkundig der Augenblick, eine absolut nüchterne Entscheidung zu treffen, doch das würde auf eine Leugnung seines Glaubens hinauslaufen.

Er musste an seine wahre Inspiration im Leben denken, an Oberin Treisa, und antwortete mit vor Überzeugung fester Stimme: »Stellt Eure Galgen auf.«

12. Die Entschuldigung

»Du hast dich weit von zu Hause fortgewagt«, entfuhr es Pony. Die Worte purzelten ihr einfach aus dem Mund vor lauter Überraschung, Belli'mar Juraviel plötzlich im Eingang jener Höhle stehen zu sehen, wo sie und Bradwarden über Nacht ihr Lager aufgeschlagen hatten. Draußen tobte ein Schneesturm; der Wind trieb den Schnee waagrecht vor sich her und häufte ihn vor Bäumen und Erhebungen zu hohen Wechten auf.

Dabei war Ponys Bemerkung gar nicht so weit hergeholt, denn sie befanden sich zurzeit weit östlich von Dundalis, und selbst diese Stadt war noch ein gutes Stück von Juraviels Heimat entfernt.

Juraviel zitterte leicht, erwiderte jedoch nichts.

Nachdem sie sich von der Überraschung, Juraviel zu sehen, erholt hatte, fuhr Pony fort: »Ich denke, Lady Dasslerond und ich haben alles gesagt, was es zu sagen gab, Belli'mar Juraviel«, erklärte sie schroff. Sie hatte noch nicht zu Ende gesprochen, da spürte sie schon Bradwardens kräftige Hand auf ihrer Schulter.

»Nun mal langsam, Mädchen«, riet ihr der Zentaur. »Der junge Kerl hier war doch immer dein Freund.«

Pony wandte sich brüsk zu ihm um. »Ein so toller Freund, dass er mir von Lady Dasslerонds –«

Bradwarden schnitt ihr das Wort ab, indem er ihr einen Finger auf die Lippen legte. Dann wandte er sich wieder dem sichtlich mitgenommenen Juraviel zu.

»Die junge Frau hat ganz Recht, Elf«, sagte Bradwarden zu ihm. »Du bist wirklich weit von zu Hause fort. Man könnte beinahe sagen, zu weit – es sei denn, du bist hier draußen auf der Suche nach Andacanavar, deinem Hüterfreund.«

Juraviel schüttelte langsam den Kopf.

»Dann bist du also wegen mir gekommen«, schloss Pony.

»Nun, dann lass dir gesagt sein, dass ich weder dir noch einem anderen Touel'alfar noch irgendetwas zu sagen habe. Für dich empfinde ich von allen aus deinem Volk noch am wenigsten Hass, aber nach allem, was du mir angetan hast, bezweifle ich, dass ich dich jemals wieder als Freund bezeichnen kann. Also, geh bitte.« Beim Sprechen hatte sie die Hand in den Beutel mit den Edelsteinen geschoben, um sich gegebenenfalls wehren zu können, sollte Juraviel oder irgendein anderer womöglich in der Nähe lauernder Elf sie angreifen.

Statt einer Antwort hob Juraviel die Hand und öffnete sie, sodass man den Smaragd darin sehen konnte, den Edelstein, der die Seele seines Volkes verkörperte – und die seiner Heimat Andur'Blough Inninness.

»Lady Dasslerond lebt nicht mehr«, sagte er leise.

Ponys Augen weiteten sich, und Bradwarden entfuhr ein leises Stöhnen.

»Sie hat sich für Andur'Blough Inninness geopfert und das Tal mit der Essenz ihres Lebens umhüllt, um es vor forschenden Blicken zu verbergen.«

»Aber ich wäre doch nie im Leben dorthin zurückgekehrt«, stammelte Pony.

»Deine Augen sind auch nicht gemeint.«

»Sondern die deines Sohnes«, folgerte Bradwarden. »Tja, der junge König hat es wohl auf die Elfen abgesehen, die ihn damals ausgebildet haben.«

»Viele aus meinem Volk sind durch Aydrians Hand umgekommen«, erklärte Juraviel. »Er marschierte mit Hunderten von Kriegern auf unser Tal zu. Wir haben versucht, ihn aufzuhalten, haben versucht, ihn zu besiegen oder ihn wenigstens auf eine falsche Fährte zu locken. Aber er ist mächtig, so ungeheuer mächtig.«

»Was willst du damit sagen?«, fragte Pony. »Hat Aydrian euch angegriffen?«

»Wir haben versucht, ihn auf eine falsche Fährte zu locken,

um ihn von seinen Eroberungsplänen abzubringen«, erklärte Juraviel. »Aber dank seines ungeheuren Geschicks im Umgang mit den Edelsteinen hat er unseren Widerstand gebrochen.«

»Und dann ist deine Herrscherin losgezogen, um ihm allein entgegenzutreten?«, fragte Bradwarden.

»Sie ist zu ihm gegangen, um ihn von Andur'Blough Inninness fern zu halten«, erläuterte der Elf. »Sie hat sich diesem Stein hingegeben. Seitdem ist Andur'Blough Inninness umfangen von der Essenz ihres Lebens und wird so lange unauffindbar bleiben, bis die Bedingungen ihres Zaubers erfüllt sind.«

»Und Aydrian ist nicht imstande, diesen Zauber zu brechen?«, fragte der Zentaur. »Tja, scheint so, als wär er doch nicht allmächtig.«

»Nein, das ist er nicht«, bestätigte Juraviel.

»Wieso bist du dann hier?«, fragte Pony. »Warum bist du nicht bei den anderen aus deinem Volk in dem verborgenen Tal?«

»Weil es für alle unauffindbar ist, für Menschen und für Touel'alfar gleichermaßen«, gestand er. Sowohl Pony als auch Bradwarden machten große Augen.

»Klingt ganz nach einer Verzweiflungstat«, sagte der Zentaur.

»Wir haben kein Zuhause mehr und müssen uns verstecken.«

»Hier draußen?«, fragte Pony ungläubig.

»Nein, ich bin allein hergekommen«, erklärte der Elf. »Der Edelstein der Touel'alfar birgt zahlreiche Zauberkräfte, darunter eine, die es mir erlaubt, in kürzester Zeit große Entfernungen zurückzulegen. Trotzdem habe ich mehrere Tage gebraucht, um euch zu finden.«

»Jetzt hast du uns gefunden, und ich fordere dich auf, wieder zu verschwinden«, sagte Pony wütend, ehe Bradwarden sie erneut sanft an der Schulter berührte.

Sofort fuhr sie abermals zu dem Zentaur herum. »Was erwartest du von mir?«, fauchte sie ihn an, ehe sie wieder zu Juraviel herumwirbelte. Der schmerzliche Zorn, den sie in diesem Moment verspürte, spiegelte sich deutlich in ihren klaren blauen Augen. »Und du, was erwartest du von mir?«, fragte sie den Elfen. »Ich dachte, du wärst mehr als alle anderen aus deinem Volk mein Freund.«

»Ich bin stets dein Freund gewesen, Jilseponie«, erwiderte Belli'mar Juraviel ruhig.

»Aber zuerst und vor allem warst du immer ein Touel'alfar«, blaffte Pony.

Juraviel senkte den Blick. In diesem Punkt musste er ihr Recht geben. »Ich habe sicher Fehler gemacht«, räumte er ein.

»Wenn ein Elf sich entschuldigt, ist das keine Kleinigkeit«, gab Bradwarden zu bedenken.

»Er entschuldigt sich doch nur, weil er mich jetzt braucht. Ist es nicht so?«, fragte sie Juraviel.

»Lady Jils-«, setzte Juraviel an, ehe er abrupt innehielt und tief durchatmete. »Pony«, verbesserte er sich. »Ich bin zu dir gekommen, weil es das Richtige war. Ich hätte dich gleich nach Markwarts Sturz, als der Friede im Land wiederhergestellt war, darüber unterrichten sollen, dass Aydrian noch lebt.«

»Ja, das hättest du.« Ponys unerbittlicher Ton ließ keinerlei Entgegenkommen erkennen.

»Das gilt für uns alle. Ich habe mit Lady Dasslerond mehr als einmal über dieses Thema gesprochen«, fuhr Juraviel fort. »Wir haben es trotzdem unterlassen. Dass Aydrian der Preis dafür sein sollte, dass wir dir und Elbryan gegen den abtrünnigen Markwart geholfen haben, war ihr Entschluss.«

»Ihr *Preis*!«, stieß Pony hervor.

»Es war ihre Entscheidung, nicht meine. Wenn eine Elfe zur Herrscherin über Andur'Blough Inninness berufen wird, dann lässt sie sich vielleicht beraten, aber gewiss führt sie keine Befragung unter ihren Untertanen durch. Lady

Dassleronds Aufgabe war es, die Regeln aufzustellen, und meine war es, sie zu befolgen. Aber all das wusstest du schon seit vielen Jahren, ich habe dich über unsere Regeln nie im Unklaren gelassen. Keiner aus unserem Volk wäre auf die Idee gekommen, seine Entscheidungen unabhängig von Lady Dassleronds Geboten zu treffen – nicht einmal Tuntun, die an deiner und Elbryans Seite im Innern des Berges Aida ums Leben kam.«

Die Erwähnung des Namens Tuntun nahm Pony den Wind aus den Segeln, und ihr Zorn verlor ein wenig von seiner Schärfe. Die tapfere Tuntun hatte einst ihr Leben geopfert, um Pony und Elbryan zu retten. Sie war freiwillig eines grausamen Todes gestorben – im Dienste einer größeren Sache, für den Sieg über den geflügelten Dämon. Pony brauchte nur ihren Namen zu hören, und schon erinnerte sie sich an all das Gute, das ihr und ihren Lieben durch die Touel'alfar widerfahren war. An jenem grauenhaften Tag vor drei Jahrzehnten, als die Goblins Dundalis überrannten, hatten die Elfen sie und Elbryan gerettet. Die Elfen, allen voran Belli'mar Juraviel, hatten ihr bei all den schweren Prüfungen zur Seite gestanden und ihr in jener schicksalhaften Nacht auf dem Feld vor den Toren von Palmaris das Leben gerettet – und Aydrian auch.

»Was deinen Sohn betrifft, so hat meine Herrscherin eine falsche Entscheidung getroffen«, räumte Juraviel ein. »Das wusste sie, bevor sie ihr Leben opferte. Dafür möchte ich mich in ihrem, aber auch in meinem Namen bei dir entschuldigen. Dass ich meine Freundin so schrecklich enttäuscht habe, wird mich bis an mein Lebensende verfolgen.«

Seine Entschuldigung bewirkte, dass Pony weiche Knie bekam. Natürlich wusste sie, dass seine Worte von Herzen kamen, und sie sah den aufrichtigen Schmerz, der tiefe Furchen in sein hübsches Elfengesicht gegraben hatte.

»Was immer ich auch tue, nichts kann diese Dinge ungeschehen machen«, fuhr Juraviel fort. »Aber jetzt stehen wir –

hoffentlich gemeinsam – vor einer Prüfung, die dem Auftauchen des geflügelten Dämons in nichts nachsteht. Dein Sohn Aydrian, ein skrupelloser Tyrann, verfolgt die gleichen Pläne wie damals Bestesbulzibar.«

Pony sank rücklings gegen die Höhlenwand und ließ sich in eine sitzende Stellung hinabgleiten. Sie merkte, dass Bradwarden sich zögernd über sie beugte und sie wortlos um ihr Einverständnis bat, also willigte sie nickend ein.

»Tja, von mir aus komm ruhig rein aus der Kälte«, sagte der Zentaur zu dem Touel'alfar. »Hab gerade noch ein paar Scheite hergeschafft, und meine Freundin hier wird gleich wieder ein hübsches Feuer zum Brennen bringen.«

Zögernd tastete sich Juraviel ins Höhleninnere vor und ließ sich Pony gegenüber nieder. Alle schwiegen, während Bradwarden zusätzliches Anzündmaterial auf die noch glimmenden Scheite warf und Pony den Rubin und den Serpentin hervorholte. Sie errichtete einen weiß glühenden Schutzschild über Hand und Unterarm, schob ihre Hand zwischen die Scheite und rief die Kräfte des Rubins auf den Plan. Sekunden später brannte das Feuer.

Dann lehnte sie sich zurück und schaute Juraviel über die orange züngelnden Flammen hinweg an. Sie sagte kein einziges Wort und forderte auch ihn mit keiner Geste auf zu sprechen.

Lange hockten sie schweigend da und versuchten, das Gespür füreinander wiederzufinden – als Freunde, nicht als Feinde.

»Lady Dasslerond war der festen Überzeugung, dass dein Sohn Aydrian die einzige Hoffnung unserer Heimat wäre«, brach Juraviel schließlich das Schweigen. »Er allein, so glaubte sie, sei imstande, die sich immer weiter ausbreitende Fäulnis des geflügelten Dämons zu besiegen. Also hielt sie ihn fest – als Waffe. In ihrer Vorstellung ist jener Aydrian, der dein Sohn war, in dieser Nacht auf dem Feld ums Leben gekommen. Du wurdest gerettet, er nicht – jedenfalls nicht wirklich. Was man dir damals nahm, war in ihren Augen nicht dein Sohn, sondern die Hoffnung von Andur'Blough Inninness. Ich weiß, es muss sich schrecklich für dich anhören, wenn man es so beschreibt. Nur darfst du nicht vergessen, dass unsere nackte Existenz bedroht ist. Indem ich dir das alles sage, erkläre ich dir ohne jede Überheblichkeit, dass meine Herrscherin in ihrer Einschätzung irrte und dass es ein Fehler war, einen Menschen auf diese Weise benutzen zu wollen.«

»Und jetzt sehen wir ja, was dabei herauskommt.«

»Ihr Opfer war das größte von allen«, erklärte Juraviel. »Aber jetzt müssen wir ihren schweren Fehler überwinden und zu retten versuchen, was von der Welt noch übrig ist.« Er ließ ein hilfloses, leises Lachen hören – eine sonderbar menschliche Geste, wie Pony sie weder von ihm noch von einem der anderen Elfen je gehört hatte.

»Die gewaltige Ironie dieser Geschichte ist, dass im Grunde ich für den Irrtum meiner Herrscherin verantwortlich bin«, erklärte Juraviel. »Ich war es, der Lady Dasslerond und mein Volk bedrängt hat, sich in die Angelegenheiten der Menschen einzumischen. Die Verwicklungen nahmen immer mehr zu, wie seit den Zeiten von Terranen Dinoniel nicht mehr. Und nun sitze ich hier, gewissermaßen auferstanden aus den Ruinen meiner verwüsteten Heimat, und mische mich schon wieder in die Angelegenheiten der Menschen ein.«

»Statt wegzulaufen und dich zu verkriechen.«

»Richtig«, pflichtete der Elf ihr bei. »Diese Möglichkeit hätten wir auch gehabt. Wir haben unsere Verwandten, die Doc'alfar, wiedergefunden, und sie haben uns die Hand zur Versöhnung gereicht. Wir könnten Andur'Blough Inninness nach und nach in Vergessenheit geraten lassen und uns weit weg von Aydrian und allen anderen Menschen eine neue Lebensweise angewöhnen, ein neues Leben beginnen.«

»Und warum bist du dann hier?«

»Weil er weiß, dass ihn und sein Volk eine gewisse Schuld daran trifft, was für ein Monster dein Aydrian geworden ist«, mischte Bradwarden sich ein.

Pony musterte den Zentaur forschend, ehe sie ihren Blick langsam wieder der zierlichen Gestalt zuwandte, die ihr am Feuer gegenübersaß.

»Er spricht die Wahrheit, meine Liebe«, beantwortete Juraviel ihre unausgesprochene Frage. »Wir, die Touel'alfar, tragen eine große Verantwortung für König Aydrian und das Monster, das aus ihm geworden ist. Deswegen habe ich dich aus einer gemeinsamen Notlage heraus aufgesucht, um dir meine Hilfe anzubieten.«

»Die Armeen der Menschen sind gewaltig«, erwiderte Pony. »Und wenn Aydrian im Umgang mit den Steinen tatsächlich so mächtig ist, wird er kaum aufzuhalten sein.« Sie zuckte kaum merklich mit den Schultern. »Mein Volk wird diesen Sturm mit Namen Aydrian überstehen. Die Reiche der Menschen werden auch noch lange nach seinem Tod existieren, lange nach unser aller Tod. Aber dein Volk ist bereits stark dezimiert, wie du eben selbst zugegeben hast. Geh und versteck dich, Juraviel – das sage ich dir in aller Freundschaft. Geh und versteck dein Volk, dort, wo es niemand findet. Ihr verfügt über großartige Krieger, zugegeben, aber Eure Zahl ist bei weitem nicht groß genug, um für unsere Sache wirklich von Nutzen zu sein. Entweder siegen wir, oder wir verlieren. Einhundert Elfenkrieger werden dabei mit Sicherheit nicht den Ausschlag geben.«

»Ich habe gar nicht die Absicht, meine Krieger jemals wieder gegen Aydrian in den Kampf zu schicken«, erklärte Juraviel. »Wir können uns keine größeren Verluste mehr leisten, da sie unsere Existenz als Volk gefährden würden.«

»Nun, was hast du dann zu bieten?«, wollte Bradwarden wissen.

Juraviel hielt abermals den Smaragd in die Höhe. »Ihr habt Verbündete«, antwortete er. »In To-gai, südlich des Gebirges, lebt eine von mir persönlich ausgebildete Hüterin, eine Kriegerin namens Brynn Dharielle, die sich an die Spitze der To-gai-ru gesetzt hat, um sie von ihren behrenesischen Unterdrückern zu befreien. In diesem Augenblick wendet Aydrian seine Aufmerksamkeit in Richtung Behren – und meine Kuriere raten Brynn, gegen ihn in den Kampf zu ziehen.«

»Das ist seit langem der erste Hoffnungsschimmer«, sagte Bradwarden hoffnungsfroh und versetzte Pony einen Stups.

Juraviel zeigte ihnen noch einmal den Smaragd. »Mit Hilfe dieses Edelsteins vermag ich in kürzester Zeit große Entfernungen zurückzulegen«, sagte er. »Ich kann nur wenige Begleiter mitnehmen, deshalb bin ich, was den Transport größerer Truppenverbände oder Ähnliches anbelangt, keine große Hilfe. Aber was die Einrichtung eines Nachrichtenweges zwischen denen, die entschlossen sind, Aydrian Widerstand zu leisten, und das Auskundschaften von Aydrians Truppenbewegungen betrifft, vermag es niemand mit den Touel'alfar aufzunehmen.«

Pony musterte ihn forschend, während sie den Vorschlag auf sich einwirken ließ. Allmählich dämmerte ihr, welch ungeheure Hilfe das möglicherweise für ihre Sache bedeuten könnte. Wie verzweifelt ihre Lage war, war ihr so recht erst bewusst geworden, als sie auf ihrer Suche nach Prinz Midalis nach Vanguard gekommen war. Höchstwahrscheinlich war Aydrian längst viel zu mächtig, um sich von Prinz Midalis verdrängen zu lassen, selbst wenn sie diesen dabei nach Kräften unterstützte.

Und nun das. Auf einmal bot sich ihr die Chance, alle losen Enden des Widerstands gegen Aydrian zu bündeln und zu einer gewaltigen Kraft zu vereinen.

»Ich nehme deine Entschuldigung an, Belli'mar Juraviel«, erwiderte sie ruhig. »Hilf mir. Hilf mir, die Welt wieder zu dem zu machen, was sie einst war.«

»Und deinen Sohn zu besiegen?«, fragte Juraviel.

Obwohl sie dies vernünftigerweise hätte bejahen müssen,

widerstrebten seine Worte auf schmerzhafte Weise Ponys Empfinden. Sie wusste selbst nicht, wie sie darauf kam zu erwidern: »Nein. Hilf mir, meinen Sohn zu retten.«

Sie bemerkte den sorgenvollen Blick zwischen Juraviel und Bradwarden, den sie mit ihrer seltsamen Antwort ausgelöst hatte, ein Blick, den sie besser verstand als ihre eigenen Gedanken.

Trotzdem dachte sie gar nicht daran, von ihrer leidenschaftlichen Bemerkung abzurücken.

Denn wenn sie alle Hoffnung aufgab, würde ihr am Ende gar nichts mehr bleiben.

---

13. Vorbereitung auf den großen Schlag

Dank Aydrians Einsatz der Edelsteine waren sie ungeachtet der widrigen, eisigen Winterwinde auf ihrem Marsch rasch vorangekommen. Nichtsdestotrotz waren alle, die Soldaten wie auch der König, der sie anführte, erleichtert, als sie an diesem kalten Wintertag gegen Ende des zweiten Monats im Jahr des Herrn 847 die Mauern von Palmaris wieder vor sich sahen.

Das Erste, was dem an der Spitze der Marschkolonne reitenden Aydrian auffiel, war, dass die Mauern mit Soldaten aus Ursal bemannt waren, seinen treu ergebenen Kingsmen. »Es scheint, als habe Marcalo De'Unnero die Wehrhaftigkeit der Stadt aufrechterhalten können«, sagte der junge König zu Sadye, die neben ihm ritt.

»Das konnten wir von ihm doch wohl auch erwarten«, erwiderte Sadye.

Aydrian ließ sein Pferd langsamer gehen und warf ihr einen misstrauischen Blick zu.

»Was ist?«, fragte Sadye.

»Du liebst ihn noch immer.«

Sadye richtete ihren Blick wieder auf Palmaris und zuckte halbherzig mit den Schultern. »Ich empfinde nach wie vor großen Respekt vor ihm – sollte ich das etwa nicht?«

Jetzt war es an Aydrian, starr geradeaus auf die Stadt zu schauen und mit den Schultern zu zucken.

»Du hast Marcalo mit einem für die Sicherheit und Erweiterung deines Königreiches überaus wichtigen Posten betraut«, fuhr sie fort. »Warum?«

Als Aydrian nicht sofort antwortete, tat sie es für ihn. »Weil du weißt, wie wertvoll er für dich ist. Selbst Abt Olin hast du aus dem Weg geschafft, weil du ganz genau weißt, dass ein Marcalo De'Unnero als ehrwürdiger Vater der abellikanischen Kirche die Sicherheit des Throns garantieren kann. Er ist nicht minder ehrgeizig als du – nur ist sein Ehrgeiz derzeit sehr viel zielgerichteter.«

»Du liebst ihn noch immer.«

»Wenn, dann deswegen, weil ich ihn und seine Ziele nach wie vor respektiere. Wie du selbst übrigens auch.«

Ihre letzte Bemerkung bewirkte, dass sie einander wieder ansahen. »Für Eifersüchteleien ist jetzt kein Platz«, sagte Sadye ruhig. »Weder von deiner Seite noch von Marcalos.«

»Wenn er dich so gekannt hat wie ich, muss es sein größter Wunsch sein, dich zu halten«, erwiderte Aydrian und richtete den Blick auf die Straße.

Sadyes schallendes Gelächter ließ ihn augenblicklich wieder herumfahren.

»So kann nur ein unerfahrener Bursche wie du reden«, erklärte die Bardin und lachte erneut. »Verrate mir eins, Aydrian Boudabras, künftiger Herrscher der gesamten Welt: Würdest du das alles aufgeben? Würdest du all deinen Plänen entsagen und auf dein Königreich verzichten, wenn ich dich darum bitten würde? Im Gegenzug könnte ich dir all die Liebe versprechen, die du dir wünschst – und mehr.«

Aydrian, unschlüssig, wie er reagieren sollte, starrte sie weiter unverwandt an.

»Nun, würdest du?«, drängte sie ihn.

Als Aydrian wieder nicht antwortete, tat Sadye es für ihn. »Natürlich nicht! Wünsche existieren auf den unterschiedlichsten Ebenen. Manche Männer machen sich zu Sklaven ihrer persönlichen Bedürfnisse, was ihnen den Blick auf eine bedeutendere Zukunft verstellt. Weder du noch Marcalo De'Unnero gehören diesem kurzsichtigen Menschenschlag an. Gewiss, es wird Ärger zwischen Euch beiden geben, wenn Marcalo dahinter kommt, dass ich ihn deinetwegen verlassen habe, aber diese Spannungen können die höheren Ziele, die ihr beide anstrebt, nicht gefährden. Zumindest hoffe ich das.«

Aydrian enthielt sich einer Erwiderung. Er führte seine Truppen zum Westtor der Stadt, wo ihnen die lauten Jubelrufe ihrer Kameraden entgegenschlugen.

Er war keineswegs der Erste seines Volkes, der sich unter die To-gai-ru begab, dennoch spürte Lozan Duk deutlich die unzähligen Blicke, die ihm hinterherstarrten, als er quer durch die Stadt Dharyan-Dharielle zum Palast des Drachen von Togai eskortiert wurde.

Er betrat das prunkvolle Gebäude über geschmackvoll dekorierte Flure, die jedoch, entgegen dem Geschmack der meisten menschlichen Herrscher, bei aller Pracht nicht überladen wirkten. Die Korridore waren von Wandteppichen gesäumt, vor denen Säulen und Postamente standen, und die auf diesen Postamenten platzierten goldenen Schalen waren mit dem wertvollsten Gut gefüllt, das diese unfruchtbare Region zu bieten hatte – Wasser. Die Spritzer und Fußstapfen rundumher verrieten Lozan Duk, dass Besucher herzlich eingeladen waren, vor sie hinzutreten und sich zu erfrischen. Eine lange, mit buntem Glas verzierte Fensterfront zog sich zu beiden Seiten am oberen Teil der Wand entlang. Die durch sie hereinfallenden Sonnenstrahlen warfen ein wunderschönes Licht auf die Fliesen des Fußbodens.

Am Ende eines langen Flures sah sich Lozan Duk plötzlich wieder jener merkwürdigen Frau gegenüber, die den Reisenden der Tylwyn Tou damals auf seiner Wanderung durch Tymwyvenne begleitet hatte. Äußerlich schien sie noch dieselbe zierliche und wunderschöne junge Frau zu sein, die er von damals kannte, doch im Glanz ihrer braunen Augen, wo er früher nur jugendliche Naivität hatte aufblitzen sehen, entdeckte Lozan Duk jetzt eine tiefe Weisheit und wache Entschlossenheit. Zufrieden stellte er fest, dass sie ihre natürliche Anmut und Schönheit nicht unter einer scheußlichen Frisur oder wallenden, pompösen Gewändern versteckte.

Ihr Lächeln, das so viel Herzlichkeit und Wärme verströmte, hätte unter der Last einer solchen Maskerade einiges von seiner Wirkung eingebüßt.

»Seid gegrüßt, Brynn Dharielle«, rief der Elf in der Sprache seiner Heimat, einem Dialekt, der sich nur wenig von der Sprache unterschied, die Brynn in ihren Jahren bei den Touel'alfar gelernt hatte.

»Es ist schön, dass Ihr gekommen seid«, erwiderte Brynn. »Es erfreut mein Herz, das Gesicht eines alten Freundes wiederzusehen.«

Lozan Duk wartete einen Augenblick, während Brynn sich zu dem Mann mittleren Alters umwandte, der neben ihrem Thron stand, und ihm etwas zuflüsterte – offenbar die Übersetzung.

»Ich hatte angenommen, die Lage in Eurem Königreich sei sicher«, fuhr der Elf fort, als sie sich ihm wieder zuwandte. »Aber zu meiner Überraschung sehe ich eine Armee vor Euren Toren stehen.«

»Das ist eine lange und verwickelte Geschichte«, erwiderte Brynn. »Eine, die Euch betrifft – oder auch nicht, je nachdem, aus welchem Grund Ihr diese weite Reise unternommen habt.«

»Ich bin gekommen, um Euch Nachrichten aus den Ländern nördlich des Gebirges zu überbringen«, erklärte der Elf. »In der Zwischenzeit ist viel geschehen.«

Brynn übersetzte rasch für Pagonel, dann forderte sie Lozan Duk auf fortzufahren.

»Euer Freund Aydrian hat den Thron des Königreiches im Norden an sich gerissen«, berichtete Lozan Duk.

»Das ist mir bereits bekannt. Jetzt streckt er seine Finger auch schon nach unserem Nachbarland Behren aus, indem er ganz offen und in vermeintlich freundlicher Absicht dort einmarschiert, obwohl er, wie ich fürchte, in Wirklichkeit als Eroberer kommt.«

»Dann lasst Euch sagen, dass Eure Befürchtungen berechtigt sind«, erklärte der Elf. »Aydrian hat seine Armee nach Westen bis in das Land der Tylwyn Tou marschieren lassen.«

Brynn riss erschrocken die Augen auf.

»Selbst Lady Dasslerond hat er besiegt. Sie war bereits dem Tod geweiht, als sie das Tal für alle, sogar für ihr eigenes Volk, unzugänglich machte. Belli'mar Juraviel war es, der mich zu Euch geschickt hat, um Euch vor Aydrians Eroberungswut zu warnen. Ihr solltet Euch jenseits allen Zweifels darüber im Klaren sein, Brynn Dharielle, dass Euer ehemaliger Gefährte weder ein Freund der Tylwyn Doc noch der Tylwyn Tou ist.«

»Dann steht Euer Volk an der Seite Eurer Vettern?«, erkundigte sich Brynn, nachdem sie die Neuigkeiten für Pagonel übersetzt hatte.

»Wir sind jetzt wieder ein vereintes Volk unter der gemeinsamen Führung von König Eltiraaz und Belli'mar Juraviel.« Er streckte ihr seine geöffnete Hand entgegen und zeigte ihr einen großen, blauen Saphir. »Dies ist der Edelstein meines Volkes und der Schwesterstein jenes Smaragds, der die Seele von Andur'Blough Inninness enthält. König Eltiraaz und Lady Dasslerond haben die Steine, wie unsere beiden Völker, wieder vereint. Mit Hilfe dieses Edelsteins können Belli'mar Juraviel, der Herrscher über den Smaragd, und ich einander in den entlegensten Winkeln der bekannten Welt aufspüren.«

Aus irgendeinem Grund war Brynn nicht allzu überrascht. Sie lauschte seinen Erklärungen ohne Zwischenfragen, dann beugte sie sich zur Seite, um sie für Pagonel zu übersetzen, der daraufhin ein ziemlich neugieriges und beeindrucktes Gesicht machte.

»Zurzeit befinden sich die Völker der Tylwyn auf der Flucht«, wechselte Lozan Duk das Thema und steckte seinen kostbaren Stein wieder ein. »Wir müssen uns vor Aydrians Häschern verstecken, und während man mich nach Süden schickte, um Euch aufzusuchen, hat Belli'mar Juraviel sich auf den Weg nach Nordosten begeben, um dort Jilseponie, Aydrians Mutter, aufzuspüren. Wir haben in der gesamten Region zahlreiche Kundschafter verteilt, denn wir hoffen, als Nachrichtenübermittler zwischen all den Kräften dienen zu können, die gezwungen sind, sich gegen König Aydrian zur Wehr zu setzen.«

»Aber wie lange liegt Lady Dassleronds Sturz denn nun schon zurück?«, erkundigte sich Brynn. »Selbst wenn Ihr und Eure Vettern eine Botenkette von Dharyan-Dharielle bis in den äußersten Norden einrichtet, wird die Übermittlung der Nachrichten eine gewisse Zeit in Anspruch nehmen.«

»Lady Dasslerond starb vor etwas mehr als zwei Wochen«, erklärte Lozan Duk.

»Wie könnt Ihr dann …«

»Dieser Smaragd, dessen Besitzer Belli'mar Juraviel jetzt ist, ermöglicht ihm ein erheblich schnelleres Reisen – mir übrigens auch. Ich befand mich gerade am Südende des Pfades der sternenlosen Nacht, als er mich, vor gerade mal zwei Tagen, aufgrund meines Signals dort fand. Ich war auf dem Weg in den Süden, um mich mit diesem Drachen, Pherol, zu treffen. Aber leider weilte der mächtige Lindwurm nicht in seiner Höhle.«

»Er ist hier.«

Ein Lächeln erschien auf dem blassen Gesicht des Doc'alfar. »Belli'mar Juraviel hat mir von den schlimmen Neuigkeiten aus dem Norden berichtet – und der Gefahr, die von Aydrian droht. Deshalb gab er mir den Auftrag, hierher zu kommen, Euch aufzusuchen und Euch auszurichten, dass wir Euch und Euer Volk in dieser finsteren Stunde nicht im Stich lassen werden.«

»Vor zwei Tagen?«, fragte Brynn. »Bis zum Pfad der sternenlosen Nacht sind es von hier gut zwei Wochen Fußmarsch.«

»Belli'mar Juraviel hat es mir mit Hilfe seines Edelsteins ermöglicht, ihn zu begleiten«, erklärte Lozan Duk. »Ich wäre schon gestern vor Anbruch der Dunkelheit eingetroffen, aber Belli'mar Juraviel hat mich draußen vor der Stadt abgesetzt. Wir konnten ja nicht ahnen, dass sie von einer Armee umzingelt ist. Ich habe die ganze Nacht gebraucht, um mir einen Weg zwischen den Menschensoldaten hindurchzubahnen.«

Brynn übersetzte dies alles für Pagonel, dann lehnte sie sich zurück. »Es sieht so aus, als hätten sich, was Aydrian betrifft, meine schlimmsten Befürchtungen bewahrheitet«, sagte sie zu Pagonel.

»Was dafür spricht, dass Abt Olin eher der Abgesandte als der Schurke ist«, erwiderte der Mystiker. Er hob die Hand und strich Brynn über ihr schwarzes Haar – eine Aufforderung, ihm in die Augen zu sehen. »Du bist von großer Traurigkeit erfüllt«, sagte er.

»Du kanntest Andur'Blough Inninness nicht«, erklärte Brynn, »deshalb kannst du auch nicht verstehen, was sein Untergang bedeutet. Außerdem kanntest du Lady Dasslerond nicht. In gewisser Weise war sie so etwas wie eine Mutter …«

Brynn versagte die Stimme. Sie atmete einmal tief durch und schüttelte den Kopf. Sie wusste, dass sie jetzt stark sein musste, dass sie vermutlich mit noch weit größeren Herausforderungen als der Armee, die derzeit ihre Stadt belagerte, konfrontiert werden würde, und versuchte, ihre Fassung wiederzuerlangen. Plötzlich erschienen Bilder aus ihren Jugendtagen an der Seite Lady Dasslerонds und der Elfen vor ihrem inneren Auge, und sie musste das Gesicht hinter ihrer Hand verbergen und sich zusammenreißen, um nicht in Tränen auszubrechen.

Schließlich hatte sie sich wieder so weit in der Gewalt, dass sie ihren Wachen den Befehl geben konnte, Lozan Duk auf ein komfortables Zimmer zu geleiten. Sie erklärte dem Doc'alfar, dass sie ihn in Kürze aufsuchen würde.

»Möchtest du allein sein?«, fragte Pagonel sie ruhig, nachdem der Elf gegangen war.

Brynn wollte schon bejahen, dann dachte sie noch einmal nach und entschied sich anders. »Komm bitte mit«, bat sie ihren lieben Freund und Berater. »Nimm mich in die Arme, wenn ich dich brauche, und hör zu, was ich über Lady Dasslerond und Andur'Blough Inninness zu erzählen habe.«

Pagonel nickte, kam um ihren Sessel herum, ergriff Brynns Hand und half ihr auf.

Sie waren noch nicht bei ihren Privatgemächern angelangt, als Brynn, der Drache von To-gai, bereits mitten in einer angeregten Erzählung über ihre schönsten Erinnerungen an die Zeit bei den Elfen war.

Klaglos stapften sie durch den tiefen Schnee – Bradwarden, der munter seine Lieder blies, hatte die Führung übernommen, dicht dahinter folgten Pony und Symphony.

Ein gutes Stück vor ihnen lief Belli'mar Juraviel nahezu mühelos über den tiefen Schnee, blieb hin und wieder stehen und rief ihnen eine knappe Bemerkung zu, damit sie nicht vom Weg abkamen. Er hatte Prinz Midalis und sein Gefolge bereits mit Hilfe seines Smaragds aufgespürt und ursprünglich vorgehabt, Pony und den Zentaur mit Hilfe eben dieser Magie zu ihm zu führen. Zu ihrer aller Erleichterung jedoch hatte Juraviel herausgefunden, dass Midalis gar nicht weit entfernt war – gerade mal einen knappen Tagesmarsch.

Ponys Freude über das Wiedersehen mit ihrem alten Freund nahm noch zu, als sie die kleine Kate betrat, die er vorübergehend als Quartier benutzte, und dort noch einen weiteren lieben Freund an seiner Seite erblickte.

»Alle schlechten Nachrichten schrumpfen angesichts des Glanzes, den Ihr mit Eurem Eintreffen in diese Hütte bringt, zur Bedeutungslosigkeit«, begrüßte Prinz Midalis sie. Er sprang von seinem Stuhl auf, eilte um den Schreibtisch herum und nahm Pony fest in die Arme.

»Dann habt Ihr also schon von meinem Sohn und seinem Marsch quer durch das Königreich gehört, das von Rechts wegen eigentlich Euch gehören sollte«, erwiderte Pony.

Prinz Midalis löste sich von ihr und wandte sich dem übers ganze Gesicht strahlenden Mann zu, der bislang im Hintergrund geblieben war. »Der gute Kapitän Al'u'met und seine Mannschaft haben kein Risiko gescheut, den Golf von Korona zu durchsegeln – und das, obwohl der Winter bereits unmittelbar vor der Tür steht. Ein Sturm hätte ihren Untergang bedeuten können, trotzdem sind sie entschlossen weitergesegelt, denn sie wussten, wie ungeheuer wichtig es war, die Nachrichten von Abt Braumin aus St. Precious zu überbringen.«

»Ich fürchte allerdings, der gute Braumin ist längst nicht mehr im Amt«, erklärte Al'u'met. »Ich war kaum ausgelaufen, da marschierte Aydrian bereits auf Palmaris zu. Wir haben allen Grund zu der Annahme, dass die Stadt kurz darauf gefallen ist.«

Pony nickte.

»Denn die Flotte Ursals – oder wenigstens ein Teil von ihr – hat die Stadt auf ihrem Weg in den Golf passiert«, fügte Prinz Midalis hinzu. »Vor gerade mal drei Wochen traf ein kleines Spähschiff von Pireth Dancard kommend ein, nachdem es fast die Hälfte der Strecke durch die nördlichen Gewässer des Golfes verfolgt worden war. Wäre nicht ein Sturm aufgekommen, wäre es von den Kriegsschiffen aufgebracht worden – Kriegsschiffe, die unter einer Flagge fuhren, auf der ein aufgerichteter Bär und ein Tiger zu sehen waren. Offenkundig handelt es sich bei dieser Verirrung um die Fahne von Aydrian Boudabras.«

»Boudabras«, wiederholte Pony leise. Es war das erste Mal, dass sie diesen Namen hörte.

»Ein Elfenwort«, erklärte Bradwarden. »Man bezeichnet damit einen gewaltigen Wirbel, einen Mahlstrom.«

»Wie überaus passend«, sagte Prinz Midalis trocken.

»Es dürfte recht schwierig sein, genau festzustellen, wie groß die Gebiete zu Land und zu Wasser sind, die Aydrian bereits in seine Gewalt gebracht hat«, überlegte Pony. Sie blickte auf die Landschaft draußen vor dem Fenster, wo es inzwischen wieder zu schneien begonnen hatte. »Ich kenne mich in dieser Gegend nicht aus. Wie weit ist es von hier bis nach Vanguard?«

»Etwa eine Woche Fußmarsch«, erklärte Midalis. »Das Gelände hier bietet genügend Deckung, außerdem befinden wir uns hier bereits in der Nähe von Palmaris.«

»Ihr geht davon aus, Euren Gegenangriff dort beginnen zu können?«

»Es scheint mir die folgerichtige Entscheidung zu sein.«

»Folgerichtig schon, aber darauf dürfte auch der junge Aydrian bereits gekommen sein«, warf Bradwarden ein.

»Ich verfüge über keine Flotte, die es mit der von Ursal aufnehmen könnte«, erwiderte Prinz Midalis. Die Niedergeschlagenheit in seiner Stimme war nicht zu überhören. »Der Landweg zu meinem Thron führt über Palmaris, also werde ich über Palmaris marschieren müssen.«

Der Zentaur bedachte ihn mit einer höflichen Verbeugung.

Pony sah die Anwesenden nacheinander an, ehe ihr Blick mit der stummen Bitte um sein Einverständnis auf Bradwarden verweilte. Und als dieser zum Zeichen, dass er verstanden hatte, nickte, wandte sie sich direkt an Midalis. »Wir haben Euch mit Hilfe eines anderen Freundes gefunden«, erklärte sie. »Ein mächtiger Verbündeter im Kampf für unsere Sache. Kennt Ihr das Volk der Touel'alfar?«

Sofort nahm das Gesicht des Prinzen einen interessierten Ausdruck an, und seine grauen Augen, untrügliches Zeichen seiner Abstammung aus dem Hause Ursal, weiteten sich.

»Sie werden die Gebiete für uns auskundschaften«, erklärte Pony. »Sie verfügen über gewisse Mittel und Wege, sämtliche Bewegungen dort zu beobachten. Vielleicht gelingt es uns mit Hilfe der Elfen, die Schwachstellen in Aydrians Front herauszufinden.«

»Selbst wenn das zutreffen sollte – und es wäre wirklich eine erfreuliche Nachricht –, bliebe unser Handlungsspielraum begrenzt. Wenn wir den Krieg zu Aydrian tragen wollen, müssen wir nach Süden marschieren. Meine Späher und Kommandanten haben mich während der letzten Wochen hervorragend ins Bild gesetzt, sodass sich mir drei Handlungsalternativen angeboten haben, drei Entwicklungen, die Anlass zu einer gewissen Hoffnung geben. Die erste setzt voraus, dass Aydrian sich entschließt, das Königreich aufzuteilen, wobei er selbst das Gebiet südwestlich des Golfes übernimmt und Vanguard unbehelligt lässt.«

»Was wir bis jetzt von ihm gesehen haben, deutet nicht auf so etwas hin«, warf der Zentaur ein.

»Die zweite wäre, dass er beschließt, Vanguard anzugreifen – entweder über Land oder von See aus«, fuhr Midalis fort. »In beiden Fällen wird er feststellen, dass sich die Kämpfe als schwierig erweisen, denn auch ich habe einen Verbündeten gefunden. Ich habe meine Armee westlich von Vanguard Aufstellung nehmen lassen, als Verteidigung gegen eine Invasion auf dem Landweg, obwohl ein solcher Schachzug mitten im tiefsten Winter nicht unbedingt zu erwarten ist. Zudem ist die Stadt Vanguard gut befestigt, sodass wir uns bei Bedarf rasch dorthin zurückziehen könnten. Aber auch hier wäre eine Entscheidung Aydrians, den Golf zu dieser Jahreszeit zu überqueren, für uns ein gewaltiger Glücksfall, denn aller Voraussicht nach würde er dabei die Hälfte seiner Streitmacht verlieren.«

»Er wird gewiss erst dann nach Norden marschieren, wenn St. Mere-Abelle erobert ist, und das dürfte keine leichte Aufgabe sein«, erklärte Pony.

»Zumal meine Verbündeten unmittelbar im Norden und Osten von Vanguard Position bezogen haben, und die werden mein Land ebenso leidenschaftlich verteidigen wie meine eigenen Landsleute.«

»Dann hat Euch Andacanavar seine Hilfe angeboten«, folgerte Pony.

»Und Bruinhelde«, erklärte Midalis. »Ich erwarte nicht, dass sie mich begleiten, wenn ich nach Süden marschiere, um König Aydrian zu vertreiben. Aber wenn er den Krieg nach Vanguard trägt, wird er feststellen, dass meine Armee durch meine treuen Nachbarn aus dem Norden erheblich verstärkt worden ist.«

»Und was wollt Ihr tun, wenn von Aydrian die Nachricht kommt, dass er Euch das Königreich nördlich des Golfes überlässt und er dafür den Rest behält?«, fragte Bradwarden.

Der Prinz straffte die Schultern und schien plötzlich durch und durch der Mann und König, der einst sein Bruder war. »Mein Königreich ist das Bärenreich, nicht Vanguard«, antwortete er. »Aydrians Anspruch weise ich zurück. Ich werde ihn so lange bekämpfen, bis einer von uns beiden auf der Strecke bleibt.« Kaum hatte er geendet, fiel sein Blick auf Pony. Er zuckte leicht zusammen. Vielleicht wurde ihm erst in diesem Augenblick bewusst, zu wem er da eigentlich sprach.

Doch Pony überspielte seinen verunsicherten Blick mit den entschlossenen Worten: »Und ich werde bis zum bitteren Ende an Eurer Seite kämpfen.«

»Dann lasst uns überlegen, wie wir vorgehen wollen«, sagte Midalis.

»Belli'mar Juraviel vom Volk der Touel'alfar ist bereits unterwegs«, unterrichtete ihn Pony. »In Kürze werden seine Kundschafter das Gebiet durchstreifen. Einen Vorteil haben wir in diesem Kampf um Euer Königreich auf unserer Seite, den der besseren Informationen.« Sie wandte sich an Al'u'met, plötzlich ein immer breiter werdendes Grinsen im Gesicht. »Erzählt mir von Pireth Dancard, guter Kapitän. Geht mit mir hinunter ans Meer, und zeigt mir, in welche Richtung ich mich wenden muss.«

»Was hast du vor, Mädchen?«, fragte Bradwarden.

Mit einem boshaften Lächeln antwortete Pony: »Ich habe vor, jeden Schwachpunkt auszunutzen, der sich uns in Aydrians Militärmaschinerie bietet, und dort energisch hineinzustoßen, bis das ganze Gebäude in sich zusammenfällt.«

Sicherheit, das war der alles bestimmende Eindruck, den die Stadt bot. Soldaten marschierten in geordneter Formation durch die Straßen, und auf den Mauern wimmelte es nur so von Posten. An jedem Punkt entlang der Mauer wurden zusätzliche Verteidigungsanlagen errichtet, und man sah zahlreiche neue Katapulte und Wurfmaschinen.

Aydrian konnte ein Grinsen kaum unterdrücken, als er unter dem Jubel der Solaten und Stadtbewohner durch die Straßen des befriedeten Palmaris ritt.

»Sieht ganz so aus, als hätte Marcalo De'Unnero hervorragende Arbeit geleistet, die Stadt auf Linie zu bringen«, sagte die neben ihm reitende Sadye.

Aydrian verzichtete auf eine Erwiderung und ergötzte sich stattdessen weiter an dem emsigen Treiben, das in ganz Palmaris herrschte. Er und seine Begleiter begaben sich zum Ostrand der Stadt, zum großen Platz vor der Abtei St. Precious, wo Aydrians Kommandanten die Soldaten in endlosen Reihen hatten antreten lassen.

Knarrend öffneten sich die Tore der mächtigen Abtei, und heraus trat Marcalo De'Unnero, flankiert von einem Dutzend Abellikaner-Mönche. Er kam näher und blieb unmittelbar vor dem König stehen, der daraufhin absaß.

»Ich heiße Euch in Eurer Stadt willkommen, König Aydrian«, sagte De'Unnero, als der Jubel der Menschenmassen, die sich rings um den Platz eingefunden hatten, ein wenig abgeklungen war. »Ich versichere Euch, Ihr werdet Palmaris als überaus gastlich empfinden.«

»Gastlich und hoffentlich auch sicher«, erwiderte Aydrian.

»Sicherer als je zuvor«, erklärte der Mönch voller Stolz. »Die Garnisonstruppen haben den ganzen Winter damit zugebracht, die Verteidigungsanlagen der Stadt fertig zu stellen. Sollten unsere Feinde auf die Idee verfallen, von Norden her gegen diese Stadt vorzurücken, werden sie feststellen, dass sie sich in eine mächtige Festung verwandelt hat, deren einziger Zweck darin besteht, sie zurückzuwerfen.«

»Gibt es Nachricht von Herzog Kalas?«, erkundigte sich Aydrian.

»Letzten Berichten zufolge nähert er sich derzeit mit großen Schritten der Abtei St. Gwendolyn«, erwiderte De'Unnero. »Zudem ist seine Armee um ein Vielfaches angewachsen, da sich ihm laufend neue Rekruten anschließen – zum Ruhme König Aydrians.«

Aydrian strahlte übers ganze Gesicht, als er zu Sadye hinübersah, die ob der Neuigkeiten regelrecht aufzublühen schien. »Und wie steht es um die Kirche?«, fragte er.

»Wenn St. Gwendolyn fällt, sofern dies nicht bereits geschehen ist, leisten nur noch zwei Abteien Widerstand: St. Mere-Abelle und St. Belfour in Vanguard«, erwiderte der Mönch. Beim Sprechen sah er jedoch nicht Aydrian an, sondern Sadye, die nach wie vor den König anschaute, mit einem Blick, der unschwer zu deuten war.

Aydrian zögerte einen Moment, als er den Ausdruck auf De'Unneros Gesicht bemerkte, mit dem der Mönch seine Begleiterin unverwandt anstarrte. »Demnach wird Herzog Kalas sofort in Richtung St. Mere-Abelle marschieren, sobald St.

Gwendolyn in unserer Hand ist?«, hakte der junge König nach. Er hielt es in diesem Moment für das Klügste, den Mönch abzulenken.

De'Unnero sah ihn wieder an und kniff mehrmals die Augen zusammen, so als müsste er sich erst wieder auf die Situation konzentrieren. »Wird er«, antwortete der Mönch verwirrt. »Natürlich wird er das. Genau wie abgesprochen.«

Sofort wanderte De'Unneros Blick wieder zurück zu Aydrians Begleiterin.

»Setzen wir das Gepräch doch in der behaglichen Atmosphäre Eurer Privatgemächer fort«, schlug Aydrian vor und wandte sich an seine Kommandanten. »Lasst die Truppen wegtreten. Gebt ihnen zwei Tage Zeit, um sich auszuruhen und ihre müden Knochen aufzuwärmen, und dann beteiligt Euch an den hier in Palmaris bereits in Angriff genommenen Arbeiten. Ich habe nicht die Absicht, die Stadt zu verlassen, um sie mir von Midalis entreißen zu lassen, nichtsdestotrotz gehe ich davon aus, beim ersten Anzeichen eines Wetterumschwungs erneut aufzubrechen. In den Südlanden werden wir auf Herzog Kalas stoßen, um anschließend mit ihm gemeinsam bis vor die Tore von St. Mere-Abelle zu marschieren.« Bei seiner bewussten Anspielung auf das begehrteste aller Kriegsziele wandte er sich wieder an De'Unnero. »Entweder der ehrwürdige Vater Bou-raiy öffnet dann seine Tore, oder wir reißen sie nieder.«

Kurze Zeit später saßen die beiden Männer in einem kleinen Zimmer zusammen. Ursprünglich hatte Sadye sich ihnen anschließen wollen, doch Aydrian hatte sie fortgeschickt und ihr nahe gelegt, sich nach Chasewind Manor zu begeben und sich dort ein wenig wohlverdiente Ruhe zu gönnen. Erst hatte sie zu widersprechen versucht, doch dann hatte Aydrian sie mit einem wütenden Blick angesehen, der ihr unmissverständlich sagte, dass es in dieser Frage nichts zu diskutieren gab.

Daher war er jetzt allein mit De'Unnero – und spürte deutlich die große innerliche Anspannung des Mannes, eine Mischung aus Ungeduld und Ärger.

»Ich habe bei annähernd achtzig neuen Mönchen bereits mit der Ausbildung begonnen«, erklärte De'Unnero soeben. Er lief vor dem prasselnden Kaminfeuer auf und ab, während Aydrian es sich in einem Sessel bequem gemacht hatte. »Dieser Krieg wird die Reihen der Abellikaner zweifellos um mehr als die Hälfte lichten, und ich bin fest entschlossen, die frei gewordenen Ämter unverzüglich mit den richtigen Leuten neu zu besetzen. Des Weiteren kann ich Euch versichern, dass alle meine Mönche gleich von Beginn ihrer Ausbildung an im Gebrauch der Edelsteine unterwiesen werden. Ich werde also genügend magische Kräfte bereitstellen können, um dem Sperrfeuer, das wir ohne Zweifel seitens der Ordensbrüder von St. Mere-Abelle zu erwarten haben, etwas entgegensetzen zu können.«

»Wohl durchdacht«, erwiderte Aydrian. »Das Gleiche gilt übrigens für Eure Entscheidung, die Stadt zu befestigen. Ich habe die Absicht, mit Euch zusammen nach St. Mere-Abelle zu marschieren – ja, ich plane sogar, die Tore dort, wenn nötig, selbst niederzureißen. Aber vielleicht wird es so weit gar nicht kommen. Vielleicht gelingt es mir ja, Abt Braumin zu überreden, sich als Gesandter zur Verfügung zu stellen – selbst wenn ich mich dafür seines Körpers bedienen müsste.«

Die finstere Wolke, die sich auf einmal über De'Unneros Züge legte, war dem jungen König nicht entgangen.

»Ihr habt ihn also getötet«, schloss Aydrian.

»Nein, er konnte leider entkommen«, erklärte De'Unnero. »Ein Freund hat ihm zur Flucht verholfen, der dabei allerdings selbst gefangen genommen wurde.«

»Ein Freund?«

»Roger Flinkfinger, ein früherer Gefährte Eurer Mutter«, antwortete der Mönch. »Ich habe ihn in ein tiefes Verlies werfen lassen. Vermutlich ist er längst tot, und wenn nicht, wird er es sich fraglos wünschen.«

Aydrian schüttelte den Kopf und versuchte angestrengt, wenn auch vergeblich, seinen hochkochenden Ärger zu verbergen.

»Insgesamt war es aber, glaube ich, ein ganz einträglicher Tausch, denn Roger Flinkfinger ist der ehemalige Baron von Palmaris und ließe sich ebenso mühelos einspannen wie Abt Braumin, um die Bevölkerung dieser Stadt bei der Stange zu halten. Außerdem haben wir durch ihn Informationen bekommen, die den Aufenthaltsort unserer gefährlichsten Gegnerin betreffen – einer Frau übrigens, die es Euch persönlich zu verdanken hat, dass sie Ursal verlassen durfte.«

Für den Sarkasmus des Mönchs hatte Aydrian nur ein Lächeln übrig. »Wenn meine Mutter unsere gefährlichste Gegnerin ist, gehört das Königreich bereits so gut wie mir, würde ich sagen.«

»Sie hat die Stadt vor unserem Eintreffen verlassen und sich nach Norden abgesetzt, höchstwahrscheinlich nach Dundalis«, erläuterte De'Unnero. »Allerdings glaube ich, dass sie die Stadt längst wieder verlassen hat und sich jetzt auf dem Weg nach Osten befindet. Sie ist auf der Suche nach Midalis.«

»Gut. Möge sie in seinen Armen krepieren.«

»Nehmt Euch vor Ihr in Acht, sie ist im Volk sehr beliebt«, warnte De'Unnero. »Zudem stellt sie keine geringe Macht da, schließlich wurde sie im Umgang mit der Klinge und den Edelsteinen ausgebildet.«

»Und ich habe ihre Ausbilderin getötet«, sagte Aydrian.

»Ihr Ausbilder war Elbryan, und dessen Tod habe eindeutig ich herbeigeführt«, berichtigte ihn der Mönch.

»Dann eben dessen Ausbilderin«, gab Aydrian ihm Recht.

»Oh, demnach habt Ihr Lady Dasslerond und ihr Volk also gefunden?«

»Die Touel'alfar – vielmehr diejenigen von ihnen, die überlebt haben – werden für meine Herrschaft fortan ohne jede Bedeutung sein.«

De'Unnero starrte ihn lange an, und Aydrian erkannte die aufrechte Bewunderung, die aus seiner Miene sprach. »Trotzdem«, erklärte der Mönch, »sollten wir Jilseponie und Midalis nicht auf die leichte Schulter nehmen.«

»Das tue ich keineswegs«, versicherte ihm Aydrian. »Allem Anschein nach gilt es nur noch ein einziges Hindernis zu überwinden, ehe wir Anspruch auf das gesamte Königreich im Süden erheben können, und das ist die Abtei St. Mere-Abelle. Man wird uns dort gewiss erbitterten Widerstand leisten, aber letztendlich werden wir die Abtei erobern und die dortigen Mönche töten oder in Gewahrsam nehmen. Wenn dann irgendwann Midalis eintrifft, falls er tatsächlich so dumm ist, wird ihm St. Mere-Abelle keine große Hilfe mehr sein. Ihr müsst ihn hier in Palmaris lediglich eine Woche aufhalten – so lange, bis unsere Armee den Fluss überquert hat. Dann werden wir das Haus Ursal endgültig vernichten.«

»Das dürfte, selbst mit nur wenigen tausend Soldaten, eine Kleinigkeit sein«, versicherte ihm De'Unnero. »Von Eurer Mutter einmal abgesehen, wird Midalis nur von unbedeutenden magischen Kräften begleitet werden.«

»Und wenn er nicht kommt, werden wir so tun, als warteten wir ab, und schleifen St. Mere-Abelle, ehe wir unser Augenmerk auf das Gebiet im Norden des Golfes richten«, fuhr Aydrian fort. »Vielleicht müssen wir bis zum nächsten Frühjahr warten, ehe wir mit dieser letzten Offensive beginnen können. Aber da das gesamte Königreich im Süden bereits unter unserer Kontrolle und Behren ebenfalls in unserer Gewalt ist, werden wir ständig stärker, während Midalis sich noch immer in seinem Wald verkriecht. Wie das Ganze ausgeht, dürfte wohl kaum noch eine Frage sein.«

»Das haben wir doch schon immer gewusst«, sagte De'Unnero.

Aydrian wartete, bis der Mönch sein Hin-und-Her-Gerenne lange genug unterbrach, dass er ihm direkt ins Gesicht sehen konnte. »Bald schon werdet Ihr ehrwürdiger Vater sein«, erklärte er.

»Das bin ich bereits«, erwiderte De'Unnero. »Sobald Herzog Kalas seinen Marsch beendet hat, wird St. Mere-Abelle vollkommen auf sich allein gestellt sein. Keine einzige Abtei des südlichen Bärenreiches steht dann noch auf Seiten der Mutterabtei und Fio Bou-raiys. Er hat bereits verloren, noch ehe St. Mere-Abelle überhaupt gefallen ist.«

»Dann meinen Glückwunsch, ehrwürdiger Vater De'Unnero«, sagte Aydrian. »Vielleicht sollten wir eine offizielle Feier zur Bekanntgabe Eurer Amtsübernahme abhalten, ehe wir gegen St. Mere-Abelle ziehen.«

De'Unnero zögerte kurz, dann erklärte er sich nickend einverstanden.

»Nun denn, erzählt mir von Eurer neuen Kirche«, forderte Aydrian ihn auf. »Die endgültige Heiligsprechung Avelyns werdet Ihr wohl kaum bestätigen, nehme ich an.«

»Selbstverständlich nicht.«

»Und, werdet Ihr den Abellikaner-Orden zu seinen klösterlichen Wurzeln zurückführen, wo die sichere Verwahrung der heiligen Edelsteine ausschließlich den Ordensbrüdern oblag und ihre Magie nicht so freimütig irgendwelchen einfachen Bauern angeboten wurde?«

»Selbstverständlich, aber das wisst Ihr ja bereits«, antwortete De'Unnero. »Während Eurer Abwesenheit haben meine Ordensbrüder bereits eine Menge Steine bei den Bürgern von Palmaris eingesammelt – natürlich, wie zwischen uns abgesprochen, gegen eine Entschädigung. Der alte Orden kehrt bereits ins Land zurück und ist auf dem besten Weg, der Kirche wieder zu ihrer einstigen ehrwürdigen Stellung zu verhelfen. Aber das wisst Ihr doch alles längst, warum also fragt Ihr?«

Aydrian starrte den Mönch eindringlich an. »Ich habe Sadye nach Chasewind Manor geschickt«, erklärte er unverblümt. »Und dort wird sie auch bleiben – bei mir.«

De'Unneros Augen verengten sich zu schmalen Schlitzen,

er sog hörbar den Atem ein und stand vollkommen reglos, die Hände neben dem Körper zu Fäusten geballt.

»Ich biete an, sie Euch zurückzugeben«, fuhr der junge König fort. »Ohne Einschränkungen. Aber nur, wenn Ihr bereit seid, auf die andere Beute zu verzichten, die Ihr so sehr begehrt.«

»Nehmt Euch in Acht, was Ihr sagt«, warnte De'Unnero.

Aydrian erhob sich aus seinem Sessel und trat ruhig vor den Kamin. Dabei kehrte er dem Mönch ganz bewusst den Rücken zu, um ihm zu zeigen, dass er nicht die geringste Angst vor ihm verspürte. »Ich bin Euch mittlerweile in allen Belangen überlegen, und das wisst Ihr. Ihr wolltet den Abellikaner-Orden, also habe ich ihn Euch überlassen.« Er drehte sich um und sah dem Mönch direkt ins Gesicht. »Euch allein. Da traf es sich doch günstig, dass ich Abt Olin nach Süden entsandt habe, in das Land, das er am meisten begehrte, findet Ihr nicht?«

»Und im Gegenzug nehmt Ihr mir meine Frau?«

»Ich habe mir nichts genommen, was sie mir nicht angeboten hätte«, erwiderte Aydrian.

De'Unnero machte einen Schritt nach vorn, als wollte er sich auf ihn stürzen, hielt dann aber abrupt inne.

Aydrian machte nicht einmal Anstalten, sich zu wehren.

»Lasst sie Königin des Bärenreiches werden«, fuhr Aydrian fort. »Ihr wisst, das ist ihr Wunsch. Und warum auch nicht? Ich habe mein Königreich, ich schenke Euch das Eure. Was für ein Leben würde Sadye denn an Eurer Seite führen? Das einer im Stillen verborgenen Gemahlin, über die man nur hinter vorgehaltener Hand spricht, Opfer des Tratsches jedes zweiten Ordensbruders und womöglich auch der Bauern? Was für ein Leben wäre das für die Frau, die uns beiden so hervorragende Dienste geleistet hat?«

De'Unnero stand da und zitterte am ganzen Leib. Er machte nicht den Eindruck, als hätte er sich wieder beruhigt.

»Letztendlich liegt die Wahl ohnehin nicht bei Euch«, fuhr

Aydrian fort. »Übrigens auch nicht bei mir. Die Wahl muss Sadye treffen, und das hat sie getan. Deshalb bitte ich Euch jetzt, sie gehen zu lassen, ohne irgendwelche nachteiligen Folgen für sie. Denkt voller Zärtlichkeit an die gemeinsamen Zeiten, die Euch vergönnt waren, mein Freund, aber seht den Tatsachen ins Auge. Sie passt nicht mehr zu Eurem Amt. Ihr könnt die Kirche unmöglich zu alter Größe führen, wenn Ihr ganz offen eine Frau an Eurer Seite habt! Nehmt Vernunft an, mein Freund. Ihr seid im Begriff, Euch in eine höchst heikle Situation zu bringen. Wollt Ihr alles aufgeben, nur um Sadye zu halten?«

»Und wenn ich es wollte?«, stieß der Mönch hervor.

»Dann würde ich eher Frieden mit Fio Bou-raiy schließen, als einen Narren wie Euch in das Amt des Oberhauptes der Kirche des Bärenreiches zu hieven«, erwiderte Aydrian geradeheraus. »Das ist keine leere Drohung, Marcalo De'Unnero. Ihr wollt die Kirche, und ich hoffe, sie Euren Händen anvertrauen zu können. Aber wenn Ihr Euch nicht in erster Linie auf Eure Verantwortung besinnt, werde ich mich hüten, St. Mere-Abelle aus der Hand zu geben.« Während seiner kleinen Ansprache war er langsam auf De'Unnero zugegangen, sodass die beiden Männer sich nun Auge in Auge gegenüberstanden. »Trefft eine kluge Wahl!«

Aydrian spürte deutlich den Hass, den sein Gegenüber so mühsam zu verbergen suchte, ebenso wie die Spannung seiner Arme, denen anzusehen war, dass er Aydrian am liebsten auf der Stelle erwürgt hätte.

Aber Aydrian war sicher, dass der Mönch nicht handgreiflich werden würde, denn Aydrian wusste, wie es tatsächlich in Marcalo De'Unneros Herz aussah.

Seine Braut war St. Mere-Abelle.

14. Ein erster Vorgeschmack

Was Pony an Pireth Vanguard, viele Jahre lang Heimat des Prinzen des Bärenreiches, am meisten erstaunte, war, wie klein die Stadt war. Sie hatte den größten Teil ihres Lebens in Palmaris und Ursal verbracht, daher war Pireth Vanguard in ihren Augen im Grunde gar nicht so sehr eine Stadt als vielmehr ein Dorf, das eine am oberen Ende einer geschützten Bucht gelegene Burganlage umschloss, von der aus man eine Reihe lang gestreckter Hafenkais und Lagerhäuser überblickte. Im Umland gab es einige Farmen, doch auch die waren, ganz anders als in der Region rings um Palmaris, von eher bescheidener Größe.

Früher einmal hatte Pony bei der Küstenwache gedient und eine nicht unbeträchtliche Zeit in Pireth Tulme verbracht, der südlichsten der drei Festungen – Tulme, Dancard, Vanguard –, die den Golf von Korona sicherten. Vanguard war gewiss größer als dieser Außenposten. Trotzdem hatte Pony sich Pireth Vanguard stets größer vorgestellt, etwa wie Palmaris vielleicht, mit einem mächtigen, unmittelbar am Meer gelegenen, von einem dichten Straßennetz und vielen Häusern umgebenen Schloss. Wie enttäuscht, ja geradezu erschrocken war sie gewesen, als Prinz Midalis ihr erklärte, die Bevölkerung ganz Vanguards, dieses schier endlosen waldbedeckten Gebietes, reiche nicht einmal an die Bevölkerungszahl von Palmaris heran. Unter diesen Voraussetzungen musste sie sich ernsthaft fragen, wie sie für Aydrian, der nahezu die gesamten Südlande kontrollierte, jemals zu einer ernsthaften Bedrohung werden wollten.

Das Zweite, was Pony auffiel, als sie zusammen mit Bradwarden, Prinz Midalis, Kapitän Al'u'met und Abt Haney von St. Belfour nach Pireth Vanguard gelangte, war, dass im Hafen nahezu keine Schiffe lagen. Tatsächlich war das einzige Schiff, das diese Bezeichnung verdiente, Kapitän Al'u'mets

Saudi Jacintha, und dieses Schiff war voll bemannt und hatte, für den Fall, dass es rasch auslaufen musste, seine Segel bereits losgebunden.

»Wir müssen darauf vorbereitet sein, beim ersten Wetterumschwung unser Lager sofort abzubrechen und loszumarschieren«, eröffnete ihnen Prinz Midalis, während das Grüppchen es sich in einem der großen Turmzimmer gemütlich machte, von dem aus man den Hafen überblickte.

»Wohin uns Juraviel auch immer schickt«, fügte Bradwarden hinzu.

Das Gespräch entwickelte sich zu der üblichen Debatte über bereits mehrfach durchgesprochene Dinge, sodass Pony, nachdem sie sich bei Abt Haney nach dem Befinden von Meister Dellman erkundigt hatte – einem alten Freund, der ihr, Elbryan und Braumin Herde in den letzten Tagen Markwarts zur Seite gestanden hatte –, sich rasch aus der Diskussion verabschiedete.

»Er ist wohlauf«, hatte Abt Haney geantwortet. »Aber er macht sich Sorgen um seinen alten Freund, Abt Braumin.«

Wie wir alle, dachte Pony. Sie wusste nur zu gut, welch schwerwiegende Konsequenzen eine Rückkehr Marcalo De'Unneros nach Palmaris haben würde. Sie verbannte diese düsteren Gedanken jedoch rasch aus ihrem Kopf und zwang sich, sich ganz auf ihre gegenwärtige Situation zu konzentrieren. Es galt, eine Möglichkeit zu finden, mit größtmöglicher Härte zuzuschlagen, um rasch einige schnelle und entscheidende Erfolge zu erzielen, damit Prinz Midalis beim einfachen Volk des Bärenreiches seine Glaubwürdigkeit zurückgewann. Solange der Eindruck vorherrschte, Aydrian halte sämtliche Fäden in der Hand, war es unmöglich, eine Untergrundbewegung zur Unterstützung des rechtmäßigen Nachfolgers ihres toten Gemahls ins Leben zu rufen.

Das Treffen währte nur kurz, denn solange sie kein genaueres Bild vom Aufenthaltsort ihres Gegners hatten, gab es nur wenig zu besprechen. Prinz Midalis wollte das Treffen soeben für beendet erklären, als eine Gruppe von drei weiteren Gästen eintraf, die der Zusammenkunft einen völlig neuen Charakter verlieh.

»Seid gegrüßt, bezaubernde Königin Jilseponie«, sagte Liam O'Blythe, ein engen Freund von Midalis. Mit seinem kurzen roten Haar, seiner schlanken Figur und seinem freundlichen, sommersprossigen Gesicht bot er äußerlich bei weitem kein so eindrucksvolles Bild wie Prinz Midalis.

Pony begrüßte ihn mit einem freundlichen Lächeln.

»Bei den Göttern der mächtigen Berge, es tut gut, Euch wiederzusehen, alte Freundin«, dröhnte der zweite Neuankömmling, der hünenhafte alpinadoranische Hüter Andacanavar. Schwungvoll trat er in den Raum, ging sofort auf Pony zu und zerdrückte sie fast in seiner herzlichen Umarmung. »Auch wenn man in Eurer Gegenwart stets den Eindruck hat, dass der Ärger niemals weit ist!«

Er schob Pony auf Armeslänge von sich, und die beiden lächelten sich strahlend an, ehe Pony sich zu Bruinhelde umwandte und den alpinadoranischen Führer, der zu Zeiten der Rotfleckenpest so viel für sein Volk getan hatte, neugierig musterte. Diese beiden starken, weit blickenden Männer hatten das Misstrauen gegenüber anderen Völkern überwunden, ihre Stammesangehörigen während der Rotfleckenpest in Scharen zum Berg Aida geführt und damit womöglich ein verheerendes Wiederaufflackern der Seuche in dem kalten Königreich im Norden verhindert. Das letzte Mal hatte Pony die beiden anlässlich ihrer Hochzeit mit König Danube gesehen. Damals hatten Andacanavar und Bruinhelde Prinz Midalis zu den Feierlichkeiten begleitet und, sehr zur Freude Ponys und Danubes, überraschend ebenfalls am Fest teilgenommen.

Und nun waren sie wieder hier, in Begleitung einer großen Zahl ihrer Krieger, die im Nordosten der Stadt ihr Lager aufgeschlagen hatten. Welch ein Beweis für Prinz Midalis' Stärke, dachte Pony, dass er die Bande zwischen Vanguard und

Alpinador, zweier traditionell verfeindeter Länder, derart gefestigt hatte.

»Wie ich höre, ist es also Euer Junge, der uns all diesen Ärger macht«, sagte Andacanavar. »Ein Junge, der von den Touel'alfar ausgebildet wurde.«

»Ein Junge … nun ja, ein junger Mann«, berichtigte Pony, »der sich erst kürzlich an den Elfen von Andur'Blough Inninness gerächt hat.«

Andacanavars strahlend blaue Augen verengten sich zu schmalen Schlitzen.

»Lady Dasslerond ist tot«, erklärte Pony. »Und ihr Volk, das derselbe aus Verzweiflung geborene Zauber an der Rückkehr in das Tal hindert, den Lady Dasslerond benutzte, um zu verhindern, dass Aydrian es niederbrannte, ist auf der Flucht.«

Der Hüter war sehr bemüht, äußerlich ruhig zu bleiben, gleichwohl spürte Pony deutlich, wie mit einem Mal der Zorn in ihm hochkochte, ein Zorn, den sie deutlich in seinen riesigen Händen spürte, die ihre Schultern noch immer fest umklammert hielten. Obwohl Andacanavar bereits mehr als sieben Jahrzehnte lebte, verströmte er noch immer eine geradezu beängstigende Kraft.

»Eure Freundschaft mit diesen eigenartigen Geschöpfen, die Ihr Touel'alfar nennt, war mir immer ein Rätsel«, sagte Bruinhelde an Andacanavar gewandt. Pony war überrascht, wie gut er die Umgangssprache des Bärenreiches beherrschte. »Was bedeutet das Eurer Meinung nach, mein Freund?«

»Es bedeutet, dass dieser König Aydrian zu weit gegangen ist«, erwiderte der Hüter grimmig. Er sah von Bruinhelde zu Prinz Midalis. »Ich bin als Euer Verbündeter hier. Wir sind von Alpinador hergekommen, um unserem gemeinsamen Freund zu helfen. Aber Ihr sollt wissen, dass ich jetzt noch einen weit besseren Grund habe.« Der hünenhafte Krieger wandte sich wieder an Pony. »Euer Sohn hat in mir einen Todfeind gefunden. Ich möchte, dass Ihr das versteht.«

Bei aller Entschlossenheit, Aydrian zu entthronen und Prinz Midalis zu seinem Geburtsrecht zu verhelfen – seine Worte trafen Pony wie ein Schlag ins Gesicht. Sie brauchte nur in diese strahlend blauen Augen zu sehen, hinter denen Entschlossenheit und eine tiefe Verletztheit gärten, um sich Aydrians Tod ausmalen zu können.

Trotzdem vermochte sie Andacanavars Worten nichts entgegenzuhalten, denn er war ein Hüter, ausgebildet von den Elfen, ein Schüler Lady Dassleronds und ihres Volkes. Würde ihr geliebter toter Gemahl Elbryan nicht ebenso für Andur'Blough Inninness kämpfen – mit der gleichen Leidenschaft wie sein Vater und Ponys Vater all die Jahrzehnte zuvor, als sie Dundalis gegen die Goblin-Horden verteidigt hatten?

Pony antwortete ihm mit einem Nicken und spürte, wie Andacanavars Griff sich etwas lockerte.

Prinz Midalis nahm das Eintreffen der Alpinadoraner zum Anlass, die Diskussion erneut zu eröffnen, denn er wollte seine Kampfgefährten über die bislang besprochenen Einzelheiten ins Bild setzen. Pony dagegen entschuldigte sich und ließ sich von einer der Wachen des Prinzen zu ihrem kleinen Privatzimmer bringen.

Sie wusste, es war an der Zeit, selbst ein paar Erkundigungen einzuholen.

Kurz darauf hatte sich ihr Geist von ihrem Körper befreit, und sie passierte das Besprechungszimmer. Nur Bradwarden und Andacanavar schienen ihre Gegenwart zu spüren, als sie, scheinbar substanzlos wie Rauch, durch die steinerne Wand schlüpfte und an den beiden vorbeischwebte, ehe sie nach draußen ins Freie gelangte.

Inzwischen war ein Unwetter aufgezogen – eisiger Graupel prasselte gegen die Mauern des Turms und auf die Erde, aber von der geringfügigen Erschwernis abgesehen, dass er das Sehvermögen ihrer geistigen Augen einschränkte, war das für Ponys Geist nicht weiter von Belang.

Sie folgte Kapitän Al'u'mets Wegbeschreibung und visierte die Hafenkais von Vanguard an, ehe sie über das offene Meer hinwegglitt und in schnellem, schnurgeradem Flug Meile um Meile zurücklegte. Dabei ließ sie sich immer höher hinauftragen, um einen besseren Blick zu haben, und wenig später sah sie die Insel und den Turm von Pireth Dancard als dunklen Schatten vor sich liegen.

Rasch umrundete sie die Insel, bis sie die fünfzehn Kriegsschiffe von Graf DePaunch erblickte. Zwei davon, an denen offenbar Ausbesserungsarbeiten vorgenommen wurden, lagen, über und über mit Schleppseilen und Segeltuch bedeckt, fest vertäut an den Docks.

Pony ließ sich zu den zwölf seetüchtigen Schiffen hinaustragen, ging auf einem nach dem anderen nieder und warf sogar einen Blick unter Deck. Wie zu erwarten, waren sie jetzt, da die Besatzungen sich auf Landgang befanden, fast vollständig verlassen.

Pony ging ebenfalls an Land, ließ sich durch die Stadt tragen und suchte schließlich auch den befestigten Bergfried auf. Die Streitmacht, die nach Dancard gekommen war, war nicht gerade klein, erkannte sie, und einmal mehr wurde ihr bewusst, wie entmutigend die Aufgabe war, die vor ihr und Prinz Midalis lag. Wenn der Prinz seine gesamte Flotte sowie die ganze Armee südlich nach Dancard verfrachtete, würde er zweifellos in heftigste Kämpfe verwickelt werden – und dies war sicher nur ein Bruchteil der Truppen, die Aydrian aufzubieten hatte. Selbst diese eine Streitmacht war womöglich bereits imstande, Prinz Midalis auf Abstand zu halten.

Auf einmal spürte Pony deutlich die Mattigkeit, die der Edelsteingebrauch bei ihr auslöste. Sie hatte die Steine in den letzten Jahren kaum benutzt und fast vergessen, wie anstrengend die Geistwanderung sein konnte. Hastig verließ sie Pireth Dancard und jagte zurück nach Norden und in ihre wartende Hülle.

Wieder zurück in ihrem physischen Körper, hätte sie nichts

lieber getan, als sich zusammenzurollen und zu schlafen. Andererseits war sie sich darüber im Klaren, dass ihre Erkenntnisse sofort weitergegeben werden mussten, also schleppte sie sich noch einmal aus ihrem Zimmer und begab sich hinunter in den Besprechungsraum. Die anderen saßen noch immer zusammen, jetzt allerdings eher gesellig bei Speis und Trank und nicht, um irgendwelche Strategien zu diskutieren.

Als sie den Raum betrat, richteten sich alle Augen auf die mitgenommen wirkende Frau.

»Alles in Ordnung, Mädchen?«, erkundigte sich Bradwarden besorgt.

Prinz Midalis war als Erster bei ihr und schob ihr seinen Arm unter die Achsel, um sie zu stützen.

»Der Edelsteingebrauch hat sie erschöpft«, bemerkte Abt Haney.

»Allerdings«, pflichtete sie ihm bei. »Während der letzten Stunden war ich auf Pireth Dancard. Die Lage dort entspricht exakt unseren Befürchtungen. Fünfzehn Kriegsschiffe liegen vor Anker oder im Trockendock, und auf dem Turm wimmelt es nur so von Soldaten des Bärenreiches.«

Pony ließ sich erschöpft auf einige Kissen sinken, die Abt Haney flugs herbeigeschafft hatte.

»Aydrian hat keinen Augenblick gezögert, den Golf abzuriegeln«, bemerkte Kapitän Al'u'met. »Wer den Golf durchqueren will, für den ist Dancard der nächstliegende Hafen, um frische Vorräte aufzunehmen. Und für einen größeren Flottenverband ist ein Zwischenstopp dort geradezu zwingend.«

»Offenbar will er sicherstellen, dass Ihr, wenn überhaupt, über Land kommt«, überlegte Bradwarden.

»Oder aber er gönnt sich einen ungefährdeten Zwischenstopp, damit seine Flotte, für den Fall, dass er beschließt, Pireth Vanguard auf kürzestem Weg quer über den Golf zu attackieren, frische Kräfte tanken kann«, fügte Prinz Midalis hinzu.

»In beiden Fällen ist es eine starke Ausgangsposition«, sagte Kapitän Al'u'met.

»Die wir ihm deshalb wieder nehmen sollten«, erwiderte der Prinz.

»Dancard ist eine Festung, die man nicht unterschätzen darf«, gab Pony zu bedenken. »Von der Schlacht gegen ein Dutzend oder mehr der vortrefflichsten Kriegsschiffe des Bärenreiches ganz zu schweigen.«

»Die Schiffe liegen vor Anker?«, erkundigte sich Al'u'met.

»Sie haben dort über den Winter festgemacht«, antwortete Pony. »Außerdem sind sie nahezu unbemannt.«

»Weil sie genau wissen, dass wir vor dem Jahreszeitenwechsel nicht angreifen können«, überlegte Midalis.

»Vielleicht doch«, sagte Kapitän Al'u'met plötzlich und sah Pony dabei an.

Sie erwiderte sein Lächeln, denn sie wusste nur zu gut, was dem Kapitän soeben durch den Kopf gegangen war. Schließlich war sie bereits auf den gleichen Gedanken gekommen.

»Einen ganzen Flottenverband zu dieser Jahreszeit über das offene Meer segeln zu lassen wäre glatter Wahnsinn«, widersprach Prinz Midalis. »Ein Sturm könnte mit einem Schlag alles vernichten, was ich in die Waagschale zu werfen habe – und weniger als die gesamte Streitmacht loszuschicken würde die Hoffnung einer Eroberung der Festung Pireth Dancard auf ein Minimum reduzieren.«

»Selbst wenn Ihr Eure gesamten Truppen aufbieten würdet«, warf Pony ein, »wäre Pireth Dancard nur überaus schwierig zu erobern. Die Krieger, die sich dort unter Aydrians Banner eingenistet haben, sind gut ausgebildet und kampferprobt, außerdem befinden sich in ihren Reihen zahlreiche Allheart-Ritter.«

»Und vermutlich auch einige Ordensbrüder, die mit Edelsteinen umzugehen wissen«, fügte Abt Haney hinzu.

»Unter diesen Umständen dürften unsere Handlungsalternativen recht begrenzt sein«, sagte der Prinz. »Wir können entweder nach Palmaris marschieren oder uns hier eingraben und die Truppen bekämpfen, die König Aydrian vermutlich im Frühling auf dem Seeweg quer über den Golf transportieren wird.«

»Oder wir nehmen seinen in Pireth Dancard stationierten Truppen ihre Beweglichkeit«, erklärte Pony. »Und verstärken dabei gleichzeitig unsere eigene Flotte.«

Der Vorschlag wurde mit überraschten Blicken aufgenommen.

»Ich werde so schnell wie irgend möglich eine Gruppe von Seeleuten nach Pireth Dancard transportieren«, griff Kapitän Al'u'met ihren Gedanken auf. »Möglicherweise gelingt es uns unter Jilseponies Führung, Aydrian einige seiner Kriegsschiffe zu stehlen und die übrigen zu versenken.«

»Ein Wintersturm ...«, setzte Midalis an.

»Nach Winterstürmen werden wir Ausschau halten«, fuhr Al'u'met in seiner Erklärung fort und sah dabei wieder zu Pony. »Sie kommen ausnahmslos aus westlicher oder nordwestlicher Richtung. Wenn es Euch gelungen ist, bis nach Pireth Dancard zu fliegen, dann schafft Ihr es ganz sicher auch bis zum Westrand des Golfes und darüber hinaus, sodass Ihr eine ruhige Wetterperiode für uns ausspähen könnt.«

»Ich kann Euch da nur zustimmen«, sagte Pony. Sie erhob sich und kniete vor dem sitzenden Midalis nieder. »Es wäre unsere erste große Chance«, erklärte sie. »Jetzt, mitten im Winter, werden sie nicht sonderlich auf der Hut sein. Wir könnten sie überraschen, blitzschnell und mit großer Härte zuschlagen und uns sofort wieder zurückziehen. Selbst wenn es uns gelänge, nur einige wenige Schiffe zu kapern und ein paar weitere zu versenken, würde ein solcher Überfall uns später, wenn das Wetter umschlägt, erheblich mehr Möglichkeiten offen lassen.«

»Aber wie viele Männer vermag die *Saudi Jacintha* an Bord zu nehmen?«, wandte Midalis ein. »Um mit einem der großen Kriegsschiffe des Bärenreiches in See zu stechen und aufs offene Meer hinauszufahren, braucht man eine Besatzung von wenigstens fünfzehn Mann. Selbst wenn wir die *Saudi Jacintha* beladen, bis sie bis zur Reling im Wasser liegt, könnte Kapitän Al'u'met kaum genügend Männer transportieren, um mehr als drei Schiffe zu kapern und zu segeln.«

»Dann müssen wir eben mehrere Schiffe einsetzen«, erwiderte Pony.

»Unsere Fischerboote wären der winterlichen See auf keinen Fall gewachsen, selbst wenn das Wetter ruhig bleibt«, erklärte der Prinz.

»Aber unsere Barkassen«, meldete sich Bruinhelde aus dem hinteren Teil des Raumes zu Wort.

Pony, Midalis und alle Übrigen wandten sich um, um den hünenhaften Alpinadoraner anzusehen, und machten dabei alle ein äußerst überraschtes Gesicht – alle mit Ausnahme Andacanavars, der unmittelbar neben seinem Freund Bruinhelde saß, die muskulösen Arme vor seinem Wolfspelzüberwurf verschränkt.

»Meiner Ansicht nach ist der Plan ausgezeichnet«, fuhr Bruinhelde fort. »Wir sind uns einig, dass wir König Aydrian an seinen schwächsten Punkten angreifen müssen. Und das ist einer.«

»Selbst wenn Jilseponie das gesamte Gebiet bis zum Rand des Golfs auskundschaftet, wird sie uns – wenn überhaupt – gerade so viel ruhiges Wetter garantieren können, dass wir Pireth Dancard erreichen«, gab Midalis zu bedenken. »Während der gesamten Rückfahrt von einer Woche oder mehr wären wir den Unbilden des Wetters schutzlos ausgeliefert.«

»Die See vor der alpinadoranischen Küste war schon immer rau«, erwiderte Andacanavar, »und das Wasser stets lebensgefährlich kalt. Und doch fährt mein Volk schon zur See, solange unsere Erzählungen zurückreichen. Nehmt Bruinheldes freundschaftliches Angebot an – und versetzen wir diesem König Aydrian einen heftigen Schlag.«

Prinz Midalis ließ den Blick umherschweifen, und plötzlich begriff Pony, dass er Unterstützung suchte, jemanden, der in der Lage war, ihm einen Rat zu geben. Als sein Blick schließlich auf sie fiel, lächelte sie ihm zu und nickte entschlossen.

Prinz Midalis sah zu Bruinhelde. »Arbeitet einen Plan für unseren Transport mit Kapitän Al'u'met aus«, erklärte er. »Und denkt bitte daran, genügend Boote mitzunehmen, damit wir Pireth Dancard einen harten Schlag versetzen und genügend Männer mitnehmen können, um vielleicht sogar alle dort vor Anker liegenden Schiffe Aydrians zu kapern.« Zu seinem Freund Liam sagte er: »Ihr verlasst noch heute Nacht die Stadt. Sucht unsere besten Männer und die qualifiziertesten Seeleute, insbesondere jene, die vielleicht irgendwann einmal unter dem Herzog des Mirianischen Ozeans gedient haben und daher über eine gewisse Erfahrung mit großen Kriegsschiffen verfügen.«

Liam O'Blythe schien von alldem noch nicht restlos überzeugt zu sein. Er warf Pony einen letzten, kurzen Blick zu, ehe er sich schließlich mit einem Nicken geschlagen gab.

Prinz Midalis wandte sich an Abt Haney. »Wir werden Mönche benötigen, die mit Edelsteinen umzugehen wissen und die uns auf unserer Mission begleiten«, erklärte er.

»Unserer Mission?«, wiederholte der Abt. »Es kommt überhaupt nicht in Frage, dass Ihr daran teilnehmt, mein Prinz.«

Midalis blickte Abt Haney ungläubig an. »Glaubt Ihr etwa ernsthaft, ich würde jemanden auf dieses Himmelfahrtskommando schicken, ohne selbst daran teilzunehmen?«

»Ihr seid die Säule des Widerstands gegen König Aydrian«, gab Abt Haney zu bedenken. »Und damit die einzige Institution, die unserem Widerstand Glaubwürdigkeit verleiht, mit Ausnahme der abellikanischen Kirche. Euer Leben zu riskieren –«

»Das ganze Leben ist ein Risiko, bester Abt«, fiel Pony ihm

ins Wort und nahm ihm damit – und mit ihrer unbeugsamen Miene – den Wind aus den Segeln. Dann sah sie wieder zu ihrem Freund Midalis, dem Mann, der so sehr eine jüngere Version ihres toten Gemahls zu sein schien. »Wir beide, Ihr und ich, werden zusammen auf der *Saudi Jacintha* fahren«, sagte sie. »Wir werden die Streitmacht, die Pireth Dancard erobert hat, lähmen und aufs Trockene setzen, und wir werden diese Krieger wissen lassen, dass es Prinz Midalis war, der sie angegriffen und ihnen diese empfindliche Niederlage beigebracht hat.«

Aus dem entschlossenen Nicken, mit dem Prinz Midalis ihr antwortete, sprach aufrichtige Dankbarkeit.

Kurz darauf ging die Versammlung auseinander. Pony verweilte noch einige Augenblicke, um Prinz Midalis mit gesenkter Stimme Mut zuzusprechen, ehe sie ebenfalls ging. Kurz darauf hatte sie Bradwarden und Andacanavar draußen auf dem Flur eingeholt.

»Das rechte Wort zum rechten Augenblick, Mylady«, sagte der Hüter, ergriff Ponys Hand und küsste sie. »Ebenso hervorragend wie Euer schneller Entschluss, sofort Pireth Dancard aufzusuchen. Mich verwundert überhaupt nicht, dass dieser Aydrian so stark ist, wie er ist – wenn auch ein wenig fehlgeleitet.«

»Nicht bloß ein wenig«, warf Bradwarden ein.

»Nun ja, er hat Euch als Mutter, wurde von Elbryan gezeugt … gab es je einen Mann mit besserer Herkunft?«, fuhr Andacanavar fort.

»Das reinste Hütertrio, diese Familie«, pflichtete Bradwarden ihm bei, auch wenn seine Worte bei Pony ein missbilligendes Stirnrunzeln hervorriefen.

»Ach was, Ihr seid eine Hüterin, Pony, auch wenn man Euch nie offiziell dazu ernannt hat. Umso törichter von Lady Dasslerond, dass sie Euch nicht entsprechend behandelt hat. Sie hätte Euch das Wissen um Euren Sohn und seine Liebe niemals vorenthalten dürfen«, erklärte Andacanavar.

Pony würdigte das Kompliment, indem sie ihre freie Hand über Andacanavars legte, die noch immer ihre andere Hand hielt. »Wir werden Lady Dassleronds Irrtum wieder gutmachen«, versprach sie ihm.

»Ich weiß, was Ihr in Eurem jungen Leben schon alles geleistet habt«, erwiderte Andacanavar. »Deshalb zweifle ich nicht im Mindesten daran.«

Unmittelbar nach Abflauen eines Sturms stachen sie unter vollen Segeln und unter Zuhilfenahme der Ruder in See, denn Pony hatte das Meer bis weit nach Westen ausgekundschaftet und dort ausschließlich ruhige Witterungsbedingungen vorgefunden. Al'u'mets *Saudi Jacintha,* an Bord fast die gesamte Anführerschar, darunter Pony, Bradwarden und Midalis, hatte die Führung übernommen. Dahinter folgte eine Reihe alpinadoranischer Barkassen, die mit ihrem hohen, kunstvoll verzierten Bug ein prächtiges Bild abgaben. Fünfzehn Ruder säumten beide Seiten dieser schlanken Boote, in deren Mitte man einen einzelnen Mast aufgerichtet hatte, und obgleich sie nicht so schnell waren wie die *Saudi Jacintha* – es sei denn, die Matrosen legten sich mit aller Kraft in die Riemen –, waren sie außerordentlich seetüchtig und durchpflügten scheinbar mühelos die winterliche Dünung.

Am zweiten Tag nach Verlassen Pireth Dancards versenkte Pony sich erneut in ihren Seelenstein und begab sich nach Westen, wo sie auf der Suche nach sich zusammenbrauendem schlechtem Wetter lange umherschweifte. Ihr Bericht, demzufolge keine Unwetter zu erwarten seien, bestätigte Al'u'met in seiner Überzeugung, dass sie zumindest die Festung erreichen und gleich anschließend wieder in See stechen konnten, um nach Norden zurückzukehren.

»Wir sollten uns einen Ersatzplan überlegen«, sagte Prinz Midalis später am selben Tag zu Pony, während die *Saudi Jacintha* unter windgeblähten Segeln durch das Wasser glitt. »Wenn wir bei unserer Ankunft feststellen, dass uns ein

Sturm einholen wird, ehe wir wieder in den geschützten Hafen Vanguards zurückkehren können, wäre es möglicherweise vernünftiger, die Schiffe nach der Einnahme der Insel dort erst einmal zu vertäuen.«

»Euch steht ein schwieriger Kampf bevor«, erwiderte Pony.

»Besser, wir verlieren die Männer im Kampf als bei einem Unwetter«, sagte Midalis. »Wenn die Menschen, die Freunde und Familienangehörige verlieren, wissen, dass ihre Lieben im Kampf gegen Aydrian gefallen sind, werden sie gewiss mehr Verständnis für den langen Krieg aufbringen, der noch vor uns liegt.«

Seine harten Worte machten Pony schwer zu schaffen, allerdings nur für einen Augenblick. Sie war mit der Wirklichkeit des Krieges vertraut und wusste, dass ihr Freund gezwungen war, wie ein Krieger zu denken. Seine Worte ließen jedes Mitgefühl vermissen, aber diese Gefühllosigkeit war dringend erforderlich, wenn sie eine Chance haben wollten, den Krieg gegen Aydrian zu gewinnen.

»Ich bin sicher, eigentlich wollt Ihr dies alles gar nicht«, sagte sie, »und doch fehlt es Euch nicht am nötigen Mut.«

Jetzt war es an Midalis, seine Freundin verwundert anzusehen. »Mut? Dafür?«

»Als Elbryan und ich den Kampf gegen die Goblins und die anderen Günstlinge des geflügelten Dämons aufgeben und stattdessen gegen die menschlichen Schergen des ehrwürdigen Vaters Markwart kämpfen mussten, wären wir fast daran zerbrochen«, gestand sie. »Es besteht ein grundlegender Unterschied zwischen dem Kampf gegen ein Wesen, von dessen Verdorbenheit man überzeugt ist, und einem, von dem man weiß, dass es im Grunde keine Möglichkeit hat, sich anders zu verhalten. Es widerstrebt mir, einen Menschen zu töten, dennoch weiß ich, dass ich irgendwann genau das tun werde, wenn ich an Eurer Seite kämpfe.«

»Natürlich werdet Ihr es tun, genau wie ich«, sagte der

Prinz. »Weil wir beide wissen, dass das Endergebnis für die Menschen weniger tragisch sein wird, als wenn wir dieser Auseinandersetzung aus dem Weg gehen.«

»Das ist die Hoffnung, die mich aufrecht hält«, erwiderte Pony ruhig, den Blick hinaus auf die dunklen Fluten des winterlichen Mirianischen Ozeans gerichtet. »Seltsamerweise glaube ich, dass Aydrian ganz ähnlich empfindet.«

»Indem er sich des Throns bemächtigt?«

»Indem er für sich beansprucht, was er irrigerweise für sein Geburtsrecht hält«, erklärte sie. »Ich glaube, eine Welt unter seiner Herrschaft ist für ihn gleichbedeutend mit einer Welt, die er im positiven Sinne beeinflussen kann.«

»Würde irgendein Tyrann das anders sehen?«

»Nein, natürlich nicht«, erwiderte sie. Sie griff in ihren Beutel und holte eine Hand voll verschiedener magischer Edelsteine hervor. »Wie viele Menschen werde ich wohl töten, wenn ich deren Kräfte freisetze?«, fragte sie.

Prinz Midalis legte ihr seine Hand auf die Schulter und drückte sie leicht, dann beugte er sich zu ihr, sodass er ihr ganz nahe war, als er mit leiser Stimme beteuerte: »Bestimmt so wenige wie möglich.«

Statt einer Antwort warf Pony ihm einen dankbaren Blick zu, und er richtete sich wieder auf.

»Wir haben unmittelbar nach dem Sturm einen frischen Rückenwind«, sagte er. »Nur noch wenige Tage, dann ist der erste Sieg unser.«

Eines Nachts näherten sie sich schließlich Pireth Vanguard – ohne Zwischenfall und, soweit Pony dies zu erkennen vermochte, ohne dass sich irgendwo im Golf westlich von ihnen ein Sturm zusammenbraute. Wieder einmal erwies sich ihre Geistwanderung als unschätzbar wertvoll, denn sie ermöglichte es der Flotte, sich unmittelbar außer Hör- und Sichtweite ihrer Gegner neu zu formieren. Während Midalis die Einteilung der Stoßtrupps vornahm, ließ Pony ihren Geist abermals zu dem Dutzend fest vertäuter

Kriegsschiffe hinüberschweben und durchsuchte jedes einzelne, um sich zu vergewissern, dass keines schwer bemannt war.

»Jetzt gilt es nur noch die Frage zu klären, wie wir hinübergelangen, ohne dass die Männer bei den Hafenanlagen und den näher am Ufer ankernden Schiffen auf uns aufmerksam werden«, sagte Midalis, nachdem Pony in ihre Körperhülle zurückgekehrt war und sich wieder zu ihm, Kapitän Al'u'met, Bruinhelde und Andacanavar gesellte. »Und überhaupt, wie sollen wir in der Dunkelheit der Nacht die geeigneten Ziele ausfindig machen?«

»Ich werde Euch den Weg weisen«, erklärte Pony. Sie holte ein Stück Bernstein hervor, das sie den anderen zeigte. »Mit Hilfe dieses Steins kann ich rasch und geräuschlos übers Wasser laufen. Ich werde alle Schiffe nacheinander aufsuchen und dort, für die Besatzung unsichtbar, eine Kerze entzünden.« Sie sah zu Al'u'met, woraufhin der Kapitän nickte und zu einem kleinen Behälter in ihrer Nähe trat. Er langte unter den Deckel der Kiste und entnahm ihr einen kleinen Sack, den er ihr reichte.

Pony stellte ihn auf dem Boden ab und suchte darin, bis sie eine ausgehöhlte, aus Holz gedrechselte Halbkugel zu Tage förderte. »Der Kapitän und ich hatten bereits mit diesem Problem gerechnet«, erläuterte sie. »Deshalb hat er von einem seiner erfahrenen Holzschnitzer diese Gegenstände anfertigen lassen.« Zur Verdeutlichung platzierte sie eine Kerze in der Halbkugel und stellte sie dann auf die Deckplanken. »Den Kerzenschein werden nur die sehen können, denen die Öffnung zugewandt ist«, erklärte sie. »Wer sich an Deck oder an Bord eines der anderen Schiffe befindet, wird von alldem nichts bemerken.«

»Das Mädchen denkt einfach an alles«, sagte Bradwarden begeistert. »Muss schon sagen, hab sie hervorragend angelernt!«

»Eines der Schiffe ist deutlich größer als die übrigen«, fuhr

Pony fort und wandte sich um, sodass sie Midalis direkt ansah. »Mit einer Besatzung von mindestens zwanzig Mann ist es außerdem das am stärksten bemannte.«

»Dann werde ich mir das zum Ziel nehmen«, entschied der Prinz.

Kurz darauf machte sich ein Dutzend alpinadoranischer Barkassen auf den Weg und hielt lautlos auf die Insel zu, die im Schein der dünnen Sichel des Viertelmondes nur als dunkler Streifen zu erkennen war. Pony stand neben Midalis und Bradwarden, der seinen mächtigen Langbogen in der Hand hielt.

»Mir ist nicht recht wohl dabei, Euch allein im Dunkeln losziehen zu lassen«, gestand Midalis.

Pony sah ihn ungläubig an.

»Doch, es ist wahr«, fuhr er fort und machte eine beschwichtigende Handbewegung, ehe sie wütend werden konnte.

Aber Pony lachte nur amüsiert. »Dann begleitet mich doch einfach«, schlug sie vor. »Gehen wir gemeinsam hinüber und markieren das ganz außen liegende Schiff – und dann übernehmen wir das Flaggschiff, ehe dieses Boot überhaupt dort eintrifft.«

»Könntet Ihr das tatsächlich tun?«

Ponys Lächeln wurde noch strahlender, und sie reichte ihm die Hand. Kaum hatte er sie ergriffen, führte sie ihn bis zum äußersten Rand des tief im Wasser dahingleitenden Bootes. Ein kurzer Blick nach hinten zu Bradwarden, ein kurzes Augenzwinkern, dann trat sie, Midalis hinter sich herziehend, über die Reling.

Für Pony war es ein Leichtes, die Energien der beiden Steine, des Hämatits und des Bernsteins, so miteinander zu verknüpfen, dass der Zauber des Wasser-Wandelns sich auch auf Midalis übertrug. Zusammen eilten die beiden der langsam dahingleitenden Flotte voraus. Kurz darauf gelangten sie in Sichtweite der dunkel vor ihnen aufragenden Kriegsschiffe.

Seitlich davon kam jetzt auch Pireth Dancard in Sicht, das um diese Stunde bereits im Dunkeln lag. Nur aus einem einzigen Fenster auf halber Höhe des Hauptturms drang die Andeutung eines Lichtscheins.

Als Erstes geleitete Pony Midalis weit nach links, sodass sie sich dem am weitesten draußen liegenden Kriegsschiff näherten. Dort angekommen, gelang es ihnen ohne Zwischenfall, an der Bordwand hinaufzuklettern. Pony gab dem Prinzen per Handzeichen die Richtung vor, dann griff sie in einen zweiten Beutel an ihrem Gürtel, dem sie eine Kerze sowie eine Blendhalbkugel entnahm. Diese stellte sie in den unteren Teil der Reling zwischen zwei Geländersäulen und schirmte das Licht nach allen Seiten ab, bis man es nur noch von der immer näher kommenden Flotte aus sehen konnte.

Anschließend kletterten die beiden wieder über Bord und enterten das nächste Schiff, wo sie die Prozedur wiederholten. Sie hatten bereits fünf markiert, als sie das Herannahen der lautlosen Flotte bemerkten und ihnen dämmerte, dass ihre Zeit knapp wurde.

»Die Übrigen werden sie auch ohne unsere Hilfe finden«, versicherte Pony dem Prinzen, ergriff seine Hand und begab sich hinüber zu dem in der Mitte der zweiten Reihe vor Anker liegenden Schiff ganz in der Nähe der Lagerhäuser.

Wieder gelangten sie mühelos an Bord, doch dann wurde ihnen schlagartig bewusst, dass dieses Schiff nicht annähernd so verlassen dalag wie die übrigen. Ohne das geringste Zögern bedeutete sie Midalis, ihr zu folgen, und hielt auf die große, achtern oberhalb des Hecks des großen Dreimasters gelegenen Deckkajüte zu.

»Seid Ihr bereit?«, fragte Pony.

Aber der Prinz grinste nur. Die unerwartete Kühnheit seiner Begleiterin begeisterte ihn offensichtlich.

Nachdem sie Midalis seitlich neben dem äußeren Türpfosten platziert hatte, trat sie durch die Tür.

Die Männer drinnen, fast ein Dutzend an der Zahl, sahen

von dem mit Münzen bedeckten Tisch auf, der zwischen ihnen stand.

»Was zum …?«, begann einer.

»Seid gegrüßt«, erwiderte Pony.

Mehrere Männer sprangen von den Stühlen auf, einige griffen sogar nach ihren Waffen.

»Es scheint, als wollte uns Graf DePaunch was zum Vergnügen schicken«, rief ein Matrose lüstern.

Ein anderer meinte: »Pah, dafür ist die viel zu alt!«

»Erkennt mich etwa keiner von euch wieder?«, erwiderte Pony, einen resignierten, fast traurigen Unterton in der Stimme. »Und das nach all den Jahren, die ich mit euch auf der *Flusspalast* gefahren bin.«

Die Bemerkung trug ihr nicht wenige erstaunte Blicke ein.

»Königin Jilseponie!«, stieß einer der Soldaten hervor, was die Verwirrung der anderen noch vergrößerte und immer mehr Männer zu den Waffen greifen ließ, obwohl die ersten, die sie schon in Händen hielten, sie bereits wieder senkten.

»Wie konntet ihr das alles nur so schnell vergessen«, sagte Pony vorwurfsvoll. »Mich und euer rechtmäßiges Königshaus!« Als sie geendet hatte, zog sie Prinz Midalis hinter dem Türpfosten hervor.

Einem der Soldaten entfuhr ein erschrockener Schrei, und ein anderer geriet bei dem Versuch, von seinem Stuhl aufzuspringen, ins Stolpern. Zwei Matrosen dagegen rissen ihre Waffen hoch und sprangen vor, um sich mit einem vereinten Kriegsschrei auf sie zu stürzen.

Aber Pony war schneller. Sie hob die Hand und versetzte den beiden mit einer unvermittelten Lichtexplosion einen Stoß, der sie von den Füßen riss und in den hinteren Winkel der Kajüte schleuderte.

Andere machten Anstalten, ebenfalls anzugreifen, doch Pony machte eine abwehrende Handbewegung. »Ihr solltet euch alle schämen!«, schalt sie. »Ich bringe euch den rechtmäßigen König!«

»Aydrian ist unser König!«, entgegnete einer der Matrosen knurrend.

»Das behauptet er zumindest selbst«, erwiderte Midalis mit ruhiger Stimme. »Ich bin fest entschlossen, ihn über seinen Irrtum aufzuklären, und ihr« – er hielt inne, um auf jeden Einzelnen von ihnen mit dem Finger zu zeigen – »ihr alle tätet gut daran, darüber nachzudenken, wie ihr euch in dieser Situation entscheiden wollt. Ich bin mir darüber im Klaren, dass man euch getäuscht hat, und ich bin bereit, jedem Einzelnen von euch zu vergeben. Aber nur, wenn ihr eine kluge Entscheidung trefft.«

Er hatte kaum geendet, als vom Achterdeck lautes Gepolter herüberdrang.

»Pah, jetzt kriegt Ihr, was Ihr verdient, falscher Prinz!«, stieß einer hervor, während die Übrigen murrend eine drohende Haltung einnahmen und einige sogar Anstalten machten, mit ihren Waffen auf ihn loszugehen.

Unmittelbar darauf verließ der Mut sie bereits wieder, als sich der hünenhafte Zentaur zwischen Pony und dem Prinzen durch die Kajütentür zwängte, den mächtigen Bogen schussbereit in der Hand und an der Sehne einen Pfeil, der eher an einen Speer erinnerte.

»Also, wer von euch schlau ist, lässt seine Waffe jetzt zu Boden fallen«, erklärte er. »Wer's nicht tut, wird an die hintere Kajütenwand genagelt.«

Pony hob erneut ihren Edelstein, um der Drohung zusätzlichen Nachdruck zu verleihen, und Midalis zog sein prachtvoll gearbeitetes Schwert.

»Anker lichten!«, erklang ein Ruf an Deck. »Vier Schiffe sind bereits geentert, Mylord! Und in Kürze werden sich noch mehr ergeben.«

»Ihr werdet verzeihen, wenn ich mir euer Schiff ausborge, tapfere Soldaten des Bärenreiches«, erklärte Prinz Midalis und entbot ihnen einen Salut mit seinem Schwert. »Jeder, der mit mir segeln möchte, ist herzlich dazu eingeladen. Wer es dagegen vorzieht, in Pireth Dancard zu bleiben, wird in einem Beiboot ausgesetzt.«

»Ich muss fort«, sagte Pony und gab Midalis einen Kuss auf die Wange. »Entfernt Euch nicht zu weit von mir«, fügte sie hinzu. »Und lasst stets ein helles Signalfeuer brennen, damit ich im Dunkeln zurückfinde.«

Schon war sie draußen an Deck, wo sie noch einmal kurz stehen blieb, um den Alpinadoranern und den Männern aus dem Bärenreich, die soeben unter Aufbietung ihrer vereinten Kräfte den Anker lichteten, einen militärischen Gruß zu entbieten, ehe sie über die Reling kletterte und sich abermals den Zauberkräften ihres Bernsteins anvertraute. Hastig eilte sie hinüber zur Küste, wo mittlerweile die ersten Anzeichen von Betriebsamkeit zu erkennen waren – vermutlich Soldaten, die auf den Lärm draußen in der Bucht reagierten.

Einen Augenblick später erreichte Pony den Kai, trat leichtfüßig auf die Planken, ließ die Kräfte des Bernsteins verebben und ersetzte sie fast augenblicklich durch das bläulich weiße Schimmern des Serpentinschilds. Ihre leuchtende Erscheinung zog sofort die Blicke sämtlicher Verteidiger auf sich, die in ihrer Verwirrung schreiend in ihre Richtung zeigten.

Sie rannte auf das Deck des links am Hafenkai liegenden Schiffes. Mehrere Seeleute stellten sich ihr in den Weg, zogen ihre Kurzschwerter und bedrängten sie von allen Seiten.

Pony hob die Hand mit dem Rubin darin und erzeugte eine Flammensäule, die sie vollständig umschloss. »Ihr kennt mich als Königin Jilseponie«, schrie sie den Männern entgegen, worauf die Flammensäule kurz aufloderte, um sie zurückzudrängen. »Ihr wisst, über welche Macht ich mit den Edelsteinen verfüge. Ich warne euch nur ein einziges Mal: Verlasst dieses Schiff sowie das auf der anderen Seite des Kais!« Kaum hatte sie die Worte ausgesprochen, hielt sie auch schon auf eine unter Deck führende Leiter zu, die sie, eine Spur aus qualmenden Fußabdrücken hinterlassend, hastig hinunterkletterte. Mit einem erleichterten Nicken quittierte sie das Geräusch der davonrennenden Männer, deren Schritte sich Richtung Hafenkai entfernten. Einen hörte sie sogar ins Waser springen.

Pony versenkte sich tief in den Rubin und bündelte seine Kräfte, ehe sie sie in einem gewaltigen Feuerball freisetzte, der nach oben schoss, mehrere Planken heraussprengte und das gesamte Schiff in ein Flammenmeer verwandelte.

Pony, die von der Feuersbrunst nur ein wenig Hitze verspürte, hastete die Sprossen hinauf, kurz bevor diese ebenfalls ein Opfer der Flammen wurden. Dann stärkte sie den Schutzschild ihres Serpentins und rannte quer über den Hafenkai auf das gegenüberliegende Schiff.

Ein Pfeil sirrte vorbei und verfehlte nur knapp ihren Kopf, doch Pony hielt unbeirrt auf die Mitte des offenen Decks zu. Dort bemerkte sie einen Matrosen, der an Bord zurückgeblieben war – und womöglich war er nicht der Einzige.

Aber sie durfte nicht zögern, nicht jetzt, da die Insel zum Leben erwachte und sämtliche Soldaten in Alarmbereitschaft waren.

Im nächsten Moment ging das zweite Schiff in Flammen auf. Ein Matrose stürzte sich, vollständig eingehüllt von züngelnden Flammen, vom brennenden Deck ins Wasser.

Sofort verließ Pony das brennende Schiff. Wieder rief sie den Bernstein auf den Plan und löste den Serpentinschild im selben Moment auf. So schnell es irgend ging, lief sie zum Ufer und zum dritten und damit letzten Schiff hinüber, dem im Trockendock, das sie ebenfalls rasch den alles verschlingenden Flammen des Rubins übergab.

Anschließend rannte sie den Strand hinunter, watete ins eiskalte Waser hinaus und näherte sich dem zweiten lichterloh brennenden Schiff, um den Matrosen zu finden, der brennend über Bord gesprungen war. Sie entdeckte ihn halb tot in der Brandung treibend. Behutsam schob sie einen Arm unter seinen Brustkorb, drehte ihn auf den Rücken und schleppte ihn langsam um den Bug des Schiffes herum, außer Sichtweite von Hafenkai und Ufer.

Pony holte ihren Hämatit hervor. Sie wusste, es war Wahnsinn, aber sie brachte es einfach nicht über sich, den bedauernswerten Mann seinen unvorstellbaren Schmerzen zu überlassen. Sie zog ihn ganz dicht an ihren Körper, versenkte sich in ihren Seelenstein, rief dessen Heilkräfte auf den Plan und ließ diese unter Aufbietung ihrer gesamten Energie in den Sterbenden hineinströmen. Schon fühlte sie, wie sein Geist ihr zu entgleiten drohte, doch sie stürzte sich hinter ihm den dunklen Schlund hinab, rief ihn und versuchte ihn einzuholen.

Plötzlich schlug der Mann die Augen auf, keuchte und spuckte Wasser.

»Merk dir eins: Dein Überleben hast du ausnahmslos Prinz Midalis' Barmherzigkeit zu verdanken«, sagte sie. »Er ist der rechtmäßige König des Bärenreiches, der auf dem Höhepunkt seiner Macht zurückkehren wird, um Aydrian zu besiegen. Erkläre deinen Freunden, dass ihn das Blut schreckt, das noch vergossen werden muss, bis er wieder den Thron besteigen kann, der rechtmäßig ihm gehört.«

Dann stützte sie ihn, bis er sich aus eigener Kraft auf den Beinen halten konnte, und drehte ihn zum Strand herum. Erst jetzt bemerkte sie, dass zwei weitere Soldaten sie beobachteten – mit gespannten Bögen.

Sie sah die beiden eindringlich an. Die Soldaten hatten jedoch nur Augen für ihren auf wundersame Weise geheilten Kameraden, der auf sie zugewatet kam, und senkten ihre Bögen. Einer von ihnen ging ihm ein Stück entgegen, um ihm an Land zu helfen, während der andere sich mit einem Nicken bei Pony bedankte.

Sofort watete sie wieder hinaus in die Dunkelheit und holte noch einmal den Bernstein hervor, um sich mit dessen Hilfe aus dem eiskalten Wasser zu erheben.

Hinter ihrem Rücken hörte sie das Surren der Katapulte

und das Schwirren der brennenden Pechkugeln, die hoch über ihrem Kopf dahinschossen, ehe sie zischend im Wasser versanken.

Über all dem Chaos vernahm sie deutlich eine einzelne Stimme. Soeben erteilte Prinz Midalis den Befehl, unverzüglich in See zu stechen. Unterlegt wurde seine Stimme von Bradwardens Flötenspiel, das die Männer mit einer mitreißenden Melodie zur Eile antrieb.

Pony behielt ihre Position im Schutz der Dunkelheit bei und beobachtete das Geschehen. Sie zuckte zusammen, als eines der in See stechenden Schiffe von einem lodernden Geschoss getroffen wurde. Augenblicke später drangen die über die dunklen Wogen hallenden Schreie an ihr Ohr. Dann ging noch ein zweites Schiff in Flammen auf, diesmal offenbar aufgrund irgendeines Zwischenfalls an Deck – vermutlich beim Kampf um die Kontrolle über das Schiff. Kurz darauf hörte sie Hilferufe sowie ein vielfältiges Klatschen beim Aufprall auf der Wasseroberfläche, als die Männer sich von Bord des brennenden Schiffs stürzten, dazu die Rufe der Alpinadoraner, die Anweisungen in die Nacht hinausbrüllten, um ihre auf dem Wasser treibenden Stammesgenossen zu bergen.

Und wieder wurde ein Schiff von einem der Geschütze getroffen, eben jenes Flaggschiff, das Midalis gekapert hatte, und in diesem grauenhaften Augenblick fragte sie sich zum ersten Mal, ob ihre Mission all die Mühen und den ungeheuer hohen Preis lohnte.

Doch abgesehen von diesen dreien entfernten sich sämtliche vormals vor Anker liegenden Schiffe noch immer stetig von der Küste und glitten aufs dunkle Meer hinaus, einem fernen Lichtsignal entgegen – dem Signalfeuer, das auf dem Hauptmast der *Saudi Jacintha* brannte, dem vereinbarten Sammelpunkt. Ein Schiff dümpelte, lichterloh brennend und dem sicheren Untergang geweiht, träge auf den Wellen, während ein zweites, offenbar von seiner ursprünglichen Mannschaft aus dem Bärenreich gesteuert, rasch wieder Richtung Küste zurücksegelte.

Das durfte Pony auf keinen Fall zulassen. Um ihm den Weg abzuschneiden, lief sie quer über das Wasser und kreuzte dabei gefährlich nahe den Weg eines mit mehreren Matrosen besetzes Ruderboots – Matrosen eben jenes Schiffes, das sie und Midalis gekapert hatten. Doch falls diese sie bemerkten, enthielten sie sich jeder Bemerkung – und sie lief weiter, bis sie schließlich vor den Bug des Kriegsschiffes gelangte. Sie zog einen Malachit aus ihrem Beutel hervor und rief dessen Schwebekräfte auf den Plan, die sie über den Bug und das Vorschiff hoben. Kaum hatte sie den Fuß an Deck gesetzt, da wurde sie auch schon von mehreren Soldaten angegriffen, doch Pony zog sofort ihr Schwert und stellte sich zum Kampf.

Der erste Angreifer versuchte sie mit einem geraden Stoß zu treffen, doch sie brachte ihre Klinge mit einer geschickten Bewegung über das nach vorne stoßende Schwert und drückte es zur Seite weg. Der Krieger verlor das Gleichgewicht, sodass Pony sich an ihm vorbeischieben konnte. Gleich darauf blieb sie unvermittelt stehen, um die Attacke eines zweiten Soldaten zu parieren, während sie dem ersten gleichzeitig einen wuchtigen Tritt versetzte, der ihn Richtung Reling stolpern ließ. Er prallte gegen das Geländer, fing sich und drehte sich um.

Doch Pony war längst zur Stelle. Mit ein, zwei schnellen Stößen zwang sie ihn zurück, bis er mit dem Rücken erneut gegen die Reling stieß.

Er ging rücklings über Bord und stürzte in die dunklen Fluten.

Pony wirbelte herum und riss ihr Schwert vor dem Körper hoch. Klirrend prallte es gegen das des zweiten Angreifers. Ihr abrupter Vorstoß nötigte ihn zu einem hektischen Rückzug, ehe ein zweiter ihn zwang, mit einer Körperdrehung abzutauchen und sich zur Seite wegzurollen. Doch dann sah sich Pony zu der gleichen Reaktion genötigt – der Speer verfehlte sie nur knapp. Sofort war sie wieder auf den Beinen und traf den Schwertkämpfer mit einer ganzen Reihe von geraden Stößen, von denen einige seine Rüstung durchbohrten und ihn schwer verletzten.

Das bläulich weiße Schimmern leuchtete auf. »Runter von diesem Schiff!«, schrie Pony ihre Gegner an. »Im Namen Königin Jilseponies, verschwindet! Sonst rufe ich das Feuer des Rubins und lasse dieses Schiff ebenso in Flammen aufgehen wie die drei dort drüben vor der Küste!«

Dass ihre Worte offenbar die gewünschte Wirkung erzielten, wurde ihr klar, als sie den ihr am nächsten stehenden Soldaten sein Schwert auf das Deck werfen, zur Reling hinüberlaufen und sich über Bord in die dunklen Fluten stürzen sah. Doch dann spürte sie plötzlich einen heftigen Schmerz. Ein Pfeil war quer über das Deck geschwirrt und hatte sich in ihre Seite gebohrt – ausgerechnet unmittelbar neben der von ihrer letzten schweren Verletzung zurückgebliebenen Narbe.

Pony konnte sich kaum noch auf den Beinen halten und spürte plötzlich, dass ihr die Kontrolle über den Serpentin zu entgleiten drohte. Sie versuchte rasch, sie wiederzuerlangen, hatte aber keine Zeit, um sich auf etwas anderes als die Kräfte des Rubins zu konzentrieren.

Sie erzeugte einen Feuerball – keinen sehr großen, aber dennoch eine wirkungsvolle Explosion, die das Vorschiff in Flammen aufgehen ließ.

Wie aus weiter Ferne hörte sie die Rufe und das wütende Protestgeschrei der noch an Bord befindlichen Matrosen. Auf unsicheren Beinen stolperte sie über das Deck, die gewaltige Hitze deutlich im Gesicht, und wäre, während ihre Gedanken ziellos umherwanderten, vor Schmerz fast zusammengebrochen.

Der Geruch ihres brennenden Haars stieg ihr in die Nase.

Sie durfte auf keinen Fall das Bewusstsein verlieren, sie musste den Bernstein wieder finden und sich absetzen.

Das alles wusste sie natürlich, aber es war so schwierig, so unglaublich schwierig, sich auf etwas anderes zu konzentrieren als auf den peinigenden Schmerz der Pfeilwunde und das von allen Seiten näher rückende Flammenmeer …

Auf einmal war sie wieder draußen auf dem Wasser und lief schwankend auf die fernen Schiffe zu. Plötzlich spürte sie erneut die alles betäubende Kälte – es dauerte mehrere Augenblicke, bis sie begriff, dass ihre Konzentration nachgelassen hatte und sie sich nicht mehr auf, sondern bereits halb unter Wasser befand.

Auch eilte sie längst nicht mehr Prinz Midalis und ihren Freunden hinterher, sondern wurde zu dem felsigen Eiland zurückgetrieben.

Rings um sie war nichts als Dunkelheit und Kälte, und sie hatte keine Energie mehr, die sie in die Steine hätte fließen lassen können. Aber der Schmerz in ihrer Seite hatte – auf wundersame Weise – aufgehört. Alles, was sie noch empfand, war … ein Gefühl allumfassenden Friedens, so als hätte sie jegliche Schmerzempfindung hinter sich gelassen.

15. Möglichkeiten

»Wir haben sie überrascht und ihnen einen empfindlichen Schlag versetzt«, wandte sich Pagonel an Brynn und die anderen Oberen von Dharyan-Dharielle, unmittelbar nachdem der Kurier Yatol De Hammans wieder gegangen war. Er hatte sie unter dem Schutz der Unterhändlerflagge aufgesucht und darauf bestanden, die Schlacht sei ein schreckliches Missverständnis gewesen: die Folge einer fehlerhaften Nachrichtenübermittlung zwischen Jacintha und Dharyan-Dharielle. Der Kurier hatte die Entschuldigungen der Yatols De Hamman und Mado Wadon und auch Abt Olins zum Ausdruck gebracht.

»Zu viele Soldaten De Hammans erinnern sich noch an die letzte Belagerung dieser Stadt«, erklärte der Mystiker.

»Das letzte Mal haben sie mehrere Wochen gebraucht, um ihre Toten zu begraben«, fügte Tanalk Grenk hinzu. »Und sollten sie jetzt tatsächlich wieder auf einen Angriff drängen, werden nicht mehr genug von ihnen übrig sein, um ihre stinkenden Leichen zu verscharren.« Die für ihn typische derbe Ausdrucksweise trug ihm das bestätigende Kopfnicken und sogar Beifall von den anderen Anwesenden im Raum ein.

Brynn warf Tanalk Grenk einen Blick zu, aus dem aufrichtige Bewunderung sprach. Während der letzten Monate hatte er zweifellos an Statur gewonnen und war zum Sprecher aller Krieger To-gais geworden. Sie vertraute ihm vollkommen und hatte ihn mit den wichtigsten und heikelsten Missionen betraut – stets in der absoluten Gewissheit, dass er bei der Erfüllung seiner Aufgaben selbst ihre kühnsten Erwartungen noch übertreffen würde. Brynn hatte Grenk und seine Truppen zum Landbruch beordert, um sicherzustellen, dass es entlang der Grenze keine Schwachstellen gab, die vom Gegner ausgenutzt werden konnten. Wie befohlen, hatte Grenk die Verteidigungsanlagen an jeder nur vorstellbaren Einfallsroute über den Landbruch ins zentrale und nördliche To-gai ausgebaut, gleichzeitig aber den Weitblick besessen, es nicht dabei bewenden zu lassen. Kaum hatten seine Kundschafter ihm berichtet, De Hamman sei nach Norden abgeschwenkt, hatte Grenk eine Truppe aus berittenen Elitekriegern aufgestellt. Als De Hamman schließlich angriff, war Grenks Kavallerie exakt im richtigen Augenblick und genau am rechten Ort zur Stelle gewesen.

Außerdem hatte Grenk unter Zuhilfenahme der von den To-gai-ru schon vor längerer Zeit vervollkommneten Sonnenreflektoren eine Nachrichtenverbindung eingerichtet und war derzeit damit befasst, die Ankunft einer weiteren Unterabteilung in die Wege zu leiten, einer Streitmacht, die bereitstand, um erneut De Hammans Flanke anzugreifen, sollte dieser einen neuerlichen Angriff unternehmen. Es war ein gewagter, vielleicht sogar tollkühner Schachzug, denn mit einer Verlegung großer Teile der to-gaischen Truppen so weit hinauf nach Norden hatte der Kriegerführer ihre südliche Flanke weitgehend entblößt.

Dennoch war Brynn mit seinen Überlegungen einverstanden, insbesondere, nachdem er ihr versichert hatte, er habe zahlreiche Kundschafter in die südlich gelegene Wüste entsandt. Soweit er dies beurteilen könne, sei De Hammans Armee die einzige organisierte behrenesische Streitmacht in der gesamten Region.

»Ihr Eingeständnis, Abt Olin sei persönlich in diesen Truppenaufmarsch verwickelt, lässt nichts Gutes erahnen«, bemerkte Brynn. »Vor allem dann nicht, wenn man die Hinweise unseres Gastes Lozan Duk berücksichtigt. Es hat ganz den Anschein, als habe König Aydrian aus dem Bärenreich ein Auge auf die Länder jenseits seiner Grenzen geworfen. Womit sich unsere Befürchtungen über Abt Olins eigentliche Rolle bei der Überschreitung der Grenze nach Süden zu bewahrheiten scheinen.«

»Sollen wir etwa gegen Behren *und* das Bärenreich nördlich des Gebirges Krieg führen?«, wollte einer der anderen Anführer wissen.

Die düstere Aussicht legte sich wie ein Schatten über Brynns Gesicht – und über Pagonels. To-gai war alles andere als ein dicht besiedeltes Land. Von Brynns Schwert einmal abgesehen, besaßen die To-gai-ru keinerlei magische Kräfte, kaum brauchbare Rüstungen und nur wenig Material, das man zum Bau von Kriegsmaschinen verwenden konnte. Ihr einziger Vorteil – außer ihren vortrefflichen Reitern und Ponys – war Pherol. Doch die Behreneser hatten längst überaus wirksame Gegenmittel gegen den Drachen entwickelt. Brynn verstand, dass es ihr unmöglich war, eine Armee aufzustellen, die stark genug war, um ein vereintes Behren allein zu besiegen, und wusste, dass sie sich gegen die Streitkräfte des

Chezru-Häuptlings Yakim Douan nur hatte behaupten können, weil Pagonel den Hofstaat der Chezru gegen ihr Oberhaupt aufgehetzt und das Land Behren ins Chaos gestürzt hatte. Falls Abt Olin und Yatol Mado Wadon das Königreich Behren im Hinblick auf eine Eroberung To-gais erneut einten, würde dies eine Verteidigung der Stadt unmöglich und die Verteidigung ihres ganzen Landes höchst unwahrscheinlich machen – selbst wenn sich das Königreich im Norden kaum in das Geschehen einmischen sollte. Schlüge sich das Bärenreich hingegen vollends auf die Seite Behrens, wäre das der sichere Untergang To-gais. Dessen war sich Brynn ebenso bewusst wie Pagonel und jeder andere Krieger im Raum – auch der stolze Tanalk Grenk.

»Ich fürchte, Abt Olin wartet nur auf eine passende Gelegenheit«, sagte Brynn. »Die Armee hat ihr Lager keineswegs abgebrochen. Ich vermute, dass sie hier nicht abziehen werden.«

»Wahrscheinlich geht Abt Olin davon aus, dass König Aydrian herbeieilt und ihm den Rücken stärkt«, überlegte Lozan Duk, nachdem Brynn ihre Vermutungen in die Elfensprache übersetzt hatte.

Brynn nickte, ehe sie den anderen die Worte des Elfen erläuterte.

»Oder Abt Olin glaubt, seine Herrschaft über Behren erst noch festigen zu müssen, bevor er seine Armeen gegen Dharyan-Dharielle anrennen lässt«, sagte Pagonel. »Zweifellos waren viele der Krieger Yatol De Hammans nicht eben begeistert von der Aussicht, erneut gegen den Drachen von To-gai kämpfen zu müssen. Aber hat er Behren erst sicher in seiner Gewalt, kann er eine sehr viel eindrucksvollere Streitmacht gegen uns aufbieten. Ihre rein zahlenmäßige Überlegenheit wird die behrenesische Moral heben, und wir geraten unter gewaltigen Druck.«

»Dann sollen wir also angreifen?«, fragte Brynn. »Oder sollen wir mit der Verstärkung unserer Verteidigungsanlagen fortfahren, in der Hoffnung, unseren Gegnern derartig hohe Verluste zuzufügen, dass sie ihre Eroberungspläne für diese Stadt noch einmal überdenken?«

Pagonel erklärte: »Ich werde als dein Gesandter nach Jacintha gehen, um mir ein genaueres Bild von den Absichten Abt Olins und deines Freundes Aydrian zu machen.«

»Du wärst mindestens einen Monat fort«, gab Brynn zu bedenken. »Haben wir denn so viel Zeit?«

Der etwas abseits stehende Lozan Duk sah sie fragend an, worauf sie ihm die Pläne des Mystikers übersetzte.

»Ich werde mich mit Belli'mar Juraviel in Verbindung setzen«, erbot sich Lozan Duk. »Wir werden Euren Freund sehr rasch nach Jacintha bringen – und auch wieder zurück.«

Ein wenig später hockte der Doc'alfar mit übereinander geschlagenen Beinen auf dem Flachdach eines kleinen Turmes, im Schoß den blauen Saphir seines Volkes. Er konzentrierte seine Gedanken ganz auf den Stein und rief den von Juraviel verwahrten Smaragd vor sein inneres Auge, bis er pötzlich spürte, wie der Kontakt hergestellt wurde und er in Verbindung mit seinem Vetter trat. Lozan Duk hielt diesen Zustand meditativer Versenkung lange Zeit aufrecht und wies Juraviel mit seinen Gedanken den Weg.

Nicht einmal eine Stunde später schlug Lozan Duk blinzelnd die Augen auf und sah Belli'mar Juraviel vor sich auf dem Turmdach stehen, in der Hand den magischen Smaragd.

Wegen der gebotenen Eile blieb für das Wiedersehen von Brynn und Belli'mar Juraviel nur wenig Zeit. Die beiden hatten gerade mal eine knappe Stunde zusammen, während der Pagonel sich auf seine Reise in den Osten vorbereitete. Juraviel versprach, dass sie sich nach seiner Rückkehr ausführlich über die Ereignisse im Königreich des Nordens unterhalten würden; anschließend geleitete er den Mystiker auf die Brüstung der östlichen Stadtmauer und forderte Pagonel auf, ihm seine Hand zu reichen.

Kaum hatte Juraviel Verbindung zu dem Smaragd aufgenommen, beobachtete Pagonel, wie der Boden unter seinen Füßen plötzlich in Bewegung geriet. Er folgte Juraviels Beispiel und trat mit einem entschlossenen Schritt über den Mauerrand. Plötzlich schien sich der Boden aufzulösen, und dann fand sich Pagonel weit im Osten Dharyan-Dharielles wieder, sogar noch östlich der behrenesischen Stellungen.

Pagonel sagte: »Ein erstaunliches Kunststück.«

»Der Smaragd verfügt über keine große Auswahl an magischen Kräften, aber bei allem, was er kann, entwickelt er eine ungeheure Kraft«, erwiderte der Elf. »Die Entfernungen verschieben sich ausschließlich für seinen Benutzer und die Personen in seiner unmittelbaren Umgebung, und auch nur dann, wenn sein Benutzer dies für diese Personen ausdrücklich wünscht. Nur wir beide konnten den Schritt über den Mauerrand wagen, denn nur wir beide waren überhaupt imstande, die Verschiebung wahrzunehmen.« Juraviel schloss die Augen, wiederholte die Kontaktaufnahme, und wieder schien die Landschaft unter ihnen dahinzufliegen, sodass er und Pagonel ihren nächsten meilenweiten Schritt zurücklegen konnten.

Auf diese Weise gelangten sie schließlich in die Vorberge außerhalb Jacinthas. Bis zum Morgengrauen blieben ihnen noch immer mehrere Stunden. Pagonel bat den Elfen, dort auf ihn zu warten, und begab sich auf den Weg hinunter in die Stadt.

»Wenn ich bis Sonnenuntergang nicht wieder bei Euch bin, kehrt Ihr zu Brynn zurück«, sagte der Mystiker.

»Das käme einer Kriegserklärung gleich«, erwiderte Juraviel. »Bei einer so wichtigen Angelegenheit werde ich Euch besser zwei Tage für Eure Rückkehr lassen.«

Pagonel war einverstanden. Er marschierte los und erreichte das Stadttor von Jacintha, gerade als die ersten Strahlen der Morgensonne im Osten über dem Horizont erschienen.

Da die Torwachen ihn wieder erkannten, wurde Pagonel nicht abgewiesen; sie weigerten sich jedoch, Yatol Mado Wadon und Abt Olin zu dieser frühen Stunde zu wecken, und zwangen ihn, mehrere Stunden tatenlos im Wachturm herumzusitzen. Schließlich geleitete man Pagonel quer durch die Stadt zum Palast Chom Deiru, wo man ihn erneut warten ließ – während die Herrschaften ihr Frühstück zu sich nahmen, so die offizielle Begründung.

Falls sie die Absicht hatten, den Mystiker nervös zu machen, hatten sie damit keinen Erfolg, denn Geduld war geradezu das Wesensmerkmal eines Jhesta Tu.

»Sieh an, es ist Pagonel persönlich«, begrüßte ihn Yatol Mado Wadon, als Pagonel schließlich in den Bereich der östlichen Galerie geleitet wurde. Die Gärten dort waren voller wunderschöner Blumen, überall hörte man Singvögel zwitschern, und die Bäume waren kunstvoll so platziert, dass stets ein ausgewogenes Verhältnis von Licht und Schatten herrschte. Ein Wasserfall ergoss sich plätschernd in einen kleinen Teich und sorgte für einen wohltuend feinen Dunst sowie eine angenehm kühle Luftfeuchtigkeit. Im Wasser tummelten sich bunte Fische, die meisten in den Farben Rot und Orange.

Um die zwei kleinen Tische saßen fünf Männer: Abt Olin und Mado Wadon, ein weiterer Yatol, den Pagonel nicht kannte, ein weiterer Abellikaner-Mönch sowie ein Soldat des Bärenreiches – von hohem Rang, wie der Mystiker aufgrund seiner vielfältig dekorierten Uniform vermutete.

»Hätten wir gewusst, dass der Jhesta Tu, der an unser Tor geklopft hat, ein Abgesandter Brynn Dharielles ist, hätten wir ein zusätzliches Gedeck auflegen lassen«, fuhr Yatol Wadon fort. »Bitte, nehmt Platz und leistet uns Gesellschaft. Ich werde sofort noch etwas zu essen bringen lassen.«

Pagonel hielt den Diener, der sich soeben entfernen wollte, mit ausgestrecktem Arm zurück. »Meine Zeit ist knapp. Ich bin nur auf einen kurzen Besuch aus Dharyan-Dharielle gekommen«, erklärte er. »Aus einer Stadt, die sich zurzeit im Belagerungszustand befindet.«

»Offensichtlich seid Ihr aufgebrochen, bevor mein – bevor unser – Gesandter dort eingetroffen ist«, warf Abt Olin ein. »Mit einer umfassenden Entschuldigung an Brynn Dharielle, dass es sich bei dem Angriff um ein entsetzliches Missverständnis gehandelt hat.«

»Nein, ich war zugegen, als Euer Gesandter Eure Nachricht überbrachte«, erwiderte Pagonel, was ihm einen erstaunten Blick der beiden Führer eintrug, da dies erst am Vortag geschehen war. »Mein Besuch hier ist gewissermaßen die Antwort auf Eure Nachricht.«

»Dann schenkt Brynn Dharielle unseren Worten keinen Glauben?«, fragte Abt Olin.

Pagonel, der genau auf die feinen Untertöne in der Erwiderung des Abtes geachtet hatte, glaubte etwas herauszuhören, eine grundlegende Aufrichtigkeit, so als hoffte Abt Olin geradezu, seine Schlussfolgerung sei richtig.

»Das Auftreten Yatol De Hammans ließ es uns geraten erscheinen, uns seine Erklärung bestätigen zu lassen«, erwiderte Pagonel.

»Natürlich, natürlich«, beeilte sich Abt Olin mit wenig überzeugender Freundlichkeit zu erwidern. »Und wo bleiben nur unsere Manieren, Yatol Wadon? Pagonel vom Orden der Jhesta Tu – oder fühlt Ihr Euch derzeit wieder den To-gai-ru zugehörig? –, ich möchte Euch Meister Mackaront aus St. Bondabruce, meinen vertrauten Stellvertreter, vorstellen, des weiteren Bretherford, Herzog des Mirianischen Ozeans und Kommandant der mächtigen Flotte Ursals.«

»Und ich bin Yatol Sin-seran«, erklärte der Unbekannte, als offenkundig wurde, dass Abt Olin nicht die Absicht hatte, ihn ebenfalls vorzustellen – ein Detail, das Pagonel keineswegs entging.

Während der ganzen Prozedur ließ der Mystiker den Herzog des Mirianischen Ozeans keinen Moment aus den

Augen, denn er glaubte bei ihm etwas zu erkennen – Abscheu womöglich?

»Ihr habt Euch weit von zu Hause entfernt, guter Herzog«, erklärte Pagonel mit einer Verbeugung.

Pagonel fiel auf, dass Herzog Bretherford offenbar nicht die Absicht hatte, seiner Behauptung zu widersprechen.

»Das Gleiche ließe sich von Euch, einem Mystiker der Jhesta Tu, behaupten«, warf Abt Olin ein.

»Ich – und natürlich auch Brynn Dharielle – gehe davon aus, dass man Yatol De Hamman mitsamt seinem Heer nach Jacintha zurückbeordern wird«, erklärte Pagonel.

»Ich werde mich darum kümmern«, setzte Yatol Wadon an, ehe Olin ihm mit der Bemerkung ins Wort fiel: »Hat Yatol De Hamman sein Lager etwa zu Unrecht auf behrenesischem Boden aufgeschlagen?«

Pagonel bemerkte das kaum merkliche Zusammenzucken Yatol Wadons, und er bemerkte auch, dass Bretherford die Begeisterung seiner Mitstreiter keineswegs teilte, sogar noch weniger als Mado Wadon.

»Mit seiner Anwesenheit auf den Feldern rings um Dharyan-Dharielle zwingt er die Stadt zu ständiger Alarmbereitschaft«, konterte Pagonel.

»Nur, wenn Ihr kein Vertrauen in uns habt«, sagte Abt Olin selbstgefällig.

»Zumal wir uns praktisch im Belagerungszustand befinden«, fuhr der Mystiker fort. »Sollen wir unseren Kaufleuten etwa erlauben, die Oststraße zu benutzen, mitten durch die Linien einer noch vom jüngsten Kampf gegen uns gezeichneten Armee?«

»Ihr hattet offensichtlich keine Probleme, die Stadt zu verlassen«, erwiderte Abt Olin trocken.

»Ich verfüge über gewisse Möglichkeiten, die nicht jedem offen stehen.«

»Die geheimnisumwitterten Jhesta Tu«, bemerkte Yatol Sin-seran mit vor Sarkasmus triefender Stimme.

»Wird Eure Armee sich nun zurückziehen?«, fragte Pagonel, ohne den Narren weiter zu beachten.

Yatol Wadon machte Anstalten, ihm zu antworten, doch Abt Olin kam ihm erneut zuvor. »Diese Entscheidung obliegt allein Yatol De Hamman, der den Auftrag hat, die Grenzen Behrens zu sichern. Bis zur vollständigen Erledigung dieser Aufgabe bleibt es ihm überlassen, sich nach eigenem Gutdünken zu bewegen, und solange er dabei behrenesischen Boden nicht verlässt, ist sein Handeln vollkommen rechtens. Im Übrigen waren wir aufrichtig überrascht, als wir von den Ereignissen erfuhren, die zu dieser unglückseligen Schlacht geführt haben. Dharyan-Dharielle sollte doch eine offene Stadt bleiben, oder irre ich mich da? Und doch berichtete uns Yatol De Hamman, dass seinem Entschluss zum Angriff ein Vertragsbruch von Seiten Brynn Dharielles vorausging. Vielleicht war er ein wenig vorschnell mit seinem Urteil, gleichwohl solltet Ihr Eure Führerin belehren, dass Verträge mehr sind als bloße Worte auf Papier. Sämtliche Unterzeichner sind durch ihre Ehre an sie gebunden, sonst wären die Verträge ja wertlos.«

»Die Stadt steht allen Gelehrten und Reisenden offen«, erwiderte Pagonel. »Einer kompletten Armee, einer Armee, deren Zahl die unser Garnisonstruppen um mehr als das Fünffache übersteigt, konnten wir nicht einfach Einlass gewähren. Brynn ist mit der Sicherung Dharyan-Dharielles und ganz To-gais betraut, und dieser Auftrag hat Vorrang vor allen Erlassen. Dort leben Menschen aus ihrem Volk. Sie kann sie unmöglich einer tödlichen Gefahr aussetzen.«

»Legt die Verträge aus, wie Ihr wollt«, sagte Abt Olin warnend, »aber brecht Ihr den Vertrag, so tut Ihr dies auf eigene Gefahr. Dharyan-Dharielle trägt diesen Namen noch nicht lange, und von ihrem Ursprung her ist die Stadt – und war es stets – behrenesisch. Diese Tatsache ist in der Erinnerung jedes einzelnen Soldaten auf dem Feld zutiefst verwurzelt.«

»Eurer Meinung nach hätte Yatol De Hamman das Recht gehabt, an der Spitze einer Armee in Dharyan-Dharielle einzumarschieren?«, fragte Pagonel und wandte sich dabei ganz bewusst an Yatol Wadon.

Trotzdem war es wiederum Abt Olin, der ihm antwortete. »Das mag ein strittiger Punkt sein. Jedenfalls gibt der Vertrag Brynn Dharielle nicht das Recht, ihm den Zutritt zu verweigern.«

»Ich stimme insoweit zu, als der Wortlaut eines Vertrags respektiert werden muss«, sagte der Mystiker, ohne seinen Blick von Yatol Mado Wadon abzuwenden. »Sofern er dem beabsichtigten Zweck des Vertrages entspricht.«

Obschon er den Chezru-Priester nun doch, wenn auch kaum merklich, zustimmend nicken sah, verzichtete Yatol Mado Wadon darauf, ihm direkt zu antworten.

Pagonel wandte sich um, um sie alle nacheinander zu mustern. Yatol Sin-seran war nicht sein Verbündeter, das sah er sofort, und auch Meister Mackaronts Einstellung schien sich nicht von der Abt Olins zu unterscheiden. Doch wieder war es Herzog Bretherford, der seine Aufmerksamkeit erregte. Der Mystiker konnte deutlich die innere Zerrissenheit hinter seinen müde wirkenden Augen erkennen.

Pagonel verabschiedete sich rasch, hielt sich nicht länger als unbedingt nötig in der Stadt auf und kehrte umgehend zu Belli'mar Juraviel zurück, der in den Vorbergen nördlich der Stadt auf ihn wartete.

Dort angekommen, setzte er ihn sofort ins Bild. »Abt Olins Verhalten dürfte sich so ziemlich mit allem decken, vor dem Ihr uns im Zusammenhang mit dem jungen König Aydrian gewarnt habt. Er wird bestimmt irgendeinen Vorwand finden, um Dharyan-Dharielle im Namen Behrens – seines Behrens – zurückzuerobern.«

»Aydrian ist vor allem eins: besessen von fast krankhaftem Ehrgeiz«, erwiderte der Elf.

»Aber wenn ein Führer seine Fühler so weit ausstreckt,

könnte es durchaus sein, dass er Dinge in seiner unmittelbaren Umgebung vernachlässigt.«

»Bretherford, der Herzog des Mirianischen Ozeans«, erwiderte der Elf.

Pagonel sah ihn überrascht an.

»Ich war unten bei den Hafenanlagen und habe dort das Flaggschiff der Flotte Ursals gesehen«, erklärte Juraviel. »Zu Elbryans Zeiten, und auch später noch, zu Zeiten von Königin Jilseponie, Aydrians Mutter, haben wir Touel'alfar eine Menge über die Persönlichkeit der Armeeführer des Bärenreiches gelernt. Meine Herrscherin, Lady Dasslerond, fürchtete stets einen Angriff durch Jilseponies Hof, weil sie einfach nie begreifen konnte, was es mit dieser Frau tatsächlich auf sich hatte.«

»Demnach kennt Ihr Herzog Bretherford?«

»Ich habe von ihm gehört«, antwortete Juraviel. »Damals war er König Danube treu ergeben.«

»Und ist es gegenüber Aydrian vielleicht nicht.«

»Er hat sich in dem von Aydrian gesponnenen Netz verfangen«, sagte Juraviel. »Welche Wahl hatte Herzog Bretherford denn schon, als Aydrian den Thron mit Hilfe übermächtiger Truppen an sich riss?«

Pagonel lehnte sich gegen einen Felsen, dachte lange über diese Worte nach und verglich sie mit den Reaktionen und dem Mienenspiel, die er bei Herzog Bretherford beobachtet hatte. »Vielleicht könnten wir ihm ja eine Alternative bieten?«

»An Bord seines Flaggschiffs zu gelangen dürfte nicht allzu schwierig sein«, erklärte Juraviel. »Aber was wollt Ihr ihm sagen? Wollt Ihr die Verschwörung von Jilseponie und Prinz Midalis etwa offen legen?«

»Würde ich ihm damit etwas verraten, das Aydrian nicht längst weiß?«

Juraviel dachte einen Moment darüber nach. »Begeben wir uns hinunter zu den Felsen in der Nähe der Stadttore Jacinthas«, erklärte der Elf, hielt den Smaragd in die Höhe und reichte Pagonel die Hand. »Warten wir erst einmal ab, bis das Beiboot ihn auf sein Flaggschiff zurückbringt. Dann entscheiden wir, wie wir weiter vorgehen wollen.«

Der klare Himmel war übersät mit funkelnden Sternen, und die ruhige See schlug leise plätschernd gegen die Planken der Kriegsschiffe des Bärenreiches. Fast ganz Jacintha lag in tiefem Schlummer, wie auch die meisten Matrosen an Bord der Schiffe, daher bemerkte niemand, wie Juraviel und Pagonel das Deck der *Rontlemores Traum* betraten, das Flaggschiff der Mirianischen Flotte. Juraviel blieb achtern zurück, wo er sich mühelos zwischen der Takelage und den Waffenkammern verstecken konnte, während Pagonel ruhigen Schrittes auf das Deck mittschiffs zuhielt.

Der beklagenswerte Wachmann war von Pagonels Anblick dermaßen überrascht, dass er fast gestolpert und in die dunklen Fluten gestürzt wäre.

»Halt!«, rief er. »Bleibt stehen! Überfall! Zu den Waffen!« Er stammelte und stotterte und verhedderte sich völlig bei dem Versuch, einen Pfeil an die Sehne seines Bogens zu legen.

Plötzlich stand Pagonel, der sich mit einer Schnelligkeit und Anmut bewegte, wie dies nur ein Mystiker der Jhesta Tu vermochte, neben ihm, einen Arm leicht angehoben, um die Bogensehne festzuhalten.

»Immer mit der Ruhe«, sagte der Mystiker, doch in seiner Panik wand sich der Mann aus seinem Griff und versuchte, ihm sein langes Entermesser in den Bauch zu rammen.

Pagonel packte das Handgelenk des glücklosen Matrosen und bremste mühelos dessen Vorwärtsdrang. »Immer mit der Ruhe«, wiederholte Pagonel, bog die Hand des Seemanns mit einer kaum merklichen, geschickten Drehung über dessen Handgelenk und nahm ihm das Messer so mühelos ab, dass ein Zuschauer hätte meinen können, dieser habe es ihm aus freien Stücken überlassen. »Ich bin kein Feind. Ich wünsche lediglich mit Herzog Bretherford zu sprechen.«

Mittlerweile waren noch weitere Matrosen hinzugekommen, die ihn vorsichtig umkreisten.

Pagonel gab dem verblüfften und entgeisterten Wachmann sein Messer zurück, trat einen Schritt zur Seite und zeigte ihnen seine leeren Hände. »Das ist kein Überfall. Ich verlange nichts weiter als ein lange überfälliges Gespräch«, erklärte er ihnen. »Bitte richtet Herzog Bretherford aus, dass Pagonel, der Gesandte des Drachen von To-gai, gekommen ist, um mit ihm zu sprechen.«

Die Matrosen, offenkundig unschlüssig, wie sie sich verhalten sollten, wechselten nervöse Blicke. Sie hatten alle schussbereite Bögen in den Händen, und Pagonel war sich nur zu bewusst, dass sie ihn auf der Stelle niederstrecken könnten.

»Wenn ihr mich erschießt, und das ist mein voller Ernst, wird Herzog Bretherford alles andere als erfreut darüber sein«, erklärte er. »Wenn ihr ihn aber weckt und er mich als Feind betrachtet, hättet ihr nichts verloren. Ihr würdet euch höchstens den Ärger eines Mannes einhandeln, den ihr mitten in der Nacht aus dem Schlaf gerissen habt. Was vermutlich weit weniger schlimm ist, als sich den Ärger eines Mannes einzuhandeln, der erfahren muss, dass seine Untergebenen aus purer Ängstlichkeit einen nützlichen Verbündeten getötet haben.«

Einer der Bogenschützen nickte kurz, worauf einer der anderen loslief, um Herzog Bretherford zu wecken.

Einige Minuten später war Pagonel in der Privatkajüte des Herzogs mit dem untersetzten, kräftigen Mann allein.

Bretherford nippte an einem Glas Rum und starrte aus dem Fenster. Der Bericht des Mystikers, nach dem Jilseponie und Midalis sich im Norden befanden, um dort Kräfte für ihren Widerstand gegen König Aydrian zu sammeln, hatte ihn leicht verwundert, aber offenbar nicht wirklich überrascht.

»Woher wollt Ihr diese Dinge überhaupt wissen?«, fragte Bretherford schließlich doch. »Von Vanguard ist es weit bis Behren und noch weiter bis To-gai.«

»Der Widerstand gegen die jüngsten Ereignisse um den Thron des Bärenreiches ist weiter verbreitet und besser koordiniert, als Ihr vielleicht glauben mögt«, antwortete Pagonel. »Und als Bewohner eines Königreiches, in dem die Steinmagie weit verbreitet ist, werdet Ihr gewiss verstehen, dass die räumliche Distanz nicht unbedingt der verlässlichste Maßstab für Entfernung ist.«

Bretherford wandte sich um und sah ihm in die Augen. »Und Ihr versteht vielleicht nicht, über welche Macht König Aydrian verfügt und wie treu ergeben ihm viele seiner Anhänger sind.«

»Viele seiner Anhänger?«, wiederholte Pagonel. »Zählt Ihr Euch selbst auch dazu, Herzog Bretherford? Ihr wart einst ein guter Freund König Danubes, habe ich mir erzählen lassen. Und vielleicht auch seines Bruders?«

»Ihr wisst nicht, was Ihr da redet, Jhesta Tu«, entgegnete Bretherford ungehalten. »Erdreistet Euch nur nicht –«

»Ich weiß, dass ich noch am Leben bin und mir eine private Audienz bei Euch gewährt wurde«, unterbrach ihn Pagonel. »Ich möchte annehmen, Ihr wisst genug über die Jhesta Tu, um zu begreifen, dass ich hätte hier eindringen und Euch töten können, und doch habt Ihr beschlossen, mich zu empfangen.«

»Vielleicht, weil ich Informationen für Abt Olin und König Aydrian sammeln möchte.«

»Vielleicht«, pflichtete Pagonel ihm mit einer Verbeugung bei.

Bretherford stürzte den letzten Tropfen Rum hinunter, ehe er das Glas zur Seite schleuderte, wo es mit einem dumpfen Klingen auf dem Holzboden landete. »Was soll ich Eurer Meinung nach tun?«, fragte er im Tonfall hilfloser Verzweiflung.

»Ich möchte, dass Ihr Euch Eure Hoffnung bewahrt, wohin sie Euch auch führen mag«, erwiderte Pagonel. »Ich möchte, dass Ihr ein scharfes Auge auf die Geschehnisse haltet, die die Welt verändern werden. Und schließlich möchte ich, dass

Ihr Eurem Gewissen folgt und mutig eine Entscheidung trefft – und nicht aus Feigheit. Mehr kann man von niemandem verlangen.«

Damit verbeugte Pagonel sich abermals und trat durch die Kajütentür nach draußen. Er passierte die vielen Soldaten, die sich auf Deck versammelt hatten, und ging zum Bug, wo Juraviel ihn bereits mit ausgestreckter Hand erwartete. Ehe die Soldaten, die ihm neugierig gefolgt waren, nahe genug waren, um etwas zu erkennen, traten er und Juraviel mit einem großen magischen Schritt hinüber auf das felsige Ufer im Norden von Jacintha.

»Und, steht er nun auf unserer Seite?«, fragte Juraviel.

»Ich weiß es nicht«, erwiderte Pagonel. »Aber wenn man ihn weiter auf dem Laufenden hält, könnte ihn das in diese Richtung führen.« Er sah dem Elfen offen ins Gesicht. »Dieser Stein, den Ihr bei Euch tragt, könnte sich in Verbindung mit dem Edelstein der Doc'alfar vielleicht als unser größter Vorteil erweisen. Ich möchte Euch von ganzem Herzen bitten, zu veranlassen, dass sich Euer Volk und das Eurer hellhäutigen Vettern stärker in diesem Kampf engagieren.«

»Wir sind nur wenige und außerdem für Aydrian und seine Schergen keine ebenbürtigen Gegner.«

»Aber Ihr könntet unsere Augen, Ohren und Münder sein«, erklärte Pagonel. »Brynn Dharielle konnte To-gai nur deshalb von der behrenesischen Herrschaft befreien, weil sie mehr über ihre Feinde wusste als diese über sie. Beweglichkeit und geschickte Attacken waren es, die To-gai letztendlich zum Sieg verholfen haben.«

»Aber das war ein Befreiungskrieg«, erwiderte Juraviel. »Hier geht es um einen Kampf gegen die Heimat König Aydrians. Was immer wir tun, irgendwann werden wir unmittelbar mit ihm und seinen gewaltigen Armeen zusammenstoßen. Kein Teilerfolg wird uns unserem Ziel näher bringen. Jedenfalls nicht im Bärenreich, auch wenn für die Königreiche im Süden des Gebirges noch Hoffnung besteht.«

»Solche Teilerfolge könnten aber möglichen Verbündeten Hoffnung machen und sie veranlassen, sich unserer Sache anzuschließen«, erklärte der Mystiker. »Welche Rolle werdet Ihr und Euer Volk dabei spielen?«

»Im Grunde war es Lady Dassleronds Beschluss, sich in die Angelegenheiten der Menschen einzumischen, der zu der Katastrophe mit Namen Aydrian geführt hat«, sagte der Elf.

»Dann ist es Eure verdammte Schuldigkeit, dabei zu helfen, die Dinge wieder ins Lot zu bringen.«

Juraviel dachte noch lange über diese Worte nach.

16. Hilfe aus dem Jenseits

Da war kein Schmerz. Da war auch kein Kältegefühl. Es gab überhaupt keine körperlichen Empfindungen. Zeit und Raum schienen jede Bedeutung für sie verloren zu haben.

Pony brauchte lange, bis ihr dämmerte, dass sie in das Reich der Seelen eingetreten war, jenes Reich, das sie durchstreifte, sobald sie ihren Körper verließ. Nein, ganz offenkundig war dies absoluter, denn ringsumher vermochte sie nichts zu erkennen, was auf die reale physische Welt hingedeutet hätte, nicht einmal ein sichtbares Tor zurück in die Welt des Gegenständlichen und der Farben. Ihre gegenwärtige Umgebung schien eher dem Ort zu ähneln, wo sie an jenem Tag vor langer Zeit in Chasewind Manor gegen Markwarts Geist gekämpft hatte. Es war das einzige Mal gewesen, dass sie sich so weit ins Jenseits vorgewagt hatte. Die Erinnerung an dieses Ereignis löste augenblicklich eine wahre Flut von Gedanken bei ihr aus, die Einzelheiten des Kampfes bei Pireth Dancard dagegen drangen nur ganz allmählich wieder in ihr Bewusstsein. Erst nach einer ganzen Weile fiel ihr wieder ihre verzweifelte Flucht ein, fiel ihr wieder ein, dass sie von einem Pfeil getroffen worden war, die See anschließend über ihr zusammengeschlagen war und sie hinabgezogen hatte.

Bin ich tot?

Sie vermochte die Frage nicht wirklich in Worte zu kleiden, denn so etwas wie eine physische Stimme besaß sie nicht. Und sie erwartete, während sie sich nach wie vor in dieser scheinbar endlosen, von grauen Nebelschwaden durchwaberten Ebene umsah, auch keine Antwort. Ihr dämmerte, dass sie nicht mehr Teil ihres physischen Körpers war, und das konnte nach ihrem Verständnis nur eins bedeuten.

Dann kam ihr der Gedanke, dass sie schon bald zu einem Schatten im Spiegel eines Orakels werden könnte – womöglich gar in dem ihres Sohnes. Vielleicht lag da die Antwort, vielleicht fand Pony im Tod auf eine Weise Zugang zu dem fehlgeleiteten Aydrian, die ihr zu Lebzeiten verwehrt gewesen war.

War es das?, schrie es erneut in ihren Gedanken. *Bin ich tot? Elbryan!*

Geh zurück. Die Antwort, die sich plötzlich in ihre Gedanken drängte, besaß nicht den Klang gesprochener Worte, gleichwohl kam sie von einer »Stimme«, die Pony wiedererkannte.

Es war Elbryan! Sie wusste, es musste einfach Elbryan sein!

Dann sah sie ihn oder spürte vielmehr seine Anwesenheit – und obwohl nichts von alldem wirklich greifbar war, wusste sie, dass er da war, gar nicht weit entfernt: Er stand … schwebte unmittelbar vor ihr.

Elbryan! Ihre Gedanken versuchten, zu ihm vorzudringen. *Oh, mein Geliebter! Ich bin so müde.* Pony zwang ihren Geist nach vorn, in der Hoffnung, ihn von Seele zu Seele zu umarmen. Aber kaum kam sie ihm näher, wich er auch schon zurück.

Geh zurück!, erklang ein wehmütiger Ruf in ihrem Kopf. *Hier darfst du nicht sein. Nicht jetzt. Du darfst unseren Sohn nicht im Stich lassen, jetzt, da seine Stunde der Not näher rückt!*

Pony hielt in ihrer Bewegung inne. Hätte sie in diesem Augenblick einen physischen Körper besessen, ihr wäre vor Staunen der Unterkiefer heruntergeklappt.

Geh zurück!

Jag mich nicht fort, Elbryan!

Geh zurück!

Aydrian ist mir überlegen, er ist der ganzen Welt überlegen. Es gibt nichts –

Geh zurück! Elbryans Ruf schien an Beharrlichkeit noch zuzunehmen. Jedes Mal, wenn sie ihm erklären wollte, wie erschöpft sie war, dass sie zu Recht gestorben war und sich ganz zufrieden und bereit fühlte, antwortete er schlicht: *Geh zurück!*

Pony drehte sich, um die Gegend in Augenschein zu nehmen, in die es sie verschlagen hatte. Doch lange Zeit war da nur dieser Nebel, bis sie schließlich, ganz allmählich, eine kreisrunde dunklere Stelle ausmachen konnte, einer Tunnelöffnung nicht unähnlich.

Geh zurück!, beschwor Elbryan sie. *Rasch! Die Zeit wird knapp!*

Sie hielt auf die Dunkelheit zu und erkannte, dass es tatsächlich ein Tunnel war. Kaum war sie in ihn eingedrungen, erblickte sie weit vor sich einen winzigen Lichtpunkt.

Rasch! So flieh doch, meine Geliebte!, hörte sie Elbryan rufen. Und Pony, trotz der Gefühle, die sie für ihn hegte, trotz ihrer Mattigkeit, schwebte, so schnell es ging, davon, denn vor allem vertraute sie Elbryan. Der Lichtpunkt wurde immer größer, bis ihr die Helligkeit in ihre geistigen Augen stach, doch noch immer schwebte sie auf ihn zu. Ein letzter, flüchtiger Ruf drang an ihr Ohr, als sie aus der Dunkelheit des Tunnels plötzlich wieder ans Licht gelangte, und erneut war es Elbryans Stimme, die ihr zurief: *Zwei Schatten leben in Aydrians Spiegel!*

Bradwarden, Prinz Midalis und Kapitän Al'u'met beobachteten das Schiff, das sich im Wasser langsam zur Seite neigte und dabei allmählich immer tiefer sank. Von den zwölf Schiffen, die vor Dancard vor Anker gelegen hatten, waren acht noch seetüchtig, nicht gezählt das eine, das in diesem Augenblick seinem endgültigen Ende entgegenschlingerte. Vielversprechender noch, sechs von diesen acht waren vollkommen unbeschädigt, und die beiden anderen bedurften nur geringfügiger Reparaturen. Eines hatten Midalis und seine Männer durch die Geschütze an Land verloren, und ein zweites war im Hafen versenkt worden, da sich an Bord zu viele Soldaten aus Ursal befanden, um es problemlos zu kapern. Während des Kampfes waren vom Ufer aus mehrere Lichtblitze herübergeschossen, hatten Brände entfacht, Krieger auf die Planken geworfen und das Deck versengt. Einem dritten Schiff war die Flucht zurück zur Küste gelungen. Allerdings wurde berichtet, es sei wie die beiden im Dock in Flammen aufgegangen. Trotz dieser Verluste hatten sie mit neun Schiffen entkommen können, und das bei eigenen Verlusten von gerade mal dreizehn Mann sowie einigen Leichtverletzten. Egal, wie man es betrachtete, der Überfall war ein kolossaler Erfolg gewesen.

Bis auf …

Wo war Pony? Sie war ihre wichtigste Verbündete, die schlagkräftigste Waffe in Midalis' Arsenal und das Symbol der Hoffnung, das sie alle miteinander verband. Sie war von Pireth Dancard nicht wieder zurückgekehrt. Kapitän Al'u'met hatte die Signalfeuer auf sämtlichen Schiffen die ganze Nacht brennen lassen, und doch hatte sie – trotz ihres Bernsteins – nicht zu ihnen zurückgefunden.

»Möglicherweise wird sie in dem Turm gefangen gehalten«, murmelte Prinz Midalis und wandte sich dem fernen Pireth Dancard am nordöstlichen Horizont zu. »Ich würde sie nicht einmal gegen die gesamte Flotte Ursals eintauschen. Nicht gegen mein ganzes Königreich!«

Bradwarden gab dem Prinzen einen tröstlichen Klaps auf die Schulter. »Dann wär's wohl an der Zeit, zur Insel zurückzusegeln und das Mädchen abzuholen«, sagte er, worauf sofort ein hoffnungsvolles Lächeln auf Midalis' Gesicht erschien.

»Und dadurch die Reinheit ihres Opfers zu entwürdigen, wenn sie denn tatsächlich tot ist«, erklang hinter ihnen eine Stimme. Die drei drehten sich um und sahen den hünenhaften Andacanavar näher kommen. »Ihr verfügt über zwanzig alpinadoranische Barkassen, dieses prächtige Schiff hier sowie acht Kriegsschiffe aus Ursal, aber an Bord eines jeden davon befindet sich nur eine Rumpfmannschaft – und kaum Krieger, die für einen Kampf an Land gerüstet sind. Wenn wir tatsächlich angreifen, würden wir so manches Schiff durch die Katapulte verlieren und anschließend bei den Docks in eine offene Schlacht verwickelt werden. Seid Ihr wirklich so versessen darauf, alles für eine einzige Kriegerin aufs Spiel zu setzen? Denn wenn Ihr hier verliert, mein Freund, dann habt Ihr Aydrian nichts mehr entgegenzusetzen.«

»Und wenn ich bereit wäre, dieses Risiko einzugehen?«, erwiderte Prinz Midalis. »Würdet Ihr und Bruinhelde mir mit Euren Kriegern zur Seite stehen?«

»Die Entscheidung liegt nicht bei mir«, erwiderte der Hüter. »Aber an Eurer Stelle würde ich nicht davon ausgehen. Bruinhelde wird mich um Rat fragen, und dieser Rat wird lauten: Segelt zurück nach Pireth Vanguard.«

Al'u'met reagierte ziemlich überrascht und Midalis sogar mit unverhohlenem Ärger, doch Bradwarden nickte nur und verstärkte seinen Griff auf Midalis' Schulter. Er verstand Andacanavar, konnte seine Beweggründe und Denkweise nachvollziehen. Andacanavar war ein Hüter, genau wie einst Elbryan, und beide hielten auch Pony für eine solche. Hüter hatten Verständnis für dieses erhabenste aller Opfer.

Und sie verstanden auch, dass es einer Entwürdigung des Opfers gleichkäme, wenn man sich anschließend für ein Vorgehen entschied, das den mit Hilfe dieses Opfers errungenen Sieg wieder gefährdete.

»Ich bin jedenfalls nicht bereit, den letzte Nacht erzielten Erfolg einfach wegzuwerfen«, erklärte der Hüter.

»Oder habt Ihr etwa Angst, Alpinadoraner für das Leben einer Frau aus dem Bärenreich zu opfern?«, machte Prinz Midalis seinem Ärger Luft.

Andacanavars Gesichtsausdruck war irgendwo zwischen Mitleid und Ernüchterung erstarrt. »Ich verstehe Eure Worte als den verzweifelten Hilferuf eines zutiefst verletzten Mannes«, sagte er. »Aber die Worte eines künftigen Königs sind es nicht. Ich rate sowohl Bruinhelde als auch Euch, von einem so unsinnigen Angriff abzusehen, um meiner Landsleute willen, sicher, aber auch um Eurer selbst und Eures Königreiches willen. Dort an Land gibt es Abellikaner-Mönche, und Euch fehlt die wichtigste Waffe gegen ihre Steinmagie. Schließt Euch mit Eurer Flotte Bruinhelde an, und segelt schleunigst zurück nach Vanguard, ehe Euch ein Wintersturm einholt und alle Eure Schiffe versenkt.«

»Ihr wollt sie tatsächlich einfach zurücklassen?«, fragte Midalis.

»Keineswegs, ebenso wenig wie dies vermutlich Bradwarden oder der gute Kapitän Al'u'met hier tun würde«, antwortete der Hüter. »Fahrt Ihr allein, und wenn Kapitän Al'u'met einverstanden ist, lasst Ihr die *Saudi Jacintha* das Gebiet um Pireth Dancard absuchen, um in Erfahrung zu bringen, was unserer verschollenen Freundin zugestoßen ist. Unter vollen Segeln segelt Kapitän Al'u'mets prächtiges Schiff schneller als alle anderen Schiffe Eures Flottenverbandes. Hoffen wir, dass wir noch vor Euch wieder in Pireth Vanguard sind, und zwar mit Pony an Bord!«

Seine Erklärung bewog die anderen drei, sich erstaunt anzusehen, ehe sie ihm schließlich nickend beipflichteten.

Prinz Midalis hatte jedoch noch immer Bedenken. »Und wenn sie dort gefangen gehalten wird?«

»Dann gehen ich und der Hüter an Land und reißen den Turm ein, und zwar mit allen, die sich darin befinden«, verkündete Bradwarden, und zwar in so kaltem, ruhigem Ton, dass niemand zu bezweifeln wagte, dass es ihm ernst damit war.

Prinz Midalis schob sich an den anderen vorbei, trat achtern an die Reling und warf einen verzweifelten Blick auf das ferne Eiland. »Es schmerzt mich sehr, sie einfach dort zurückzulassen.«

»Euch wird gar nichts anderes übrig bleiben«, sagte Andacanavar. »Vor allem Pony zuliebe – erst recht, wenn sie gefangen gehalten wird oder ...«

Prinz Midalis fuhr herum und starrte ihn an, einen Blick in den Augen, der dem Hüter die Sprache verschlug.

»Wir werden sie finden«, sagte Andacanavar.

Die strahlend helle Morgensonne zwang Pony, die Augen zu öffnen.

Sie lag auf dem Rücken im kühlen Sand und starrte in einen tiefblauen Himmel hinauf, an dem sich soeben eine einzelne graue Wolke in ihr Blickfeld zu schieben begann.

Nein, das war keine Wolke, wurde ihr plötzlich klar, ehe es ihr unter einiger Mühe gelang, den Kopf ein wenig zur Seite zu drehen. Und dann fiel ihr alles wieder ein.

Schlagartig wurde ihr bewusst, dass sie auf einem mit Meerespflanzen bedeckten Strand auf Pireth Dancard lag, die Füße nur knapp oberhalb der schäumenden Brandung. Zu ihrer Rechten zog sich ein Felsvorsprung bis weit hinaus ins Meer, und dahinter stieg hellgrauer Rauch in den Himmel – vermutlich die erlöschenden Flammen der drei brennenden Kriegsschiffe.

Erschrocken und von einem plötzlichen Angstgefühl durchflutet, machte Pony Anstalten, sich aufzurichten – oder versuchte es zumindest, denn ein Schmerz, heftiger als alles, was sie kannte, überwältigte sie und schoss in heißen, Übelkeit erregenden Wogen durch ihren Körper. Sie keuchte, unfähig, wieder zu Atem zu kommen, unfähig, ihre Brust so weit vom Boden zu heben, um Luft in ihre Lungen zu saugen. Sie versuchte, ihren Arm zu bewegen, und stieß gegen ein Hindernis. Verzweifelt richtete sie ihren Blick nach unten.

Sie sah das hintere Ende eines Pfeils zwischen ihren Rippen hervorragen, und die Erkenntnis, wie wenig von ihm noch zu sehen war, sagte ihr sofort, wie tief er eingedrungen war. Von plötzlicher Panik gepackt, spürte sie plötzlich auf der anderen Seite ein Stechen, dort, wo die Pfeilspitze an einer gegenüberliegenden Rippe zum Stillstand gekommen war.

Schlagartig wurde ihr klar, dass sie eigentlich tot sein müsste, worauf sich augenblicklich die Erkenntnis anschloss, dass es nicht mehr lange dauern konnte. Instinktiv versuchte sie ihre rechte Hand zu bewegen, und erst da bemerkte sie, dass sie zwei Edelsteine umklammert hielt. Ohne die Hand auch nur anzuheben, um sich zu vergewissern, dass es die richtigen Steine waren, versenkte sich Pony in ihre Magie. Sie fühlte den Bernstein und schloss daraus, dass sie ihn sogar noch in ihrem halb bewussten Dämmerzustand benutzt haben musste, um sich über Wasser zu halten. Dann spürte sie die Kräfte des Hämatits und versenkte sich mit all ihrer noch verbliebenen Kraft in ihn.

Keuchend sog sie ein wenig Luft in ihre Lunge, gefolgt von einem zweiten Atemzug, bis ihre akute Panik sich ein wenig gelegt hatte. Doch dann fragte sie sich, woher sie eigentlich die Hoffnung nahm, diese grauenhafte Verletzung überleben zu können. Mit Hilfe des Steins konnte sie zwar ihre Körperfunktionen aufrechterhalten, aber ihre Kräfte waren zweifellos begrenzt.

Sie machte sich klar, dass sie den Pfeil ganz durchstoßen musste, also winkelte sie entschlossen ihren rechten Arm an und legte die Hand auf das Ende des Schafts. Die Augen fest geschlossen, versenkte sie sich noch tiefer in den Seelenstein und nahm all ihren Mut zusammen. Dann holte sie so tief Luft, wie es nur irgend ging, und begann zu drücken.

Ein gewaltiger, stechender Schmerz machte dem abrupt ein Ende und raubte ihr alle Energie, noch ehe sie den Pfeil überhaupt bewegt hatte.

Verzweifelt ließ sich Pony zurücksinken. Ein Herausziehen des Pfeils kam auf keinen Fall in Betracht, aber ebenso unvorstellbar war es, dass sie die nötige Kraft aufbringen würde, um ihn durchzustoßen.

Gleichwohl versenkte sie sich noch einmal in den Seelenstein und holte erneut tief Luft. Und irgendwie gelang es ihr, sich aufzusetzen.

Als ihr Blick auf den vor ihr liegenden Strand fiel, konnte sie kaum glauben, dass sie auf den unzähligen spitzen, muschelübersäten Felsen nicht zerschmettert worden war. Jede hereinkommende Welle brach sich an ihnen mit ungeheurer Wucht und warf eine hohe Gischt aus weißem Schaum in die Luft.

Elbryan musste bei ihr gewesen sein, begriff sie, eine andere Erklärung gab es nicht. Elbryans Geist hatte ihr im Augenblick ihrer größten Verzweiflung beigestanden, hatte geholfen, sie hierher zu bringen und ihre Konzentration selbst im halb bewussten Dämmerzustand so weit aufrechtzuerhalten, dass sie sich mit Hilfe des Seelensteins durch die Nacht retten konnte. Eine andere Erklärung gab es nicht. Pony war im wahrsten Sinne des Wortes von einem Schutzengel berührt worden.

Eigentlich hätte sie tot sein müssen – und das nun bereits zum zweiten Mal.

Schon der Gedanke hätte sie um ein Haar wieder in den Sand zurücksinken lassen. Doch dann erinnerte sie sich wieder daran, was Elbryans Geist ihr bei ihrem Besuch im Jenseits zugeflüstert hatte. Sie war hier noch nicht fertig und durfte sich ihren Verletzungen nicht ergeben. Irgendwie, sie begriff es selbst nicht recht, gelang es ihr, ins Meer hinauszuwaten und dabei die Funktion des Seelensteins so weit aufrechtzuerhalten, dass ihr Körper nicht unter der schweren

Verletzung zusammenbrach; außerdem gelang es ihr tatsächlich, den Bernstein zu aktivieren.

Sie entfernte sich immer weiter vom Strand und lief hinaus aufs offene Meer. Kaum hatte sie die Hafenmole hinter sich gelassen, hörte sie hinter sich Rufe – drüben bei den Lagerhäusern, wie sie erkannte.

Pony sah sich nicht um. Sie entfernte sich einfach immer weiter von der Insel, in der Hoffnung, außer Reichweite der Bogenschützen und Katapulte zu gelangen, ehe das Geschrei bis an die Ohren der Artillerieschützen drang.

Obschon das Auf und Ab der Dünung unter ihren Füßen ihre Übelkeit noch verstärkte, setzte sie beharrlich einen Fuß vor den anderen und schleppte sich weiter. Mehr als einmal entglitt ihr die Konzentration auf den Bernstein, und sie versank vorübergehend in den kalten Fluten.

Zitternd, die Haut blau vor Kälte, ging Pony wegen ihrer rasch schwindenden Kräfte schon bald jedes Gespür dafür verloren, wo sie sich befand und was sie hier überhaupt tat. Aber da war noch jemand, der sie begleitete, der ihr den Weg wies und ihr half, die Steine nicht zu verlieren – fast so, als liefe Elbryan neben ihr her und hielte seine Hand schützend über ihre, damit sie sie nicht versehentlich öffnete.

Die Sonne brannte auf sie herab, ohne Wärme zu spenden.

Irgendwie schleppte sie sich weiter. Sie hatte die Augen geschlossen und keine Ahnung, wohin sie lief, aber sie weigerte sich hartnäckig aufzugeben.

So verloren war sie, so erschöpft und orientierungslos, dass sie weder die Segel der *Saudi Jacintha* noch die Rufe von Bradwarden und den anderen wahrnahm, als diese sie über das wogende, azurblaue Meer torkeln sahen. Kurz darauf ging das schnelle Schiff unmittelbar neben ihr längsseits, doch die verwundete Frau lief einfach weiter, ohne den entsetzten Rufen ihrer Freunde oben an der Reling, die der Anblick ihres zerschundenen Körpers zutiefst erschütterte, die geringste Beachtung zu schenken.

Pony fühlte, wie sie von der Meeresoberfläche gehoben wurde, und dieser Körperkontakt riss sie aus ihrem Dämmerzustand. Augenblicke später legte Andacanavar sie behutsam auf das Deck der *Saudi Jacintha*. Seine kräftigen Hände wanderten zu dem tief in ihrer Seite steckenden Pfeil.

Wie aus weiter Ferne hörte Pony ihn sagen: »Ich weiß beim besten Willen nicht, wie sie das überlebt hat.«

»Ach, meine Pony«, hörte sie Bradwarden murmeln. »Du armes, stures Ding. Weißt du denn nicht, wann es Zeit ist aufzugeben?«

Pony schlug die Augen auf und erblickte über sich sowohl den Hüter als auch den Zentaur, während Al'u'met unten neben ihren Füßen hockte und sich von einem Matrosen eine Decke reichen ließ, die er anschließend behutsam über sie breitete. Sie hätte dem Zentaur gerne geantwortet, besaß aber nicht die Kraft, laut zu sprechen.

»Könnt Ihr irgendetwas tun?«, fragte Kapitän Al'u'met. »So unternehmt doch endlich was!«

»Ich kann das verdammte Ding nicht herausziehen, ohne ihre halben Eingeweide mit herauszureißen!«, stöhnte der Hüter. »Und wenn ich ihn durchstoße, überlebt sie es womöglich nicht.«

»Ich würd bloß gern wissen, wie sie bis jetzt überlebt hat«, sagte Bradwarden. »Die Wunden sind doch sicher tödlich und hätten sie längst umbringen müssen.«

»Die Edelsteine«, erklärte Al'u'met, der neben Pony ein Stück nach oben gerückt war, um ihre Hände unter die Decke zu stecken.

Pony fühlte ihn ihre Arme anheben und behutsam ihre Finger aufbiegen, weit genug, dass man den bernsteinfarbenen und den grauen Stein sehen konnte, die sie umklammert hielt.

»Nehmt ihr bloß nicht den grauen weg!«, rief Bradwarden. »Ah, das ist des Rätsels Lösung. Sie benutzt die Heilkräfte des Steins, um am Leben zu bleiben; mir ist bloß schleierhaft, woher sie in ihrem Zustand die Kraft dazu nimmt.« Der Zentaur presste ihre Finger fest zusammen und drückte ihre Hand an seine Brust. Dann beugte er sich über sie und flüsterte ihr ins Ohr: »Hallo, mein gutes Mädchen, nimm deinen Seelenstein, greif tief in mich hinein, und nimm dir meine Kraft – ich weiß, du kannst es.«

Pony vernahm die Worte und fühlte die Verbindung zu dem Bernstein abreißen – Bradwarden hatte sie wohl unterbrochen, dämmerte ihr. Und jetzt brachte er sie dazu, sich auf den Seelenstein zu konzentrieren, und forderte sie auf, seine ungeheuren Kräfte anzuzapfen.

Pony, die in ihrer Benommenheit aus alles betäubender Kälte und beißendem Schmerz kaum noch etwas mitbekam, versenkte sich tatsächlich tiefer in den Stein und stellte eine Verbindung zu dem Zentaur her, und plötzlich spürte sie die physische Präsenz dieses Geschöpfes, seine schier unglaubliche Gesundheit und Körperkraft.

Bradwarden, rief sie in Gedanken.

Nimm dir meine Kraft, Mädchen, antwortete sein Geist. *Nimm dir, so viel du brauchst!*

Pony zögerte. Ihre Verletzung war tödlich – und das wäre sie gewiss auch für jemanden wie Bradwarden, der die Konstitution eines Pferdes besaß.

»Nun nimm schon!«, forderte er sie mit Worten und gleichzeitig telepathisch auf.

Ponys Instinkte zwangen sie gegen ihren Willen, danach zu greifen. Elbryans flehentliche Bitte, sie dürfte noch nicht sterben, nötigte sie geradezu, es zu tun. Plötzlich war ihr, als ströme eine ungeheure Woge von Energie in ihren zerschundenen Körper.

Sie überließ sich völlig diesem Gefühl von Wärme und von Kraft und zapfte den kräftigen Zentaur an.

Und dann loderten regelrechte Feuerwände in ihrem Innern auf, und sie hörte sich selbst einen Schrei ausstoßen, einen Schrei so laut, wie sie nie zuvor geschrien hatte, denn der

Schmerz war gellender und durchdringender als alles, was sie sich jemals hätte vorstellen können.

»Halt durch, Mädchen!«, feuerte Bradwarden sie zwischen ihren Schreien an. »Such mein Herz, und tu, als wär's dein eigenes.«

Pony wusste, dass sie es nicht tun sollte, sie wusste, dass sie ihren Freund damit töten würde. Sie würde ihn seiner Lebensenergie berauben, seiner gesamten Lebensenergie, denn weniger wäre einfach nicht genug.

Doch der Schmerz befahl ihr, fester zuzupacken. Das Gebot dieser glühend heißen Qualen war nicht zu ignorieren.

Irgendwo, weit weg, hörte sie ein Knacken, dann spürte sie ein gleitendes Gefühl in ihrem Brustkorb, so als entwiche ihrem physischen Körper alle Lebenskraft.

Dann sank sie zurück in den Nebel und hoffte, Elbryan würde ihr auch diesmal wieder im Tod begegnen.

17. Früchte der Freundschaft

»Demnach verhält es sich genau so, wie wir befürchtet haben«, sagte Brynn, als Belli'mar Juraviel und Pagonel wieder in Dharyan-Dharielle eintrafen.

»Abt Olin behauptet beharrlich, der Angriff auf uns sei ein Missverständnis gewesen, aber was seine Absicht anbetrifft, ist trotzdem kaum ein Irrtum möglich«, erklärte Pagonel.

»Ich werde nicht untätig in der Stadt herumsitzen und mich hier verkriechen«, entschied Brynn und trat an das Fenster des Turmes, das einen Ausblick auf den östlichen Teil der Stadtmauer und die jenseits davon lagernde behrenesische Armee gewährte. In den letzten Tagen hatten die behrenesischen Streitkräfte sich nach Osten begeben, wenn auch nicht sehr weit. Und obwohl ein paar Karawanen über die Oststraße gezogen waren, konnte Brynn sich des Eindrucks nicht erwehren, dass dies alles nur eine Kriegslist war und De Hamman nicht ernsthaft vorhatte abzuziehen. Pagonel und Juraviel hatten das betreffende Gebiet erkundet und diesen Verdacht erhärtet: Unmittelbar östlich des ersten hatten die Behreneser ein zweites Feldlager errichtet.

»Sie sind von den Grenzen im Westen abgezogen«, stellte Brynn fest. »Offenbar wollen sie uns diese Route offen lassen, falls wir es vorziehen, in die Steppen To-gais zurückzukehren.«

In diesem Moment betrat Tanalk Grenk den Raum, neben sich einen etwas hilflos wirkenden Pechter Dan Turk und unmittelbar dahinter Lozan Duk und Belli'mar Juraviel. Es war, hauptsächlich zwischen dem aufbrausenden Grenk und seiner Anhängerschaft, darüber diskutiert worden, den behrenesischen Gesandten aus der Stadt zu jagen, doch Brynn hatte ihnen das nicht nur ausgeredet, sondern sogar darauf bestanden, dass Pechter Dan Turk in Dharyan-Dharielle blieb.

»Ist es das, was Euer Yatol will, Pechter Dan Turk?«, fragte sie ihn.

Der Mann sah sich panisch um. Er hatte die Frage offenkundig nicht verstanden, denn er hatte Brynns vorherige Bemerkung nicht mitbekommen.

»Yatol De Hamman verlegt seine Truppen weiter nach Osten, was einer Aufforderung an uns gleichkommt, uns nach To-gai zurückzuziehen«, fügte Brynn erklärend hinzu.

»Ihr habt seinen Abzug doch selbst verlangt«, erwiderte der Behreneser. »Vielleicht tut er Euch ja jetzt den Gefallen?«

»Unsinn«, widersprach Pagonel. »Er will uns glauben machen, dass er abzieht, damit er einen günstigen Augenblick abwarten und zusätzliche Truppen aus Jacintha herbeischaffen kann.«

»Wie soll Behren nach Yatol Mado Wadons Vorstellungen eigentlich am Ende aussehen?«, wollte Brynn wissen.

Der Behreneser war sichtlich um Worte verlegen.

»Wir sind nicht Eure Feinde«, versuchte Bynn ihm klar zu

machen. »Ich möchte Euch dringend bitten, ganz offen und ohne Angst vor Repressalien zu sprechen.«

»Yatol Mado Wadon wünscht sich ein vereintes Behren«, erklärte der Mann.

»Unter Einbeziehung Dharyan-Dharielles?«, fragte Brynn. »Würde er eben jenen Vertrag, der ihm die Eroberung Jacinthas überhaupt erst ermöglichte, tatsächlich so schnell brechen?«

Die Frage und der darin enthaltene Vorwurf schienen Pechter Dan Turk zu kränken.

»Wie denkt Ihr wirklich darüber, im Grunde Eures Herzens?«, fuhr Brynn fort. »Sollte Dharyan-Dharielle Eurer Meinung nach wieder Teil des behrenesischen Königreiches werden?«

»Ich wünsche mir nichts weiter als Frieden, Mylady«, erwiderte er, und zum ersten Mal schien es, als spräche er aufrichtig und nicht aus Angst. »Yakim Douans gewaltige Täuschung hat in Behren einen Scherbenhaufen hinterlassen. Ihr könnt Euch gar nicht vorstellen, welchen Sumpf aus Fäulnis er mit seinen Lügen in der Seele meines Volkes und meines Landes hinterlassen hat.«

»O doch, das kann ich durchaus«, erwiderte Brynn.

»Yatol Mado Wadons Ziel war es, das Königreich unter der Herrschaft Jacinthas wieder zu vereinen, denn allein Jacintha besitzt die nötige Macht, um zu verhindern, dass die Stämme wieder in völligem Chaos versinken«, erklärte der Gesandte.

»Und dabei hat Abt Olin Jacintha geholfen«, sagte Brynn. »Nun, verratet mir doch bitte, wer Jacintha drängt, Dharyan-Dharielle zurückzuerobern?«

»Darauf vermag ich Euch keine Antwort zu geben, Mylady«, gestand er. »Mein Herr hat nie irgendwelche Andeutungen gemacht …«

»Dann ist es also vielleicht doch Abt Olin«, überlegte Brynn, »der ein gewisses Maß an Druck auf Yatol Wadon ausübt. Und den verzweifelten Kampf Eures Herrn zu seinem eigenen Vorteil ausnutzt.«

Pechter Dan Turk machte Anstalten, etwas darauf zu erwidern, konnte sich aber offenbar nicht zwischen Zustimmung und Widerspruch entscheiden und wählte stattdessen eine Mischung aus Achselzucken und Nicken.

»Vielleicht sollten wir Yatol Wadon zum Zeichen, dass wir sein Ansinnen ablehnen, den Kopf dieses Mannes schicken?«, warf Tanalk Grenk erbost ein, während er Pechter Dan Turk mit düsterem Blick anstarrte, worauf dieser förmlich zu schrumpfen schien.

Doch Brynn ging sofort zu den beiden hinüber, schob sich zwischen sie und warf Tanalk Grenk einen missbilligenden Blick zu. »Wie denkt Ihr über die letzte Schlacht?«, wandte sie sich an Pechter Dan Turk. »Wem gehört Eurer Meinung nach Dharyan-Dharielle? Oder zieht Ihr es vor, den Namen Dharyan zu verwenden?«

Der Mann biss sich verlegen auf die Unterlippe.

»Nur raus mit der Sprache«, sagte Brynn. »Ihr habt mein Wort darauf, wenn Ihr ehrlich seid, müsst Ihr keine Konsequenzen fürchten.«

»Der rechtmäßige Name der Stadt lautet Dharyan-Dharielle«, sagte er schließlich. »So wurde es, zum Wohle unserer beiden Völker, in einem fairen Vertrag festgeschrieben – das war damals meine ehrliche Überzeugung, als ich Yatol Mado Wadon beriet, und ist es auch noch heute!«

»Dann verlasst die Stadt«, forderte Brynn ihn auf. »Geht zu Yatol De Hamman, und findet heraus, was er plant. Vermutlich wird er Euch mit der Nachricht zu uns zurückschicken, er sei im Begriff, seine Zelte abzubrechen und in Kürze nach Jacintha zurückzukehren.«

»Und was soll ich ihm von Euch sagen?«

»Sagt ihm, dass Ihr nicht eben ein Freund von mir seid«, trug sie ihm auf.

Er betrachtete sie forschend, ehe er zu dem Schluss kam:

»Ihr wollt mich tatsächlich mein eigenes Volk ausspionieren lassen?«

»Nur, wenn Ihr Abt Olin als einen Mann Eures Volkes betrachtet«, erwiderte Brynn. »Denn die Verantwortung hierfür trägt Abt Olin, nicht Yatol Wadon. Vielleicht hat Yatol De Hamman ja wirklich vor abzuziehen. Wenn er überzeugt ist, dass Ihr mir nicht wohlgesinnt seid, wird er Euch gegenüber wahrscheinlich aufrichtig sein.«

»Und anschließend soll ich Euch Bericht erstatten«, fügte der Gesandte hinzu.

Brynn zuckte mit den Schultern. »Diese Entscheidung liegt allein bei Euch, und wie immer sie ausfällt, ich werde sie akzeptieren. Sollte Yatol De Hamman Andeutungen machen, dass er die Absicht hat, mich aus der Stadt zu vertreiben, werdet Ihr vielleicht endlich begreifen, wie begründet meine Befürchtung ist, dass Abt Olin und nicht Yatol Wadon über Behren herrscht – eine Erkenntnis, die Euch womöglich sogar zu der Überzeugung gelangen lässt, dass ich ein besserer Freund Jacinthas bin als dieser Abellikaner-Abt.«

Der Behreneser zögerte, und einen Moment lang schien es, als wollte er etwas erwidern, doch dann sagte er nur: »Ich werde gehen«, und verließ mit einer Verbeugung den Raum.

»Er könnte uns verraten«, erklärte Tanalk Grenk, kaum dass der Mann gegangen war.

»Es gibt nichts, was er verraten könnte«, erwiderte Pagonel.

»Er könnte von De Hamman zurückkommen und uns irgendeine Lüge auftischen«, überlegte Grenk.

»Im Grunde wissen wir doch genau, was Yatol De Hamman plant, ganz gleich, was Pechter Dan Turk uns erzählt«, erwiderte Brynn.

»Was hatte es dann für einen Sinn, ihn loszuschicken?«

»Er soll uns später eine Stimme in Jacintha verschaffen«, sagte Brynn, »vorausgesetzt, wir überleben De Hammans Sturmangriff.« Sie wandte sich den Elfen zu, die schweigend ein Stück abseits standen. »Habt ihr euch schon mit Pherol getroffen?«

»Der Drache ist bester Laune«, unterrichtete sie Juraviel. »Außerdem befindet er sich auf dem Weg der Besserung. Noch zwei, drei Tage, dann dürfte er mit seinem verletzten Flügel wieder fliegen können.«

»Aber sobald er den Erdboden verlässt, ist er nach wie vor gefährdet«, gab Pagonel zu bedenken. »Die behrenesische Armee hat Waffen gegen Pherol konstruiert, Waffen, die den Drachen am Ende des Krieges zur Befreiung To-gais in einen noch übleren Zustand versetzt haben als jetzt. Schließlich hatten uns die Behreneser bereits geschlagen, und nur das Chaos in ihrem eigenen Land war schuld, dass sie von unseren Toren wieder abgezogen sind.«

Tanalk Grenk fühlte sich zu einem milde verächtlichen Schnauben veranlasst, dabei mochte nicht einmal er der Einschätzung offen widersprechen.

»Außerdem sind diese Waffen derzeit nicht einmal die schlimmste Bedrohung für Pherol«, fügte Pagonel hinzu.

»Sondern die Abellikaner-Mönche«, sagte Brynn.

»Sie haben dem Drachen sehr zugesetzt – Pherol hatte schon immer großen Respekt vor den Benutzern der Steine und überhaupt allen Anwendern von Magie.«

Brynn hatte während der gesamten Erwiderung des Mystikers nickend zugehört. Nur zu deutlich erinnerte sie sich noch an die Zeit, als sie mit Pherol nach Süden in das Gebiet der Feuerberge geflogen war, das Land des Klosters mit Namen Wolkenfeste, das für die Jhesta Tu wie eine Heimat war. Damals war Pherol nicht gerade versessen darauf gewesen, diesen magischen Mystikern überhaupt zu begegnen. Brynn richtete den Blick wieder aus dem Fenster und wog dies alles ab. Eins war ihr jenseits allen Zweifels klar: Der Versuch, sich in der Stadt zu verbarrikadieren, konnte letztendlich nur in einer Katastrophe enden, denn im Grunde hatten sie und ihre Truppen keine Chance, der behrenesischen Übermacht lange zu trotzen. Ebenso wenig sagte ihr die Vorstellung zu, sich wieder nach To-gai zurückzuziehen, erst recht nicht nach Juraviels Bemerkung über Aydrian und der Erkenntnis, dass Abt Olin sich offenbar in Jacintha festgesetzt hatte.

In Brynns Augen ließ der Mangel an Alternativen nur noch eine Richtung offen – ein Weg, der ihr aufgrund von Pagonels Bericht über mögliche Unruhen innerhalb der Führungsschicht des Bärenreiches in Jacintha sogar noch einleuchtender erschien. Sie wandte sich wieder der Gruppe der Anwesenden zu, und der Ausdruck unerschütterlicher Entschlossenheit auf ihrem Gesicht – ein Ausdruck, den die meisten ihrer Verbündeten längst bei ihr kannten – verriet ihnen ihre Absicht, noch ehe sie sie laut ausgesprochen hatte.

»Wir müssen den Belagerungsring zerschlagen, bevor Hilfe eintreffen kann«, stellte sie fest. »Wir müssen die gegnerischen Reihen auseinander treiben und die Behreneser in die Flucht schlagen. Wir müssen ihrem bislang erfolgreichen Marsch die Stoßkraft nehmen und sie daran erinnern, warum sie den Drachen von To-gai einst so gefürchtet haben.«

»Unser Ansturm wird den Boden unter ihren Füßen erzittern lassen!«, rief Tanalk Grenk begeistert, doch sein Feuer schien rasch wieder zu erlöschen, als er hinzufügte: »Eins muss Euch aber klar sein, Mylady, eine solche Schlacht wird auf unserer Seite einen hohen Blutzoll fordern. Die Turbane –« Er hielt abrupt inne. Tanalk Grenk war offenbar im Begriff zu lernen, sein angeborenes Ungestüm als To-gai-Krieger mit einem ruhigen Blick auf das größere Ganze zu verbinden, ein kluges Verhalten, das für jeden Führer unabdingbar war. »Die Behreneser«, berichtigte er sich, »sind überaus zahlreich und werden sich gewiss nicht überrumpeln lassen. Ohne den Schutz der Mauern werden wir von ihren Pfeilen durchbohrt werden, ehe die eigentliche Schlacht begonnen hat. Trotzdem werden wir natürlich in den Kampf ziehen, so Lady Brynn es von uns verlangt.«

Brynn nickte. »Es wäre blanker Wahnsinn, die behrenesische Armee in einem Frontalangriff zu attackieren«, sagte sie. »Unsere stärkste Waffe in dieser Situation ist Pherol. Der Drache wird die Herzen der Behreneser zweifellos mit Angst und Schrecken erfüllen, wenn er ihre Reihen mit seinem Feueratem überzieht. Er wird sie auseinander treiben und in die offene Wüste jagen. Aber um das zu erreichen, müssen wir zuvor das Schlachtfeld in unserem Sinne vorbereiten.«

Sie wandte sich an Juraviel. »Könntest du auch Pherol mitnehmen, wenn du mit Hilfe deines Smaragds reist?«

»Vielleicht, vorausgesetzt, der Drache nimmt seine Menschengestalt an«, antwortete der Elf.

»Wie wäre es also, wenn du ihn heimlich hinter die behrenesischen Linien schafftest?«, fragte Brynn. »Dazu Pagonel und mich sowie einige Krieger.«

»Aber jeweils nur einen«, erinnerte sie der Elf.

»Und zwar im Schutz der Dunkelheit«, fügte Brynn hinzu. »Du wirst uns an einer Stelle absetzen, von wo aus wir die Stellungen angreifen können, die für Pherol am gefährlichsten sind; anschließend lasse ich dem Drachen freie Hand, und das Schicksal unserer Feinde ist besiegelt.«

»Du ziehst also die Rolle des heimtückischen Angreifers der der Kriegerin vor?«, fragte Pagonel.

»Ich möchte die Sicherheit Dharyan-Dharielles und Togais gewährleisten, egal mit welchen Mitteln«, erwiderte Brynn ohne das geringste Zögern, und das Nicken des Jhesta Tu verriet ihr, dass er einverstanden war. »Wenn es uns mit Pherols Hilfe gelingt, einen ersten vernichtenden Schlag gegen die Abellikaner und De Hammans Kriegsmaschinen zu führen, können wir sie überwältigen und seinen Belagerungsring zerschlagen.«

»Und zu welchem Zweck?«, fragte Juraviel, womit er sich verwunderte Blicke einhandelte. »Willst du anschließend in die Stadt zurückkehren, dich hinter deinen Mauern verstecken und abwarten, bis Abt Olin vor deinen Toren aufmarschiert?«, fragte der Elf.

»Ich werde den Krieg bis nach Jacintha tragen, bis hin zu Abt Olin«, erwiderte Brynn.

»Dann erlaube, dass ich sogleich nach Norden aufbreche, um zu sehen, ob ich dort einen Verbündeten finden kann«, bat Juraviel. »Der Winter neigt sich dort oben dem Ende zu. Das verschafft Aydrians Gegnern eine größere Beweglichkeit.«

»Aber natürlich auch Aydrian selbst, sollte er sich entschließen, die Truppen Jacinthas zu verstärken«, warnte Pagonel.

»Ich möchte dich dennoch bitten, sogleich aufzubrechen und so schnell wie möglich zurückzukommen«, sagte Brynn zu Juraviel. »Ehe wir diesen Plan in die Tat umsetzen können, müssen wir alle Informationen zusammentragen, die wir bekommen können.« Sie richtete den Blick auf Lozan Duk. »Als Ihr hier ankamt, sagtet Ihr, es sei Euch nicht gar so schwer gefallen, durch Yatol De Hammans Linien zu gelangen.«

Der Doc'alfar grinste bis über seine beiden spitzen Ohren. »Gebt mir zwei Nächte Zeit«, erwiderte er. »Dann werde ich jeden Winkel von Yatol De Hammans Feldlager in allen Einzelheiten auf einer Karte eingetragen haben. Wenn Juraviel seinen Aufbruch nur um wenige Stunden aufschieben könnte, könnten er und ich eine Menge meiner Landsleute herschaffen, die sich gegenwärtig zwischen der to-gaischen Hochebene und dem Pfad der sternenlosen Nacht befinden.«

Sie sahen sich an und nickten einander entschlossen zu. Die Versammlung wurde aufgelöst, und sie machten sich alle an ihre jeweiligen Aufgaben. Nur Pagonel blieb noch, um einen Moment mit Brynn unter vier Augen zu sprechen.

»Du wirst dich irgendwie absichern müssen, dass unsere Vermutung über Abt Olins Pläne richtig ist und dass er Dharyan-Dharielle tatsächlich angreifen und erobern will«, überlegte der Mystiker.

»Ich gehe davon aus, dass Pechter Dan Turk bei seiner Rückkehr alle meine Hoffnungen auf Frieden zunichte machen wird«, erwiderte Brynn.

Pagonel nickte, und Brynn sah die aufrichtige Bewunderung in seinen braunen Mandelaugen, dem charakteristischen Merkmal seiner to-gai-ruschen Herkunft. In diesem Moment wusste sie, dass sie die Situation in allen Punkten perfekt gehandhabt hatte – der Blick ihres größten Mentors ließ keine andere Deutung zu.

Doch ein neuerlicher Blick aus dem Fenster hinüber zu der überwältigenden gegnerischen Streitmacht machte ihr klar, dass das allein für einen Sieg bei weitem nicht genügen würde.

Sie schlug zum zweiten Mal die Augen auf und blinzelte in die Sonne – die Sonne im Land der Lebenden, aus dem Pony bereits für immer geschieden zu sein glaubte. Fest in mehrere warme Decken gewickelt, lag sie in einer Kajüte an Bord eines Schiffes – der *Saudi Jacintha,* erinnerte sie sich –, gleich neben dem einzigen Fenster der Kajüte.

»Willkommen an Bord«, begrüßte sie Andacanavar, der neben ihrem Bett kniete. »Wir dachten schon, Ihr wärt von uns gegangen. Ihr könnt Euch bei Bradwarden bedanken, dass er sich so gut mit den Steinen auskennt und sofort eingesprungen ist, um Euch zu helfen.«

Einen Augenblick lang klangen ihr seine Worte wirr durch den Kopf und beschworen noch einmal die Bilder jener furchtbaren Momente draußen an Deck herauf. Bradwarden! Sie hatte mit Hilfe des Seelensteins seine Lebensenergie angezapft. Sie hatte gleichsam in ihn hineingegriffen und seine Lebensenergie benutzt, als wäre es ihre eigene.

In einem Anflug von Panik versuchte sie den Oberkörper aufzurichten, doch der Schmerz und Andacanavars kräftiger Arm hielten sie zurück. »Bleibt ganz ruhig liegen, meine Liebe«, sagte der Hüter sanft. »Bis Vanguard sind es noch zwei Tage, und die werdet Ihr auch brauchen, mindestens, bis Ihr wieder bei Kräften seid.«

»Bradwarden?«, stieß Pony atemlos hervor. »Wo ist Bradwarden?«

»Draußen an Deck. Er ruht sich aus«, antwortete Andacanavar. »Der Kampf gegen Eure Verletzungen war ungeheuer quälend und hat ihn erschöpft – aber er ist schon wieder auf dem Weg der Besserung.«

»Es war bestimmt zu viel für ihn!«, beharrte Pony. »Sagt mir die Wahrheit. Er kann die Energieübertragung mit dem Seelenstein doch unmöglich überlebt haben!«

Andacanavar entfuhr ein verhaltenes Lachen. »Ihr habt ihm einiges abverlangt, das stimmt«, gab er ihr Recht. »Und es stimmt auch, dass wir alle dachten, wir hätten den Zentaur verloren – und obendrein auch noch Kapitän Al'u'met, als Bradwarden über ihn stolperte und auf ihn fiel. Aber Bradwarden ist zäh. Er hat sich schon wieder recht gut erholt, das könnt Ihr mir wirklich glauben.«

Pony schüttelte den Kopf. Das alles ergab keinen Sinn. »Zu viel«, widersprach sie kraftlos.

»Er erwähnte irgendwas von einem Armband«, sagte Andacanavar. »Einem roten Armband.«

Das ließ Pony etwas ruhiger werden. Die Gedanken, die ihr durch den Kopf wirbelten, die Fragen, die sich plötzlich darunter mischten, das alles ließ sie wieder neue Hoffnung schöpfen. Den Zauber des Armbands hatte sie vollkommen vergessen. Die Elfen hatten es Elbryan damals zum Geschenk gemacht, und schon bei einem Menschen hatte seine Heilmagie gut funktioniert. Bei dem Zentaur aber waren seine Kräfte über jedes Pony bekannte Maß hinausgewachsen. Als der Berg Aida beim Kampf gegen den geflügelten Dämon in sich zusammenfiel, hatte ein gewaltiger Erdrutsch Bradwarden unter sich begraben, der ihn eigentlich hätte töten müssen. Das Armband hatte jedoch verhindert, dass die Lebensenergie aus dem physischen Körper des Zentauren entweichen konnte – er stand bereits am Abgrund des Todes, da hatte es ihn noch am Leben erhalten, und das viele Wochen, ja Monate.

Und nun hatte es ihn abermals gerettet, und Pony noch dazu.

»Erzählt mir von unserem Angriff«, sagte Pony mit matter Stimme. »Was haben wir erreicht, und wie groß sind unsere Verluste?«

»Es war in jeder Hinsicht ein voller Erfolg«, erklärte Andacanavar. »Zu unserer Flotte gehören jetzt acht große Kriegsschiffe, König Aydrians Streitkräfte dagegen sitzen auf Pireth Dancard fest. Und bis zum Festland zu schwimmen dürfte ein ziemlich weiter Weg sein.«

Pony stimmte in sein Lachen ein, soweit ihre schmerzende Seite dies zuließ. »Wir dürfen uns auf keinen Fall auf diesem einen Sieg ausruhen«, sagte sie. »Aydrian wird nichts unversucht lassen, um sich zu revanchieren und Pireth Dancard zu Hilfe zu eilen.«

»Die zusätzlichen Schiffe versetzen Midalis in die Lage, eine beträchtliche Streitmacht an Bord zu nehmen und die Inselfestung zu erobern.«

»Ich denke, man sollte sie besser nicht in ihren gut gesicherten Schlupflöchern bekämpfen.«

Der Hüter zuckte mit den Achseln. »Darüber können wir uns zu gegebener Zeit den Kopf zerbrechen. Wir werden schon bald in Vanguard einlaufen; dort können wir dann entscheiden, wie wir vorgehen wollen.«

»Wir?«

Wieder ein Achselzucken. »Bruinhelde hegt großen Respekt und Bewunderung für Prinz Midalis«, erläuterte der Hüter. »Man könnte die beiden, wenn schon nicht als Blutsbrüder, so doch als Brüder im Handeln bezeichnen, die vieles gemeinsam durchlitten haben. Wenn Bruinhelde der Überzeugung ist, dem Bärenreich sei mit Midalis besser gedient als mit Aydrian, wenn er zu der Überzeugung gelangt, dass Alpinador bedroht sei, wenn Aydrian den rechtmäßigen König besiegt, dann wird er an Prinz Midalis' Seite marschieren.«

»Und Ihr würdet ihm dazu raten?«

»Wir werden sehen«, antwortete der Hüter. Er senkte die Stimme und legte Pony einen Finger auf die Lippen, um sie am Weitersprechen zu hindern. »Ruht Euch aus, meine Freundin. Wir haben noch einen weiten Weg vor uns.«

Die *Saudi Jacintha* schloss zur übrigen Flotte auf und übernahm, hart an den ersten Böen eines aufkommenden Wintersturms segelnd, auf dem Weg nach Pireth Vanguard die Führung. Kaum waren die Schiffe in den schützenden Hafen eingelaufen und hatten dort festgemacht, kaum hatten die Alpinadoraner ihre Barkassen aus dem Wasser gezogen, da erhob sich draußen in den Weiten des Mirianischen Ozeans auch schon ein gewaltiger Sturm und warf eine mächtige Dünung gegen das Gestade Vanguards, ehe er im weiteren Verlauf quer über den Golf von Korona hinwegfegte.

Indes, der Winter war bereits weit vorangeschritten, und der Frühling nahte rasch, daher waren die Männer unter Prinz Midalis' Führung überzeugt, dass es nicht mehr lange dauern würde, bis die Wege nach Caer Tinella schneefrei waren und man den Golf wieder sicher befahren konnte. Und so setzten, noch während Bradwarden und Pony sich allmählich von ihren Verletzungen erholten, die Planungen in vollem Umfang ein. Man traf Vorkehrungen für die Verteidigung Vanguards, so dies erforderlich werden sollte, und für die Offensive gegen König Aydrian, mit der man hoffte, in Kürze beginnen zu können.

Dennoch war die Stimmung auf Pireth Vanguard – trotz der allseits verbreiteten Entschlossenheit und des grandiosen Sieges, den man auf Pireth Dancard errungen hatte – nicht allzu hoffnungsvoll, denn die eingehenden Berichte ließen keinen Zweifel daran, dass Aydrian in den Südlanden derzeit kolossale Erfolge erzielte. Es war ihm sogar gelungen, die Touel'alfar zu vertreiben, und das war keine geringe Leistung. Prinz Midalis wusste, er würde sich dem Kampf stellen müssen, und das, obwohl er selbst und alle in seiner Umgebung sich der Schwierigkeit dieses Unterfangens bewusst waren.

Fünf Tage nach ihrer Rückkehr nach Pireth Vanguard erreichte die gedrückte Stimmung einen neuen Tiefpunkt. Soeben war Belli'mar Juraviel mit den Meldungen seiner zahlreichen Kundschafter über die Geschehnisse im Süden des Bärenreiches eingetroffen, in denen von einer Reihe ungünstiger Entwicklungen die Rede war: Herzog Kalas befand sich auf dem Vormarsch und hatte obendrein beträchtlichen Zulauf, Aydrian war in Palmaris an der Spitze einer zweiten Armee aufgebrochen, St. Gwendolyn war gefallen und Abt Glendenhook hingerichtet worden.

Aber Belli'mar Juraviel brachte auch gute Neuigkeiten mit: In den Gebieten südlich des Großen Gürtels hatte sich eine zweite Widerstandsfront gegen König Aydrian gebildet. Anlass zu noch größerer Hoffnung gab die Kunde von möglichen Auflösungserscheinungen in Aydrians eigenen Reihen.

Und diese verbanden sich mit einem Namen: Herzog Bretherford. Pony kannte Bretherford; er hatte König Danube nach Palmaris begleitet – während jener Jahre, als dieser ihr den Hof gemacht hatte. Er war es gewesen, der sie, kaum dass sie nach einer kurzen Phase der Trennung wieder an Danubes Seite zurückgekehrt war, an Bord der *Flusspalast* nach Ursal zurückgebracht hatte. Bretherford war nicht eben ein Befürworter ihrer Hochzeit mit Danube gewesen, aber solange ihre Beziehung währte, war er stets aufrichtig zu ihr gewesen und hatte sie nie persönlich angegriffen. Pony hatte in Herzog Bretherford vor allem einen treu ergebenen Freund ihres Gemahls, des Königs, gesehen.

»Was glaubt Ihr, wie wird Bretherford sich verhalten, wenn Brynn in Dharyan-Dharielle einen Ausfall wagt und ihre Armee gegen Abt Olin in Jacintha marschieren lässt?«, fragte Pony bei der Besprechung, nachdem Juraviel ihr und den versammelten Truppenführern von De Hammans Belagerungsring um Dharyan-Dharielle sowie von Brynns Plänen, diesen zu durchbrechen, berichtet hatte.

»Er wird an der Seite Abt Olins kämpfen«, kam Prinz Midalis mit seiner Antwort Juraviel zuvor – zumal der Elf mit ihm einer Meinung zu sein schien. »Wenn es gegen Behren oder To-gai geht, wird Herzog Bretherford für das Bärenreich Partei ergreifen, unabhängig von seinem Verhältnis zum gegenwärtigen König.«

Ponys Gesicht nahm einen verschmitzten Zug an, als sie den Blick über die Gruppe der Versammelten schweifen ließ. »Es sei denn, wir geben ihm einen guten Grund, es nicht zu tun.«

»Woran denkst du, Mädchen?«, fragte Bradwarden.

»Angenommen, Prinz Midalis schlüge sich im Kampf gegen Abt Olin auf Brynns Seite, würde Herzog Bretherford dann immer noch bereit sein, Abt Olin zu unterstützen?«, erwiderte Pony.

»Schlagt Ihr etwa vor, wir sollen unsere soeben erbeuteten Kriegsschiffe beladen und den ganzen weiten Weg bis nach Jacintha segeln?«, fragte ein sichtlich verblüffter Prinz Midalis.

»Es ist riskant«, gab sie zu. »Aber wie würde es Eurer Meinung nach wohl auf König Aydrian wirken, wenn wir gleichzeitig mit Brynn Dharielle in Jacintha einträfen und Abt Olin mitsamt seinen Kriegern in die Zange nähmen?«

»Nun, vermutlich würde es ein triumphaler Erfolg werden«, musste Midalis zugeben. »Weit triumphaler noch als bei Pireth Dancard.«

»Aber lohnt es das Risiko, in so kurzer Zeit so weit zu segeln?«, gab Liam zu bedenken. »Schließlich haben wir den Winter noch nicht vollkommen überstanden.«

In Erwartung einer endgültigen Antwort wandten sich alle Prinz Midalis zu, der sich auf seinem Stuhl zurücklehnte und nachdenklich die Augen schloss.

»Wenn wir hier bleiben und Aydrian erwarten, könnten wir ihm ein hartes Gefecht liefern – erst recht, wenn Bruinhelde und seine Krieger uns unterstützen, was sie, da bin ich ganz sicher, tun werden«, sagte der Prinz schließlich. »Aber selbst wenn es uns gelingen sollte, Aydrian zurückzuschlagen, oder wir uns so lange bedeckt halten, bis er schließlich zu der Überzeugung gelangt, Vanguard lohne der Mühe nicht, werden wir letztendlich niemals überzeugend siegen können.

Wenn wir versuchen, den Krieg über Land oder auf dem Seeweg in den Süden des Bärenreiches hineinzutragen, was wir meiner Meinung nach tun müssen, stehen die Chancen alles andere als günstig. Wenn wir die Hoffnung haben wollen, gegen eine Armee, wie Aydrian sie offenbar hinter sich geschart hat, zu bestehen, wären wir darauf angewiesen, dass die Bevölkerung, darunter auch Soldaten und sogar Ritter der Allhearts, sich in großer Zahl auf unsere Seite schlägt. Berücksichtigt man all diese Tatsachen und die Hinweise unseres Freundes Juraviel, ist dann der Vorschlag, Herzog Bretherford auf unsere Seite zu ziehen, so weit hergeholt und riskant?«

»Wir müssen die Schwachstellen jenes Machtgefüges ausnutzen, mit dem Aydrian das Land zu überziehen versucht«, erinnerte Pony die Anwesenden, ehe sie augenzwinkernd hinzufügte: »Außerdem wollte ich schon immer mal Jacintha sehen.«

»Wenn es uns gelingt, Verhandlungen mit Herzog Bretherford aufzunehmen und ihn auf unsere Seite zu ziehen, um sicherzustellen, dass Abt Olin in Jacintha besiegt wird, wäre das bereits ein großer Erfolg«, betonte Juraviel. »Läuft Herzog Bretherford über, kontrolliert Ihr, Herzog Midalis, die Seewege. Das würde Aydrian eine Bestimmung Eures Standortes erheblich erschweren.«

»Aber in diesem Fall könnte er ungehindert nach Vanguard marschieren«, gab der Prinz zu bedenken.

»Und Ihr könntet mit Euren Seestreitkräften irgendwo an der langen Küste des Bärenreiches an Land gehen und nach und nach seine Versorgungsstützpunkte zerstören«, erwiderte Juraviel.

»Wenn es uns gelingt, die unbestrittene Seeherrschaft zu erlangen, wären wir in einer erheblich stärkeren Position«, pflichtete Pony ihm bei.

Prinz Midalis sah sie an, eine stumme Bitte in den Augen. Vor langer Zeit, auf dem Berg Aida, hatte sie sein Vertrauen gewonnen, und nun war er abermals gezwungen, ihr zu vertrauen. Sie schenkte ihm ein freundliches Lächeln und nickte ihm entschlossen zu.

»Also dann, auf in den Mirianischen Ozean«, verkündete der Prinz. »Richtet Kapitän Al'u'met aus, er soll die Schiffe zum Auslaufen bereitmachen.«

Wenig später begleitete Pony Prinz Midalis zu Bruinheldes Zelt im alpinadoranischen Lager nordöstlich von Pireth Vanguard. Die beiden – wie auch Andacanavar, der ebenfalls an dem Treffen teilnahm – waren nicht wenig überrascht, als der Anführer der Alpinadoraner verkündete, er teile die Hoffnung des Prinzen auf einen großen Sieg und werde ihn auf seiner Fahrt in den Süden begleiten.

Als sie später am selben Tag wieder nach Pireth Vanguard zurückritten, sagte Pony zu dem Prinzen: »Ihr habt die Saat des Vertrauens und der Freundschaft gesät.«

»Die bereits jetzt größere Früchte trägt, als ich mir jemals hätte träumen lassen«, erwiderte Midalis.

»Weil Ihr es aufrichtig und ohne Hintergedanken getan habt«, erklärte Pony. »Bruinhelde weiß, dass Ihr ihn in aufrichtiger Freundschaft und zum Wohle Eurer beiden Völker aufgesucht habt. Dass er gute Gründe hat, das Angebot Eurer Freundschaft anzunehmen, konnte er schon damals feststellen, als er Euch zum Berg Aida begleitete. Deshalb ist er jetzt auch bereit, Euch abermals beizustehen.«

»Bis nach Behren«, erwiderte Midalis mit einem hilflosen Lachen.

»Bis nach Behren«, wiederholte Pony.

18. Ein kalter Gegenwind

»Damals, als wir das letzte Mal die Tore dieser Stadt passierten, hatten wir noch gar keine rechte Vorstellung, wie rasch wir zu dieser ungeahnten Größe aufsteigen würden«, sagte Aydrian triumphierend zu De'Unnero und Sadye, als die beiden neben Herzog Kalas in die Stadt Entel einritten. Der Ritt quer durch das Bärenreich war ohne Zwischenfälle und überaus zufrieden stellend verlaufen. Im ganzen Land hatte die Bevölkerung die Straßen gesäumt, um ihrem neuen König zuzujubeln. Aydrian war dieser Beweis für den Einfluss und die Macht des Herzogs nicht verborgen geblieben, immerhin hatte Kalas den gesamten Süden des Königreiches in Aydrians Namen gesichert – mit gerade mal zwei erwähnenswerten Ausnahmen: Pireth Tulme im Norden, das Herzog Kalas' Armeen in diesem Augenblick zu überfallen im Begriff waren, sowie St. Mere-Abelle im Nordwesten.

Der Abstecher nach Entel war Kalas' Idee gewesen und diente im Wesentlichen dazu, festzustellen, wie Abt Olin im Süden vorankam, und sicherzustellen, dass die prächtige Stadt, bevölkerungsreicher sogar als Palmaris, in Abt Olins Abwesenheit fest in ihrer Hand blieb. Die abellikanische Kirche war dort stets stark gewesen, wenn auch in zwei sehr unterschiedliche Lager aufgespalten: Die große Abtei St. Bondabruce hatte unter Abt Olin lange an dessen Vorliebe für Behren festgehalten, die kleinere und ältere Abtei St. Rontlemore dagegen hatte eher die Freundschaft zum Hause Ursal gepflegt.

Herzog Kalas hatte befürchtet, St. Rontlemore könnte Olins Abwesenheit dazu benutzen, in Entel besser Fuß zu fassen, doch falls dies zutraf, so deutete der stürmische Empfang, den man König Aydrian bereitete, nicht eben darauf hin. Tausende von Menschen drängten sich auf den Straßen, die ganze Stadt, so schien es, schwenkte, wie mittlerweile zur

Begrüßung des jungen Königs üblich, rote Tücher. Sämtliche offiziellen Fahnen, die über den wichtigsten Machtzentren, den Villen der Stadtoberen sowie über St. Bondabruce und St. Rontlemore wehten, entsprachen der neueren Variante: Bär und Tiger, die einander Auge in Auge auf den Hinterbeinen über dem Immergrün-Symbol der Kirche gegenüberstanden.

»St. Rontlemore hat sich in dieser Angelegenheit sehr einsichtig gezeigt«, bemerkte De'Unnero, als er das Banner über der alten Abtei wehen sah.

»Weil Herzog Kalas die Abtei vollkommen von St. Mere-Abelle isoliert hat«, erwiderte Aydrian. »Soweit sie das beurteilen können, hat die Mutterabtei sich von ihnen abgewendet.«

»Ich traue ihrem Treuebekenntnis nicht«, gestand Herzog Kalas. »Die Ordensbrüder von St. Rontlemore denken wohl eher pragmatisch als weise, demnach dürften sie, für den Fall, dass sich die Lage wieder ändert, die alte Fahne des Hauses Ursal noch in der Hinterhand haben.«

»Ist St. Mere-Abelle erst gefallen, brauchen wir uns darüber nicht mehr den Kopf zu zerbrechen«, erwiderte Aydrian und sah zu De'Unnero, der bestätigend nickte und sich ein leichtes Schmunzeln nicht verkneifen konnte.

»Ich habe Herzog Bretherford unten im Süden bereits vor einer ganzen Weile benachrichtigt«, sagte Herzog Kalas. »Ich gehe davon aus, dass Abt Olin hier sein wird, um uns zu begrüßen, oder doch zumindest bald eintreffen wird.«

»Wenn er nicht bereits hier ist, dürfte es zu spät sein«, sagte De'Unnero. »Wir haben in St. Mere-Abelle einen mächtigen Gegner zurückgelassen. Jetzt, da der Frühling die verschneiten Wege rasch wieder passierbar macht, steht Prinz Midalis womöglich nicht weit hinter uns.«

»Palmaris ist bestens gesichert, ebenso Ursal«, erwiderte Herzog Kalas mit Nachdruck, als hätte er die Bemerkung als Affront aufgefasst.

»Nichts würde mich mehr freuen als die Nachricht, dass Midalis und St. Mere-Abelle die Stadt Palmaris jetzt gemeinsam angreifen«, sagte Aydrian. »Sollen sie doch ihre Karten aufdecken.«

»Wo immer er in Erscheinung tritt, Midalis wird gewiss nicht ohne Unterstützung kommen«, warnte De'Unnero.

»Wo immer das sein mag, ich werde ihn in jedem Fall vernichten«, versicherte ihm Aydrian, nicht ohne Herzog Kalas' leicht unzufriedene Miene zu bemerken. Er hatte durchaus Verständnis für seinen Widerwillen, schließlich war Prinz Midalis lange Zeit sein Freund gewesen und obendrein der Bruder jenes Mannes, mit dem er sich lange Jahre zutiefst verbunden gefühlt hatte. Doch letztendlich war das alles bedeutungslos. Herzog Kalas würde fest zu ihm stehen, wenn Midalis eintraf.

»Je eher wir ihn los sind, desto eher kann ich das Königreich in seiner Gesamtheit in meine Gewalt bringen und mich ganz darauf konzentrieren, Abt Olin bei der endgültigen Unterwerfung der Behreneser zu unterstützen«, fuhr Aydrian fort. »Aber was kommt danach, frage ich mich? Soll ich in Togai einmarschieren, ganz unten im Südwesten? Oder vielleicht in die kalten Länder Alpinadors?«

Er unterbrach sich, als sie ihre Pferde vor dem großen Eisentor des Zaunes, der St. Bondabruce umgab, anhalten ließen. Ein Schwarm eilfertiger Ordensbrüder bereitete ihnen einen herzlichen Empfang und geleitete sie in den Hauptaudienzsaal Abt Olins. Es war ein großer, lichtdurchfluteter Raum, vielleicht nicht ganz so gewaltig wie die Audienzsäle auf Schloss Ursal, aber immerhin eindrucksvoller als die eher beengten Räumlichkeiten von St. Mere-Abelle, deren gedrungene Architektur die Abtei vor den kalten mirianischen Winden schützen sollte. St. Mere-Abelle war um ein Vielfaches größer als St. Bondabruce und beherbergte mehr als die zehnfache Zahl von Ordensbrüdern. Die Mutterabtei besaß Kostbarkeiten von unschätzbarem Wert, darunter goldbesetzte Wandbehänge, Zierkelche und Kunstgegenstände aus allen Zeiten des Abellikaner-Ordens sowie eine Reihe anderer, deren Ursprung bis in die Zeit vor dieser uralten Religion zurückreichte. Hinsichtlich seines Bestands an magischen Steinen, der Bibliothek und der Kunstschätze vermochte es St. Bondabruce nicht einmal ansatzweise mit St. Mere-Abelle aufzunehmen, auch hatte die Abtei in Entel keine sehenswerten architektonischen Kleinode aufzuweisen, wie etwa das reich verzierte Buntglasfenster, das vom Hauptturm der großen Abtei St. Mere-Abelle einen Blick auf die Allerheiligenbucht gewährte. Wegen des milderen südlichen Klimas konnte St. Bondabruce auf die niedrigere Deckenkonstruktion ihrer Schwesterabtei im Norden verzichten, und so war das Bauwerk denn auch mit hoch in den Himmel ragenden Minaretten versehen. Die Höhe der in den eher für Behren als für das Bärenreich charakteristischen leuchtenden Farben und Mustern gehaltenen Decke des Audienzsaals betrug mindestens fünfzig Fuß.

Der starke behrenesische Einfluss zeigte sich auch in der Einrichtung mit ihren kostbaren, vielfarbig gestalteten Stoffen und den luftigen, netzartigen Bespannungen der Sessellehnen. Abt Olin, das war ihnen allen klar, hatte eine Menge zu diesem Einfluss beigetragen, und als Aydrian diesen Ort jetzt wieder sah, wurde er einmal mehr daran erinnert, wie sehr er Olin mit der Entsendung an dessen Lieblingsort tief unten im Süden ins Abseits manövriert hatte.

»König Aydrian«, begrüßte ihn ein älterer, gepflegt wirkender Ordensbruder, der mit hastigen Schritten aus einer Seitentür des Audienzsaals trat. Er eilte auf Aydrian zu, machte eine tiefe, höfliche Verbeugung und bedeutete dem jungen König, den Thronsitz des Abtes als seinen eigenen zu betrachten.

»Seid gegrüßt, Meister Mackaront«, erwiderte Aydrian. Er hatte ihn sogleich von ihren gemeinsamen Reisen in die südlichen Gewässer wiedererkannt, auf denen De'Unnero und Aydrian sich der Dienste des Piraten Maisha Darou versichert hatten. »Bitte geht und richtet Abt Olin aus, dass wir angekommen sind und dass die Zeit drängt.«

Mackaront verlagerte leicht nervös sein Gewicht, eine Bewegung, die keinem der vier Besucher entging. »Abt Olin weilt zurzeit noch in Jacintha«, erklärte er. »Die Lage dort ändert sich beinahe stündlich. Er fürchtete, wenn er jetzt abreist, könnte sich das nachteilig auf unsere Ziele auswirken.«

Aydrian maß ihn mit forschendem Blick, ehe er nickte und schließlich auf Olins Thron Platz nahm. »Beinahe stündlich, sagt Ihr?«

Mackaront blickte sich nervös um und räusperte sich verlegen. »Ich versichere Euch, König Aydrian, Behren ist unter Kontrolle«, begann er und versuchte größere Zuversicht auszustrahlen, als seine Stimme vermuten ließ. »Zumindest ist das neue Königreich Behren derzeit fest in der Hand Yatol Mado Wadons, der allerdings nichts anderes ist als die öffentliche Stimme Abt Olins. Die Unruhen in Behren entsprechen exakt Euren Vermutungen, und Abt Olin sah die Notwendigkeit seines Eingreifens bestätigt – um welchen Preis auch immer.«

»Aber ...«, forderte Aydrian ihn auf fortzufahren, denn die Erfolgsmeldung war nur bedingt mit dem nervösen Auftreten des Mannes in Einklang zu bringen.

»Im Krieg zwischen Behren und To-gai wurden gewisse Zugeständnisse gemacht«, fuhr Meister Mackaront fort. »Die Stadt Dharyan wurde an Brynn Dharielle und die To-gai-ru übergeben, weshalb wir auf gewisse Schwierigkeiten gestoßen sind, als wir sie ... zurückhaben wollten.«

Aydrian zögerte einen Moment, dann fing er schallend an zu lachen. »Abt Olin hat gegen Brynn gekämpft?«

»Durch seinen Stellvertreter, Yatol De Hamman, ja.«

Aydrian lachte erneut.

»Yatol De Hammans Triumphmarsch durch das Königreich war ... ein voller Erfolg«, fügte Mackaront, sichtlich verwirrt durch das Gelächter, stammelnd hinzu. »Sämtliche

Städte sind an Jacintha gefallen. Was die Erneuerung Behrens betrifft, so sind Eure Vorstellungen nahezu ausnahmslos verwirklicht worden. Und ich zweifle nicht daran, dass sie es bald vollends sein werden, denn Abt Olins Einfluss auf die Bevölkerung wächst mit jedem Tag. Aber die Armee ist kampfesmüde und hat große Angst vor Brynn Dharielle, dem Drachen von To-gai. Aus diesem Grund wurde ich nach Entel zurückgeschickt, um Euch zu bitten, Abt Olin zusätzliche Truppen bereitzustellen.«

»Ich habe ihm bereits ein nicht unerhebliches Truppenkontingent zur Verfügung gestellt«, entgegnete Aydrian.

»Aber ein großer Teil davon betrifft die Flotte, und die dürfte auf dem Festland gegen Dharyan-Dharielle nur von geringem Nutzen sein«, erklärte Meister Mackaront. »Abt Olin glaubt, Dharyan-Dharielle mit fünftausend zusätzlichen Soldaten innerhalb von drei Wochen erobern und die Wiedervereinigung Behrens abschließen zu können.«

»Um dann sofort das nächste Ziel in Angriff zu nehmen?«, fragte Aydrian.

»Ist Dharyan erst zurückerobert, werden die To-gai-ru wohl kaum noch Widerstand leisten können«, antwortete Meister Mackaront hoffnungsvoll. »Solltet Ihr sogar zehntausend statt der erhofften fünftausend schicken, könnte Abt Olin noch vor dem Jahreswechsel jeden Widerstand in der Steppe brechen. Zudem würde ein solcher Sieg unter der Führung der Männer aus dem Bärenreich Abt Olins Position in Jacintha stärken. Er könnte Yatol Mado Wadon in Kürze zu völliger Bedeutungslosigkeit verdammen, und das gesamte Gebiet südlich des Großen Gürtels würde Euch gehören.«

»Hm.« Der junge König dachte einen Augenblick nach.

»Somit bliebe nur noch ein Problem.«

»Mein König?«

»Die Tatsache, dass ich Abt Olin ausdrücklich untersagt habe, gegen Brynn Dharielle zu kämpfen«, erklärte Aydrian, plötzlich mit einem verärgerten Unterton in der Stimme.

»Zu der Schlacht kam es aufgrund eines Versehens«, ruderte Mackaront zurück. »Aufgrund einer Fehleinschätzung Yatol De Hammans, dem offenbar Vorstellungen von noch größerem Ruhm im Kopf herumspukten. Aber da der Kampf nun einmal begonnen hat …«

»Abt Olin wird sofort alle Kampfhandlungen einstellen und sich gebührend für sein Verhalten entschuldigen«, wies Aydrian ihn an.

»Aber wir können sie besiegen, mein König«, versicherte ihm Meister Mackaront.

»Habt Ihr Schwierigkeiten mit Eurem Gehör, Meister Mackaront?«, fiel De'Unnero ihm scharf ins Wort.

Aydrian bedeutete dem aufbrausenden Mönch, sich zurückzuhalten. »Bitte, sprecht ganz offen«, forderte er ihn auf.

Meister Mackaront räusperte sich erneut. »Die Stadt wäre um ein Haar an De Hamman gefallen, und zwar trotz der überraschenden Rückkehr des Drachen sowie einer zweiten Horde dieser To-gai-ru-Krieger«, erklärte er. »Sie werden derzeit in der Stadt belagert und haben keinerlei Fluchtmöglichkeit. Eine so gute Gelegenheit wird sich uns nie wieder bieten. In der offenen Wüste oder draußen in der Steppe ist der Drache von To-gai ein weitaus gefährlicherer Gegner.«

»Ist dieser Drache von To-gai eigentlich eine Frau oder ein Tier?«, wollte De'Unnero wissen.

»Sowohl als auch«, erklärte Mackaront. »Die Frau, Brynn Dharielle, wird aufgrund der Bestie, über die sie die volle Gewalt hat, Drache von To-gai genannt.«

»Ein Drache?«, warf Sadye ein. »Ein *echter* Drache?«

»Wenn ich ihn nicht selbst gesehen hätte, würde ich mich Eurem Zweifel gewiss anschließen«, erwiderte Meister Mackaront. »Es handelt sich tatsächlich um einen echten Drachen, eine garstige Riesenbestie. Aber die Krieger Behrens bekämpfen ihn schon seit Jahren und wissen, wie sie ihn besiegen können. Sie werden die Bestie mit Hilfe der Magie der abellikanischen Ordensbrüder erlegen.«

»Bleibt also nur noch ein Problem«, wiederholte Aydrian mit vor Sarkasmus triefender Stimme.

»Sehr wohl, mein König«, pflichtete ihm Meister Mackaront bei und senkte den Blick.

»Abt Olin hat striktes Verbot, gegen Brynn zu kämpfen«, verkündete Aydrian. »Nicht jetzt und nicht einmal dann, wenn man mir die gesamten Südlande auf einem silbernen Tablett überreichte. Ich wünsche keine kriegerischen Auseinandersetzungen mit Brynn. Mit ihr habe ich andere Pläne.« Aydrian bemerkte, dass ihm seine letzte Äußerung die verwunderten Blicke der übrigen Anwesenden eintrug, insbesondere Sadyes, die alles andere als erfreut wirkte. Vor allem der vertraute Ton, in dem er von Brynn sprach, schien sie zu ärgern, und er hatte einige Mühe, seine Belustigung nicht offen zu zeigen.

»Abt Olin stehen alle Truppen zur Verfügung, die zurzeit erübrigt werden können«, erklärte Aydrian Meister Mackaront knapp. »Es wird langsam wärmer, und das bedeutet, dass unser gefährlicher Gegner im Norden sich vermutlich bald in Marsch setzen wird. Außerdem ist die Zukunft von St. Mere-Abelle noch immer ungeklärt – ich nehme doch an, Ihr und Euer Abt erinnert Euch an die Abtei, oder?« Als er geendet hatte, richtete Aydrian seinen Blick auf De'Unnero und nicht auf Mackaront und bemerkte zu seiner großen Freude den gierigen Glanz in dessen Augen – und in denen von Herzog Kalas.

»Durchaus, mein König.«

»Oder wollt Ihr etwa, dass ich den Druck auf den abtrünnigen Abellikaner-Orden vermindere und die Eroberung der Mutterabtei aufschiebe, damit Euer Abt stattdessen endlose Meilen winddurchtoster Sandwüste für mein Staatsgebiet erobern kann?«

»Selbstverständlich nicht, mein König.«

»Dann beeilt Euch, und macht Eurem Abt klar, dass er seinen Traum von der Eroberung To-gais aufgeben und die ihm von mir zur Verfügung gestellten Truppen dazu benutzen soll, seine Herrschaft über Behren zu festigen. Sobald ich hier fertig bin, werde ich mit der geballen Schlagkraft des Bärenreiches bei Jacintha zu ihm stoßen. So oder so wird Brynn Dharielle in die Gemeinschaft meines Königreiches eingegliedert werden. Und jetzt geht.«

»Sehr wohl, mein König.« Damit verbeugte sich Mackaront, verließ den Saal und hastete durch den Haupteingang von St. Bondabruce ins Freie.

»Ich bin etwas überrascht, dass Abt Olin nicht hier ist, um Euch persönlich zu empfangen«, sagte Marcalo De'Unnero.

»Und auch Herzog Bretherford nicht«, fügte Kalas hinzu. »Vielleicht hat der Abt die Südlande nicht so fest im Griff, wie er glaubt.«

»Nun«, erwiderte Aydrian, »er wird sich mit den ihm anvertrauten Truppen zufrieden geben müssen. Ich werde mich hüten, den Norden jetzt aus den Augen zu lassen – nicht, solange St. Mere-Abelle noch nicht erobert und Prinz Midalis noch nicht aufgespürt ist. Gibt es Nachricht von Graf DePaunch?«

»Nicht, seit das Botenschiff von Pireth Dancard mit der Meldung von der Einnahme der Festung in Palmaris eingetroffen ist«, gestand Herzog Kalas.

»Die Wetterbedingungen haben sich inzwischen so weit gebessert, dass DePaunch eine Fahrt nach Süden auf dem Kurierschiff riskieren könnte«, sagte De'Unnero.

»Vielleicht hat eines in Palmaris festgemacht, während wir hierher marschiert sind«, erwiderte der Herzog.

De'Unnero machte Anstalten, etwas zu erwidern, doch Aydrian fiel ihm ins Wort. »Das braucht uns derzeit nicht zu kümmern. Nehmt Pireth Tulme ins Visier – ich möchte, dass es in Kürze in unsere Gewalt gebracht wird. Und St. Mere-Abelle ebenfalls. Zeigt sich Prinz Midalis dort, werden wir ihn vernichten. Wenn nicht, bringen wir eben die gesamten Südlande in unsere Gewalt. Sollte der Prinz dann doch bis in den Süden vordringen, wäre unsere Position dadurch zusätzlich gestärkt.«

»Und was ist mit diesem ehrgeizigen Grafen DePaunch?«, fragte De'Unnero, ohne sich im Mindesten zu bemühen, seine nach wie vor bestehende Verachtung für den jungen Emporkömmling zu verhehlen.

»Um den werde ich mich kümmern«, sagte Aydrian. »Ein Nebeneffekt seines Sieges im Golf, wenn Pireth Tulme uns gehört, wird die völlige Isolation St. Mere-Abelles sein. Das Gleiche gilt für Prinz Midalis. Die Zeit arbeitet gegen den Prinzen, nicht für ihn. Sogar die Bauern, die ihn einst unterstützt haben mögen, dürften sich inzwischen mit der Vorstellung eines Königs Aydrian angefreundet haben.«

»Diese Leute sind wankelmütig«, pflichtete Herzog Kalas mit einem verächtlichen Schnauben bei, eine Einschätzung, die jeder im Raum teilte.

Prinz Midalis' Flotte verließ unter vollen Segeln den Hafen von Vanguard. Flaggschiff dieser Flotte war die schlanke *Saudi Jacintha.* Mühelos durchschnitt ihr Bug die dunklen Fluten, während die schwerfälligeren erbeuteten Kriegsschiffe des Bärenreiches sich neben ihr durch die Wogen kämpften.

Dass der Prinz die Schiffe so rasch wieder hatte auslaufen lassen, überraschte Aydrians über den Wassern des Golfes dahingleitenden Geist nicht annähernd so sehr wie die Tatsache, dass er hinter ihnen eine Flotte alpinadoranischer Barkassen erblickte.

Midalis hatte in Vanguard demnach Verbündete gefunden.

Der Gedanke, seine restliche Flotte in Palmaris auslaufen zu lassen, um den Prinzen hier zu stellen, hatte sich angesichts der Größe und Stärke dieser Armada mit einem Schlag erledigt. Als der Geist des jungen Königs auf seinem Flug über Pireth Dancard die verkohlten Gerippe der drei Kriegsschiffe sowie den Mast eines vierten, das in der Bucht gesunken war, gesehen hatte, hatte er nicht lange überlegen müssen, um auf die Ursache dieser Katastrophe zu schließen. Die Erkundung der Insel – Graf DePaunch und die ihm verbliebenen Truppen saßen tatsächlich an Land fest – hatte Aydrian unmissverständlich vor Augen geführt, dass vermutlich auch der Rest seiner verschollenen Flotte gekapert worden war.

Und tatsächlich, dort unten fuhren sie und verließen Vanguard auf südlichem Kurs, bis oben hin voll gepackt mit Feinden der Krone.

In gewisser Hinsicht war Aydrian froh zu sehen, das diese Schiffe gegen ihn aufgeboten wurden – endlich gab Prinz Midalis seine wahren Absichten zu erkennen. Und angesichts der Größe der Flotte vermochte er nun auch die ungefähre Größe seiner Streitmacht einzuschätzen. Fünfzig Schiffe, die meisten davon Barkassen, und lediglich neun schwerere Kriegsschiffe.

Also nicht mehr als fünftausend Krieger.

Gerne hätte der junge König in diesem Augenblick die Fähigkeit besessen, sich in eine handfestere Naturgewalt zu verwandeln, in einen gewaltigen Sturm, der die Segel noch zusätzlich blähte. Nicht etwa, um die Schiffe zu versenken, sondern um sie voranzupeitschen, damit Midalis noch schneller die Gestade des südlichen Bärenreiches erreichte.

Dann wäre es endlich vorbei, und niemand stünde ihm mehr im Weg.

Seine vergnüglichen Gedanken fanden jedoch ein abruptes Ende, als eine Woge von Energie über ihn hinwegspülte. Plötzlich erschien ihm seine physische Körperhülle ungeheuer weit entfernt, ja fast unerreichbar. Von einem Gefühl aufkommender Panik getrieben, hastete der junge Mann zu seinem in Entel wartenden Körper zurück, schlüpfte hinein und wachte unter mehrmaligem Keuchen auf.

Schließlich beruhigte er sich allmählich wieder, machte sich bewusst, was geschehen war, und verzieh sich diesen einen Moment der Panik und Fehleinschätzung.

Er war es einfach nicht gewohnt zu verlieren.

Ihm wurde klar, dass er den antimagischen Kräften des Sonnensteins erlegen war. Die antimagische Welle eines Sonnensteins zu erzeugen war fraglos einfacher, als mit Hilfe des Seelensteins auf Geistwanderung zu gehen. Sogar ein erheblich weniger versierter Benutzer der Steine vermochte Letzteres mit Ersterem zu unterbinden.

Offenbar hatte jemand sein Eindringen bemerkt, dabei hatte er sich nicht einmal in der Nähe von Prinz Midalis' Flotte befunden. Irgendjemand an Bord eines dieser Schiffe kannte sich offenbar mit den Steinen aus und war im Umgang mit ihnen überaus bewandert.

»Mutter?«, rief er amüsiert in die Leere seines Zimmers.

Pony lehnte sich über den Bug der *Saudi Jacintha*, starrte hinaus auf die dunklen Fluten und ließ sich die salzige Brise durch die Haare wehen. Sie war allein hierher gekommen, um ungestört über ihre verworrene Situation nachdenken zu können. Sie wollte über den Mann nachdenken, der hinter ihr an Deck stand – Prinz Midalis –, und über das ungeheure Wagnis, auf das sie sich zurzeit alle einließen, nur um bei Aydrian eine Schwäche zu entdecken.

Und natürlich auch über Aydrian selbst, ihren verlorenen, unberechenbaren und fehlgeleiteten Sohn.

Und letztendlich auch über Elbryan. War er nur ein Traum gewesen, eine Selbsttäuschung, die auf ihre schwindenden Kräfte und ihre ungeheuren Schmerzen zurückzuführen war? Oder war sie tatsächlich in das Reich der Toten hinabgestiegen, nachdem sie in den Gewässern vor der Küste Pireth Dancards ein Pfeil getroffen hatte? Ihr gesunder Menschenverstand sagte ihr, dass es eine Täuschung gewesen sein musste. Aber wenn das zutraf, wieso hatte sie dann eine so starke Verbindung zu ihrem Seelenstein aufrechterhalten und verhindern können, dass sie ihrer mit Sicherheit tödlichen Verletzung erlag?

War es wirklich Elbryans Geist gewesen, der ihr den Weg gewiesen, ihre Hand gehalten und durch den Seelenstein Mut zugesprochen hatte?

Pony wusste es nicht, und genau das machte die letzten Worte der Erscheinung noch verwirrender.

Midalis kam zu ihr und blieb neben ihr stehen. »Wir machen hervorragende Fahrt. Allerdings befürchtet Kapitän Al'u'met, der starke Rückenwind könnte der Vorbote eines nahenden spätwinterlichen Sturms sein«, sagte er.

»Es wird keinen Sturm geben«, beruhigte ihn Pony. Sie war am Abend zuvor auf ihrem Erkundungsflug bis weit nach Westen vorgedrungen und wusste, dass sie Pireth Dancard bereits weit hinter sich haben würden, ehe der nächste Sturm sie einholen konnte. Vermutlich würde ihre Fahrt, sobald sie die Nordostspitze des Festlandes umrundet und Pireth Tulme hinter sich hatten, sogar beträchtlich ruhiger und sicherer werden.

»Kapitän Al'u'met meinte, die Route entlang der Ostküste sei im Frühjahr und Sommer verhältnismäßig sicher«, fuhr Midalis fort – und sprach damit genau aus, was sie dachte.

»Je tiefer wir nach Süden kommen, desto ruhiger werden um diese Jahreszeit die Gewässer«, erwiderte sie.

Eine Weile standen die beiden schweigend da, blickten hinaus auf die dunkel glänzenden Fluten, während die *Saudi Jacintha* gleichmäßig durch die Wellen pflügte.

»Ohne Euch hätte ich für einen so kühnen Schachzug nie den Mut aufgebracht«, brach Prinz Midalis schließlich mit ruhiger Stimme das Schweigen.

Pony wandte sich um und musterte ihn fragend.

»Nun ja, erst der Angriff auf Pireth Dancard und jetzt das«, erläuterte Midalis. »Als Ihr mich aufgesucht habt, um Euch mir anzuschließen, hattet Ihr sehr viel mehr im Gepäck, als Ihr ahntet.«

»Es war wohl eher eine Flucht vor Aydrian«, gestand Pony.

Prinz Midalis sah sie lächelnd an und nickte. »Glaubt Ihr wirklich, Herzog Bretherford wird sich umstimmen lassen?«

»Der Herzog Bretherford, den ich kenne, war Eurem Bruder treu ergeben.«

»Das Gleiche galt früher auch für Herzog Kalas«, gab Midalis zu bedenken.

»Aber im Gegensatz zu Kalas hat Bretherford sich nie von seinem Ehrgeiz blenden lassen«, erklärte Pony. »Dass Herzog Kalas sich so bereitwillig auf Aydrians Seite geschlagen hat, war trotzdem eine Überraschung – es sei denn, man bedenkt, wie tief er mich verabscheut.«

»Dann ist er ein Narr«, sagte Midalis, streckte die Hand aus und erlaubte sich, ihr übers Haar zu streichen.

Pony starrte einfach weiter aufs Wasser und nahm die ermutigende Geste gelassen hin.

»Demnach hat Herzog Bretherford für Euch niemals so etwas wie Abscheu empfunden«, folgerte Midalis.

»Ich hätte uns damals vielleicht nicht gerade als Freunde bezeichnet, aber Feinde waren wir gewiss nicht. Ich habe Herzog Bretherford stets gemocht, und er war mir gegenüber ziemlich offen und ehrlich – vielleicht der Einzige am Hof Eures Bruders, auf den das zutraf.«

Midalis beugte sich ein Stück vor. »Es ist ein sehr verwegener Plan, findet Ihr nicht?«

»Weniger verwegen als unser Angriff auf Pireth Dancard vor ein paar Wochen, als das Meer noch weit gefährlicher war, würde ich sagen«, erwiderte Pony. »Wenn ich Belli'mar Juraviel recht verstanden habe, ist Herzog Bretherfords vor Jacintha liegende Flotte gar nicht so übermächtig. Falls der Herzog uns tatsächlich angreift, sollten wir ihn eigentlich besiegen können.«

»Ich meinte die gesamte Situation«, wurde Prinz Midalis deutlicher. »Dieser Versuch, Euren Sohn zu entthronen, dessen Armee, nach allem, was man hört …« Er hielt inne und sah Pony scharf an. Sie hatte sich plötzlich abgewendet und schaute sich, einen argwöhnischen Ausdruck im Gesicht, nach allen Seiten um. »Was ist?«

Pony schnitt ihm mit einer knappen Handbewegung das Wort ab und sah sich weiter um. »Wie konnte ich nur so dumm sein?«, stieß sie hervor, während ihre Hand zum Beutel an ihrer Hüfte wanderte.

»Was ist denn?«, wollte Midalis wissen.

»Ich vermute, es ist Aydrian«, antwortete sie, zog ihre Hand wieder heraus und suchte zwischen den Steinen, bis sie einen Sonnenstein in den Fingern hielt. In diesen versenkte sie sich und rief seine antimagischen Kräfte hervor, ehe sie diese in weitem Bogen über die Wellen schleuderte. Nach einer Weile stieß sie einen Seufzer aus und betrachtete ihren Freund.

»Soeben hat uns Aydrians Geist aufgespürt«, erklärte sie. »Solche Annäherungsversuche lassen sich allerdings mühelos mit dem Sonnenstein abwehren, denn bereits die erste Berührung mit seiner Energie zwingt den Geist, in seinen verlassenen Körper zurückzukehren.«

»Hättet Ihr nicht stattdessen mit Hilfe des Seelensteins losziehen können?«, fragte der Prinz. »Um Aydrian ausfindig zu machen?«

Nach kurzem Nachdenken schüttelte Pony den Kopf. Der Prinz hatte natürlich nicht ganz Unrecht, andererseits war ihr eins jenseits allen Zweifels klar: Derzeit hatte sie einfach nicht das Bedürfnis, Aydrian, in welcher Form auch immer, zu begegnen.

»Ich werde in Zukunft wachsamer sein«, versprach sie.

»Wenn er unsere Position kennt …«

»Dann weiß er nur, dass wir von Vanguard aus in See gestochen sind, mehr nicht. Unser Ziel könnte Palmaris sein, St. Mere-Abelle oder auch Pireth Tulme. Genaueres kann er unmöglich wissen. Zudem befindet sich ein nicht unbeträchtlicher Teil seiner Flotte in unserer Hand. Was könnte er schon gegen uns aufbieten, dem wir hier draußen auf hoher See nicht gewachsen wären?«

Sie folgte Prinz Midalis' Beispiel, der jetzt nach allen Seiten Ausschau hielt und die großen Kriegsschiffe in Augenschein nahm, die in einigem Abstand zu beiden Seiten im Kielwasser der *Saudi Jacintha* folgten, sowie den Schwarm alpinadoranischer Barkassen, die rings um sie her ebenfalls das Tempo hielten. Der Anblick wirkte beruhigend auf sie, zumal Ponys Feststellung vermutlich der Wahrheit entsprach. Im Augenblick lag es durchaus im Bereich des Möglichen, dass Prinz Midalis schon bald die Oberhoheit über die Meere erlangte. Die Eroberung des Landes dagegen würde sich vermutlich als erheblich schwieriger erweisen.

Diesen Gedanken im Hinterkopf, wandte Pony sich zu ihm um. »Pireth Dancard«, sagte sie.

Midalis sah sie fragend an.

»Vielleicht sollten wir die Inselfestung auf unserem Weg quer durch den Golf noch einmal aufsuchen«, sagte Pony. »Die Leute dort, Inselbewohner wie Invasoren, sitzen jetzt schon seit Wochen fest. Vielleicht gibt Euer Anblick Euren Getreuen ja wieder etwas Hoffnung und zwingt die Anhänger Aydrians, ihr Verhalten zu überdenken.«

»Dafür würdet Ihr in Kauf nehmen, dass sich unsere Fahrt in den Süden verzögert?«

»Nein«, erwiderte sie und lächelte. »Lasst die übrige Flotte ruhig weitersegeln. Zurückbleiben soll nur die *Saudi Jacintha* – oder noch besser, wir bitten Kapitän Al'u'met, alle Segel zu setzen und bis nach Dancard einen ordentlichen Vorsprung herauszuholen. Während wir dort die Ankunft der Flotte erwarten, könnten wir beide das Schiff verlassen – ich würde Euch mit Hilfe der Edelsteine nach Dancard hinüberbringen.«

»Und was dann?«, fragte der Prinz ungläubig. »Wir beide, Ihr und ich, kämpfen allein gegen ein ganzes Heer von Kriegern aus Ursal?«

»Wir werden so viel wie möglich in Erfahrung bringen und zuschlagen, wo immer sich eine Gelegenheit bietet«, antwortete Pony, die mittlerweile übers ganze Gesicht grinste.

Prinz Midalis betrachtete sie lange, bis schließlich ein ähnliches Grinsen auf seinen Zügen erschien. »Ihr seid eine Spielernatur, hab ich Recht?«

»Nur, wenn ich keine andere Möglichkeit sehe«, gestand Pony. »Oder wisst Ihr vielleicht eine?«

Der Prinz lachte nur.

Sie erreichten die Küste im Schutz der Nacht und traten unweit der Stelle, wo Pony vor gar nicht langer Zeit noch verwundet am Strand gelegen hatte, aus den sanft plätschernden Wellen auf die von der Brandung glatt geschliffenen Steine. Hinter ihnen, eine Meile weit draußen auf dem Meer, lag die *Saudi Jacintha* vor Anker, während die übrige Flotte unter vollen Segeln von Norden her nahte und das schnelle Flaggschiff wieder einzuholen versuchte.

Als sie über den Strand auf höher gelegenes Gelände gelangten, erblickten sie linker Hand die Lichter des befestigten Turms und entlang der felsigen Hänge zur Rechten die dunklen Umrisse der Gebäude Dancards. Mitten in der ansonsten friedlich daliegenden Ortschaft gab es jedoch einen Ort, an dem reges Treiben zu herrschen schien. Diesen nahmen sie sich als Orientierungspunkt und hielten darauf zu.

»Ein Schankraum«, sagte Pony leise, als sie im Schatten unterhalb des Fensters kauerten.

»Scheinbar hauptsächlich von Leuten aus dem Dorf besucht«, erwiderte Midalis und beugte sich ein Stück vor, um besser hineinspähen zu können. »Aber ein paar Soldaten sind offenbar auch darunter.«

»Am liebsten würde ich sofort hineingehen und Eure Ankunft öffentlich bekannt geben«, erklärte Pony. »Anschließend würde ich zum Turm hinübergehen und ihn im Namen der rechtmäßigen Krone zurückerobern.«

»Ihr habt Bradwarden und Andacanavar fest versprochen, dass unser Landgang ausschließlich der Erkundung dienen soll«, erinnerte sie der Prinz.

Er hatte leider Recht, wie Pony zugeben musste. Kaum hatten sie und Midalis ihre Pläne für diesen Abstecher nach Pireth Dancard bekannt gegeben, hatte – allen voran – der Zentaur empört aufgeschrien und nicht nachgelassen, bis sie ihm schließlich versprochen hatten, äußerste Vorsicht walten zu lassen.

Das Geräusch einer Unterhaltung hinter ihrem Rücken ein Stück weiter die Straße hinunter veranlasste die beiden, sich noch tiefer in den Schatten zu ducken. Sie beobachteten, wie eine Gruppe von fünf Männern – offensichtlich Fischer aus Dancard, jedenfalls keine Soldaten – gemächlichen Schritts in Sicht kam.

Pony und Midalis wechselten einen kurzen Blick, dann trat sie unmittelbar vor der Gruppe hinaus auf die Straße, um sich ihnen in den Weg zu stellen, während der Prinz sich noch tiefer in die Schatten kauerte.

»Seid gegrüßt«, sagte sie.

Die Männer blieben stehen und starrten sie verblüfft an. »He, Connie, bist du das etwa?«, fragte einer.

»Ach was, das ist nicht Connie«, widersprach ein anderer Mann. »Wer bist du, Mädchen?«

»Nun, jedenfalls kein Mädchen mehr«, sagte Pony und trat ein wenig weiter ins Licht, schlug die Kapuze ihres Umhangs zurück und offenbarte ihr blondes Haar.

»Wer bist du dann?«, wollte der zweite Mann wissen. »Aus Dancard bist du jedenfalls nicht, soweit ich weiß, und ich kenne hier jeden im Ort. Bist du etwa mit den Soldaten gekommen? Ein Flittchen, das die Männer bei Laune halten soll?«

Das trug ihm von den anderen ein paar hoffnungsvoll feixende Blicke ein, doch Pony lachte nur. »Wohl eher nicht«, antwortete sie. »Ich bin eine Botin und habe die Insel erst heute Abend betreten.«

»Heute Abend?«, wiederholte einer der Männer ungläubig, ehe er und die anderen einen Blick auf den dunklen Ozean warfen, so als erwarteten sie jeden Moment eine sich der Insel nähernde Invasionsflotte. »Ich hab nicht gehört, dass heute Abend irgendwelche Schiffe Dancard angelaufen hätten!«

»Weil ich nicht an Bord eines Schiffes gekommen bin«, erwiderte Pony ruhig. »Im Übrigen bin ich auch kein Flittchen. Ich bin, wie gesagt, eine Botin mit einer Nachricht von Prinz Midalis aus Vanguard, dem rechtmäßigen König des Bärenreiches.«

In ihrer Verblüffung fingen die Männer an zu stammeln und zu stottern, ohne jedoch irgendetwas Verständliches hervorzubringen.

»Ist das wahr?«, fragte einer von ihnen schließlich.

»Eben jener Prinz Midalis, der den Angriff gegen die Flotte aus Ursal anführte, die nach Pireth Dancard gekommen war«, fuhr Pony fort. »Derselbe Prinz Midalis, der dafür gesorgt hat, dass die Soldaten hier festsitzen, indem er ihre Schiffe gekapert hat.«

»Pah, sie ist einer von Graf DePaunchs Spionen!«, rief ein anderer. »Er will uns bloß auf den Zahn fühlen und herausfinden, ob wir für Midalis sind. Sie soll schleunigst verschwinden, und dann lasst uns endlich einen zur Brust nehmen!«

»Genau, sie ist nie und nimmer eine Botin«, pflichtete ihm ein anderer Mann bei.

»Und wieso hat sie mich dann mitgebracht?«, fragte Midalis. Er trat aus dem Schatten und zeigte sich ihnen in aller Offenheit, die Hände in die Hüften gestemmt, sodass sein Gewand weit offen hing und man das Wappen des aufgerichteten Bären sah, sein Familienwappen und Zierde des einzigen Rüstungsteils, das er an diesem Abend angelegt hatte, ein halber Brustharnisch, der seine linke Brusthälfte bedeckte.

Und tatsächlich, die Dörfler schienen Midalis – der Dancard bereits bei mehreren Gelegenheiten aufgesucht hatte, zuletzt erst wenige Jahre zuvor bei seiner Rückreise von der Hochzeit zwischen Pony und seinem Bruder – wiederzuerkennen.

Den Männern entfuhr wie aus einem Mund ein überraschtes Keuchen.

»Wollt Ihr etwa diesen DePaunch umbringen und seine Schergen von unserer Insel vertreiben?«, traute sich einer einen Moment später zu fragen.

»Genau, diesen verdammten Schurken«, fügte ein anderer hinzu und spie voller Verachtung auf den Boden.

»Er hat Wachmann Presso an den Galgen gebracht, der Schuft«, sagte ein anderer.

»Wachmann Presso?«, fragte Pony, denn sie meinte sich an den Namen zu erinnern.

»Richtig, er war vor DePaunch unser Anführer hier«, antwortete er. »Ein guter Mann. Hatte schon etliche Jahre bei der Küstenwache auf dem Buckel.«

»Ihr kanntet ihn?«, fragte Prinz Midalis Pony.

»Ich kannte vor vielen Jahren auf Pireth Tulme einen Mann dieses Namens«, antwortete sie, ehe ihr Ton überaus kühl wurde und sie den Dorfbewohner fragte: »Wo hält sich dieser Graf DePaunch zurzeit auf?«

Die Gruppe wandte sich wie ein Mann zum Festungsturm um.

»Woran denkt Ihr, Jilseponie?«, raunte ihr der Prinz zu.

Sie antwortete nicht. Das war auch nicht nötig, denn was sie vorhatte, war offenkundig. »Lasst Euer Vertrauen in das Haus Ursal von niemandem erschüttern«, wandte sie sich an die Dörfler, ehe sie kehrtmachte, mit entschlossenen Schritten in die Dunkelheit eintauchte und auf den Turm zusteuerte.

»Mein Prinz?«, fragte einer der Männer, offenbar unschlüssig, wie er sich verhalten sollte. Man sah ihm nur deutlich an, dass er einigen Ärger erwartete.

»So geht schon und trinkt einen«, versuchte der Prinz sie zu beruhigen. »Man hat euch hier nicht vergessen, auch wenn es vielleicht noch eine Weile dauern wird, bis ich zu euch zurückkehren kann. Aber ich werde zurückkehren, vorausgesetzt, es gelingt mir, die Krone des Bärenreiches wieder in meinen Besitz zu bringen.« Dann entfernte er sich mit hastigen Schritten in die Nacht, denn Pony würde gewiss nicht auf ihn warten.

Er holte sie auf der Straße ein, die aus dem Ort Dancard herausführte. Sie hielt noch immer energisch auf den Turm zu. »Jilseponie«, sagte er und packte sie am Arm. »Wir haben Andacanavar und Bradwarden versprochen, jeden Ärger zu vermeiden.«

»Es wird keinen Ärger geben«, erwiderte sie. »Aber ich habe ein Wörtchen mit diesem Grafen DePaunch zu reden.« Sie blickte Midalis fest in die Augen. »Mit dem Mann, der die Ermordung Wachmann Constantine Pressos zu verantworten hat.«

Damit stürmte sie, Prinz Midalis im Schlepptau, entschlossen weiter. Als sie sich dem Turm von Pireth Dancard näherten, sahen sie zwei Wachen vor dem geschlossenen Tor stehen, neben sich lange, jederzeit griffbereite Speere.

»Stehen bleiben – und gebt Euch zu erkennen!«, wurden sie aufgefordert.

»Öffnet das Tor!«, rief Pony zurück.

»Was soll das heißen?«, schrie einer der Männer sie an. »Zurück in eure Hütten, ihr Bauern!«

Pony riss sich die Kapuze vom Kopf und brüllte zurück: »Begrüßt ihr so eure ehemalige Königin und den Prinzen des Bärenreiches? Gebt den Weg frei für Prinz Midalis, oder ihr lauft Gefahr, als Verräter der Krone gehängt zu werden.«

Zwei Augenpaare weiteten sich, in denen sich der Widerschein der Fackeln spiegelte. Einen Moment lang glotzten die beiden blöde, dann wechselten sie einen Blick, ehe sie wieder zu den unerwarteten Besuchern sahen. Während einer stammelnd hervorstieß: »Was? Wie ist das möglich?«, wich sein Kamerad immer weiter zurück und schien jeden Augenblick Reißaus nehmen zu wollen.

»Öffnet das Tor!«, verlangte Pony.

»Das kann ich nicht, Mylady«, jammerte der völlig verdutzte Soldat und hob halbherzig den Speer, während sein Kamerad Anstalten machte, sich dem näher kommenden Besucherpaar mit größerem Nachdruck in den Weg zu stellen.

Oder zumindest unternahm er den Versuch, denn unvermittelt leuchtete ein knisternder, bläulich silberner Lichtblitz auf, riss ihn von den Beinen und schleuderte ihn gegen die Seitenmauer des Turms, wo er auf dem harten Boden in sich zusammensank.

Der andere Posten wich erschrocken zurück und stieß einen Schrei aus, als ein weiterer Blitz aus Ponys Hand hervorzuckte, der jedoch nicht auf ihn, sondern auf das von ihm teilweise verdeckte Tor gerichtet war.

Das Tor fiel krachend nach innen, der Posten stolperte und landete obendrauf. Pony und Midalis gingen einfach an ihm vorbei.

»Wo ist Graf DePaunch?«, wandte sich Pony noch einmal an den zitternden Mann.

Er zeigte mit dem Finger auf eine in den hinteren Teil des Turmfundaments eingelassene Treppe.

Pony stieg sie unverzüglich hinauf, dicht gefolgt von Prinz Midalis. Den ersten Stock mit den dort untergebrachten Unterkünften ließen sie schnell hinter sich, ohne den Soldaten dort, die teils schliefen, teils sich benommen nach dem Grund des Lärms erkundigten, groß Beachtung zu schenken.

Als sie im zweiten Stock anlangten, hörten sie einige Soldaten ihnen hinterherrufen, sie sollten stehen bleiben, doch sie gingen unbeirrt weiter, schlossen die Tür und verriegelten sie hinter sich.

Vor ihnen lag ein Flur mit einer Tür auf jeder Seite sowie einer dritten ganz am Ende.

»Welche mag es wohl sein?«, überlegte Pony.

»Wenn das wieder eine dieser albernen Streitereien zweier Bauern über ein Stück Vieh ist, werde ich …«, beschwerte sich jemand lauthals am anderen Ende des Flurs, als die Tür dort aufging und ein Mann auf der Schwelle erschien. Er war nur mit einem Nachthemd bekleidet – das allerdings, offenbar importiert aus Behren, aus feinster Seide bestand – und machte nicht zuletzt wegen seines perfekt frisierten Haupt- und Barthaares einen überaus eleganten Eindruck.

»Graf DePaunch, nehme ich an«, begrüßte ihn Pony.

Einen Moment lang blinzelte er sie verwundert an, dann riss er die Augen so weit auf, dass sie fast aus ihren Höhlen zu treten schienen.

»Königin … Königin«, stammelte er.

»Und Prinz Midalis«, erwiderte Pony trocken.

Er stieß einen schrillen Schrei aus, schlug die Tür hinter sich zu und war nicht mehr zu sehen. Sofort näherte sich Pony der Tür und öffnete sie gerade noch rechtzeitig, um zu sehen, wie die Falltür zum Dach des Turms krachend über ihr zugeschlagen wurde.

»Verriegelt sie! Blockiert sie!«, vernahm sie die gedämpfte Stimme des Grafen. »Werft euch mit eurem ganzen Gewicht darauf, ihr Dummköpfe!«

Pony blickte grinsend zu Midalis. »Seht Ihr? Es wird keinen Ärger geben.« Sie hob die Hand, ertastete sich einen Weg in den Grafit, und Augenblicke später zerriss eine laute Explosion die Falltür und schleuderte die beiden bedauernswerten Soldaten, die auf ihr gelegen hatten, in die Höhe.

Als Pony durch die Luke auf das Turmdach kletterte, lag der eine noch nahezu bewusstlos am Boden, der andere dagegen kauerte auf einem Knie und schüttelte heftig den Kopf.

Von links erfolgte ein wuchtiger Schwerthieb und machte ihrem Aufstieg vorerst ein Ende. Aber der Angriff kam mitnichten unerwartet, daher hatte sie ihr Schwert zur Hand und wehrte die Attacke mit einer gekonnten Parade sowie einer leichten Drehung ab, gefolgt von einem kräftigen Schwung, der die Klinge ihres Gegners in die Nacht hinausbeförderte.

Der Kingsman machte Anstalten, erneut auf sie loszugehen, doch Pony blickte ihn drohend an. »Kommt zur Vernunft, mein Freund. Zwingt mich nicht, Euch zu töten.«

Der Mann wich einen Schritt zurück, so als merke er erst jetzt, dass ihm seine Waffe abhanden gekommen war, und hob die Hände abwehrend vor den Körper.

DePaunch, völlig verängstigt, beugte sich auf der gegenüberliegenden Seite des Daches über die Mauerbrüstung und schrie aus vollem Hals: »Zu den Waffen! Zu den Waffen! Wo steckt Ihr, Giulio Jannet!«

»Jedenfalls nicht dort, wo er Euch etwas nützen würde, Verräter«, rief Pony. DePaunch stieß einen spitzen Schrei aus und hastete, als Pony unbeirrt weiter auf ihn zuhielt, zur Seite hinüber.

»Erzählt mir von der Hinrichtung des Wachmanns Presso«, forderte Pony ihn auf. »Schildert mir in allen Einzelheiten, wie Ihr meinen alten Freund ermordet habt.«

»Ich bin ein Stellvertreter König Aydrians«, protestierte der Graf. »Ich bin Soldat in der Armee des Bärenreiches.«

»Ihr seid ein Ritter der Allhearts, der einen Eid darauf geschworen hat, das Haus Ursal zu beschützen!«, entgegnete Pony. »Eben jenes Haus, das diesen Mann zum König bestimmt hat!« Dabei deutete sie mit einer großen Geste auf den teils amüsiert, teils nervös wirkenden Prinz Midalis.

Dieser stand an der zertrümmerten Falltür und sagte, den Blick nach unten gerichtet: »Ich denke, wir werden schon bald Gesellschaft bekommen. Offenbar interessieren sich auch noch andere für uns.«

Seine Bemerkung schien Graf DePaunch den Rücken zu stärken – denn plötzlich straffte er die Schultern und bedeutete seinen Soldaten mit hektischen Bewegungen, sie sollten endlich etwas unternehmen.

Einer wollte dem sogar Folge leisten, doch Pony war schneller. Sie stürzte auf den Adligen zu und presste ihm ihr Schwert an die Kehle, während sie mit der anderen Hand in den Beutel mit den Edelsteinen griff. »Sagt Euren Soldaten, sie sollen verschwinden.«

»Helft mir!«, schrie er. »So helft mir doch, und bringt sie um!«

Prompt schnellte Ponys Hand zur Brust des Grafen, wo sie ihren Edelstein zum Einsatz brachte und dessen Kräfte zwang, DePaunch statt ihrer zu umschließen. Dank der magischen Schwebekräfte des Malachits seines Körpergewichts beraubt, stieg er erst auf die Zehenspitzen, ehe er, immer noch in Ponys Armen, vollends vom Boden abhob. Mit einem Achselzucken stieß sie ihn über die Turmbrüstung.

»Ganz recht, tötet mich«, sagte sie und wandte sich zu den anderen um.

Die drei Kingsmen sowie ein vierter, der soeben durch die Falltür nach oben gestiegen war, blieben unschlüssig stehen.

»Lasst sie in Ruhe!«, kreischte Graf DePaunch wie von Sinnen, mit Armen und Beinen rudernd. »Krümmt ihr kein Haar! Ihr dürft auf keinen Fall ihre Konzentration stören!«

Nachdem das geklärt war, bedeutete Pony den Männern, ihre Waffen fallen zu lassen und hinter die Falltür zurückzutreten.

»Ich verlange die Übergabe von Pireth Dancard an den rechtmäßigen König des Bärenreiches, Prinz Midalis Dan Ursal!«, rief sie DePaunch zu.

Dieser stammelte und stotterte, war jedoch zu verängstigt, als dass er ihr zu widersprechen gewagt hätte.

»Wenn Ihr von Eurem jungen König Aydrian tatsächlich so überzeugt seid, dann habt Ihr hier und jetzt Gelegenheit, meine Forderung zurückzuweisen!«, versuchte Pony ihn zu provozieren. »Sagt Euren Männern, sie sollen mich erschlagen, Graf DePaunch. Befehlt ihnen anzugreifen, im festen Vertrauen darauf, dass Ihr Eurem König mit Eurem Sturz in den Tod einen guten Dienst erweist.«

Der Laut, der über seine Lippen drang, hatte Ähnlichkeit mit einem Wimmern.

»Ich weise Eure Forderung zurück!«, erklang ein lauter Ruf von unten. Pony und Midalis beugten sich über den Turmrand und sahen einen Abellikaner-Mönch, umringt von Soldaten, am Fuß des Turms stehen. »Das Königreich ist der alleinige Besitz Aydrians, und die Kirche ist dem ehrwürdigen Vater Marcalo De'Unnero vorbehalten.« Der Mönch sah sich um, beorderte die Soldaten in den Turm und schien dort unten auch sonst jede Menge Verbündete um sich geschart zu haben, die alle bereit waren, den Grafen, falls nötig, zu opfern.

»Mit ein bisschen Geschick könnte ich DePaunch genau auf diesen Narren fallen lassen«, sagte Pony zu Midalis.

Der schloss ihre Finger mit seiner Hand. »Vergesst nicht, wer wir sind«, sagte er. »Setzt ihn wieder ab.«

Pony starrte ihn ungläubig an, aber Midalis war bereits zur Seite hinübergeeilt und hatte ein neben der Wurfmaschine am Boden liegendes Seil aufgehoben. Er warf dem Grafen ein Ende zu, ehe er, nachdem dieser es aufgefangen hatte, einmal kräftig daran zog, sodass der schwerelose DePaunch über die Turmbrüstung zurückgesegelt kam, wo Pony ihn von ihrem Zauber erlöste. Er landete hart auf dem Boden und rutschte aus, war jedoch sofort wieder auf den Beinen.

»Ein weiser Entschluss, Prinz Midalis«, sagte DePaunch, bemüht, seine Würde wenigstens teilweise wiederzuerlangen. »Vielleicht kann ich mich bei König Aydrian für Euch verwenden.«

Er hatte den Satz noch nicht ganz beendet, da traf ihn Midalis' linker Haken schon mitten im Gesicht und schickte ihn wie einen Stein zu Boden.

»Überlegt genau, in welcher Lage Ihr Euch hier befindet, Graf DePaunch«, warnte ihn der Prinz. »Ihr seid völlig von der Außenwelt abgeschnitten. Das Meer ist fest in meiner Hand – und bald auch das Königreich. Ich werde weder Euren Verrat noch den Mord an Wachmann Presso vergessen.«

»Der im Übrigen mein Freund war«, fügte Pony im Vorbeigehen mit einem zornigen Blick auf den sich am Boden windenden DePaunch hinzu. »Wir sprechen uns noch.«

Dann war es Zeit zu verschwinden, denn der Turm füllte sich bereits mit Soldaten, und selbst die drei Wachen auf dem Dach schienen ihr Selbstvertrauen zurückzugewinnen.

»Ihr solltet Eure Lage genau überdenken«, wandte sich Pony an sie, während sie das Schwert in die Scheide zurückschob und ihrem Beutel einen zweiten Edelstein entnahm – der die Soldaten abermals erschrocken zurückweichen ließ. »König Danube ist tot, aber seine Familie lebt weiter. Aydrian gehört weder dieser Familie an, noch ist er der rechtmäßige König des Bärenreiches!«

Dann ergriff sie Midalis' Hand, brachte ihren Malachit zum Einsatz, lief zur Mauerkante des Turms und sprang. Kaum waren sie in der Luft, nahm Pony Verbindung zum zweiten Stein auf, einem Ladestein, und bediente sich seiner Anziehungskräfte, um in der Ortschaft Dancard einen metallischen Gegenstand aufzuspüren. Sie verstärkte die Ausrichtung des Ladesteins auf das Metall und ließ sich und Midalis unter Zuhilfenahme der magnetischen Kräfte durch die dunkle Nacht tragen.

Sie landete behutsam und gab den Malachit frei. Schon rannten sie weiter, hinunter zur Brandung, im Rücken das wütende Geschmetter zahlreicher Hörner. Mittlerweile hatte Pony den Bernstein zur Hand genommen und lief Hand in Hand mit Prinz Midalis über die dunklen Fluten auf die wartende *Saudi Jacintha* zu. »Ich hätte ihn in den Tod stürzen lassen sollen«, erklärte Pony, als sie in sicherer Entfernung waren.

»Seine panische Angst hat ihn in den Augen seiner Untergebenen geschwächt«, erwiderte Midalis. »Wäre er ums Leben gekommen, hätte Eure Tat möglicherweise einen Aufstand ausgelöst – allerdings wäre dabei wohl kaum mehr als ein Gemetzel unter der Bevölkerung herausgekommen. Wir können den Menschen hier im Augenblick nicht helfen, denn wir verfügen weder über die nötige Zeit noch die erforderlichen Mittel, um uns eine Schlacht um Pireth Dancard zu liefern. Unten im Süden erwartet uns eine weit wichtigere Aufgabe, schon vergessen?«

Pony blieb nichts anderes übrig, als ihm widerstrebend Recht zu geben. »Man wird Euch hier auf Dancard unterstützen – mit Sicherheit wird es während Graf DePaunchs Aufenthalt noch zu Reibereien kommen.«

»Zumal er so lange dort bleiben wird, bis wir eine andere Lösung finden. Ihr habt ihn vor den Augen seiner Soldaten bis auf die Knochen blamiert, und außerdem kennen sie jetzt meine wahren Ziele. Wir haben hier einen nicht zu unterschätzenden Sieg errungen.«

Pony mochte seine Überzeugung nicht ganz teilen, war sich aber darüber im Klaren, dass sie sich fürs Erste damit zufrieden geben mussten. Der unbestimmte Wunsch indes, noch einmal heimlich an Land zu gehen, die Geschütze zu zerstören und mit DePaunch und den anderen Armeeführern endgültig abzurechnen, war immer noch vorhanden. Wenn dann Midalis' Kriegsschiffe Dancard anliefen, würde man ja sehen, wie viel Widerstand die Insel noch zu leisten imstande wäre. Aber im Grunde wusste sie, dass Midalis Recht hatte. Was sollten sie mit den Soldaten der Krone anfangen, selbst wenn sie zu Prinz Midalis überlaufen würden? Sie hätten an Bord ihrer Schiffe gar keinen Platz mehr für sie.

Ihr Freund hatte Recht. Sollten Aydrians Männer doch auf der Insel festsitzen und dort verfaulen.

Und DePaunch an seiner Angst zugrunde gehen.

19. Der Wert sicheren Wissens

»Mein Auftrag lautet, zu Euch zurückzukehren und Euch davon zu überzeugen, dass der Rückzug bereits seit längerer Zeit im Gange ist«, erklärte Pechter Dan Turk an Brynn, Pagonel und die anderen Führer Dharyan-Dharielles gewandt. »Ihr sollt in Sicherheit gewogen werden, um so jene Wochen herauszuschinden, die Yatol De Hamman für die Aufstockung seiner Streitkräfte benötigt.«

Brynn achtete weniger auf seine Worte als auf sein Gesicht, dem die innere Zerrissenheit deutlich anzusehen war. Sie wusste, dass es ihm unsägliche Qualen bereitete, sein eigenes Volk auf diese Weise zu hintergehen. Er tat es wohl nur deswegen, weil er zu der ehrlichen Überzeugung gelangt war, dass es nicht Yatol Wadon und Behren, sondern Abt Olin und das Bärenreich waren, die hier das eigentliche Kommando hatten und hartnäckig auf ihren eigenen Vorteil hinarbeiteten. Olin scheute ganz offensichtlich nicht davor zurück, für die Erweiterung von König Aydrians Reich und die Ausbreitung der abellikanischen Kirche behrenesisches Blut zu vergießen.

Brynn ließ den Blick über die anderen Anwesenden im Raum schweifen und sah ein ganzes Spektrum an Gefühlen – vom Zweifel im ernsten Gesicht des stets skeptischen Tanalk Grenk bis hin zum Überschwang, den einige der jüngeren Führer an den Tag legten.

»Die zahlreichen Soldaten, die dem Anschein nach De Hammans Armee verlassen haben«, fragte Brynn, »wie weit haben sie sich zurückgezogen?«

»Knapp eine Stunde Fußmarsch«, antwortete Pechter Dan Turk. »Ein paar Meilen die Straße hinunter, weiter nicht. Solange die Möglichkeit besteht, dass Ihr einen Ausbruchsversuch unternehmt, wird Yatol De Hamman nicht zulassen, dass seine Truppen ernsthaft geschwächt werden.«

»Warum dann überhaupt dieser Rückzug?«, warf Tanalk Grenk ein.

»Weil wir die Stadt nicht verlassen werden, solange wir im Glauben sind, er sei noch mit der Organisation des Rückzugs seiner Armee beschäftigt«, erklärte Pagonel. »Zurzeit möchte Yatol De Hamman eine Schlacht gegen uns vermeiden.«

»Seine Truppenstärke übertrifft alles, was To-gai je auf die Beine stellen könnte«, wandte Tanalk Grenk ein. »Unsere Mauern halten ihn in Schach, aber würden wir auch eine Chance haben, wenn wir deren Schutz verließen?«

»Es würde gewiss kein leichter Kampf werden«, erwiderte Brynn. »Aber am Ende würden wir uns durchsetzen.« Sie war selbst nicht sicher, ob sie ihre letzte Behauptung glauben sollte, denn sie wusste, dass De Hammans Streitkräfte nicht nur im konventionellen Sinn überaus schlagkräftig waren, sondern darüber hinaus über die unterschiedlichsten Mittel verfügten – vielseitig einsetzbare und rasch ihr Ziel erfassende Wurfmaschinen sowie die Abellikaner-Mönche mit ihren Edelsteinen –, um Brynns stärkste Waffe zu neutralisieren: Pherol. Ein Ausfall der To-gai-ru käme, bei aller wilden Entschlossenheit, einem freiwilligen Sturz in einen Mahlstrom gleich, und obschon sie nach Brynns Überzeugung trotzdem gewinnen konnten, würde es eine schwierige Schlacht werden, eine Schlacht, aus der ihre Armee geschwächt hervorgehen würde. Da das zweite behrenesische Heer rasch zurückkehren würde, um sich ebenfalls in die Schlacht zu stürzen, würde es sehr schwierig werden, die feindlichen Truppen zu vertreiben, denn natürlich würden die vordersten Reihen der Verteidiger, in der festen Überzeugung, dass schnelle Hilfe nahte, mitnichten Hals über Kopf die Flucht ergreifen.

Es bereitete Brynn Gewissensbisse, Pechter Dan Turk derart zu hintergehen – andererseits war es ihr schlicht unmöglich, einem Mann, der bereits als Doppelagent arbeitete, ihr volles Vertrauen zu schenken. Er hatte De Hamman aufgesucht, vorgeblich, um ihm über sie und die Verteidigung der

Stadt Bericht zu erstatten – zurückgekehrt war er um hundertachtzig Grad gewendet.

Ihre Worte hatten mehrere angeregte, mit leiser Stimme geführte Gespräche ausgelöst, vor allem unter den zu allem entschlossenen Führern der To-gai-ru, die der festen Überzeugung waren, sie könnten die Behreneser einfach überrennen und bis nach Jacintha und zur Küste jagen.

»In der bisherigen Form ist Yatol De Hammans Rückzug absolut unzureichend«, erklärte Brynn in einem Tonfall und einer Lautstärke, die alle anderen Gespräche im Audienzsaal verstummen ließen. »Wenn Ihr wollt, dass wir einen Ausfall wagen und Yatol Mado Wadon zu Hilfe eilen, dann müsst Ihr Yatol De Hamman überzeugen, dass wir schwächer sind, als es den Anschein hat, und er mehr Truppen zurückbeordern muss, und zwar tiefer ins Hinterland hinein. Nur unter diesen Bedingungen werden wir Dharyan-Dharielle verlassen.«

Die unverblümte Forderung veranlasste Pechter Dan Turk, die Schultern zu straffen und eine zornige Haltung anzunehmen. Seine Reaktion konnte jedoch nicht überraschen, schließlich hatte Brynn ihn soeben aufgefordert, die bedeutendste und größte Armee seines Landes fast völliger Hilflosigkeit preiszugeben.

»Gelingt Euch das, werde ich De Hamman in die Flucht treiben und die Armee Behrens zerschlagen«, fuhr Brynn fort, bemüht, aufrichtig und offen zu sprechen. »Ihr werdet uns nach Jacintha vorausreiten und Abt Olin in vollem Umfang für das Desaster verantwortlich machen. Des Weiteren werdet Ihr Yatol Wadon zusichern, dass To-gai im Falle einer Entmachtung Abt Olins den Bemühungen Yatol Wadons um den Zusammenhalt des Königreiches nicht entgegenarbeiten wird.«

»Vorausgesetzt, man hängt mich nicht auf, weil ich Yatol De Hamman hinters Licht geführt habe«, sagte Pechter Dan Turk.

Brynn wusste nichts darauf zu erwidern. Wenn Abt Olin

die Fäden tatsächlich fest in der Hand hielt, was hoffentlich nicht der Fall war, dann waren Pechter Dan Turks Befürchtungen durchaus berechtigt.

»Große Risiken bringen große Männer hervor«, sagte Pagonel neben ihr.

»Was immer Ihr tut, Ihr müsst Eurem Gewissen folgen«, fügte Brynn hinzu. »Wir sind uns einig, dass Behren sich derzeit nicht in behrenesischer Hand befindet und dass Aydrian – und nicht meine Wenigkeit – die eigentliche Bedrohung Eurer Heimat ist. Ich biete Euch bei der Beseitigung dieses Problems meine Zusammenarbeit an, aber den Schmerz, den Ihr gewiss in Eurem Herzen verspürt, vermag ich nicht zu lindern. Ich kann Euch nur so viel sagen: Abt Olin muss in Ungnade fallen, und um das zu erreichen, wird behrenesisches Blut fließen müssen.«

»Ihr verlangt von mir nichts Geringeres, als die Verteidigung meines Landes preiszugeben«, erwiderte Pechter Dan Turk. »Ihr verlangt von mir, dass ich behrenesische Krieger opfern soll.«

Wieder ließ Brynns Antwort ihn erstarren, hauptsächlich weil er ganz genau wusste, dass sie Recht hatte.

»Genau so ist es.«

Bläulich weiße Blitze zerrissen den nächtlichen Himmel und ließen die dunklen Wolkenberge hell aufleuchten. Wellen brandeten an den Sandstrand im Westen von Pireth Tulme, warfen die alpinadoranischen Barkassen hin und her und ließen auch die Kriegsschiffe des Bärenreiches bedrohlich schwanken.

Pony und Prinz Midalis schlossen fest ihre Umhänge, Andacanavar hingegen schien sich von alldem nicht im Mindesten beeindrucken zu lassen, und Bradwarden hielt lediglich ab und zu in seinem Flötenspiel inne, um sein buschiges Haupt kräftig zu schütteln.

»Es ist ein seltsames Gefühl für mich, an dieser Stelle an

Land zu gehen«, erklärte Prinz Midalis. »Es ist, als käme ich als Eroberer in ein Land, das ich eigentlich regieren sollte.«

»Mit Hilfe der Touel'alfar wird es uns gelingen, diese Dinge wieder zurechtzurücken«, versprach Pony.

»Aber nur, wenn der Sturm nicht unsere gesamte Flotte versenkt«, erwiderte Bradwarden mit einem dröhnenden Lachen, in das die anderen drei allerdings nicht recht einstimmen mochten. Sie waren noch vor dem Unwetter eingetroffen und einigermaßen zuversichtlich, dass ihre Anker halten würden – jeder Verlust, den diese Armada erlitt, konnte sich für die zahlenmäßig ohnehin schon unterlegenen Anhänger von Prinz Midalis als verhängnisvoll erweisen.

Man nahm es jedoch als gutes Zeichen, dass der Sturm sich hinter der Spitze des Festlandes, jenseits von Pireth Tulme, draußen in den Weiten des Mirianischen Ozeans gebildet hatte. Zwar blies der Wind, der um das gewaltige Zentrum des Sturms kreiste, von Nordosten, aber wenigstens trugen diese mächtigen Luftströmungen wärmere Luft aus dem Süden heran. Für jeden, der mit den Witterungsverhältnissen entlang der Küste des Golfes von Korona vertraut war, wie Kapitän Al'u'met und Prinz Midalis, war der Sturm ein Vorbote des Frühlings, der jenseits seiner windumtosten Randgebiete günstigeres Segelwetter verhieß.

Pony kniff die Augen gegen Wind und Regen zusammen und konnte in der Ferne den Feuerschein eines Bauernhauses erkennen. Sie machte ihre Gefährten darauf aufmerksam, und kurz darauf traten die Freunde in das trockene und behagliche Dunkel der dazugehörigen Scheune. Bradwarden blieb an der Tür und blies weiter auf seinen Flöten, um Belli'mar Juraviel auf sich aufmerksam zu machen. Pony hatte ihn auf einem ihrer Erkundungsflüge mit Hilfe des Seelensteins gesehen, und der Elf hatte ihre Gegenwart gespürt und sie geheißen, in diesem Küstenstreifen an Land zu gehen. Jetzt konnte sie nur hoffen, dass Juraviel Bradwardens Lied auch hörte.

»Wir sollten uns noch vor dem Morgengrauen auf den Weg machen«, sagte Prinz Midalis und ließ seinen regendurchtränkten Umhang von den Schultern gleiten. »Und, wo wir einmal an Land sind, die Gelegenheit nutzen, um Pireth Tulme zurückzuerobern.«

»Ihr würdet die Festung kaum halten können«, gab Andacanavar zu bedenken. »Die Armeen, die sie in Aydrians Namen erobert haben, stehen nicht weit von hier.«

»Wir nehmen sie ein und lassen sie unbemannt zurück«, fügte der Prinz erklärend hinzu.

»Als Hinweis an Aydrian, dass Ihr das Königreich noch nicht aufgegeben habt«, sagte Pony, ehe sie sich ebenfalls ihres Umhangs entledigte, ihr tropfnasses Har ausschüttelte und mit den Fingern hindurchfuhr.

»Richtig, und gleichzeitig als Zeichen an die Bewohner des Königreiches, dass sie noch auf eine Alternative zu diesem Thronräuber hoffen können«, erklärte Prinz Midalis. »Wir greifen Pireth Tulme an, nehmen es ein und jagen König Aydrians Marionetten davon, damit sie die Kunde der Niederlage im ganzen Land verbreiten. Soll Aydrian sie ruhig kampflos zurückerobern – die Peinlichkeit dieses Debakels wird dem hochnäsigen jungen Mann jedenfalls einen harten Schlag versetzen.«

Pony stellte lächelnd fest, dass sie uneingeschränkt derselben Ansicht war. Dies war genau die Art Chance, die sie bei jeder sich bietenden Gelegenheit ergreifen mussten, genau jene Art Nadelstich, mit dem sie das Machtgefüge, mit dem Aydrian das Land zu überziehen drohte, zum Einsturz bringen konnten. Wie würde sich der Verlust Pireth Tulmes auf die Soldaten im Dienste des unrechtmäßigen Königs auswirken? Von ihren eigenen Erkundungen wusste Pony, dass die Festung gewaltsam eingenommen worden war und dass die in Pireth Tulme stationierten Soldaten der Küstenwache sich ebenso heftig gegen Aydrian zur Wehr gesetzt hatten wie die Truppen Pireth Dancards gegen den Angriff von Graf DePaunch.

Sie hatten das Gespräch noch nicht wieder aufgenommen, als Bradwarden sein Flötenspiel unterbrach, um eine zierliche Gestalt, die im offenen Scheunentor auftauchte, herzlich zu begrüßen.

Belli'mar Juraviel trat mit einem freundlichen Lächeln in die Scheune, und Bradwarden schloss hinter ihm das Tor. Sofort entzündete Pony mit ihrem Rubin den kleinen Stapel Feuerholz, den sie zusammengetragen hatten.

»Es tut gut, wieder bei Euch zu sein, meine Freunde«, begrüßte Juraviel sie und reichte Andacanavar, Bradwarden und Midalis die Hand, ehe er und Pony sich umarmten. »Ich bringe Euch Nachrichten aus dem Land südlich des Gebirges, aber auch aus Eurem eigenen Königreich.«

»Dann haben sich unsere Hoffnungen also erfüllt, und Brynn hat einem Bündnis zugestimmt?«, fragte Prinz Midalis.

»Brynn fürchtet Aydrian und die Abellikaner«, erwiderte Juraviel. »Meiner Meinung nach haben sie sich mit dem Angriff auf Brynns Stadt übernommen. Sie bereitet derzeit einen Ausfall vor, um gegen Jacintha zu marschieren – mit keinem geringeren Ziel, als Abt Olin aus Behren zu vertreiben.«

Der Elf wartete einen Moment, doch niemand sagte etwas. Die unausgesprochene Frage stand deutlich genug im Raum.

»Brynn würde Prinz Midalis' Unterstützung sehr begrüßen«, bestätigte Juraviel schließlich. »Über Jacintha und Behren hinaus wird sie gewiss nur eine bescheidene Rolle spielen können, aber wenn sie dort unten zur Vertreibung Abt Olins beitragen und helfen kann, Aydrian eine herbe Niederlage beizubringen, wäre das gewiss keine Kleinigkeit.«

Pony seufzte. Insgeheim hatte sie sich mehr erhofft, hatte gehofft, Juraviel würde ihnen ausrichten, To-gai sei bereit, bis nach Entel im Norden zu segeln und dort für Prinz Midalis' Sache zu kämpfen. Im Grunde sah sie aber ein, dass das wohl zu viel verlangt wäre.

»Keine Kleinigkeit, das möchte ich meinen!«, wiederholte Prinz Midalis. Er schien mehr als zufrieden.

»Ich bin nicht auf direktem Weg hergekommen«, fuhr Juraviel fort, »denn meine Leute sind über das ganze Bärenreich verstreut, um Informationen zusammenzutragen.« Er langte unter seinen Reiseumhang und holte eine Karte des Bärenreiches hervor, die er auf dem Boden vor dem Lagerfeuer ausbreitete. »König Aydrian marschiert von Entel aus in Richtung Ursal. Derzeit durchquert er die Grafschaft Yorkey«, erläuterte der Elf und deutete auf die entsprechenden Stellen auf der Karte. »Den Großteil seiner Streitmacht hat er Richtung Norden in Marsch gesetzt, um jeden Widerstand im Gebiet zwischen Pireth Tulme und Palmaris zu brechen. Derzeit sammeln sich die einzelnen Truppenverbände allem Anschein nach südlich von St. Mere-Abelle.«

»Dem wichtigsten Ziel von allen«, warf Prinz Midalis ein.

»Es ist ihnen gelungen, fast überall eine stabile Front aufzubauen, insbesondere an jenen Stellen, die vom Meer aus angegriffen werden können«, erklärte Juraviel. »Es gibt allerdings einige bemerkenswerte Ausnahmen.«

Die anderen warfen einander hoffnungsvolle Blicke zu. »Was uns das nützt, werden wir mit Hilfe der Touel'alfar in Erfahrung bringen«, verkündete Pony.

»Wir können dort angreifen, wo er am schwächsten ist«, pflichtete ihr Prinz Midalis bei. »Und haben uns längst wieder zurückgezogen, ehe er zurückschlagen kann.«

»Auf die gleiche Weise hat Brynn Dharielle Behren bekämpft«, sagte der Elf. »Ehe sie dem Königreich im Süden, nach Jahren quälender, nadelstichartiger Scharmützel, hinter den schützenden Mauern einer Stadt erbitterten Widerstand leistete, wodurch der Krieg für die Behreneser zu verlustreich wurde, um ihn noch länger fortzusetzen.«

»Aydrian werden wir auf diese Weise nicht in die Knie zwingen können«, sagte Midalis. »Er wird niemals aufgeben. Irgendwann werden wir ihm Auge in Auge gegenübertreten müssen, wenn wir ihn besiegen wollen.«

»Da ist was dran«, gab Bradwarden ihm Recht, »aber ich

finde, bis es so weit ist, dass wir direkt gegen Aydrian kämpfen, solltet Ihr nehmen, was Ihr kriegen könnt.«

»Selbstverständlich«, sagte der Prinz, worauf er und die anderen sich wieder Juraviel zuwandten.

»St. Gwendolyn ist derzeit ohne Schutz«, fuhr Juraviel fort. »Die Abtei wurde praktisch aufgegeben, denn obwohl Marcalo De'Unnero keine Mühe scheut, die von den Abellikaner-Mönchen hinterlassenen Lücken aufzufüllen – Mönche, die sich größtenteils nicht auf Aydrians Seite schlagen werden –, stehen ihm nur wenige Geistliche zur Verfügung, und von denen ziehen die meisten mit den Truppen umher und üben sich in der Magie der Steine.«

»Warum schlägt sich überhaupt jemand auf die Seite dieses Schurken De'Unnero?«, empörte sich Pony. Sie brauchte den Namen nur auszusprechen, und schon bekam ihre Stimme einen irritierten und zornigen Unterton.

»Aydrians Soldaten haben die gesamte Küstenregion rings um St. Gwendolyn befestigt«, fuhr Juraviel fort. »Aber eben nur dem Anschein nach, denn in Wahrheit sind diese Befestigungsanlagen unbemannt. Außerdem haben sie die Lichtsignale der beiden Leuchttürme in der Nähe der Abtei verändert, zweifellos in der Absicht, eintreffende Schiffe dort auf die Felsen laufen zu lassen und zu versenken. Einige meiner Leute werden jedoch mit Fackeln dort Position beziehen, um Euch bei Eurer Landung zu helfen.«

»Euer Wert für mich und meine Ziele kann gar nicht hoch genug eingeschätzt werden, bester Juraviel«, erklärte Prinz Midalis. »Diese Nachrichten und Orientierungshilfen lassen mich wieder hoffen.«

»Bereitet die Rückeroberung St. Gwendolyns vor; dort sehen wir uns dann in fünf Tagen wieder«, sagte der Elf. »Bis dahin hoffe ich Nachricht von Brynns Ausfall bei Dharyan-Dharielle und ihrem Marsch auf Jacintha zu haben, sodass wir unseren nächsten Schachzug aufeinander abstimmen können.«

»Zuerst muss Pireth Tulme fallen«, erklärte Prinz Midalis. »Aber dann ist St. Gwendolyn an der Reihe, und zwar genau in fünf Tagen.«

Juraviel erhob sich umgehend und verbeugte sich. »Ich werde mich unverzüglich wieder auf den Rückweg zu Brynn Dharielle machen«, erklärte er. »Lasst Euch nicht zu viel Zeit, und schlagt mit größtmöglicher Härte zu, Prinz Midalis. Auf Euren Schultern ruhen nicht nur die Hoffnungen Eures Volkes.« Der Elf verbeugte sich erneut, hob die Hand mit dem funkelnden Smaragd darin und war einen Lidschlag später verschwunden.

Pony spürte die Anspannung, die Prinz Midalis überkommen hatte, das Gefühl von Ungeduld, dies alles endlich hinter sich zu bringen. Sie legte ihm die Hand auf die Schulter. »Geduld«, riet sie. »Habt Geduld.«

»Euer Agent ist ziemlich erfolgreich«, meinte Lozan Duk zu Brynn. »Was immer Pechter Dan Turk zu Yatol De Hamman gesagt hat, es hat ihn dazu veranlasst, prompt zu reagieren. Diejenigen Truppenteile, die die behrenesischen Linien bereits verlassen hatten, haben sich noch weiter zurückgezogen – bisher schon mehr als einen halben Tagesmarsch. Und noch immer rücken Soldaten aus den behrenesischen Stellungen ab und ziehen sich auf die Positionen zurück, die von den zuerst abgerückten Truppen gehalten wurden.«

»Was ist mit den Abellikanern?«, erkundigte sich Brynn. »Und den Wurfmaschinen für die Jagd auf den Drachen?«

»Stehen noch bereit. Allerdings ist der Befehlshaber der Abellikaner längst geflohen – nach Jacintha, würde ich vermuten.«

Brynn ließ sich den Bericht noch einmal durch den Kopf gehen. Natürlich war sie bestens über Pechter Dan Turks Vorgehen unterrichtet, schließlich hatte sie ihm umfassende Anweisungen mit auf den Weg gegeben, bevor sie ihn losgeschickt hatte. Der Agent hatte De Hamman davon in Kenntnis gesetzt, dass die To-gai-ru in ihrer Wachsamkeit nicht nachlassen würden, solange die abgezogenen Krieger noch nah genug für eine rasche Rückkehr waren. Des Weiteren hatte er De Hamman erklärt, falls die Verteidiger Dharyan-Dharielles Anlass zu der Befürchtung hätten, dass die Behreneser lediglich Zeit schinden wollten, um Verstärkung herbeizuschaffen, würden sie mit ihrer gesamten Schlagkraft einen Ausfall unternehmen. Tatsächlich hatte Pechter Dan Turk Yatol De Hamman nichts anderes gesagt als die Wahrheit, diese allerdings mit der irreführenden Behauptung verknüpft, die to-gai-ruschen Befürchtungen ließen sich so weit ausräumen, dass sie am Ende gar nichts mehr unternehmen würden.

Also hatte Yatol De Hamman seine Front ausgedünnt, doch war ihm dabei nach Brynns Ansicht ein Fehler unterlaufen: Er hatte einen nicht unbeträchtlichen Teil seiner Truppen so weit zurückbeordert, dass sie als sofortige Verstärkungen nicht mehr in Betracht kamen. Hätten die Behreneser sich zuvor noch mit aller Kraft gegen einen Ausfallversuch aus der Stadt stemmen können – in dem Wissen, dass Entsatz nicht lange auf sich warten lassen würde –, so wären die noch immer die Stadt umzingelnden Soldaten sich jetzt darüber im Klaren, dass sie der entfesselten Wut Brynn Dharielles allein standhalten mussten.

Doch ihr Angriff musste schnell erfolgen, wenn sie den größtmöglichen Gewinn aus der gegenwärtigen Situation ziehen wollte, daher war Brynn ziemlich erleichtert, als Belli'mar Juraviel später am selben Tag aus dem Bärenreich zurückkehrte und zweierlei mitbrachte: die gute Nachricht, dass ihre Verbündeten im Kampf gegen Aydrian im Norden auf dem Vormarsch waren, und eben jenen Smaragd, der es ihnen ermöglichen würde, noch schneller und erheblich schlagkräftiger anzugreifen.

Noch am selben Abend – die Sonne war kaum hinter dem Landbruch untergegangen, und am Himmel zeigten sich die ersten Sterne – begann Belli'mar Juraviel mit dem magischen Transport. Als Erstes brachte er Pagonel aus der Stadt und setzte den Mystiker neben einer Gruppe von Doc'alfar hinter den Linien von De Hammans Hauptstreitmacht ab, ganz in der Nähe jener Zelte, in denen die abellikanischen Mönche untergebracht waren. Als Nächstes folgte Pherol, der sich Pagonel und den eingeschleusten Doc'alfar anschloss.

Drei Dutzend Mal legte Juraviel die Strecke zurück, ehe ihn die schiere Erschöpfung aufgrund der permanenten Anwendung magischer Kräfte zur Aufgabe zwang. Trotzdem schaffte er es noch, sich Pagonel, dem Drachen und seinen Stammesgenossen von den Doc'alfar anzuschließen, da er bei dem entscheidenden Angriff in dieser Nacht unbedingt zugegen sein wollte. Während er bei dem Mystiker und dem Drachen zurückblieb, machten die Doc'alfar sich auf den Weg, um die rings um das Feldlager verstreuten Posten auszuschalten.

Kurz vor Sonnenaufgang flogen dann das Süd- und das Osttor von Dharyan-Dharielle auf, und die To-gai-ru, im Osten angeführt von Brynn Dharielle und im Süden von Tanalk Grenk, stürmten hervor. Zur gleichen Zeit drangen Pagonel, Juraviel und mehrere Stammesgenossen Cazziras in eines der Zelte der Abellikaner ein und streckten sie nieder, ehe diese sich überhaupt von ihren Pritschen erheben konnten. Pagonel empfand es als quälend, an einem derartigen Gemetzel teilzunehmen, zumal sie keine Gefangenen machen durften. Obwohl er versuchte, sich mit seinen Hieben zurückzuhalten – um seine Gegner nicht zu töten, sondern nur kampfunfähig zu machen –, lagen vier Mönche tot am Boden, als die kleine Gruppe wieder ins Freie hastete, und das Leben des fünften hing bestenfalls noch an einem seidenen Faden.

Pherol legte im Nachbarzelt erheblich weniger Skrupel an den Tag. Der Drache schleuderte den einsamen Posten am Zelteingang einfach zur Seite, sodass er dreißig Fuß weit durch die Luft segelte, riss anschließend die Zeltwand in Stücke und warf sich auf die verdutzten und noch halb schlafenden Abellikaner. Pherol erschien nicht in seiner riesigen Drachengestalt, aber selbst als Echsenmann erwies sich seine ungeheure Körperkraft als übermächtig. Ein einziger Armhieb genügte, um einem der Mönche den Brustkorb zu zertrümmern, und ein Tritt seines schuppenbewehrten Beines drückte einem zweiten die Eingeweide aus dem Unterleib.

Der Drache kam im selben Moment aus dem Zelt hervor, als auch Pagonel, Juraviel und die anderen zum Klang hektischen Horngeschmetters wieder ins Freie traten, während das gesamte Feldlager ringsum unsanft zum Leben erwachte.

Als Pagonel sich einen Überblick über das Geschehen verschaffte, fiel ihm auf, mit wie viel Geschick die Berufssoldaten zu Werke gingen, allen voran die Truppen des Bärenreiches. Unglücklicherweise setzte sich die Streitmacht zu gleichen Teilen aus leicht einzuschüchternden Bauern und gut ausgebildeten Soldaten zusammen, sodass Erstere in ihrer panischen Angst immer wieder die Vorbereitungen behinderten.

Unterdessen preschten die beiden wild entschlossenen Reitergruppen der To-gai-ru in gestrecktem Galopp heran.

»Ich steige jetzt auf!«, verkündete Pherol, und schon hörte man das Knacken von Knochen und das Reißen der Schuppenhaut, als der Drache seine natürliche Gestalt annahm.

Erst jetzt, als sie das Schauspiel des sich hinter ihnen in die Lüfte erhebenden Drachen gewahrten, schienen die Behreneser wirklich zu begreifen, dass sich der Feind mitten in ihrem Lager befand. Schreie und Kommandos gellten durch die Reihen, nicht wenige verbunden mit der Aufforderung, die Wurfmaschinen herumzuschwenken. Der noch immer dunstige Morgen hallte wider von verzweifelten Rufen, doch endlich den Drachen außer Gefecht zu setzen.

Doch die Besatzungen der Wurfmaschinen reagierten nicht, denn inzwischen hatten die Doc'alfar sich unter sie gemischt und verrichteten ihr grausames Werk mit tödlicher Präzision. Holzknüppel und Speere zerteilten die Luft mit leisem Sirren, ehe sie wuchtig auf die wehrlosen Männer niedergingen und sie zu Boden streckten.

Die Reiter der To-gai-ru durchbrachen die ersten Abwehrreihen, ohne auf nennenswerten Widerstand zu stoßen, und konnten die Behreneser mit Leichtigkeit niederstrecken. Die meisten von ihnen waren ohnehin vollauf damit beschäftigt, sich in Sicherheit zu bringen, und dachten gar nicht daran, sich zu wehren. Doch dann geriet Brynns Einheit ins Stocken, denn plötzlich stellten sich ihnen die Truppen aus dem Bärenreich entgegen, die Schilde fest geschlossen, die Speere waagrecht vor dem Körper.

Wie aus heiterem Himmel stieß Pherol herab, bestrich die verwirrten Krieger aus dem Bärenreich mit seinem Feueratem, verwandelte den Pulk in der Mitte in ein Flammenmeer, sodass jeder Zusammenhalt in der Formation verloren ging.

Trotz des unablässigen Gebrülls und aller verzweifelten Bemühungen, ihre Besatzungen zu verstärken, feuerten die Wurfmaschinen noch immer nicht auf den mächtigen Lindwurm – denn die Doc'alfar lauerten nach wie vor im Verborgenen, um blitzschnell vorzuspringen und jeden zu töten, der sich den Kriegsmaschinen zu nähern wagte.

Pherol musste also lediglich einige Pfeile zur Seite wischen, die sich bis zu ihm hinauf verirrten – und die er bei seinem nächsten Angriff unweigerlich mit einem Feuerstoß oder einem Hieb seiner Krallen beantwortete.

Brynn erreichte den hoch gelegenen Aussichtspunkt auf dem Rücken von Nesty, als die Sonne gerade über dem Horizont im Osten aufging. Sie sah sofort, dass Pechter Dan Turk ausgezeichnete Arbeit geleistet hatte, denn offenkundig waren die Behreneser vollkommen überrumpelt worden. Dem Drachen ebenso hilflos ausgeliefert wie der kleinen Gruppe von

Attentätern, die zuvor in ihrem Rücken abgesetzt worden waren, vermochten sie jetzt, da auch noch ihre Verbündeten aus dem Bärenreich in die Defensive geraten waren, nicht einmal mehr den Anschein eines geordneten Rückzugs zu wahren. Die Behreneser flohen Hals über Kopf in die Sandwüste.

Auf der Oststraße näherte sich in raschem Tempo eine zweite Streitmacht, doch auch diese machte binnen kurzem kehrt, als sie sich plötzlich einer gewaltigen Übermacht gegenübersah. Schlimmer noch, die anrückenden Behreneser gewahrten den Drachen, die mächtige Bestie aus To-gai, die am Himmel ihre Kreise zog, ohne dass irgendwelche Gegenmaßnahmen ergriffen wurden, um sie daran zu hindern.

Kurz darauf gesellte sich Pagonel auf der Anhöhe zu Brynn, im Gefolge einen traurig wirkenden Pechter Dan Turk und einen völlig aufgebrachten und gefesselten Yatol De Hamman.

Der Yatol fing sofort an, Brynn anzuschreien. »Das ist Verrat! Wir hatten einen Waffenstillstand ausgehandelt!«

»Ihr habt zwar so getan, als würdet Ihr die Waffen ruhen lassen, aber doch wohl nur aus einem Grund: Ihr wolltet genügend Zeit gewinnen, um Eure Reihen für den Angriff auf Dharyan-Dharielle aufzufüllen«, widersprach ihm Brynn, ohne sich aus der Ruhe bringen zu lassen.

»Dafür habt Ihr nicht den geringsten Beweis!«

»Den brauche ich auch nicht. Mir genügt, was meine Kundschafter mir berichtet haben und ich mit eigenen Augen gesehen habe.«

»Macht Euch bereit für einen Krieg, Brynn Dharielle«, schäumte der Yatol. »Das habt Ihr allein zu verantworten.«

Brynn ließ sich von Nestys Rücken gleiten, trat vor ihn hin und sah ihm unverwandt in die Augen, ohne auch nur ein einziges Mal zu blinzeln. »Zu verantworten habt das allein Ihr mit Eurer speichelleckerischen Unterwürfigkeit gegenüber Abt Olin«, erwiderte sie gelassen. »Heuchelt Unschuld, wenn Ihr wollt, ich kenne die Wahrheit.« Dann trat sie noch näher zu ihm, bis Yatol De Hamman ihren heißen Atem im Gesicht spürte. »Merkt es Euch: To-gai ist frei, und Dharyan-Dharielle gehört mir. Ich werde mein Volk verteidigen, selbst wenn ich dafür jeden Behreneser, ob Mann, Frau oder Kind, töten müsste. Selbst wenn ich Pherols zerstörerische Kräfte über einem schutzlosen behrenesischen Dorf entfesseln müsste. Diese Lektion hättet Ihr schon im letzten Krieg lernen sollen, Yatol De Hamman.« Sie schaute hinüber zum Schlachtfeld und lenkte seinen Blick ebenfalls dorthin.

Auf die zahllosen Reihen behrenesischer Toter und Verwundeter, auf die Geier, die sich bereits auf dem harten Sandboden niederließen und ihres frischen Morgenmahls harrten.

Sie wandte sich um und betrachtete De Hamman. Er wirkte plötzlich gebrochen – die Erkenntnis dieser entsetzlichen Niederlage hatte ihm allen Widerstandswillen genommen. »Abt Olin hat Euch mit dem Auftrag hergeschickt, To-gai zu erobern, während er gleichzeitig seine Herrschaft über Behren festigt«, erklärte sie.

»Ihr habt an seiner Seite gegen Bardoh gekämpft!«, protestierte er.

»Ich habe gegen Bardoh gekämpft, weil ich Yatol Mado Wadon unterstützen wollte«, berichtigte sie ihn. »Hätte man mir wirklich die Wahl zwischen Bardoh und Abt Olin gelassen, ich hätte mich an jenem Tag in Jacintha mit aller Macht gegen das Bärenreich gewandt, lasst Euch das gesagt sein.«

»Abt Olin ist ein Freund …«

»… König Aydrians, nicht aber Behrens, wie Ihr sehr wohl wisst«, erklärte Brynn.

Yatol De Hamman blickte hinüber nach Osten, zu seinen fliehenden Truppen. Was sie trieb, war weder der Versuch eines organisierten Rückzugs noch der Wille, sich zu verteidigen, sondern blankes Entsetzen, und das erschien ihm in diesem grauenhaften Augenblick durchaus angemessen.

»Behren wird im Chaos versinken«, jammerte er. »Ohne die starke Hand Jacinthas werden die Stämme wieder in ihre alte Rivalität zurückfallen.«

»Immer noch besser, als wenn sie an die Abellikaner und deren eroberungssüchtigen König fielen«, erwiderte Brynn.

Sie gab Pagonel einen Wink, der daraufhin den am Boden zerstörten Yatol fortzog und zu den anderen Gefangenen brachte, die auf dem Feld zusammengetrieben wurden. Kaum waren sie gegangen, bedachte Brynn den niedergeschlagenen, innerlich zerrissenen Pechter Dan Turk mit einem mitfühlenden Blick.

»Ihr habt Euch klug entschieden«, versicherte sie ihm. »Und letztendlich auch zum Wohle Eures Volkes gehandelt. Ich bin mir darüber im Klaren, dass Ihr das im Moment nicht so seht, nicht jetzt, da so viele Eurer Landsleute tot auf dem Schlachtfeld dort unten liegen –«

Sie stockte, als er plötzlich einen Satz zur Seite machte, seine Hand unter seinem Umhang hervorschnellte und ein langer, schlanker Dolch zum Vorschein kam.

»Befreit sie!«, schrie Pechter Dan Turk sie an.

Sofort ging Brynn in eine Verteidigungsstellung, schüttelte den Kopf und bat ihn mit einer eindringlichen Geste, sie nicht zu zwingen, ihr Schwert zu benutzen.

Doch Pechter Dan Turk hatte offenbar gar nicht vor, sie anzugreifen. »Befreit sie«, wiederholte er. »Ich vertraue auf Euer Wort.«

Brynn richtete sich auf und ließ verwirrt ihre Klinge sinken.

Pechter Dan Turk zuckte resigniert mit den Schultern, dann stieß er sich den Dolch in die Brust und taumelte nach hinten.

Sofort war Brynn bei ihm, packte ihn am Arm und versuchte, seinen Sturz in den Sand noch abzufangen. Sie wollte nach Hilfe rufen, doch dann wurde ihr bewusst, wie sinnlos das gewesen wäre. Sie zog seinen Kopf ganz nah heran und versprach ihm mit leiser Stimme, dass auch Behren eines Tages frei sein würde. Sie war jedoch nicht sicher, ob Pechter Dan Turk sie noch hörte, denn als sie sich wieder aufrichtete, war bereits jeder Funke Leben aus seinen leeren Augen gewichen.

Brynn atmete einmal tief durch, um ihre Tränen zu unterdrücken, dann legte sie ihn behutsam auf den Boden, ehe sie zu Nesty trat und sich auf dessen Rücken schwang.

Der Tag war noch jung, und der Marsch auf Jacintha hatte eben erst begonnen.

Kaum hatten sie im ersten Licht des frühen Morgens die Größe der Streitmacht erkannt, die gegen sie in Stellung gegangen war, streckten die in Pireth Tulme stationierten Soldaten die Waffen und übergaben kampflos ihre Festung.

Prinz Midalis nahm ihnen nur das Versprechen ab, niemals die Waffen gegen ihn zu erheben, dann schenkte er ihnen die Freiheit und ließ sie abziehen. Anschließend plünderte die gewaltige Flotte Pireth Tulme, füllte ihre Laderäume mit Lebensmitteln, Waffen und Rüstungsmaterial, und noch ehe die Sonne den Zenit erreicht hatte, war sie bereits wieder auf See, umschiffte, den Wind des abflauenden Sturmes in den Segeln, die Landzunge und segelte die Ostküste des Bärenreichs hinab.

Das günstige Wetter hielt an, sodass sie sich drei Tage später, am fünften Tag nach Belli'mar Juraviels Aufbruch in die Südlande, nur wenige Meilen nördlich der Abtei St. Gwendolyn der Küste näherten. Wie Juraviel es ihnen zugesichert hatte, wurden sie im Schutz der Nacht mit Fackeln eingewiesen, und wenig später befanden sich die Armeen Vanguards und Alpinadors wieder an Land, wo sie sich formierten, die Küste in westlicher Richtung verließen und kurz darauf nach Süden abschwenkten.

Anders als im Falle Pireth Tulmes leisteten die Soldaten und Mönche, in deren Obhut man St. Gwendolyn zurückgelassen hatte, dem Prinz und seiner anrückenden Armee Widerstand. Nur waren ihre Möglichkeiten, sich zu verteidigen, stark eingeschränkt, nicht zuletzt deshalb, weil man in der arg mitgenommenen alten Abtei mit den Ausbesserungsarbeiten noch nicht einmal begonnen hatte.

Einige Verteidiger, abellikanische Mönche, versuchten den Angriff mit Edelsteinmagie zurückzuschlagen, doch Pony hatte exakt dies erwartet und daher keine große Mühe, ihr Vorhaben zu durchkreuzen. Den Sonnenstein in der Hand, ließ sie die Lichtexplosionen verstummen, ehe sie ihrerseits mit den betäubenden Energiestößen ihres Grafits antwortete, der das Mauerwerk in Stücke sprengte und die Verteidiger reihenweise zu Boden warf.

Unterdessen führten Andacanavar und Bruinhelde den Hauptvorstoß bis vor die Tore der eigentlichen Abtei, die unter der schieren Wucht des alpinadoranischen Ansturms nachgaben, worauf die wenigen dahinter postierten Verteidiger entsetzt in die unteren Gewölbe der Abtei flohen. Doch selbst dort fanden sie kein sicheres Versteck.

Als Belli'mar Juraviel später in derselben Nacht wie abgesprochen zu Prinz Midalis zurückkehrte, war St. Gwendolyn bereits eingenommen.

»Die Nachrichten aus dem Süden klingen ebenfalls viel versprechend«, berichtete der Elf. »Brynn ist es gelungen, die Armee, die Dharyan-Dharielle belagerte, in die Flucht zu schlagen.«

»Nach allem, was Ihr so erzählt, scheint sie dergleichen des Öfteren zu tun«, bemerkte Pony.

»Die Solidarität unter ihren Gegnern ist begrenzt«, erwiderte Juraviel. »Und Brynn hat gelernt, dies auszunutzen. Sie ist bestens unterrichtet und vermag die Motive der Menschen ausgezeichnet einzuschätzen.«

»Und was hält sie dann von dem jungen Aydrian?«, fragte Prinz Midalis.

Darauf wusste Juraviel keine Antwort.

»Wir haben Boten in die umliegenden Ortschaften geschickt, um die dortigen Bewohner über die Rückkehr von Prinz Midalis zu unterrichten«, erklärte Pony. »Und sie davon in Kenntnis zu setzen, dass es tatsächlich Widerstand gegen Aydrian gibt, und um ihnen Hoffnung zu machen, dass das Königreich in seiner alten Form wiederhergestellt wird.«

Während dieser Ausführungen musterte Juraviel sie forschend. Er glaubte, hinter der nach außen hin zur Schau gestellten Entschlossenheit eine gewisse Unsicherheit zu spüren. »Oder vielleicht, um sie zu warnen, dass rings um sie ein Krieg ausbrechen wird?«, fragte er.

»Auch das«, gestand Pony seufzend, worauf der neben ihr stehende Prinz Midalis, leicht konsterniert, eine fragende Miene aufsetzte.

»Ich fürchte, Ihr setzt zu große Hoffnungen auf die einfachen Leute des Bärenreiches«, erklärte Juraviel dem Prinzen unverblümt. »Die meisten Dinge dürften ihren Horizont bei weitem übersteigen. Was sie sich vor allem erhoffen, ist Frieden – und Beständigkeit.«

»Euren eigenen Berichten zufolge haben sich viele auf die Seite von Herzog Kalas geschlagen«, erwiderte Midalis.

»Das stimmt«, sagte Juraviel. »Und ebenso richtig ist, dass Ihr diesen Menschen eine Alternative zu König Aydrian bieten müsst. Die Bewohner dieses Königreiches sind nicht wie Eure Freunde aus Alpinador« – dabei verneigte er sich höflich in Richtung Andacanavar und Bruinhelde –, »und sie sind anders als die derzeit von Brynn geführten To-gai-ru. Viele Jahrhunderte lang war das Bärenreich ein Königreich von großer Einigkeit und Stabilität – die Menschen kennen gar nichts anderes. Von Ursal und St. Mere-Abelle erwarten sie Schutz und Führung. Jetzt, mit dem Auftauchen Brynns, machen zum ersten Mal auch die To-gai-ru diese Erfahrung. Der Sturz des Chezru-Häuptlings in Behren hat in der dortigen Bevölkerung große Unsicherheit und Verwirrung gestiftet, die jedoch längst nicht so groß sind wie die Verunsicherung und Verwirrung in der Bevölkerung des Bärenreiches. Trotz der jahrhundertelangen Vorherrschaft des Chezru-Häuptlings hat sich in Behren eine starke Verbundenheit mit den einzelnen Stämmen erhalten. Nur im Bärenreich hat sich die Bevölkerung so stark vermischt, dass sie tatsächlich zu einem Volk verschmolzen ist. Deshalb sind die Menschen beunruhigt, und deshalb haben sie Angst«, erklärte Juraviel. »Und Ihr tut gut daran, ihnen zu versprechen, dass das Haus Ursal auch in Zukunft eine tragende Rolle spielen wird. In einem Punkt muss ich Euch jedoch warnen: Nach allem, was ich gehört habe, nach allem, was mir meine zahlreichen Kundschafter zugetragen haben, solltet Ihr nicht erwarten, dass die ganz normalen Bewohner des Bärenreiches sich gegen König Aydrian auflehnen werden, solange er ihnen, flankiert von den Rittern der Allhearts und den Legionen der Kingsmen, schier unbesiegbar erscheint.«

Prinz Midalis gab mit einem Nicken zu verstehen, dass er dies ganz ähnlich sah. »Deswegen schlagen wir zu, wo immer sich eine Gelegenheit bietet«, erwiderte er. »Wir bauen den Rückhalt in der Bevölkerung ganz allmählich auf und untergraben nach und nach Aydrians scheinbar unerschütterliche Herrschaft.«

»Und aus eben diesem Grund müsst Ihr unverzüglich zu Euren Booten zurückkehren«, erklärte Juraviel. »Ihr müsst unbedingt nach Süden, nach Jacintha, segeln und Brynn helfen, Aydrian die bislang schwerste Niederlage beizubringen.«

Alle Augen waren auf Prinz Midalis gerichtet, der eine skeptische Miene aufgesetzt hatte. »Ihr verlangt von mir, dass ich gemeinsam mit Behrenesern und To-gai-ru gegen mein eigenes Volk in den Krieg ziehen soll«, sagte er.

»Gegen König Aydrian«, stellte Juraviel richtig. »Tut Ihr das nicht ohnehin schon? War die Eroberung Pireth Dancards etwas anderes? Oder der Kampf um Pireth Tulme und St. Gwendolyn?«

»Ihr verlangt von mir, dass ich mich mit einem fremden Land gegen das Bärenreich verbünden soll«, wurde Midalis deutlicher, und es schien, als gewänne er sein Selbstvertrauen zurück. »Was wird das Volk des Bärenreiches wohl darüber denken?«

Einen Augenblick lang verstummten alle im Raum, und Juraviel sah Pony direkt an.

»Vielleicht solltet Ihr Euch bei der Suche nach einer Lösung nicht zu sehr von den Gefühlen innerhalb des Bärenreiches leiten lassen«, sagte sie zu Midalis und ergriff seine Hand.

»Diese Gefühle werden in aller Deutlichkeit zu Tage treten, sobald die Kunde vom Krieg im Süden über das Gebirge dringt«, konterte Midalis. »Was werden die Mütter und Kinder sagen, wenn sie erfahren, dass ihre Ehemänner und Väter, ihre Söhne und Brüder durch meine Hand gefallen sind?«

Pony sah ihm fest in die Augen. »Was für ein Oberhaupt des Bärenreiches maßt Ihr Euch an zu sein, wenn Ihr zulasst, dass Euer eigenes Königreich gegen jedes Recht in sein Nachbarland einfällt?«, sagte sie unverblümt. »Was für ein Oberhaupt des Bärenreiches erkühnt Ihr Euch zu sein, wenn Ihr Abt Olin gestattet, in Aydrians Namen einen Krieg zu führen, der Hunderten, wenn nicht gar Tausenden von Menschen Eures Volkes den Tod bringen wird? Ganz zu schweigen von den unschuldigen Behrenesern und den tapferen Kriegern der To-gai-ru, die sich so mutig für ihre Ziele einsetzen.«

Damit schien sie Prinz Midalis allen Wind aus den Segeln zu nehmen. Kopfschüttelnd ließ er den Blick über die erstaunten Mienen der Umstehenden wandern.

»Geht und bringt Herzog Bretherford auf den rechten Weg zurück. Im Grunde kennt er ihn ja selbst«, forderte Pony ihn auf. »Geht und gebietet Abt Olin Einhalt.«

Prinz Midalis grübelte eine Weile über ihre Worte nach, ehe er mit einem hilflosen Lachen erklärte: »Nun denn, zurück zu den Booten.«

20. Hoffnungen und durchkreuzte Hoffnungen

Körperlich hatte Braumin Herdes Befinden sich inzwischen wieder gebessert; von einer gefühlsmäßigen Besserung jedoch konnte angesichts der aus den umliegenden Gebieten zu ihm durchsickernden Nachrichten über die Einnahme der Stadt Palmaris in König Aydrians Namen sowie Herzog Kalas' triumphalen Marsch keine Rede sein. Der ehemalige Bischof stand im großen Audienzsaal von St. Mere-Abelle neben der breiten Treppe und starrte zu dem großen Buntglasfenster hinauf, auf dem der in den Himmel gereckte Arm Avelyns dargestellt war.

Dieser wundersame Arm barg die Verheißung ewigen Lebens, eine Verheißung, deren Widerhall Braumin nun, da ihm die Endlichkeit seiner eigenen Existenz so beängstigend nah vor Augen stand, klar und deutlich in seinem Innersten zu hören wünschte. Denn die Armeen, daran bestand kein Zweifel mehr, rückten immer näher, und jeder Widerstand gegen König Aydrian schien praktisch zusammengebrochen zu sein. Der Anblick des Arms schien Braumin wieder in jene Zeit vor vielen Jahren zurückzuversetzen, als er in den Katakomben eben dieser Abtei den Erzählungen des alten, freundlichen Meisters Jojonah über Elbryan und Avelyn und das Auftauchen des geflügelten Dämons gelauscht hatte. Er musste an seine Flucht aus St. Mere-Abelle, an den wahnsinnig gewordenen ehrwürdigen Vater Markwart und an die Ordensbrüder Viscenti, Castinagis und Dellman denken. Richtig, Bruder Dellman! Hoffentlich, überlegte Braumin Herde, war es ihm in der kalten Abtei St. Belfour in Vanguard wohl ergangen. Der treue Bruder Dellman würde gewiss auf Seiten von Prinz Midalis stehen – wenn es sein musste, bis in den Tod.

Das ferne Klicken von Absätzen auf dem harten Steinfußboden riss Braumin aus seinen Gedanken. Rhythmus und Beharrlichkeit der Schritte verrieten ihm, dass es der ehrwürdige Vater Bou-raiy war, noch ehe der Mann leise neben ihn trat.

»Nun, gefällt es Euch?«, fragte Bou-raiy, den Blick, wie Braumin, auf das große Fenster gerichtet.

Braumin Herde dachte einen Moment über die Frage und den unsicheren Unterton nach, den er herausgehört hatte. Denn dort oben, in der Darstellung des Wunders von Avelyn, war noch eine weitere Figur zu erkennen, ein einarmiger Abellikaner-Mönch. »Wie wir Bruder Avelyn auch immer huldigen mögen, ganz werden wir ihm wohl niemals gerecht werden«, erwiderte Braumin. Er bemerkte, dass Fio Bou-raiy, offenbar etwas verlegen, kaum merklich das Gewicht verlagerte.

»Zu dieser Erkenntnis bin ich mittlerweile auch gelangt«, sagte der Abtvater nach längerem Schweigen.

»Ich weiß.« Braumin wandte sich zu ihm um und sah ihn an, bis sein Blick Fio Bou-raiys Aufmerksamkeit vom Fenster löste. »Eine wunderschöne Arbeit«, erkärte Braumin. »Die Künstler haben sich selbst übertroffen, was mir durchaus angemessen scheint, schließlich haben sie das vielleicht größte Wunder in der Geschichte der Menschheit darzustellen versucht. Ebenso angemessen erscheint mir«, fügte er hinzu, wohl wissend, dass Bou-raiy dies in diesen düsteren Zeiten hören wollte, »dass auch eine Darstellung jenes ehrwürdigen Vaters hinzugefügt wurde, der den Weitblick besaß, die Schönheit St. Avelyns in dieser Pracht zu verewigen. Der Anflug leisen Zweifels in der Darstellung Eures Gesichts ist mir keineswegs entgangen, ehrwürdiger Vater, und Eure Abneigung, zum Barbakan zu reisen, um an dem Wunder teilzuhaben, verleiht dem Bildnis umso größere Ausdruckskraft.«

»Zu freundlich von Euch«, erwiderte der ehrwürdige Vater.

Braumin Herde richtete den Blick wieder auf das Fenster.

»Wir alle müssen mit unseren Zweifeln leben, jeden Tag«, fuhr er ruhig fort. »Wir alle stellen unseren Glauben in Frage, und gerät unser Leben in Gefahr, dann ziehen wir sogar den Wert unserer Prinzipien in Zweifel. Auf Avelyn traf dies ganz sicher zu. Wusstet Ihr, dass er ein Trinker war, als Jilseponie ihn fand?«

Fio Bou-raiy entfuhr ein verhaltenes Lachen – für den sonst so ernsten Mann eine sehr ungewöhnliche Gefühlsregung.

»Das wahre Wunder Avelyns besteht in seiner Fähigkeit, uns zur Erkenntnis zu verhelfen«, fuhr Braumin Herde fort. »Er hatte verstanden, dass die abellikanische Kirche für alle Menschen da sein musste – sonst wäre sie für überhaupt niemanden da gewesen. Er hatte verstanden, dass die Kräfte der heiligen Edelsteine nicht zum Vorteil einzelner Personen oder Institutionen gehortet werden durften, sondern klug und besonnen zum Wohle der ganzen Menschheit eingesetzt werden sollten. Als er dem geflügelten Dämon gegenübertrat, wurde er von einer entsetzlichen Angst ergriffen, das weiß ich. Jedenfalls für einen Moment. Er wusste, dass er seinem Tod gegenüberstand. Er hatte schreckliche Angst.«

»Aber er behielt die Ruhe, zum Wohle der gesamten Welt«, sagte Bou-raiy.

»Wir werden uns ein Beispiel an ihm nehmen«, versicherte ihm Braumin.

»Heute Morgen ist einer der Kuriere zurückgekehrt«, erklärte Fio Bou-raiy. »Er hatte die noch versiegelte Urkunde zur Heiligsprechung Avelyns bei sich. Ich habe zu lange gezögert. Nachdem ich vom Aufstieg König Aydrians und der Rückkehr Marcalo De'Unneros erfahren hatte, hätte ich diesen Vorgang sofort zum Abschluss bringen oder doch zumindest beschleunigen sollen. Viele meine Kuriere, fürchte ich, sind unterwegs abgefangen worden oder vor diesem Unheil namens Aydrian geflohen. Das Volk wird nichts davon erfahren.«

»Das Volk wird es erfahren«, erwiderte Braumin und sah

den älteren Geistlichen eindringlich an. »Die Wahrheit lässt sich nicht verbergen, jedenfalls nicht lange. Erinnert Ihr Euch nicht mehr an Meister Jojonah und seine Mitverschwörer, zu denen damals auch ich gehörte?«

»Doch, ich erinnere mich«, antwortete Fio Bou-raiy, die Stimme plötzlich belegt und heiser.

Braumin sah ihn zusammenzucken – vermutlich weil er die Hinrichtung Meister Jojonahs vor seinem inneren Auge sah, eine Strafe, der Bou-raiy, wie viele andere Anhänger Markwarts auch, damals zugestimmt hatte.

»Vielleicht ist dies ja das zweite echte Wunder Avelyns«, sagte Braumin. »Die Erkenntnis, dass wir alle schrecklich irren können. Avelyn war ein Sünder. Zweifellos hat er bei Meister Sihertons Tod eine Rolle gespielt. Und doch wurde ihm offenbar vergeben, denn wie ließe sich der Bund sonst erklären? Wir sind Kinder eines gnädigen Gottes.«

»Das wird De'Unnero niemals begreifen«, warf Bou-raiy ein. »Sein Gott ist der Gott des Feuers und der Rache.«

»Nun, dann wollen wir hoffen, dass unser gnädiger Gott ein Gott der Gerechtigkeit ist.«

Die Bemerkung rief erneut ein Lächeln auf das gequälte Gesicht des ehrwürdigen Vaters Bou-raiy.

»Die Vorbereitungen zur Verteidigung werden fortgesetzt?«, erkundigte sich Braumin.

»Tag und Nacht. Seit dem Beginn des Marsches von Herzog Kalas sind mehr als tausend tüchtige Bürger in und um St. Mere-Abelle zusammengeströmt. Sie alle werden für den Kampf oder für die Bedienung der Kriegsmaschinen ausgebildet, wodurch wir immer mehr Ordensbrüder für den Kampf mit den heiligen Steinen zur Verfügung haben.«

»Ich möchte Euch daran erinnern, dass St. Mere-Abelle noch nie erobert worden ist«, sagte Braumin. »Von keinem Gegner. Weder von der gewaltigen Pauri-Flotte, die uns in Zeiten des großen Dämons überfiel, noch von den Goblin-Horden, die zu Zeiten des ehrwürdigen Vaters Des'Coute die zivilisierte Welt heimgesucht haben. Unsere Mauern sind stark, wenn auch lange nicht so stark wie der Glaube, der uns wahren Halt gibt.«

»Hehre Worte, Bruder«, sagte Bou-raiy. »Wir werden sie gemeinsam sprechen, und zwar laut, damit alle sie hören können, wenn König Aydrian kommt und an unsere Pforte klopft.«

Bouy-raiy deutete eine Verbeugung vor Braumin an und verließ den Raum.

Braumin blieb noch eine ganze Weile stehen, starrte zu der prächtigen Darstellung von Avelyns Arm hinauf und dachte über die Folgen nach, die die Entscheidungen seines Lebens gezeitigt hatten.

Er war überzeugt, dass St. Mere-Abelle, ja der gesamte Abellikaner-Orden, vor der größten Bewährungsprobe seit Bestehen der Kirche stand. Er bezweifelte, dass die Mauern der Abtei dem Sturm mit Namen Aydrian standhalten würden, und ging fest davon aus, dass er den Beginn des Herbstes nicht mehr erleben würde.

Und doch erfüllte ihn ein tiefer innerer Friede.

»Erst Pireth Tulme und jetzt St. Gwendolyn«, schäumte Herzog Kalas und zerknüllte das Schriftstück in seiner Faust. Er trat einen Schritt vor, worauf der Bote, der ihm die beunruhigenden Nachrichten von Prinz Midalis' Sieg überbracht hatte, erbleichte und den Eindruck erweckte, als würde er auf der Stelle in Ohnmacht fallen. »Ich wusste es – in beiden Fällen hätten wir stärkere Truppenverbände zurücklassen sollen.«

»So ungeheuer stark war Prinz Midalis' Armee gar nicht, wenn man den Berichten glauben kann«, wandte Blaxson Tre'felois ein, einer von Kalas' herausragenden Heerführern und Frontgeneral der zuverlässigsten Kompanie der Allheart-Brigade. »Wir könnten St. Gwendolyn binnen drei Tagen erreichen.«

Kalas schüttelte bereits den Kopf, ehe der Mann seinen Gedanken zu Ende geführt hatte. »Prinz Midalis hat die Abtei längst wieder verlassen«, erklärte er.

»Weil er weiß, dass er uns keinen Widerstand leisten kann.«

»Deshalb setzt er auf eine Zermürbungstaktik«, sagte Kalas. »In der Hoffnung, die Unterstützung für König Aydrian in der Bevölkerung zu untergraben. Ich würde mich ebenso verhalten, wäre ich an seiner nicht eben beneidenswerten Stelle.«

»Nicht beneidenswert deshalb, weil wir wissen, dass er damit bestenfalls kleinere Erfolge erzielen wird«, warf Blaxson ein. »Irgendwann wird er uns und König Aydrian Auge in Auge gegenübertreten müssen.«

»Wo befindet sich König Aydrian derzeit?«, wollte Herzog Kalas wissen.

»Letzten Berichten zufolge in Ursal beim ehrwürdigen Vater De'Unnero«, erwiderte Blaxson. »Inzwischen dürfte er aber bereits wieder unterwegs sein, vielleicht sogar hierher, um zu uns zu stoßen, sobald wir St. Mere-Abelle vollständig umzingeln.«

Herzog Kalas schüttelte den Kopf. »Wir werden die Tore von St. Mere-Abelle noch vor seinem Eintreffen erreicht haben. Außerdem möchte ich zu beiden Seiten der Abtei an der Küste Geschützbatterien errichten lassen. Sollte Prinz Midalis die Absicht haben, mit seiner Flotte in den kleinen Hafen von St. Mere-Abelle einzulaufen, werden wir ihm einen Strich durch die Rechnung machen.«

»Ihr glaubt, Midalis ist von St. Gwendolyn wieder in den Norden zurückgekehrt?«

Kalas nickte. »Ich an seiner Stelle hätte es getan. Der Sommer rückt näher, und einer Überquerung des Golfs steht nichts mehr im Weg. Prinz Midalis' Rückzug sowohl aus Pireth Tulme als auch aus St. Gwendolyn beweist, dass er um seine Schwächen weiß. Er muss sich dringend um weitere

Unterstützung kümmern, und damit kann jetzt, da ihm Pireth Dancard versperrt ist, nur St. Mere-Abelle gemeint sein.« Kalas ließ sich seinen Plan noch einmal durch den Kopf gehen, ehe er entschlossen nickte. »Schickt eine Nachricht nach Palmaris«, ordnete er an. »Der noch verbliebene Teil der Masur-Delaval-Flotte soll unverzüglich Segel setzen und mit Ziel St. Mere-Abelle in See stechen.«

»Nach König Aydrians Bekunden verfügt Prinz Midalis über eine gewaltige Armada«, gab Blaxson zu bedenken.

»Wir werden es vermeiden, Prinz Midalis in eine Seeschlacht zu verwickeln«, versicherte ihm Herzog Kalas. »Stattdessen sollten wir zusehen, dass wir vor dem Prinzen in St. Mere-Abelle eintreffen. Unsere Flotte braucht nichts weiter zu tun, als die Hafenanlagen der Abtei zu zerstören. Und das sollte eigentlich nicht allzu schwierig sein. Anschließend lassen wir unsere Kriegsschiffe im Schutz der Reichweite unserer Küstengeschütze in Lauerstellung gehen.«

»Das würde bedeuten, dass St. Mere-Abelle auf sich allein gestellt ist, ebenso wie Prinz Midalis«, sagte Blaxson.

Herzog Kalas straffte die Schultern. »Wir müssen unter allen Umständen verhindern, dass unsere beiden mächtigsten Gegner zueinander finden.«

Braumin Herde reagierte ziemlich überrascht, als Meister Viscenti ihn wenig später in seinen Privatgemächern aufsuchte, um einen Gast anzukündigen – einen weiblichen Gast. Noch überraschter reagierte er allerdings, als dieser Gast, To'el Dallia von den Touel'alfar, unmittelbar hinter dem sichtlich nervösen Meister sein Gemach betrat.

»Eine Verwandte … Juraviels?«, stammelte er. »Wie … was in aller Welt tut Ihr hier?«

»Die Touel'alfar haben sich unserem Kampf angeschlossen«, antwortete Meister Viscenti an ihrer Stelle. »Sie dienen als Kundschafter sowie als Bindeglied zwischen St. Mere-Abelle, Prinz Midalis' Truppen und einem weiteren möglichen Verbündeten, der derzeit in Behren gegen Abt Olin Krieg führt.«

»In Behren?«

»Aydrians Einfluss erstreckt sich über alle Grenzen hinweg«, erwiderte To'el Dallia. »Hoffen wir, dass er sich übernimmt.«

»Diese Botschaft hat sowohl eine gute als auch eine schlechte Seite«, erklärte Meister Viscenti. »Bislang konnte Prinz Midalis drei kleinere Siege erringen, und den vierten, bislang größten, hat er derzeit fest im Blick. Aber er steht tief unten im Süden, während Herzog Kalas und seine Truppen sich bereits auf dem Weg nach St. Mere-Abelle befinden. Prinz Midalis wird uns in der Anfangsphase der Verteidigung keine Unterstützung anbieten können.«

»Und wenn Prinz Midalis im Süden erfolgreich ist, wird Aydrian St. Mere-Abelle wohl mit noch größerer Härte angreifen«, fügte die Elfe hinzu.

»Das klingt, als würdet Ihr ihn kennen«, sagte Braumin.

»So ist es tatsächlich. Ich war seine Ausbilderin in Andur'Blough Inninness. Ich war es, die ihm beigebracht hat, was es bedeutet, ein Hüter zu sein, obwohl er aufgrund seines Charakters keineswegs dafür geeignet war. Wie sich herausstellte, war er ein großes Unheil für meine Heimat und mein Volk, und wenn wir ihm nicht Einhalt gebieten können, wird er der ganzen Welt zum Verhängnis werden.« Das zierliche Geschöpf hielt inne und nickte Braumin Herde grimmig zu. »Und Ihr seid diejenigen, die ihn hier stoppen müssen.«

»Mit dem ehrwürdigen Vater Fio Bou-raiy habt Ihr bereits gesprochen?«

»Hat sie«, warf Meister Viscenti ein. »Obwohl die Torwachen sich um ein Haar auf sie gestürzt hätten, als sie plötzlich so unerschrocken vor ihnen stand.«

»Nun, wenn man eine solche Legende plötzlich leibhaftig vor sich sieht«, überlegte Braumin. »Ich kann ihre Angst durchaus verstehen.«

»Wir werden in Kürze mit dem ehrwürdigen Vater Bouraiy zusammentreffen, um unser weiteres Vorgehen besser aufeinander abzustimmen«, erklärte To'el Dallia. »Ich sähe es allerdings gern, wenn Ihr dabei zugegen sein könntet, da Ihr meinem Volk weniger fremd seid als Eure Ordensbrüder. Jilseponie hat eine hohe Meinung von Euch.«

»Gewiss nicht so hoch wie meine über sie«, erwiderte Braumin. »Das kommt alles etwas überraschend«, fuhr er kopfschüttelnd fort und fuhr sich mit den Fingern durch sein schütter werdendes Haar. »Und unsere Aussichten scheinen trotz allem ziemlich düster zu sein.«

»Wir werden niemals aufgeben«, erklärte Meister Viscenti. »Wir werden dafür sorgen, dass Aydrian es bedauert, jemals vor die Mauern von St. Mere-Abelle gezogen zu sein.«

»Hoffen wir es, Bruder«, sagte Braumin, erhob sich und verließ das Zimmer.

Es war später Nachmittag, als sie in Sichtweite der Mauern der mächtigen Abtei gelangten. Ihre Marschkolonne war so lang, dass es für sie ein Leichtes war, das gesamte Gelände mit einem Halbkreis zu umschließen, sodass die Truppen im Süden und Norden der Abtei ungehinderte Sicht auf die dunklen Fluten der Allerheiligenbucht hatten. Sofort wurde an diesen beiden Stellen mit dem Aufbau der mächtigen Katapulte und Speerwurfmaschinen begonnen, während entlang der gesamten Front Soldaten darangingen, ein Zeltlager zu errichten.

Irgendwo nahe der Mitte dieser Frontlinie, unmittelbar jenseits des Feldes, das bis vor die mächtigen Tore der Abtei reichte, saß Herzog Kalas, beobachtete das Treiben und wartete auf Nachricht von den aus Palmaris nahenden Schiffen. Auf dem Landweg waren die Hafenanlagen von St. Mere-Abelle für ihn unangreifbar, denn sie lagen weit unterhalb der Ostmauer der Abtei, die man über der steilen Wand einer hohen Klippe errichtet hatte. Er war auf die Schiffe dringend angewiesen, um den langen Hafenkai unbenutzbar machen und die Hafeneinfahrt kontrollieren zu können.

Mit dem ersten Licht des anbrechenden Morgens wurden vor der Küste im Westen Segel gesichtet.

Herzog Kalas verfiel augenblicklich in eifrige Betriebsamkeit und ließ die Truppen Aufstellung nehmen. Die Allhearts und Kingsmen im Rücken seiner Armee aus Bauern dienten ihm dabei eher als antreibende Kraft denn als eigentliche Angriffsspitze. So erzitterte der Erdboden bald darauf unter dem Sturmangriff von mehr als zwanzigtausend Fußsoldaten, während die Katapulte des Herzogs riesige Felsbrocken in den Himmel schnellen ließen, die mit ungeheurer Wucht zwischen den Gebäuden der Abtei niedergingen.

Die Antwort, die ihnen aus St. Mere-Abelle entgegenschlug – bestehend aus Lichtblitzen, einer Front magischen Feuers und Katapultbeschuss –, war nicht minder eindrucksvoll. Soldaten fielen in Scharen, trotzdem schrien die Männer des Herzogs weiter Aydrians Namen in die kühle Morgenluft und setzten ihren Angriff fort.

Die Mönche richteten ein Blutbad unter ihnen an.

Herzog Kalas, der auf der gegenüberliegenden Seite des Feldes noch immer im Sattel seines Ponys saß, verzog bei jeder magischen Entladung, bei jedem schmerzgequälten Aufschrei das Gesicht. Immer wieder blickte er nach links hinüber und wartete auf das erlösende Signal.

Dann vernahm er neben sich ein unerwartetes Gebrüll. »Ihr verdammter Narr! Wer hat Euch den Befehl zum Angriff auf die Abtei gegeben? Ihr solltet sie umzingeln und belagern, mehr nicht!«

De'Unnero hatte seinen wüsten Wortschwall kaum beendet, als Kalas den Signalgeber im Norden der Abtei seine rote und blaue Flagge schwenken sah. Rot zum Zeichen, dass die Hafenanlagen zerstört worden waren, blau, dass die Flotte aus dem Hafen ausgelaufen war. Das Täuschungsmanöver hatte funktioniert.

Kalas rief die Trompeter zu sich und gab ihnen den Befehl, zum Rückzug zu blasen.

»Ihr habt Hunderte von Männern verloren!«, schrie De'Unnero ihn an. »Und was habt Ihr dadurch gewonnen?«

»Wir haben uns auf dem Seeweg Zugang zur Abtei verschafft«, erklärte Kalas ruhig. »Die Hafenanlagen von St. Mere-Abelle sind zerstört und die Gewässer rings um die Abtei fest in unserer Hand – dort wird es mit jeder Stunde, die verstreicht, für Prinz Midalis und seine Flotte ungemütlicher werden.« Der Befehlshaber der Allhearts richtete den Blick wieder auf die Abtei. Er war sichtlich mit sich selbst zufrieden. »Jetzt sind sie von der Außenwelt abgeschnitten, und die Belagerung ist abgeschlossen«, fügte er erklärend hinzu.

De'Unnero ließ den Blick über die zahllosen Toten schweifen, die über das Feld vor den Toren der Abtei verstreut lagen. »Wäre Aydrian mit seinem Ersatzheer hier, hätten wir sie überrennen können«, betonte er.

»Aber er ist weder hier, noch wird er allzu bald hier eintreffen, nach dem, was mir meine Kundschafter berichtet haben. Den Mönchen von St. Mere-Abelle ist der Fluchtweg abgeschnitten, und Prinz Midalis kann nicht heimlich in den Hafen einlaufen, um ihre Reihen zu verstärken.«

Herzog Kalas wusste, innerlich zerriss es De'Unnero, zugeben zu müssen, dass er sich getäuscht hatte, daher nahm er dessen Schweigen, trotz der abfälligen Handbewegung, mit der er sich entfernte, als Kompliment.

21. Spiel mit der Angst

»Ihr hättet sie niedermetzeln können«, sagte Yatol De Hamman zu Brynn. Die beiden blickten hinunter in das winddurchtoste Tal, wo eine versprengte Abteilung der Armee De Hammans soeben in gestrecktem Galopp vor der Streitmacht der To-gai-ru floh, nachdem diese sie erst eingekreist und anschließend gezwungen hatte, nach Südwesten abzuschwenken. Rings um den gesamten Nordrand des kreisrunden Tals waren die drohenden Silhouetten to-gai-ruscher Reiter zu erkennen, die nur auf ein Signal von Brynn warteten, um ins Tal hinunter vorzustoßen und über die Behreneser herzufallen.

Doch das Signal blieb aus.

»Mir liegt nichts daran, Behreneser niederzumetzeln, übrigens auch keine Krieger des Bärenreiches oder irgendeines anderen Volkes«, erwiderte Brynn.

»Euer Angriff vor den Toren Dharyan-Dharielles spricht eine andere Sprache.«

Brynn lenkte Nesty herum, sodass sie genau vor dem Yatol zu stehen kam, der auf einem hellbraunen Gaul hockte, ein Pferd, das viel zu alt war, um wegzulaufen, selbst wenn De Hamman den Mut für einen Fluchtversuch besessen hätte.

»Ihr und ich, wir beide sind uns über die tatsächliche Situation vollkommen im Klaren«, erwiderte Brynn mit aufreizender Gelassenheit. »Meine Informationen über Eure Absichten – Verstärkung herzuschaffen und die Stadt anschließend zu überrennen – haben sich als richtig erwiesen. Die Unfähigkeit, das zuzugeben, ist ein Versagen Eurerseits, Yatol De Hamman, nicht meinerseits.«

Yatol De Hamman biss sich auf die Unterlippe und wandte den Blick ab – doch einen Moment darauf spähte er wieder zu seiner eindrucksvollen Begleiterin hinüber.

Brynn behielt ihn die ganze Zeit im Auge, ohne auch nur ein einziges Mal zu blinzeln.

Pagonel, der seitlich hinter dem Yatol stand, räusperte sich. »Ich werde noch einmal zusammen mit Pherol aufsteigen und mich auf die Suche nach weiteren versprengten Gruppen machen, die im Begriff sind, sich nach Jacintha abzusetzen«, kündigte er an.

»Bring sie dazu, dass sie umkehren«, willigte Brynn ein.

»Abt Olins Garnisonstruppen dürfen auf keinen Fall Verstärkung erhalten.«

Es war der Plan, den sie auf ihrem wochenlangen Marsch von Dharyan-Dharielle von Anfang an verfolgt hatten: Brynn und Pagonel hatten sich mit Pherol zu Erkundungsflügen in die Lüfte erhoben, und zu ihrem ungeheuren Vorteil hatte der prächtige Drache sich am Himmel ungehindert bewegen können. Sie hatten die Nester der fliehenden Behreneser eines nach dem anderen aufgespürt und sie nacheinander von der nach Osten führenden Straße verscheucht, nicht selten in die Sandwüste gejagt oder sie wie eine Viehherde bis zur nächstgelegenen Ortschaft oder Oase vor sich hergetrieben. Nur dreimal war es dabei zu kleineren Scharmützeln gekommen, die jeweils mit einer empfindlichen Niederlage der Behreneser geendet hatten, und selbst in diesen Situationen hatte Brynn sich rasch gezügelt, um die gegnerischen Verluste so gering wie möglich zu halten. Tatsächlich waren die Verluste unter den Kriegern des Bärenreiches am größten gewesen, denn viele von ihnen waren von empörten Behrenesern angegriffen und im Sand erschlagen worden.

Yatol De Hamman fragte: »Glaubt Ihr allen Ernstes, Jacintha besiegen zu können?«

»Ich bin der festen Überzeugung, dass Jacintha dies ganz allein besorgen wird – wenn es das nicht längst getan hat.«

Yatol De Hamman machte ein verwundertes Gesicht.

»Würdet Ihr Aydrian Eure Heimat ausliefern?«, fuhr Brynn fort. »Würdet Ihr Euer ganzes Erbe, Eure Sitten und Gebräuche, diesen Eroberern aus dem Norden opfern?« Sein Gesichtsausdruck verriet ihr, dass sie einen wunden Punkt getroffen hatte. Yatol De Hamman, davon war Brynn überzeugt, wusste um den wahren Charakter Abt Olins. »Und überhaupt, was würdet Ihr damit erreichen, Yatol De Hamman?«, fragte sie. »Oder, präziser ausgedrückt, was würdet Ihr damit auf lange Sicht erreichen?«

»Was wollt Ihr damit sagen?«

»Yatol Mado Wadons Stellung ist gefestigt worden«, erklärte Brynn. »Er hat das Amt des Chezru-Häuptlings übernommen, was nach dem Sturz Yakim Douans und dem Ende des Krieges vor den Toren Dharyan-Dharielles unser aller Wunsch war.«

»Dann hat er sein Ziel doch erreicht!«, rief der Yatol.

»Keineswegs, denn der Titel des Chezru-Häuptlings ist längst nicht so wichtig wie die persönlichen Ziele Abt Olins«, erwiderte Brynn. »Ich weiß, dass Euch diese Tatsache bekannt ist, ebenso wie ich den wahren Zweck Eures Überfalls auf Dharyan-Dharielle kenne. Also raus mit der Sprache, ist der Angriff auf meine Stadt auf Befehl Yatol Wadons oder Abt Olins erfolgt?«

»Es war ein Missverständnis.«

Brynn stieß ein hilfloses Lachen aus. »Ihr seid ein Narr. Klammert Euch meinetwegen an Euren Hochmut und an Eure Lügen. Ich werde die Eigenständigkeit Behrens gegen die Pläne König Aydrians aus dem Bärenreich verteidigen, mit oder ohne Eure Hilfe.«

»Ihr scheint allen Ernstes zu glauben, Ihr könntet Jacintha besiegen«, entgegnete der Yatol spöttisch.

Brynn ließ den Blick über ihre Streitmacht schweifen, gut eintausend To-gai-ru-Krieger. In der offenen Wüste konnte sie es mit einer Armee von der doppelten, vielleicht sogar dreifachen Größe aufnehmen, aber im Kampf gegen eine befestigte Stadt würden einige ihrer größten Vorteile, allen voran die größere Beweglichkeit ihrer Truppen, an Bedeutung verlieren. »Ich kann Jacintha nicht besiegen«, gestand sie. Als sie Yatol De Hamman daraufhin die Schultern straffen sah, fügte sie hinzu: »Jedenfalls nicht allein.«

Bei der Bemerkung erschien ein erschrockener Ausdruck auf dem selbstgefälligen Gesicht De Hammans.

»Nicht einmal gemeinsam mit meinem Drachenfreund«, sagte Brynn.

»Habt Ihr etwa den Geist Yatol Bardohs wiederauferstehen

lassen?«, stieß der Yatol hervor. »Wollt Ihr Behreneser gegen Behreneser kämpfen lassen?«

»Ein eroberungssüchtiger König schafft sich viele Feinde.« Mehr war Brynn nicht bereit, darauf zu erwidern. Sie behielt ihren verschmitzten Gesichtsausdruck bei und lenkte Nesty fort.

Und ließ einen verwirrten De Hamman auf seinem hässlichen hellbraunen Gaul zurück.

»Die wenigen, die es geschafft haben zurückzukehren …«, stammelte Yatol Wadon, kaum fähig, die Worte über die Lippen zu bringen. Nicht, dass dies von Bedeutung gewesen wäre, denn seine Zuhörerschaft – Abt Olin, der neue Yatol Paroud und der eben erst aus Entel zurückgekehrte Meister Mackaront – verstand nur zu gut, worauf er hinauswollte. De Hamman war von den Toren Dharyan-Dharielles vertrieben worden. Brynn hatte ihnen ein weiteres Mal übel mitgespielt, und die behrenesische Streitmacht war Hals über Kopf geflohen – und befand sich sogar noch immer auf der Flucht und verlor dabei, allen Berichten zufolge, immer mehr Männer.

Yatol Wadons Unvermögen, für seine Empörung die rechten Worte zu finden, war daher durchaus verständlich.

»Soweit es sich den Berichten entnehmen lässt, waren Eure Verluste nicht übermäßig groß«, erwiderte Abt Olin, den das alles offenbar nicht sonderlich erschütterte.

»Nicht übermäßig groß!«, schrie Wadon ihn an. »Hunderte, vielleicht Tausende wurden einfach hingemetzelt, und was viel schlimmer ist, die Übrigen haben sich in alle vier Himmelsrichtungen zerstreut. Ihr begreift nicht einmal ansatzweise, welch ungeheure Katastrophe das bedeutet. Behren ist nicht das Bärenreich.«

»Der Sieg hat Brynn Dharielle aus ihrem Bau gelockt«, erwiderte Abt Olin ruhig.

»Draußen in der offenen Wüste sind die To-gai-ru noch viel gefährlicher«, wagte Yatol Paroud einzuwerfen.

»Nicht, wenn ihnen Abellikaner gegenüberstehen«, widersprach Abt Olin.

»Deren Zahl jedoch beständig sinkt«, erklärte Paroud, worauf Abt Olin ihm einen hasserfüllten Blick zuwarf.

»Das reicht!«, ging Yatol Wadon dazwischen.

»Wohin wird diese Brynn den Krieg von dort aus tragen?«, fuhr Olin fort. »Wird sie quer durch die Wüste ziehen und irgendwelche kleineren Ortschaften überfallen? Wird sie Jacintha angreifen? Das wäre doch wohl blanker Irrsinn.«

»Dann also in die offene Wüste«, sagte Yatol Wadon.

»Aber mit welchem Ziel?«, fragte Abt Olin, erhob sich von seinem Platz und begann im Raum auf und ab zu gehen. »Die Zeit arbeitet gegen Brynn Dharielle. Ihr Nachschub ist knapp, und ihre Armee wird große Verluste erleiden. Besiegen kann sie uns nicht, also wird sie ihren Rachedurst stillen und sich anschließend wieder in ihrem Bau verkriechen. Wir brauchen also nichts weiter zu tun, als unsere Streitkräfte neu zu formieren und abzuwarten, bis ihr ein Fehler unterläuft.«

Yatol Wadon funkelte ihn zornig an.

»Deshalb werden wir mit der Wiedervereinigung Behrens im Augenblick noch warten«, fuhr der Abt fort. »Dharyan wird sich noch etwas gedulden müssen, bis Aydrian sein Augenmerk voll und ganz auf Behren richten kann. Lange wird es nicht mehr dauern.«

»Bis Verstärkung aus dem Bärenreich eintrifft, wird Brynn sich wieder hinter ihre befestigten Mauern zurückgezogen haben – mitsamt ihrem Drachen«, sagte Yatol Wadon. »Das ist kein geringes Problem.«

»Für König Aydrian ist es das sehr wohl«, erwiderte Abt Olin. »Wenn der Drache und der König des Bärenreiches sich auf dem Schlachtfeld begegnen, wird es für Aydrian ein Leichtes sein, ihn zu vernichten. Ihr betrachtet die Schlacht bei Dharyan als Desaster, mein Freund, aber ich fürchte, Ihr habt darüber ein wenig die Details aus den Augen verloren.«

Yatol Wadons Blick wurde etwas freundlicher und nahm einen interessierten Ausdruck an.

»Meine Mönche haben dem Drachen schwer zugesetzt«, erläuterte Abt Olin. »Sie haben ihn mit ihren Blitzen vom Himmel geholt, und doch sind alle ihre Blitze zusammengenommen nichts im Vergleich zu Aydrians Kräften.«

»Aber Eure Mönche sind alle tot«, erinnerte ihn Yatol Wadon.

»Ich versichere Euch, es waren mindere Ordensbrüder, die sich ohne weiteres ersetzen lassen. Wir müssen stark bleiben und uns genau überlegen, wie wir weiter vorgehen wollen. Brynn mag ein paar Siege über unbedeutende Ortschaften erringen, aber jeder dieser Siege wird sie einige ihrer Krieger kosten, und die werden sich nicht so leicht ersetzen lassen. Irgendwann wird der Druck auf To-gai zu stark werden. Kehrt sie dann in ihre Heimat zurück, werden wir eine zweite Armee in Marsch setzen, um die Sicherheit Behrens zu gewährleisten. Und wenn im Anschluss daran König Aydrian eintrifft, werden wir dieses Weib mitsamt ihren jämmerlichen Truppen in Grund und Boden stampfen.«

Yatol Paroud hatte nickend zugehört. Während er den Verheißungen eines endgültigen Sieges lauschte, war ein unübersehbarer Glanz in seine Augen getreten. Yatol Mado Wadon dagegen war weit davon entfernt, seine Begeisterung zu teilen. Kümmerte es Abt Olin nicht einmal, dass dabei garantiert Tausende von behrenesischen Bürgern hingemetzelt würden? Vermochte er die entzweienden Kräfte der zahllosen verschiedenen behrenesischen Gruppierungen, uralten Stämme und Blutlinien nicht richtig einzuschätzen, die ein treues Festhalten an Traditionen erforderten, die weit über die des Königreiches und selbst des Chezru hinausgingen? Theoretisch war Behren über Hunderte von Jahren ein geeintes Königreich gewesen, doch selbst in den letzten Jahren Yakim Douans hatte das politische Gefüge des Landes seinem Wesen nach eher einer Stammesgesellschaft entsprochen.

»Letzten Berichten zufolge befindet sich Brynn Dharielle nahe der Oase Dahdah«, brachte Yatol Wadon vor. »Und zwar auf dem Weg nach Osten, Richtung Jacintha.«

»In Begleitung wie vieler Krieger?«

»Vielleicht eintausend«, antwortete Yatol Wadon wahrheitsgemäß, eine Zahl, die ihm, als er sie laut aussprach, selbst ein wenig lächerlich vorkam. Es bedurfte einer weit größeren Armee, wenn man auch nur eine Chance haben wollte, Jacintha einzunehmen – zumal die dort stationierten Soldaten durch annähernd zehntausend Soldaten aus dem Bärenreich verstärkt worden waren. »Außerdem hat sie natürlich den Drachen bei sich.«

»Nun, soll sie doch angreifen«, sagte Abt Olin. »Soll sie doch wegen dieser Bestie einer Selbstüberschätzung erliegen und gegen unsere Mauern anrennen. Meister Mackaront hat eine ganze Schar zusätzlicher Ordensbrüder mitgebracht, alle bewaffnet mit Grafit und Serpentin, dem Stein des Blitzes, dessen Schild sogar Drachenfeuer abzuwehren vermag. Falls sie, wie Ihr glaubt, tatsächlich angreift, wird Ihr das übertriebene Selbstvertrauen zum Verhängnis werden, und zwar auf grässliche Weise. Wie großartig werdet Ihr in den Augen Eurer Landsleute wohl dastehen, wenn Ihr siegreich aus der Schlacht um Jacintha und dem Kampf gegen den Drachen von To-gai hervorgeht?«

Yatol Wadon dachte über die Bemerkung nach, dann begann er langsam zu nicken.

»Meine Flotte ist derzeit unser einziger Schwachpunkt, weshalb ich Herzog Bretherford Befehl gegeben habe, sich weiter Richtung Norden von der Küste zu entfernen, außer Sichtweite des Hafens von Jacintha. Sollten Brynn und ihr Drache sie bis in die Gewässer des Bärenreiches verfolgen, würde sie sich damit sofort den Zorn König Aydrians zuziehen. Dann könnte sie nicht einmal mehr ein Schwarm von hundert Drachen retten. Seid unbesorgt«, erklärte Abt Olin, der mit Meister Mackaront im Schlepptau bereits auf dem

Weg zur Tür war. »Brynn Dharielles Chance zuzuschlagen schwindet rasch dahin, und das weiß sie. Wenn sie klug ist, wird sie in ihre Heimat fliehen. Eins dürfte ihr jedenfalls ebenso klar sein wie uns: Letztendlich kann sie gar nicht gewinnen.«

»Egal, welchen Preis sie dafür zu zahlen bereit ist?«

Bereits an der Tür, wandte Abt Olin sich noch einmal um und zeigte Yatol Wadon ein gehässiges Grinsen. »Das ist ohne Bedeutung.«

»Sie kann Jacintha auf keinen Fall erobern, Meister«, bemerkte Yatol Paroud.

»Aber sie könnte große Verwirrung stiften«, gab Yatol Wadon zu bedenken. »Was sie ja bereits getan hat. Wir werden möglicherweise Monate brauchen, um die Überreste von Yatol De Hammans Streitmacht neu zu formieren, und ohne sie …«

»Auf Abt Olin sind wir jetzt in noch viel stärkerem Maße angewiesen«, fiel Yatol Paroud ihm ins Wort. Die Bemerkung schien ihn, als sie ihm über die Lippen kam, selbst zu überraschen. »Mein Yatol, Ihr … glaubt doch nicht etwa …«, stammelte er.

»Dass sich alles exakt Abt Olins Erwartungen entsprechend entwickelt?«, unterbrach ihn Yatol Wadon. »Nein, ich denke nicht, dass dies seinen Absichten entspricht. Meiner Überzeugung nach bedauert er die Niederlage bei Dharyan-Dharielle – er hätte gewiss nichts lieber getan, als seinem König die Eroberung der Stadt zu melden.«

»Unsere Spione standen versteckt hinter einem Bücherregal, als Meister Mackaront nach seiner Rückkehr mit Abt Olin zusammentraf«, sagte Yatol Paroud. »Sie haben mitgehört, dass König Aydrian verfügte, dass die Krieger des Bärenreiches einem Kampf mit Brynn aus dem Weg gehen sollten. Ton und Wortwahl seiner Äußerung ließen sie zu der Schlussfolgerung gelangen, dass König Aydrian es auf ein Bündnis mit Brynn abgesehen hat.«

Yatol Wadon, einen zunehmend verkniffenen Zug um den Mund, wandte sich dem Fenster mit Blick auf den Hafen von Jacintha zu. Es fiel ihm schwer, sich Parouds Verdacht nicht anzuschließen – noch schwerer allerdings fiel es ihm, einen vernünftigen Einwand dagegen vorzubringen.

»Ist es vielleicht möglich, dass Abt Olin hergekommen ist, um die Zerstörung Behrens zu überwachen?«, fragte Paroud, und Yatol Wadon zuckte zusammen. »Hat er uns möglicherweise nur deshalb bei unserem Kampf gegen Yatol Bardoh unterstützt, weil er der Meinung war, dieser stünde seinem König Aydrian im Weg?«

Wieder wusste Yatol Wadon darauf nichts zu erwidern. Natürlich war er sich bewusst, dass Behren in ernsthaften Schwierigkeiten steckte – und zwar tiefer, als Abt Olin zu glauben schien. Sehr wahrscheinlich war De Hammans Armee in Stammesgruppen zerfallen, und diese Banden ehemaliger Krieger zogen nun, verängstigt und voller Wut, unbehelligt durch die Lande. Durchaus möglich, dass Behren, während er hier im sicheren Jacintha saß, sich jenseits der Sandwüste bereits selbst zu zerfleischen begann.

Und wenn das Land erst in völligem Chaos versank, insbesondere, da Brynn Dharielle und ihr Drache ungehindert durch die Lande zogen, wären Yatol Wadon – ohne die entscheidende Unterstützung Abt Olins und seines machtgierigen jungen Königs Aydrian – bei dem Versuch, es wieder zu vereinen, die Hände gebunden.

Yatol Wadon starrte weiter hinunter auf den Hafen, wo die Kriegsschiffe des Bärenreiches noch immer vor Anker lagen. Fast hoffte er, Brynn und ihr Drache würden in sein Blickfeld gleiten und die Flotte dort unten vernichten.

Diese fremde Flotte.

Herzog Bretherfords Kriegsschiffe setzten die Segel und lichteten den Anker. Das halbe Dutzend Schiffe des Bärenreiches stach mit Kurs Nordost in See, entfernte sich von der Küste und segelte in die sicheren Gewässer des Bärenreiches zurück, während die Flotte des Piraten Maisha Darou, fürs Erste aller Verpflichtungen entbunden, parallel zur Küste Richtung Süden steuerte. Säckeweise kostbare Edelsteine an Bord, nahm Darou befehlsgemäß Kurs auf die sicheren Gewässer rings um die Piraten-Bänke, wo ihn eine wohlverdiente Ruhepause erwartete.

Herzog Bretherford hatte die Berichte vom Desaster bei Dharyan-Dharielle gehört, und obschon der bei weitem größte Teil dieser vernichtend geschlagenen Streitmacht aus Behren und nicht aus dem Bärenreich stammte, war in einigen Berichten von Vergeltungsmaßnahmen an den Nordländern durch fliehende Behreneser die Rede.

Herzog Bretherford war Behren herzlich gleichgültig – viel mehr beunruhigten ihn die Ereignisse in seinem eigenen Land. Er plante, auf der Insel Freeport einen Zwischenstopp einzulegen und frische Vorräte an Bord zu nehmen, um anschließend Entel anzulaufen, wo er Nachricht von König Aydrian und Prinz Midalis zu erhalten hoffte.

Früh am nächsten Morgen wurde dem Herzog in seiner Kajüte die Nachricht von einer zweiten Flotte überbracht, die Kurs nach Süden hielt, offenbar in der Absicht, ihm den Weg abzuschneiden. Da in der Meldung außerdem von Karavellen die Rede war, überlegte Bretherford, ob König Aydrian Abt Olin möglicherweise auf dem Seeweg zu Hilfe eilte. Doch kaum stand er am Bug der *Rontlemores Traum*, klärte sich sein Irrtum auf.

Denn die auf sie zuhaltende Armada segelte unter der Flagge des aufgerichteten Bären des Hauses Ursal.

Herzog Bretherford reagierte prompt. »Segel bergen zum Gefecht!«, kommandierte er, worauf der Befehl über die Decks an die anderen Kriegsschiffe weitergegeben wurde.

Den Blick weiter starr nach vorn gerichtet, sah der Herzog immer mehr Schiffe am Horizont auftauchen.

»Was sind das für Schiffe?«, fragte ein Matrose.

»Alpinadoranische Barkassen«, antwortete der erfahrene Seemann. »Offenbar hat der Prinz ein paar Freunde mitgebracht.«

Auch die herannahenden Kriegsschiffe holten ihre Segel zum Gefecht ein – mit einer Ausnahme: ein schlanker Schoner, den Herzog Bretherford als die *Saudi Jacintha* wiedererkannte. »Kapitän Al'u'met«, murmelte er leise. Er hatte bereits von ihm gehört und wusste, dass er ein alter und geschätzter Freund Jilseponies war.

Die *Saudi Jacintha* zog eine weiße Unterhändlerflagge an ihrer Führungsleine auf und hielt weiter auf sie zu, bis sie sich der *Rontlemores Traum* auf weniger als hundert Meter genähert hatte.

»Signalisier ihnen, sie sollen sich unter Verhandlungsbedingungen nähern«, trug Herzog Bretherford seinem Signalgeber auf.

»Wir hatten vom ehrenwerten Herzog Bretherford nichts anderes erwartet«, erklang hinter ihm eine Stimme, und der Herzog wäre vor Schreck fast aus den Stiefeln gefahren und über Bord gegangen. Wie alle in der unmittelbaren Umgebung wirbelte er herum und sah drei Personen – einen kleinwüchsigen Touel'alfar, Königin Jilseponie und Prinz Midalis – wie aus dem Nichts an Deck treten. Alle drei hielten sich bei den Händen gefasst, und alle waren sie mit einem bläulich weißen Glanz überzogen.

Die Besatzung stolperte übereinander bei dem Versuch, zu den Waffen zu greifen, während weiter hinten, auf dem Achterdeck, mehrere Schützen ihre Bögen auf sie richteten.

Pony hielt einen Rubin in die Höhe, sodass Bretherford ihn sehen konnte, und erklärte ruhig: »Es wäre für mich ein Leichtes, Euer Schiff in Brand zu setzen. Ich möchte Euch dringend bitten, mich nicht dazu zu zwingen.«

»Die Unterhändlerflagge hat nach wie vor Gültigkeit«, fügte Prinz Midalis hinzu. »Wir sind gekommen, um zu verhandeln.«

Herzog Bretherford, den Blick wie gebannt auf den Rubin geheftet, hörte kaum, was der Prinz sagte. Jilseponies Geschick im Umgang mit den magischen Steinen war ihm bekannt, und er wusste nur zu gut, welch zerstörerische Kräfte ihr Feuerball entfachen konnte. Er bedeutete seinen Bogenschützen, ihre Waffen zu senken, und signalisierte den übrigen Mitgliedern der Besatzung zurückzutreten.

»In meiner Kabine«, sagte er und deutete auf eine Tür auf der gegenüberliegenden Seite des Decks.

»Gleich hier«, erwiderte Prinz Midalis. Er warf Pony einen Blick zu, dann ließ er ihre Hand los und trat aus dem Feuerschild des Serpentins.

»Ich bin Prinz Midalis, Bruder von König Danube Brock Ursal«, hob er mit kraftvoller Stimme an und begann auf und ab zu gehen, sodass er jedem an Deck in die Augen sehen konnte. »Ihr kennt mich. Ihr habt meinem Bruder tapfer gedient. Ebenfalls dürfte Euch bekannt sein, dass der junge Mann, der vor kurzem den Thron des Bärenreiches an sich gerissen hat, nicht Euer rechtmäßiger König ist. Auf diesen Thron erhebe ich Anspruch, und ich fordere Treue und Loyalität!« Erstaunte Gesichter blickten ihm entgegen, und unsicheres Getuschel wurde laut.

»Aydrian ist König, das hat Euer Bruder persönlich so verfügt«, widersprach der Herzog.

»Seine damalige Aussage ist falsch gedeutet worden, wie Ihr eigentlich wissen müsstet!«, entgegnete Jilseponie.

Der Herzog zuckte bloß die Schultern. In seinen Ohren war das nichts als leeres Gerede.

»Entweder Ihr beweist mir Eure Loyalität, Herzog Bretherford, oder ich verlange Eure Kapitulation«, fuhr Prinz Midalis fort, und als Bretherford daraufhin trotzig die Schultern straffte, fügte er hinzu: »Ich habe fünfzig Kriegsschiffe unter meinem Kommando, dazu Königin Jilseponie und ihre magischen Steine, Andacanavar, den Hüter Alpinadors, mit seinen kampferprobten Kriegern sowie …« Er hielt inne, um auf

Juraviel zu zeigen. »Sowie noch weitere Verbündete, deren Stärken Ihr nicht einmal ansatzweise einzuschätzen vermögt. Ich fordere Euch nachdrücklich auf, mich nicht zu zwingen, meine irregeleiteten Landsleute zu töten.«

»Aydrian hat Anspruch auf den Thron erhoben«, erwiderte Herzog Bretherford. »Der gesamte Süden des Bärenreiches ist bereits in seiner Hand, da könnt Ihr doch unmöglich hoffen –«

»Was ich hoffe und was nicht, braucht Euch nicht im Mindesten zu interessieren, Herzog Bretherford«, fiel Prinz Midalis ihm ins Wort. »Ich biete Euch diese Chance, Euer irriges Verhalten zu korrigieren.«

»Er hat Kalas und sämtliche Allhearts und Kingsmen sowie eine Söldnerarmee von mindestens noch einmal der gleichen Stärke hinter sich«, erwiderte Herzog Bretherford. »Glaubt Ihr allen Ernstes, Ihr habt eine Chance, ihn zu besiegen?«

»Hat man mir in dieser Frage etwa eine Wahl gelassen?«, fragte Prinz Midalis. »Wollt Ihr, dass ich alles, was mir lieb und teuer ist, aufgebe, nur um mich diesem Emporkömmling zu fügen?«

»Besiegen könnt Ihr ihn jedenfalls nicht«, wiederholte Bretherford.

»Ebenso wenig wie Ihr mich, jedenfalls nicht hier und jetzt«, erwiderte Midalis. »Ihr könnt auch nicht hoffen, mir davonzusegeln. Ihr werdet mir Eure Schiffe überlassen, oder ich versenke –«

In diesem Moment trat Pony neben ihn und legte ihm die Hand auf die Schulter, um ihn zum Schweigen zu bringen, dann schob sie sich an ihm vorbei und stellte sich vor Herzog Bretherford. »Ich kenne Euch«, sagte sie. »Und ich habe Verständnis für Euer Ehrgefühl.«

»Aber Ihr kennt doch auch Euren Sohn«, entgegnete Bretherford. »Und Ihr wisst, wie mächtig er ist!«

»Das ist richtig. Und vielleicht ist all dieser Widerstand nichts als Torheit.«

»Dann überlegt Euch eine andere Möglichkeit.«

»Nein, und ich möchte Euch inständig bitten, Euch uns anzuschließen. Aydrian beherrscht das Bärenreich von Palmaris bis Ursal und von Entel bis Pireth Tulme. Aber wir haben die Oberhoheit über das Meer.«

Der Herzog begann langsam den Kopf zu schütteln.

»Schließt Euch uns an!«, sagte Pony erneut.

»Soll ich mich etwa jedes Mal zu einem anderen Herrn bekennen, wenn sich mir eine Streitmacht entgegenstellt, die stärker ist als meine eigene?«, brüllte Herzog Bretherford. »Ich bin ein Herzog in Diensten des Königs des Bärenreiches!«

»Und dieser König ist von Rechts wegen Midalis Dan Ursal!«

»Was, verlangt Ihr, soll ich tun?«, stieß Bretherford sichtlich verwirrt hervor. »Soll ich Euretwegen etwa meine Ehre aufgeben?«

»Ich verlange von Euch nicht mehr, als ich von mir selbst verlange«, erwiderte Pony ruhig. »Ich möchte Euch lediglich bitten, das zu tun, was Euer Gewissen Euch befiehlt.«

Bretherford ließ sich nach hinten gegen die Reling sinken und rieb sich sein gerötetes Gesicht.

»Wenn Ihr gegen mich kämpft, werde ich keine Gnade walten lassen«, warnte Prinz Midalis. »Dafür haben wir keine Zeit.«

»Wir befinden uns auf dem Weg nach Jacintha, um Brynn Dharielle zu helfen, Abt Olin zurückzuschlagen«, erklärte Pony, worauf dem Herzog vor Staunen der Unterkiefer herunterklappte.

»Wie in aller Welt könnt Ihr davon wissen?«

»Die Truppenbewegungen erfolgen nicht unabhängig voneinander«, versicherte ihm Prinz Midalis. Wieder blieb Bretherford nichts zu tun, als sich das Gesicht zu reiben und nachzudenken.

Pony trat ganz nah an Midalis heran und flüsterte ihm etwas ins Ohr. Nach kurzem Zögern nickte der Prinz zustimmend.

»Ich werde Euch nur dieses eine Zugeständnis machen, aus Freundschaft und weil ich an Euch glaube«, eröffnete er dem Herzog. »Führt eine Abstimmung unter allen Euren Männern durch, und stellt sie vor die Wahl zwischen König Midalis und König Aydrian. Wer dem Haus Ursal die Treue hält, wird voller Stolz mit mir segeln. Wer sich dagegen auf die Seite des Thronräubers Aydrian stellt, wird in Entel an Land gesetzt werden. Die Gesamtheit Eurer Kriegsschiffe fällt in jedem Fall unter mein Kommando.«

»Folgt Eurem Gewissen«, forderte Pony ihn noch einmal auf.

Als Bretherford daraufhin klagte: »Wir können unmöglich gewinnen«, bemerkte er, dass bei dem Wörtchen »wir« ein Lächeln auf ihren Gesichtern erschien.

»Dann sterben wir eben für eine gerechte Sache«, sagte Prinz Midalis, entnahm dem Beutel an seinem Waffengurt eine Fahne, das Banner Ursals, und warf es dem Herzog zu. »Dazu fünf weitere hier drin«, erklärte er, löste den Beutel von seinem Gurt und schmiss ihn aufs Deck, Herzog Bretherford vor die Füße. »Wir erwarten Eure Entscheidung.«

Mit diesen Worten trat er zurück zwischen Jilseponie und den kleinwüchsigen Elfen, in dessen erhobener Hand plötzlich ein schimmernder Smaragd erschien.

Dann waren sie verschwunden.

Der verdutzte Herzog Bretherford wirbelte herum und sah zur *Saudi Jacintha* hinüber, die in diesem Moment ihr Wendemanöver beendete und allmählich Fahrt aufnahm, während der Rest von Midalis' Flotte rasch aufschloss.

»Wir werden sie alle miteinander versenken, mein Herzog!«, rief ein Seemann, worauf die anderen lautes Jubelgeschrei anstimmten und zu ihren Waffen liefen.

Herzog Bretherford betrachtete die Fahne in seinen Händen, dann sah er hoch zum Wimpel von König Aydrian, der über seinem Kopf im Wind flatterte. Er erteilte seinen Männern den Befehl, sich bereitzuhalten, dann begab er sich mit hastigen Schritten in seine Kajüte und goss sich einen Schluck Rum ein. Er hielt das Glas vor sein Gesicht und schwenkte die Flüssigkeit hin und her. Dann stürzte er den Inhalt hinunter und schleuderte das Glas quer durch die Kajüte.

Insbesondere Jilseponies Abschiedsworte wollten ihm nicht mehr aus dem Kopf. *Folgt Eurem Gewissen.*

Denn darum ging es doch letzten Endes, oder nicht? Unter dem Strich konnte kein Mensch mehr erreichen.

Herzog Bretherford hatte sich nie von all dem Pomp, der Aydrian umgab, oder den allgegenwärtigen Lobhudeleien für den jugendlichen Emporkömmling blenden lassen. Herzog Bretherford war ein enger Vertrauter König Danubes gewesen, er hatte den Mann von ganzem Herzen gemocht. Und Bretherford wusste besser als der gesamte übrige Adel Ursals, dass Prinz Midalis seinem Wesen nach dem toten König ziemlich ähnlich war.

Der Herzog hatte sich mittlerweile ein wenig beruhigt, obwohl er überzeugt war, dass sein Entschluss, Prinz Midalis zu dienen, ihn vermutlich schon bald ins Jenseits befördern würde.

Sei's drum. Er würde in dem Bewusstsein sterben, dass seine Ehre und seine Loyalität gegenüber dem Haus Ursal keinen Schaden genommen hatten.

Er würde in dem Bewusstsein sterben, dass er wirklich seinem Gewissen gefolgt war.

»Nach Herzog Bretherfords Einschätzung werden sie kurz nach Mittag eintreffen«, unterrichtete Belli'mar Juraviel Brynn.

Die Kriegerin erhob sich und ging hinüber zur Kante des Felsens. Unter ihr erstreckte sich bis weit nach Südosten die Stadt Jacintha. »Was meinst du, wird sich dieser Herzog Bretherford als verlässlicher Verbündeter entpuppen?«

»Besser, er kämpft mit uns als gegen uns«, erwiderte Juraviel. »Die Zahl der Truppen, die er mitbringt, ist nicht eben groß – mehr als die Hälfte der Besatzung an Bord seiner kleinen Flotte hat sich entschieden, Jilseponies Angebot anzunehmen, sich in Entel an Land setzen zu lassen und weiter in Diensten König Aydrians zu bleiben. Er hingegen ist ein Adliger aus dem Bärenreich, der unter seinesgleichen höchstes Ansehen genießt. Vielleicht bewirkt sein Entschluss, dass auch andere ihre Torheit einsehen oder neuen Mut schöpfen.«

»Das glaubst du doch nicht ernsthaft«, erwiderte Brynn.

»Nein, das tu ich nicht«, gab der Elf nach kurzem Zögern zu. »Nach Einschätzung meiner Kundschafter hat König Aydrian die überwiegende Mehrheit der Bevölkerung und des Militärs des Bärenreiches fest in seiner Hand. Andererseits kontrollieren unsere nördlichen Verbündeten jetzt, da Herzog Bretherford die Seiten gewechselt hat, die Seewege im Norden, und das ist keine Kleinigkeit.«

Brynn nickte. Sie wollte die Diskussion nicht weiter vertiefen, schließlich hatten sie und Pagonel diesen Punkt bereits ausgiebig diskutiert und waren zu dem Schluss gekommen, dass die Situation im Bärenreich nicht gerade viel versprechend war. Zahlenmäßig war die Armee des Prinzen für eine Durchquerung des Landes bei weitem nicht stark genug – es reichte kaum, um bis ins Landesinnere vorzustoßen. Er schien Gefahr zu laufen, für das Bärenreich das zu werden, was Maisha Darou für Behren darstellte: ein Dorn im Auge, ein vorübergehendes Ärgernis, mehr nicht.

Für ihr Anliegen in Behren und auch in To-gai hingegen könnte Prinz Midalis sich als unschätzbar wertvoll erweisen.

»Ist bei deinem Abstecher durch Jacintha gestern Abend etwas herausgekommen?«, erkundigte sie sich.

Juraviel bedeutete Brynn und Pagonel, ihm um die Seite eines riesigen Findlings herum zu folgen, wo man, für alle neugierigen Blicke aus der Stadt verborgen, eine brennende Fackel angebracht hatte. Er holte die Karte der Stadt hervor, die Brynn ihm besorgt hatte, und breitete sie vorsichtig auf einem Felsen aus. »Die Stallungen und Vorratskammern«, erklärte er und zeigte mit dem Finger auf ein Gebiet im äußersten Nordosten der Stadt. »Die Soldaten des Bärenreiches haben tonnenweise Heu mitgebracht. Die Ballen liegen, bis unter die Decke gestapelt, auf mehrere Gebäude verteilt.«

Brynns Gesicht bekam einen angespannten Zug. Es widersprach all ihren To-gai-ru-Instinkten, Stallungen anzugreifen. Das Nomadenvolk liebte und schätzte Pferde über alles.

»Unweit davon gibt es ein mit Pech gefülltes Lagerhaus«, fuhr Juraviel fort und schob seinen Finger ein Stück in Richtung Stadtmitte.

»Könnt Ihr diese Gebäude aus der Luft erkennen, selbst bei nächtlicher Dunkelheit?«, erkundigte sich Pagonel. Der Elf nickte.

Daraufhin verstummten die beiden und traten einen Schritt von Brynn zurück. Sie spürte ihre Blicke und wusste, dass ihre innere Zerrissenheit ihr deutlich ins Gesicht geschrieben stand.

»Wie mir das zuwider ist«, sagte sie.

»Aber die Alternative dürfte dir noch viel mehr zuwider sein«, erklärte Pagonel.

Brynn sah von der Karte auf und musterte ihren vertrauten Berater nachdenklich. In Gedanken hörte sie bereits die Schreie der Männer und Frauen, das Wiehern der völlig verängstigten Pferde. Vor ihrem inneren Auge sah sie bereits die Flammen hoch in den Himmel über Jacintha lodern.

»Aydrian plant, die gesamte Welt zu erobern«, hörte sie Juraviel sagen.

»Aydrian hat Lady Dasslerond vernichtet und wollte ganz Andur'Blough mit Verwüstung überziehen«, fügte der Elf einen Moment später hinzu.

Brynn mochte weder seiner Argumentation noch der Aussage, dass ihrem ehemaligen Gefährten Einhalt geboten werden musste, widersprechen, aber die Gewissheit, dass sie über die Leichen Unschuldiger würde gehen müssen, um an ihn heranzukommen, tat ihr in der Seele weh.

»Also gut, leuchten wir unseren Verbündeten den Weg«, sagte sie schließlich.

Zwei Stunden vor dem Morgengrauen kletterten Brynn, Pagonel und Juraviel auf die Schultern des mächtigen Pherol, ehe der Drache hoch oben in den südöstlichen Gipfeln des Gebirgszuges absprang, seine Schwingen ausbreitete und sich den Winden anvertraute, die vor der steilen Felswand vom warmen Wasser des Ozeans aufstiegen. Pherol flog sehr tief, noch unterhalb der über dem Meer hängenden Nebelschicht, und glitt in einem allmählichen Schwenk nach Süden über die dunklen Fluten, dann die ganze Strecke in nordöstlicher Richtung wieder zurück. Plötzlich jagte er im Sturzflug über die Hafenanlagen von Jacintha hinweg, was bei den wenigen Menschen dort, die bereits auf den Beinen waren, ein panisches Geschrei auslöste. Sein Auftauchen kam so unerwartet, dass die Soldaten an der den Hafenanlagen zugewandten Stadtmauer nicht schnell genug alarmiert werden konnten und kaum jemand seinen Bogen gegen den am Himmel vorüberschießenden Drachen erhob.

Als Erstes deutete Juraviel auf das mit Pech gefüllte Lagerhaus, und obwohl das Gebäude weitgehend aus Stein gebaut war, drang Pherols Feueratem bis ins Innere vor und setzte eine große Zahl der dort aufgestapelten Fässer in Brand.

Das nächste Ziel erhob sich vor ihnen aus dem Dunkel, als sie ihren Flug mit Kurs auf die schwarze Silhouette des Gebirges fortsetzten, und diesmal hatte ihre Tiefflugattacke weit drastischere und unmittelbarere Wirkung. Berge trockenen Heus erwachten hinter Pherol zu feurigem Leben.

Brynn sah sich nicht um, sie brachte es nicht über sich, und doch holten sie die Schreie fast augenblicklich ein.

Der Drache, der an dem zerstörerischen Spektakel sichtlich Freude hatte, legte sich in die Kurve, so als wollte er noch einmal umkehren. Doch Pagonel schrie ihn an, er solle auf Kurs bleiben, und erinnerte ihn daran, dass die Waffen der Abellikaner zweifellos bereits auf ihn gerichtet wurden.

Kurze Zeit später, sie waren längst wieder zwischen den Felsen des Gebirges, hielt Brynn es nicht länger aus. Sie trat bis an den Rand der Klippe und blickte hinab auf das schaurige Schauspiel der gewaltigen Flammen, die über der nördlichen Stadtmauer in den noch dunklen frühmorgendlichen Himmel schlugen. Der gesamte Horizont wurde von den Bränden in ein orangefarbenes Licht getaucht, und eine Wolke tiefschwarzen Qualms stieg in die Luft und breitete sich aus, bis sie die Sterne verdunkelte.

Entschlossen verdrängte Brynn die Bedeutung dieses Anblicks aus ihren Gedanken. »Beim ersten Licht des Morgens rücken wir vor«, sagte sie zu ihren Gefährten. »Wir müssen dafür sorgen, dass sie ihre Aufmerksamkeit auch weiterhin nach Westen richten.«

Das erste Licht der Morgendämmerung erhellte kaum den Horizont, da sahen sich die Soldaten auf der Westmauer Jacinthas, deren Reihen sich wegen der zur Bekämpfung der wütenden Feuer abkommandierten Kameraden bereits stark gelichtet hatten, den berittenen Heerscharen des Drachen von To-gai gegenüber. Auf ihren gescheckten Ponys, den Kurzbogen griffbereit, hatten sie sich knapp außer Reichweite der behrenesischen Bogenschützen zum Angriff formiert.

Nicht aber außer Reichweite der Katapulte, die, eines nach dem anderen, mächtige Geschosse auf die To-gai-ru schleuderten.

Die Reiter waren jedoch viel zu beweglich, um einem solchen Beschuss zum Opfer zu fallen. Immer wieder gelang es ihnen, den Geschossen auszuweichen, während sie die Stadt mit einem Schwall von spöttischen Beleidigungen überhäuften.

»Ein typisches Täuschungsmanöver der Ru«, sagte Yatol

Wadon zu Abt Olin. »Sie versuchen uns hinter unseren Mauern hervorzulocken, um uns draußen im offenen Gelände niedermetzeln zu können.«

»Diese berittenen Teufel«, knurrte Abt Olin. »Sie schlagen im Schutz der Dunkelheit zu und ergreifen dann die Flucht. Feiglinge, alle miteinander!«

»Feiglinge, die leider immer wieder gegen jede Wahrscheinlichkeit gewinnen«, warnte Yatol Wadon.

»Gegen Behreneser«, blaffte Abt Olin voller Verachtung. »Die Kampfkraft der Krieger aus dem Bärenreich können sie überhaupt nicht einschätzen.«

»Mit ihren Bögen und im Sattel ihrer vortrefflichen Ponys sind sie gefährliche Gegner.«

»Und was, bitte, vermögen sie mit ihren schwächlichen Bögen gegen die gepanzerten Krieger aus dem Bärenreich auszurichten?«, schäumte der Abt. »Oder gegen die Magie der Abellikaner?«

Der Yatol zuckte bloß mit den Schultern.

»Ich werde diesen lästigen Bauerntrampel gleich hier und jetzt vernichten«, verkündete Abt Olin. »Und lästig ist dieses Weib vor allem deshalb, weil sie in Eurem Volk gefürchtet ist. Es war nichts anderes als Angst, die das Heer auf dem Feld vor den Toren Dharyans bewogen hat, jede Ordnung aufzugeben. Hätte Yatol De Hamman seine Truppen neu formiert, hätte er einen triumphalen Sieg erringen können.«

»Wir haben allen Grund, sie zu fürchten«, erklärte der Yatol.

»Dann sollten wir zusehen, dass sich das ändert, und zwar gleich hier und jetzt. Falls Brynn Dharielle es tatsächlich wagt, sich dem Herrschaftsanspruch des Bärenreiches entgegenzustellen, werde ich unter ihren Leuten ein gewaltiges Blutbad anrichten. Sollte sie kehrtmachen und die Flucht ergreifen, was sie unweigerlich wird tun müssen, dann sorgt dafür, dass Eure Soldaten Zeugen ihres fluchtartigen Rückzugs werden, damit sie endlich merken, dass die Legende des

Drachen von To-gai mit der Wirklichkeit nicht viel gemein hat!«

»Dieses Vorgehen macht mir Angst.«

»Euch macht doch alles Angst«, entgegnete Abt Olin, ehe er aus dem Zimmer stürmte und seinen Kommandanten den Befehl zurief, alle Vorkehrungen für einen Ausfall zu treffen.

»Hast du den Drachen in Sicherheit gebracht?«, wandte sich Pagonel an Brynn. Er und Belli'mar Juraviel standen irgendwo nahe der Mitte der toi-gai-ruschen Front bei ihr und Nesty.

»Ich habe ihn nach Dharyan-Dharielle geschickt, um die Leute dort von der Schlacht zu unterrichten«, erklärte Brynn. »Er wird sich auf dem Rückweg südlich der Stadt halten und uns ausfindig machen, wo immer wir gerade sind.«

Pagonel gab ihr einen anerkennenden Klaps aufs Bein und nickte zustimmend. Im Augenblick kam es vor allem darauf an, den blutrünstigen Drachen vom Schlachtfeld fern zu halten.

»Es wird bestimmt funktionieren«, gab Brynn sich zuversichtlich.

»Und wenn nicht?«

»Dann werden wir quer durch die Sandwüste bis nach Alzuth reiten und die Stadt plündern«, erwiderte sie. »Und dazu jede andere Stadt zwischen Alzuth und Dharyan-Dharielle. Außerdem wird es ganz bestimmt nicht wieder vorkommen, dass ich Erbarmen mit fliehenden behrenesischen Soldaten habe und sie verschone.«

Wieder nickte der Mystiker.

»Aber es wird sicher funktionieren«, erklärte Brynn noch einmal.

Pagonel spürte deutlich, dass es eher eine Mischung aus banger Frage und verzweifeltem Wunschdenken war als eine Feststellung. »Das sieht sogar Yatol De Hamman mittlerweile so«, versuchte er sie zu beruhigen.

Nur wenige Augenblicke später wurden die mächtigen Tore Jacinthas aufgestoßen, und die Armee des Bärenreiches strömte daraus hervor.

»Zielt genau, aber zielt über ihre Köpfe hinweg«, sagte Pagonel zu Brynn, ehe er Juraviel die Hand reichte.

Ein kurzes grünes Aufleuchten des Smaragds, dann waren die beiden verschwunden, so als wären sie nie da gewesen.

Die Soldaten des Bärenreiches nahmen Aufstellung und setzten zu ihrem Sturmangriff an, in dessen Mitte eine Formation aus schwerer Kavallerie ritt.

Mit unglaublicher Gelassenheit harrten die To-gai-ru bis zum allerletzten Moment aus, bis die ersten Lichtblitze zu ihnen herüberzuckten und bereits die ersten Opfer in ihren Reihen forderten, dann rissen sie ihre Ponys herum und preschten im Galopp davon. Wie auf ein Kommando, so schien es, warfen sie ein Bein über den Sattel, drehten sich um und richteten sich, einen Fuß im Steigbügel, auf, den Blick nach hinten gewandt, und spannten ihre Bögen.

Die erste Salve schnellte davon – perfekt gezielt.

Nicht ein einziger Soldat des Bärenreiches, nicht eines ihrer Tiere wurde getroffen.

Ausgerechnet Pagonel, Brynn Dharielles engsten Berater, aus den Schatten an der Seite seines Audienzsaals treten zu sehen gehörte gewiss nicht zu den Dingen, mit denen Yatol Wadon in diesem Augenblick gerechnet hätte.

Den ihm zur Seite sitzenden Yatols entfuhr ein Laut der Überraschung, und die Wachen stürzten augenblicklich nach vorn, um ihren Führer zu beschützen.

Pagonel indes blieb in gebührendem Abstand vor dem Thron stehen, die Hände in einer alles andere als bedrohlichen Geste zum Gruß erhoben.

Der alte Yatol Wadon sprang von seinem Thron auf und befahl seinen Wachen zurückzubleiben, dann musterte er den Mystiker mit zornigem Blick.

»In ganz Jacintha wüten Feuersbrünste«, sagte Yatol Wadon. »Dies ist also kaum der rechte Augenblick für Verhandlungen.«

»Ich würde Euch zustimmen, wenn ich noch ein Verbündeter von Brynn Dharielle wäre«, erwiderte der Mystiker. »Aber ich habe den Kampf für ihre Sache aufgegeben, und auch für die Ziele Jacinthas empfinde ich nur Verachtung.«

Die rätselhafte Bemerkung ließ Yatol Wadon erstaunt blinzeln – er schüttelte verständnislos den Kopf.

»Denn die beiden Anliegen sind untrennbar miteinander verbunden«, fuhr Pagonel unbeirrt fort.

»Gestern Nacht noch hat Brynn Jacintha angegriffen«, entgegnete Yatol Wadon.

»Sogar überaus gekonnt«, bestätigte der Mystiker. »Und zwar auf ausdrückliche Anweisung Abt Olins.«

Yatol Wadon ließ sich auf seinem Thron zurücksinken, während die Umstehenden fassungslos nach Atem rangen und in ihrer Verwirrung hilflose Blicke wechselten. »Ihr lügt«, sagte der alte Mann.

Pagonel machte eine tiefe Verbeugung. »Brynn ist erst vor kurzem dahinter gekommen, dass dies alles nichts weiter als ein Täuschungsmanöver war«, erklärte der Mystiker. »Und unter diesem Gesichtspunkt erschien ihr die Bedrohung ihres Landes zu groß, um dem Ruf Abt Olins und König Aydrians, der einst ihr Freund war, nicht Folge zu leisten. Sobald dies vorüber ist, wird Behren ohne jeden weiteren Widerstand an das Bärenreich fallen. Die Herrschaft der Yatols und Chezrus wird beendet sein, begraben unter einer abellikanischen Kirche, die glaubt, alle Bedürfnisse des verzweifelten Volkes befriedigen zu können. Abt Olin aus Behren wird einen Vertrag mit To-gai unterzeichnen, der den To-gai-ru ihre volle Souveränität garantiert – auch wenn sie sich damit in Wahrheit dem Willen König Aydrians unterwerfen.«

»Das ist ungeheuerlich!«, stieß einer der anderen Yatols hervor.

»Wird man die Soldaten des Bärenreiches wieder in die Stadt zurückkehren lassen?«, fragte Pagonel.

»Natürlich. Sobald sie diese teuflischen Ru vertrieben haben, wird man ihnen einen triumphalen Empfang bereiten«, antwortete der Yatol.

»Wie viele von ihnen sind eigentlich bei dem Ausfall getötet worden?«

»Nun, möglicherweise haben ihre ausgezeichneten Rüstungen verhindert …«, begann er zögernd.

»Und wie viele Pferde sind unter ihnen weggeschossen worden?«, fragte Pagonel, worauf sein Gegenüber vollends verstummte. Der Mystiker wandte sich wieder an Yatol Wadon. »Habt Ihr je erlebt, dass die To-gai-ru so erbärmlich gezielt hätten?«

Yatol Wadon dachte einen Moment nach, dann schüttelte er entschieden den Kopf. »Das ist völlig ausgeschlossen«, ereiferte er sich. »Was Ihr da andeutet, ist –«

»Während wir hier miteinander sprechen, nähert sich eine gewaltige Armada das Bärenreiches Eurem Hafen«, fiel der Mystiker ihm ins Wort und deutete auf das nach Osten gehende Fenster des großen Saals.

Sofort drehten sich mehrere Soldaten um, und einige liefen sogar zum Fenster hinüber, um einen Blick auf den Hafen zu werfen. Ihre entsetzten Rufe genügten Yatol Wadon als Bestätigung.

Wie es der glückliche Zufall wollte, stürmten in diesem Moment Abt Olin und Meister Mackaront in den Saal, dicht gefolgt von einem der Wachposten, der bei Pagonels Erscheinen aus dem Saal geschlüpft war.

»Was hat das zu bedeuten?«, wollte der alte Abt wissen.

Yatol Wadon, ein empörtes Funkeln in den Augen, sah erst zu Pagonel, dann wieder zu Abt Olin. Er winkte seine Wachen heran. »Nehmt diesen Mann fest!«, befahl er.

Abt Olin verzog entgeistert das Gesicht. »Habt Ihr den Verstand verloren?«

»Falls Ihr damit auf meine Verärgerung ansprechen wollt, so lasst Euch gesagt sein, dass ich in meinem ganzen Leben noch nie bei so klarem Verstand gewesen bin«, entgegnete der Yatol. Seine Soldaten umringten die beiden Männer und packten sie.

Sofort verfiel Abt Olin in wütendes Gebrüll, worauf seine eigenen Soldaten in den Saal stürmten und die übrigen Wachen Yatol Wadons sich auf sie warfen – mitten unter ihnen auch Pagonel, der sich mit fließenden Bewegungen durch ihre Reihen wühlte und einen nach dem anderen mit vernichtenden Hieben zu Boden streckte.

Augenblicke später war der Saal wieder fest in Yatol Wadons Hand.

»Führt diesen verlogenen Verräter ab«, wies er die Soldaten an, die Olin gepackt hielten. Dann wandte er sich Meister Mackaront zu. »Lasst ihn los«, befahl er, dann trat er vor ihn hin und sah ihm, während Abt Olin unter lautstarkem Protest aus dem Saal geschleift wurde, fest in die Augen.

»Ich werde Euren Kopf auf einen Pfahl spießen lassen«, kreischte der Abt, ehe der wuchtige Schlag eines Speerschafts ihn im Gesicht traf und verstummen ließ.

»Ich bin über Eure Pläne informiert«, sagte Yatol Wadon zu Meister Mackaront. »Und ich weiß, dass sie gescheitert sind.«

Noch ehe Mackaront Anstalten machen konnte, etwas zu erwidern, schlug ihm Wadon ins Gesicht.

»Ihr brächtet es fertig, ganz Behren im Namen Eures Königs zu opfern«, stieß Yatol Wadon hervor.

Mackaront funkelte ihn nur wütend an.

»Geht zurück zu Eurem charakterlosen König«, befahl ihm Yatol Wadon. »Und lasst Eure Flotte abdrehen.«

»Meine Flotte?«, wiederholte Mackaront verständnislos, und wieder schlug Yatol Wadon ihm ins Gesicht.

»Verschwindet aus Jacintha, und nehmt alle mit, die gewillt sind, Euch zu folgen!«, schrie Yatol Wadon ihn an. »In Behren ist kein Platz für Euren König Aydrian!«

Meister Mackaront straffte die Schultern und blickte noch immer wütend drein, verzichtete aber auf eine Erwiderung. Er deutete eine kaum merkliche Verbeugung an und machte auf dem Absatz kehrt.

Die Nachricht verbreitete sich von Chom Deiru aus rasch in der ganzen Stadt, worauf überall Kämpfe zwischen Kriegern des Bärenreiches und Behrens, aber auch zwischen Behrenesern untereinander ausbrachen. Pagonel und einige der behrenesischen Führer verfolgten das Geschehen von den Fenstern des Audienzsaals aus. Auch Yatol Wadon stand bei ihnen, das Gesicht zu einer Maske erstarrt.

Dann schließlich, die mächtige Armada näherte sich soeben den Hafenanlagen, wandte sich Yatol Wadon seinen Beratern zu und gab ihnen Order, Sicherheitsvorkehrungen gegen die Invasion zu treffen.

Pagonel konnte ihn im letzten Moment zurückhalten. Aufgeregt zeigte er aus dem Fenster und rief: »Sie haben die Fahne Ursals gehisst!« Er deutete auf die Armada. »Und die Alpinadoraner segeln an ihrer Seite!«

Yatol Wadon starrte ihn ungläubig an.

»Prinz Midalis hat auf See den Sieg davongetragen!«, jubelte der Mystiker und versetzte dem alten Yatol einen Schlag auf die Schulter – eine Geste, die die Wachen um ein Haar zu einer handgreiflichen Reaktion veranlasst hätte. »Das hatte ich kaum zu hoffen gewagt!«

Wadons Gesicht nahm einen noch ungläubigeren Ausdruck an, nicht unähnlich dem eines Mannes, der, ohne zu begreifen, wie ihm geschieht, von einem Strudel erfasst worden war.

»Begreift Ihr nicht?«, fragte der Mystiker und steigerte sich dabei in eine für ihn völlig untypische Erregung hinein – sodass er mitten in diesem Armgefuchtel Belli'mar Juraviel, der sich noch immer in den Schatten am anderen Ende des Saales verbarg, nahezu unbeobachtet das vorher abgesprochene Zeichen geben konnte, er solle sich nach draußen zu Prinz

Midalis begeben und ihm die Nachricht von der Wende der Ereignisse überbringen. »Die Schiffe, die dort unten in Jacinthas Hafen einlaufen, sind keine Feinde, sondern Verbündete!«

»Haltet Ihr mich wirklich für einen so großen Narren?«, fuhr Yatol Wadon ihn an.

»An Bord dieser Schiffe, daran zweifle ich keinen Augenblick, befindet sich Prinz Midalis persönlich, der rechtmäßige König des Bärenreiches und ein Todfeind von König Aydrian und Abt Olin. Die Rettung Eurer Stadt steht unmittelbar bevor, Yatol Wadon – und zwar durch eine Macht von außen, die nicht in der Stadt verweilen wird, um Euch die Herrschaft streitig zu machen.«

Yatol Wadon war so entgeistert, dass seine Knie unter ihm nachgaben. Er wäre gewiss zusammengebrochen, hätte Pagonel ihn nicht am Arm gepackt und gestützt. Eine Flut von Gedanken schoss ihm durch den Kopf. Er wusste bloß eins, er war übel hinters Licht geführt worden – nur war er nicht sicher, ob er diese Täuschung Abt Olin oder Pagonel zu verdanken hatte.

Einen Moment lang erwog er, Abt Olin noch einmal zurückholen zu lassen, doch im Grunde wusste er, dass es dafür längst zu spät war. Als dieser bis ins Mark verdorbene Mensch behauptet hatte, er wolle seinen Kopf auf einem Pfahl aufgespießt sehen, war das sein bitterer Ernst gewesen.

»Chezru, was sollen wir jetzt tun?«, klagte einer der verwirrten Yatols an Wadons Seite.

Yatol Wadon blickte hinunter auf die tumultartigen Szenen, die jeden Augenblick auf die gesamte Stadt überzugreifen drohten. Er hatte nicht die leiseste Ahnung, was nun zu tun war.

22. Ein selbstloser Entschluss

Brynn lenkte Nesty durch die schuttübersäten Straßen von Jacintha. Vielerorts im gesamten Stadtgebiet schlugen Flammen in den Himmel, die größte Feuersbrunst indes, die bei den Stallungen und Vorratslagern, war mittlerweile erloschen und hatte ein schwarzes, schwelendes Trümmerfeld hinterlassen. Obwohl der Tag sich bereits dem Ende zuneigte und überall in den Straßen Leichen lagen, wurde in der Stadt noch immer gekämpft. Kein Mensch hätte noch zu sagen vermocht, wer eigentlich gegen wen kämpfte, und selbst vom Rücken Pherols aus hatte Brynn in den zahllosen, mit äußerster Härte ausgefochtenen Scharmützeln kein klares Muster erkennen können. Sie wusste nur eins: Jacintha war eine Stadt, die in völligem Chaos zu versinken drohte. Prinz Midalis war bei der Landung seiner Flotte im Hafen nirgendwo auf nennenswerten Widerstand gestoßen und hatte diesen Teil der Stadt mittlerweile fest in seiner Gewalt. Die offizielle Stadtwache Jacinthas hatte einen Sicherheitskordon um Chom Deiru gelegt, und eine Abteilung der Streitmacht des Bärenreiches hatte, kaum zurückgekehrt von der ergebnislosen Verfolgungsjagd auf Brynn, einen Ausbruch aus der Stadt unternommen. Die Soldaten waren in die Vorberge des Großen Gürtels marschiert, und nichts deutete darauf hin, dass sie planten, wieder zurückzukehren.

Belli'mar Juraviel hatte Brynn zugesichert, Lozan Duk und die anderen Alfar würden sie auf der gesamten Strecke bis zurück nach Entel im Auge behalten.

Aber die aus der Stadt geflohene Streitmacht des Bärenreiches war nicht annähernd so groß wie jene, die ursprünglich in Jacintha einmarschiert war. Nur etwa ein Drittel der Krieger hatte den Rückweg in die Heimat angetreten, sodass sich die Zahl der in der Stadt zurückgebliebenen Truppen noch auf etwa siebentausend Mann belief.

Jetzt, da sie sich einen Weg durch die Stadt bahnte und Nesty immer wieder um Stellungen, in denen überall schwer gepanzerte Leichen lagen, herumlenken musste, dämmerte Brynn, dass der größte Teil von ihnen nicht mehr am Leben war. Einmal passierte Brynns Trupp eine Stelle, wo man fünf Männer an einem hohen Fensterkreuz aufgehängt hatte – vier von ihnen trugen das braune Gewand der Abellikaner-Mönche.

»Du hast es wirklich verstanden, die in der Stadt herrschenden Ängste auszunutzen«, sagte Brynn zu Pagonel, der an ihrer Seite ritt.

»Yatol Wadon hat noch immer nicht die leiseste Ahnung, was er nun glauben soll«, erklärte der Mystiker. »Ich denke, er vermutet, dass ich ihn angelogen habe, allerdings hat ihn sein Hass auf Abt Olin für meine Behauptungen auch recht anfällig gemacht.«

»Empfandet Ihr es nicht als schmerzlich, den Mann so zu hintergehen?«, wollte Yatol De Hamman wissen, der, bewacht von zwei To-gai-ru-Kriegern, darunter Tanalk Grenk, hinter den beiden herritt.

»Ich empfinde dies alles als überaus schmerzlich«, erwiderte Pagonel. »Vor allem den unprovozierten Angriff Eurer Streitmacht auf Dharyan-Dharielle.«

Der sonst so herrische Yatol ließ sich in seinen Sattel zurücksinken. »Wohin soll dies alles nur führen?«, fragte er schließlich. »Jacintha liegt in Trümmern. Ohne die ordnende Kraft dieser Stadt werden verbrecherische Kriegsherren vom Schlage meines alten Widersachers Peridan das Land in Stücke reißen.«

»Letztendlich wird zweierlei dabei herauskommen«, sagte Brynn mit einem Seitenblick auf Pagonel.

»Behren wird, ganz gleich, welche Gestalt es schließlich haben wird, ein von Behrenesern für Behreneser regiertes Land sein«, erklärte der Mystiker.

»Und es wird ein Land sein, das für To-gai keine Bedrohung mehr darstellt«, fügte Brynn hinzu. »Was immer in Eurem Land geschehen mag, Yatol, die Adligen werden das Volk niemals wieder überreden können, gegen mich in den Krieg zu ziehen – erst recht nicht, nachdem ich einen Vertrag mit Prinz Midalis aus dem Bärenreich und den Führern der Alpinadoraner unterzeichnet habe, die unerwartet nach Jacintha gekommen sind.«

»Derzeit wird das Bärenreich noch von einem anderen Mann regiert«, erinnerte sie Yatol De Hamman.

»Und sollte dieser andere noch einmal den Versuch unternehmen, Behren zu erobern, dann seid versichert, dass To-gai Euch zur Seite stehen wird, um ihn wieder zu vertreiben.«

Der Yatol machte Anstalten, etwas zu erwidern, schüttelte dann aber nur den Kopf und spuckte auf den Boden.

Brynn konnte ihm sein Verhalten nicht wirklich zum Vorwurf machen, schließlich lag seine Hauptstadt in Trümmern – eine Katastrophe, die ihr wie die äußere Entsprechung der inneren Zerrüttung erschien, die Yakim Douan mit seinem ungeheuerlichen Betrug verursacht hatte. Sie war nicht stolz auf ihre Rolle in diesem hässlichen Spiel – jeder einzelne der hier am Straßenrand liegenden Toten bereitete ihr fast körperliche Qualen. Trotzdem bedauerte sie ihren Entschluss nicht, auf Abt Olins Machtgelüste mit aller Härte reagiert zu haben.

Die zahlreichen Soldaten rings um Chom Deiru musterten Brynns Trupp mit düsteren Blicken, auch wenn niemand es wagte, die Hand gegen sie zu erheben, da Pherol, beeindruckend auch in seiner Gestalt als Echsenmann, die Abordnung To-gais begleitete.

Auch Chom Deiru hatte die Kämpfe offenkundig nicht unbeschadet überstanden. Zwar hatte man die Toten beiseite geschafft, doch die breite, zwischen den Säulen zu beiden Seiten des Eingangs hinaufführende Freitreppe war in ein dunkles Rot getaucht, und die mächtigen Türen des Haupteingangs waren eingedrückt. Eine hatte man behelfsmäßig wieder eingesetzt, doch sie hing immer noch bedenklich schief in den Angeln. Die Mauern aus poliertem Stein trugen noch die Rußmale abellikanischer Magie, und der gesamte Bereich links der Eingangstüren war zerstört und voller Schutt. An den Ecken des weiten Vorplatzes lagen überall Katapultbolzen herum, und der Boden war mit den Überresten unzähliger Pechgeschosse übersät. Offenbar hatten die Behreneser die in ihrer Stadt aufgestellten Geschütze auf die gegen den Palast anstürmenden Truppen gerichtet. Brynn hatte die Meldungen über die heftigen Kämpfe um diesen Ort gehört – zahlreiche Krieger des Bärenreiches waren in der Absicht, Abt Olin zu retten, bis hierher vorgedrungen –, daher vermochte sie sich die Schlacht zwischen den Chezhou-Lei und Rittern der Allhearts, die sich genau hier, auf diesen Stufen, abgespielt hatte, durchaus vorzustellen.

Ohne ihr Tempo zu drosseln, lenkte sie Nesty die Treppe hinauf und durch den zerstörten Eingang in die prachtvolle Eingangshalle des Palasts.

Drinnen sagte sie zu einer der verdutzten Wachen: »Zeig mir den Weg zu Yatol Wadon.«

»Ihr dürft hier keine Pferde hereinbringen!«, rief der Soldat und versuchte sie mit wildem Armgefuchtel zur Umkehr zu bewegen.

Brynn ritt einfach an ihm vorbei und streifte ihn dabei so grob mit Nesty, dass er zur Seite gestoßen wurde. Nur keine Anzeichen von Schwäche zeigen, beschloss sie im Gefühl ihres Triumphes. Ihr Blick fiel auf einen anderen Posten, einen jungen Burschen, der so heftig zitterte, dass er Gefahr zu laufen schien, sich mit dem langen Schaft seiner Hellebarde eigenhändig bewusstlos zu schlagen.

»Zu Yatol Wadon!«, herrschte sie ihn an.

Der Soldat machte sich sofort auf den Weg und eilte den Korridor entlang voraus.

An der Schwelle zu Yatol Wadons Audienzsaal stieg Brynn schließlich ab. Als der Soldat Anstalten machte, nach Nestys

Zügeln zu greifen, stieß Brynn ihn zurück. »Wage es nicht, mein Pferd zu berühren. Für den Fall hat mein Drache dort hinten ausdrücklich Anweisung, dich zu fressen«, erklärte sie ihm ruhig.

Der junge Soldat stammelte ein paar unverständliche Worte, wurde leichenblass und fing an zu schlottern, so als würde er gleich in Ohnmacht fallen. Dann stieß er einen Schrei aus und wich stolpernd zurück.

»Brynn«, ermahnte Pagonel sie leise.

»Keiner von diesen Kerlen fasst unsere Pferde an«, erwiderte sie.

»Du hast ja Recht«, versuchte der Mystiker sie zu beruhigen.

Brynn hatte keine Mühe, die im Audienzsaal versammelte Gruppe von Personen einzuordnen. Wadon und seine Berater waren ihr natürlich bekannt, ebenso Herzog Bretherford. Er stand inmitten einer Gruppe mehrerer anderer Männer und Frauen aus dem Bärenreich, aus der vor allem eine Person herausragte – Prinz Midalis, vermutete Brynn.

Was die neben ihm stehende Frau betraf, so war Brynn nicht auf Vermutungen angewiesen. Sie kannte Aydrians Gesichtszüge, seine Augen und die vollen Lippen, daher wusste sie sofort, dass dies die berühmte Jilseponie war – seine Mutter, die Gemahlin Nachtvogels und später Danubes.

Hinter Prinz Midalis und Jilseponie standen zwei hoch gewachsene Männer, offenkundig Alpinadoraner.

Unmittelbar hinter der Schwelle blieb Brynn kurz stehen, um Nesty einem ihrer Begleiter zu überlassen, dann traten sie, Pagonel und Tanalk Grenk vor. Wie es das Protokoll verlangte, hielt sie zunächst auf Yatol Wadon zu, da er der Hausherr war, doch dann besann sie sich anders, ging direkt auf Jilseponie zu und entbot ihr eine tiefe, höfliche Verbeugung.

»Ich habe viel von Euch gehört, Lady Jilseponie«, sagte sie, worauf Pagonel sofort an ihre Seite eilte, um zu übersetzen. Gleich darauf wandte er sich ihren Begleitern zu, um auch für die Alpinadoraner zu übersetzen, die ihn jedoch mit der Versicherung unterbrachen, sie seien der Sprache des Bärenreiches mächtig.

»Gibt es überhaupt eine Sprache, die du nicht beherrschst?«, fragte Brynn den Mystiker.

»An meinem Elfisch arbeite ich noch«, erwiderte Pagonel. »Und mein Pauri ist längst nicht so gut, wie es sein sollte.«

»Eure Heldentaten sind schon jetzt im Begriff, über alle Grenzen hinweg zur Legende zu werden«, erwiderte Pony, und wieder übersetzte Pagonel. Pony drehte sich zur Seite und bat einen der hünenhaften Alpinadoraner, einen erheblich älteren Mann, vorzukommen und vor Brynn hinzutreten.

»Ich biete Euch, Hüterin aus To-gai, aus tiefster Seele und von ganzem Herzen mein Schwert«, sagte Andacanavar in perfektem Elfisch – sehr zum Erstaunen Brynns, die ihn mit ihren hellbraunen Augen verwundert musterte.

»Andacanavar aus Alpinador?«, fragte sie.

»Allerdings, der bin ich«, antwortete er. »Es ist mir eine Ehre, Euch kennen zu lernen.« Er machte eine tiefe Verbeugung, ergriff ihre Hand und küsste sie auf den Handrücken, bevor er sich wieder zu seiner vollen Größe von weit über zwei Metern aufrichtete.

Brynn hatte das Gefühl, als bliebe ihr die Luft weg – dabei musste normalerweise schon eine Menge passieren, um die junge Hüterin, die so viel von der Welt gesehen hatte, die einem Drachen begegnet war und einen mächtigen Gegner besiegt hatte, zu erschüttern.

Yatol Wadon, sichtlich ungeduldig, räusperte sich geräuschvoll und lenkte damit die Aufmerksamkeit aller auf sich. »Könnten wir vielleicht auf den Austausch von Höflichkeiten verzichten?«, fragte er in scharfem Ton.

»Wir sollen auf Höflichkeit verzichten?«, fragte Brynn zurück. »Sind wir nicht unter Freunden?«

»Das dachte ich auch«, entgegnete Yatol Wadon. »Bis Euer

Spion von den Jhesta Tu mich derart hinters Licht geführt hat.«

Brynn sah zu Pagonel, der jedoch nur eine knappe Verbeugung andeutete. Offenbar sah er keine Veranlassung, seine Beteiligung an der Geschichte zu verhehlen.

»Ich hätte ihn auf der Stelle umbringen sollen!«, schrie Wadon und beugte sich auf seinem Thron nach vorn. Die den Saal säumenden Wachen strafften die Schultern und packten ihre Waffen fester.

»Ich wäre bei Euch, ehe Eure Wachen auch nur in unsere Nähe gelangten«, warnte Brynn. »Obwohl Pagonel Euch vermutlich noch vor mir an die Kehle gehen würde.«

Pherol, der an der Tür zurückgeblieben war, schnaubte zornig und stieß eine Stichflamme aus, die über die Fliesen des prachtvollen Fußbodens züngelte, was sämtliche Soldaten erschrocken die Köpfe einziehen ließ.

Yatol Wadon lehnte sich wieder zurück.

Brynn wandte sich zur Tür und nickte einem ihrer Soldaten zu, der daraufhin Yatol De Hamman in den Saal zog und ihn vor sich herschob. Der Yatol straffte die Schultern und versuchte durch Abklopfen seiner Kleidung seine Würde wenigstens teilweise wiederherzustellen, dann kam er nach vorn und verbeugte sich vor Wadon.

»Würde ich nur einen Moment glauben, dass Yatol De Hamman bei seinem Angriff auf meine Stadt auf Euren Befehl und nicht auf den von Abt Olin gehandelt hat, dann würde das Blutbad in Jacintha jetzt erst richtig beginnen«, versicherte Brynn Wadon. »Aber hütet Euch davor, meine Gutmütigkeit zu missbrauchen.«

Wadon schien darauf noch tiefer in seinem mächtigen Thron zu versinken. Er zitterte am ganzen Körper und machte den Eindruck, als könnte er jeden Augenblick in Tränen ausbrechen. Zu seiner Ehre sei gesagt, dass es ihm gelang, den Drang zu unterdrücken.

»Abt Olin liegt in Ketten«, erklärte er.

Brynn nickte.

»Die Krieger des Bärenreiches haben derzeit keinerlei Einfluss auf die Geschehnisse in Jacintha und Behren«, fuhr Yatol Wadon fort und drehte sich dabei zu Prinz Midalis, der ihm, nachdem man ihm die Worte übersetzt hatte, mit seinem Nicken beipflichtete.

Prinz Midalis wandte sich an Brynn, den Drachen von To-gai. »Es gibt viel zu tun in unserem Land«, erklärte er. »Daher wäre mir ein Bündnis mit To-gai höchst willkommen.«

Brynn fühlte sich durch seinen Vorschlag ein wenig überfordert und wandte sich auf der Suche nach Unterstützung an Pagonel. Im Grunde ihres Herzens wusste sie natürlich, wie gefährlich Aydrian war und dass man ihm Einhalt gebieten musste. Aber wie sollte To-gai bei einer Auseinandersetzung im Norden des Gebirges helfen? Sie konnte es sich schlecht leisten, ihre Krieger auf eine so gefährliche Mission zu schicken, solange in ganz Behren ein derartiges Chaos herrschte.

»Was ich Euch anbieten kann, ist meine Freundschaft, Prinz Midalis«, erklärte sie. »Wenn Ihr Euren Thron zurückerobert habt, werden unsere Völker möglicherweise eine Zeit mannigfaltiger gemeinsamer Interessen und regen Handels erleben. Aber mit Eurem Krieg hat To-gai nichts zu schaffen. Eins sollt Ihr jedoch wissen: Falls Euer Todfeind Aydrian, den ich persönlich kenne, noch einmal mit der Absicht, das Land zu erobern, nach Behren zurückkehrt, wird mein Volk ihn mit allen Mitteln bekämpfen.«

Prinz Midalis war die Enttäuschung deutlich anzumerken, nachdem man ihm die Worte übersetzt hatte – trotzdem nickte er und verbeugte sich zum Zeichen, dass er ihre Haltung akzeptierte.

Dann überraschte Brynn alle Anwesenden – insbesondere Yatol Wadon –, indem sie ihnen eröffnete: »Des Weiteren beabsichtige ich, mit Yatol Wadon nach Entel zu reisen, um dort mit Aydrian zusammenzutreffen. Ich möchte meinen alten Gefährten wiedersehen und ihm in aller Deutlichkeit zu verstehen geben, dass ich seine Handlungsweise nicht billige. Ihr könnt unbesorgt sein, Prinz Midalis, denn über einen Nichtangriffspakt zwischen unseren beiden Königreichen hinaus werden dabei keine Vereinbarungen getroffen werden.«

»Ich kann mich nicht erinnern, einem solchen Treffen zugestimmt zu haben!«, protestierte Yatol Wadon. »Ihr verlangt allen Ernstes von mir, Jacintha in diesen schweren Zeiten zu verlassen?«

»Schickt einen Unterhändler, wenn es nicht anders geht. Vielleicht Yatol De Hamman«, erwiderte Brynn. »Wir müssen unbedingt mit diesem wankelmütigen jungen Mann sprechen. Pagonel wird mich dabei begleiten – somit wäre auf Pherols Rücken noch Platz für einen weiteren Passagier.«

Der Vorschlag, er solle auf dem Rücken des Drachen reiten, ließ Yatol Wadon noch tiefer in seinem Thron versinken. »Nun gut, dann also Yatol De Hamman«, entschied er mit belegter Stimme, worauf De Hamman trocken schluckte.

Brynn wandte sich erneut an Midalis. »Ihr werdet wieder in See stechen?«

»Sobald wir uns davon überzeugt haben, dass Jacintha wieder sicher ist und Aydrians Soldaten die Stadt verlassen haben«, bestätigte der Prinz. »Yatol Wadon wird uns freundlicherweise mit Vorräten versorgen. Schließlich sind wir nur aus einem einzigen Grund hergekommen: um ein von Aydrian begangenes Unrecht wieder gutzumachen.«

Brynn wusste natürlich, dass er sich mit seinen diplomatischen Äußerungen eine günstige Position verschaffen wollte. Prinz Midalis war so klug gewesen, die Gelegenheit, sich dem Angriff auf den Schwachpunkt seines Gegners anzuschließen, beim Schopf zu packen. Sie ließ sich nach außen hin jedoch nichts anmerken, unterdrückte ein Schmunzeln und enthielt sich auch sonst jeder Reaktion. »Dann wünsche ich Euch viel Glück beim Erreichen Eurer Ziele«, sagte sie, ging zu ihm hinüber und reichte Midalis und schließlich auch Pony die Hand.

Als sie auch Andacanavar ihre Hand anbieten wollte, zog der hünenhafte Mann sie unvermittelt an sich und umarmte sie herzlich.

»Ihr wisst, was Aydrian Lady Dasslerond und ihrem Volk angetan hat?«, raunte der barbarische Hüter ihr zu, während er sie in den Armen hielt.

»Ja.«

»Nehmt Euch vor diesem Aydrian in Acht, wenn Ihr mit ihm verhandelt«, warnte Andacanavar. »Es gibt auf der ganzen Welt keinen gefährlicheren Mann als ihn.«

Brynn hätte keine Sekunde daran gezweifelt.

»Ich werde Euch bald abholen kommen, in ein oder zwei Wochen etwa«, wandte sie sich schließlich an Yatol De Hamman. »Sobald ich unser Treffen mit Aydrian vereinbart habe.«

Anschließend verabschiedete sie sich, verließ mit ihren Begleitern den Palast und durchquerte noch einmal die arg in Mitleidenschaft gezogene Stadt. Wieder zurück in der Nähe der Vorberge des Großen Gürtels, stießen sie auf Belli'mar Juraviel.

»Werdet Ihr nun mit Prinz Midalis und Jilseponie segeln?«, erkundigte sich der Elf hoffnungsvoll.

»Unser Krieg gegen Aydrian ist beendet«, antwortete Brynn. »Es sei denn, er wirft noch einmal ein Auge auf die Länder im Süden.«

Alle Umstehenden spürten sofort, dass die überraschende Erklärung sich wie eine schwere Last auf Juraviels schmale Schultern legte. Der Elf sprang unvermittelt vor und sah Brynn eindringlich an. »Er wird ganz sicher wieder in den Süden einmarschieren!«, rief er. »Falls Aydrian Prinz Midalis besiegt, wird er mit einer Streitmacht in den Süden einfallen, die um ein Vielfaches größer ist als jene, die mit Abt Olin hierher kam. Er ist fest entschlossen, die ganze Welt zu erobern – kannst du das nicht begreifen?«

»Seine Leute werden sich sehr weit in die Fremde wagen

müssen, falls er tatsächlich die Absicht hat, To-gai anzugreifen«, antwortete Brynn. »Zu weit, um einen Feldzug zu unternehmen – sogar für einen Mann wie Aydrian, möchte ich vermuten.«

»Das ist ein riskantes Spiel.«

»Nicht riskanter, als alle meine Krieger aus meinem Land abzuziehen, um Aydrian quer durch sein Heimatland zu jagen«, erwiderte Brynn. Sie wollte sich schon zu Pagonel umdrehen, besann sich dann aber anders und konzentrierte sich stattdessen ganz auf Juraviel. Sie hatte ihre Empfindungen diesen Punkt betreffend bereits mit dem Mystiker durchgesprochen – es gab keinen Grund, die Verantwortung für ihr Tun auf jemand anderen abzuwälzen.

»Die Behreneser werden sich vermutlich in ihre einstigen Stämme aufspalten, die in großer Zahl durch das Wüstengebiet in der Nähe der Grenze zu To-gai streifen«, erklärte sie. »Sobald sich ihnen eine Gelegenheit bietet, in unser Land einzufallen, werden sie es sicher tun. Ich habe weder die Absicht, ihnen diese Gelegenheit zu geben, noch werde ich Yatol Wadon Hoffnungen machen, er könne Behren ein weiteres Mal einen und erfolgreich gegen eine nur unzureichend gesicherte Stadt Dharyan-Dharielle marschieren.«

»Ohne deine Hilfe wird Prinz Midalis sich vermutlich nicht durchsetzen können«, wandte Juraviel ein.

Brynn antwortete nicht.

»Ist dir das etwa gleichgültig?«, sagte der Elf vorwurfsvoll – und so verärgert, wie Brynn ihn noch nie zuvor gehört hatte. »Ist es dir egal, dass Aydrian Lady Dasslerонds Tod auf dem Gewissen hat? Ist es dir egal, dass Andur'Blough Inninness für die Welt verloren ist?«

Die Vorwürfe kränkten Brynn zutiefst. Noch nie hatte sie sich innerlich so zerrissen gefühlt. Selbstverständlich war ihr das alles nicht egal, nicht im Mindesten. Aber sie wusste auch, dass es hier nicht um ihre Person ging – das hatte ihr Pagonel beigebracht, das hatten ihre Erfahrungen sie gelehrt.

Ganz gleich, welche Entscheidungen sie traf, ihre persönlichen Wünsche durften dabei keine Rolle spielen, denn sonst wäre sie nicht besser als Aydrian. Sie war die Führerin der To-gai-ru. Ein ganzes Volk stolzer Menschen zählte auf sie und vertraute darauf, dass sie in seinem Interesse die bestmöglichen Entscheidungen traf.

Und dieses Vertrauen wollte sie auf keinen Fall enttäuschen. Ließe sie ihre Krieger an Bord der Schiffe bringen und in Entel an Land gehen, um gegen Aydrian zu kämpfen, wäre ihre Heimat den unmittelbaren Gefahren schutzlos ausgeliefert, und das durfte sie auf keinen Fall zulassen.

»Ich will, dass du Aydrian eine Nachricht zukommen lässt«, sagte sie zu dem Elfen. »Ich möchte mich, zusammen mit einem Abgesandten von Yatol Mado Wadon, in drei Wochen mit ihm zu einer offiziellen Unterredung in Entel treffen. Unterrichte Aydrian bitte auch, dass Abt Olin zurückgeschlagen wurde.«

Belli'mar verharrte vollkommen regungslos und starrte sie an.

»Könntest du das tun?«, fragte Brynn.

Der Elf sah zu Pagonel, schließlich an diesem vorbei zu Tanalk Grenk, der, die muskulösen Arme vor der Brust verschränkt, eine finstere Miene aufgesetzt hatte.

Brynn war es schließlich, die auf seine unausgesprochene Bitte antwortete. »Was du da von mir verlangst, kann ich unmöglich tun«, erklärte sie mit ruhiger Stimme. »Man wird den Verlust von Andur'Blough Inninness in der ganzen Welt betrauern, aber To-gai kann nicht die Antwort darauf sein. Mein Volk ist nicht der rächende Arm deiner Armee.«

Sein Kopf fuhr herum, und er starrte Brynn von neuem an, seine Miene eine Mischung aus Verärgerung und Zerknirschtheit. Er wollte schon erwidern, er habe nichts dergleichen von ihr verlangt, als Brynn ihm mit der Frage zuvorkam: »Wirst du Aydrian meine Botschaft nun überbringen?«

Juraviel entspannte sich merklich und brachte sogar ein

freundliches Lächeln zustande. Dann holte er seinen Smaragd hervor und verschwand.

Pagonel trat zu der Führerin der To-gai-ru. »Ich weiß, wie schwer dir das gefallen sein muss«, tröstete er sie. »Aber du hast eine kluge und ehrenvolle Entscheidung für dein Volk getroffen.«

Brynn war froh, diese Bestätigung aus seinem Mund zu hören, auch wenn Pagonel ihr bereits bei ihren Zusammenkünften vor dem Angriff auf Abt Olin sinngemäß den gleichen Rat gegeben hatte. Sie überlegte, wie ihr Treffen mit Aydrian wohl sein würde. Sie hatte ihn seit über fünf Jahren nicht gesehen; mittlerweile würde er erwachsen sein, ein junger Mann, der unter lauter älteren Männern König war.

Sie würden ganz gewiss keine Freunde mehr sein. Was immer Aydrian sagen, wie immer er sich zu rechtfertigen versuchen würde, in ihren Augen, in den Augen Brynn Dharielles, der Hüterin von To-gai, war seine Handlungsweise durch nichts zu entschuldigen.

»Wir haben die Bekanntmachungen überall in Entel angebracht«, informierte einer der Kundschafter der Touel'alfar Juraviel bereits wenige Tage nach dessen Rückkehr in das Bärenreich, wo er unter der Hand die Kunde verbreiten wollte, dass die Führer To-gais und Behrens zu einer Unterredung mit Aydrian in die Stadt zu kommen wünschten.

Wenig später beriet sich Juraviel mit seinen Kundschaftern außerhalb Ursals, wo man ähnliche Bekanntmachungen angebracht hatte, und anschließend auch in der Nähe von Palmaris. Sein Informant in Palmaris hatte jedoch noch einige zusätzliche Neuigkeiten für ihn, Neuigkeiten, die Juraviel nicht wenig beunruhigten.

Er reagierte auf die Besorgnis erregende Meldung mit Entschlossenheit. »Wir müssen sofort zu ihm.«

Der Späher der Elfen schüttelte den Kopf. »Es ist völlig ausgeschlossen, auch nur in seine Nähe zu gelangen. Selbst wenn wir den Smaragd zur Hilfe nähmen, müssten wir uns noch mit Gewalt bis zu ihm durchkämpfen.«

Juraviel schloss die Augen und zwang sich, sich zu beruhigen. Am liebsten hätte er ihn trotzdem aufgesucht, aber er wusste, dass er seine persönlichen Interessen hintanstellen musste. Er konnte schlecht wegen eines einzigen Mannes alles aufs Spiel setzen, auch wenn dieser Mann sein Freund war. »Dann lasst ihn wenigstens keinen Moment aus den Augen«, wies er seinen Späher an. »Wenn es eine Möglichkeit gibt, werden wir sie auch finden.«

Der Späher nickte, und Juraviel machte sich auf den Weg.

Als er durch die Grafschaft Yorkey kam, erreichte ihn die erfreuliche Nachricht, dass König Aydrian eine Antwort hatte anbringen lassen, aus der hervorging, dass er mit dem Treffen einverstanden war.

Fest entschlossen, noch vor Prinz Midalis' Abreise wieder bei Pony zu sein, schlug der Elf auf seinem Rückweg über das Gebirge nach Jacintha ein forsches Tempo an.

Sie ließ ihr geborgtes Pferd im Schritt durch die verwüsteten Straßen gehen, vorbei an den eingefallenen Häusern, den verbarrikadierten Türen und den Leichen. Diese Unmengen von Leichen! Es würde noch lange dauern, bis Jacintha sich von den Kämpfen und den Tumulten wieder erholt hatte. Selbst jetzt noch, über eine Woche nach Abt Olins Vertreibung, konnte man überall wütende und gequälte Schreie hören, denn Banden von Plünderern nutzten die Situation schamlos aus und zogen durch die Straßen der im Chaos versinkenden Stadt.

Pony gab sich größte Mühe, dies alles nicht zu sehen. Das Schicksal Jacinthas lag nicht in ihrer Hand. Trotzdem zuckte sie jedes Mal zusammen, wenn ein schriller Schrei durch die Luft hallte.

In dieser Nacht waren keine Sterne zu sehen, denn vom Meer war eine dichte Wolkendecke heraufgezogen. Pony hoffte, es würde Regen geben, hoffte, Gott würde ein Einsehen haben und die Blutlachen fortwaschen.

Als sie kurze Zeit später das Westtor der Stadt passierte, atmete sie erleichtert auf. Nördlich der Stadt konnte sie in einiger Entfernung bereits die Lagerfeuer der To-gai-ru erkennen, also lenkte sie ihr Pferd in diese Richtung und setzte ihren Weg fort.

Eine Stunde später zwang sie der laute Ruf mehrerer To-gai-ru-Posten, stehen zu bleiben. Die Krieger kamen aus ihrem Versteck hervor und umringten ihr Pferd, doch Pony ließ es widerspruchslos geschehen. Obwohl sie die Befehle, die man ihr gab, nicht verstand, stieg sie ab und händigte ihnen sogar ihr Schwert aus. Ihren Beutel mit den magischen Steinen behielt sie jedoch, und einen Grafit konnte sie sogar unbemerkt in ihre Hand gleiten lassen. Wenn es nicht anders ging, würde sie die Krieger mit einem Energiestoß betäuben.

Man behandelte sie jedoch recht zuvorkommend und führte sie sofort zu einer in der Mitte des Lagers gelegenen Zeltgruppe, die auf einer Anhöhe errichtet worden war. Dort traf sie auf Brynn und Pagonel, die sie herzlich willkommen hießen.

Nach einer kurzen offiziellen Begrüßung fragte Pony: »Ist es möglich, irgendwo ungestört miteinander zu reden?«

Brynn winkte ihre Wachen fort und führte die beiden zum südlichen Ausläufer der Anhöhe, weg von den Lichtern und dem geschäftigen Treiben im Lager. Von diesem hoch gelegenen Aussichtspunkt konnten sie tief unter sich die dunklen Umrisse Jacinthas erkennen und dahinter das riesige Heer der Soldaten und Flüchtlinge, die mit Yatol Paroud in ihre Heimat Cosinnida zurückkehrten.

»Es hat Hunderte von Toten gegeben«, erklärte Pony.

»Nach meinen Berichten geht ihre Zahl in die Tausende«, berichtigte Brynn, nachdem Pagonel die Worte übersetzt hatte.

Pony verzichtete darauf, der Schätzung zu widersprechen.

Sie hatte noch nie eine derartige Brutalität im Kampf Mann gegen Mann gesehen wie bei den jüngsten Unruhen in Jacintha. Banden zogen durch die Straßen und fielen über jeden her, der sich ihnen in den Weg stellte oder nur in ihre Nähe geriet – ohne sich auch nur die Mühe zu machen, festzustellen, ob sie es mit einem Freund oder Feind zu tun hatten.

»Auch in anderen Gebieten Behrens brechen derzeit neue Kämpfe aus«, fuhr Brynn fort. »Yatol Wadon wird noch verzweifeln angesichts der Aufgabe, Behren wieder zu vereinen – wenn sie sich nicht gar als vollends undurchführbar entpuppt.«

»Wäre das so fürchterlich?«, fragte Pony.

»Nur wenn die Eroberer aus dem Bärenreich zurückkehren«, antwortete Brynn. »In dem Fall dürfte sich kaum noch Widerstand gegen Aydrian und das Bärenreich regen, fürchte ich. Gewiss würde er bei den verschiedenen Stämmen den einen oder anderen Verbündeten finden.«

»Aydrian wird nicht mehr hierher zurückkehren«, erklärte Pony.

»Die Behreneser sind ihrem Wesen nach ein Volk von Stämmen«, fügte Pagonel in beiden Sprachen hinzu. »Sie werden sich in ihren Städten und Provinzen zusammenscharen und ihre Grenzen gegen jeden verteidigen, der sie zu unterwerfen versucht.«

Danach standen sie eine Weile schweigend da und blickten hinunter auf die verwüstete Stadt.

Pony wusste es sehr zu schätzen, dass Brynn in dieser Situation geduldig blieb und sie in keiner Weise drängte, den eigentlichen Zweck ihres überraschenden Besuchs preiszugeben.

»Habt Ihr schon darüber nachgedacht, was Ihr meinem Sohn sagen werdet … Aydrian?«, fragte Pony schließlich.

»Brynn reist nach Entel, um ihm die Nachricht von Abt Olins Niederlage zu überbringen«, antwortete Pagonel, ohne die Worte für die Kriegerin der To-gai-ru zu übersetzen.

»Und um Aydrian deutlich vor etwaigen Eroberungsabsichten hinsichtlich der Königreiche südlich des Gebirges zu warnen. Sie wird ihm einen Waffenstillstand anbieten, aber ganz sicher kein Bündnis.«

Pony wartete ab, bis Pagonel Brynn den kurzen Wortwechsel zusammengefasst hatte, dann bat sie den Mystiker: »Fragt sie doch bitte, ob sie Aydrian auch von mir eine Botschaft überbringen und ihm ausrichten würde, dass Yatol Wadon den Gefangenen Abt Olin großzügigerweise in meine Obhut übergeben hat und ich ihn gegen einen anderen Gefangenen austauschen möchte.«

Pagonel übersetzte Brynn die Bitte, dann versicherte er Pony, sie würden sich der Sache annehmen.

Anschließend schilderte Pony Pagonel ausführlich die Situation, der sie wiederum Brynn erläuterte.

»Ich werde es ihm ausrichten«, versprach Brynn. »Und ich werde mich dafür einsetzen, dass König Aydrian Euren Bedingungen zustimmt.«

Pony bedankte sich mit einem Nicken, dann wandten sich die drei wieder dem fernen Jacintha und dem dahinter liegenden Feldlager zu. Nach einer Weile drehte sich die Frau, die einst Königin gewesen war, um, so als läge ihr noch etwas anderes am Herzen.

Doch dann zögerte sie nervös.

»Was wünscht Ihr noch von mir?«, fragte Brynn, der dies nicht entgangen war.

»Ihr kennt Aydrian doch«, begann Pony zögernd. »Als er noch jung war. Ich wüsste gern ...« Ihre Worte gingen in ein Seufzen über.

Kaum hatte Pagonel die Worte übersetzt, hellte sich Brynns Miene auf. »Es gibt vieles, was ich Euch über ihn erzählen möchte«, antwortete die Hüterin. »Ich habe ihn in Andur'Blough Inninness zwar nicht jeden Tag gesehen, aber immerhin oft genug, um Euch eine Menge über ihn berichten zu können.«

»Das würde mich sehr freuen«, sagte Pony.

Den Rest des Abends verbrachten die drei draußen im Dunkeln unter freiem Himmel. Brynn erzählte Pony viele Einzelheiten aus dem Leben ihres Sohnes im Elfental, ohne die Wahrheit über den oft eigensinnigen Aydrian hinter leeren Komplimenten zu verstecken. Seine zahlreichen Streitereien mit Lady Dasslerond dagegen schilderte sie mit unverhohlenem Vergnügen.

Bei Pony hinterließ das alles einen bittersüßen Nachgeschmack. Zu ihrer großen Freude erfuhr sie, dass Aydrian zumindest in jungen Jahren ein wenig Freude und Sorglosigkeit erlebt hatte.

Doch all das schärfte nur ihr Bewusstsein dafür, wie traurig es war, all diese Dinge nicht miterlebt zu haben.

23. Notwendige Befreiung

»Olin hat versagt«, teilte Aydrian Sadye mit. Er hielt die anonym in Ursal angeschlagene Nachricht noch immer in den Händen, in der man ihn um ein Treffen mit den Führern To-gais und Behrens bat, bei dem das Ende der Feindseligkeiten besprochen werden sollte.

»Versagt?«

»Er hat sich Brynn Dharielles Zorn zugezogen, und daraufhin hat sie sich mit den Behrenesern zusammengetan und ihn besiegt«, erklärte Aydrian. »Als Meister Mackaront mich um die Entsendung zusätzlicher Truppen nach Jacintha ersuchte, war To-gai bereits im Begriff, gegen Abt Olin vorzugehen.«

»Soll das heißen, du zweifelst, ob es richtig war, ihm die Soldaten nicht zu schicken?«

»Nein«, antwortete Aydrian ohne das geringste Zögern. »Unser eigentlicher Kampf findet hier statt. St. Mere-Abelle ist nach wie vor mächtig, und Prinz Midalis kann sich, dank der Unterstützung Alpinadors, ungehindert entlang der Küste bewegen. Ich konnte Abt Olin unmöglich zehntausend zusätzliche Soldaten schicken, nur damit er jenseits der Grenzen des Bärenreiches seine Träume verwirklichen kann!«

Sadye rückte nah an ihren Liebhaber heran und legte ihm sanft den Arm um die Hüfte. »Wie groß sind denn die Verluste, die wir erlitten haben?«, fragte sie ruhig. »Wie viele Soldaten sind getötet worden?«

»Ich weiß es nicht«, antwortete Aydrian. »Es gibt Berichte, denen zufolge eine recht große Streitmacht das Gebirge überquert, um nach Entel zurückzukehren. Olin hatte ursprünglich zehntausend Mann mitgenommen. Wenn diese Streitmacht zurück ist, wird es nicht schwierig sein, unsere Verluste zu ermitteln. Etwas anderes bereitet mir viel größere Sorgen: Wo steckt Herzog Bretherford? Mittlerweile sollte es ihm doch gelungen sein, von Jacintha nach Entel zu segeln.«

»Die Berichte aus Entel«, erinnerte Sadye ihn mit kaum hörbarer Stimme – denn ihnen waren Gerüchte zu Ohren gekommen, dass an den Stränden unweit Entels eine Streitmacht an Land gesetzt worden sei und dass viele dieser Männer behaupteten, sie seien der kümmerliche Rest von Herzog Bretherfords Flotte. Die Schiffe selbst seien ausnahmslos Prinz Midalis in die Hände gefallen. Aydrian hatte diesen unzusammenhängenden und wirren Berichten kein große Bedeutung beigemessen. Doch auf einmal bekamen sie einen erheblich düsteren Beiklang.

»Könnte es sein, dass Prinz Midalis den weiten Weg bis nach Jacintha gesegelt ist, um einen Feldzug gegen Abt Olin zu unternehmen?«, überlegte der junge König laut.

»Das klingt, als hofftest du geradezu, es wäre so«, sagte Sadye.

»Oh, das tue ich«, erwiderte Aydrian, ehe er fortfuhr, ohne den Satz jedoch zu beenden: »Wenn Midalis so weit südlich steht …«

Sadye musterte ihn aufmerksam und sah sein immer breiter werdendes Grinsen. »Dann ist Vanguard mehr oder weniger ohne Schutz«, beendete sie schließlich an seiner Stelle den Satz.

»Wir könnten unsere Streitmacht bei Dancard abziehen und sie augenblicklich über den Golf transportieren.«

»Prinz Midalis scheint über jede unserer Bewegungen bestens informiert zu sein«, gab Sadye zu bedenken. »Wenn er sich beeilt und diese Truppen bis nach Vanguard verfolgt, sitzen die Männer dort in der Falle.«

Genau das war der Haken, das wusste Aydrian. Prinz Midalis schien über jeden ihrer Züge im Bilde zu sein. Er hatte das nahezu verlassene Pireth Tulme kurzerhand zurückerobert und alle Fallen umgangen, die sie ihm entlang der Küste südlich von St. Gwendolyn gestellt hatten. Und nun hatte er offenbar sogar herausgefunden, dass Abt Olin in Jacintha in Schwierigkeiten geraten war. Irgendetwas stimmte nicht, aber Aydrian vermochte nicht genau zu sagen, was.

»Lass uns nach Entel reisen und uns dort mit Brynn Dharielle und diesem siegreichen Yatol treffen«, schlug er vor. »Sie werden uns sicher mehr darüber verraten, ob sie wollen oder nicht.«

Als Aydrian und Brynn an jenem Frühsommermorgen nach Entel hineinritten, hatte der junge König bereits die Bestätigung erhalten, dass Prinz Midalis sich dem Kampf gegen Abt Olin angeschlossen hatte. Kaum hatte er von einigen Kaufleuten auf der Straße im Osten der Grafschaft Yorkey dementsprechende Gerüchte gehört, hatte Aydrian sich prompt in seinen Wagen und zu seinem Seelenstein zurückgezogen. Sein Geist hatte sich zur Küste Entels hinübertragen lassen und war dann nach Süden abgeschwenkt, bis die Stadt Jacintha in Sicht kam. Lange hatte er seine Vision dieses Ortes jedoch nicht aufrechterhalten können, denn der verdammte Sonnensteinschild sperrte sich standhaft gegen seine Annäherungsversuche.

Was allein ihm natürlich bereits bewies, das er seiner Mutter sehr nahe war. Er hatte ohnehin genug gesehen, um sich ein genaues Bild machen zu können. Ein Großteil der Kriegsschiffe des Bärenreiches lag im Hafen von Jacintha vor Anker, Seite an Seite mit ruderbestückten Schiffen von ungewöhnlicher Bauart, die Aydrian sofort Prinz Midalis' alpinadoranischen Verbündeten zuschrieb.

In Entel erwartete Aydrian dann noch eine weitere Neuigkeit: Herzog Kalas und Marcalo De'Unnero hatten St. Mere-Abelle umzingelt und den Hafen abgeriegelt und belagerten nun die Abtei.

Endlich einmal eine gute Nachricht.

Das Treffen in Entel würde in einem kleinen Bauernhaus im Westen der Stadt stattfinden, einem abgelegenen Ort, wo die beteiligten Parteien jene Abgeschiedenheit vorfinden würden, die in einer solchen Angelegenheit geraten schien. Aydrian traf in Begleitung seines Gefolges als Erster ein. Kurz darauf saß er wartend vor dem Kamin und starrte in die Flammen. Eigentlich war der Abend nicht kalt genug, um ein Feuer zu rechtfertigen, doch der junge König hatte ausdrücklich darum gebeten, um beim Blick in dessen orange flackernden Schein seinen Gedanken nachhängen zu können.

Gleich neben ihm saß Sadye, den Kopf an seine kräftige Schulter gelehnt.

Ein Klopfen an der Tür ließ beide hochschrecken. Aydrian erhob sich und half auch Sadye auf, richtete seine Kleider und strich sein Hemd glatt.

»Allheart Mallon Yank, mein König!«, kündigte sich der Besucher an, ehe er abermals klopfte.

»Tretet ein, Allheart«, erwiderte Aydrian förmlich.

Die Tür öffnete sich knarrend, und herein kam ein älterer und überaus würdevoll aussehender Adliger in perfekter Haltung und makelloser Rüstung, den Helm fest unter seinen Arm geklemmt. »Ich darf vorstellen: Brynn Dharielle aus

To-gai und Yatol De Hamman, der für die Behreneser spricht«, verkündete er, machte kehrt und deutete mit einer Geste Richtung Tür.

Es war Brynn, die die Abordnung in den Raum führte. Aydrian stockte der Atem, als er sie erblickte. Er hatte sie seit über fünf Jahren nicht mehr gesehen, und doch erkannte er sie sofort wieder, als sie in der Tür erschien. Diese Augen! Aydrian würde diese hellbraunen Augen, die einen so strengen Kontrast zu ihrem rabenschwarzen Haar bildeten, nie vergessen. Er konnte sich eines Lächelns nicht erwehren, vergaß augenblicklich jegliches Protokoll und machte Anstalten vorzustürzen, so als wollte er sie in die Arme schließen.

Doch Brynns frostiger Blick ließ ihn jählings stehen bleiben – verdutzt wich er einen Schritt zurück.

Hinter ihr traten zwei Männer in den Raum, einer in einem Gewand, das Aydrian als das eines Yatol-Priesters erkannte – vermutlich De Hamman –, und der andere in unscheinbarer Kleidung. Dieser zweite Mann erregte Aydrians Interesse weit mehr als Yatol. Er schien etwa Mitte vierzig zu sein; wegen seiner geschmeidigen Bewegungen und einer unverkennbaren inneren Ausgeglichenheit hielt Aydrian ihn sofort für einen Krieger.

»Seid gegrüßt, König Aydrian«, begann Yatol De Hamman, der die Sprache des Bärenreiches einigermaßen fließend beherrschte. »Ich bin ein Abgesandter des Chezru-Häuptlings Mado Wadon und spreche im Namen Jacinthas.«

»War es etwa zu viel verlangt von Chezru Wadon, sich persönlich herzubegeben?«

Das arglose Lächeln auf Yatol De Hammans Gesicht erlosch schlagartig. »Abt Olins Verrat hat Behren in große Bedrängnis gebracht«, erwiderte er, ohne den finsteren Blick auch nur zu bemerken, den Brynn ihm zuwarf, weil er diese Information ohne Not preisgab. »Der Abt ist schuld daran, dass die Stadt im Chaos versinkt!«

»Das soll genügen, bester Yatol«, sagte Brynn in einer Sprache, die Aydrian nicht verstand. Prompt drehte sie sich um und wandte sich in der Sprache der Touel'alfar direkt an ihn. »Behren ist das Opfer gewaltiger Zerstörungen geworden. Abt Olin hat Schande über die abellikanische Kirche und das Bärenreich gebracht und dich als gierigen Eroberer erscheinen lassen.« Sie maß Aydrian mit einem stechenden Blick, als sie hinzufügte: »Was meinst du, würde Lady Dasslerond dem zustimmen?«

Aydrian konnte sich ein Grinsen nicht verkneifen, als er den Namen der Elfe hörte. »Bist du etwa hergekommen, um mir den Krieg zu erklären?«, fragte er sie unverblümt.

»Ich bin gekommen, um Frieden zu verlangen«, erwiderte Brynn. »Und dich eindringlich zu ermahnen, die Grenze zwischen deinem Reich und meinem – beziehungsweise unserem – zu respektieren.« Sie wandte sich um, um Yatol De Hamman in das Gespräch mit einzubeziehen.

»Abt Olin ist über seinen Auftrag hinausgegangen«, erklärte Aydrian.

»Und der lautete?«

»Behren wieder zu Stabilität zu verhelfen, das und nichts anderes«, erklärte Aydrian wenig überzeugend. »Er sollte feststellen, wer für eine gerechte Sache eintrat, und die Herrschaft dieses Mannes über das in seinen Grundfesten erschütterte Königreich mit Hilfe der unter seinem Kommando stehenden Truppen festigen.«

»Sozusagen als gut nachbarschaftliche Geste des wohlmeinenden Herrschers aus dem Norden?«, fragte Brynn, ohne ihr Misstrauen im Mindesten zu verbergen.

»Genau.«

Brynn sah sich kurz nach ihren beiden Begleitern um, ehe sie sich, einen erbosten Ausdruck im Gesicht, wieder Aydrian zuwandte. Sie trat einen Schritt vor, sodass sie unmittelbar vor dem jungen König stand. »Was tust du nur, Aydrian?«, raunte sie ihm zu, dabei hätte sie die in der Elfensprache gesprochenen Worte getrost herausschreien können, denn die anderen hätten sie ohnehin nicht verstanden. »Was hast du mit Lady Dasslerond gemacht?«

Aydrians Gesicht verhärtete sich.

»Du bist mit der Absicht nach Behren gekommen, das Land zu erobern«, sagte Brynn. »Obendrein hast du zu Unrecht die Herrschaft über dieses Königreich an dich gerissen. Was in aller Welt –«

»Zu Unrecht?«, entgegnete Aydrian. »Meine Mutter war Königin, oder hast du das bereits vergessen?«

»Deine Mutter kämpft mit allen ihr zur Verfügung stehenden Mitteln gegen deine Herrschaft«, erwiderte Brynn.

»Und woher willst du das wissen?«

Brynn starrte ihn lange an, ehe sie schließlich einen Schritt zurücktrat. »Ich bin hergekommen, um einen Nichtangriffspakt auszuhandeln«, erklärte sie in der Sprache der To-gai-ru, die Pagonel in die des Bärenreiches übersetzte. »Südlich des Gebirges hast du nichts verloren, es sei denn auf Einladung von Chezru Wadon oder meiner Wenigkeit. Wenn du das akzeptierst, gilt im Gegenzug, dass weder To-gai noch Behren sich in die Angelegenheiten des Bärenreiches einmischen werden.«

Noch während Pagonel übersetzte, bekundete auch Yatol De Hamman sein Einverständnis.

»Also gut, von mir aus«, sagte Aydrian, drehte sich um und deutete auf einen langen Tisch, den man im rückwärtigen Teil des Raumes aufgestellt und mit Stapeln von Pergament, Schreibfedern und Tintenfässern entsprechend vorbereitet hatte. Auf einen Wink von Aydrian traten zwei Schreiber aus den Ecken des Raumes und nahmen ihre Plätze ein.

Aydrian und Sadye nahmen an der einen Längsseite Platz, während Brynn und Yatol De Hamman sich auf die beiden freien Plätze ihnen gegenüber setzten. Pagonel stellte sich direkt hinter Brynn.

Die Bedingungen hätten einfacher kaum sein können: Brynn und Yatol De Hamman versicherten, das Bärenreich nicht anzugreifen, und im Gegenzug verpflichtete sich Aydrian, mit seinen Armeen das Gebirge nicht zu überqueren. Nach der schnellen Einigung hieß man die Schreiber, ihres Amtes zu walten, und kurz darauf unterzeichneten die drei Führer.

»Gibt es sonst noch etwas?«, fragte Aydrian und musterte Brynn bei jedem Wort argwöhnisch, ehe er, nur um sicherzugehen, dass sie ihn auch wirklich verstand, die Frage in der Sprache der Touel'alfar noch einmal wiederholte.

»Ich hätte dir noch so manches zu sagen«, erwiderte Brynn, nun wieder in der Elfensprache. »Wer bist du, Aydrian? Was ist nur aus dir geworden?«

»Alles, was Lady Dasslerond sich für mich erhofft hat, und sogar noch mehr«, antwortete er dreist.

Brynns braune Augen wurden zu schmalen Schlitzen. »Ich weiß, was du mit ihr und Andur'Blough Inninness gemacht hast.«

»Und woher willst du das wissen, würdest du mir das vielleicht verraten?«

Brynn verzichtete darauf, seine Frage zu beantworten. Stattdessen wechselte sie wieder zurück in die Sprache ihres Volkes und erklärte: »Ein Punkt bedarf noch der Klärung. Er betrifft die Übergabe eines Gefangenen.«

Pagonel übersetzte.

»Nur raus mit der Sprache«, drängte Aydrian.

»Wir haben Abt Olin in Gewahrsam genommen. Wir möchten ihn dir übergeben«, sagte Brynn.

»Wie großzügig. Könnt ihr etwa keinen Strick für ihn erübrigen?«

»Allerdings nur im Austausch gegen einen deiner Gefangenen«, fuhr Brynn fort. »Sein Name lautet Roger Flinkfinger. Er wird in den Verliesen von Palmaris gefangen gehalten. Wenn du einverstanden bist, bekommst du im Gegenzug Abt Olin. Ort und Zeitpunkt des Austausches kannst du nach Belieben bestimmen.«

Noch während Pagonel übersetzte, brach Aydrian in schallendes Gelächter aus. »Oh, meine Mutter«, sagte er. »Immer noch dieselbe sentimentale, treue Närrin.«

»Ihr habt nicht die leiseste Ahnung, wie Eure Mutter wirklich ist«, mischte Pagonel sich ein.

Aydrian maß ihn mit durchdringendem Blick. »Und wer seid Ihr?«

Pagonel deutete eine knappe Verbeugung an und trat respektvoll einen Schritt zurück.

»Also Abt Olin gegen Roger Flinkfinger?«, wandte Aydrian sich wieder direkt an Brynn und verfiel erneut in die Elfensprache.

»Das dürfte aus deiner Sicht mehr als angemessen sein.«

»Und warum dann überhaupt?«

»Weil er ein Freund deiner Mutter ist und weil sie ihm die Freiheit zurückgeben möchte.«

»Das allein sagt mir bereits, dass ich mich hüten sollte, auf deinen Vorschlag einzugehen«, erwiderte Aydrian kühl. »Alles, was dem Wohlergehen meiner Mutter dient, liegt nicht in meinem Interesse.«

Das trug ihm erneut einen missbilligenden Blick von Brynn ein, doch Aydrian blieb hart. Er schob seinen Stuhl vom Tisch zurück und verschränkte seine muskulösen Arme vor der Brust. »Hiermit ist deine Bitte abgelehnt. Hängt Olin am höchsten Turm Jacinthas oder am Mast von Prinz Midalis' Flaggschiff auf. Ich habe keinerlei Verwendung mehr für ihn. Er hat mich zutiefst enttäuscht und meine Befehle missachtet – mit dem Ergebnis, dass Behren, wie du selbst zugibst, in völligem Chaos versunken ist.«

»Behren befindet sich in einer Notlage, das ist richtig«, pflichtete Brynn ihm bei. Sie rutschte auf ihrem Stuhl nach vorn, beugte sich weit über den Tisch und sah Aydrian durchdringend an. »Aber ich warne dich. Wenn du nach Süden marschierst, um diese Notlage auszunutzen, wirst du dich einem vereinten Behren gegenübersehen, dem das Land

To-gai als Verbündeter zur Seite steht.« Sie wich ein Stück zurück und unternahm einen letzten Versuch, ihn zu überzeugen. »Aydrian. Aydrian! Du weißt, ich meine es gut mit dir! Wir wurden zusammen aufgezogen –«

»Du wurdest aufgezogen, mich hat man immer nur gequält!«, brüllte der junge König. Er sprang von seinem Stuhl auf und beugte sich über den Tisch, bis sein Gesicht nur noch eine Handbreit von Brynns entfernt war. »Du willst wissen, wer ich bin? Ich bin Lady Dasslerонds Albtraum! Ich bin der Mahlstrom!«

»Du hast sie ermordet!«

»Ich wünschte, ich hätte es getan!«, schrie Aydrian zurück. »Aber nein, selbst um dieses Vergnügen hat mich die Hexe gebracht!«

Brynn schlug mit der Faust auf den Tisch, und Mallon Yank stürzte nach vorn, so als wollte er sich Brynn in den Weg werfen.

Aber natürlich war Pagonel erheblich schneller. Eine kurze Körperdrehung, und schon war er vorbei an dem erschrocken aufschreienden De Hamman und schnitt dem Allheart mühelos den Weg ab. Mallon Yank griff bereits nach seinem Schwert, doch als seine Hand sich um das Heft schloss, bekam Pagonel das Handgelenk zu fassen und drückte es, was jede weitere Bewegung unmöglich machte.

Yank reagierte mit einem linken Haken seiner freien Hand, doch Pagonel hatte keine Mühe, dem unbeholfenen Schlag auszuweichen. Eine Bewegung nach hinten ließ seinen Gegner ins Leere schlagen, und er verlor das Gleichgewicht. Pagonel wirbelte ihn herum, stemmte ihm den Fuß gegen die Brust und stieß den Allheart quer durch den Raum, bis er krachend gegen die Rückwand prallte, wo er, von seiner schweren Rüstung behindert, ins Straucheln geriet und zu Boden stürzte.

Als Aydrian und gleich darauf auch Brynn zu ihren Schwertern griffen, warf Yatol De Hamman sich mit einem erneuten Aufschrei in Deckung.

Mittlerweile war unter den Wachen draußen lautes Stimmengewirr zu hören, dann plötzlich folgte ein gellender Schrei, und ein gewaltiges Dröhnen ließ das Haus erzittern. Die Tür flog auf, und der Echsenmann Pherol stand auf der Schwelle, wütenden Rauch vor seinen Nüstern.

Brynn wich zurück, hob beschwichtigend die Hände und rief: »Genug!«

Doch dann geschah etwas Merkwürdiges, etwas so Unerwartetes und Erschreckendes, dass die anderen Anwesenden den Atem anhielten.

Aydrian betrachtete den Drachen, der Drache betrachtete ihn, und plötzlich begannen beide, sich zutiefst angewidert anzuschreien. Pherol bleckte seine gewaltigen Zähne und schien den gesamten Raum mit seinen Flammen bestreichen zu wollen, doch Aydrian war schneller. Er zog seine Hand aus dem Beutel, und schon legte sich der bläulich weiße Schild des Serpentins um seinen Körper. Ein krachender Lichtblitz schoss auf den Drachen zu und beförderte Pherol rückwärts wieder zur Tür hinaus.

»Genug!«, rief Brynn erneut und stürzte sich auf Aydrian, der sie wütend ansah.

»Du machst gemeinsame Sache mit einer solchen Bestie und wagst es, mich für mein Tun zu kritisieren?«, schrie der junge König sie an. »Mach, dass du verschwindest! Auf der Stelle!«

Brynn erkannte sofort, dass sich noch mehr dahinter verbarg, eine Wildheit, eine Ungezähmtheit tief in Aydrians Wesen. Wie war es möglich, dass er etwas über Drachen wusste? Warum hatte er, ohne einen Augenblick zu zögern, derart gewalttätig reagiert?

Und warum hatte Pherol sich ebenso verhalten?

Brynn starrte ihn noch einen Augenblick an, dann stürzte sie zur Tür hinaus. Sie befürchtete, der Drache könnte seine größere Gestalt annehmen und das Haus einfach in Grund und Boden stampfen.

Doch dann sah sie, dass Pherol dazu wohl kaum noch in der Lage gewesen wäre. Aydrians Blitz hatte ihn schwer getroffen und benommen gemacht. Er hockte, ein gutes Stück von der Haustür entfernt, im Vorhof und wirkte so mitgenommen, wie Brynn ihn noch nie zuvor gesehen hatte.

»Rasch, machen wir, dass wir verschwinden«, rief Pagonel ihr zu, packte sie am Arm und zerrte sie an dem Drachen vorbei. Nur Yatol De Hamman war noch schneller gewesen und hatte bereits einen kleinen Vorsprung.

Doch Pherol machte keinerlei Anstalten, sich zu erheben und ihnen zu folgen.

»Pherol?«, rief der Mystiker. Er ließ Brynn los und lief noch einmal zurück, ging um den Drachen herum und schaute ihm direkt ins Gesicht. Der Ausdruck auf seinem Gesicht war eigenartig: War es Wut? Oder etwa Angst?

»So komm endlich«, drängte der Mystiker.

Der Drache erhob sich schwerfällig, den Blick noch immer in mörderischer Absicht auf das Haus gerichtet.

»Der Vertrag ist unterzeichnet«, redete Pagonel auf ihn ein. »Was wir erreichen wollten, haben wir erreicht. Machen wir, dass wir von hier verschwinden!«

»Von hier verschwinden«, willigte der Drache endlich benommen ein. »Von hier verschwinden – das hätten wir schon längst tun sollen.«

»Aydrian!«, schrie Sadye und hielt den jungen König fest, als dieser sein hektisches Hin-und-Her-Gerenne plötzlich unterbrach und entschlossen auf die Tür zuhielt.

Die Augen vor Empörung funkelnd, fuhr Aydrian zu ihr herum. Aber sie hatte den Tiger in Marcalo De'Unnero gezähmt und dachte nicht daran, klein beizugeben.

»Was hast du vor?«, fragte sie. Aydrians Muskeln spannten sich an, doch sie packte einfach fester zu.

»Was war das?«, wollte sie wissen.

»Ein Drache«, erklärte Aydrian. Dabei biss er die Zähne so

fest aufeinander, dass er die Worte kaum zwischen ihnen hervorpressen konnte. »Die zweitälteste aller existierenden Arten und die bei weitem widerwärtigste.«

Sadye kommentierte jedes seiner Worte mit einem Kopfschütteln. »Aber du wusstest doch, dass das Gerücht geht, Brynn Dharielle sei im Besitz einer solchen Bestie«, erwiderte sie.

»Und?«

»Nun, dann erklär mir bitte deine Reaktion«, forderte sie ihn auf.

Ihre einfache Bitte löste schließlich die innere Anspannung des jungen Königs, und er beruhigte sich wieder ein wenig. Er hatte die Geschichten in der Tat gehört und es kaum noch erwarten können, diesem Geschöpf endlich selbst zu begegnen – er hatte sich sogar bereits in Gedanken ausgemalt, wie er den Drachen zum angemessenen Reittier des künftigen Weltbeherrschers machen würde. Sadyes Verwirrung war berechtigt, erkannte er. Nur – was war dann gerade geschehen?

»Ich kann es nicht erklären«, gestand er. »Diese ungeheure Abscheu, die ich plötzlich spürte – ich hätte nie erwartet …«

»Hast du nicht zuvor noch im Scherz behauptet, du hättest eine solche Bestie gern als Reittier?«

»Ich will seinen ekelhaften Schädel als Trophäe und sonst gar nichts!«, brüllte Aydrian.

»Aydrian?«

Wieder war es Aydrian selbst, der noch überraschter auf seinen unvermittelten Wutausbruch reagierte als seine Zuhörer.

»Ich werde sofort die Truppen in Bereitschaft versetzen«, verkündete Mallon Yank. »Wir werden die Bestie niederstrecken und Euch ihren Kopf bringen!«

»Ihr werdet nichts dergleichen tun«, erwiderte Aydrian. »Die Abgesandten aus dem Süden sind als Unterhändler gekommen, und das werden wir respektieren.«

»Sehr wohl, mein König.«

»Am besten, wir vergessen diesen unglücklichen Gefühlsausbruch«, wandte Aydrian sich an alle Anwesenden. »Wir haben ein Abkommen unterzeichnet und werden daran ebenso festhalten wie Brynn und ihr Volk sowie die Behreneser. Die Frage der Südlande gilt damit fürs Erste als geklärt, worüber ich übrigens sehr erleichtert bin. Richten wir unsere ganze Aufmerksamkeit jetzt auf unser eigenes Land. Prinz Midalis und die Rebellion werden bald der Vergangenheit angehören.«

Die Neuigkeiten wurden von allen mit großer Erleichterung aufgenommen.

»Falls du das nächste Mal um ein Treffen mit Brynn ersuchst, tätest du vielleicht gut daran, ihr dringend zu raten, die Bestie in To-gai zu lassen«, raunte Sadye ihm zu.

Aydrian legte ihr lachend den Arm um die Schultern. »Ein kluger Rat, allerdings«, gab er ihr Recht. »Ein wahrlich kluger Rat.«

24. Mühsame Kleinarbeit

Yatol De Hamman war alles andere als erfreut, bei seiner Rückkehr nach Jacintha zu erfahren, dass an verschiedenen Stellen in den südlichen Teilen der Stadt erneut Kämpfe ausgebrochen waren. »Die Ordnung ist vollkommen zusammengebrochen! Ganz Behren versinkt wegen Euch im Chaos«, beschuldigte er Brynn.

Brynn dachte nicht daran, sich von diesem geschwätzigen Menschen einschüchtern zu lassen. »Ihr solltet meine Geduld nicht überstrapazieren, Yatol«, erwiderte sie ruhig. »Hättet Ihr meine Stadt nicht angegriffen, wäre ich nicht gezwungen gewesen, als Reaktion darauf mit meinen Truppen aus der Stadt zu marschieren.« Er wollte erneut protestieren, doch Brynn hob die Hand und ließ ihn erst gar nicht zu Wort kommen. »Verschont mich mit Eurem Gerede, es seien Fehler gemacht worden. Für dergleichen fehlt mittlerweile einfach die Zeit. Euer Land liegt in Trümmern, und dafür könnt Ihr niemand anderen verantwortlich machen als Abt Olin – und Euch selbst. Also kehrt nach Hause zurück, Yatol. Sichert Eure eigene Provinz und legt endlich den Groll ab, den Ihr gegen mich und To-gai hegt. Ich garantiere Euch, eines Tages könnte er sich gegen Euch selbst kehren.« Die letzte Bemerkung enthielt eine kaum verhohlene Drohung, sodass Yatol De Hamman erbleichte und erschrocken vor der beeindruckenden Kriegerin zurückwich.

»Reiten wir zurück zu deinen Leuten«, schlug Pagonel vor, der hinter Brynn stand.

»Tun wir das«, pflichtete sie ihm bei. »Ich bin dieser Behreneser mehr als überdrüssig.«

Das Lager der To-gai-ru oben in den Ausläufern des Gebirges zu finden bereitete ihnen keine große Mühe. Mittlerweile waren viele Krieger nach Hause zurückgekehrt, sodass nur noch eine Truppe von etwa achtzig Soldaten die Region überwachte – zu denen allerdings auch Tanalk Grenk gehörte, der geduldig Brynns Rückkehr erwartete.

»Der Streit To-gais mit dem Bärenreich ist beigelegt«, erklärte sie ihm. »König Aydrian ist eindringlich davor gewarnt worden, das Gebirge zu überqueren, und in Anbetracht der Verluste, die er hier erlitten hat, dürfte es eine ganze Weile dauern, ehe er es riskieren kann, sein Augenmerk noch einmal nach Süden und auf uns zu richten. Sobald der Machtkampf mit Prinz Midalis geklärt ist, wird To-gai den Sieger zu Gesprächen aufsuchen, um das soeben unterzeichnete Abkommen zu bekräftigen.«

»Ihr habt einen großen Erfolg für Euer Volk erzielt«, erklärte Grenk und verbeugte sich voller Respekt vor ihr. »Und das nicht zum ersten Mal.«

»Meine Bemühungen waren nicht mehr von Erfolg gekrönt als Eure«, erwiderte Brynn. »Euer mutiges Handeln und Eure Führungsstärke haben sehr zur Rettung Dharyan-Dharielles beigetragen und uns den Ausbruch aus der belagerten Stadt erst ermöglicht.« Sie hielt inne und sah zu Pagonel, dessen Gelassenheit ihr sofort neue Kraft verlieh. »Und aus diesem Grund lege ich die Führung To-gais voller Zuversicht in Eure fähigen Hände, Häuptling Tanalk Grenk«, fuhr Brynn fort, und vielleicht zum ersten Mal in seinem Leben erweckte der mächtige Krieger der To-gai-ru den Eindruck, als würden seine Beine unter ihm nachgeben.

»Mylady?«, stammelte er.

»Mein Weg führt mich nach Norden«, erklärte Brynn. »Aydrian hat sich durch sein Verhalten zu meinem Feind gemacht. Solange er an seinem Irrweg festhält, kann ich nicht einfach ruhig nach Hause zurückkehren.«

»Ein Feind Brynn Dharielles ist auch ein Feind To-gais!«, erklärte Tanalk Grenk entschlossen.

Brynn schenkte ihm ein dankbares Lächeln und klopfte ihm auf die Schulter. »Aydrians Verbrechen an den Touel'alfar gehen außer mir keinen To-gai-ru etwas an. Ich bin ebenso eine Hüterin wie eine To-gai-ru. Ich könnte meine Krieger niemals bitten, mir über die Berge zu folgen, ich könnte niemals das Wohl To-gais aufs Spiel setzen, um Lady Dasslerond zu verteidigen, die für mich wie eine Mutter war. Wenn ich in den Norden gehe, um gegen Aydrian Krieg zu führen, dann deshalb, weil ich nicht anders kann. Euch vertraue ich die Führung unseres Volkes an – und ich habe nicht den geringsten Zweifel, dass Ihr Eure Sache hervorragend machen werdet. Ferner möchte ich Euch mein Pferd Nesty anvertrauen, an dem mir sehr viel liegt.«

»Was geschieht, wenn Ihr wieder zurückkehrt?«, fragte Grenk.

»Dann werde ich mir mein Pony wieder abholen, das ist alles«, antwortete Brynn. »Ich lege alle meine Ämter nieder. Sollte To-gai mich jemals wieder brauchen, werde ich zur Stelle sein, an Eurer Seite, aber nach meiner Rückkehr aus dem Bärenreich werde ich als Erstes …« Sie hielt inne und sah zu Pagonel, der ihr lächelnd zunickte.

»Ihr wollt für eine Zeit bei den Jhesta Tu leben, um dort Studien zu betreiben«, erkannte Grenk.

Brynn lächelte, ohne den Blick von dem Mystiker zu lösen. »Sofern mir das Glück beschieden ist, die Schicksalsprüfung gegen Aydrian zu überstehen«, erwiderte sie.

Als sie sich zu Tanalk Grenk umwandte, stellte sie zu ihrer Überraschung fest, dass er offenbar nicht die Absicht hatte, sie davon abzubringen. »Wenn ich es schaffe, To-gai auch nur ein halb so guter Diener zu sein wie Ihr, Brynn Dharielle, dann wird mein Name in die Legenden unseres Volkes eingehen«, sagte er und verbeugte sich tief, so tief, dass sein Gesicht beinahe den Boden zu berühren schien. Als er sich wieder aufrichtete, sah Brynn, dass Tränen in seinen dunklen Augen standen. »Mit Euch würde ich bis ans Ende der Welt reiten, gegen welchen Feind auch immer«, erklärte er. »Ihr könnt gar nicht ermessen …«

Brynn unterbrach ihn, indem sie auf ihn zutrat und ihn in die Arme schloss.

»Wenn es Euch nicht gäbe, könnte ich nicht fortgehen und tun, was ich tun muss«, sagte sie leise. »Ich verlasse To-gai im festen Vertrauen darauf, dass es sicher und in allerbesten Händen ist.«

Tanalk Grenk nickte, und Brynn schloss ihn noch einmal in die Arme. Dann verließ sie mit Pagonel das Feldlager und stieg von der Anhöhe zu der Stelle hinunter, wo Pherol wartete.

Der Drache legte einen Eifer an den Tag, der ihr große Sorgen bereitete.

»Er hat nichts anderes als den Tod verdient«, brachte er als Erklärung vor.

»Und das siehst du als deine Aufgabe an?«

Der Drache erschrak, und das leidenschaftliche Funkeln in seinen Reptilienaugen wurde deutlich matter. »Das übernimmt wohl besser ein anderer«, sagte er. »Ich ziehe es vor, über sein Königreich hinwegzufliegen und Städte in Brand zu setzen.«

»Kommt nicht in Frage«, erwiderte Brynn und schloss die Augen, um die von Pherols unverkennbarer Zerstörungslust heraufbeschworenen Erinnerungen zu vertreiben. Das Blutbad, das sie den Drachen unter den behrenesischen Siedlern in To-gai hatte anrichten lassen, war ihr noch in lebhafter Erinnerung. Sie wusste nur zu gut, dass die entsetzten Schreie der Menschen sie bis an ihr Lebensende verfolgen würden. Ihr Kampf im Norden galt jedoch nicht dem Bärenreich, sondern Aydrian – vor allem und in erster Linie Aydrian.

Nie würde sie Pherol jemals wieder derart freie Hand lassen.

Sie nutzten die Nacht für Vorbereitungen. Pagonel und Brynn legten fest, auf welche Weise sie Prinz Midalis am besten unterstützen konnten; anschließend brachen sie mit dem ersten Licht des Morgens auf und flogen Richtung Osten, um sich auf die Suche nach dem Prinzen und seiner Flotte zu begeben.

An jenem Tag wurden auf dem Feld vor St. Mere-Abelle drei weitere Katapulte in Betrieb genommen, und Herzog Kalas zögerte nicht, den Dauerbeschuss auf die Abtei noch zu verstärken. Den ganzen Vormittag über befanden sich zu jedem beliebigen Zeitpunkt drei mächtige Findlinge in der Luft, die mit lautem Krachen entweder inmitten der Gebäude der mächtigen Abtei oder vor der Stirnmauer in der Nähe des großen Tores niedergingen.

Das Feuer der Geschütze der Abtei erwies sich als bestenfalls sporadisch und blieb zudem so gut wie wirkungslos – zumal auch die Reichweite der Edelsteinmagie der Mönche völlig unzureichend war.

Ab und zu wechselten Herzog Kalas' Artillerieschützen die Strategie, bestückten ihre Geschütze mit schwelendem

Pech und vergrößerten deren Abschusswinkel, ehe sie alle fünfzehn Katapulte gleichzeitig abfeuerten und die Abtei mit einer Feuerwalze überzogen.

»Macht Euch das genauso viel Spaß wie mir?«, fragte Kalas De'Unnero, als die beiden gemeinsam das Dauerbombardement verfolgten.

»Wenn Ihr könntet, würdet Ihr vermutlich alles in Trümmer legen«, antwortete der Mönch.

Kalas hielt es nicht für nötig, etwas darauf zu erwidern. Er stand einfach da und schaute zu, ein überlegenes Lächeln auf den Lippen.

»Verschafft Ihr ihnen damit nicht bloß zusätzliche Munition, die sie auf uns zurückschleudern können?«, fragte De'Unnero.

»Deswegen katapultieren wir das Pech ja hinter die Mauern, während wir mit den Steinen etwas kürzer zielen, sodass die meisten gegen die Stirnmauer prallen und für sie unerreichbar liegen bleiben. Nicht, dass es eine Rolle spielen würde. Wenn König Aydrian eintrifft und den Befehl zum Angriff gibt, wird die Zeit den Mönchen sehr viel schneller ausgehen als die Munition für ihre Geschütze.«

»Demnach wird er bald eintreffen?«

»Nach meinen Informationen schon morgen.«

»Und was ist mit den Gerüchten aus den Südlanden?«

»In sämtlichen Meldungen ist die Rede davon, Abt Olin sei besiegt und gefangen genommen worden«, antwortete Herzog Kalas. »Ferner wird behauptet, bei dieser Niederlage habe Prinz Midalis seine Hand im Spiel gehabt. Ich fürchte, dass König Aydrian vielleicht ein wenig übereifrig und vorschnell gehandelt hat.«

»Nein«, widersprach der Mönch. »Der Fehler lag nicht bei Aydrian, sondern bei Abt Olin. Er hätte überlegter vorgehen müssen. Er hatte genug Soldaten unter seinem Kommando, um jedem Widerstand zu trotzen – wenn er sein Augenmerk ausschließlich auf Jacintha und Behren gerichtet hätte.«

»Was meint Ihr, ob sie dort drinnen schon vor Angst zittern?«, fragte Herzog Kalas und deutete noch einmal zu der mächtigen Abtei hinüber.

De'Unnero drehte sich wieder um und betrachtete das alte Gemäuer. »Sie werden natürlich beunruhigt sein«, erwiderte er. »Andererseits wissen sie, dass Ihr ihre massiven Mauern aus dieser Entfernung nicht werdet zertrümmern können. Ferner wissen sie, dass sie einer Belagerung praktisch unbegrenzt standhalten können – die Abtei ist auf keinerlei Versorgung von außen angewiesen. Die Ordensbrüder dürften sich der Tatsache bewusst sein, dass Ihr – oder auch Aydrian – die Mauern werdet erstürmen müssen, um St. Mere-Abelle einzunehmen. Die Klosteranlage ist schon unzählige Male angegriffen worden, bester Herzog. Gefallen ist sie aber noch nie.«

»Weil sie es bislang weder mit Aydrians Zorn noch mit den vereinten Armeen des Bärenreiches zu tun bekommen hat«, beeilte sich Kalas zu erwidern. Er zeigte ein durchtriebenes Grinsen und fügte hinzu: »Und auch nicht mit dem Zorn eines Marcalo De'Unnero.«

»St. Mere-Abelle wird fallen«, pflichtete De'Unnero ihm bei, dabei klang er jedoch alles andere als triumphierend, sondern eher nüchtern. Natürlich sehnte De'Unnero den Fall der Abtei herbei – es wäre der Augenblick seines endgültigen Aufstiegs. Gleichwohl schmerzte es ihn, zu wissen, dass er, um die inneren Angelegenheiten der Kirche wieder ins Lot zu bringen, die einstmals uneinnehmbare Festung würde schleifen müssen. Um die Abtei St. Mere-Abelle rankte sich ein Mythos, der auf den kriegerischen Mönch eine unwiderstehliche Anziehungskraft ausübte: Sie galt als uneinnehmbar, unbeherrschbar, alterslos.

»Was meint Ihr, haben wir sie für heute Vormittag genug durchgerüttelt?«, fragte Kalas.

»Gebt Acht, dass sich die Geschosse nicht zu hoch vor den Mauern auftürmen«, warnte der Mönch. »Sonst müssen wir sie am Ende noch zur Seite räumen, ehe wir das Tor rammen.«

Herzog Kalas schnaubte und drehte sich um, um einen Blick über die Schulter zu werfen. »Die Artillerie soll das Feuer einstellen«, rief er einem seiner in der Nähe stehenden Unterkommandanten zu, worauf der Soldat salutierte und sich auf den Weg machte, um den Befehl weiterzuleiten.

»Morgen früh werden wir den Beschuss wieder aufnehmen«, erklärte Kalas an De'Unnero gewandt. »Und von da ab jeden Morgen.«

Mit unverhohlenem Vergnügen beobachtete er, wie hinter den Abteimauern eine schwarze Rauchsäule in den Himmel stieg, zweifellos eine Folge der letzten Salve aus Pechgeschossen. »Irgendwann wird ihre Entschlossenheit erlahmen«, versprach er. »Und dann wird die Herrschaft über St. Mere-Abelle an Aydrian fallen.«

Marcalo De'Unnero musterte sein Gegenüber lange, widerstand jedoch der Versuchung, ihm zu widersprechen. St. Mere-Abelle würde fallen, gewiss, aber die Herrschaft über die Abtei würde an ihn und nicht an Aydrian übergehen.

Später am selben Tag traf ein Melder mit der Nachricht ein, dass Prinz Midalis im Osten erneut an Land gegangen war.

»Bei St. Gwendolyn?«, erkundigte sich Herzog Kalas hoffnungsvoll, denn dort hatte er eine beträchtliche Streitmacht zurückgelassen, die sich im Innern der Abtei verborgen hielt. »Damit dürfte dieser Verräter endlich auf einen Gegner gestoßen sein.«

»Nein, bei Pireth Tulme«, stellte der Melder richtig. »Anschließend ist er in das Dorf Macomber weitergezogen.«

Herzog Kalas sah zu De'Unnero, doch der Mönch zuckte nur mit den Schultern. Wieder einmal war der Prinz offenbar bestens darüber unterrichtet gewesen, wo er zuschlagen musste.

»Stellt eine Streitmacht zusammen, und erobert den Ort zurück«, befahl Herzog Kalas angewidert.

»Sehr wohl, Mylord«, antwortete der Melder, und Kalas bedeutete ihm mit einem Wink, sich zu entfernen.

»Betet zu Gott, dass Aydrian bald eintrifft«, raunte Kalas De'Unnero zu. »Wir brauchen hier dringend einen Sieg, damit die Bauern gar nicht erst auf die Idee kommen, Prinz Midalis könnte uns überlegen sein. Dabei hat er noch keinen einzigen wirklich großen Sieg errungen!«

»Offenbar setzt er darauf, dass er den gar nicht braucht«, erwiderte der Mönch.

Am nächsten Tag kündigten Trompetenstöße die Ankunft König Aydrians und seiner fünftausendköpfigen Streitmacht an. Ohne sich lange mit Förmlichkeiten aufzuhalten, steuerte er sofort auf jenes Zelt zu, das man ihm als Audienzsaal bereitgestellt hatte, um sich dort mit dem ehrwürdigen Vater De'Unnero und Herzo Kalas zu treffen.

»Ich nehme an, Ihr habt bereits von Olins Versagen gehört?«, fuhr Aydrian die beiden an, kaum dass sie das Zelt betreten hatten. Dabei fiel ihm auf, dass De'Unneros Augen keineswegs auf ihn, sondern auf Sadye gerichtet waren und der Mönch nicht eben begeistert war, sie wiederzusehen.

»Uns sind Gerüchte zu Ohren gekommen, ja«, bestätigte Herzog Kalas.

»Sie entsprechen ausnahmslos der Wahrheit«, sagte Aydrian. »Olin hat meine frühere Gefährtin Brynn Dharielle und ihre Stammesgenossen von den To-gai-ru angegriffen und sich dabei eine vernichtende Niederlage eingehandelt. Natürlich kam es Brynns Absichten zugute, dass zur selben Zeit Prinz Midalis in den Hafen von Jacintha einlief, um sie bei ihrem Kampf gegen Abt Olin zu unterstützen.«

»Der Prinz scheint immer genau dort zuzuschlagen, wo wir uns gerade nicht befinden«, erklärte Herzog Kalas.

»Der Grund dafür ist diese Hexe mit den Edelsteinen«, warf De'Unnero ein. »Dieselbe, der Ihr damals freies Geleit aus Ursal gewährt habt.«

Die beiden Männer maßen sich mit stechendem Blick, und es war Aydrian, der als Erster blinzelte. Er war sich darüber im Klaren, dass De'Unnero in diesem Punkt womöglich Recht hatte. Vielleicht war ihm damals, als er seine Mutter hatte gehen lassen, in seinem unerschütterlichen Selbstvertrauen ein Fehler unterlaufen. Kundschaftete sie jetzt vielleicht mit ihrem Seelenstein die Gebiete an der Küste aus, in denen Midalis ungefährdet angreifen konnte? War sie am Ende so weit nach Süden vorgedrungen, dass sie sich ein Bild von der Lage in Jacintha hatte machen können und Prinz Midalis zu Brynn geführt hatte?

Aydrian erschien dies eher unwahrscheinlich, schließlich unterlag die Geistwanderung starken Einschränkungen. Trotzdem war hier ganz offenkundig etwas im Gange.

»Behren und To-gai sind nicht mehr in unseren Krieg verwickelt«, erklärte Aydrian den beiden Männern. »Ich habe sowohl mit Brynn Dharielle als auch mit dem Vertreter Jacinthas ein dementsprechendes Abkommen unterzeichnet.«

»Wenn sie sich denn daran halten«, brummte Herzog Kalas.

»Brynn Dharielles Wort ist über jeden Zweifel erhaben«, entgegnete Aydrian. »Sie hat sich einverstanden erklärt, dass To-gai auf alle kriegerischen Handlungen gegen das Bärenreich verzichten wird, und so wird es auch geschehen. Und was Behren anbelangt, so sind die Menschen dort, nach allem, was man hört, derzeit viel zu sehr damit beschäftigt, sich gegenseitig zu bekriegen, um ihr Augenmerk nach Norden zu richten.«

»Demnach müssen wir den Schutz Entels, abgesehen von einer Truppe, die imstande wäre, Prinz Midalis zurückzuwerfen, gar nicht verstärken«, folgerte Kalas.

»Die Stadt Entel ist sicher«, erklärte Aydrian. »Denn Prinz Midalis' Strategie besteht darin, an unseren schwächsten Stellen zuzuschlagen und sich dann fluchtartig zurückzuziehen.«

»Er versucht Eure Unterstützung im Volk zu untergraben«, sagte De'Unnero. »Er versucht ihnen einzureden, er habe als ihr König beste Chancen, sich im Amt zu behaupten.«

»Und um dem entgegenzuwirken, benötigen wir dringend einen entscheidenden Sieg«, erklärte Aydrian. Er zeigte mit dem Finger geradewegs zur Zeltöffnung hinaus, quer über das Feld auf das ferne, graubraune Gemäuer von St. Mere-Abelle. »Wir müssen St. Mere-Abelle überrennen, und zwar bald«, erläuterte er. »Ist die Abtei erst eingenommen, stehen meine Armeen zu einer umfassenden Sicherung der Küste bereit. Wo will Prinz Midalis dann noch angreifen?«

»Der Zugang zum Kloster ist ihm bereits versperrt, mein König«, verkündete Herzog Kalas mit stolzgeschwellter Brust. »Die Hafenanlagen von St. Mere-Abelle liegen in Trümmern, und sämtliche einlaufenden Schiffe werden von den Klippen im Norden und Süden mit ständigem Sperrfeuer belegt werden. Unsere eigenen Kriegsschiffe halten sich verborgen im Schutz dieser Geschützbatterien bereit. Ich versichere Euch, jeder Versuch von Prinz Midalis, den Hafen anzulaufen, wird ihn teuer zu stehen kommen.«

»Wir haben auch die Verteidigungsanlagen der Abtei heftig beschossen«, fügte De'Unnero hinzu. Dem Blick, den Kalas ihm daraufhin zuwarf, entnahm Aydrian, dass der Mönch sich zu Wort meldete, damit er bei der Verteilung des Ruhmes ja nicht vergessen wurde. »Jeden Morgen sind die Ordensbrüder vom Donner der Steingeschosse und vom Geruch brennenden Pechs geweckt worden.«

Aydrian, hocherfreut ob dieser Nachrichten, nickte. Im Grunde bezweifelte er nicht, dass seine Armee imstande wäre, die Abtei zu überrennen, erst recht nicht, wenn er selbst zugegen war, um das magische Gegenfeuer zu neutralisieren und selbst noch weit zerstörerischere Angriffe in die Wege zu leiten. Aber er wusste auch, dass die Verteidigungsanlagen der Abtei sowohl über- als auch unterirdisch angelegt waren und es ein weit verzweigtes System aus unterirdischen Gängen und befestigten Schutzräumen gab. Das Tor, so Aydrians Überzeugung, würde er ohne allzu große Mühe überwinden können – war es ihm in Palmaris nicht ebenfalls gelungen? Aber er wusste auch, dass der Kampf um die Herrschaft über das Kloster langwierig und schwierig werden könnte.

Der junge König hatte jüngst eine Reihe von Rückschlägen hinnehmen müssen und wollte daher bei der für ihn wichtigsten Schlacht mit äußerster Umsicht vorgehen. Abt Olin hatte ihn im Stich gelassen, und Prinz Midalis hatte ihn bereits mehrfach unangenehm überrascht. So weit durfte er es auf keinen Fall noch einmal kommen lassen.

Später am selben Abend – De'Unnero, Kalas und die anderen Kommandanten begannen bereits mit der Planung des Angriffs auf das Kloster – zog Aydrian sich in ein abgedunkeltes Zelt zurück. Er stellte den Spiegel des Orakels auf und ließ sich ihm gegenüber nieder, starrte tief in ihn hinein und stellte sich die vielen Fragen, die um die schier unglaubliche Fähigkeit des Prinzen kreisten, unmittelbar außerhalb seiner Reichweite zuzuschlagen und sich stets dort in die Kämpfe einzumischen, wo seine Anwesenheit am dringendsten benötigt wurde.

Lange Zeit kam Aydrian kein wirklich erhellender Einfall. Immer wieder sah er das Bild des Geistes seiner Mutter vor sich, der über die Lande schweifte und Informationen für den Prinzen zusammentrug. Aber wie war sie überhaupt auf die Idee gekommen, Brynn aufzusuchen? Und wie hatte sie einen so engen Kontakt zu Brynn herstellen können, dass sie ihr Vorgehen aufeinander abstimmen konnten? Denn das war zweifellos der Fall – in sämtlichen Berichten hieß es, die Togai-ru und die Flotte des Prinzen seien exakt zur selben Zeit in Jacintha eingetroffen, um die Stadt ins Chaos zu stürzen.

Dann schoss Aydrian ein Erinnerungsfetzen durch den Kopf, die Erinnerung an seinen ersten echten Kampf mit Lady

Dasslerond. An jenem Tag hatte sie ihren Smaragd benutzt, um den Boden unter ihren Füßen zu verformen und ihn bis an die Grenze von Andur'Blough Inninness zurückzutreiben.

Der Smaragd.

Auf einmal ergab alles einen Sinn. Die versprengten Touel'alfar hatten sich nicht etwa in irgendein Versteck verkrochen, sondern sich dem Kampf gegen ihn angeschlossen!

Aydrian riss die Augen auf. War das denkbar?

Sofort begann der junge König nach seinem Seelenstein zu tasten und schwebte in seiner Geistgestalt aus dem Zelt. Wenn seine Vermutung richtig war, dann müssten sich in der Umgebung von St. Gwendolyn und Pireth Tulme bestimmt Beweise dafür finden lassen.

Und natürlich bei St. Mere-Abelle.

Aydrian brauchte in jener Nacht sehr lange, um die Spionin aufzuspüren. Er folgte dem Gefühl der Lebendigkeit, das ihm der Stein übermittelte, demselben Gefühl, das einen körperlosen Geist dazu verführte, von jedem lebenden vernunftbegabten Wesen Besitz zu ergreifen, in dessen Nähe er geriet.

Schließlich entdeckte er sie, unweit der Nordmauer von St. Mere-Abelle: To'el Dallia war soeben dabei, sich mit den Geschützen vertraut zu machen, die Herzog Kalas in Position hatte bringen lassen, um das Gebiet um den Hafen im Schussfeld zu haben.

Aydrian hielt sich von der Elfe fern, schwebte stattdessen in seinen Körper zurück und schlug die Augen auf.

Die Touel'alfar hatten sich also Prinz Midalis als Spione angedient. Diese widerlichen kleinen Wesen betrieben tatsächlich seinen Sturz!

Doch jetzt war er ihnen auf die Schliche gekommen, und vielleicht gab es sogar einen Weg, die Spione gegen den Prinzen auszuspielen. Eine ungeheure Fülle von Möglichkeiten schoss ihm durch den Kopf, und ihm wurde klar, dass er sich ein wenig Zeit nehmen musste, um das Ganze sorgfältig zu planen.

Wie ließe sich der Krieg, gleich hier und jetzt, beenden?

Natürlich war Aydrian sich noch nicht vollkommen über die Einzelheiten im Klaren, aber er war fest entschlossen, es bis zum Ende durchzustehen. Er wollte sich der Abtei St. Mere-Abelle entledigen und De'Unnero unwiderruflich in seinem Amt bestätigt sehen. Er wollte Prinz Midalis endgültig aus dem Weg räumen und sein Land weiter festigen, um sein Augenmerk von neuem auf die Südlande richten zu können. Und vor allem wollte er sich seiner lästigen Mutter entledigen. Damals hatte er sie fortgeschickt und sich gewünscht, sie würde sich einfach in irgendeinem Versteck verkriechen und dort an ihrem eigenen Elend zugrunde gehen. Ihre Fähigkeit, sich niemals unterkriegen zu lassen, hatte ihn überrascht, vor allem aber hatte sie ihn geärgert.

Das wollte er ihr nun heimzahlen.

Fast augenblicklich machte er sich in seiner Geistgestalt wieder auf den Weg und ließ sich rasch nach Nordwesten tragen, an einen Platz, der ihm bestens vertraut war – in der Nähe der kleinen Ortschaft Dundalis.

Bald darauf blickte er auf zwei mit Steinen überhäufte Hügelgräber hinab – im einen lag sein Großonkel Mather, in dem anderen sein Vater.

Aydrians Geist rief das Jenseits um Beistand an.

Sein Geist war noch nicht wieder in seinen physischen Körper zurückgekehrt, da geriet ein Stein auf dem Grab in den Waldlanden in Bewegung und rollte herunter, und gleich darauf noch ein zweiter.

25. Stellung beziehen

Aydrian verzichtete darauf, Herzog Kalas in seinen Plan einzuweihen, denn er bezweifelte, dass der Adlige, der außer der vornehmen Welt am Hofe Ursals nur wenig kannte, ihn überhaupt in seinen Feinheiten begreifen würde. De'Unnero dagegen weihte er ein – was ihm prompt ein boshaftes Grinsen des Mönches eintrug.

»Demnach kann es kaum verwundern, dass Prinz Midalis stets genau weiß, wo er zuschlagen muss«, sagte De'Unnero. »Ich habe diese widerwärtigen geflügelten Kreaturen noch nie ausstehen können.«

»Eins könnt Ihr mir glauben, mein Groll gegen sie ist bedeutend größer als Eurer«, erwiderte Aydrian trocken.

»Werdet Ihr von ihnen Besitz ergreifen?«

»Ich … wir werden sie hinters Licht führen«, erklärte Aydrian. »Und ich werde dafür sorgen, dass diese Täuschung unentdeckt bleibt, bis es zu spät ist für Midalis.«

»Damit dürften wir alle Eure Feinde gleichzeitig gegen uns haben«, sagte der Mönch nachdenklich. »Ist das wirklich klug?«

»Glaubt Ihr, dass St. Mere-Abelle uns erfolgreich Widerstand leisten kann?«

»Natürlich nicht.«

»Und glaubt Ihr, dass Prinz Midalis und seine erbärmlichen paar tausend Mann Herzog Kalas und seine kampferprobten Krieger in ernsthafte Schwierigkeiten bringen können?«

Der Mönch dachte einen Moment lang darüber nach. »Ihr solltet die Alpinadoraner nicht unterschätzen«, warnte er. »Außerdem wäre da noch das nicht zu unterschätzende Problem –«

»Meiner Mutter«, beendete Aydrian den Satz für ihn. »Ja, ich weiß. Aber verlasst Euch drauf, ich weiß, wie ich sie ein für alle Mal vom Schlachtfeld entfernen kann.«

»Ihr habt Sie schon einmal unterschätzt.«

»Das ist allerdings wahr«, gab Aydrian zu. »Ich hätte Euren Rat befolgen und sie schon damals in Ursal beseitigen sollen. Sie ist zäher, als ich dachte.«

»Vielleicht ist das der Grund, weshalb ihr Sohn so bewundernswerte Eigenschaften geerbt hat«, erwiderte De'Unnero.

Aydrian wurde sofort stutzig. Hatte der Mönch ihm soeben ein Kompliment gemacht? Womöglich gar ein aufrichtiges? Seit Aydrian ihm seine Absichten bezüglich Sadye eröffnet hatte, war Ihr Verhältnis derart abgekühlt, dass Aydrian sich schon gefragt hatte, ob der Riss sich jemals wieder kitten lassen würde.

Aber jetzt fiel es ihm wie Schuppen von den Augen, und bei näherer Betrachtung musste er sich eingestehen, dass er im Grunde gar nicht überrascht war. De'Unnero hatte Sadye geliebt – tat es wahrscheinlich noch immer –, aber mehr noch liebte er die Macht. Und das Versprechen dieser Macht war er, nicht Sadye.

»Abt Olin wird entweder von den Yatols von Jacintha oder von Brynn Dharielle aus To-gai gefangen gehalten«, sagte er. »Ich gehe davon aus, dass man ihn uns überstellen wird, sobald die Angelegenheit mit Prinz Midalis abgeschlossen ist.«

»Möchtet Ihr nicht wissen, was meinem Wunsch entsprechend mit ihm geschehen soll?«

»Ihr seid der ehrwürdige Vater der Kirche des Bärenreiches«, stellte Aydrian nüchtern fest. »Sobald St. Mere-Abelle uns gehört – nach meiner Schätzung noch in dieser Woche –, wird es keinen Widerstand mehr gegen Eure Herrschaft geben. Was Euer Urteil über Abt Olin betrifft, so zögere ich, mich dem anzuschließen, auch wenn ich derzeit alles andere als zufrieden mit ihm bin.«

»Was würdet Ihr also raten?«

»Überlasst ihm Behren, sobald es erobert und gesichert ist«, erwiderte Aydrian. »Er ist ein erklärter Liebhaber der Südlande, und außerdem fährt man, wie Ihr selbst mir beigebracht habt, stets am besten, wenn man Personen, die einem noch einmal nützlich werden können, dort einsetzt, wo es sie selbst hinzieht.«

Die Doppelbödigkeit der Bemerkung war De'Unnero offenkundig nicht entgangen. Er lehnte sich zurück und maß Aydrian mit durchdringendem Blick.

Aydrian spielte mit dem Gedanken, in dem Punkt nachzuhaken, besann sich dann aber anders – zumal eine endgültige Klärung in diesem Augenblick ohnehin nicht zu erreichen war. Zwar hatte Marcalo De'Unnero seine Wut über Aydrians Affäre mit Sadye überwunden, aber unter der Oberfläche gärte es noch immer.

Aus diesem Grund hielt Aydrian es auch für das Beste, das Augenmerk des Mönchs auf ihr unmittelbares Ziel zu richten und dafür zu sorgen, dass Sadye und er sich so wenig wie möglich über den Weg liefen. Nur unter diesen Voraussetzungen war es möglich, ihre gemeinsame Arbeit erfolgreich fortzusetzen.

»Lasst das Haus am nordwestlichen Rand des Feldlagers errichten«, erklärte Aydrian. »Und macht den Arbeitern die Bedeutung des Gebäudes klar, das sie bauen sollen – es wird der Kommandoposten für alle unsere Operationen in dieser Region sein.«

»Als Köder sozusagen«, pflichtete De'Unnero ihm bei, verließ den Raum und machte sich sogleich an die Arbeit.

Aydrian kehrte in sein Zelt zurück, wo Sadye ihn bereits erwartete. Sofort begann sie, ihn über seine Unterredung mit Marcalo auszufragen, aber eigentlich wollte er in diesem Augenblick nicht darüber sprechen. Er wollte überhaupt nicht sprechen, er wollte sich mit der Frau amüsieren, deren Eroberung er zu seinen größten Erfolgen zählte.

Später – der Bau des Hauses war in die Wege geleitet – ging Aydrian mit seinem Seelenstein auf Geistwanderung. Er durchstreifte das Gebiet, machte To'el Dallia erneut ausfindig und war äußerst angetan, als er sie bereits zu der Baustelle hinüberspähen sah.

Anschließend schlug Aydrian einen weiten Bogen, um sich zu vergewissern, dass keine weiteren Touel'alfar in der Nähe waren. Dann flog er weit nach Westen, in Richtung Palmaris, und durchstreifte auch das dortige Gelände. Denn hier würde Herzog Kalas' Marschroute entlangführen, hier lag der

Wendepunkt, hier sollte das Täuschungsmanöver stattfinden – und neugierige Augen könnten alles verderben. Und tatsächlich, er entdeckte einen Elfen, der sich in den unteren Zweigen eines Baumes ausruhte.

Noch jemand, der ihm bei seinem Vorhaben helfen würde.

Die Flotte lag vor Anker und schaukelte sanft in der Dünung des Mirianischen Ozeans – in einer Position, von der aus die hohen Bäume der Küste unmittelbar westlich des Kaps der Zerschmetterten Küste gerade noch zu erkennen waren. Soeben von ihrem Sieg über Pireth Tulme zurückgekehrt, konnten Midalis' Krieger es kaum erwarten, endlich wieder an Land zu gehen. Doch bislang lagen von Belli'mar Juraviel keine neuen Berichte vor, und ein Landgang ohne klare Informationen kam für Midalis nicht in Betracht.

An jenem Sommermorgen stand er an Deck der *Saudi Jacintha* und stützte sich auf die Reling. Liam O'Blythe, sein alter Freund und Vertrauter, stand neben ihm und bot ihm schweigend seine Unterstützung an.

Midalis hielt große Stücke auf diesen Mann, wie auch auf all die anderen, die bereit waren, ihm auf diesem riskanten Kurs zu folgen. Und riskant war er allemal, dessen war er sich bewusst. Trotz der neu hinzugewonnenen Verbündeten, trotz der unverhofften Siege schien das Schreckgespenst Aydrian ihm dennoch weit überlegen zu sein. Nach Juraviels Einschätzung gehörten Aydrians Armeen wahrscheinlich zu den gewaltigsten, die die Welt bislang gesehen hatte. Wie konnte Midalis sich da Hoffnungen machen, dem erfolgreich etwas entgegenzusetzen?

Plötzlich wehte Bradwardens Spiel an ihm vorüber. Es wirkte wie Balsam auf seine Nerven und rief ihm noch einmal lebhaft in Erinnerung, welch außergewöhnliche Freunde er gefunden hatte. Der Zentaur stand neben Pony und dem Kapitän an Deck und genoss die kurze Atempause in der warmen Morgenluft. Sein Spiel unterstrich noch das Gefühl der Stille und schien sogar die Wogen unter ihnen zu besänftigen.

Umso lauter gellte daher der Ruf der Posten in den Mastkörben, als sie, ein Schiff nach dem anderen, meldeten, eine riesige geflügelte Gestalt gleite im Tiefflug über das Wasser auf sie zu.

»Brynn und der Drache«, sagte Pony und lief zu Liam und Prinz Midalis an die Reling.

»Hoffentlich bringen sie Roger mit«, erwiderte Midalis.

Der mächtige Drache glitt an den Schiffen vorüber, ehe er sich in eine Kehre legte und den gesamten Flottenverband abflog – während an Bord der Schiffe überall zahlreiche Bögen und Speere auf ihn gerichtet wurden.

Dann hatten Brynn und Pagonel offenbar Midalis und die anderen erblickt und lenkten Pherol neben die *Saudi Jacintha,* wo der Drache sich mit seinen mächtigen Klauen in die Reling krallte und sich unter heftigem Flügelschlagen festhielt, um seine beiden Passagiere an Deck springen zu lassen.

»Wo ist Roger?«, fragte Pony, noch ehe sie überhaupt dazu kamen, die üblichen Begrüßungen auszutauschen.

Brynn sah zu Pagonel.

»Euer Sohn hat sich geweigert, ihn gegen Abt Olin auszutauschen«, erklärte der Mystiker. »Roger sitzt noch immer als sein Gefangener in Palmaris fest.«

»Ich muss sofort zu ihm«, sagte Pony und wandte sich mit einem flehentlichen Blick an Bradwarden und Prinz Midalis. »Sobald Juraviel wieder bei uns ist, werde ich sie bitten, mich zu Roger zu bringen.«

»Das dürfte Roger kaum gefallen«, wandte Bradwarden vorsichtig ein. »Wenn du dich und den Elfen in Gefahr bringst, könnte deine Unbesonnenheit uns teurer zu stehen kommen, als du denkst. Er wurde doch gefasst, als er Braumin befreien wollte, oder? Ich will damit bloß sagen, dass du und Juraviel für unsere Sache wichtiger seid als unser gemeinsamer Freund.«

Außer einem wütenden Blick auf den Zentaur wusste Pony nichts darauf zu erwidern.

»To-gai und Behren haben mit dem Bärenreich Frieden geschlossen?«, erkundigte sich Prinz Midalis bei Pagonel.

»Alle beteiligten Parteien haben ein entsprechendes Abkommen unterzeichnet«, antwortete der Mystiker. »Es steht allerdings zu befürchten, dass Aydrian uns im Falle eines Sieges noch einmal ins Visier nehmen wird.«

»Zweifellos.«

Dann fuhr der Mystiker zum Erstaunen aller fort: »Brynn hat den Thron To-gais abgegeben. Sie sieht ihre Aufgabe darin, Lady Dasslerond und Andur'Blough Inninness zu rächen, und in eine derart verzweifelte Auseinandersetzung kann sie ihr Volk unmöglich mit hineinziehen. Zwar herrscht derzeit Friede zwischen To-gai und dem Bärenreich, aber das gilt gewiss nicht für die ehemalige Führerin To-gais und König Aydrian.«

»Also seid Ihr gekommen, um uns bei unserem Kampf zu unterstützen?«, fragte Midalis. Der hoffnungsvolle Unterton in seiner Stimme war nicht zu überhören.

»Vorausgesetzt, Ihr wollt uns überhaupt«, antwortete der Mystiker.

Prinz Midalis blickte in die Runde und sah überall zustimmendes Nicken und strahlende Gesichter. »Brynn will gegen Aydrian kämpfen, um ihn für seine Untaten zu bestrafen«, sagte er nachdenklich, »aber warum Ihr, Pagonel?«

»Ich kämpfe an der Seite meiner Freundin, Brynn Dharielle.«

»Und wieso er?«, fragte der Prinz und wies mit dem Kinn auf Pherol, der sich vom Schiff hatte heruntergleiten lassen, jetzt auf dem Wasser dümpelte und dabei an eine echsenköpfige Seemöwe erinnerte.

Als er ihn so betrachtete, konnte Pagonel sich ein Schmunzeln nicht verkneifen. »Pherol kämpft einfach gern«, gestand er.

Prinz Midalis brauchte nicht lange zu überlegen, um zu erkennen, dass es in diesem Fall günstiger war, wenn dieser prächtige Drache auf seiner Seite kämpfte.

Die kürzeste Strecke führte mitten durch Dundalis, und so bahnte sich das untote Wesen in dieser dunklen Nacht einen Weg durch die kleine Ortschaft. Einige Männer, die bei ein paar Gläschen im Freien den Sommerabend genießen wollten, sahen es auf der Nordstraße näher kommen und riefen ihm einen Gruß zu, da sie es für einen Reisenden hielten.

Natürlich antwortete es ihnen nicht – das hätte es gar nicht gekonnt –, sondern setzte seinen Weg nach Südosten unbeirrt fort.

Wieder riefen die Männer ihm etwas zu und machten Anstalten, ihm den Weg abzuschneiden.

»He, du da! Was fällt dir ein! Du kannst doch nicht einfach unangemeldet in unseren Ort spaziert kommen!«

Das untote Wesen ging nicht gerade schnell, sodass die Männer keine Mühe hatten, sich ihm in den Weg zu stellen.

Es dachte gar nicht daran, sein Tempo zu verlangsamen, ja, es schien sie nicht einmal zu bemerken.

Schließlich streckte einer den Arm vor und forderte den seltsamen Eindringling erneut auf, stehen zu bleiben.

Ein einziger wuchtiger Schlag des ungeheuer kräftigen Wesens schleuderte ihn so brutal zur Seite, dass er volle drei Meter durch die Luft flog.

Sofort machten die anderen Anstalten, sich auf den Eindringling zu stürzen, doch dann geriet das Wesen in den Lichtschein eines Kamins, der vor einem Haus auf die Straße fiel, und zum ersten Mal sahen sie genauer, was sie da vor sich hatten.

Einen entgeisterten und bestürzten Aufschrei auf den Lippen, wichen sie wie ein Mann entsetzt zurück. Niemand in der Gruppe war sonderlich religiös, und doch schlug mehr als die Hälfte von ihnen in diesem grauenhaften Moment der

Erkenntnis das Zeichen des abellikanischen Immergrüns, und ein jeder rief seinen Gott um Hilfe an.

Der Zombie jedoch schien sich überhaupt nicht für sie zu interessieren. Unbeirrt setzte er seinen Weg fort, auf einer schnurgeraden Linie von Nordwesten nach Südosten, dem kürzesten Weg zu seinem Herrn.

»Das ist ungeheuerlich!«, brüllte Herzog Kalas und schlug mit der Faust auf den Tisch. »Unser mächtigster Gegner steht vor uns, und Ihr wollt mich und meine Flotte fortschicken? Was ist das für ein Unsinn?«

Aydrian stand auf der anderen Seite des Tisches, Kalas gegenüber, das Kinn in eine Hand gestützt. Er hatte einige Mühe, nicht zu grinsen, denn ohne es zu wissen, lieferte Kalas den unmittelbar draußen vor dem Haus auf der Lauer liegenden Elfen ein perfektes Schauspiel. Während der letzten Tage hatte er To'el Dallia, seine ehemalige Ausbilderin in Andur'Blough Inninness, aufmerksam beobachtet und nur darauf gewartet, dass sie sich in die Nähe des unweit des Feldlagers der Kingsmen gelegenen Gebäudes traute, eben jenes Hauses, das er, für jeden ersichtlich, als seine Kommandozentrale hatte errichten lassen.

Auch sonst hatte Aydrian nichts unversucht gelassen, um Midalis' Flottenbewegungen nach dem Fall Pireth Tulmes zu überwachen, und konnte nun einigermaßen sicher davon ausgehen, dass der Prinz und seine Flotte sich näher an St. Mere-Abelle herangewagt hatten.

»Für die Eroberung von St. Mere-Abelle brauche ich Eure dreißigtausend Mann nicht«, antwortete Aydrian. »Die Abtei wird dem Angriff meiner fünftausend Mann und der Wurfmaschinen nicht lange standhalten. Damit steht es Euch frei, umgehend mit dem großen Marsch nach Palmaris und anschließend nach Nordosten und Vanguard zu beginnen. Prinz Midalis kann unmöglich darauf hoffen, Euch Widerstand zu leisten, ganz gleich, wo er an Land geht.«

»Ihr geht ein großes Risiko ein«, warnte Herzog Kalas. »St. Mere-Abelle ist sehr viel mächtiger, als Ihr Euch offenbar vorzustellen vermögt. Die Abtei ist in ihrer langen Geschichte kein einziges Mal gefallen, dabei sind schon weitaus größere Heere als Eures gegen sie aufgeboten worden!«

»Deren Führer allerdings keinesfalls so mächtig im Umgang mit den Steinen waren wie ich«, erwiderte Aydrian. »Oder so geübt in der Abwehr der Steinmagie der Mönche. Zurzeit befinden sich nicht mehr als siebenhundert von ihnen in St. Mere-Abelle.«

»Sowie noch einmal ungefähr die gleiche Anzahl Bauern, wenn nicht mehr«, fügte Herzog Kalas hinzu. Doch Aydrian zuckte nur mit den Schultern, als sei dies nicht weiter von Belang.

»Wenn ich den Einsatz der Steinmagie durch die Mönche auf ein Minimum reduzieren kann, wird es uns gelingen, das Tor zu durchbrechen, und ist das erst einmal geschehen, wird das Kloster bald kapitulieren«, erklärte Aydrian.

»Die Mönche sind auch in den herkömmlichen Kampftechniken bestens ausgebildet«, warnte Kalas.

»Sicher, einige von ihnen sind hervorragende Kämpfer«, gab De'Unnero ihm Recht. »Aber auf die meisten trifft dies keineswegs zu. Sobald König Aydrian und ich der Abtei die Führung genommen haben, werden vermutlich viele der minderen Mönche den neuen König und die erneuerte Kirche als Tatsache akzeptieren. Alles andere hätte für sie auch gewiss katastrophale Folgen, meint Ihr nicht?«

Herzog Kalas schüttelte noch immer den Kopf. »Erstürmen wir das Kloster gemeinsam, gleich morgen früh«, schlug er vor. »Ist das erst vollbracht, können wir uns Prinz Midalis zuwenden.«

»Genau das war die ganze Zeit über unser Fehler«, erwiderte Aydrian. »Unsere Truppen waren stets zu stark an einem Ort konzentriert. Nur deshalb haben sich Prinz Midalis immer wieder Gelegenheiten ergeben, uns an den Rändern anzugreifen. Nein, der Zeitpunkt ist gekommen, unsere Armeen in schlagkräftige Einzelheere aufzuteilen. Zumal es im Augenblick noch zu früh ist, die Abtei anzugreifen, da ich derzeit die Ordensbrüder ausspioniere, um in Erfahrung zu bringen, wie sich ihre Schwächen am vorteilhaftesten ausnutzen lassen. Ich werde die kläglichen Reste von Fio Bouraiys Abellikaner-Orden vermutlich innerhalb einer Woche zerschlagen, aber bis dahin möchte ich, dass Ihr mit zwanzigtausend Mann im Norden von Palmaris angreift. Eure restlichen zehntausend Mann werden nach Südosten in Marsch gesetzt. Dreitausend von ihnen werden zur Verstärkung der Garnison in Entel abgestellt, und das andere Teilheer soll Mantis Arm und die Zerschmetterte Küste sichern. Ich bezweifle, dass Midalis, wenn er von Eurem Vernichtungsfeldzug gegen seine Heimat erfährt, noch einmal in den Südlanden an Land gehen wird – tut er es aber doch, so stehen wir bereit, um ihm schnell und entschlossen entgegenzutreten.«

»Mein König …«, wollte Herzog Kalas zu einem Einwand ansetzen, doch Aydrian wollte nichts davon hören.

»So lautet mein Entschluss«, beendete er die Diskussion. »Sobald ich mich mit meinen fünftausend Mann der Ordensbrüder in der Abtei entledigt habe, werde ich Marcalo De'Unnero als ehrwürdigen Vater der gesamten abellikanischen Kirche einsetzen und meine Krieger nach meinem Gutdünken umgruppieren. Ich hoffe zwar, in Vanguard zu Euch zu stoßen, mein Freund, um an unserem ruhmreichsten Sieg teilhaben zu können, gleichwohl lautet Euer Befehl, nicht auf mich zu warten. Lasst uns diese Geschichte zum Abschluss bringen, und zwar ein für alle Mal.«

»Sehr wohl, mein König«, erwiderte Herzog Kalas.

Aydrian nickte und zeigte ihm ein Lächeln, doch dieses Lächeln galt in erster Linie To'el Dallia, die vermutlich bereits unterwegs war, um über die folgenschweren Ereignisse Bericht zu erstatten.

Und über die augenfällige Lücke in seiner Verteidigung.

»Alles scheint darauf hinzudeuten, dass Eurem Sohn ein schwerer Fehler unterlaufen ist«, sagte Prinz Midalis zu Pony und den anderen, als Juraviel ihnen gleich am nächsten Tag die überraschende Mitteilung von Aydrians Truppenverlegungen überbrachte.

»Ich habe mir in allen Einzelheiten schildern lassen, wie er Palmaris überrannt hat«, erklärte Kapitän Al'u'met. »Deshalb bezweifle ich, dass St. Mere-Abelle ihm lange Widerstand leisten kann, selbst gegen sein stark verkleinertes Heer.«

»Aber er hat sich eine Blöße gegeben, und der Widerstand gegen meine Herrschaft gründet sich allein auf seine Person«, erwiderte Prinz Midalis.

»Fünftausend Mann«, sagte Andacanavar nachdenklich. »Damit ist seine Streitmacht den Euch zur Verfügung stehenden Truppen noch immer mehr als ebenbürtig, zumal sie von dem mächtigen jungen König angeführt wird.«

»Vollkommen richtig«, erwiderte Midalis. »Aber wir haben zwei Hüter auf unserer Seite.« Sein Blick wanderte von Andacanavar zu Brynn. »Ganz zu schweigen von Jilseponie und dem Drachen.«

»Und nicht zu vergessen den Jhesta Tu, der ebenfalls fest zu Euch steht, Prinz Midalis«, fügte Brynn hinzu, nachdem der Mystiker ihr die Bemerkung des Prinzen übersetzt hatte.

Pagonel verbeugte sich in ihre Richtung, ehe er ihre Worte an Prinz Midalis weitergab.

»Wenn wir unverzüglich in See stechen und auf der Halbinsel unmittelbar gegenüber von St. Mere-Abelle an Land gehen, werden wir noch vor Aydrians Angriff auf dem Feld eintreffen«, überlegte Prinz Midalis. »Unser Erscheinen dürfte Bou-raiy und seinen Schützlingen neue Hoffnung geben und ihren Einsatzwillen bei der Zurückschlagung des kriegerischen Königs stärken.«

»Und wenn wir scheitern, ist alles verloren«, betonte Pony.

»Aber wenn wir diese Gelegenheit nicht beim Schopf packen, wird sich uns vermutlich nie wieder eine solche Chance bieten«, erwiderte Midalis. »Herzog Kalas reitet an der Spitze einer Armee, die uns weit überlegen ist. Ziehen wir uns jetzt zurück und beschränken unsere Angriffe weiterhin auf kleinere Ziele, werden St. Mere-Abelle und Vanguard unweigerlich fallen. Was bleibt uns dann noch? Sollen wir bis in alle Ewigkeit die Küste rauf- und runtersegeln und dem König letztlich wirkungslose Nadelstiche versetzen? Mit Sicherheit wird er beizeiten eine neue und vermutlich noch schlagkräftigere Flotte bauen lassen. Dann sind wir nicht mal mehr in den Gewässern des Mirianischen Ozeans vor ihm sicher.« Er hielt inne und atmete einmal tief durch, dann trat er vor Pony, legte ihr die Hände auf die Schultern und sah ihr fest in die Augen. »Ihm ist bestimmt ein Fehler unterlaufen«, erklärte der Prinz. »Er unterschätzt uns und unsere Möglichkeiten, Informationen zu beschaffen – damit hat er sich vor St. Mere-Abelle verwundbar gemacht. Greifen wir ihn also in dem Augenblick an, da er die abellikanische Kirche zu stürzen versucht. Wenn es uns gelingt, ihn zu besiegen und zu tö...« Er unterbrach sich und seufzte.

»Und ihn zu töten«, sagte Pony leise.

»Oder ihn gefangen zu nehmen«, fügte Prinz Midalis hinzu. »Wird Herzog Kalas ihn dann immer noch unterstützen? Oder überhaupt einer der Adligen? Und, viel wichtiger, wird das Volk des Bärenreiches wirklich so erpicht darauf sein, sich auf seine Seite zu schlagen? Wir haben bereits ausgiebig darüber gesprochen, dass Aydrians Nähe zu Ursal stets sein größter Vorteil war, während ich weit weg im entlegenen Vanguard saß. Die Menschen haben sich ihm nur deshalb nicht widersetzt, weil sie keine Alternative zu König Aydrian gesehen haben und weil ihnen die Vorstellung, gegen Herzog Kalas und seine Allhearts zu kämpfen, geradezu absurd erscheinen musste. Ohne Aydrian wird sein ganzes unrechtmäßiges Königreich in sich zusammenfallen, und man wird mich als rechtmäßigen König des Bärenreiches anerkennen – selbst ein Herzog Kalas wird sich dieser Tatsache nicht verschließen können.«

»Mit einem solch gewaltigen Heer im Rücken könnte er versucht sein, selbst nach dem Thron zu greifen«, warf Bradwarden ein.

Midalis wandte sich dem Zentaur zu und schüttelte den Kopf. »Das widerspräche Herzog Kalas' Wesen«, erklärte er. »Er ist in erster Linie ein Ritter der Allhearts. Wenn wir Aydrian hier und jetzt besiegen, wäre der Krieg damit beendet, und das Königreich würde wieder an das Haus Ursal fallen.«

Er hielt inne und forderte die anderen in der Runde mit einem Blick auf, ihre Meinung in dieser Sache kundzutun.

»Eine bessere Gelegenheit werden wir wohl nie bekommen«, sagte Andacanavar.

»Bringen wir es hinter uns«, fügte Pony hinzu, und nach ihrem Einverständnis wagte keiner der anderen Anwesenden mehr, irgendwelche Einwände vorzubringen.

Kaum eine Stunde darauf war Prinz Midalis' Flotte abermals in See gestochen und umsegelte in westlicher Richtung die Spitze jener Halbinsel, auf deren Ostseite St. Mere-Abelle lag.

Exakt zur selben Zeit rückten Herzog Kalas und seine Armee von zwanzigtausend Mann in Eilmärschen in Richtung Palmaris vor. Mittlerweile hatte Aydrian den Herzog jedoch in sein kleines Geheimnis, die Spionagetätigkeit der Touel'alfar betreffend, eingeweiht.

Der Herzog würde drei Tage lang in westlicher Richtung marschieren und dann nach Nordwesten abschwenken.

Denn bis dahin würde Aydrian Prinz Midalis' Absichten sowie die Stelle in Erfahrung gebracht haben, wo dieser an Land zu gehen gedachte.

Die nächsten Tage verbrachte Aydrian mit den Vorbereitungen seiner Truppen auf den Angriff gegen die Abtei. Des Nachts dagegen verließ der junge König als Geist das Lager, um die Truppenbewegungen zu überwachen.

Eine Erkundung nach Osten und Süden ersparte er sich, denn die Verlegung jener zehntausend Mann geschah in aller Offenheit, sodass jeder Spion, der sich im Lager zurückmeldete, lediglich das bestätigen würde, was To'el Dallia zweifellos bereits an Prinz Midalis weitergegeben hatte.

Das Interesse des jungen Königs galt in erster Linie der Küste rings um St. Mere-Abelle, und als sein Geist dort an mehreren Stellen auf durch einen Sonnenstein erzeugten Widerstand gegen seine Erkundungsversuche stieß, wurde ihm klar, welches Ziel der Prinz ansteuerte.

Der junge König gab die Information unverzüglich an Marcalo De'Unnero weiter, der, in seiner Gestalt als Wertiger, seinerseits wenig Mühe hatte, mit diesen Informationen zu Herzog Kalas' Armee aufzuschließen.

Am zweiten Abend nach Kalas' Trennung von Aydrians Heer betrat De'Unnero das Zelt des Herzogs, und noch bevor der nächste Morgen graute, teilte der Herzog seine Truppen auf und schickte eine Gruppe nach Norden, die in Eilmärschen bis zur Küste und in jenes Gebiet vorstoßen sollte, wo Midalis, wie Aydrian jetzt sicher zu wissen glaubte, an Land gehen würde.

Midalis würde noch vor Kalas' Streitkräften dort eintreffen, aber eben das war der Plan. Der Prinz und seine Truppen sollten quer über die Halbinsel vorrücken, um gegen Aydrian in die Schlacht zu ziehen, während Herzog Kalas ihnen unbemerkt folgte.

Aydrian wusste es, De'Unnero wusste es und Herzog Kalas auch. War Prinz Midalis erst an Land gegangen und hatte sich von seinen Schiffen entfernt, waren ihm sämtliche Rückzugsmöglichkeiten abgeschnitten, und er würde ihnen hilflos ausgeliefert sein.

Nicht einmal der mächtige Fluss vermochte das untote Wesen in seinem Vorwärtsdrang zu bremsen. Unbeirrbar folgte der Zombie Aydrians Ruf und watete in den Masur Delaval hinein. Da er nicht zu atmen brauchte, enthielt sein Körper keine Luft und wurde vom Wasser nicht getragen. Wohl zerrten die Strömungen an ihm, doch nicht einmal die waren der ungeheuren Körperkraft des Zombies gewachsen.

Sein Weg war vorgezeichnet.

Er führte ihn direkt zu Aydrian, seinem Herrn, der das Bärenreich beherrschte – und die Welt des Jenseits.

26. Mahlstrom

Als Pony an jenem Sommertag an Land ging, beschlich sie das eigenartige Gefühl, dass irgendetwas nicht stimmte. Sie war, kaum hatte die *Saudi Jacintha* die Spitze der Halbinsel umrundet, auf Geistwanderung gegangen, und alles, was sie dabei hatte in Erfahrung bringen können, schien die Schlussfolgerungen der Späher Juraviels zu bestätigen.

Und doch war da etwas, das ihrem Empfinden zuwiderlief. Und das hatte nicht nur etwas mit den Gewissensbissen zu tun, weil sie sich nicht unverzüglich hatte auf den Weg machen und Roger Flinkfinger befreien können, zumal sie dieses Unbehagen nicht als Einzige verspürte. Selbst Symphony, endlich befreit aus den beengten Verhältnissen an Bord der *Saudi Jacintha,* schnaubte, warf nervös den Kopf hin und her und schien bei der kleinsten Berührung zu erschrecken.

»Der Hengst fürchtet sich vor diesem Landgang«, sagte Pony zu Bradwarden. »Und ich spüre es auch – ein Gefühl der Bedrohung.«

»Ich will dir ja nicht widersprechen, Mädchen«, erwiderte der Zentaur, »aber meiner Meinung nach wärst du ganz schön dumm, wenn du nicht so empfinden würdest. Schließlich gehen wir ein großes Risiko ein und setzen alles auf eine Karte.«

Pony hörte aufmerksam zu und musste schließlich zugeben, dass er Recht hatte. Dieser Ausritt war gefährlicher als alle ihre früheren Unternehmungen. Weder bei ihrem Angriff auf Pireth Tulme noch vor St. Gwendolyn, ja nicht einmal bei ihrer Fahrt nach Jacintha, um sich dort Abt Olin entgegenzustellen, hatten sie sich weit von ihren Schiffen und der Sicherheit des Mirianischen Ozeans wegbegeben. Und nun stand ihnen in Kürze ein drei lange Tage dauernder Gewaltmarsch von der Küste ins Landesinnere bevor, auf dem sie sich über fünfzig Meilen von ihren Schiffen entfernen würden.

»Tja, nun werden wir ihm wohl bald gegenüberstehen«, riss Bradwarden sie einen Augenblick später aus ihren Gedanken. »Deinem Sohn. Zum ersten Mal, seit er dich aus Ursal verjagt hat, musst du ihm direkt gegenübertreten. Das macht dir Angst, und zwar zu Recht.«

»Du glaubst also, wir müssen uns einfach nur auf Juraviels Späher verlassen?«, fragte Pony.

»Ich denk bloß, wenn sie Recht behalten, bietet sich uns jetzt eine Chance, wie wir sie nie wieder kriegen werden. Wenn dein Sohn zu selbstsicher geworden ist und einen Fehler gemacht hat, wären wir ja dumm, nicht sofort anzugreifen.« Der Zentaur lachte verhalten, als er, zu seiner vollen Größe aufgerichtet, auf sie herabblickte und sagte: »Dürfte ziemlich finster in der Welt werden, wenn St. Mere-Abelle an ihn und diesen De'Unnero fällt.«

Er hatte natürlich vollkommen Recht, daher nickte sie nur und versuchte, ihre Beklommenheit zu unterdrücken.

Kurz darauf ritt sie wieder an der Seite von Prinz Midalis, Bruinhelde und Andacanavar und führte mit ihnen den Marsch quer über die Halbinsel an.

Sie galoppierten die Küste hinauf und hatten nur ein einziges Ziel im Sinn: eben jene Stelle zu finden, wo Prinz Midalis an

Land gegangen war. Jeder Einzelne in der dreitausendköpfigen Kriegerschar unter der Führung des Allhearts Blaxson war sich darüber im Klaren, dass er nicht an der ruhmreichen Schlacht teilnehmen würde, zu der es in Kürze bei St. Mere-Abelle kommen würde. Aber jeder einzelne dieser Soldaten wusste auch, dass ihre jetzige Mission für den Erfolg ihres Königs unabdingbar war.

Sie durften ihrem Gegner keine Möglichkeit zur Flucht lassen.

Blaxson war sich der gewaltigen Risiken bewusst – in mancher Hinsicht war seine Streitmacht einer größeren Gefahr ausgesetzt als Aydrians Armee. Herzog Kalas hatte ihm die Pläne dargelegt, und Blaxson besaß genügend Kampferfahrung als Krieger, um zu erkennen, dass die Strategie im Wesentlichen auf zwei Punkten beruhte: auf der richtigen zeitlichen Abstimmung und auf einer Vermutung.

Würde Prinz Midalis den Köder tatsächlich schlucken, den König Aydrian für ihn ausgelegt hatte?

Würde der Prinz tatsächlich an Land gehen, und das genau in der vorhergesagten Zeitspanne? Denn wenn nicht, könnte es durchaus passieren, dass Blaxson und seine Soldaten plötzlich Prinz Midalis Auge in Auge gegenüberstanden – und seiner Armee, die nicht nur größer war als Blaxsons, sondern in der auch Jilseponie Wyndon kämpfte.

Blaxson hatte seine Truppen vor der Gefahr einer solchen denkbaren Konfrontation gewarnt, und ihre Reaktion hatte seinen Stolz auf die Männer unter seinem Kommando um ein Vielfaches anschwellen lassen: Prompt hatten sie König Aydrians Schlachtruf angestimmt und ihre tägliche Marschzeit verdoppelt – von lange vor dem Morgengrauen bis weit nach Sonnenuntergang.

Am zweiten Tag nach ihrer Trennung von Herzog Kalas und fünf Tage nach ihrem Aufbruch bei St. Mere-Abelle wurden ihre Anstrengungen schließlich belohnt: In einer geschützten Bucht der Allerheiligen-Halbinsel stießen sie auf

Prinz Midalis' Flotte. Die alpinadoranischen Barkassen waren an Land gezogen worden, die größeren Segelschiffe dagegen lagen weit draußen auf dem Meer vor Anker.

Nahezu dreihundert Mann, ausnahmslos kampferprobte alpinadoranische Krieger, bewachten die auf den Strand gezogenen Boote.

Als seine Kundschafter zurückkehrten, um die Entdeckung zu melden, zögerte Blaxson keinen Moment und ließ seine Truppen in Reih und Glied antreten.

»Der Augenblick ist gekommen, da wir unsere Pflicht tun müssen«, rief er seinen Männern aus dem Sattel seines Togai-Ponys zu, auf dem er die Front abritt. »Der ehemalige Prinz hat einen Eroberer an unsere schönen Gestade gebracht, einen Fremden aus Alpinador, dem Land der Barbaren! Diese Nordmänner kennen weder Gnade noch Anstand. Wahllos werden sie unser Volk niedermetzeln, und sie werden unsere Frauen in ihre kalte Einöde verschleppen, um sich dort in kalten Nächten an ihnen zu vergehen. Wir müssen sie um jeden Preis zurückschlagen! Wir müssen diese Barbaren töten und ihre Schiffe zerstören. Verdammnis über Prinz Midalis, dass er diese Mörder bis an die Gestade des Bärenreiches geführt hat! König Aydrian selbst wird ihn in die Hölle jagen, und mit ihm den hinterhältigen Pöbel, der ihn begleitet.«

Bei jedem seiner Worte brachen die Krieger in neuerlichen Jubel aus. Ihre Erregung steigerte sich mehr und mehr, bis das Gefühl aufrichtiger Empörung keine Grenzen mehr zu kennen schien.

»Tod den Barbaren, die sich in den Süden gewagt haben, um unser Land zu verwüsten, unsere Frauen zu schänden und unsere Kinder niederzumetzeln!«, rief Blaxson, dann zog er sein Schwert und gab das Signal zum Angriff.

Der Sturmangriff der dreitausend Krieger ergoss sich über die hohen Klippen unmittelbar südlich der geschützten Bucht, ehe er einer alles mitreißenden Flutwelle gleich über die völlig überraschten alpinadoranischen Wachposten hereinbrach. Der Himmel verdunkelte sich von den tödlichen Geschossen der Kingsmen. Als Erstes schickte Blaxson seine Infanterie hinunter, die sich, als sie sich den Barbaren näherte, zu beiden Seiten teilte, um die Reiter in der Mitte durchzulassen.

Man musste den Alpinadoranern zugute halten, dass sie ihre Stellungen hielten und nicht die Flucht ergriffen. Entsprechend ihrer stolzen Herkunft und den Glaubenssätzen, die ihre kriegerische Lebensweise prägten, griffen sie zu den Waffen und stimmten gemeinsam ein Lied auf Dane Thorrson an, ihren Kriegsgott. Schulter an Schulter stemmten sie sich dem Angriff mit einer Salve aus geschleuderten Hämmern und schließlich mit ihrer bloßen Muskelkraft entgegen.

Obwohl die Krieger der Nordlande im Kampf gegen die Infanterie für jeden ihrer Männer zwei Kämpfer aus dem Bärenreich töteten, besaßen die Alpinadoraner gegen die Kavallerie der Allhearts kein geeignetes Mittel. An den Flanken wurden die Alpinadoraner einfach überrannt, denn Blaxsons Armee war ihnen zahlenmäßig zehnfach überlegen.

Kaum ein Alpinadoraner ging verwundet zu Boden, denn sie kämpften, bis auch der letzte Lebensfunke aus ihren muskulösen Körpern gewichen war. Die wenigen Verwundeten hatten von Blaxson keine Gnade zu erwarten, doch es bat auch kein einziger Alpinadoraner darum.

Stattdessen wurden sie enthauptet und fielen neben den Toten in den blutgetränkten Sand.

Doch damit war der Auftrag noch nicht erfüllt. Blaxson gab seinen Männern den Befehl, die Hälfte der vierzig Barkassen zu zerstören, die andere Hälfte dagegen wurde, bemannt mit Kriegern aus dem Bärenreich, in die Brandung zurückgeschleppt.

Kurz darauf hielten sie auf die vor Anker liegenden und nur spärlich bemannten Kriegsschiffe zu.

Zwei von ihnen, darunter die *Saudi Jacintha,* setzten Segel und stachen unverzüglich in See. Einem gelang es sogar, sein Katapult in Betrieb zu nehmen und auf die nahende Armada zu feuern, ohne jedoch nennenswerte Wirkung zu erzielen.

Zu guter Letzt wurden die großen Kriegsschiffe des Bärenreiches eines nach dem anderen in Aydrians Namen zurückerobert.

Blaxson, der das Geschehen vom Strand aus verfolgte, schwoll jedes Mal vor Stolz die Brust, wenn die Flagge Ursals eingeholt und die Bär-und-Tiger-Fahne König Aydrians gehisst wurde. Die zwei oder drei Schiffe, denen die Flucht gelang, waren, das wusste er, nicht weiter von Bedeutung. Er hatte den Auftrag seines Königs und seines Herzogs perfekt ausgeführt.

Prinz Midalis war der Rückweg abgeschnitten.

»Es ist tatsächlich genau so, wie Juraviel uns berichtet hat«, wandte sich Prinz Midalis an die anderen, als sie in Sichtweite der nördlich von St. Mere-Abelle gelegenen Anhöhe kamen. Vor ihnen, in der Ferne, ragten die unverwechselbaren Umrisse der Katapulte in die Höhe, gewaltige Kriegsmaschinen, die man soeben vor ihren Augen herumzuschwenken begann.

»Man könnte meinen, sie haben unser Kommen bemerkt«, sagte Pony.

»Sie werden sie nicht mehr rechtzeitig drehen können«, beruhigte sie Prinz Midalis und reckte den Arm in die Luft. »Greift an, meine Krieger!«, rief er. »Die Stunde meiner Machtergreifung ist gekommen!«

Bradwarden begann eine mitreißende Melodie auf seinem Dudelsack zu spielen, während hinter ihm Bruinhelde und Andacanavar die Alpinadoraner ermunterten, ein Lied auf Dane Thorrson anzustimmen.

Doch dann hielten sie alle ehrfürchtig inne. Vor ihnen, über den fernen Klippen, erschien plötzlich eine riesige geflügelte Gestalt und stürzte sich auf die Geschützstellungen herab.

Mit Brynn und Pagonel auf seinem Rücken raste der Drache an den völlig verängstigten Kriegern des Bärenreiches vorbei und setzte mit seinem Feueratem ein Katapult in Brand, während er mit seinen Krallen ein zweites aus der Verankerung riss.

Bradwarden nahm sein Spiel wieder auf, und Bruinhelde begann zu singen.

Dann erfolgte der Sturmangriff des Prinzen.

Nur wenige Krieger Aydrians harrten noch in ihren Stellungen aus, um ihnen Widerstand zu leisten; die meisten hatten sich längst in Richtung Süden oder Westen abgesetzt. Bei seinem zweiten Anflug setzte Pherol ein weiterees Katapult in Brand, und diesmal, da die Armee des Prinzen rasch näher rückte, ließen Brynn und Pagonel sich mitten zwischen den entsetzt fliehenden Kriegern von seinem Rücken gleiten.

Symphony und Pony waren die Ersten, die zu ihnen stießen. Ohne auch nur einen Augenblick zu zögern, gab die einstige Königin einen vernichtenden Lichtblitz ab, der die Holzkonstruktion des letzten noch verbliebenen Katapults zersplitterte. Die durch die Explosion hervorgerufene Erschütterung warf ein Dutzend Männer zu Boden, die, kaum waren sie wieder halbwegs bei Sinnen, wie auf ein Kommando ihre Waffen streckten und um Gnade flehten.

Pony schloss sich Brynn und Pagonel an, und nachdem auch Pherol neben ihnen gelandet war, überwältigte der kleine, durch nichts aufzuhaltende Trupp ein Wiederstandsnest der Verteidiger.

Dann trafen auch Midalis und seine Heerscharen ein und walzten den spärlichen Widerstand nieder. Die Anhöhe war erobert.

Von ihrem Standort aus war die Nordmauer von St. Mere-Abelle deutlich zu erkennen. Von hier aus sah man aber auch – westlich des Haupttores – das dunkle Gewimmel von Aydrians Armee. Zwischen ihnen und Aydrian befand sich nichts als offenes Gelände.

Doch dann erschien wie aus dem Nichts ein vollkommen aufgelöster Belli'mar Juraviel, trat in den Kreis der Anführer und schüttelte betrübt den Kopf. »Man hat uns getäuscht«, klagte er. »Herzog Kalas hat seine Streitmacht wenden lassen!«

»Wie ist das möglich?«, fragte Prinz Midalis den Elfen. »Wieso haben unsere Späher nicht bemerkt …«

»Aydrian«, lautete die simple Antwort des Elfen. »Aydrian und seine Edelsteine. Wir sind einem Täuschungsmanöver aufgesessen.«

»Wir können unmöglich gegen beide Heere gleichzeitig kämpfen«, erklärte Pony.

»Aber wenn wir jetzt kehrtmachen, ist das Schicksal St. Mere-Abelles besiegelt«, erwiderte der Prinz.

»Das Schicksal der Abtei ist ohnehin besiegelt«, stellte Juraviel nüchtern fest. »Herzog Kalas' Armee ist gewaltig.«

Prinz Midalis blickte sich nervös um, so als suche er nach einer Lösung. Seine Verzweiflung schien mit jedem Augenblick zuzunehmen, bis Pony ihm die Hand auf die Schulter legte und ihn zwang, sich wieder zu beruhigen und ihr ins Gesicht zu sehen.

»Wir haben keinerlei Rückzugsmöglichkeit«, erklärte sie.

Prinz Midalis nickte grimmig. »Dann lasst uns kämpfen«, erwiderte er, seine Stimme durchdrungen von Entschlossenheit.

»Es fängt an«, verkündete Aydrian aus dem Sattel seines Pferdes vor den Toren von St. Mere-Abelle. Er wandte sich zu einem jungen Mönch um, der neben ihm stand. »Habt Ihr die Gegenstände mitgebracht, wie ich es Euch befohlen habe?«

»Jawohl, Mylord«, erwiderte der Mönch und reichte Aydrian einen mit Pfeilen gefüllten Köcher.

Ein breites Grinsen im Gesicht, trug Aydrian Marcalo De'Unnero mit ruhiger Stimme auf, den Katapulten Befehl zum Beschuss der Tore zu geben und den Beginn des Sturmangriffs auf das Haupttor zu veranlassen. Dann zog der junge König einen der Pfeile aus seinem Köcher, hielt ihn vor seinen Augen in die Höhe und bewunderte den winzigen Rubin, den man unmittelbar unterhalb der Spitze an seinem Schaft befestigt hatte.

Er war noch immer in seine Betrachtung versunken, als De'Unnero wieder zu ihm zurückkehrte. »Ihr wollt doch nicht etwa allen Ernstes ...«, setzte der Mönch an, doch Aydrian lachte nur und unterband damit jede weitere Diskussion.

Der junge König holte einen Seelenstein hervor und zog seinen mächtigen Bogen – den Bogen seines Vaters – aus der Halterung seitlich neben dem Sattel, ehe er Falkenschwinge mit einer fließenden Bewegung spannte.

»Ich habe das Bogenschießen in letzter Zeit ein wenig vernachlässigt«, klagte er, während die Katapulte zu feuern begannen und seine Krieger zum Sturmangriff ansetzten. Achselzuckend legte Aydrian den rubinbesetzten Pfeil an die Sehne. »Ich glaube trotzdem, ich kann den Pfeil nahe genug neben den Türmen zu beiden Seiten des Tores platzieren, um dort einiges Unbehagen zu stiften.«

Die Ordensbrüder von St. Mere-Abelle hatten in den obersten offenen Räumen der beiden Türme, die das Haupttor der mächtigen Klosteranlage flankierten, Stellung bezogen und erwiderten den Angriff mit einem Gewitter aus magischen Lichtblitzen. Bläulich weißen Armen gleich schienen sie nach den vordersten Reihen der heranstürmenden Krieger zu greifen, um sie unter lautem Krachen zu Boden zu schicken.

Bischof Braumin stand im linken Turmzimmer an der Seite des ehrwürdigen Vaters Fio Bou-raiy, feuerte seine Ordensbrüder an und beschwor sie, gleich in ihre ersten Explosionen jede Unze ihrer Energie zu legen. Schließlich hatte er mit eigenen Augen zusehen müssen, wie Aydrian das magische Gegenfeuer in Palmaris zum Erliegen gebracht hatte; die Vermutung lag also nahe, dass der junge König seinen angreifenden Truppen hier auf ganz ähnliche Weise Feuerschutz geben würde.

Auch Fio Bou-raiy redete immer wieder beschwörend auf seine Ordensbrüder ein. Lautstark erinnerte er sie daran, dass St. Mere-Abelle noch nie gefallen war, und versuchte ihnen klar zu machen, dass dies auch jetzt nicht geschehen würde. Die Antwort, sowohl oben auf den beiden Türmen als auch entlang der gesamten Befestigungsanlagen an der Vorderseite des Klosters, war ein einziger tosender Aufschrei. Mit Edelsteinen und Armbrüsten, mit siedendem Öl und schweren Steinen wehrten sich Ordensbrüder und Bauern nach besten Kräften gegen die heranstürmenden Heerscharen.

Dann erspähte Bischof Braumin eine Gruppe von Personen auf der gegenüberliegenden Seite des Feldes, die das Schauspiel offenbar beobachteten, und sofort war ihm klar, dass Aydrian und De'Unnero unter ihnen sein mussten. Er interessierte sich jedoch nicht näher für sie, zumal sie sich deutlich außerhalb der Reichweite seiner Magie befanden, daher bemerkte er auch nicht, dass der noch immer im Sattel seines Pferdes sitzende junge König soeben seinen prächtigen Elfenbogen hob und einen einzelnen Pfeil abschoss.

Wer immer den Pfeil bemerkte, hätte ihm gewiss keinerlei Bedeutung beigemessen – das eher kleine Geschoss fiel inmitten des ungeheuren Gewimmels eigentlich kaum auf. Er zog am morgendlichen Himmel perfekt seine Bahn und senkte sich rechter Hand des bereits arg mitgenommenen Tores auf das offene Turmzimmer herab. Und keiner der Mönche bemerkte, dass das Geschoss von einer Erscheinung begleitet wurde, Aydrians Geist, der seinen Körper verlassen hatte, um die Verbindung zu dem im Schaft des Pfeils eingelassenen Rubin aufrechtzuerhalten.

Mit einem scharfen Klicken prallte der Pfeil gegen das Mauerwerk des Turms und zersplitterte am Sims der breiten Fensteröffnung.

Um unmittelbar darauf in einem gewaltigen Feuerball zu explodieren, der das Turmzimmer vollständig ausfüllte und die magische Verteidigung der Mönche im gleißenden Aufblitzen seiner fürchterlichen Stichflamme zum Erliegen brachte.

»Mein Gott«, murmelte Braumin Herde, wie gelähmt von der gewaltigen Demonstration magischer Kräfte. Seine Knie drohten unter ihm nachzugeben, als die Schreie von gegenüber zu ihm herüberdrangen und er erst einen und gleich darauf noch einen zweiten Mann, von Kopf bis Fuß in züngelnde Flammen gehüllt, aus dem Turm stürzen sah. »Mein Gott.«

»Die Schutzschilde des Sonnensteins!«, brüllte Fio Bouraiy verzweifelt, als sein Blick zur anderen Seite des Feldes hinüberwanderte und er Aydrian dort erneut seinen Bogen spannen sah. Die Mönche bemühten sich, die richtigen Steine hervorzuholen, aber viele schafften es nicht rechtzeitig.

Ein zweiter Pfeil kam aus großer Höhe herabgeschossen und senkte sich in den Innenhof gleich hinter dem Tor. Der unmittelbar darauf folgende Feuerball schlug die dort zur Verteidigung des Tores versammelten Bauern in die Flucht, viele von ihnen mit lichterloh brennenden Kleidern, versengten Haaren und schweren Brandverletzungen. Jetzt fingen auch die mächtigen Balken des Tores Feuer – mit noch verheerenderer Wirkung auf die Moral der Verteidiger.

»Schafft Serpentine herbei!«, brüllte Fio Bou-raiy. »Und jede Menge Wasser!«

Braumin Herde, am ganzen Körper umhüllt vom bläulich weißen Schild eines Serpentins, warf sich auf Fio Bou-raiy, fieberhaft bemüht, ihn unter seinen Schutzschild zu ziehen, als bereits der dritte magische Feuerball explodierte und das Turmzimmer, in dem sich das Oberhaupt der Abtei befand, mit seiner Flammenwolke füllte.

Braumin wurde von der Wucht der Explosion nach hinten geschleudert, hielt Bou-raiy aber selbst dann noch entschlossen gepackt, als die beiden gegen die Rückwand prallten. Ohne seinen festen Griff zu lösen, kam der Bischof mühsam wieder auf die Beine und zog auch den ehrwürdigen Vater mit hoch, ehe er ihn aus dem brennenden Raum schob, die Wendeltreppe des Turms hinunter- und schließlich aus dem Gebäude ins Freie führte.

Im Innenhof angelangt, gab er Meister Machuso sofort neue Anweiungen: »Haltet durch, so lange es geht, dann organisiert den Rückzug hinunter in die Kellergewölbe. Wir müssen ihnen einen Kampf um jeden Zentimeter Boden aufzwingen – sie sollen bei jedem Schritt über die Leichen ihrer toten Kameraden hinwegsteigen müssen.«

Der alte Meister nickte und machte sich unverzüglich daran, die Ordensbrüder und Bauern neu zu formieren und sicherzustellen, dass überall Sonnensteinschilde errichtet wurden. Und tatsächlich, der nächste rubinbesetzte Pfeil, der von der anderen Seite des Feldes herangeflogen kam, durchquerte eine Zone aus Antimagie, wo Aydrians Geist zurückgewiesen wurde. Der Feuerball zündete nicht.

»Dann also eine herkömmliche Schlacht«, rief Meister Machuso mit entschlossenem Nicken. Er war überzeugt, dass er und seine Ordensbrüder diesem Feind das Äußerste abverlangen würden – mit oder ohne Magie.

Als wenig später Rufe vom nördlichen Teil der Klostermauern herüberhallten und das Eintreffen einer zweiten, von Prinz Midalis angeführten Streitmacht ankündigten, schlug seine Entschlossenheit in überschäumende Hoffnung um.

Aydrian und De'Unnero kamen die Gerüchte wenig später ebenfalls zu Ohren, und einige Augenblicke später sahen sie Prinz Midalis' Streitmacht tatsächlich von Norden heranpreschen.

»Wir könnten unsere Truppen von der Mauer abziehen«, überlegte De'Unnero.

»Dann wird Midalis sich hinter die Klostermauern zurückziehen«, erwiderte Aydrian. »Und das sollten wir auf jeden Fall verhindern.«

De'Unnero machte Anstalten, sich zu entfernen, doch Aydrian packte ihn an der Schulter. »Seht doch«, rief er und deutete nach Westen. »Wie es scheint, wird Herzog Kalas sich der Armee von Prinz Midalis annehmen.«

Als in diesem Moment noch eine weitere Streitmacht auf dem Feld erschien, die von Westen herangeprescht kam, wurde De'Unnero schlagartig ruhiger. Herzog Kalas war zurück, mit einer Armee von der dreifachen Stärke der von Prinz Midalis angeführten Truppen, wie dem jungen König und dem Mönch ein flüchtiger Blick nach Norden und dann zurück nach Westen zeigte. Prinz Midalis würde das Tor nicht vor Herzog Kalas erreichen.

»Herzog Kalas dürfte wohl keine Mühe haben, die Schlacht draußen auf dem Feld für sich zu entscheiden«, versicherte Aydrian dem Mönch. »Kommt, begeben wir uns zum Tor und kümmern uns um den Kampf im Innern der Abtei.«

Das blutige Gemetzel vor dem Tor und an den Mauern von St. Mere-Abelle zwang Aydrian, sein Pferd in einer Zickzacklinie über das Schlachtfeld zu lenken. Seiner Schätzung nach war bereits mehr als ein Drittel seiner fünftausend Mann starken Armee gefallen, doch das kümmerte ihn wenig – denn das Tor würde jeden Moment nachgeben, und die Verteidigungsbemühungen begannen merklich zu erlahmen. Dank seiner Verbindung durch den Hämatit spürte er, dass sich ein gewisses Maß an Sonnenstein-Antimagie in der Nähe befand, doch hier draußen vor dem Tor war das nicht weiter von Bedeutung – die Kräfte eines Königs Aydrian vermochte es gewiss nicht zu beeinträchtigen.

Wie eine Woge teilte sich vor ihm das dichte Gedränge seiner Männer und gab den Weg zum mächtigen Eingangsportal frei.

Aydrian zog Sturmwind blank und senkte die Klinge, dann schickte er seine geballte Energie in den im Schwert eingelassenen Grafit, bis ein gewaltiger, gleißend heller Lichtblitz hervorschoss.

Die Torflügel erzitterten und wurden nach innen gedrückt, und die gewaltigen Sperrriegel – bereits geschwächt von den Flammen und dem ungeheuren Druck – zerbarsten krachend.

Eine Flut von Kriegern ergoss sich in den Innenhof von St. Mere-Abelle.

»Tötet jeden, der nicht sofort den Weg freigibt«, rief Aydrian seinen Männern zu, ehe er, flankiert von Sadye und De'Unnero, sein Pferd in den Innenhof der Klosteranlage lenkte.

»Wir kommen zu spät«, stöhnte Prinz Midalis, als er die gewaltige Armee heranstürmen sah, die dabei war, ihnen den Weg abzuschneiden.

»Fliehen oder kämpfen, was sollen wir tun?«, fragte Bradwarden.

Prinz Midalis betrachtete den Zentaur mit einem unbeugsamen Blick.

Der Zentaur verstand. »Kämpft tapfer, und geht mutig in den Tod!«, brüllte er und griff nach seinem Dudelsack.

Die Krieger aus Vanguard und Alpinador bildeten ein Schutzkarree rings um Midalis, während Bruinhelde und die anderen Führer sich gegen Kalas' Sturmangriff wappneten.

Eine Abteilung der Armee des Herzogs vollzog einen Schwenk nach Norden, um ihnen jede Rückzugsmöglichkeit abzuschneiden, doch die Krieger des Prinzen hatten gar nicht die Absicht zu fliehen.

Auf ein Kommando zogen der Prinz und seine Soldaten die Köpfe ein, und schon rauschte der von Brynn und Pagonel zu einer überraschenden Attacke herangeflogene Pherol über sie hinweg. Wenige Augenblicke später waren sie der gegnerischen Armee bereits so nahe, dass Pherol eine Vorhut mit seinem Feueratem bestreichen konnte, doch dann kam ihnen ein gewaltiger Pfeilhagel entgegengeflogen, sodass Brynn gezwungen war, den Drachen herumzureißen und schnellstmöglich das Weite zu suchen.

»Ein perfektes Manöver«, sagte Pony zu Midalis. »Dann wollen wir doch mal sehen, was sie gegen mich zu unternehmen gedenken.« Sie streckte den Arm vor und stoppte eine Gruppe von Fußsoldaten mit einem krachenden Lichtblitz, der sie allesamt zu Boden streckte.

»Steigt auf!«, rief Pagonel Prinz Midalis zu, als Brynn den Drachen neben ihm landen ließ. »Wir können uns nicht durch König Aydrians gesamte Armee kämpfen und allen Ernstes darauf hoffen, ihn auf diese Weise aufzuhalten!«

Prinz Midalis drehte sich zu den anderen Führern um.

»So geht schon!«, drängte ihn Andacanavar.

»Beeilt Euch!«, pflichtete Bruinhelde ihm bei. »Wir werden schon dafür sorgen, dass sie ins Grübeln kommen!« Der Anführer der Barbaren drehte sich zu seinen Männern um und brüllte: »Kämpft tapfer, und geht mutig in den Tod!«, ein Ruf, der quer durch die Reihen der Alpinadoraner mit lautstarker Begeisterung aufgegriffen wurde.

Prinz Midalis kletterte hinter Pagonel in den Sattel und gab Brynn und dem Mystiker den Befehl, nach Aydrian zu suchen.

»Ich kann ihn förmlich riechen«, knurrte Pherol. Es folgte ein kräftiger Sprung, und schon war der Drache in der Luft.

»Wir haben hier ebenfalls nichts mehr verloren«, rief Juraviel Pony und Bradwarden zu. Er hatte kaum geendet, als sie Adrians Donnerschlag und die verzweifelten Schreie innerhalb der Klostermauern hörten. »Er ist ins Innere der Abtei vorgedrungen!«, rief Juraviel. »Wir müssen ihn aufhalten!«

Pony, im Sattel ihres Hengstes Symphony, und Bradwarden schoben sich ganz dicht an den Elfen heran, der daraufhin seine geöffnete Hand in den Himmel reckte, sodass man den

Smaragd von Andur'Blough Inninness sehen konnte. »Ihr seid der oberste Hüter«, wandte er sich an Andacanavar.

Der hünenhafte Mann zögerte und warf einen nervösen Blick zu Bruinhelde.

»Geht und tötet ihn im Zweikampf«, sagte dieser ohne das geringste Zögern. »Ich werde mit Eurem Namen auf den Lippen sterben, großer Andacanavar.«

Einen Augenblick später machten Belli'mar Juraviel und seine vier Gefährten einen gewaltigen Schritt, der sie vorbei an der Südflanke der heranpreschenden Streitmacht von Herzog Kalas bis vor das zertrümmerte Tor von St. Mere-Abelle brachte.

Dort angekommen, liefen sie sofort auf das Tor zu und stürzten sich entschlossen auf die versprengten Überreste von Aydrians Truppen, während sie hinter sich ein gewaltiges Getöse vernahmen, als Herzog Kalas' Armee mit den Kriegern aus Vanguard und Alpinador zusammenprallte.

Pony gab sich größte Mühe, die von dort herüberschallenden Schreie aus ihrem Bewusstsein auszublenden.

Braumin Herde ließ den ehrwürdigen Vater Bou-raiy und die anderen Ordensbrüder im großen Saal des Hauptturms zurück. Der ehemalige Bischof von Palmaris eilte die breite Treppe hinauf, hastete durch den offenen Gang im oberen Geschoss, ehe er über eine Wendeltreppe weiter nach oben stieg, ins oberste Stockwerk des Turmes und von dort schließlich hinaus auf das flache, mit Wehrzinnen versehene Dach.

Von dort aus konnte er Herzog Kalas' riesige Streitmacht sehen, die sich vor den Mauern der Klosteranlage ein wildes Gefecht mit Midalis' Kriegern lieferte. Er sah den mächtigen Drachen, der, drei winzige Gestalten auf dem Rücken, über das Schlachtfeld hinwegfegte und allem Anschein nach auf Midalis' Seite kämpfte. Braumin hatte nicht die leiseste Ahnung, woher diese Feuer speiende Bestie gekommen war oder warum sie sich auf die Seite des Prinzen geschlagen hatte, aber er war froh darüber, dass sie ein Verbündeter war und kein Feind.

Doch alle Hoffnungen, die der Drache geweckt haben mochte, waren nur von kurzer Dauer, denn Braumins Blick wurde unweigerlich immer wieder in das Innere der Abtei gezogen, wo mittlerweile in jedem Gebäude sowie entlang der gesamten Ummauerung Kämpfe ausgebrochen waren. Braumin wusste, dass die Menschen dort zu Dutzenden starben, und doch konnte er nichts dagegen tun.

Er ließ seinen suchenden Blick weiterwandern und erstarrte auf der Stelle, als er eine Gruppe von Personen sah, die sich vom Tor aus einen Weg quer durch den Innenhof bahnte.

»Wer ist das?«, fragte ihn ein jüngerer Ordensbruder, der in diesem Moment neben ihn trat.

Braumin brachte die Namen von König Aydrian und Marcalo De'Unnero einfach nicht über die Lippen. »Unser schlimmster Albtraum«, stieß er schließlich tonlos hervor.

»Wie sollen wir uns verhalten, Meister?«, fragte der junge Mönch. Als Braumin flüchtig in seine Richtung schaute, sah er sich plötzlich einer ganzen Reihe von Rat suchenden Gesichtern gegenüber.

»Betet, Brüder«, sagte er. »Zielt genau, und betet laut und vernehmlich.«

Braumin atmete tief durch, dann begab er sich zur Treppe und stieg wieder in den Turm hinunter.

»Die Ratte hat sich, scheint es, in ihr Loch verkrochen«, sagte Aydrian und wies auf den massiven Turm auf der gegenüberliegenden Seite des Innenhofs, der die Allerheiligen-Bucht überblickte.

»Dann gehen wir doch hinein und rotten das Ungeziefer aus«, erwiderte De'Unnero.

In diesem Augenblick vernahmen Aydrian und Sadye das Knacken der Knochen ihres Gefährten und blieben stehen.

De'Unnero trug sein Mönchsgewand, daher konnten sie seine Verwandlung nicht in allen Einzelheiten verfolgen, dennoch sahen sie die Bewegung seiner Gliedmaßen unter den Falten seines Gewandes, als seine Beine zu denen eines mächtigen Tigers wurden.

»Ich stoße drinnen zu Euch«, erklärte De'Unnero, ehe er mit einem mächtigen Satz davonsprang und das letzte Wegstück bis zum Fuß der massiven Mauer des Turms in raschem Tempo zurücklegte. Dort angekommen, sprang der Wertiger scheinbar mühelos senkrecht an der Wand hinauf und landete leichtfüßig auf dem Sims eines Fensters im zweiten Stock.

Ein letzter, flüchtiger Blick auf Aydrian, dann schlüpfte De'Unnero nach drinnen auf die offene Galerie. Er bewegte sich zum Geländer auf der anderen Seite und riskierte einen Blick nach unten: Fio Bou-raiy, flankiert von mehreren Meistern der Abtei St. Mere-Abelle, saß auf seinem Thron. Als De'Unnero sich umschaute, bemerkte er die in den Nischen an der Rückwand der Galerie stehenden Statuen. Das hohe und massive Geländer bot eine ausgezeichnete Deckung, sodass er vermutlich ohne größere Schwierigkeiten ungesehen bis zur Treppe gelangen konnte.

Doch dann fiel sein Blick auf die Treppe beziehungsweise auf das riesige kreisrunde, in die Wand darüber eingelassene Fenster, und er hielt nachdenklich inne. Durch das Fenster, das Abbild von Avelyns in den Himmel gerecktem Arm, sickerte das Morgenlicht.

Noch während De'Unnero dort auf der Stelle verharrte, hörte er, wie unten im Saal die Tür krachend aufgestoßen wurde, und wusste, dass König Aydrian ebenfalls eingetroffen war.

Prinz Midalis ließ seine Leute nur äußerst ungern zurück. Am liebsten wäre er dort geblieben, gemeinsam mit dem Drachen und dem Mystiker und der jungen Hüterin mit ihrem tödlichen Bogen.

Denn wie sie da auf Pherol thronte und den unter ihr kämpfenden Soldaten Deckung gab, bot Brynn einen überaus erstaunlichen Anblick.

»Ich kann ihn förmlich riechen!«, stieß Pherol ein ums andere Mal hervor.

»Dann such ihn!«, drängte in Pagonel.

Mit einem kräftigen Schlag seiner ledrigen Flügel stieg Pherol ein wenig höher, ehe er zur Seite abschwenkte und sich in einen Sinkflug fallen ließ und dabei immer schneller wurde.

Prinz Midalis verfolgte das Kampfgeschehen, bis der Drache schließlich noch tiefer ging und die Klippen ihn von seinen Kriegern, von Liam O'Blythe, Bruinhelde und all den anderen, abschnitten – nur ihre Schlachtrufe klangen ihm noch immer laut in den Ohren.

Er hatte keine andere Wahl, er musste auf seine Männer vertrauen.

Sie wühlten sich durch das Chaos vor dem zerborstenen Tor. Falls zwei im *Bi'nelle dasada* ausgebildete Krieger nicht ausreichten, um die dort dicht zusammengedrängten Krieger von Aydrians Armee auseinander zu treiben, dann mit Sicherheit Bradwardens schiere Körperkraft und die präzise platzierten Pfeile von Belli'mar Juraviel.

Pony ließ sich von Symphonys Rücken gleiten und nahm ihren Platz an der Seite des alpinadoranischen Hüters ein. Doch kaum hatten sie eine Gruppe gegnerischer Krieger in ein Scharmützel verwickelt, da zeichnete sich ab, dass sie und Andacanavar niemals jenes Maß an Harmonie erreichen würden, das sie einst mit Elbryan erlangt hatte – denn der Barbar hatte den Schwerttanz seiner Körpergröße und -kraft angeglichen. Griff ein Soldat ihn an, parierte er mit einem waagrechten Schwerthieb und wich mit dem für den Schwerttanz typischen Ausweichschritt zurück. Doch dann schob Andacanavar seinen hinteren Fuß zur Seite und wich seitwärts aus, ehe er nach einer kurzen Finte die Schlagrichtung wechselte und mit einem vernichtenden Diagonalhieb seines Langschwerts konterte, der den törichterweise nachsetzenden Gegner niederstreckte.

Sein ungewohnter Ausfallschritt hatte zur Folge, dass Pony sich einen Moment allein zwei Kriegern gegenübersah, doch mit einer Folge von schnellen, präzisen Hieben lenkte sie scheinbar mühelos einen Vorstoß nach dem anderen zur Seite ab.

Dann war Bradwarden zur Stelle und warf sich in die Bresche, die der alpinadoranische Hüter hinterlassen hatte. Als einer von Ponys Widersachern von ihr abließ, um ihn anzugreifen, stieß der Zentaur seinen riesigen Bogen wie einen Speer nach vorn. Die Spitze traf den Krieger unmittelbar unter seinem Brustharnisch, und der Zentaur drängte nach vorn, riss den Speer nach oben und wuchtete den Mann von den Füßen. Wild mit Armen und Beinen rudernd, taumelte er nach hinten. Als er sich endlich wieder so weit gefangen hatte, um erneut anzugreifen, zielte der Zentaur bereits mit seinem Bogen auf ihn, an dessen Sehne ein Pfeil lag, der eher an einen Speer erinnerte.

Der Krieger machte schreiend kehrt und stieß einen Kameraden zur Seite, der soeben angelaufen kam, um sich in den Kampf zu stürzen.

Ein leichter Schwenk zur Seite nahm den Neuankömmling ins Visier. Der Pfeil des Zentauren durchschlug seinen metallenen Brustharnisch mit solcher Wucht, dass es ihn von den Füßen riss und nach hinten warf.

Pony wich gerade einen Schritt zurück, nur um blitzschnell erneut anzugreifen, als ihr Gegner sein Schwert über die Schulter hob. Ihr Richtungswechsel, eine brillante Demonstration des Schwerttanzes, kam viel zu schnell, als dass ihr Gegner noch hätte reagieren können. Die Augen plötzlich vor Entsetzen aufgerissen, hatte er nicht den Hauch einer Chance, sein Schwert rechtzeitig zu senken, um den Stoß noch abzulenken.

Ponys Schwert bohrte sich in den Bauch des Kingsman, der, einen gellenden Schrei auf den Lippen, nach hinten taumelte, beide Hände auf die Wunde gepresst.

Schon griff ein weiterer Krieger Pony an, doch sie drehte sich gerade noch zur Seite und wich aus.

Dabei kam er ihr nicht einmal nahe – stattdessen blieb er jählings stehen und begann nach dem winzigen Pfeil zu tasten, der ihn am Hals getroffen hatte.

Pony drehte sich sofort um und sah Juraviel, den Bogen in der Hand, oben auf einem der eingedrückten Tore hocken. Der Elf nickte ihr zu.

Als ihr Blick ein kleines Stück nach unten wanderte, sah sie einen weiteren Mann zurücktorkeln, den Andacanavar mit einem Schwerthieb gestreift hatte, und gleich darauf noch einen, den der bärenstarke Hüter mit einem tödlichen Stoß durchbohrt hatte.

In diesem Augenblick dämmerte Pony, dass sie zu viert einfach hier stehen bleiben und jeden bezwingen könnten, der sie anzugreifen wagte. Doch darum ging es nicht – es machte ihr weder Spaß, Soldaten umzubringen, die in ihrer Unwissenheit Aydrian dienten, noch erschien es ihr sinnvoll.

Sie ließ den Blick durch den Innenhof schweifen und bemerkte eine gewandete Gestalt, die mit einem mächtigen Satz wie durch Magie an der Wand des hohen Turms hinaufsprang, und schlagartig war ihr jenseits allen Zweifels klar, dass nur ein einziger Mann zu so etwas fähig war.

»Gebt mir bis dort drüben Deckung!«, rief sie Bradwarden und Andacanavar zu und deutete, als sie herübersahen, auf den gegenüberliegenden Mauersockel.

»Elf!«, rief Bradwarden, doch als er zum offenen Tor hinüberschaute, war Juraviel dort nirgends zu entdecken. »Dann also auf die harte Tour«, dröhnte Bradwarden. Er und Andacanavar nahmen Pony in die Mitte und machten sich auf zur anderen Seite. Offensichtlich hatte kaum einer der Soldaten die Absicht, sich ihnen in den Weg zu stellen, doch bei dem chaotischen Durcheinander, das im Innenhof der Abtei herrschte, sah sich plötzlich doch der eine oder andere dem heranstürmenden Trio gegenüber.

Einen rannte Bradwarden einfach nieder, sodass der Mann unter seine Hufe geriet.

Andacanavar drängte an dem Zentauren vorbei und streckte zwei weitere mit einem wuchtigen Schwerthieb zu Boden. Pony hielt dem Zentauren den Rücken frei und fing den Schwertstoß eines Kriegers ab, der ihn an seiner ungedeckten Flanke attackieren wollte. Sie schob ihre Schwertspitze über die Klinge des Angreifers und drückte sie nach unten. Schon spürte sie einen zweiten Gegner hinter sich nahen – sie wirbelte herum und machte einen Schritt nach vorn, drehte ihr Schwert und traf den ersten Gegner mit dem Knauf mitten im Gesicht, sodass dieser nach hinten taumelte. Dann rief sie Bradwarden. Ein kurzer Blick nach hinten, dann verlagerte er sein Gewicht auf die Vorderhufe und erwischte den zweiten Angreifer in dem Moment mit beiden Hinterbeinen, als dieser an ihm vorüberhastete.

Als die Hinterläufe des Zentauren wieder auf dem Boden landeten, hatte Pony dem völlig verdutzten Mann bereits den Rest gegeben und eilte an ihm vorbei.

Als sie Augenblicke später vor der Wand ankamen, hatten sie eine Schneise der Verwüstung hinterlassen.

»Helft mir«, bat Pony ihre Begleiter und wies auf ein Fenster im zweiten Stock – dasselbe Fenster, durch das sie Marcalo De'Unnero im Innern des Turms hatte verschwinden sehen.

Andacanavar half ihr auf Bradwardens Rücken und fuhr sofort herum, um einige hartnäckige Verfolger abzuwehren.

»Bist du so weit?«, fragte der Zentaur.

»Los!«, kam ihr Kommando, während sie in ihrem Beutel nach den Edelsteinen suchte. Bradwarden drückte sie nach oben, und gleichzeitig aktivierte sie die Schwebekräfte des Malachits, sodass sie immer höher stieg, bis sie schließlich den Fenstersims erreichte.

Sie kletterte im selben Augenblick nach drinnen, als Juraviel erschien und ihren Platz auf dem Fenstersims einnahm. Der Elf wollte ihr schon nach drinnen folgen, hielt dann aber inne und richtete sein Augenmerk wieder auf die Szene unter ihm, wo soeben eine ganze Horde von Feinden über Bradwarden und Andacanavar herfiel.

»Schön, das du zurück bist, Elf!«, rief der Zentaur, als einer der angreifenden Krieger nach hinten taumelte, mitten in der Stirn den Schaft eines Pfeils.

»Irgendjemand muss ja schließlich ein Auge auf dich halten, verrückter Zentaur!«, rief Juraviel zurück.

»Wie könnt Ihr es wagen, diesen heiligen Ort zu entweihen!«, brüllte Fio Bou-raiy Aydrian an. Der ehrwürdige Vater erhob sich von seinem Thron und bot dem näher kommenden jungen König unerschrocken die Stirn – ganz anders als seine abellikanischen Ordensbrüder, die vor dem eindrucksvollen jungen Mann beinahe ehrfürchtig zurückwichen.

»Entweihen?«, wiederholte Aydrian erstaunt. »Ich bin im Begriff, St. Mere-Abelle wieder zu einstigem Ruhm zu verhelfen!« Er hatte darauf verzichtet, Sturmwind blankzuziehen, und stattdessen nur einen Ladestein in seine Hand gleiten lassen. Statt Bou-raiy mit vorgehaltener Waffe direkt zu bedrohen, konzentrierte sich Aydrian auf eine in die Rückenlehne des Throns eingelassene Metallplatte.

»Wie könnt Ihr es wagen?«, schrie Bou-raiy erneut und streckte Aydrian die geöffnete Hand entgegen, um ihm seinen eigenen Ladestein zu zeigen.

Sadye schrie erschrocken auf, und die beiden Männer schleuderten ihre magischen Steine im selben Augenblick aufeinander.

Sein hemmungsloser Zorn ermöglichte es Fio Bou-raiy, mehr Energie in den Stein einfließen zu lassen als je zuvor, trotzdem prallte sein Wurfgeschoss wirkungslos an Aydrians glänzendem Brustharnisch ab, ohne mehr als ein leises metallisches Klingen zu erzeugen.

Aydrians Stein dagegen durchschlug Bou-raiys ausgestreckte Hand, zertrümmerte die Knochen und riss ihm zwei Finger ab, ehe er mit einem lauten metallischen Knall gegen die in den Thron eingelassene Platte prallte – nachdem er den Schädel des ehrwürdigen Vaters durchschlagen hatte.

»Wie Ihr seht, könnt Ihr mich weder besiegen, noch könnt Ihr mir Eure Anerkennung verweigern«, erklärte Aydrian den schockierten Mönchen, kaum dass Fio Bou-raiys lebloser Körper zu Boden gesunken war.

»Dann werden wir eben alle eines gemeinsamen Todes sterben – eines Todes, der uns zumindest noch auf Erlösung hoffen lässt!«, schrie einer der Ordensbrüder und richtete einen Edelstein gegen Aydrian.

»Verdammnis über Euch und diesen unseligen De'Unnero!«, rief ein anderer.

»Was Ihr nicht sagt«, erklang ein Ruf von der Galerie, worauf alle sich umdrehten und Marcalo De'Unnero am Geländer stehen sahen, im Gesicht ein breites Grinsen.

Sogleich stimmte Sadye ein Lied zu Ehren König Aydrians an. De'Unnero bewegte sich am Geländer entlang auf die Treppe zu, während Aydrian Sturmwind aus der Scheide riss und einen der Meister mit einem Lichtblitz verbrannte, der den Fußboden erzittern ließ und jeden im Saal vor Bestürzung lähmte.

Braumin Herde, der im Schatten einer Statue an der rückwärtigen Seite der Galerie gekauert hatte, stand plötzlich hinter dem abgelenkten De'Unnero – einen Dolch in der Hand.

Er wollte gerade aufstehen – im selben Moment, da Aydrian im Begriff war, einen weiteren Meister zu vernichten, und eben dieser Mönch und seine Ordensbrüder Anstalten machten, Aydrians Angriff zu erwidern – als das große kreisrunde Fenster, das Abbild von Avelyns Arm, in tausend Splitter zerbarst. Das schwarz verkohlte Metall der Einfassung bog sich nach innen, und ein Schauer aus bunten Glasscherben regnete auf den Saal herab. Wo eben noch das Bild des in den Himmel gereckten Arms zu sehen gewesen war, stand jetzt ein mächtiger Drache mit weit gespreizten Flügeln.

Fest entschlossen, seinen Angriff zu Ende zu führen, ließ sich Braumin Herde weder von der Explosion noch vom Erscheinen der Bestie in seiner Konzentration ablenken – für ihn gab es kein gefährlicheres Ungeheuer als Marcalo De'Unnero. Er wähnte sich bereits am Ziel, sah sein Opfer, als die Klinge auf die Niere des barbarischen Mönches zuschoss, schon tot vor sich liegen, da schnellte dessen Hand mit ungeahnter Plötzlichkeit nach hinten. Der überragende Kämpfer bekam Braumins vorgestreckten Arm am Handgelenk zu fassen und blockte die Attacke mit der gleichen Selbstverständlichkeit ab wie eine Wand aus Stein.

Braumin Herde schrie auf, ließ sich aber nicht beirren. Er ignorierte den Schmerz und versuchte mit der freien Hand auf De'Unneros Kopf zu zielen.

Aber auch De'Unnero hatte noch eine Hand frei. Der Mönch wirbelte ihn mit einer blitzschnellen Körperdrehung herum und stand Braumin plötzlich Auge in Auge gegenüber.

Braumins Gedanken rasten – zu schmerzlich war er sich seiner hoffungslosen Unterlegenheit bewusst. Doch dann, noch ehe er recht begriff, wie ihm geschah, spürte er, wie Griff und Druck plötzlich schwächer wurden, und sah De'Unnero zurückweichen.

Sein Instinkt riet ihm, gleich nachzusetzen, doch Braumin riss sich zusammen und versuchte stattdessen, nach hinten auszuweichen.

Dafür war es längst zu spät. De'Unneros Rückzug hatte nur einen einzigen Zweck gehabt: Er benötigte einen sicheren Stand, um abzuspringen, seinen Körper in der Luft zu drehen und schließlich mit weit ausholendem Schwung zuzutreten. Sein Tigerfuß schob sich mühelos hinter Braumins zur Abwehr hochgerissene Arme, traf ihn mitten im Gesicht, trat ihm etliche Zähne aus und schleuderte den Bischof zur Seite, wo er mit voller Wucht gegen die Wand prallte.

Braumin wäre sicher zu Boden gegangen, hätte De'Unnero ihn nicht aufgefangen und festgehalten, um ihn mit einer Serie brutaler und vernichtender Schläge zu traktieren, mit denen er ihm die Rippen brach und den Wangenknochen zertrümmerte.

Die Welt rings um den Bischof versank in einem wilden Strudel, bis ihn plötzlich tiefe Dunkelheit umfing.

Der gellende Schrei einer vertrauten Stimme riss De'Unnero aus seiner mörderischen Raserei. Er sah Sadye, aus zahlreichen Wunden blutend, die Stufen hinaufrennen, das Gesicht erstarrt zu einer Maske des Entsetzens.

Sie schrie um Hilfe.

Sie rief nach Aydrian, der sie retten sollte.

Aber sie rief nicht nach De'Unnero, und diese bittere Erkenntnis ließ den Mönch auf der Stelle erstarren. Benommen beobachtete er, wie eine schwarzhaarige Frau vom Rücken des Drachen absprang, dicht gefolgt von einem Mann, den De'Unnero sofort als Prinz Midalis erkannte. Keiner der beiden achtete groß auf Sadye, als sie die trümmerübersäten Stufen hinunterhasteten.

Eine dritte Person war auf dem Rücken des mächtigen Lindwurms zurückgeblieben, um die Bestie ruhig zu halten – bis eine Explosion ertönte, die sogar noch das Getöse bei dem überraschenden Erscheinen des Drachen übertraf. Ein Blitz aus reinstem weißem Licht, der jeden im Saal blendete, schoss auf die Bestie zu. Bogenförmige Entladungen umfingen den Drachen, als die Wucht der Explosion den Lindwurm durch das zertrümmerte Fenster zurück nach draußen drückte.

De'Unnero kam wieder zur Besinnung und blickte hinter sich, um sich zu vergewissern, dass Braumin so bald nicht wieder auf die Beine kommen würde. Plötzlich wurde ihm klar, mit welch übermächtigen Gegnern es Aydrian zu tun hatte, und doch wäre er nicht ihm, sondern Sadye zu Hilfe geeilt.

Wenn sie doch nur *seinen* Namen gerufen hätte!

Mit einem wütenden Knurren stürzte er ans Geländer vor und erfasste das Geschehen unten im Saal mit einem Blick. Er wollte schon über das Geländer hinwegsetzen und sich die zehn Meter bis hinunter auf den Boden fallen lassen, um Aydrian zu helfen, als ihn abermals etwas innehalten ließ – und wieder kam ihm die Stimme bekannt vor.

»Die Welt wäre zweifellos ein freundlicherer Ort, wärt Ihr damals an jenem Tag in Palmaris umgekommen«, sagte Pony.

De'Unnero drehte sich langsam um und blickte in das Gesicht seiner meistgehassten Feindin.

Mal zur einen, mal zur anderen Seite gerissen, je nachdem, in welchem seiner kraftlos ausgebreiteten Flügel sich der Aufwind vor der steilen Felswand verfing, trudelte Pherol an der Abteimauer hinab in die Tiefe.

»Pherol!«, schrie Pagonel dem Drachen ins Ohr. »Ich brauche dich!«

Das dunkle Gestein der Felsklippen rauschte vorbei, die dunklen Fluten der Allerheiligen-Bucht schossen ihnen entgegen.

»Komm wieder zu dir!«, befahl der Mystiker. »Ich brauche dich! Die Welt braucht dich!«

Dort unten, wusste Pagonel, lauerten viel zu viele Felsen, als dass sie hoffen konnten, den Sturz zu überleben. Vorausgesetzt, der Drache war nicht längst tot, denn noch nie war Pagonel Zeuge einer so beeindruckenden Zurschaustellung magischer Kräfte gewesen wie soeben bei dem explodierenden Lichtblitz des jungen Aydrian.

»Pherol!«, brüllte er ein letztes Mal, bevor sie zwischen den brandungsumtosten Felsen zerschmettert werden würden.

Doch plötzlich breitete der Drache seine ledrigen Flügel

aus und drückte seinen Rücken durch. Sofort änderte sich der Fallwinkel. Pagonel hätte es fast aus dem Sattel gerissen, als der lotrechte Absturz des Drachen in einen kontrollierten Sturzflug überging und Pherol in rasantem Tempo über die Fluten hinwegglitt.

»Ich brauche dich!«, rief Pagonel in den Wind, doch Pherol schien ihn nicht zu hören.

»Mein Todfeind!«, brüllte der Drache. »Aus längst vergangener Zeit! Der Dämon ist wieder zum Leben erwacht!«

Seine Worte ließen den Mystiker verdutzt in seinen Sattel zurücksinken. »Wovon in aller Welt redest du?«, schrie er.

»So wie damals vor ewig langer Zeit, als Drache und Dämon noch gemeinsam die Welt bevölkerten!«, brüllte der Drache unbeirrt weiter, so als hörte er ihn noch immer nicht.

Pagonel schrie weiter auf ihn ein, bis der Drache ihn endlich zu bemerken schien. Er unterbrach sein Gebrüll für einen Moment und hörte zu.

»Wovon sprichst du?«, wollte der Mystiker wissen. »Dieser junge König Aydrian, ausgebildet von den Touel'alfar, der Menschensohn Elbryans und Jilseponies –«

»Er ist weit mehr als das!«, fiel der Drache ihm ins Wort. »Dieser König Aydrian ist kein Mensch! Jedenfalls nicht durch und durch. Er ist die Bestie, die tödliche Brut des Drachengeschlechts!«

Pagonel wäre um ein Haar in Ohnmacht gefallen. Sofort fiel ihm wieder das Treffen in dem Haus in Entel ein, als Aydrian und Pherol einander zum ersten Mal begegnet waren und sie beim Anblick des jeweils anderen ein Zorn überkommen hatte, der bis an die Anfänge ihrer Existenz zurückzureichen schien! War das tatsächlich vorstellbar?

»Dann nichts wie zurück in den Kampf!«, schrie Pagonel.

Der Drache stimmte ein lautes Protestgebrüll an und erwiderte: »Niemals!«

»Aber die Bestie muss vernichtet werden!«, rief der Mystiker.

»Ich kann dir dabei nicht helfen«, gestand der Drache. »Er ist mir weit überlegen! Er wird von meinen Gedanken Besitz ergreifen und mich gegen dich aufhetzen! Ich hätte nicht den Hauch einer Chance gegen ihn!«

Pagonel nahm sich die Worte zu Herzen und suchte krampfhaft nach einem Ausweg. Noch immer vernahm er hinter sich den Schlachtenlärm, sowohl innerhalb der Klostermauern als auch davor. »Dann gibt es nur eine Lösung, wir müssen auf unsere Freunde vertrauen«, entschied er schließlich. »Offenbar ist es unsere Bestimmung, Menschenleben zu retten. Ich flehe dich an, bring mich zur Nordseite der Abtei und zurück in die Schlacht! Du musst mir deine Stimme leihen, mächtiger Lindwurm!«

Der Drache legte sich in eine scharfe Linkskurve, hielt auf den von der Nordseite der großen Abtei herüberschallenden Schlachtenlärm zu und flog zurück in Richtung Küste.

Die herabregnenden Glassplitter schienen Aydrian ausnahmslos verfehlt zu haben – es war, als wäre er aus irgendeinem Grund gegen sie gefeit. Brynn und Prinz Midalis hasteten die Treppe hinunter und standen plötzlich vor ihrer Nemesis, während die wenigen noch verbliebenen Meister sich blutübersrömt und verängstigt in Sicherheit zu bringen versuchten.

»So viel also ist Brynn Dharielles Versprechen wert«, sagte Aydrian in der Sprache der Elfen. »To-gai wird niemals Krieg gegen mich führen?«

»To-gai befindet sich weder jetzt mit dir im Krieg, noch wird es in Zukunft gegen dich Krieg führen«, entgegnete Brynn.

»Behauptet seine Führerin, während sie mit gezogener Klinge vor mir steht!«

»Ich bin nicht mehr die Führerin To-gais. Der Grund meines Hierseins, Aydrian, ist dein Überfall auf meine zweite Heimat.«

Der junge König lachte ihr offen ins Gesicht. »Führ dich nicht auf wie eine Närrin«, sagte er. »Dasslerond lebt nicht mehr, und ich bin froh, die Hexe los zu sein! Die Welt gehört uns, dir und mir, um nach Belieben über sie zu herrschen. Auf das alles willst du einfach verzichten?«

Brynn richtete Flammentänzer auf ihn. Prinz Midalis sah die Bewegung und zog ebenfalls sein Schwert. »Ich werde dir Einhalt gebieten«, versprach Brynn.

»Gebt auf, sofort, dann wird man Euch verschonen!«, forderte Prinz Midalis ihn auf, doch Aydrian lachte bloß.

Brynn machte den Anfang mit einem völlig unvermuteten Vorstoß. Eben noch vollkommen in sich ruhend, sprang sie mit der ganzen im *Bi'nelle dasada* antrainierten Schnelligkeit vor und zielte mit ihrem Schwert auf Aydrians gepanzerten Leib. Natürlich hatte er keine Mühe zu parieren, doch nichts anderes hatte Brynn erwartet. Sie setzte unverzüglich nach, aber diesmal zielte sie auf sein Gesicht und ließ ihre Klinge dabei in Flammen aufgehen.

Doch auch Aydrian dachte weit voraus. Er duckte sich, wich zurück und schlug ihre Klinge zur Seite. Damit schien er sich auf der linken Seite eine Blöße zu geben, eine Blöße, die auszunutzen Midalis gewiss nicht zögern würde.

Nur war der Prinz nicht mit dem Zauber der in Aydrians schimmernden Brustharnisch eingelassenen Ladesteine vertraut. Sein Schwerthieb zielte auf Aydrians Schulter, wo eine Welle magnetischer Energie es ablenkte, sodass Midalis' Schlag ins Leere ging.

Aydrians waagrechter Konter streifte den Unterarm des Prinzen, der es allein seiner hervorragenden Ausbildung zu verdanken hatte, dass er seinen Schwertarm noch rechtzeitig zurückzog, um eine schwere Verletzung zu verhindern.

Aydrian konnte ohnehin nicht weiter nachsetzen, denn Brynn blieb in der Offensive. Der junge König tat, als wollte er sein Schwert zurückziehen, um sich ihr zu widmen, stattdessen senkte er dessen Spitze und jagte einen Lichtblitz in den Fußboden, der sie alle einen Moment lang betäubte und es ihm erlaubte, kurz Atem zu holen.

Erst jetzt spürte Aydrian, wie sehr er sich bei seiner Attacke auf den Drachen verausgabt hatte. Er hatte, über jedes vernünftige Maß hinaus, jede Faser seines Seins in diesen einen Blitz gelegt. Der Hass, den er für diese Bestie empfand, entsprang einem Bereich in seinem Innern, der bis auf den Urgrund seines Wesens reichte.

Trotzdem war er nicht übermäßig besorgt, denn seine magischen Kräfte würden schon bald zurückkehren – zumal er fest überzeugt war, die beiden auch ohne seine Edelsteine besiegen zu können.

Er parierte Brynns nächsten Vorstoß mit einer gekonnten, kreiselnden Bewegung seines Schwertes und wollte gerade zum Gegenschlag ansetzen, als er den hartnäckigen Midalis erneut von der Seite her angreifen spürte.

Eine schnelle Drehung und ein rascher Gegenstoß ließen den Prinzen nach hinten taumeln.

Aydrian konnte sich ein Grinsen nicht verkneifen. Schon fühlte er seine Kräfte wieder anwachsen, spürte das Ziehen des Grafits und des Rubins im Heft seines Schwertes.

Die Zeit arbeitete eindeutig für ihn.

Überall ringsumher schrien und starben Soldaten, doch das Wesen bekam von alldem nichts mit. Nur ein einziges Ziel vor Augen, stapfte es weiter, blind gegen die ringsumher tobende Schlacht, blind gegen den Sturmangriff der Alpinadoraner, die sich ihren Feinden tollkühn entgegenwarfen. Und auch die Attacke der Allhearts, die Prinz Midalis' Streitmacht in zwei separate Gruppen teilte, drang nicht bis in sein Bewusstsein vor.

Der Zombie gehorchte ausschließlich dem Ruf seines Herrn und bewegte sich auf das Tor zu.

Nichts anderes zählte.

Weder der heftige Wortwechsel unten noch die ersten Geräusche des beginnenden Kampfes vermochten Ponys Aufmerksamkeit von dem Mann abzulenken, der jetzt unmittelbar vor ihr stand, von dem Mann, der ihren geliebten Elbryan getötet hatte, dem Mann, der schon immer ihr meistgehasster Feind gewesen war. Sie sah, wie De'Unneros Arm sich in eine Tigertatze verwandelte, während er sich ihr, offenbar ebenso in seinem Hass gefangen wie sie, mit ruhigen Schritten näherte.

Sie hob die linke Hand. »Fahrt zu den Dämonen«, sagte sie.

De'Unnero sprang weder zur Seite, noch drehte er sich weg oder machte sonst irgendwelche Anstalten zu reagieren.

Pony traf ihn mit einem explodierenden Blitz magischer Energie, der ein Loch in sein Gewand brannte und ihn mehrere Schritte nach hinten taumeln ließ. Doch er kam sofort wieder auf sie zu, unbeirrbar, scheinbar völlig abgestumpft von seinem Hass.

Eine weitere Entladung traf ihn, weniger stark diesmal, dann standen sie sich plötzlich gegenüber, Kralle gegen Schwert, ihr *Bi'nelle dasada* gegen sein jahrelanges Training in den Kampfkünsten der abellikanischen Mönche. Er war flinker als sie und obendrein kräftiger, trotzdem gelang es ihr, ihn mit ihrer längeren Waffe in Schach zu halten.

Dann glaubte sie eine Lücke in seiner Deckung zu erkennen und stieß vor, doch plötzlich war De'Unnero nicht mehr da. Einfach verschwunden, davongeschnellt durch eine kurze Muskelkontraktion seiner kräftigen Katzenbeine.

Pony fuhr blitzschnell herum und schlug zu, und als ihr Schwert erneut ins Leere traf, setzte sie eine lähmende Woge von Lichtmagie frei, die sich von ihrem Körper gleichmäßig nach allen Richtungen ausbreitete. Plötzlich vernahm sie hinter sich ein Keuchen. Sie fuhr herum, parierte De'Unneros Attacke mit einem Schwerthieb und traf ihn im selben Augenblick am Unterarm, als seine Kralle sich schmerzhaft in ihr Handgelenk bohrte.

Der Mönch wich zurück, nur um einen Moment später erneut blitzschnell anzugreifen.

Pony wehrte sich mit einer Serie schneller Hiebe, wurde aber dennoch zurückgedrängt, weil sich De'Unnero sofort wieder auf sie stürzte.

Doch offenbar ging es ihm weniger darum, einen Treffer zu erzielen, als sie vielmehr gefährlich nahe zur breiten Treppe zurückzudrängen. Ihr einziger Vorteil war ihre größere Beweglichkeit, und genau die versuchte er ihr damit zu nehmen.

Wieder schleuderte Pony ihm einen Lichtblitz entgegen, und diesmal schien sie ihn überrumpelt zu haben, denn er wankte leicht.

Doch so gerne sie es getan hätte, Pony vermochte diese günstige Gelgenheit nicht zu nutzen, denn plötzlich sah sie aus dem Augenwinkel eine weitere Gestalt die Stufen hinaufhasten, in der Hand ein Schwert, das ihr nur zu bekannt vorkam.

»Das Glück ist auf meiner Seite«, murmelte sie leise und wirbelte herum, um Sadyes unbeholfene Attacke abzuwehren. Ihre Klingen verhakten sich ineinander, und Pony schob sich daran vorbei bis vor die Bardin und schlug ihr den Handrücken ins Gesicht. Dann packte sie ihren gestreckten Schwertarm und zog sie mit einer wuchtigen Drehung wie einen Schild vor ihren Körper – ein Schachzug, der De'Unnero auf der Stelle innehalten ließ. Pony hatte Mühe, seinen Gesichtsausdruck zu deuten. War das Trauer? Oder Verwirrung? Mit Sicherheit hatte sie nichts dergleichen jemals zuvor in den Zügen des brutalen und gewissenlosen Mönchs beobachtet.

Pony ließ sich ihre Überraschung nicht anmerken. Ein kräftiger Ruck, und sie hatte Sadyes eingeklemmten Schwertarm so verdreht, dass sie Beschützer, das Schwert, das eigentlich ihr gehörte, Sadyes erlahmendem Griff mühelos entwinden konnte. Kaum hatte sie es in der Hand, stemmte sie der Bardin einen Fuß ins Kreuz und stieß sie mit einem wuchtigen

Tritt nach vorn, sodass sie in Richtung De'Unnero taumelte. Sadye entfuhr ein Schrei, als er sie auffing, und sie streckte schon die Arme vor, so als wollte sie ihn umarmen. Doch der Mönch machte eine halbe Körperdrehung und schleuderte sie grob hinter sich zu Boden.

De'Unnero griff augenblicklich wieder an, doch jetzt hielt Pony eine weitaus edlere Klinge in der Hand. Ihre Gegenstöße kamen schneller, und als sie den Mönch einige Schritte zurückdrängen konnte, erzielte sie sogar einen leichten Treffer.

»Bei Gott, was haben uns da für Teufel heimgesucht!«, rief einer der Mönche von St. Mere-Abelle, als er in einer von Meister Viscenti angeführten Gruppe von Ordensbrüdern quer durch den Innenhof hastete.

Die Gruppe blieb kurz stehen und sah zum Fundament des Wehrturms hinüber, wo Bradwarden und Andacanavar sich soeben ein erbarmungsloses Gefecht gegen eine Horde von Angreifern lieferten.

»Das sind keine Feinde!«, jubelte Meister Viscenti begeistert. »Versucht euch zu ihnen durchzuschlagen, Freunde! Die Hoffnung ist in unsere Mauern zurückgekehrt!« Als seine Augen von den beiden Kämpfern nach oben wanderten, erblickte er im Fenster des Obergeschosses eine weitere vertraute Gestalt, die einen Pfeil nach dem anderen auf jeden abschoss, der sich Bradwarden und dem hünenhaften Alpinadoraner zu nähern wagte.

Auf ihrem Weg zu den beiden Kriegern erblickte Viscenti noch einen weiteren alten Bekannten, einen prächtigen Hengst, der reiterlos über das Gelände trabte. Bei seiner letzten Begegnung mit Symphony hatte Aydrian das Pferd geritten. War Aydrian womöglich bereits gefallen?

»Gut gezielt, kleiner Mann!«, johlte Bradwarden, als die Mönche am Fuß des Turmes anlangten, um die beiden unermüdlichen Kämpfer, die ohnehin schon einen Gegner nach dem anderen niederstreckten, mit Armbrüsten und Steinmagie zu unterstützen. »Wir werden sie alle miteinander zum Teufel jagen!«

Viscenti wollte schon etwas erwidern, doch seine Worte gingen im Gebrüll einer gewaltigen Stimme unter, deren Lautstärke alles bislang Gehörte übertraf.

»LEGT DIE WAFFEN NIEDER!«, dröhnte Pherol, als Pagonel ihn über den Innenhof gleiten ließ. »WARUM FÜR AYDRIAN ODER MIDALIS STERBEN, WENN SIE ALLEIN BESTIMMEN WERDEN, WER KÖNIG WIRD? SIE LIEFERN SICH EINEN KAMPF AUF LEBEN UND TOD, DEN NUR EINER ÜBERLEBEN WIRD. LEGT DIE WAFFEN NIEDER, MÄNNER. SOLLEN DIE BEIDEN UNTER SICH AUSMACHEN, WER KÖNIG IST!«

Der Drache jagte über ihre Köpfe hinweg und wiederholte seinen Aufruf ein ums andere Mal, bis er sich schließlich in Richtung Norden entfernte, wo die Schlacht tobte.

Das Kampfgeschehen dort flaute tatsächlich etwas ab, aber ob dies tatsächlich auf Pherols eindringliche Aufforderung zurückzuführen war oder schlicht daran lag, dass viele sich beim Anblick der gewaltigen Bestie Deckung suchend zur Seite geworfen hatten, vermochte niemand zu sagen.

Aydrian fand seinen Rhythmus wieder und hatte keine Mühe, den Kampf fortzusetzen, zumal seine magischen Kräfte zu neuem Leben erwachten. Gekonnt parierte er Brynns nächsten Stoß, riss sein Schwert blitzschnell herum, um Midalis' Hieb abzublocken, und brachte sogar noch einen Stoß in die Gegenrichtung an, der einen abellikanischen Meister traf, der sich davonzustehlen versuchte. Der Mönch sank stöhnend zu Boden, und Aydrian fuhr abermals herum, um sich die hartnäckig nachsetzende Brynn mit zwei gekonnten Paraden vom Leib zu halten.

Aydrian überlegte, welchen Gegner er mit seinem Lichtblitz niederstrecken sollte. Am besten Midalis, denn noch hatte er die Hoffnung nicht ganz aufgegeben, Brynn auf seine Seite ziehen zu können. Er begann, sich in den Grafit in Sturmwinds Knauf zu versenken.

Doch dann hielt er inne, als er einen Ruf aus dem Jenseits wahrnahm, den er nicht ignorieren konnte. Seine anfängliche Überraschung wich schnell einem fast übermütigen Gefühl der Überlegenheit, als er erkannte, woher der Ruf kam. Er wandte sich zur Tür um und sah die neueste Schöpfung seiner Magie den Raum betreten.

»Ihr habt Euch von Hütern herbegleiten lassen, Prinz Midalis«, sagte er. »Meinen Glückwunsch zu Eurem klugen Entschluss, nicht nur meine Mutter, sondern auch Brynn Dharielle für Euch zu gewinnen.«

»Und Andacanavar!«, entgegnete Midalis. »Ich nehme an, der Name sagt Euch etwas!«

»Demnach hätten sich ja alle Hüter, die es gibt, hier eingefunden!«, rief Aydrian. »Welch ein erhebender Anblick! Drei auf Eurer Seite, denn meiner Mutter möchte ich den Titel schließlich auch zusprechen, und deren zwei auf meiner!«

»Zwei?«, rief Brynn erstaunt, brach mitten im Angriff ab und trat schnell ein paar Schritte zurück.

Aydrian wandte sich zur Seite, lief um den mit Blut und Hirnmasse bespritzten Thron herum und veränderte so den Blickwinkel der Kämpfenden. Alle drei standen jetzt seitlich zur Tür und konnten den Auftritt des zum Zombie gewordenen Elbryan verfolgen.

»Was hast du getan?«, keuchte Brynn entsetzt.

Aydrian hielt einen Seelenstein in die Höhe, versenkte sich in ihn und rief die Kräfte des Jenseits herbei. Sofort legte sich ein dunkler Schatten über den Raum, ein bläulich schwarzer Schimmer, der von seiner Hand ausging. Die Kräfte der Unterwelt sprangen von Aydrian auf den Zombie über. Plötzlich straffte sich die Kreatur und bewegte sich weniger steif, ja sogar ihre Wunden schienen plötzlich zu verheilen, so als hätte die Rückverwandlung in ihren einstigen Zustand eingesetzt.

Wenige Augenblicke später hatte die Kreatur kaum noch

Ähnlichkeit mit einem verfaulenden Zombie, sondern glich, bis auf das noch immer graue, finstere Gesicht, immer mehr Elbryan.

»Darf ich vorstellen: Elbryan, der Nachtvogel«, verkündete Aydrian. »Sei gegrüßt, Vater«, wandte er sich an den Geist, ehe er seinem neuen Verbündeten Sturmwind zuwarf und ihm mit einer Geste auf Brynn befahl: »Vernichte sie.«

Brynn und Midalis kamen nicht mehr dazu, eine Erklärung zu verlangen. Elbryans Geist stürzte in perfekter Körperhaltung quer durch den Raum und attackierte Brynn mit solchem Ungestüm und so gekonnten Schlägen, dass sie völlig in die Defensive gedrängt wurde und gezwungen war zurückzuweichen.

Aydrian wandte sich Midalis zu. »Dann also König gegen König«, rief er, zog Falkenschwinge aus der Halterung auf seinem Rücken und hielt den unbespannten Bogen wie eine Lanze vor seinen Körper. »Das Bärenreich gehört mir, Narr. Die Zeit des Hauses Ursal ist endgültig vorbei.«

Einen wütenden Schrei auf den Lippen, stürzte sich Prinz Midalis mit dem Mut der Verzweiflung auf ihn.

Mittlerweile hatten die bläulich schwarzen Schatten auch die Galerie erfasst und tauchten Pony und De'Unnero in ihren unwirklichen Schimmer.

Dann vernahmen sie von unten Aydrians Erklärung. Die beiden Kämpfer arbeiteten sich sofort bis ans Geländer vor und unterbrachen ihr Gefecht für einen Moment, um einen Blick auf Elbryans Geist zu erhaschen.

»Aydrian«, murmelte De'Unnero mit kaum hörbarer Stimme. Die Verwegenheit des jungen Königs verschlug ihm fast die Sprache.

Doch als er sich wieder umdrehte und Pony betrachtete, begriff er. Die ganze Zeit über hatte Aydrian darauf beharrt, Pony sei keine echte Gefahr für ihn und dass er schon wisse, wie er Jilseponie ihrer Macht berauben könne. Als er jetzt ihr blutleeres Gesicht betrachtete, ihren weit offen stehenden Mund, so als müsste sie sich sogar zum Atmen zwingen, wurde dem Mönch alles klar.

De'Unnero lachte ihr ins Gesicht. »Er hat sogar Macht über den Tod«, sagte er und begann langsam auf die wie gelähmt wirkende Pony zuzugehen. Plötzlich kam sie ihm alt und schwächlich, ja fast schon Mitleid erregend vor. »Vielleicht wird Euer großartiger Sohn eines Tages auch Euren verfaulenden Körper aus der kalten Erde holen, damit Ihr tut, was immer er von Euch verlangt.«

De'Unnero ging langsam auf sie zu, doch Pony ließ sich ohne jede Gegenwehr, die Spitze ihres Schwerts zu Boden gesenkt, bis zur Wand zurückdrängen.

Es war fast enttäuschend einfach für De'Unnero.

Auf die vor den Toren von St. Mere-Abelle tobende Schlacht hatte Pherols Aufforderung, die Kämpfe vorübergehend einzustellen, eine deutlich geringere Wirkung. Zahlenmäßig unterlegen, aber voller Kampfeslust, erfüllten die Alpinadoraner die Herzen der Krieger von Midalis stets auf Neue mit Mut und Begeisterung – und Herzog Kalas und seine Allhearts waren ohnehin nicht gewillt, sich einschüchtern zu lassen.

Auch die erfahrenen Bogenschützen der Kingsmen dachten nicht daran, zu fliehen oder in Deckung zu gehen. Stattdessen richteten sie ihre Langbögen in den Himmel und feuerten eine Salve nach der anderen auf den Drachen und seinen Reiter ab.

Pagonel, bereits von einem Pfeil in der Schulter und einem zweiten im Oberschenkel getroffen, erkannte, dass er seine Taktik ändern musste. Blitzschnell lenkte er Pherol hinunter ins Kampfgeschehen, wo sich Herzog Kalas und seine Allhearts ein erbittertes Gefecht mit Bruinhelde und den Alpinadoranern lieferten. Mit ohrenbetäubendem Gebrüll stürzte Pherol sich hinab, jagte einmal quer über das gesamte Schlachtfeld und trennte die Kämpfenden voneinander.

Pagonel ließ sich von der Schulter des Drachen gleiten, rollte sich bei der Landung ab und stürzte sich sofort mit einem mächtigen Satz auf Herzog Kalas. Der Allheart konnte sein Schwert nicht mehr rechtzeitig hochreißen, um das auf ihn zufliegende menschliche Geschoss noch abzublocken. Stattdessen packte er Pagonel, als dieser gegen ihn prallte, sodass der Schwung sie gemeinsam vom Rücken des Pferdes riss und sie hart auf dem Boden landeten.

»Drache!«, rief der Mystiker, worauf Pherol sofort erneut seine Aufforderung hinausbrüllte, alle Kampfhandlungen einzustellen.

Pagonel hatte Kalas fest im Griff, das wusste sogar Kalas selbst, trotzdem sprang der Mystiker wieder auf die Beine und zog den Adligen mit sich hoch. »Es ist unsinnig, das Gemetzel jetzt noch fortzusetzen«, erklärte er. »Einer wird am Ende übrig bleiben und das Land regieren!«

»Diese Männer sind ungebeten in unser Land eingefallen!«, protestierte der Herzog und wies dabei auf Bruinhelde und seine Gefährten. Doch kaum waren die Worte über seine Lippen gedrungen, da war bereits offenkundig, dass er sie nicht einmal selbst glaubte.

Pagonel wandte sich erst an Bruinhelde und dann auch an Liam O'Blythe, den Anführer der Krieger aus Vanguard, und rief: »Legt die Waffen nieder, ich flehe Euch an! Lasst nicht zu, dass noch mehr Blut vergossen wird!«

Doch natürlich ging das Gemetzel jenseits ihrer unmittelbaren Umgebung weiter, und selbst rings um den Drachen und den Mystiker währte die Waffenruhe, so es denn eine war, bestenfalls wenige Augenblicke. Immerhin, das Kampfgeschehen sowohl innerhalb der Klostermauern als auch draußen war etwas abgeflaut – was Pagonel mit einem Anflug von Zufriedenheit und Dankbarkeit erfüllte, denn offenbar waren seine Bemühungen nicht vollkommen wirkungslos geblieben.

Während ihrer Zeit bei den Touel'alfar hatte sie natürlich unzählige Geschichten über den großen Nachtvogel gehört, trotzdem konnte Brynn kaum glauben, mit welcher Gewandtheit dieses Wesen seine Klinge zu führen wusste. Jeder ihrer Angriffsversuche wurde ebenso mühelos wie wirkungsvoll abgewehrt. Entweder wich das Wesen elegant nach hinten aus und machte sich für sie gerade eben unerreichbar, oder es drehte Sturmwind kaum merklich zur Seite, sodass Flammentänzer wirkungslos daran abglitt. Ganz ähnlich verhielt es sich mit seinen Attacken. Sie kamen blitzschnell und präzise und nötigten Brynn ihr ganzes Können ab. Schlagartig wurde ihr klar, dass sie, selbst wenn sie all ihr Geschick aufbot, diesem legendären Hüter nicht gewachsen war. Dafür war er einfach zu schnell und zu erfahren – und mit der Klinge genauso gut wie Aydrian, wenn nicht besser.

Trotzdem kämpfte sie nach bestem Vermögen weiter und versuchte den Gedanken zu verdrängen, dass sie dem Wesen aus der anderen Welt vermutlich gar nichts anhaben konnte – selbst wenn es ihr gelänge, die scheinbar unüberwindbare Abwehr zu durchbrechen.

Auf der anderen Seite des einstufigen Podiums, auf dem der Thron stand, erging es dem im Kampf gegen Aydrian hoffnungslos unterlegenen Prinz Midalis nicht besser. Aydrian hatte mittlerweile seinen Kampfstil gewechselt, um sich der Tatsache anzupassen, dass er einen Stock und kein Schwert in Händen hielt: Die Beine weit auseinander, um einen sicheren Stand zu haben, die Hände fest am harten, silverelverstärkten Holz von Falkenschwinge, gewannen Aydrians Aktionen immer mehr an Schwung. Bei seinen ausgreifenden Vorstößen und plötzlichen Richtungswechseln wirbelte der Stock mit ungeheurer Geschwindigkeit durch die Luft.

Angesichts dieser Schwindel erregenden Demonstration kam Prinz Midalis gar nicht mehr dazu, selbst anzugreifen. Dann aber glaubte er, eine Lücke entdeckt zu haben, und warf sich mit einem Aufschrei nach vorn. Doch Aydrian lachte bloß, wich mit geradezu aufreizender Lässigkeit zur Seite aus und peitschte Midalis das Bogenholz, als dieser unbeholfen ins Leere stolperte, wuchtig über den Rücken.

Sowohl Brynn als auch Midalis schienen keine Chance zu haben.

Doch dann warfen sich ein brüllender Andacanavar und ein stürmisch heranpreschender Bradwarden ins Gefecht, und die Situation änderte sich schlagartig.

Der Augenblick höchster Genugtuung rückte näher, der Augenblick, da er sich dieser Hexe Jilseponie endlich entledigen würde.

Den ersten Stich in seinem Nacken spürte De'Unnero kaum, doch als er sich instinktiv mit seiner Menschenhand an die betreffende Stelle fassen wollte, traf ihn mit voller Wucht ein zweiter Pfeil. Rasend vor Wut wirbelte der Mönch herum und sah eine winzige Gestalt auf dem Fenstersims hocken, die soeben im Begriff war, einen weiteren dieser überaus schmerzhaften Pfeile in seine Richtung abzuschießen.

De'Unnero schnellte auf Tigerbeinen nach vorn, sodass Juraviel der wütenden Bestie nur noch seinen Bogen entgegenschleudern konnte. Der Elf wusste, dass er weder schnell genug wieder hinausschlüpfen noch De'Unnero zur Seite hin entkommen konnte. Also entschied er sich für die einzige noch verbliebene Möglichkeit und sprang, im selben Moment, als De'Unneros Tigerpranke wütend nach dem Fenstersims schlug, genau nach vorn, hinunter auf den Boden.

Auf allen vieren krabbelnd, huschte er zwischen den Beinen des Mönchs hindurch und versuchte zu der vor Entsetzen erstarrten Jilseponie zu gelangen.

»Pony!«, rief er. »Das ist nicht der richtige Augenblick, Schwäche zu zeigen! Für Zweifel ist jetzt keine Zeit! Pony!«

Sein letzter Ruf war nur noch ein halb ersticktes Keuchen. Die Tigertatze traf ihn mit einer wischenden Bewegung hart am Kopf und schleuderte ihn quer über den Boden, bis er hart gegen den Sockel der Galerie prallte und dort reglos liegen blieb.

Auch wenn seine Worte nicht zu Pony durchgedrungen waren, der Anblick ihres brutal zu Boden geschlagenen Freundes sprach eine deutliche Sprache. Soeben wollte De'Unnero sich auf sie stürzen, da traf ihn ein Lichtblitz ihres Grafits, der ihn von den Füßen hob und nach hinten schleuderte.

Kaum hatte er sich wieder aufgerichtet, traf sie ihn von neuem und gleich darauf, begleitet von einem wütenden Knurren, noch einmal. Blitzschnell hob sie ihr Schwert, legte alle Angst und Unsicherheit ab und leitete ihren Angriff mit einem weiteren, wenn auch weniger heftigen Lichtblitz ein.

Plötzlich war sie De'Unnero ganz nah. Unablässig stach und schlug sie auf ihn ein, drängte ihn zurück, ahnte jede seiner Bewegungen voraus.

Die verblüffende Wende ließ De'Unnero stutzen. Das war nicht Jilseponie, die alternde Witwe des verstorbenen Königs Danube, deren Kräfte längst nachgelassen hatten, das war nicht die gebrochene Frau, die sich damals heimlich aus Ursal davongestohlen hatte.

Nein, das war Pony, die Gemahlin Elbryans, eben jene Pony, die ihn, De'Unnero, schon damals, vor vielen Jahren, auf dem Platz in Palmaris besiegt hatte, dieselbe willensstarke Pony, die im Schwerttanz der Elfen und dem Gebrauch der Edelsteine ausgebildet war und es darin zur Meisterschaft gebracht hatte.

Elbryans Erscheinen hatte diese Veränderung bei ihr bewirkt und sie in ein Geschöpf verwandelt, das nur aus blanker Wut zu bestehen schien.

Mit einem Mal wurde De'Unnero klar, wie sehr Aydrian sich verrechnet hatte.

Selbst nachdem Andacanavar Midalis zu Hilfe geeilt war und die beiden ihre Attacken brillant und in perfektem Einklang aufeinander abstimmten, stellte Aydrian fest, dass er sich mühelos gegen sie behaupten konnte. Irgendetwas in seinem Innern war an die Oberfläche gedrungen, irgendein tief verwurzelter, instinktiver Reflex, der es ihm erlaubte, Falkenschwinge mit ungeahntem Geschick und in atemberaubendem Tempo zu führen. Ihm gelangen unglaubliche Drehungen und Ausweichmanöver, er konnte unter einem gewaltigen Hieb von Andacanavars Riesenschwert wegtauchen und schaffte es, vor Midalis' unvermittelten Vorstößen leichtfüßig zurückzuweichen.

Und während der ganzen Zeit konterte er immer wieder aufs Neue mit Falkenschwinge. Entweder ließ er beide Hände an ein Ende gleiten, um den Bogen wie einen Knüppel zu benutzen, oder er schob eine Hand nach vorn, um ihn wie eine Lanze nach vorn zu stoßen.

Bei einem diesen Vorstöße hielt Aydrian unvermittelt inne. Er zog seine Hand zurück, drehte sich um die eigene Achse und holte zu einem weiten Schlag aus, der Midalis völlig überrumpelte. Der Prinz schrie überrascht auf und versuchte noch zurückzuweichen, trotzdem traf ihn Falkenschwinge an der Schulter. Midalis ging zu Boden, und das Schwert entglitt seinen Händen.

Aydrian verzichtete darauf nachzusetzen, sondern fuhr stattdessen blitzschnell zu Andacanavar herum.

»Deine Zeit ist abgelaufen, alter Mann«, sagte er und griff mit größtmöglicher Härte an.

Der Barbar täuschte einen waagrechten Hieb an, hielt dann inne, wechselte geschickt die Richtung und stieß genau nach vorn.

Doch Aydrian stand längst nicht mehr an seinem Platz. Mit einer Körperdrehung hatte er sich seitlich neben die Klinge geschoben – wuchtig schlug er mit Falkenschwinge zu und zerschmetterte Andacanavar beide Ellbogen. Anschließend zog er sich sofort zurück, ließ die Hände nach unten gleiten und rammte seinem Gegner Falkenschwinge mit voller Wucht in die Seite.

Fast hätte ihn im selben Moment der Rückhandschlag des Hüters getroffen, doch Aydrian ließ sich in die Hocke fallen und tauchte unter der sirrenden Klinge weg. Sein Bogen traf Andacanavar an der Innenseite seines Knies, drückte sein Bein zur Seite und brachte ihn aus dem Gleichgewicht.

Aydrian wechselte abermals den Griff und stieß den Stock nach vorn. Er erwischte den Hüter in der Leistengegend und hievte ihn auf die Zehenspitzen. Andacanavar stimmte ein tierisches Gebrüll an und schlug sein Schwert mit voller Wucht nach unten, doch Aydrian tauchte bereits zwischen den Beinen des Hüters hindurch.

Kaum war der junge König wieder auf den Beinen, griff er Andacanavar von hinten an, als dieser sich, das riesige Schwert in beiden Händen, um die eigene Achse drehte.

Jetzt war Aydrian seinem Gegner einen vollen Schritt voraus und hatte reichlich Zeit, mit voller Wucht zuzuschlagen. Das Knacken der Schädeldecke war nicht zu überhören, als das eisenharte Holz auf Andacanavars Kopf niederging.

Während ihm das Blut bereits aus den Ohren spritzte, brach der Barbar, noch immer in der Drehung, am Boden zusammen.

Er hielt ihn zwar bereits für tot, trotzdem setzte Aydrian sofort nach. Doch dann sah er plötzlich aus dem Augenwinkel Midalis auftauchen und hielt jählings inne. Der Prinz, noch immer unsicher auf den Beinen und kaum fähig, sein Schwert zu halten, torkelte an ihm vorbei ins Leere und wurde abermals schwer getroffen.

Als Midalis zu Boden stürzte, war Aydrian sofort zur Stelle und stemmte ihm den Fuß auf die Brust.

Benommen hob Prinz Midalis den Blick und sah über sich Aydrian, Falkenschwinge hoch über den Kopf erhoben.

Das ist also das Ende, schoss es Midalis durch den Kopf.

Drüben auf der anderen Seite nahm Elbryans kunstvolles Schwertgefecht mit Brynn einen völlig neuen Verlauf, als

Bradwarden sich in den Kampf einmischte und der muskelbepackte Zentaur voller Ungestüm mit seinem schweren Prügel um sich drosch.

»Der Bursche ist so gut wie erledigt, Mädchen«, versprach er. Sein Knüppel verfehlte das zurückweichende Wesen, das sofort die Fußstellung wechselte und in die Lücke vorstieß.

Aber Brynn war zur Stelle. Sie blockte Elbryans Schwert ab und zwang ihn, sich zurückzuziehen. Fast hätte ihn Bradwardens nächster Schlag getroffen.

»Was sind wir doch für ein tolles Gespann!«, dröhnte der Zentaur, obwohl Brynn von dem, was er sagte, natürlich kein Wort verstand.

Dann stieß Bradwarden einen Schrei aus und warf sich mit dem ihm eigenen Mangel an Eleganz nach vorn, doch Elbryan, selbst in der Vorwärtsbewegung, drehte sich geschickt zur Seite.

Bradwarden versuchte noch, dem flinken Hüter mit einer Körperdrehung zu folgen, da rutschte er mit seinen Hufen auf dem blutverschmierten Boden aus. Als schließlich auch sein Versuch, das Gleichgewicht zu wahren, scheiterte, glitt er mit seinen Hinterläufen weg und ging zu Boden.

»Ich hab mir das Bein gebrochen!«, brüllte er, kaum dass das Knacken des brechenden Knochens im Raum verklungen war. Dann stürmte ein weiterer Vierbeiner heran, streifte versehentlich den Zentaur und stieß ihn ein gutes Stück zur Seite, ehe er zwischen Elbryan und Brynn hindurchpreschte und auch sie aus dem Gleichgewicht brachte. Doch der Drache von To-gai kam kaum zum Atemholen, denn Nachtvogels Geist war sofort wieder bei ihr und bedrängte sie noch ungestümer als zuvor.

Fest entschlossen, dem Tod mutig ins Auge zu sehen, blickte Prinz Midalis den jungen Aydrian grimmig an. »Ihr werdet niemals König sein«, stieß er hervor.

Aydrian ließ Falkenschwinge niedersausen.

Oder setzte zumindest dazu an – bis Symphony unvermittelt gegen ihn rannte und ihn zu Boden warf.

Prinz Midalis kam rasch wieder zu sich und griff nach seinem Schwert. Aydrian war sofort wieder auf den Beinen und streckte dem Hengst seinen Hämatit entgegen, als dieser kehrtmachen wollte, um erneut anzugreifen. Er versuchte ihm seinen Willen aufzuzwingen, indem er ihn über den magischen Türkis in Symphonys Brust auf ihn übertrug.

Doch Aydrian musste feststellen, dass er Symphony nicht mehr so leicht bezwingen konnte wie früher. Immerhin gelang es ihm, sich den bockenden Hengst vom Leib zu halten, der jetzt wild um sich trat und protestierend den Kopf von einer Seite auf die andere warf.

Mittlerweile hatte sich auch Midalis wieder aufgerappelt und griff trotzig erneut an, doch Aydrian erwartete ihn bereits. Er blockierte ein paar lahme Angriffsversuche, dann rammte er dem Prinzen seinen Stock so heftig in den Magen, dass Midalis die Luft wegblieb und er, beide Hände auf den Leib gepresst, nach hinten torkelte.

»Alles wäre so viel einfacher und sauberer gewesen, hätte sich das Pferd herausgehalten«, sagte Aydrian angewidert.

In ihrer unbändigen Wut kam es Pony so vor, als wäre die Kraft ihrer Jugend zurückgekehrt. Sie ließ ihrem Zorn freien Lauf und bedrängte De'Unnero mit ihrem Schwert von allen Seiten. Versuchte der Mönch zu kontern, war sie prompt mit ihrem Schwert zur Stelle und zwang ihn mit einem harten Vorstoß zurück. Ab und an traf sie ihn mit einem Lichtblitz, was den mittlerweile arg mitgenommenen De'Unnero zusätzlich schwächte.

Die Zeit arbeitete gegen ihn, das wusste er. Also nahm er noch einmal alle Kraft zusammen und warf sich mit dem Mut der Verzweiflung auf sie.

Doch auch Pony wusste das. Daher traf es sie nicht unvorbereitet, als De'Unnero mit einem mächtigen Satz über ihr vorgestrecktes Schwert hinwegsprang und sich auf ihren Kopf zu stürzen versuchte.

Sie schleuderte ihm einen Lichtblitz entgegen, dessen Wucht ihn in der Abwärtsbewegung traf und einen winzigen Moment innehalten ließ – gerade lange genug, um ihr Schwert hochzureißen.

Beschützer drang unter die Rippen des fallenden Mönches und bohrte sich in einen Lungenflügel.

Eine kurze Körperdrehung, um sich vor dem fallenden De'Unnero in Sicherheit zu bringen, dann riss sie das Schwert mit einem Ruck heraus, und er sank schwer verletzt zu Boden. Immer wieder stieß sie zu, brachte ihm klaffende Wunden an Armen, Menschenhand und Tigertatze bei, als er sich zu schützen versuchte, und stieß ihm das Schwert ins Bein, als er versuchte fortzukriechen.

Er stemmte sich noch einmal hoch, aber Pony ließ sich nicht überrumpeln. Ein wuchtiger Hieb durchtrennte Haut und Knochen und zerschmetterte ihm das Schlüsselbein. Dann wich die Kraft aus seinem Arm, De'Unnero verlor das Gleichgewicht und landete flach auf dem Rücken.

Er rang nach Luft und starrte hoch zu der triumphierenden Pony.

»Vermutlich glaubt Ihr, diese Wunden werden wieder verheilen«, sagte sie und schlug seinen kraftlosen Arm zur Seite weg, warf sich über ihn und bohrte ihre Hand in seine tiefste Wunde.

De'Unnero rang keuchend nach Atem. Sie ließ ihre Energie in den Edelstein hineinströmen, den sie im Körper des Mönchs umklammert hielt.

Ein Sonnenstein.

Pony spürte den Widerstand der Heilmagie, der De'Unnero so viele Jahre lang Gesundheit und Jugend beschert hatte, jene Magie, die es ihm ermöglicht hatte, sich von den tödlichen Verletzungen, die sie ihm bei ihrem Kampf in Palmaris vor all den Jahren beigebracht hatte, wieder zu erholen.

De'Unneros unversehrter Arm, sein Menschenarm, schnellte hoch und packte ihr Handgelenk.

»Diesmal ist es endgültig aus mit Euch, Marcalo De'Unnero«, versprach sie. Mit einem wütenden Knurren bohrte sie ihre Hand tiefer in seine Wunde, und allmählich drang die Antimagie des Sonnensteins durch den Schild der Heilmagie des Mönches.

Als hätte er sich mit der Unabänderlichkeit ihrer Worte abgefunden, ließ er sie schließlich los und sank nach hinten.

Dann, fast so, als sei er irgendwie froh, dass es endlich zu Ende war, sah er noch einmal zu ihr hoch. Er schaute ihr in die Augen, nickte matt und sackte kraftlos zurück.

Pony atmete tief durch, drehte sich um und sah Juraviel reglos an der Mauer liegen, sah Braumin weinend und zusammengekrümmt am Boden kauern, sah ihn mit beiden Händen nach seinen vielen Wunden tasten.

Dann drang der Kampflärm von unten zu ihr herauf, und plötzlich wurde ihr klar, dass sie in ihrer Entschlossenheit nicht nachlassen durfte. Sie lief an der schluchzenden Sadye vorbei zur Treppe und blickte auf das grausige Schauspiel hinab, das sich ihr dort bot – auf ihren verlorenen Gemahl Elbryan, den dieses Gräuel in Menschengestalt, ihr Sohn, herbeigerufen hatte.

An einigen Stellen auf dem Feld wurde noch immer gekämpft, mancherorts sogar mit großer Verbissenheit. Im Zentrum der jeweiligen Fronten jedoch, wo Bruinhelde und Liam Herzog Kalas in unmittelbarer Konfrontation gegenüberstanden, waren mittlerweile alle Kämpfe zum Erliegen gekommen. Der Drache hatte zwischen den Streitkräften Stellung bezogen und bedachte die Alpinadoraner mit beinahe ebenso gierigen Blicken wie Herzog Kalas und dessen Allhearts.

»Eine Fortsetzung der Kämpfe wäre unsinnig«, betonte Pagonel. »Während wir hier miteinander reden, kämpfen Prinz

Midalis und Aydrian miteinander. Wie viele Menschen müssen denn noch ihr Leben lassen?«

»Und wie lauten Eure Pläne für den Fall, dass Aydrian siegreich aus dem Kampf hervorgehen sollte?«, rief Herzog Kalas den gegnerischen Führern zu, allen voran dem kolossalen Bruinhelde.

»Meine Krieger sind als Prinz Midalis' Verbündete hergekommen«, erwiderte der stolze Nordmann. »Aber wenn die Schlacht dort drinnen entschieden wird, ist unsere Aufgabe hier beendet.«

»Dann befehlt Euren Männern endlich, die Kämpfe einzustellen«, rief Pagonel den Führern zu. »Ich beschwöre Euch, rettet so vielen tapferen Kriegern wie möglich das Leben – der heutige Tag war grauenhaft genug.«

Herzog Kalas musterte ihn einen Moment lang durchdringend, dann wandte er sich zu seinen Kommandanten um. »Befehlt die Einstellung aller Kampfhandlungen.«

»Mylord!«, protestierte jemand, doch Kalas brachte ihn zum Schweigen, indem er die Hand hob und sich brüsk abwandte.

»Falls Ihr die Absicht habt, mich hinters Licht zu führen, könnt Ihr davon ausgehen, dass kein Anhänger von Prinz Midalis dieses Feld lebend verlassen wird«, drohte er dem Mystiker.

Es fiel Pagonel nicht schwer, seinem bohrenden Blick standzuhalten.

Unmittelbar neben ihm senkte Pherol bedrohlich den Kopf, gab ein leises Knurren von sich und blies Rauch aus seinen Nüstern.

Pony rannte los und hastete die Treppe hinunter, auch wenn sie wusste, dass sie Brynn nicht rechtzeitig würde erreichen können. Nach Bradwardens Ausfall beherrschte Elbryan die Hüterin aus To-gai nach Belieben. Mehrmals schlug Sturmwind klirrend gegen Flammentänzer und drückte es zur Seite weg, und als Brynn es auf ihn zu richten versuchte – in der Annahme, das Wesen werde die Gelegenheit zum Angriff nutzen –, narrte Elbryan sie prompt mit einem Schritt zurück.

Dann flog Flammentänzer auf ihn zu. Elbryan fing das Schwert mit seiner Waffe ab und ließ Sturmwind einmal um die gegnerische Klinge kreisen, ehe er sie mit einem kraftvollen Ruck zur Seite schleuderte und Brynn glatt aus den Händen riss.

Sofort stürzte Brynn sich mit einem Aufschrei nach vorn. Sie wusste nur zu gut, dass sie auf die Innenseite der tödlichen Klinge des Wesens gelangen musste. Ohne zu zögern, verpasste Elbryan ihr einen linken Haken, der ihr das Nasenbein zertrümmerte und sie ein Stück zur Seite taumeln ließ, ehe sie zu Boden ging.

»Elbryan!«, schrie Pony und beschleunigte ihre Schritte.

Das Wesen wandte sich um und musterte sie. Dann erkannte es sie wieder, und ein Licht blitzte in seinen Augen auf. Elbryan kehrte der am Boden liegenden Brynn den Rücken und kam, Sturmwind in der Hand, langsam auf sie zu.

Pony war sich bewusst, dass sie diesem Mann, Nachtvogel, im Kampf mit der Klinge niemals würde Paroli bieten können. Selbst im richtigen Leben, damals vor all den Jahren, war sie ihm nicht ebenbürtig gewesen, und jetzt …

Also attackierte sie ihn auf andere Weise. Sie versenkte sich in ihren Seelenstein und schleuderte seinem Geist ihre magische Energie mit aller Kraft entgegen.

Die Augen fest geschlossen, verfolgte sie, wie seine Schattengestalt immer näher kam – und spürte, dass sie seine Schritte zumindest etwas verlangsamte.

Sie ließ nicht locker. Sie wehrte sich mit all ihrer Energie gegen dieses Phantom, leugnete seine Existenz, verdammte es ins Jenseits zurück. Doch es kam unbeirrbar weiter auf sie zu, bis ihr plötzlich klar wurde, dass Aydrians Magie zu überlegen war, als dass sie hoffen konnte, den Geist, den er gerufen hatte, zurückzuschicken. Das Wesen verfügte unbestreitbar über ungeheure Kräfte – Kräfte, denen sie weder körperlich noch geistig gewachsen war.

Einer Eingebung folgend, wechselte sie in ihrer Verzweiflung die Strategie. Sie beschloss, nicht gegen Elbryan anzukämpfen, sondern ihn von ganzem Herzen anzunehmen. In Gedanken drang sie forschend in diesen Geist aus der Schattenwelt ein, so als suchte sie einen Funken Licht in tiefster Dunkelheit.

Ein Gefühl eisiger Kälte beschlich sie, als er sie überwältigte. Plötzlich spürte sie die harten Stufen in ihrem Rücken, dabei konnte sie sich nicht mal erinnern, gestürzt zu sein.

Pony schlug die Augen auf und sah den Mann über ihr, das Gesicht wutverzerrt, Sturmwinds Spitze ganz nah vor ihrer schutzlosen Kehle.

»Elbryan«, sagte sie leise. »Mein Geliebter.«

Das Schwert fing kaum merklich an zu zittern. Pony spürte, dass das Wesen in seinem Innern mit sich rang.

»Kämpf dagegen an!«, beschwor sie ihn. Sie versenkte sich tiefer in ihren Hämatit und verließ ihren Körper, so als wollte sie ihren Geliebten im Geiste umarmen. *Du musst dich Aydrians Ruf widersetzen!*, redete sie telepathisch auf ihn ein. *Elbryan, mein Geliebter, erinnere dich doch, was du einmal warst, was wir beide waren. Du kennst mich.*

Ganz langsam löste sich Sturmwind von ihrem Hals, und als Pony erneut ihre physischen Augen aufschlug, wäre sie beinahe ohnmächtig geworden. Denn die finstere Miene des Geistes hellte auf, seine Haut verlor die graue Farbe und schien zu neuem Leben zu erwachen. Das Leben kehrte in ihn zurück – ganz unbestreitbar. Pony sah in Elbryans Augen, diese betörenden grünen Augen, die sie verzaubert hatten, seit sie alt genug war, um für den Unterschied zwischen Männern und Frauen empfänglich zu sein.

Plötzlich zog Elbryan sein Schwert vollends zurück und reichte ihr stattdessen seine Hand. Pony griff überglücklich zu.

»Wir müssen unserem Sohn Einhalt gebieten«, erklärte sie, während Elbryan ihr zärtlich über die Wange strich.

Von unten drang ein Ruf herauf. »Was hast du getan?« Sie drehten sich beide um und sahen Aydrian in der Nähe des Throns stehen. Hinter ihm auf dem Fußboden lag, zerschunden und blutbesudelt, Prinz Midalis. Er hatte offensichtlich das Bewusstsein verloren.

»Was hast *du* getan?«, schrie Pony zurück.

Aydrian schloss die Augen und griff durch die in seinen Brustharnisch eingelassenen Ladesteine nach Elbryans Hand, und plötzlich wurde dem noch immer geschwächten und verwirrten Hüter Sturmwind aus der Hand gerissen. Es flog quer durch den Raum, bis Aydrian es geschickt auffing. »Siehst du?«, brüstete er sich. »Es gibt nichts, was über meine Kräfte ginge!« Dann richtete er das Schwert auf sie.

Pony griff verzweifelt nach ihrem Beutel, nach ihrem Sonnenstein, aber dann fiel ihr ein, dass sie ihn oben bei De'Unnero zurückgelassen hatte.

»Jetzt wirst du sterben!«, kündigte Aydrian an und legte seine ganze Kraft in den Grafit.

Wie aus dem Nichts tauchte eine lodernde Klinge vor ihm auf, krachte gegen sein Schwert und schlug es zur Seite weg, ehe ein gewaltiger Lichtblitz den Marmorbelag des Bodens sprengte und kreuz und quer durch den Raum schoss.

»Der zweite Schatten im Spiegel!«, rief Elbryan Pony zu. »Er ist das, was früher Markwart war!« Er ergriff ihre Hand und umschloss mit ihr zusammen den Hämatit; dann traten sie gemeinsam durch das Portal des Edelsteins und stürzten sich, im selben Moment, da Brynn ihn körperlich attackierte, in der Welt des Geistes auf Aydrian.

Aber das Zwitterwesen mit Namen Aydrian war der Herausforderung ohne weiteres gewachsen. Sein Schwert parierte und konterte Brynns Attacken mit derselben Leichtigkeit, mit der die Finsternis in seinem Innern sich der spirituellen Angriffe seiner Eltern zu erwehren wusste. Schließlich griff

Pony ihn auch noch körperlich an. Das Klirren der drei Klingen dröhnte so ohrenbetäubend, dass es zu einem einzigen, lang anhaltenden Glockenschlag zu verschmelzen schien.

Gleichzeitig versuchte Pony in diesem Reich der Dunkelheit an Elbryans Seite zu bleiben, doch die Finsternis, die Aydrian umgab, wies nicht die kleinste Lücke auf, keinen Durchlass, der es ihnen erlaubt hätte, zu ihrem verlorenen Sohn vorzudringen. Es war tatsächlich so, wie Elbryan gesagt hatte, gleichsam eine Wiederholung ihres Kampfes mit Markwart, doch diesmal schien die Finsternis noch undurchdringlicher.

Weder mit dem Schwert noch im Geist gelang es ihnen, auch nur den kleinsten Fortschritt zu erzielen, sodass es schließlich nicht Aydrian war, der allmählich müde wurde, sondern seine drei Angreifer. Sturmwind klirrte voller Wut und Raserei – Aydrian brachte sogar einen Lichtblitz zustande, der Brynn rücklings zu Boden schleuderte, auch wenn sie sich rasch erholte und wieder in den Kampf stürzte, ehe der junge König Pony in Bedrängnis bringen konnte.

Jeder Einzelne von ihnen bot sein ganzes Können auf – insbesondere Elbryan, dem dieser zweite Schatten im Spiegel so vertraut war, attackierte den jungen König mit der ganzen Vielfalt seiner spirituellen Möglichkeiten. Doch es war, als rannten sie gegen eine Festung an, die keinerlei Schwächen aufwies, als kämpften sie gegen einen Gegner, der ihnen in allen Belangen stets einen Schritt voraus war. Gegen einen Gegner, der nicht ermüdete.

Sie hatten keine Chance.

Unterdessen schlüpfte eine schluchzende und stark hinkende Sadye oben auf der Galerie vorbei an Juraviel und De'Unnero und schleppte sich bis zur Treppe. Dort angekommen, blickte sie hinunter auf den Kampf der Titanen und rief: »Besiege sie, mein Geliebter! Töte sie alle! Aydrian! Oh, mein Geliebter!«

Marcalo De'Unnero, hinter ihrem Rücken, hörte ihre Worte ebenfalls: Aydrian – ihr Geliebter.

Der Mönch riss die Augen auf.

Beschützer und Flammentänzer griffen Seite an Seite an, in einem Winkel, dass Aydrian unmöglich beide gleichzeitig abwehren konnte.

Und doch gelang es ihm – mit einer blitzschnellen Drehung seines Handgelenks, die es ihm obendrein ermöglichte, einen Konter anzubringen, der Brynn einen Schritt nach hinten zwang. Sofort setzte der junge König nach und schlug ihr Schwert seitlich nach oben.

Brynn drehte sich im Gegenzug einmal um die eigene Achse. Flammentänzer beschrieb einen Kreis, doch Sturmwind war bereits zur Stelle und prallte derart heftig gegen ihre Klinge, dass der Hüterin jedes Gefühl im Arm abhanden kam.

Pony konnte sich gerade noch rechtzeitig mit einem wuchtigen Gegenschlag retten, doch auch diesmal hatte Aydrian keine Mühe, Beschützer zur Seite zu drücken und ihren Hieb zu kontern.

Hinter ihr mühte sich Elbryan ab, aber er vermochte gegen den Wall aus Finsternis, der Aydrian umgab, wenig auszurichten.

In diesem Moment vernahmen sie alle Sadyes überraschenden Ruf. Alle bis auf Elbryan drehten sich kurz zur Treppe um und sahen die übel zugerichtete Bardin die Treppe hinunterstolpern – dahinter eine Gestalt, die ihr rasch näher kam.

Plötzlich sahen sie, wie Sadyes Körper sich versteifte, als ihr ein Schwert durch den Leib gestoßen wurde.

Sadye blickte wirr nach unten, die Augen im Schock weit aufgerissen. Und dann fiel sie, mit dem Gesicht voran, die Stufen hinunter, Ponys ehemaliges Schwert noch immer im Körper.

Hinter ihr stand Marcalo De'Unnero, aus dessen leiblicher Hülle jetzt auch der letzte Funken Leben entwich, ehe er ebenfalls die Stufen hinunterstürzte.

Sosehr er sich dagegen sträubte, Aydrian konnte nicht verhindern, dass ihm ein verzweifelter Schrei entfuhr. Und in diesem Augenblick des Schmerzes und des Schocks, in diesem Moment eines zutiefst menschlichen Verlusts, durchbrach ein heller Strahl den dunklen Schleier, der seine Seele umgab.

Elbryan stürzte sofort auf das Licht zu. Pony spürte die spirituelle Anstrengung ihres Geliebten und eilte zu ihm, hieß das Licht – und ihren gemeinsamen Sohn – mit offenen Armen willkommen. Sie riefen ihn, flehten ihn an. Sie brachten ihm all jene Liebe dar, die nur Eltern ihrem Kind zu geben vermögen.

Dann plötzlich hörten sie die Häme aus dem Innern des Monstrums, vernahmen in unmissverständlicher Deutlichkeit, wie sie zurückgewiesen wurden.

Aber sie fühlten auch Aydrians Wärme und Herzlichkeit, die tief unter dieser dämonischen Kreatur begraben lagen, die sich Zugang zu seinem ureigensten Wesen verschafft hatte.

Und so klammerten sie sich an das Licht, das nicht dieser Dämon war, das Licht, das Aydrians Menschlichkeit ausmachte.

Brynn, jenseits dieses spirituellen Reiches, sah den jungen König plötzlich erstarren, die Augen vor Verwirrung weit aufgerissen.

Sie zögerte keinen Augenblick. Sie eilte auf ihn zu und stieß ihm Flammentänzer tief in die Brust.

27. Absage

An diesen Funken Licht klammerten sich Pony und Elbryan, als der Schleier aus Finsternis sich lüftete. Doch die Freude, ihren Sohn aus der Gewalt des Dämons befreit zu sehen, währte nur kurz, denn fast augenblicklich begannen auch Aydrians Lebenskräfte zu schwinden, während er tiefer und tiefer in das Reich des Todes hinabsank.

Pony hatte dieses Verlustgefühl schon einmal durchlitten, damals, als Elbryan dem Dämon in Markwart zum Opfer gefallen war. Entsetzt riss sie die Augen auf und sah Aydrian am Boden liegen, in der Brust eine klaffende Wunde, die offenkundig tödlich war.

»Nein!«, schrie sie und versenkte sich, noch während sie körperlich über ihrem sterbenden Sohn zusammenbrach, wieder in ihren Hämatit. »Nein!«

Sie rief Elbryan zu, er solle sie begleiten, dann stürzte sie sich in den grauen, schlundähnlichen Strudel, der ins Reich des Todes hinabführte. Vor sich sah sie Aydrians Geist dem Tod entgegentreiben. *Nicht noch einmal,* klagte sie verzweifelt. Sie hatte Aydrian doch nicht eben erst gerettet, nur um ihn gleich darauf wieder zu verlieren!

Doch dies war kein Ort, an dem man feilschen konnte, dies war das Reich des Todes, das Reich der Endgültigkeit.

Pony stürzte sich voller Hingabe den Schlund hinab, rief Aydrians Namen, schrie ihre Absage an den Tod hinaus und erklärte dem Reich der Finsternis, es werde ihren Aydrian nicht bekommen – nicht jetzt, nicht in diesem Augenblick.

Schon war sie tiefer in das Reich des Geistes vorgedrungen als je zuvor und hatte sich so sehr von ihrem Körper gelöst, dass sie nicht einmal sicher wusste, ob sie jemals würde in ihn zurückkehren können. Hatte sie, indem sie Aydrian bis an diesen dunklen Ort verfolgte, am Ende ihr eigenes Todesurteil gesprochen?

All das kümmerte Pony nicht im Mindesten, war ihr keinen zweiten Gedanken wert. Sie hastete Aydrian hinterher, holte ihn ein und zog ihn fest in ihre Arme. Dann beschwor sie ihn, zusammen mit ihr in das Reich der Lebenden zurückzukehren – und erteilte den bereits nach seiner Seele greifenden Schattenfingern eine unmissverständliche Abfuhr.

Schließlich hatte auch Elbryan sie und ihren Sohn eingeholt und zog sie beide durch den grauen Schlund zurück ans Licht.

Pony hatte nach hartem Kampf gegen das Jenseits die Oberhand gewonnen. Sie zog Aydrian in seinen Körper zurück und hauchte ihm neues Leben ein. Als er schließlich die Augen aufschlug, kniete sie bereits neben ihm und kümmerte sich mit ihrem Seelenstein und längst nicht mehr vorhanden geglaubter Energie um seine Wunden.

Als der junge Mann schluchzend Arme und Beine an den Körper zog, warf sie sich mit einem tiefen Seufzer über ihn. Schließlich hob sie den Kopf und sah sich im Raum um, sah zu Bradwarden hinüber, der an der Wand stand, um sich abzustützen, vor sich Symphony, der trotzig mit den Hufen scharrte. Zu Brynn und Midalis, die sie mit offenem Mund anstarrten. Zu den toten Mönchen und dem hünenhaften, reglosen Körper Andacanavars. Zu Sadye und De'Unnero, die beide tot auf den Treppenstufen lagen.

Und schließlich zu Elbryan, der teilnahmslos neben ihr stand und dabei doch so lebendig wirkte.

Eine Bewegung an der Tür ließ alle Anwesenden den Kopf wenden, und sie sahen Pagonel, Bruinhelde und Herzog Kalas den Raum betreten.

»Lasst sofort von ihm ab«, sagte Midalis mit unverhülltem Zorn in der Stimme. »Das muss endlich ein Ende haben!«

»Es hat bereits ein Ende!«, schrie Pony zurück, drückte Aydrian noch fester an sich und warf dem Prinzen einen drohenden Blick zu. »Lasst ihn in Frieden! Ihr alle!«

»Er hat unfassbares Elend über die Welt gebracht«, fuhr Midalis fort. »Sollen wir das etwa einfach vergessen?«

»Das war doch nicht er!«, schrie Pony. »Das war nicht Aydrian!«

»Er war von dem Dämon besessen«, erklärte Elbryan ruhig. Pony fiel auf, wie angespannt und erschöpft seine Stimme klang. »Damals an jenem Tag auf dem Feld, am Tag seiner Geburt, ist der Dämon vom ehrwürdigen Vater Markwart auf den Jungen übergegangen. Dieser Dämon ist endlich besiegt.«

»Das könnt Ihr unmöglich mit Bestimmtheit wissen!«, widersprach Prinz Midalis.

»Pherol wird es uns verraten«, schlug Pagonel vor. »Er braucht ihn nur anzusehen und wird es augenblicklich wissen.«

»Und sobald der Drache meine Aussage bestätigt hat, werdet Ihr ihn in Frieden lassen«, verlangte Pony von Prinz Midalis. »Ihr werdet ihm vergeben, und Ihr werdet ihn vergessen – und Ihr werdet mir erlauben, mit ihm fortzugehen und in unsere Heimat zurückzukehren.«

Prinz Midalis wollte schon etwas erwidern, doch dann ließ er es bei einem Seufzen bewenden und machte einen Schritt auf Pony zu, reichte ihr die Hand und half ihr auf.

»Ist die Schlacht vorüber?«, fragte er Herzog Kalas.

»Weitgehend«, antwortete dieser. Dann trat er vor, nahm seinen Helm vom Kopf und klemmte ihn sich unter den Arm. Den Blick zu Boden gerichtet, legte der stolze Herzog sein Schwert zu Prinz Midalis' Füßen nieder.

»Ich müsste lügen, wollte ich behaupten, Euer Vorgehen im Namen König Aydrians hätte mich nicht zutiefst verletzt«, erklärte Midalis.

Herzog Kalas antwortete mit leiser Stimme: »Ich akzeptiere Euer Urteil.«

Pony achtete gar nicht auf die beiden. Endlich war sie wieder mit Elbryan vereint – obwohl sie deutlich spürte, wie es in Wahrheit um ihn stand. Seine Kräfte schwanden zusehends.

»Kein Mensch, der je die andere Seite erblickt hat, vermag in das Land der Lebenden zurückzukehren«, erklärte er ihr ruhig und wischte ihr mit der Hand eine Träne aus dem Auge.

Wie wundervoll sich seine Berührung anfühlte! Für einen Moment war alles wieder so wie früher, und sie empfand die gleiche Zärtlichkeit und Liebe für diesen Mann wie damals. Er war keine Illusion – er war Elbryan, ihr Elbryan.

»Verlass mich bitte nicht«, sagte sie leise. Doch Elbryan legte ihr einen Finger an die Lippen, um sie zum Schweigen zu bringen, ehe er sie zärtlich küsste.

»Das würde ich niemals tun, und das habe ich nie getan«, erwiderte er. »Ich bin bei dir, meine Geliebte. Für immer.«

»Ich kann ohne dich nicht leben, Elbryan, ich …«

»Das wirst du aber müssen«, antwortete der Geist. »Unser Sohn braucht dich jetzt mehr als je zuvor. Du musst dich um ihn kümmern und ihn unterrichten. Er ist noch nicht, wie ich, am Ende seines Weges angelangt.«

Pony, in Tränen aufgelöst, schüttelte den Kopf, so als wollte sie jedes seiner Worte von sich weisen. Wie könnte sie sich jemals wieder von Elbryan trennen? Dann plötzlich wurde ihr bewusst, wie sie sich aufführte und welchen Anblick sie bot, und lachte verlegen. Es klang wie das Eingeständnis, dass sie sich fügen musste, so groß der Schmerz auch war. »Du bist so jung und schön«, sagte sie zu dem Geist. »Genau wie in meiner Erinnerung.« Zärtlich strich sie über Elbryans Gesicht. »Und ich bin alt und hässlich geworden.«

Er zog sie fest an sich und küsste sie innig und voller Leidenschaft. »Für mich siehst du genau so aus, wie ich dich in Erinnerung behalten habe«, sagte er. »Du bist meine Jilseponie, meine Pony, meine Freundin und Geliebte.«

Auf einmal war ihr, als würde er ganz leicht und weniger greifbar, und sofort klammerte sich Pony fester an ihn und versuchte ihn verzweifelt festzuhalten.

»Ich werde dich niemals verlassen«, sagte Elbryans Stimme noch, ehe sie allmählich verklang und seine Erscheinung immer flüchtiger wurde – und er ins Jenseits zurückkehrte.

Pony wäre beinahe ohnmächtig geworden, aber dann riss sie sich mit derselben Entschlossenheit zusammen, die ihr stets über alles hinweggeholfen hatte. Fast hätte sie sich in ihren Hämatit gestürzt, um ihrem verlorenen Geliebten hinterherzueilen, doch dann dämmerte ihr die Wahrheit.

Er konnte gar nicht zurückkommen, würde nie in die physische Welt zurückkehren können – zumindest nicht vollständig.

In ihrer hilflosen Enttäuschung entfuhr Pony ein wütendes Knurren, dann atmete sie einmal tief durch und unterdrückte ihre Tränen. Sie schlug ihre blauen Augen auf, sah sich um und merkte, dass alle sie anstarrten – fast ausnahmslos mit Tränen in den Augen.

»Ihr werdet meinem Sohn in vollem Umfang vergeben«, wandte sie sich noch einmal mit Nachdruck an Prinz Midalis. »Das verlange ich ganz einfach von Euch, und ich behaupte, ich habe es auch verdient. Das ist alles, worum ich Euch bitte: dass Ihr Aydrian und mich in Frieden ziehen lasst – nach Dundalis. Wir werden Euch dann nicht mehr behelligen.«

»Ich hatte gehofft, Ihr würdet mich nach Ursal begleiten«, erwiderte der Prinz.

»Nein, dieses Kapitel ist für mich abgeschlossen«, erklärte Pony. »Ich habe niemandem mehr etwas zu bieten, außer Aydrian, der mich jetzt von allen am meisten braucht.«

Ein Ruf von oben erinnerte sie daran, dass ihnen hier noch viel Arbeit bevorstand und dass diese Entscheidungen bis später warten konnten. Alle wandten sich um und sahen Bischof Braumin, die Arme ihnen Hilfe suchend entgegengestreckt, blutüberströmt auf dem oberen Treppenabsatz sitzen.

Plötzlich stürmte Liam O'Blythe zur Tür herein und rief: »Midalis ist der neue König! Lange lebe der König!«

Wenig später gestand König Midalis Pony: »Mir steht ungeheuer viel Arbeit bevor. Es gibt so viel, das wieder in Ordnung gebracht werden muss.« Mittlerweile hatten die Mönche damit begonnen, die Verwundeten zu heilen, während die Soldaten darangingen, die Toten zu Haufen aufzuschichten.

»Habt Ihr Herzog Kalas vergeben?«, fragte Pony.

»Nein, aber ich werde es noch tun«, antwortete der König. »Sobald der Augenblick dafür gekommen ist. Ich möchte ihm Gelegenheit geben, gründlich darüber nachzudenken, was er angerichtet hat. Aber davon abgesehen, ja, ich werde ihm vergeben. Ich werde ihn bitten, an meinen Hof zu kommen, damit er mir ebenso dienen kann wie früher meinem Bruder. Er hat sich von Aydrian täuschen lassen ...« Er besann sich eines Besseren und lächelte sie herzlich an. »Er hat sich von demselben Dämon täuschen lassen, der Euch den Sohn genommen hat«, erklärte er.

»Ein weiser Entschluss«, erwiderte Pony. »Rache erzeugt nur wieder neuen Hass. Denkt immer an die Geschichte mit Constance Pemblebury, und nehmt sie Euch zu Herzen, mein Freund. Mitgefühl steht Euch ausgezeichnet zu Gesicht.«

»Das täte eine Jilseponie an meinem Hofe auch.«

Pony lächelte und brachte sogar ein verhaltenes Lachen zustande. »Jilseponie ist tot«, sagte sie. Und obwohl es offenkundig ein Scherz war, wurde ihre Miene plötzlich ernst, so als wäre ihr die Wahrheit in ihren Worten erst in diesem Moment bewusst geworden. »Ich habe dem Tod schon zweimal ein Schnippchen geschlagen«, fügte sie erklärend hinzu. »Damals in den Moorlanden und am Strand von Pireth Dancard. Beide Male hätte ich eigentlich sterben sollen, aber Elbryan hat es nicht zugelassen.«

»Dann gebührt also ihm das Verdienst, das Königreich gerettet zu haben.«

»Nur war das im Grunde gar nicht sein Ziel«, erklärte Pony und sah hinüber zu der Stelle, wo Aydrian, Bradwarden und

Belli'mar Juraviel im Schatten der Klostermauer saßen. »Er hat mich gerettet, weil er seinen Sohn retten wollte, und genau das werde ich jetzt auch tun.« Sie wandte sich um und sah Midalis direkt ins Gesicht. »Und anschließend werde ich zu meinem Gemahl gehen und ihm Gesellschaft leisten«, fuhr sie mit fester Stimme fort. »Wie ich es eigentlich schon längst hätte tun sollen.«

König Midalis wollte etwas darauf erwidern, doch offenbar machte der Kloß in seinem Hals jede Antwort unmöglich.

»Vorher aber wartet noch sehr viel Arbeit auf mich«, räumte Pony mit einem Blick auf Aydrian ein.

»Werdet Ihr uns jetzt sofort verlassen?«

»Meine Zeit hier neigt sich dem Ende zu«, erwiderte Pony. Sie trat vor und schickte sich an, den König herzlich zu umarmen. »Ich wünsche Euch, dass Ihr stets weise regiert – ich weiß, Ihr werdet es bestimmt schaffen. Was mich betrifft, so werde ich meine Tage in Dundalis beschließen, wo ich zu Hause bin. Es scheint so lange her zu sein, dass Elbryan und ich frei von allen Sorgen durch das Rentiermoos gerannt sind und auf die Rückkehr der Jäger gewartet oder gehofft haben, einen Blick auf den Lichthof zu erhaschen.«

Sie trat einen Schritt zurück und gab ihren Freunden ein Zeichen. Bradwarden rief Symphony mit einem Pfiff herbei, ehe er, immer noch leicht hinkend, zu ihr herüberkam – dabei hatte Pony mit ihrem Seelenstein bei seinem Bein wahre Wunder bewirkt.

Und dann kam eine weitere Person angelaufen und rief, sie möge noch einen Moment warten.

Pony begrüßte Braumin Herde mit einer herzlichen Umarmung.

»Ich kann gar nicht glauben, dass du uns verlässt«, sagte der Mönch. Er schien sie gar nicht mehr loslassen zu wollen.

»Ihr habt Eure Kirche, die es wieder aufzubauen gilt, und ich muss meinen Sohn retten«, erwiderte Pony.

Braumin Herde stieß einen tiefen Seufzer aus. Ein Schniefen hinter ihnen ließ sie herumfahren. Dort stand, gesenkten Hauptes, der etwas verloren wirkende Meister Viscenti.

»Könnte es einen besseren Ort für seine Rettung geben als St. Mere-Abelle?«, fragte Braumin listig.

Doch Pony war um eine Antwort nicht verlegen. »Ja, Dundalis.«

Schließlich machten sie sich auf den Weg – Pony und Aydrian ritten auf Symphony, und Juraviel hatte sich auf Bradwardens Rücken niedergelassen. Der Elf benutzte seinen Smaragd, um ihre Reise abzukürzen, und so gingen sie noch am selben Tag in Amvoy an Bord der Fähre, die sie über den Masur Delaval und nach Palmaris bringen würde – in die Stadt, in der noch immer große Verwirrung herrschte.

Kurze Zeit darauf befanden sie sich bereits in den Kellergewölben von Chasewind Manor. Ungeduldig drängte Pony den verdutzten Wärter zur Seite, als dieser umständlich mit seinen Schlüsseln hantierte. Beim zweiten Versuch hatte sie den richtigen Schlüssel gefunden – hätte es noch länger gedauert, hätte sie einfach ihren Grafit hervorgeholt und die Tür aus den Angeln gesprengt.

Die beklagenswerte Gestalt, die hinter der Zellentür kauerte, starrte aus leeren Augen zu ihr hoch, schien sie aber nicht wiederzuerkennen. Sofort überschüttete sie ihn, in der Hand den Seelenstein, mit ihrer Heilmagie, in Wahrheit aber hatte ihre herzliche Umarmung eine sehr viel heilsamere Wirkung auf den übel zugerichteten Mann als alle Kräfte der Magie.

Schon am nächsten Tag – Palmaris bereitete sich auf den Empfang von König Midalis Dan Ursal vor – verließen die Freunde die Stadt durch das Nordtor, in ihrer Mitte einen erschöpften, aber überaus lebendigen Roger Flinkfinger.

Epilog

Im Jahr des Herrn 857

Der frostige Herbstwind fuhr raschelnd in den Teppich aus rostbraunem Laub und wirbelte die Blätter, die eben erst von den Bäumen trudelten, in einem wilden Tanz rings um die beiden Freunde. Am Himmel jagten weiße Wolken vorüber, die meist die Sonne verdeckten und lange Schatten warfen, Schatten, die durchaus zu diesem Tag zu passen schienen.

Denn jetzt standen Aydrian und Bradwarden in dem Wäldchen unweit der Stadt Dundalis vor einem dritten Hügelgrab, einem Grab, das sie eben erst aufgeschichtet hatten. Aufgrund einer stillschweigenden Übereinkunft mit Belli'mar Juraviel hatte man Pony den Titel einer Hüterin verliehen, und damit galt dieser Boden als von Belli'mar Juraviel persönlich geweiht, und Ponys Grab wurden derselbe Segen und magische Schutz zuteil wie denen von Elbryan und Mather neben ihr.

Aydrian lehnte sich gegen eine langstielige Schaufel, betrachtete das tanzende Laub und lauschte auf das traurige Lied des Windes. »Am Ende hat sie einfach aufgegeben«, bemerkte er.

»O nein, mein Junge, das siehst du vollkommen falsch«, entgegnete der Zentaur. »Deine Mutter ist schon vor vielen Jahren gestorben, und das gleich zweimal. Hat sie mir selbst erzählt, und ich erinnere mich noch gut genug daran, um zu wissen, dass sie die Wahrheit sagte. Was sie am Leben gehalten hat, trotz ihrer tödlichen Verletzungen, war die Kraft deines Vaters. Und zwar aus einem einzigen Grund.«

»Meinetwegen«, sagte Aydrian leise.

»Sie hat nicht aufgegeben, dummer Junge«, fuhr der Zentaur fort. »Sie wusste, ihre Arbeit war getan.« Bradwarden brachte ein bittersüßes Lächeln zustande, als er zum Hügelgrab hinübersah. »Und jetzt hat sie ihren Lohn erhalten.«

Aydrian lehnte sich noch schwerer auf die Schaufel und starrte hinunter auf die aufgeschichteten Steine. Lange Zeit sagten weder er noch Bradwarden etwas, und schließlich nahm der Zentaur seinen Dudelsack zur Hand und stimmte eine Melodie an, die zugleich traurig und fröhlich klang, ein Loblied auf Ponys Leben, das die Trauer über ihr Dahinscheiden in sich trug. Die Welt erschien den beiden auf einmal sehr viel ärmer.

Aydrian ließ die letzten zehn Jahre – die ihm wie Jahre der Freiheit vorkamen – noch einmal Revue passieren. Er hatte unter der Anleitung seiner Mutter viel mehr gelernt, als die Elfen ihm damals hatten beibringen können – nicht unbedingt, was es hieß, ein Krieger zu sein oder ein Hüter, nein, vielmehr, was einen wahrhaftig zum Menschen machte. Er hatte gelernt, zu lieben und die Welt als etwas zu begreifen, das weit über sein beschränktes Dasein hinausging. Statt sich stets nur als Mittelpunkt des eigenen Denkens zu begreifen, hatte er gelernt, sich als Teil von etwas sehr viel Größerem und Wunderbarerem zu sehen. Durch den Unterricht seiner Mutter hatte er in Dundalis zahlreiche Freunde gewonnen und sich ihren Respekt verdient, statt ihn einfach einzufordern.

Der auffrischende Wind trieb düstere Wolken heran, und ein paar abgestorbene Blätter raschelten im Vorüberwehen.

Eine melodische Stimme riss den jungen Mann unvermittelt aus seinen Gedanken.

Aydrian hob den Kopf und sah Belli'mar Juraviel von einem niedrigen Ast auf ihn herabblicken. »Es ist so weit«, sagte der Elf.

Panik durchfuhr Aydrian, und er sah zu dem Zentauren hinüber, der sein Spiel unterbrochen hatte und den Elf forschend musterte. Das Angstgefühl währte jedoch nur kurz, denn natürlich wusste Aydrian, dass Juraviel Recht hatte und dass es an der Zeit war, die Welt für all das Elend zu entschädigen, das er verursacht hatte.

»Bist du bereit, Aydrian Wyndon?«, fragte der Elf.

»Kennst wohl gar kein Schamgefühl, was, Elf?«, mischte Bradwarden sich ein. »Der Junge hat gerade seine Mutter verloren – da kannst du ihm wohl ein bisschen Zeit lassen, sich über seinen Weg klar zu werden.«

»Sein Weg wurde schon vor langer Zeit festgelegt«, erwiderte Juraviel.

»Den hat ihm deine Lady Dasslerond aufgezwungen, als er noch nicht alt genug war, um zu begreifen, dass er ihn beschreiten soll!«, ereiferte sich Bradwarden.

»Das reicht, Bradwarden!«, ging Aydrian dazwischen. Beide, sowohl der Elf als auch Bradwarden, wandten sich erstaunt zu ihm um.

»Juraviel hat Recht. Ich hätte schon längst Abbitte leisten sollen für alles, was ich angerichtet habe.«

»Dann los, nur zu, tu es, mit jeder Tat an jedem Tag«, sagte der Zentaur. »Führ ein unbescholtenes Leben, und leiste deine Buße – immer hübsch einen Schritt nach dem anderen.«

Da Aydrian bei jedem Wort den Kopf schüttelte, sah der Zentaur sich genötigt, noch inbrünstiger fortzufahren.

»Könntest noch so manches Gute tun, ehe du alles aufgibst!«, erklärte er.

»Ihr beide wisst, was ich wirklich tun muss«, erwiderte Aydrian ruhig. Das Lächeln auf seinen Lippen wirkte aufrichtig.

»Willst du alles über Bord schmeißen, was deine Mutter dir beigebracht hat?«

»Ich bitte dich, Bradwarden, wir beide wissen doch, dass meine Mutter mehr getan hat, als mir irgendwas beizubringen«, antwortete Aydrian. »Sie hat mich gerettet, und alles, was ich jetzt begriffen habe, was ich an der Welt schätzen gelernt habe, sagt mir, dass ich das tun muss – dass ich all den Schaden, den ich angerichtet habe, nach besten Kräften wieder gutmachen muss.« Er sah zu Juraviel. »Ich bin mir darüber im Klaren, dass ich nicht jedes Unrecht wieder gutmachen kann, das ich als Aydrian Boudabras bewirkt habe. Ich kann niemandem das Leben zurückgeben, der in meinem Namen gestorben oder auf meinem selbstsüchtigen Marsch ums Leben gekommen ist. Trotzdem werde ich es versuchen, weil ich muss.«

Aydrian warf seine Schaufel auf den Boden und trat zu Juraviel, die Arme in einer Geste völliger Unterwerfung vorgestreckt.

Sie kehrten an jenem kalten Tag nicht nach Dundalis zurück, sondern machten sich auf den Weg nach Westen, und Juraviels verzauberter Smaragd trug sie mit Riesenschritten davon. In den Bergen stießen sie auf das gesamte Volk der Touel'alfar sowie einen großen Teil der Doc'alfar.

Mit einer Geste, kalt wie der Wintertag, bedeutete Juraviel Aydrian, allein auf eine Lichtung hinauszutreten.

Wenige Augenblicke später folgte ihm der Elf und deutete auf sein Handgelenk. Aydrian sah sich nach den anderen um, nach Bradwarden, der das Geschehen mit unerschütterlicher Miene verfolgte. Er krempelte den Ärmel seiner Jacke hoch und hielt Juraviel sein entblößtes Handgelenk hin.

Der Elf zog sein Schwert und brachte ihm eine klaffende Wunde bei.

Aydrian spürte den beißenden Schmerz und hielt seinen Arm in die Höhe, wie Juraviel ihn geheißen hatte. Ein dunkelroter Nebel erfüllte die Luft vor seinem Gesicht und wies Aydrian den Weg, als er den, wie er annahm, letzten Gang seines sterblichen Lebens antrat.

Drei Tage lang ließ er sich von seinem hervorsprudelnden Blut den Weg über die Gebirgspässe weisen. Geplagt von wirren Fantasien, kaum noch fähig, den Boden unter seinen Füßen zu erkennen, schleppte er sich schwerfällig weiter. Oft fiel er hin, rappelte sich aber stets wieder auf und torkelte, getrieben von der Magie und seiner Reue, weiter.

Dann, im Dunkel der Nacht, führte Aydrian die Gruppe über die Anhöhe eines Bergkamms, und zum ersten Mal seit über einem Jahrzehnt erblickten die Touel'alfar ihr angestammtes Heimatland.

Aydrian hatte sie in ihre Heimat geführt.

Doch noch war die Arbeit des jungen Mannes nicht getan, denn in Abwesenheit der Elfen hatte sich das Mal des geflügelten Dämons ausgebreitet. Schließlich gelang es ihnen, den Ursprung dieses Mals zu entdecken: einen abgestorbenen Baum inmitten einer Wiese aus schwarz gewordenem Gras.

Aydrian, kaum noch bei Bewusstsein, sah sich Hilfe suchend nach Juraviel um. Der Elf bedeute ihm ohne einen Funken Mitleid in seinen goldenen Augen, hinzugehen und seine Bestimmung zu erfüllen. Aydrian trat vor den Fuß des verfaulenden Baumes. Dort ließ er sich auf dem Boden nieder, schlang die Arme um den Stamm und gab sich der Erde ringsumher hin – und auch dem Baum selbst.

Mond- und Sternenlicht umfingen ihn, während er dort saß. Rings um den Rand der Wiese, auf dem sich das Mal befand, stimmten die Touel'alfar, begleitet vom berückenden Spiel Bradwardens, ihr abendliches Lied an.

Aydrian wurde an einen finsteren, düsteren Ort hinabgezogen. Er akzeptierte seinen Eintritt in das Reich des Todes, als es ihm entgegenstieg, um ihn aufzunehmen.

Plötzlich merkte er, dass er nicht allein war.

Seine Mutter erschien neben ihm und redete ihm gut zu. Auch sein Vater war dort, gleich neben Pony. Dann erblickte er Andacanavar und noch einen anderen Geist, den Aydrian irgendwie als Mather Wyndon wiedererkannte, seinen Großonkel.

Sämtliche vor ihm verstorbenen Hüter waren dort, um ihm beizustehen, ihm zuzureden, er solle nicht nachlassen in seiner Entschlossenheit, sein Leben für den Fortbestand von Andur'Blough Inninness zu opfern.

Und Aydrian zögerte nicht. Klaglos akzeptierte er seine

Buße und ließ alles, was von ihm noch geblieben war, in den Baum hineinfließen. Er opferte sich, damit der Baum leben und die Fäulnis des geflügelten Dämons endlich besiegt werden möge.

Irgendwann, sehr viel später, schlug Aydrian Wyndon die Augen auf.

Er war umringt von singenden, tanzenden Elfen, die sich streckten, um nach den untersten Zweigen des Baumes zu greifen, der zu neuem Leben erblüht war.

Matter als je zuvor in seinem Leben ließ Aydrian sich nach hinten sinken und schloss abermals die Augen.

Als er das nächste Mal aufwachte, lag er noch immer neben dem Baum. Neben ihm stand Belli'mar Juraviel mit einer Frau von den Doc'alfar und einem kleinen Kind von vielleicht zehn Jahren. Mit seiner porzellanweißen Haut, den strahlend blauen Augen und dem rabenschwarzen Haar entsprach der kleine Elfenjunge genau den Farben der Doc'alfar. Doch Aydrian begriff sofort, was es in Wahrheit mit ihm auf sich hatte, denn anders als die Doc'alfar hatte dieses Kind Flügel.

»Juraviel?«, wandte Aydrian sich mit leiser Stimme an den Elfen.

»Ich möchte dir meinen Sohn vorstellen«, erwiderte der Elf. »Wyndon Juraviel.«

Der Name versetzte Aydrian in Erstaunen, bis er sich klar machte, zu welcher Berühmtheit es der Name in den letzten Jahrzehnten bei den Touel'alfar gebracht hatte.

»Hattest du nicht gesagt, ich würde die schwere Prüfung nicht überleben?«, fragte Aydrian nach kurzem Zögern.

»Ja, ich glaubte, dass es mit deinem Tod enden würde«, antwortete Juraviel. »Woher hätte ich denn wissen sollen, dass du so viele Verbündete bei deinem Kampf finden würdest?«

»Die Hüter.«

»Ganz recht. Sie haben dir Kraft gegeben und dich mit deiner Rettung in die Pflicht genommen, Aydrian Wyndon. Ich hatte geglaubt, die Befreiung von dem Schandmal des Dämons würde deine letzte Aufgabe im Leben sein, aber da habe ich mich wohl getäuscht.« Er trat einen Schritt zurück und gab den Blick auf Bradwarden frei, der, Sturmwind in der einen Hand und Falkenschwinge in der anderen, hinter ihm gewartet hatte.

»Die gehören jetzt dir, Tai'Maqwilloq«, sagte Belli'mar Juraviel zu Aydrian. »Vielleicht kannst du die Welt zu einem besseren Ort machen, nachdem in deinem Namen so viel Elend über sie gebracht wurde.«

Aydrian erhob sich und nahm Bogen und Schwert feierlich entgegen.

»Und das hier«, fügte der Zentaur hinzu und warf ihm Ponys Edelsteinbeutel zu. Einen Augenblick später wiederholte Bradwarden, ein merkwürdiges Grinsen im Gesicht, seine Worte und reichte ihm den Türkis, den Symphony in seiner Brust getragen hatte. »Symphony hat übrigens einen Sohn«, fügte der Zentaur augenzwinkernd hinzu.

Am nächsten Morgen verließen Bradwarden und der Hüter Aydrian unter den Blicken und den Gesängen des vollzählig versammelten Elfenvolkes Andur'Blough Inninness.

»Dir liegt die ganze Welt zu Füßen, Junge«, sagte der Zentaur, als der Elfengesang hinter ihnen verklungen war. »Du brauchst nur zuzugreifen.«

»Gib Acht, was du da redest, Zentaur«, erwiderte Aydrian und lächelte. »Es gab einmal eine Zeit, da hätte ich dich beim Wort genommen.«

Bradwarden brach in schallendes Gelächter aus. »Dann komm. Suchen wir dir ein passendes Pferd.«

»Und wohin soll ich dann gehen?«, überlegte Aydrian.

»Wie wär's mit Ursal?«, schlug Bradwarden vor. »Wenn du nicht mit der Tür ins Haus fällst, könnte es sein, dass Midalis dich mit offenen Armen aufnimmt. Er wird sicher wissen wollen, wie es deiner Mutter in den letzten Jahren ergangen ist.«

»Ursal wäre eine Möglichkeit«, erwiderte Aydrian.

»Oder noch weiter weg?«, hakte Bradwarden nach. »Hast ja jetzt im Süden der Berge so was wie eine Verwandte. Vorausgesetzt, du kannst ihr verzeihen, dass sie dir ihr Schwert in die Brust gestoßen hat.«

Aydrian lächelte erneut. Er wusste, dass Bradwarden mit seiner Einschätzung durchaus Recht hatte. Die ganze Welt stand ihm offen.

Aber nicht, um zuzugreifen, sondern um sich an ihr zu erfreuen.

Hinter ihnen lag das zu neuem Leben erblühte Andur'Blough Inninness und vor ihnen das Königreich des Bären, in dem endlich wieder Frieden herrschte.

Die Fäulnis des geflügelten Dämons war endgültig besiegt.

Und der Große Krieg war zu Ende.

Immortalis

Mögen alle den Fluch bittersten Elends erleben,
Die sich als geistige Führer dem Stolze ergeben,
Für die allein zählt, was ihre Hände geformt;
Denn irdische Mühsal ist ihre einzige Norm.

Welch klägliche Narren diese Sterblichen sind;
Die Verheißung der Ewigkeit – Worte im Wind.
Sie leugnen der Vernunft gerechten Lohn,
Schützen den Reichtum mit Schwert und Hohn,
Verschließen die Ohren der höheren Macht,
Leben in ständiger Angst vor ewiger Nacht.
Beklagenswert, wem es an Klugheit gebricht,
Den Ruf des Göttlichen hören sie nicht!

Welch ein Wahn für vernunftfähige Wesen,
wäre ihr Dasein rein irdisch gewesen!
Der Ruf nach dem Göttlichen: schändliche Lüge;
Der Himmel: ein Trugbild im Weltgefüge;
Das Bewusstsein verliert sich auf seiner Reise,
Maden fressen die Seele als Teil ihrer Speise.
Unsere Vernunft erstrahlt im hellsten Licht,
Allein, sie erkennt das Göttliche nicht.

Man sage mir nicht, der Leib sei bloß Hülle,
alle Hoffnung nur wurmzerfressene Fülle!
Ich schwebe davon auf den Schwingen der Engel,
während der Ungläubige watet verloren im Sumpf.

Am heutigen Tag und aus meiner Feder erfolgt die Antwort auf den mittlerweile verstorbenen Calvin von Bri-Onnaire, dessen kalte Vernunft sich wie ein Schatten auf seine Seele legte. Die Antwort ist für die Lebenden bestimmt. Ich hege keinen Zweifel, dass Calvin bei seinem Tod die Wahrheit zuteil wurde!

Bruder Niklos Santella, Abtei St. Precious, Palmaris